Les trésors de la vie

BELVA PLAIN

LES TRESORS DE LA VIE

Traduit de l'américain
par Monique Manin

ÉDITIONS FRANCE LOISIRS

Titre original : *TREASURES*
publié par Delacorte Press, New York

Édition du Club France Loisirs,
avec l'autorisation des Éditions Belfond

Éditions France Loisirs
123, boulevard de Grenelle, Paris
www.franceloisirs.com

Les deux inspecteurs de police venus procéder à une arrestation garèrent leur voiture noire banalisée, s'en extirpèrent et levèrent la tête en direction du toit de style postmoderne coiffant une tour de soixante-dix étages. Des nuages sombres pesaient sur la ville et les premières gouttes de pluie se mirent à tomber comme les deux hommes atteignaient les portes de bronze qui donnaient sur l'avenue. Le plus jeune, qui semblait imperceptiblement hésiter, marchait sur les talons de l'autre. Ils traversèrent le hall pavé de marbre pour atteindre l'enfilade d'ascenseurs. Ce n'était pas le genre de quartier où on les envoyait habituellement et leur mission du jour sortait de l'ordinaire. Le plus jeune était nerveux et se reprochait cette réaction si peu professionnelle.

« D'une certaine façon, c'est bizarre de passer les menottes à ce type, dit-il. C'est sûrement le genre à porter un costume fait sur mesure. Tu vois ce que je veux dire ? Ce n'est pas un bandit armé.

— On ne sait jamais comment les gens réagissent. Il est capable de perdre la tête et de se débattre. Ou même d'essayer de sauter par la fenêtre. Tu peux appuyer sur le bouton du quarante et unième étage. »

L'ascenseur s'éleva silencieusement comme glissant sur du velours tandis que les voyants rouges s'allumaient pour indiquer les étages.

« Ça sent le fric, tu ne trouves pas, Jim ? fit le plus jeune.

— C'est sûr. Et pas qu'un peu.

— Je me demande ce que ce type a fait. Je veux dire de quoi il est vraiment coupable.

— Dieu seul le sait. Il faudrait être un de ces avocats des grands quartiers pour y comprendre quelque chose. Pas la peine de se casser la tête.

— C'est plutôt triste, non ? Se faire embarquer dans un endroit comme celui-ci.

— C'est toujours triste, où que ce soit. C'est jamais marrant de faire ça, dit Jim d'un air sérieux. Mais c'est le boulot, Harry. On finit par s'habituer. »

La porte s'ouvrit et ils s'avancèrent vers un grand mur de verre percé de nombreuses portes, elles aussi en verre.

« C'est où, Jim ? C'est laquelle ?

— Il possède tout l'étage. En fait, c'est deux étages qu'il a. Je vais le trouver, ne t'inquiète pas », fit Jim en souriant.

Les réceptionnistes sont toujours jolies, se dit Harry et tandis que son confrère s'entretenait avec l'une d'elles, il examina les lieux. Il n'avait aucune idée de ce qu'est la richesse, il en était conscient, mais lorsqu'il aperçut, le temps d'un éclair à la faveur d'une porte qui s'ouvrit et se referma, la moquette gris sombre d'un corridor aux murs couverts de tableaux, il sut que c'était cela, la vraie richesse. Criards étaient les ors et cher le silence. Il lui sembla avoir lu cette phrase quelque part.

Il pensait... dans l'une de ces pièces, peut-être celle au bout du corridor, un homme va avoir un sale coup. Dans une minute ou deux. Un très sale coup.

La réceptionniste avait dû téléphoner car une femme venait d'entrer précipitamment. C'était une dame d'un certain âge, aux cheveux gris, à l'air tatillon et elle semblait paniquée.

« Que se passe-t-il ? des inspecteurs de police ? » cria-t-elle en s'adressant à Jim.

Il lui montra son insigne et Harry fit de même.

Les yeux de la femme, démesurés derrière ses verres de myope, s'emplirent de larmes.

« Ce ne peut être qu'une erreur ! Je ne peux pas vous laisser entrer avant qu'il ait téléphoné à son avocat. Vous n'avez pas le droit ! Non, je ne vous laisserai pas entrer.

— Madame, dit Jim, voici notre mandat. Lisez-le. Nous pouvons entrer de force. Ce n'est pas ce que vous désirez, j'imagine ? »

Ils franchirent la porte et s'engagèrent sur la moquette gris foncé, suivis par la femme affolée. Ils entrèrent dans une vaste pièce éclairée de nombreuses fenêtres, avec des tableaux sur tous les murs. Un homme était assis derrière un très beau bureau. En les voyant, il se leva.

La femme en balbutiait presque : « Je n'ai pas pu les empêcher. Je ne sais pas ce qui se passe, je... »

L'homme était jeune. Il doit avoir mon âge, pensa Harry, et tout l'endroit lui appartient. D'un seul coup, la pitié qu'il avait ressentie pour l'inconnu se mua en colère. Il a mon âge et il possède tout cela! J'espère qu'il aura ce qu'il mérite, quoi qu'il ait fait.

L'homme restait dignement debout mais il était terrifié et le sang s'était retiré de son visage. Il bafouillait.

« Je crois qu'il y a une erreur. Une terrible erreur. Mon avocat s'occupe de toute cette affaire en ce moment.

— Ce n'est pas un problème, fit Jim, vous aurez la possibilité de lui téléphoner mais pour le moment, il faut nous accompagner. »

Il sortit les menottes de sa poche.

« Je suis désolé mais je dois vous les passer.

— Vous ne comprenez pas, insista l'homme. Je ne suis pas le type d'individu...

— S'il vous plaît, monsieur. Ne rendez pas les choses plus difficiles qu'elles ne le sont », dit Jim avec patience.

La femme pleurait sans se cacher.

« C'est un homme si gentil. Ne le maltraitez pas. »

Harry fut de nouveau envahi par un sentiment de pitié. « Ne vous tracassez pas », dit-il malgré lui.

En moins de cinq minutes, ils étaient sortis de l'immeuble avec leur prisonnier dont les menottes étaient dissimulées par l'imperméable que la femme lui avait jeté sur les épaules. Silencieusement, ahuri mais digne, le prisonnier grimpa dans la voiture qui démarra sous une pluie lugubre.

Au quarante et unième étage, dans la pièce où ils l'avaient arrêté, le feu brûlait dans une cheminée au manteau sculpté et le bureau portait une corbeille de fleurs jaunes.

L'événement fit les gros titres de toute la presse et fut annoncé aux informations télévisées. Les téléphones résonnèrent dans les bureaux des boursiers les plus puissants.

« Vous avez vu ce qui est arrivé ? Vous savez, on m'a dit... »

La nouvelle fut commentée dans toutes les réceptions de tous les beaux appartements de la Cinquième avenue ainsi que dans les grandioses résidences secondaires et dans le Connecticut.

« Tout le monde l'adorait, disaient les gens, avec compassion et stupéfaction. Un homme si brillant, si charmant, si gentil. Je n'ai jamais connu quelqu'un de plus généreux. Tout le monde est d'accord là-dessus. Je n'arrive pas à y croire ! Que s'est-il passé ? Comment expliquer une chose pareille ? »

Première Partie

1976-1982

1

Les voisins du dessous avaient apporté de la soupe, des viandes froides, de la salade et une tarte maison. Eddy Osborne se dit qu'il avait suffisamment de nourriture pour une douzaine d'affamés. Pourtant, il n'y avait que ses sœurs, Connie et Lara, ainsi que le mari de Lara, Davey, autour de la table de la cuisine, et personne n'avait le cœur d'avaler plus de quelques bouchées de toutes ces bonnes choses. Si quelqu'un m'avait dit que je serais capable de manger quoi que ce soit le jour de l'enterrement de ma mère, pensait-il, je ne l'aurais jamais cru.

Il se leva, se servit une tasse de café gardé au chaud sur la cuisinière et se posta devant la fenêtre battue par la pluie d'un triste après-midi de mars. Un frisson lui parcourut les épaules. Dehors, tout n'était que grisaille et désolation, cadre parfait à leur douleur.

Pauvre Peg, pauvre maman ! Il la revoyait quand parfois sa perruque glissait de côté, donnant à son visage décharné un air comique, dévergondé et effronté ; elle qui avait été si fière de son abondante chevelure fauve dont ses trois enfants avaient hérité... Le cœur lui manqua. Il couvrit le bruit de son sanglot en toussant et détourna la tête.

Lara dit avec douceur : « Nous avons une grande consolation : elle ne s'est jamais retrouvée seule. Nous nous sommes toujours arrangés pour que l'un de nous trois reste avec elle. Et tu sais, Eddy, elle a vraiment été contente d'avoir une chambre à elle. Tu te souviens comme elle n'arrêtait pas de dire que tu ne pouvais pas te le permettre financièrement ?

— Elle l'aurait eue même si j'avais dû dépenser mes derniers sous. J'aurais volé au besoin, tu peux me croire !

— Ah ! continua Lara en pleurs, elle devait savoir qu'il n'y avait plus d'espoir de guérison et pourtant, elle n'a jamais rien dit. Quel courage !

— Non, intervint Connie. La vraie raison, c'est qu'elle se refusait à reconnaître que la vie peut être dégoûtante. »

Cette remarque sinistre et brutale les choqua. Mais à quoi bon la contredire... Connie se justifierait en disant qu'elle se bornait à regarder la vérité en face. Ah ! la jeune Connie n'avait guère d'illusions. Sa sœur aînée trouva que c'était bien dommage mais elle se borna à dire :

« Allons dans le salon. Non, laisse la vaisselle, Connie. J'aurai besoin de m'occuper ce soir quand vous serez partis. »

Autrefois, cette pièce avait été le salon du premier étage, la maison avait été construite un siècle auparavant, pour abriter la famille d'un banquier. Personne, alors, ne pouvait se permettre de quitter la ville pour habiter les nouvelles banlieues boisées dans les collines. Une télévision trônait dans la petite pièce et les fixa de son écran aveugle lorsqu'ils prirent place. Il n'aurait pas été convenable de l'ouvrir un jour pareil et personne n'y songea.

Connie tira les rideaux et gémit : « Quelle saleté de temps ! », comme si, par un jour pareil, la pluie avait pu s'abstenir d'être aussi diluvienne et le vent aussi déchaîné dans les arbres. De sa voix douce, Davey répondit :

« Ta mère aurait dit qu'une pluie pareille est bonne pour la terre. »

Personne ne répondit. Pourtant, pensait Eddy, c'était bien son genre. Quand il était au lycée, il s'était un jour cassé le bras et elle lui avait fait remarquer qu'il avait la chance de ne pas l'avoir cassé avant la saison de football. Mais moi, je ne suis pas comme elle et Connie non plus.

Trop agité intérieurement pour rester assis, il alla tirer les rideaux que Connie avait fermés. Les maisons d'en face étaient la copie conforme de celle-ci. Lara vivait dans cette demeure victorienne, au toit couvert de bardeaux. On avait ouvert une seconde porte, conduisant à un appartement supplémentaire. Devant toutes les maisons, il y avait une cour étroite bordée de buissons abandonnés émergeant de tas de neige à demi fondue. Au-dessus des toits, des nuages clairsemés couraient dans le ciel brunâtre du soir.

« Quelle vie épouvantable, pensait-il. Quand je pense à toutes ces années passées dans ce trou ! »

Il se tourna vers les autres. Davey lisait les journaux. Les deux femmes, la tête posée sur le dos du fauteuil, avaient fermé les yeux. Le silence emplissait les oreilles d'Eddy.

C'est alors que la porte de la rue claqua, faisant trembler les murs. Dans l'appartement du dessus où s'entassaient cinq enfants, une querelle éclata. Dans l'allée de la maison voisine, quelqu'un essayait de mettre un moteur en marche ; il cracha, s'essouffla, toussa.

Eddy fut envahi par une colère incontrôlable. Pas de paix, pas d'intimité, pas de beauté, pas d'argent !

Ses sœurs n'avaient pas bougé. Elles étaient exténuées. Il se sentit déborder de compassion pour elles en pensant à leur vulnérabilité dans ce monde dur et sans pitié. Il les comprenait. Il savait à quel point Lara désirait l'enfant qu'elle n'aurait sans doute jamais ; il savait à quel point Connie avait envie d'une vie meilleure, de couleur, de gaieté, il savait aussi à quel point ses petits pieds la démangeaient de courir, courir... tout comme les siens.

Alors que ses sœurs sommeillaient, inconscientes de son regard inquisiteur, il les examinait. Connie avait cet air des femmes des années vingt, un air qui était en train de revenir à la mode ; elle avait les lèvres charnues d'un Cupidon effronté, un nez court et droit et ses sourcils faisaient deux arcs gracieux et minces au-dessus d'yeux noirs pleins de vie. En règle générale, elle était enjouée et savait tirer le meilleur parti de son physique. On se retournait sur elle. Pourtant, on disait toujours que la vraie beauté c'était Lara. Elle avait ce qu'on appelle une « bonne ossature », un visage d'un ovale parfait, des yeux bleu outremer, un regard contemplatif. Eddy avait les yeux de la même couleur.

Mais il n'avait pas un regard contemplatif et Connie non plus. Leurs yeux étaient vifs. Chez nous deux, tout est vif, pour le meilleur ou pour le pire, se dit-il subitement. A ce propos, il décida que c'était maintenant le moment d'annoncer ce qu'il voulait leur dire, bien qu'il n'existât pas de moment idéal pour faire éclater une bombe...

Il commença d'une voix tranquille : « Il faut que je vous dise quelque chose. J'espère que ce ne sera pas un trop gros choc, mais je vais vous quitter. Je pars. Je vais à New York.

— Tu quoi ? cria Connie en se redressant.

— Un type que j'ai connu à l'université y est déjà. C'est un comptable, comme moi, avec cette différence qu'il se trouve avoir un oncle qui lui a prêté assez d'argent pour ouvrir un bureau de courtage. Il a besoin d'un associé. Il m'a proposé de travailler avec lui. Il est prêt à miser sur moi. »

Une lueur d'intérêt s'alluma dans les yeux de Connie.

« A Wall Street ?

— Oui, ma vieille, tu l'as dit ! A Wall Street !

— Tu vas nous quitter ? gémit Lara. Oh ! Eddy !

— Par avion, on n'est qu'à quelques minutes, ma chérie. Je ne vous quitte pas. Je ne vous quitterai jamais. »

Il répéta : « A quelques minutes par avion. Enfin, disons à peine deux heures. Ce n'est pas l'Afghanistan ni le bout du monde ! »

Il eut un sourire enjôleur.

Lara était effondrée. « Mais ça marchait gentiment pour toi, ici ! Je n'arrive pas à comprendre pourquoi tu veux tout abandonner comme cela.

— Oui, ça marchait gentiment. Mais trop lentement, surtout comparé à une telle opportunité. Ici c'était de la petite bière. »

Elle pensa : voilà, on se disperse. Peg n'est pas enterrée depuis plus de dix minutes. C'est vrai ce qu'on dit : quand la mère disparaît, la famille éclate. Pourquoi ne pense-t-il pas à cela, Eddy, l'enfant chéri de Peg, l'enfant aux cheveux d'or, aux yeux couleur d'azur, à l'air nonchalant ? Le désespoir la submergeait.

Davey demanda calmement : « Depuis combien de temps es-tu au courant ?

— Environ trois mois. J'aurais sans doute dû vous en parler avant mais j'ai pensé... enfin, la situation était tellement pénible... j'ai pensé qu'il valait mieux attendre. »

Eddy plongea la main dans sa poche.

« Regardez, je me suis fait faire des cartes.

— Vernon Edward Osborne Jr. », lut Lara à haute voix. Puis sans cacher sa déception, elle remarqua : « Mais tu as toujours détesté "Vernon", ton second prénom.

— Je sais. Mais sur la carte, ça fait plus distingué. C'est autre chose... »

Davey posa une autre question.

« Mais n'es-tu pas obligé d'apporter des fonds, Eddy ?

— Si, mais pas des masses. J'ai économisé douze mille dollars et un soir j'ai eu une chance incroyable au jeu. J'ai gagné encore quinze mille dollars, vous imaginez ! Du coup, j'en ai assez pour entrer dans l'affaire. Je paierai le reste avec ce que je gagnerai à la Bourse. »

Davey dit lentement : « Si tu réussis à gagner à la Bourse, tu veux dire.

— J'y arriverai. J'ai du flair. La preuve : il y a quelque temps, j'ai investi en imagination. Eh bien, si j'avais eu l'argent pour investir dans la réalité, j'aurais fait un malheur. Je peux vivre beaucoup mieux. »

Davey ne fit aucun commentaire et Eddy continua.

« Le marché est en pleine expansion. N'importe qui peut voir cela. Et puis, on n'arrive à rien si on ne risque rien. Il faut être prêt à prendre des risques. C'est de cette façon qu'on a construit ce pays. Tous les grands inventeurs, tous les industriels ont pris des risques. »

Davey jeta un coup d'œil à Lara. Elle comprit qu'il lisait dans ses pensées et ressentait sa tristesse. Il la connaissait mieux que quiconque. Il dit alors :

« A chacun son choix. Je suis sûr que tu te trouveras bien à New York. Nous, ce n'est pas le cas : Lara et moi, notre vie est ici. La boutique marche beaucoup mieux qu'au temps où mon père s'en occupait et je travaille sur quelques inventions, quelques petites idées... »

Il s'interrompit pour prendre la main de sa femme et la presser.

Elle lisait en Eddy comme dans un livre. Que signifiait pour Eddy « vivre beaucoup mieux » ? Celui-ci examinait la pièce. C'était un endroit agréable, meublé avec du mobilier d'occasion que Lara avait retapissé dans des tons rose, rouge et crème en s'inspirant d'une revue. Mais le tapis qui se trouvait déjà dans la pièce avant leur arrivée était pratiquement en charpie...

Combien de fois Eddy n'était-il pas rentré les yeux émerveillés, après avoir vu une belle maison ou une voiture de luxe ! Il était ambitieux, comme leur père l'avait été ; comme lui, il était toujours prompt à imiter les manières des gens aisés, les vêtements, la façon de parler, tout ce qui les distinguait. Mais contrairement à son père, il était intelligent. Il risquait de réussir. Oui, c'était bien possible. Tout de même, quel coup ! Perdre Eddy, quelle qu'en soit la raison ! Etre privés de son incomparable humour, de cette étincelle qu'il faisait naître dès qu'il mettait le pied dans une pièce ! Toute la famille, une famille à vrai dire bien réduite, le regretterait. Il allait laisser un vide que rien ne comblerait.

C'est alors que Connie, toujours pratique, demanda dans combien de temps il pensait partir.

« Dans quinze jours. D'abord, je veux vous aider à quitter cet appartement et à trouver quelque chose de plus agréable. Un, c'est trop grand pour vous, puisque maman n'est plus là et deux, c'est beaucoup trop sinistre. Seriez-vous partants pour qu'on aille visiter des locaux demain ?

— Eh bien... »

Elle embrassa la pièce du regard comme si elle cherchait quelque chose, puis elle regarda Davey et Lara et enfin, lorgnant les déchirures du tapis, dit :

« J'ai l'impression qu'on a tous les deux choisi le même moment pour vous annoncer des nouvelles. Sans doute est-ce aussi bien de tout vous expliquer maintenant. »

De nouveau effrayée, Lara s'écria : « Mais de quoi parles-tu ?

— Eh bien, disons... enfin, tu vois... oh ! Lara, tu sais à quel point j'ai toujours voulu... aller autre part ! Je ne suis jamais allée nulle part !

— Connie, s'il te plaît, explique-toi clairement. »

Davey intervint.

« Tu n'as pas besoin de t'excuser, Connie. Disnous simplement quels sont tes projets.

— Le Texas. J'en ai tellement entendu parler. C'est en pleine expansion. On peut toujours y trouver du travail. » Enhardie, elle continua : « Rien que la sonorité du nom a quelque chose de merveilleux. Le Texas... Houston. Je veux les voir. »

Lara sentit sa bouche se dessécher et la paume de ses mains se fit moite.

« Mais tu ne connais pas âme qui vive là-bas, Connie. Partir seule, quitter ta seule famille... Cela n'a pas de sens. Pas de sens du tout.

— Ce n'est pas mon opinion. Et l'important, c'est ce que je pense, moi.

— Mais tu n'as que vingt ans, Connie.

— Oui, vingt ans. Pas seize, ni douze, ni huit ans. »

Lara changea de tactique. « Quelle sorte de travail penses-tu trouver alors que tu n'as aucun contact là-bas ? Comment vas-tu te débrouiller ne serait-ce que pour trouver un appartement ?

— Ma chérie, ne joue pas les mères poules. J'achèterai un journal et je regarderai les annonces, qu'est-ce que tu imagines ? »

Les pensées de Lara étaient sombres et amères. Oui, elle était une mère poule. Il fallait bien que je le sois. Toutes ces années pendant lesquelles maman à cause de sa chimiothérapie n'avait pu assumer ses tâches, et moi avec une sœur de huit ans et un frère de cinq ans plus jeunes que moi.

« Ce n'est pas si facile de trouver du travail, Connie. Tu n'as pas de métier. Ici au moins, tu as un travail sur lequel tu peux compter pour vivre.

— Tu parles ! vendre des chemises et des pantalons dans une grande surface de dixième catégorie, alors qu'il y a tellement de choses à découvrir dans le monde !

— Tu pourrais t'inscrire pour suivre des cours et apprendre un meilleur métier.

— Pour le moment, je n'en ai ni la volonté, ni la patience. »

Connie se leva et posant la main sur l'épaule de Lara : « N'aie pas l'air aussi malheureux. Je ne pars pas pour toute la vie. Tu n'as qu'à faire semblant de croire que nous sommes très riches et que je m'offre une année de vacances pour faire le tour du monde.

— Elle a raison, fit Eddy. Une femme a besoin de changement, d'un peu d'aventure dans la vie. C'est bien naturel. D'accord, ce n'est pas ce que tu souhaites, Lara. Mais si tu n'étais pas tombée amoureuse de Davey, tu aurais sans doute eu les mêmes réactions. »

Lara, sachant qu'on attendait d'elle un sourire, s'exécuta sans excès. « On en reparlera », répondit-elle.

Davey acquiesça. « Bonne idée. Nous avons eu une dure journée mais demain est un autre jour, alors essayons de nous détendre un peu. Comme le dit Eddy, personne ne s'en va à l'autre bout du monde. »

Lara comprit.

« Connie, dors ici cette nuit. Ça ne sert à rien de retourner toute seule dans cet appartement. »

C'était un endroit triste, dépourvu de soleil durant le jour et bruyant la moitié de la nuit à cause du bar et du restaurant du rez-de-chaussée. Et les habits de maman étaient encore pendus dans son placard.

« Je vais chercher des couvertures pour la chambre d'amis. » La chambre d'amis, pensait-elle en faisant le lit, avait été destinée à être une chambre d'enfant. On aurait peint les murs en jaune citron avec une frise de personnages de contes, peut-être le petit chaperon rouge, tout autour de la pièce. Les meubles auraient été blancs et en cas d'une petite fille, le berceau aurait été capitonné en percale à pois, peut-être en organdi...

Elle haïssait cette pièce. Elle laissait la porte fermée, y faisait le ménage tous les quinze jours et refermait la porte. Sept ans de mariage et rien... Des visites chez les médecins, des thermomètres, des hormones, des analyses de sperme, tout y était passé mais rien...

« Pourquoi n'arranges-tu pas cette pièce ? Tu pourrais t'en faire un joli petit coin », fit Connie en entrant.

Connie ignore cette sorte de peine, pensa Lara qui ne répondit pas.

Sur la commode se trouvait le seul objet décoratif, une photo de mariage de leurs parents. Les deux sœurs s'abîmèrent dans la contemplation. Leurs parents avaient été beaux. Vernon en tenue sombre, avec une fleur à la boutonnière et un sourire éclatant, Peg et son joli visage encadré par sa luxuriante chevelure.

Connie soupira. « Comme ils étaient heureux ce jour-là ! Quand on pense comment ça s'est terminé ! Heureusement que maman ne pouvait pas le prévoir.

— Elle n'en a pas moins aimé papa. Tu te souviens quand il l'appelait "cœur de mon cœur" ?

— Je n'arrive pas à comprendre pourquoi elle n'a jamais cessé de l'aimer. J'imagine que c'était noble de sa part, mais je n'en aurais pas été capable. La vie est trop courte.

— C'était un brave homme en dehors de la boisson et ce n'était pas sa faute. C'était héréditaire. Grâce à Dieu, cette tare nous a été épargnée. »

Leur père avait été voyageur de commerce, parcourant le Midwest de bout en bout. Selon la compagnie qui l'employait, il vendait aussi bien des grille-pain que des chaussures ou des vieux pneus. Chaque fois qu'il perdait son travail, la famille déménageait, passant d'un appartement à un autre, invariablement dans les plus vieux quartiers de la ville, au-dessus d'une quincaillerie, d'une laverie ou d'une ruine au fronton de laquelle on lisait des inscriptions à demi effacées, comme Ferry Building, 1894, ou Bumstead Building, 1911. Puis il avait dû s'arrêter à cause de son foie, jusqu'au jour où une crise cardiaque l'avait emporté. C'est alors que Peg avait ouvert son petit salon de beauté afin de subvenir aux besoins de ses enfants.

Pourtant, elle répéta : « C'était un brave homme... »

L'expression de Connie offrait un mélange de pitié et d'incrédulité.

« J'imagine que tu as oublié les nuits où il rentrait ivre mort.

— Non, mais je me souviens des soirs où il nous lisait des poèmes. »

Peg, qui ne connaissait rien aux livres, souriait de plaisir en pensant qu'il apprenait aux enfants à aimer la lecture. Lara soupira. Elle se sentait lourde de son chagrin. Tout au long de cette journée, les souvenirs avaient reflué dans sa mémoire...

Un jour, c'était avant la naissance de Lara, leur avait raconté Peg, elle avait regardé dans l'un des livres de papa sur les rayonnages et avait lu le nom « Lara ».

« C'était dans une histoire russe, *Le docteur Jivago*, je crois. Enfin, j'ai trouvé le nom joli et quand tu es née, je te l'ai donné. »

Et Connie ? Eh bien Connie, c'était à cause de Consuelo, l'héritière Vanderbilt qui venait d'épouser le duc de Marlborough.

« On l'avait forcée à l'épouser. Comme c'est horrible, non ? » Peg avait été horrifiée. « Je l'ai lu dans une revue illustrée. Elle s'est mariée avec des yeux rouges tellement elle avait pleuré. N'est-ce pas abominable ? »

Les personnages de la photo, c'étaient leurs parents. Vernon et Peg, deux vies enchevêtrées, entremêlées et tressées aussi étroitement que les brins de chanvre d'une corde.

Connie s'était mise à se déshabiller. En culotte et soutien-gorge, elle s'étira devant le miroir.

« Je suis tellement fatiguée que je n'ai pas le courage de prendre une douche.

— Attends demain matin. Tu n'es pas sale et tu as besoin de te reposer. »

Connie sourit. « Tu me dis toujours cela ! Oh ! Lara, n'aie pas l'air aussi malheureux ! Ne te fais pas tant de soucis pour moi. Je me débrouillerai très bien, tu verras.

— Je ne peux pas m'empêcher d'être inquiète, tu le sais. Et puis, tu vas me manquer. C'est la première fois que tu me quittes.

— Est-ce que tu t'imagines que tu ne vas pas me manquer, toi ?

— Es-tu certaine de ne pas te tromper ? Ça me semble tellement brutal. Ce n'est pas indispensable.

— Lara, je veux avoir l'occasion de rencontrer des gens. »

Connie s'exprimait avec une gravité inhabituelle. « Dans cette ville... tu sais comment c'est, Lara. Je ne veux pas vivre comme cela, comme... »

Comme moi, pensa Lara. Je le sais bien. Un jour que nous nous promenions sous la futaie, Davey m'a demandé : « Serais-tu prête à partager mon presque rien avec moi ? Je ferai le maximum pour toi, Lara. Le malheur, c'est que mon maximum n'a pas grande valeur. »

Si je voulais ! Je serais allée à l'autre bout du monde avec toi, Davey. J'aurais dormi sous la tente ou à la belle étoile. Ce qui était vrai à cette époque l'est toujours.

« Tu as une si jolie expression en ce moment, dit Connie, à quoi pensais-tu ? »

Lara secoua la tête. « Bah, je ne sais pas... seulement... à tout.

— Je t'aime, Lara.

— Je le sais bien. Nous nous aimons très fort. Allez, dors maintenant, ma chérie. Je vais aller dire bonsoir à Eddy. »

Celui-ci avait déjà mis son manteau.

« J'ai attendu pour voir si ça allait. Davey est allé travailler à sa table à dessin.

— Ça va. Il faut bien que ça aille. Mais je voudrais savoir, pourquoi l'as-tu encouragée ?

— Elle a le droit d'avoir une vie à elle, Lara. D'ailleurs, elle fera ce qu'elle veut, qu'on l'encourage ou pas.

— C'est une rebelle. C'est vrai qu'elle est forte et intelligente mais elle croit pouvoir influencer le cours des choses à son gré. Elle n'a pas encore compris que ce n'est pas possible.

— Lara, tu es un roc. Crois-tu que Connie et moi avons oublié tout ce que tu as fait pour nous ? Je te revois encore emmener Connie, à l'école et venir la chercher. Je me souviens quand tu m'emmenais en voiture chez le coiffeur ou le dentiste. Mais mon chou, vient le moment où il faut quitter son rocher et pour Connie l'heure a sonné.

— Qui nous reste-t-il ? fit Lara maladroitement. Deux cousins éloignés, trop vieux pour assister à l'enterrement, et personne d'autre. Nous n'avons pas de racines, c'est pourquoi je voulais nous en donner, c'est tout.

— L'argent nous y aidera, dit Eddy d'un air sombre. Et je vais essayer d'en gagner.

— Nous ne parlons pas la même langue ce soir, Eddy.

— Peut-être pas. Nous sommes trop exténués pour penser. » Il l'embrassa. « Bon, il faut que je parte. Va te reposer. »

Par la fenêtre qui donnait sur la cour, elle vit de la lumière dans la cabane de Davey, derrière le garage. La pluie battante avait cédé la place à une fine bruine. Jetant un manteau sur ses épaules, elle courut jusqu'à la cabane.

L'atelier de Davey était un fouillis inextricable, plein d'étagères surchargées. Le bureau, une vieille table bancale, était couvert d'une foule d'instruments aussi délicats que solides et dont Lara ignorait l'usage : des manchons, des filaments, des compas, des pinces, des gouges, des fusibles et des bobines de fil de cuivre voisinant avec des carnets de notes, des bouts de crayon et des chiffons tachés de peinture. Penché sur ce bric-à-brac, Davey très absorbé, écrivait dans un cahier. En règle générale, quand ses idées étaient plus claires, il lui expliquait sur quoi il travaillait.

Elle était tellement fière de lui ! Même si rien ne sortait jamais de ses inventions, elle serait toujours fière de lui. Il avait été le premier ami qu'elle s'était fait dans son nouveau lycée, dans une nouvelle ville. Alors qu'elle rentrait chez elle après les cours, elle avait été suivie par un groupe d'individus à la mine patibulaire, mais lorsque Davey l'avait rattrapée, ils s'étaient dispersés. Plus tard, elle avait su pourquoi. Le grand garçon au nom bizarre, Davey Davis (Davey était le nom de jeune fille de sa mère) était le champion de basket de l'école.

Elle entra et mit ses bras autour du cou de Davey. Il lui caressa les cheveux.

« Je sais. La journée a été cruelle. Et cruels aussi ces derniers mois, murmura-t-il.

— Je n'arrête pas de penser à ce qu'on dit : quand la mère est partie, la famille se disperse. Comme c'est vrai.

— Non, non. Nous sommes trop unis pour que cela arrive. Mais les projets se modifient avec le temps. Rien n'est définitif.

— Ils ne reviendront jamais.

— Lara ! Je n'arrive pas à y croire ! Tu t'es toujours montrée la grande optimiste de la famille !

— Je sais. Mais parfois, je me dis qu'il est ridicule d'être si optimiste. » Elle soupira. « Tu sais ce que je veux dire, Davey. Tu me comprends.

— Le bébé, fit-il avec douceur.

— Ce bébé que nous espérons tous les mois et qui ne vient jamais. »

Sa voix se brisa.

« Et qui ne viendra jamais...

— Jamais ! Voilà qui est bien définitif, ma chérie.

— Des mots, Davey. Rien que des mots. »

Il mit sa joue contre la sienne et la serra contre lui. Au bout d'un moment, il dit : « Et si nous adoptions...

— Alors, tu as perdu tout espoir, toi aussi ?

— Je n'ai pas voulu dire cela, Lara... Si tu savais comme c'est difficile de trouver les mots qu'il faut. Et toutes ces déceptions, mois après mois, avec les tests et les médecins... Je ne sais plus. Mais nous pourrions adopter un enfant.

— Même cela n'est pas facile. Il ne suffit pas d'entrer dans un bureau et de choisir un bébé. Il

31

faut attendre des années et des années et même alors...

— Alors, peut-être pas un bébé, mais un petit enfant qui n'a pas de famille ? C'est triste à dire, mais il y en a tant.

— Je veux un *bébé* ! Je veux être sa mère depuis le début !

— Chérie, répondit Davey en la serrant plus fort, alors je crois qu'il faut que nous attendions encore. Ne peux-tu pas retrouver un peu de ton optimisme ? »

Elle comprit qu'elle devenait pesante avec son obsession, alors qu'il faisait de son mieux pour lui remonter le moral. C'était mal de sa part.

« D'accord. Viens, allons nous coucher. »

Dans le lit familier, sous la courtepointe, ils se détendirent dans la paix et la tiédeur.

« Tu restes la plus belle femme que j'aie jamais connue, murmura Davey. Que tu portes un tablier de cuisine ou que tu sois nue. Nue, c'est encore mieux... »

Au bout d'un moment, le désir les prit subrepticement. Comme ils s'enlaçaient, une pensée traversa l'esprit de Lara : cette union totale, cette immersion profonde restait la plus belle joie et la plus grande de toutes les consolations. La vérité de la vie, c'était cela. Puis plus rien n'exista.

Peu de temps après, Davey sombra dans un doux sommeil. Mais elle somnola pendant un long moment, et son demi-sommeil fut peuplé de rêves. Dans l'un d'eux, elle se vit assise devant le genre de table dont elle avait toujours eu envie, somptueuse, couverte d'une nappe rose, décorée de chandelles éclairant des buissons de fleurs coupées. Peg allait bien, elle avait ses beaux cheveux. Papa, d'excellente humeur, lisait à haute voix. Lara était une petite fille, et en tant qu'aînée, elle trônait flanquée de son petit frère et de sa sœur encore bébé. En même temps, elle était une jeune mère et portait une longue jupe bleu pâle. Entre elle et Davey, étaient assis leurs enfants. Davey était en train de dire : « Nous n'avons pas pu en avoir alors nous en avons adopté. »

C'est à ce moment-là qu'elle se réveilla.

Pourtant Davey n'avait pas bougé. Elle se pelotonna, épousant la courbe de son dos, pleine d'un sentiment d'harmonie et de sécurité dans la chambre silencieuse. Au-dessus de la bosse que faisait l'épaule de Davey, on apercevait un morceau de ciel par la fenêtre. Il semblait agité, houleux comme l'océan qu'elle n'avait jamais vu, un océan vert sombre qui bondissait en vagues étincelantes.

2

Il faisait chaud à Houston, terriblement chaud. Semblable à une chape d'airain, le ciel aux reflets de bronze pesait sur la ville. Les feuilles des arbres couvertes de poussière pendaient misérablement dans la chaleur de l'après-midi. Passer de la rue à l'hôtel équivalait à entrer dans une chambre froide et le corps couvert de transpiration subissait une gifle glacée.

L'hôtel de Connie était un énorme établissement situé dans le quartier des affaires du centre ville. Il n'était ni cher ni bon marché mais avec l'argent qu'Eddy lui avait prêté, elle pouvait y rester un mois et même plus si elle faisait attention à ses dépenses.

Elle avait approché une chaise près de la fenêtre. La vue, les enfilades de fenêtres d'une banque de l'autre côté d'une cour minable mal éclairée, était plutôt déprimante mais elle valait mieux que la lumière jaunâtre que dispensait la lampe à côté du minable lit recouvert d'un couvre-lit marron. Sur le sol se trouvait une pile de journaux ouverts à la page des offres d'emploi.

Sa lecture, colonne après colonne, renforça sa conviction : le Texas était en pleine expansion. Avec un sentiment d'exaltation, elle dévorait les annonces et s'attarda subitement sur quelques lignes : « Jeune vendeuse pour magasin élégant vêtements de haute couture européens pour clientèle choisie. Expérience exigée, bonne éducation et excellente présentation. Salaire et primes. »

Vendeuse. Le mot était français... Au fond que voulait dire tout ce verbiage ? Qu'on cherchait une jeune femme pour une boutique de modes. L'expérience, elle l'avait, bien qu'elle n'ait jusqu'ici vendu que des modèles de série... Bonne éducation, excellente présentation. Elle alla se poster devant le miroir en pied de la salle de bain.

Elle n'y trouva rien qui ne lui fût déjà familier. Le spectacle la rassura. Sa lourde chevelure bien coupée descendait jusqu'à ses épaules. Le tailleur de lin beige avec le corsage rose corail, cadeau de Lara, la rendait encore plus svelte, les boucles d'oreilles en or, un cadeau somptuaire d'Eddy pour son anniversaire, affichaient leurs dix-huit carats ; des chaussures italiennes, une folie qu'elle s'était autorisée, moulaient ses longs pieds étroits dont elle était si fière, autant que de ses mains aux doigts effilés. Connie s'examina soigneusement sur toutes les coutures pour la millième fois depuis qu'elle était adulte : ses lèvres auraient pu être plus charnues, son nez un soupçon plus long, et ses pommettes étaient un rien trop rondes.

L'ensemble n'était pas comparable à la beauté classique de Lara qui frôlait la perfection. Elle ne s'en affligeait pas outre mesure car elle était beaucoup plus séduisante, elle le savait bien et même trop.

L'important, c'était d'user à bon escient de ce pouvoir de séduction. Avant de prendre rendez-vous, mademoiselle Osborne, je vous conseille de faire provision de revues pour avoir une meilleure idée de la mode européenne. Puis demain matin, faites-vous un shampooing, prenez un taxi avec air conditionné, pour arriver impeccable. Il n'y a sûrement pas de différence fondamentale entre vendre des pantalons en polyester et des tailleurs Chanel, non ?

La boutique se trouvait sur une belle avenue. Une épaisse moquette gris clair et des gerbes de glaïeuls lui conféraient une atmosphère de discrète sérénité. Ici et là s'offraient quelques vêtements mais, de toute évidence, le gros des collections se trouvait derrière une cloison de miroirs.

L'interview de Connie dura une demi-heure, conduite avec un intérêt nonchalant.

« Vous dites que vous avez déjà travaillé dans ce genre de boutique ?

— Oui, à Cleveland.

— Avez-vous des références ?

— Malheureusement non. Le propriétaire est mort d'une crise cardiaque et en quelques jours, tout est parti à la dérive. Cela se comprend », ajouta Connie avec un petit soupir. Elle effleura un tailleur lavande suspendu près d'elle.

« Ce Chanel est vraiment délicieux, n'est-ce pas ? Toujours cette ligne traditionnelle, mais ce sont les détails qui en font tout l'attrait.

— Oh, oui ! C'est vrai... » Puis : « Alors, j'imagine que vous pourriez commencer assez rapidement ?

— Ce serait merveilleux.

— Alors, je vais vous conduire au bureau pour les papiers de Sécurité sociale et le reste... »

Ainsi fut fait, elle débuta donc le troisième jour après son arrivée dans cette ville énergique. Elle se réjouissait de travailler dans cette belle boutique remplie de vêtements somptueux. Evidemment, il aurait été encore plus agréable de posséder toutes ces belles choses, pensa Connie, de porter ces riches velours et ces soies chatoyantes avant que les rides n'apparaissent sur son visage. Mais chaque chose en son temps.

Et maintenant, il lui fallait trouver un logement.

« Studio quartier sud, proche du centre-ville. » Le quartier sud risquait fort d'avoir une vue aussi sinistre que celle de l'hôtel, et les rues devaient être désertes après cinq heures du soir.

« Deux jeunes filles cherchent une troisième pour partager appartement et charges. »

Elle imaginait un divan-lit dans le hall et une kyrielle de petits amis allant et venant du matin au soir.

« Couple de retraités offre une grande chambre avec accès à la cuisine dans pavillon en proche banlieue pour jeune femme respectable. Vue sur le parc. »

Voilà qui est déjà mieux, surtout la « vue sur le parc ». Mais vivre en banlieue supposait posséder une voiture. Cela dit, il lui en faudrait une, quel que soit l'endroit où elle allait habiter à Houston, si elle ne voulait pas passer sa vie dans le quartier où elle travaillait. Il faut dépenser de l'argent afin d'en gagner, disait Eddy. Dans sa tête, Connie se mit à faire rapidement ses comptes : pourquoi ne pas affecter une partie de l'argent que lui avait prêté Eddy pour verser un acompte sur une voiture d'occasion... Ensuite, elle économiserait sur son salaire une somme déterminée pour payer le solde. A l'exemple de Lara et contrairement à son frère, Connie détestait faire des dettes. Elle se replongea dans le journal pour étudier les offres de voitures d'occasion puis prit rendez-vous pour la chambre avec vue sur le parc.

Tard dans l'après-midi, elle rangea sa petite voiture rouge devant un bâtiment de brique très convenable; il était ombragé par cinq chênes de taille respectable. Avant de grimper les marches de l'entrée, elle contempla sa voiture. Elle avait fait un bon achat, un véhicule n'ayant que deux ans. Davey ayant un jour mentionné qu'il cherchait toujours à acheter une voiture de démonstration, elle avait fouiné de-ci, de-là et en avait découvert une.

Une lourde femme aux courts cheveux bouclés gris-bleu répondit à son coup de sonnette.

« Madame Raymond ? demanda Connie.

— Oui. Est-ce vous qui m'avez téléphoné ce matin ?

— Oui, je suis Consuelo Osborne. J'aimerais visiter la chambre.

— Au téléphone, je vous avais crue plus âgée.

— Vraiment ? » Elle n'a pas besoin de faire tant de manières, pensa Connie car je n'aimerai peut-être pas sa chambre !

« C'est votre voiture ? » demanda Mme Raymond.

Toujours souriant, Connie acquiesça.

« C'est bien la mienne.

— Voulez-vous entrer ? Je vais vous montrer la chambre. » Au bout de la maison – ce qui donnait déjà un sentiment d'indépendance –, il y avait une grande chambre meublée avec un vaste lit, une commode, un fauteuil d'allure confortable et de vilains rideaux de cretonne marron. C'était d'une propreté rigoureuse. Le nez sensible de Connie renifla la fraîcheur de l'air.

« C'est très joli, fit-elle.

— Vous n'êtes pas du Texas ?

— Non, je viens de l'Ohio.

— Pourquoi en êtes-vous partie ?

— Je ne supporte pas les hivers froids.

— Vous n'êtes pas malade, au moins ?

— Non, non », affirma Connie. Dans ce bas monde, il fallait avoir la réplique rapide. « Je suis en parfaite santé.

— Parce que je ne voudrais pas avoir la responsabilité d'une personne qui tomberait malade chez moi.

— Cela va sans dire et je vous comprends.

— C'est vrai que je me sentirais responsable. Vous voyez, mon mari et moi sommes des gens très pieux.

— Bien sûr. » Il fallait dire quelque chose. « Moi aussi », ajouta-t-elle d'un air pénétré. Ce n'était ni tout à fait vrai ni tout à fait faux.

« Pour tout vous dire, nous cherchons une jeune femme plus mûre, plus stable. Mais vous me donnez l'impression d'une fille bien élevée et nous aimons donner une chance à la jeunesse. »

Connie sourit.

« Votre nom est Osborne ? C'est d'origine anglaise ? »

Elle acquiesça.

« Avec un peu de sang hollandais du côté de ma mère. »

Mme Raymond parut satisfaite.

« Est-ce que je peux vous offrir une boisson fraîche ? J'ai toujours du thé glacé en cette saison. »

Elles s'attablèrent dans une cuisine immaculée. Connie comprit que cette femme, une fois dissipé son air soupçonneux, devait être seule. Comme il est triste d'être grosse, âgée et seule.

« Vous me disiez qu'il y avait du sang hollandais du côté de votre mère ?

— Oui. Maman nous a toujours dit que nous étions cousins... – elle rit gaiement – enfin, cousins éloignés des Vanderbilt. C'est pour cela qu'on m'a appelée Consuelo. » Elle racontait cela comme si elle n'avait jamais fait autre chose dans sa vie. Et d'ailleurs, qui sait s'il n'y avait pas du vrai dans cette histoire ? « J'imagine que si nous avions habité New York, nous aurions pris contact avec eux mais l'Ohio est trop loin. Mon père avait une affaire de meubles. Il est mort juste au moment où j'entamais ma première année à l'université du Michigan. Il n'était pas question que je laisse maman toute seule. Ce n'était pas une question d'argent, mais plutôt parce qu'elle avait besoin qu'on s'occupe d'elle. »

Pauvre petite, perdre sa mère si jeune. Mme Raymond était fascinée.

L'après-midi passa comme un rêve. Enfin Consuelo se leva, retourna à l'hôtel chercher ses bagages et à la nuit se retrouva confortablement installée dans la chambre avec vue sur le parc.

Houston était vraiment une ville très riche. Malgré tout ce qu'elle avait pu en lire, Connie ne se serait jamais imaginé qu'on puisse dépenser tant d'argent, acheter des vêtements aussi chers. Les femmes achetaient sans même demander le prix : des équipements de ski pour aller en Suisse ou en Autriche, des ensembles de plage pour les Caraïbes ou Hawaii, des manteaux de daim, des cachemires, des tweeds anglais, des tailleurs italiens, des soieries et des robes de bal françaises. Rien que la sensation des tissus, la douceur des soieries sous les doigts remplissaient Connie de plaisir. Elle savait communiquer ce plaisir aux clientes ; grâce à son savoir-faire, elle faisait grimper les ventes et du coup encaissait plus de primes.

La propriétaire était très contente d'elle.

« Vous méritez une récompense pour votre travail, lui dit-elle un jour. Allez fouiller derrière et choisissez-vous une ou deux robes pour vous. Je vous les laisserai au prix coûtant. De toute façon, nous ne vendons pas beaucoup de petites tailles ! En outre, vous ferez une bonne publicité ! Mais faites-moi plaisir, quand vous sortirez, n'oubliez pas de dire d'où viennent vos robes. »

Mais Connie ne sortait guère, hélas ! Après quatre mois passés à Houston, elle ne connaissait pratiquement personne. Il est vrai que ses horaires, très prenants, lui laissaient peu de temps pour autre chose que travailler. Les autres vendeuses étaient soit mariées soit relativement âgées, ou les deux. Les deux seules qui échappaient à cette règle l'avaient prise en grippe parce qu'elle vendait plus qu'elles.

Comment fait-on connaissance avec les gens ? Particulièrement ceux qui fréquentaient la boutique et parlaient de l'Ermitage à Leningrad ou des concerts du Metropolitan de New York où ils avaient entendu Placido Domingo. Or c'étaient ces personnes-là qu'elle avait envie de connaître. A vrai dire, Connie se sentait plus seule à Houston qu'elle ne s'était jamais sentie dans sa ville d'origine.

Pourtant, par orgueil, elle ne l'admettait pas. Chaque fois qu'elle téléphonait à Eddy, toujours en PCV sur l'insistance de son frère, elle le trouvait si bouillant d'enthousiasme qu'elle se sentait obligée de réagir de la même manière. Quand elle téléphonait à Lara, ce qu'elle faisait très souvent, surtout pendant les interminables après-midi du dimanche, elle n'aurait jamais osé insinuer que tout n'était pas absolument parfait, sachant d'avance que sa sœur non seulement l'aurait suppliée de revenir à la maison, mais l'aurait sans doute harcelée jusqu'à ce qu'elle le fasse.

Un dimanche elle prit sa voiture et partit, sans destination particulière, juste pour passer le temps. Dans le quartier du Memorial, les grosses et somptueuses maisons étalaient leurs dépendances sous l'ombre des arbres. Le long des rues tranquilles, des bonnes d'enfants poussaient des landaus et des petits enfants sur leurs tricycles pédalaient gaiement. L'eau bleue des piscines étincelait et des couples conversaient sous des parasols aux couleurs vives.

A River Oaks, les demeures étaient encore plus grandes et plus éloignées les unes des autres. Des Mercedes et des Jaguar étaient garées devant d'impressionnants portails et les pelouses impeccables étaient aussi vertes que des tables de billard. Un groupe d'adolescents en tenue de tennis, à peu près de l'âge de Connie, traversa la rue et disparut derrière une maison. L'une des filles avait une queue de cheval attachée avec un ruban rouge. Ses cheveux flottaient gaiement dans le vent. Connie fut envahie par un sentiment de désolation. C'était comme si au beau milieu d'une foule tout le monde lui avait subitement tourné le dos pour l'exclure.

Elle contourna le pâté de maisons, prit de la vitesse en traversant les tristes quartiers sud et émergea sur une vaste avenue où se dressaient de grands hôtels au milieu de jolis parterres de fleurs, resplendissants sous le soleil. Des gens, toujours des gens, en groupes ou en couples, allaient et venaient.

De retour dans sa chambre, elle ne pouvait ni lire ni regarder la télévision. Elle aurait pu aller s'asseoir dans la cour avec les Raymond ou les gens d'à côté, un couple fatigué et leurs deux enfants insupportables. Elle aurait encore pu aller grignoter un hamburger et un milk-shake quelque part... Ecartant ces mornes perspectives, elle s'engagea dans l'entrée d'un hôtel, arrêta son moteur et sortit de sa voiture.

En dépit des multiples allées et venues des gens qui entraient et sortaient, le salon de la réception était presque vide. Avec amusement, elle réalisa qu'elle se comportait comme si elle était entrée dans un palais. Or, ce n'était qu'un hôtel et elle n'était qu'une rustaude, une paysanne, une péquenaude bâillant devant les chandeliers, les tapisseries, les valises de cuir sur les caddies, les montres serties de diamants exposées dans les vitrines du hall, s'émerveillant de tout !

Au bout d'un moment, elle passa dans le salon, commanda un thé et regarda les gens qui défilaient. Elle était là depuis un bon moment quand une jeune femme assise sur la banquette voisine lui adressa la parole.

« J'espère que vous ne me trouverez pas indiscrète mais je suis en admiration devant votre robe. J'adore le noir et blanc et j'ai cherché partout une robe de ce genre-là sans en trouver. »

De toute évidence, elle s'attendait à ce que Connie lui dise où elle avait acheté sa robe et, se souvenant de la requête de son employeur, elle le fit.

« J'aurais dû m'y attendre. Hélas ! c'est une boutique bien au-dessus de mes moyens. »

Un aveu aussi franc suscita une réaction également franche.

« Pour moi aussi c'est trop cher, mais il se trouve que j'y travaille et il arrive qu'on me laisse acheter au prix de gros.

— Quelle chance ! Moi, je viens justement de donner ma démission. Je vais me marier et m'installer à Dallas.

— Vous aussi, vous avez de la chance. De vous marier, je veux dire.

— Je sais. C'est un garçon merveilleux. Au fait, je me présente : je m'appelle Margaret Ames.

— Et moi, je suis Connie Osborne. »

Le dialogue était amorcé. Connie mourait d'envie de parler à quelqu'un et l'autre ne demandait qu'à partager son euphorie. Au bout d'une demi-heure, la conversation était plus personnelle, chacune exprimant son sentiment sur la vie en général, le tout entrecoupé de considérations sur les vêtements et les styles de coiffure.

« J'espère pouvoir trouver un travail aussi passionnant à Dallas que celui que j'ai ici, fit Margaret Ames.

— Vraiment ? Vous faites quoi ?

— Je travaille dans un country club. Je m'occupe d'organiser des réceptions, des lunches de mariage, des dîners, enfin des trucs comme ça. J'aide les gens à établir leur menu. Je m'occupe de tout, c'est passionnant.

— Ma foi, mon travail n'est pas mal mais je ne dirais pas qu'il est passionnant. » Et Connie ajouta : « L'ennui, c'est que je n'arrive pas à faire connaissance avec qui que ce soit. C'est dur d'habiter dans une ville étrangère.

— Je sais. Très difficile. »

Elles soupirèrent, Connie avec conviction et Margaret par compassion.

« Ah ! si je pouvais changer de travail, je ne dirais pas non ! »

Connie avait avancé cette hypothèse à tout hasard. Travailler dans un country-club comme elle, peut-être ? Elle se jeta à l'eau.

« J'imagine que votre travail est assez compliqué. Il faut probablement bien connaître la grande cuisine, le service et...

— Pas vraiment. Quand j'ai commencé, je n'y connaissais strictement rien. Vous apprenez par les autres, les cuisiniers, les serveurs, petit à petit. En fait, l'important, c'est d'être aimable, d'avoir une bonne mémoire et une bonne présentation. »

Connie se sentait de plus en plus intéressée.

« Et l'on rencontre vraiment des gens huppés. Les gens de la haute... D'ailleurs, c'est là que j'ai rencontré mon fiancé... enfin, pas vraiment parmi les clients mais le jour où son agence l'a envoyé pour établir le devis d'une nouvelle toiture.

— Ça serait formidable.

— Mais j'y pense... est-ce que cela vous intéresserait ? Parce que si vous voulez, je vous recommanderais très volontiers.

— Vraiment ? Vous seriez un ange !

— Mais c'est très facile, je vous assure ! Et vous savez, j'ai dans l'idée que vous seriez parfaite.

— Je ne sais vraiment pas comment vous remercier.

— Je vous en prie... Vous verrez, vous trouverez cela bien plus facile que de faire essayer des vêtements toute la journée à une bande de femmes capricieuses. Et j'ai l'impression que vous gagnerez au moins le double.

— Vraiment ? Comme vous êtes gentille ! » répéta Connie.

Au début, elle trouva tout extraordinaire. C'est vrai qu'elle était debout du matin au soir, comme dans ses deux précédents postes, et qu'elle travaillait plus longtemps. Mais Connie trouvait une grande compensation dans l'atmosphère qui régnait au club. Se retrouver tous les matins devant les hectares et les hectares d'herbe verte du golf, apercevoir les collines dans le lointain, contempler la piscine et les courts de tennis à l'abri des futaies, quel plaisir ! Tout n'était que paix et bien-être ; tout était beau. Les jardins étaient splendides. Les locaux

46

bénéficiaient d'une ombre agréable qui les proté-
geait des ardeurs du soleil de l'après-midi. Au
déjeuner, les diverses salles à manger bleu et blanc
étincelaient. La nuit, sur les terrasses, les bougies
tremblotaient dans des globes et des lanternes suspendus dans les arbres. Il était inimaginable que
rien de laid et de sordide n'entache la vie de ceux
qui venaient se distraire et danser ici. Ils donnaient
l'impression de flotter tout au cours des jours, perdus dans une fête perpétuelle.

Son cœur était gonflé de bonheur. De tempérament naturellement enjoué, elle se sentait encore
plus gaie. On l'appréciait beaucoup. Elle avait le
don de se souvenir des noms et des visages et c'est
précisément ce qu'on attendait d'elle. Les habitués
étaient ravis lorsqu'elle les dirigeait vers leur table
habituelle et leur faisait servir leur boisson favo-
rite. Le personnel, des femmes en majorité qui
travaillaient là depuis des années, se montrait
presque maternel à son égard et elle était surprise
que personne ne s'offusque d'être dirigé par une
aussi jeune femme. Pour la plupart, c'était dans
l'ordre des choses.

« Ne placez pas les Darnley à côté des Exiter.
Mme Darnley était la première femme d'Exiter et
les deux épouses se haïssent ! »

« Si M. Tory dit "sept heures trente", cela veut
dire "sept heures vingt-huit". Il est toujours tellement pressé qu'il finira par être en avance le jour
de son propre enterrement ! Et veillez à ce que
tout soit fin prêt car c'est un vrai râleur. »

Celia Mapes, celle qui lui donnait tous ces
conseils, était une brave femme mais elle avait
tendance à être un peu curieuse.

« J'ai une fille à peu près de votre âge. Elle travaille pour l'armée à l'étranger. Elle vit avec un gars et dit qu'ils vont bientôt se marier. J'imagine que vous aussi ?

— Si Je vis avec quelqu'un ? Non, je suis seule.

— Qu'est-il arrivé ? Vous avez rompu ?

— Je n'ai jamais connu quelqu'un avec qui rompre.

— Vous n'avez jamais eu de petit ami ? C'est à ne pas croire ! Une fille comme vous !

— Pourtant, c'est vrai.

— Je ne le crois pas. Vous voulez dire que... que vous êtes toujours vierge ?

— Incroyable ou pas, c'est le cas.

— Mais vous vous portez bien ?

— Parfaitement ! »

Connie éclata de rire.

« Peut-être suis-je un peu bizarre, mais je n'ai jamais eu envie... disons que je n'ai jamais rencontré quelqu'un. Une fois, j'ai fait la connaissance d'un type très sympathique, mais il avait de l'acné et cela m'a rebutée. »

Il y en avait eu d'autres, comme le chef de rayon dans son premier travail. Il avait beaucoup d'allure mais il n'était pas intéressant et n'avait aucune ambition. Le sport mis à part, il ne parlait de rien.

Celia Mapes hochant la tête, dit :

« Ma foi, mon petit, il ne faut pas trop faire la dégoûtée, sinon vous allez vous retrouver toute seule un de ces jours. Vous savez, j'ai un neveu auquel je pourrais vous présenter. Un grand costaud, comme un joueur de foot. Mais c'est un vrai monsieur. Il est livreur dans une grosse compagnie. Il touche un bon salaire aussi. »

L'offre partait d'un bon sentiment et Connie se sentit mal à l'aise à l'idée de refuser. Pourtant, je ne suis pas snob, se dit-elle. Non, ce n'est pas cela, ce serait stupide. Mais je ne veux pas me gaspiller. Alors, elle mentit.

« Merci. Peut-être une autre fois, mais pas maintenant. Ma propriétaire veut me présenter quelqu'un ce week-end. »

Celia regarda Connie d'un air soupçonneux, comme si elle avait flairé le mensonge.

« Vous êtes jolie comme un cœur, mais si vous rêvez de rencontrer l'homme de votre vie ici, n'y pensez plus. L'argent attire l'argent, comme on dit. »

Parmi les membres du club, il y avait plusieurs jeunes couples. Elle se demandait comment on pouvait arriver à vivre de façon aussi luxueuse. Avaient-ils tous hérité de leur richesse ? Désormais, elle ouvrait grand les yeux et les oreilles quand elle passait parmi eux, tout en observant et en retenant certaines phrases.

« Il n'y a pas vraiment de différence entre une Rolls et une Bentley, vous savez. »

« Oh ! c'est Charlie qui me les a rapportés d'Athènes pour mon anniversaire. J'adore l'or grec. »

Connie jeta un coup d'œil sur le magnifique collier et les bracelets. Ils n'aidaient en rien leur propriétaire, une fille plate comme une planche à pain, aux omoplates saillantes, qui portait une ravissante robe blanche. Quant à la voix de la fille, nasillarde et rauque, elle vous donnait le frisson.

Connie entrevit un beau visage bronzé dont les yeux bruns exprimèrent non sans malice une franche admiration. Mais elle avait l'habitude de ce genre de manifestation. Rien ne sortait jamais de ces muettes appréciations.

Les mois passant, il était inévitable que l'attrait de son nouvel emploi diminue et Connie avait l'impression de se trouver devant une très longue route solitaire menant à une impasse.

Pendant ce temps, à New York, Eddy avait gravi sans coup férir une longue enfilade d'escaliers. Son associé Pete Brock et lui, puissamment aidés par l'oncle de Pete, progressaient avec régularité, augmentant les portefeuilles boursiers et les contacts sociaux.

« Il m'arrive de me demander comment tout cela s'est fait si vite... », dit Pete, une fin d'après-midi alors que les deux jeunes gens étaient assis l'un en face de l'autre. « Une chose en amène une autre... On rencontre sur un court de tennis un type qui devient votre client puis, satisfait de nos services, il nous invite à jouer dans son club privé. On ne s'est pas mal débrouillés, pour deux petits émigrants de l'Ohio !

— Pas mal du tout, en effet », répondit Eddy.

Mais pas de façon sensationnelle non plus, pensa Eddy. Dans un fauteuil pivotant, il examinait le bureau qui consistait en quatre pièces décemment meublées, dans un immeuble médiocre des années vingt, dans une rue minable à mi-chemin entre le quartier de la confection et celui des théâtres. L'oncle de Pete était propriétaire de l'immeuble, de sorte que le loyer était bas. Rien ne clochait dans leur installation, si l'on était de nature à se contenter de la sécurité et de revenus modestes. Ce qui, selon toutes les apparences, était le cas de Pete Brock.

« Il faut que je te dise quelque chose, fit Eddy. Il y a un bout de temps que je désire t'en parler et je repousse toujours parce que je me sens un peu coupable.

— Pourquoi? Qu'as-tu fait? Tu as couché avec ma secrétaire?

— Pete, je ne plaisante pas. Le fait est que j'ai envie de partir. Je voudrais te quitter. Je veux lancer ma propre affaire. »

L'autre leva la tête.

« Et moi qui croyais qu'on s'entendait comme larrons en foire! Que se passe-t-il? Je t'ai déplu en quelque chose? Dis-moi la vérité, Eddy. Sois franc avec moi, je t'en prie.

— D'accord, je serai franc. Tu es mon ami, Pete, et je ne voudrais pas que tu penses une seconde que je ne t'aime pas. Je te suis infiniment reconnaissant et j'ai eu une chance inouïe que toi et ton oncle – quel homme généreux et remarquable – n'ayez accepté comme partenaire. Bon Dieu, après toutes ces années passées ensemble à l'université, tu peux me croire et... »

Pete agita la main.

« D'accord, d'accord, je te crois, mais venons-en au fait. De quoi as-tu à te plaindre?

— Je ne me plains pas. C'est simplement que toi et moi, nous n'allons pas à la même allure et... »

Pete l'interrompit une fois encore.

« Oh! c'est parce que je ne veux pas prendre d'argent sur les fonds du cabinet pour investir, parce que je n'ai pas envie d'un bureau plus élégant, parce que je suis satisfait...

51

— Tu te contentes facilement de ce que tu as et c'est loin d'être mon cas. Voilà qui est dit, Pete.

— Tu voudrais plus ! Alors que tu as un revenu régulier, un appartement, des amis, que tu habites cette ville formidable ! Mais que désires-tu de plus dans la vie ? »

Le *maximum*. C'est presque impossible à expliquer. Comment dire sans avoir l'air d'un fou que cette ville formidable, justement, le remplissait de désirs. A quoi servait de marcher sur la Cinquième avenue ou sur Madison, à bayer devant les boutiques et les galeries remplies de peintures d'une telle beauté qu'on avait du mal à s'arracher à leur contemplation... A quoi bon regarder les affiches publicitaires des compagnies aériennes offrant des voyages à Paris, à Hawaii et au Maroc, admirer les femmes splendides en arrêt devant les vitrines des grands bijoutiers, alors que toutes ces choses restaient hors de sa portée ? Ce que Pete appelait un « appartement » n'était qu'un espace rénové au dernier étage d'un immeuble sans ascenseur. Un véritable appartement, c'était dans le quartier de l'Upper East Side, sur une large avenue, la Cinquième ou même Park, ou dans une rue tranquille avec un portier en uniforme sous le dais de l'entrée. C'était impossible à expliquer.

Il décida de simplifier.

« J'ai envie de développer mes affaires, c'est tout. Tu te souviens de ce que je t'ai dit au sujet des montages fiscaux ? Tu as dit non. Un non définitif.

— Et je continue. Nous sommes des boursiers, un point c'est tout.

— Il n'y a aucune raison de se limiter, pourtant. C'est ma façon de voir. Contrairement à toi. Mais cela ne fait rien. Entre amis, on n'est pas obligé d'être d'accord sur tout.

— Eddy, tu es foncièrement joueur. » Le ton était légèrement critique. « Tu as tendance à jouer et c'est dangereux.

— Qui ? Moi, un joueur ? Tu te trompes complètement, Pete. J'ai économisé toutes mes commissions. Cela fait un joli paquet. C'est pourquoi je suis en mesure de voler de mes propres ailes. Une fois que j'aurai remboursé ton oncle et la moitié de ma part des dépenses du bureau, il m'en restera largement.

— Tu vas t'associer ?

— Non, non. Je vais m'établir tout seul. Osborne et Cie. Je suis la "Cie" ! Je m'occuperai de placements en Bourse et de problèmes fiscaux. Il existe une grosse clientèle en puissance dans ce domaine. C'est parfaitement légal. Mais il faut connaître les trucs quand on a affaire aux gros clients. Si je fais mes preuves, ils feront la queue chez moi ! »

Pete secoua la tête.

« Tu vas marcher sur une corde raide. Trop raide pour moi. »

Eddy éclata de rire.

« Non, non, non. Tu sais ce qui est formidable ? C'est qu'on puisse se séparer sans se fâcher. Enfin, pour ce qui est de moi. »

Pete se leva et lui tendit la main.

« C'est pareil pour moi, Eddy. Je te souhaite beaucoup de succès, vraiment. »

Pour gagner de l'argent, il faut savoir en dépenser. C'était une évidence. La décoration de son nouveau bureau dans un bel immeuble de Madison avenue lui avait coûté plus que prévu mais le résultat, ainsi que lui avait promis la société qui avait effectué les travaux, était parfaitement réussi.

« C'est stupide de lésiner sur la qualité de la moquette, avait dit le décorateur à Eddy. On sent la qualité d'une moquette sous le pied. Un très beau revêtement vous donne immanquablement une sensation de luxe. »

C'était bien vrai, pensait-il en regardant son nouveau domaine ; tout était beau, de la moquette vert sombre aux gravures encadrées représentant des vues de la Rome antique. Quel soulagement après l'abominable trou où ils avaient travaillé, Pete et lui.

Vrai encore que le costume d'un homme donne une image précise du propriétaire. L'un des membres les plus âgés du club de tennis de l'oncle de Pete lui avait recommandé un tailleur. Inouïe, la différence que pouvait faire un costume sur mesure ! Il caressa son bras, couvert de la meilleure laine peignée anglaise. Quelle différence !

A trois heures, il avait rendez-vous avec un entrepreneur. Il remonta Madison avenue d'un bon pas en pensant qu'un jour il aimerait beaucoup avoir un très beau bureau dans la dernière portion de l'avenue. Il réfléchissait à la façon commode de concilier les choses. Cet entrepreneur, celui-là même qui lui avait recommandé le tailleur, avait l'intention de construire un centre commercial à Long Island et il avait besoin d'investisseurs. En même temps, certains des détenteurs de portefeuilles d'actions qui avaient quitté Pete pour suivre Eddy cherchaient à investir afin de diminuer leurs impôts. C'était encourageant de constater le nombre de clients qui avaient préféré Eddy à Pete. A noter qu'il n'avait nullement incité aucun de ceux-là à quitter Pete, il n'aurait jamais fait une chose pareille. Non, vraiment, ils l'avaient suivi de leur propre gré, ce qui prouvait qu'une bonne partie de la clientèle était venue pour lui. Il faut dire que Pete n'avait jamais été particulièrement sociable. Si l'on veut attirer le client, il faut savoir sourire et se montrer.

En entrant dans le bureau aux murs recouverts d'acajou, Eddy arborait son plus beau sourire.

« Je tiens à vous remercier de m'avoir indiqué ce tailleur, monsieur Hartman. Est-ce que mon costume vous plaît ?

— Vous êtes splendide, Eddy. Si j'avais un fils, je voudrais qu'il vous ressemble. Bon, parlons affaires. Je suis complètement submergé de travail, alors ne perdons pas de temps. J'espère que vous n'êtes pas venu les mains vides.

— Non, monsieur, absolument pas : j'ai déjà cinq noms et je pense en avoir deux autres d'ici mercredi. »

Les deux hommes prirent place derrière une table, les dossiers étalés devant eux.

« Ce sont tous des hommes compétents, monsieur Hartman, comme vous pouvez le constater. J'ai pratiquement terminé de vérifier leurs références et ils sont tous au top niveau. Le haut du panier, en fait.

— Je vois ça... Il faut toujours choisir le haut du panier, jeune homme. »

L'entrepreneur empila soigneusement les papiers que lui avait apportés Eddy.

« Pour en revenir à vous, est-ce que vous aimeriez que je vous parraine pour devenir membre de mon club de tennis à Long Island ?

— Formidable, monsieur Hartman.

— Ils ont des installations très agréables. On peut passer le week-end là-bas pendant l'été. Il faut sortir de la ville, jouer au tennis, nager, se détendre. Ils ont tout ce qu'il faut. La cotisation est plutôt élevée mais vous verrez, ça en vaut la peine.

— J'en suis sûr, monsieur Hartman. Je suis très flatté que vous vouliez bien me recommander.

— Très facile, Eddy. Cela me fait plaisir. »

Ils se serrèrent la main et Eddy se retrouva dans la rue. Il se retenait de siffler à tue-tête. Voilà la façon de progresser, marche par marche. Entrer dans ce club ne pouvait que lui ouvrir d'autres portes. Il se voyait dans un long couloir plein de portes entrouvertes.

Le cœur léger, il remonta l'avenue sans raison particulière si ce n'est qu'il en avait envie. Il s'arrêta devant la vitrine d'une galerie d'art. Au beau milieu de la vitrine était exposée une petite aquarelle représentant un bassin le long duquel se promenaient des petits chats. Néo-impressionniste, décida-t-il après examen, probablement une scène de la Nouvelle-Angleterre. Il avait acquis un certain nombre de livres d'art pour apprendre et comprendre, dans l'intention de devenir un jour acheteur. Il entra dans la galerie pour demander le prix de l'aquarelle à un vieux monsieur à l'air distingué.

« Douze mille dollars. C'est un artiste qui marche très bien. Sa cote est en progression constante. »

Le monsieur distingué s'était exprimé un peu sèchement comme si Eddy – qui le comprit immédiatement – avait implicitement manifesté un désaccord. En fait, Eddy avait été subitement attiré par une autre aquarelle qui se trouvait sur un mur.

« Celle-ci est meilleure », dit-il.

Il s'approcha plus près. C'était aussi une sorte de marine. Elle représentait une crique ou une sorte d'anse où des voiliers étaient ancrés sous un ciel de fin d'après-midi. C'était si délicat, si vrai qu'on pouvait presque entendre le léger clapotement des vagues et sentir la fraîcheur de l'air. Pourtant, malgré son réalisme, ce n'était nullement une carte postale ou un chromo. Il émanait quelque chose de particulier qu'avait voulu l'artiste. Difficile à définir mais Eddy sut qu'il se trouvait devant une véritable œuvre d'art. Une exaltation merveilleuse, sensation qu'il connaissait bien, s'empara de lui.

« Oui, fit-il, c'est bien meilleur que l'autre.

— Absolument, vous avez tout à fait raison. C'est vrai, c'est un meilleur peintre.

— Evidemment, elle doit valoir plus cher ?

— En fait, elle vaut deux mille dollars de moins. L'artiste commence seulement à être connu, voyez-vous. L'autre est déjà célèbre et c'est pourquoi nous avons mis son tableau en vitrine.

— Ah ! je vois... »

Il savait qu'il venait de dépenser des sommes folles pour l'installation de son bureau et il était prévu qu'il quitte son dernier étage sans ascenseur le mois suivant, ce qui signifiait qu'il lui faudrait acheter des meubles. Mais il voulait le tableau.

« Je vais le prendre », dit-il brusquement. Puis tout aussi brusquement, il ajouta : « En réalité, le prix est un peu élevé pour moi en ce moment, mais ce sera le premier tableau que j'achète et j'en ai vraiment envie.

— Je vous félicite pour votre bon goût. Vous avez un œil exercé. Vous ne le regretterez pas, je vous l'assure. Dans quelques années, vous pourrez le revendre pour deux fois la somme si jamais vous décidez de vous en défaire. »

Après avoir montré ses papiers d'identité, Eddy rédigea un chèque et, aux anges, emporta le tableau chez lui pour le mettre immédiatement au mur. Il le suspendit juste devant son lit, d'où il pourrait le contempler. C'était un bon investissement, avait dit le marchand... c'était agréable de penser qu'il pourrait un jour le revendre pour acheter une œuvre de plus grande valeur. Tant mieux. Mais ce n'était pas pour cette raison qu'il l'avait acheté et il se disait qu'il n'aurait jamais sans doute envie de le revendre.

La nuit, sa chambre éclairée par les lampadaires de la rue n'était jamais totalement noire. Il resta un long moment allongé sur son lit, contemplant son achat et souriant béatement. La peinture donnait à la petite chambre quelque chose de magique ; le ciel de crépuscule de l'aquarelle resplendissait et rendait l'air plus aérien.

Cette petite merveille était à lui ! Mon Dieu, je vais vraiment de l'avant... Ce fut sa dernière pensée avant de s'endormir. Je vais de l'avant...

Dans la partie du bâtiment réservée au service, Connie avait un petit bureau, à peine plus large qu'un placard, avec une table et deux sièges en bois. Un matin, après avoir frappé à la porte, un jeune homme entra et se présenta.

« Je suis Richard Tory. Il paraît que c'est vous qui vous occupez du déjeuner surprise que j'offre à ma mère. Vous êtes bien mademoiselle Osborne ?

— C'est bien moi, mais ici on m'appelle toujours Connie.

— Je ne savais pas. Je ne viens que rarement au club bien que ma famille en soit membre depuis que je suis né. »

Le visage du jeune homme, en effet, n'était pas familier à Connie. L'eût-elle déjà rencontré qu'elle ne l'aurait pas oublié car il portait une couronne de cheveux blonds très bouclés, inhabituels. Il avait le teint clair et des traits aquilins qu'on attendrait plus volontiers chez un aristocrate romain. Elle ne pensait d'ailleurs pas qu'il fût le fils de n'importe qui !

Il lui sourit d'un air presque timide. « C'est la première fois que j'organise cette sorte de chose. J'espère que vous me donnerez un coup de main.

— C'est très facile. Donc, vous voulez donner un déjeuner.

— Oui. C'est le cinquantième anniversaire de ma mère et j'ai pensé que réunir ses meilleures amies lui ferait plaisir. Une cinquantaine de personnes. J'aurais aimé que cela se fasse à la maison mais il n'y aurait pas eu de surprise. Vous n'en parlerez pas, bien sûr ?

— Evidemment pas. Ne vous faites pas de souci.

— J'imagine que vous connaissez ma famille ?

— Bien sûr. Ils viennent souvent.

— Ma mère aime les choses simples. Je veux dire, pas de rubans, pas de ballons, rien de la sorte. Ce n'est pas du tout son genre.

— Cela va de soi ! »

Les mots étaient sortis presque automatiquement de la bouche de Connie qui fut très embarrassée, craignant qu'on discerne un certain sarcasme dans le ton. Mais les yeux de Richard Tory restaient pleins de bonne humeur.

« Bon, il faut que je vous quitte. Alors, beaucoup de fleurs sur les tables. Elle adore les fleurs. Dans des corbeilles de rotin, peut-être ?

— C'est toujours joli. Et pour les couleurs ? »

Il réfléchit. « Elle aime le bleu. Des bleuets, qu'en pensez-vous ? Des bleuets et des marguerites ?

— Vous avez bon goût. Je peux trouver des nappes bleu et blanc qui donneront un petit air campagnard. Est-ce que cela vous convient ?

— Parfait, parfait. Et vous avez une idée de ce que les dames aiment pour le déjeuner ?

— Oh ! la grande majorité font des régimes ! Mais je vais en parler avec le chef et nous ferons un projet de menu. Puis-je vous téléphoner pour vous le soumettre ? On reverra les derniers détails à ce moment-là.

— Bien sûr. Mais ne me téléphonez pas à la maison puisque j'habite chez mes parents. Voici mon téléphone de bureau. Et merci mille fois. »

Quel homme agréable, pensa Connie quand il fut parti. Vraiment gentil. Elle regarda sa carte de visite. McQueen-Bartlett. Des publicitaires. Dans l'annuaire téléphonique, elle vit que leurs bureaux étaient situés dans un quartier prestigieux. Elle chercha aussi l'adresse de sa famille. Elle trouva un Richard Tory à River Oaks et un autre Richard Tory avec un numéro différent mais à la même adresse.

River Oaks! Les grandes propriétés dans des jardins aux arbres centenaires... En soupirant, elle remit les annuaires sur l'étagère.

Le déjeuner se déroula à la perfection. Une cinquantaine de dames d'âge moyen vêtues de soieries et de lin arrivèrent les bras chargés de cadeaux, burent du champagne, chantèrent *Happy Birthday* en chœur et repartirent très contentes. A la fin du repas, Mme Tory fit mander Connie pour la féliciter gentiment de l'organisation.

« Votre fils est pour beaucoup dans les choix et il m'a beaucoup aidée », dit Connie, ce qui bien sûr n'était pas vrai. Pourtant, quelque chose l'avait poussée à parler de lui.

« Vraiment ? Je dois dire que Richard sait d'instinct ce qu'il faut faire », dit sa mère.

Connie avait pensé un instant jeter un coup d'œil pendant le déjeuner pour voir si tout allait bien. Mais elle ne l'avait pas fait de sorte qu'il était douteux qu'elle le rencontre de nouveau. De toute façon il était absurde qu'une nouvelle rencontre modifie quoi que ce soit dans sa vie. C'est donc non sans surprise qu'en levant les yeux de son bureau, un matin de la semaine suivante, elle le vit dans l'entrée.

Il arborait une tenue de tennis et portait une raquette sous le bras.

« On m'a dit que le déjeuner était très réussi et je tenais à vous en féliciter.

— Mais il n'y a pas de quoi ! »

Il restait sur le seuil comme s'il cherchait quelque chose à dire, ne sachant pas s'il devait entrer ou sortir.

« Voilà au moins deux ans que je n'ai pas joué au tennis ici, fit-il enfin. C'est plus pratique de jouer à la maison. Mais j'avais envie de faire un match sérieux et il n'y a qu'ici que je puisse trouver des joueurs de niveau professionnel.

— Et comment ça c'est passé ?

— J'ai perdu mais j'ai bien fait courir mon partenaire.

— Vous devez être un bon joueur.

— Disons, pas mauvais. »

Il avait un visage ouvert, au front large et une bouche aimable. L'air dynamique. Un homme bien dans sa peau, pensa-t-elle.

« Je ne suis pas mauvaise non plus, dit-elle sans aucune modestie. C'est mon frère qui m'a appris et il est formidable.

— Alors, vous ne voulez pas qu'on joue un de ces jours ?

— J'aimerais beaucoup mais n'oubliez pas que je travaille.

— Et moi aussi, je travaille. Mais je suis en vacances pour trois semaines. Autrement, je serais dans mon bureau depuis dix heures trente ce matin. Jusqu'à dix heures trente du soir aussi, trop souvent. »

Que se passait-il ? Elle avait l'impression d'être en équilibre instable sur une longue planche étroite, avançant précautionneusement un pied après l'autre, les bras écartés pour s'aider. Elle avait une peur panique de tomber. Un mot de travers, une intonation trop avide ou trop indifférente, et elle tomberait...

Elle dit prudemment : « Je dispose des dimanches et généralement des lundis s'il n'y a pas de noce ou de banquet et... mes horaires sont flexibles. Tout dépend. Ils sont très gentils pour moi ici.

— C'est normal. Alors, quand serez-vous libre ? Vous aurez peut-être un moment ce week-end ?

— Il se trouve que j'ai cet après-midi libre. Mais j'imagine que vous n'avez plus envie de jouer au tennis aujourd'hui ?

— Non, il fait beaucoup trop chaud. Mais j'ai envie de déjeuner, pas vous ?

— Oh, si ! Je ne saute jamais un repas. J'avoue, à ma grande honte, que j'ai un solide appétit ! »

Il sourit.

« Moi aussi. Je connais un très bon restaurant. Je vais aller me changer. Alors, on se retrouve au parking à midi et demi ? »

Je n'arrive pas à y croire, se disait Connie. C'est tellement facile de parler avec lui. Il me fait penser à Davey. Il plairait beaucoup à Lara. Il n'est pas du tout ce qu'on peut imaginer des gens qui habitent River Oaks. Mais qu'est-ce que je raconte ? Comme si je connaissais les gens de ce quartier ! Il n'est pas comme les hommes que j'ai observés dans ce club, avec leur visage doucereux et sarcastique. Le restaurant se vidait et ils étaient toujours assis en train de siroter leur deuxième café glacé.

« En général, j'aime bien voyager pendant mes vacances, aller quelque part, même si ce n'est qu'à New York. La société m'envoie souvent là-bas, alors j'ai loué un petit appartement près des Nations unies. Mes parents aiment bien y faire un saut en avion pour assister à une pièce de théâtre, de sorte qu'ils l'utilisent aussi. Vous aimez New York ?

— Je n'y suis jamais allée. En fait, je ne suis jamais allée nulle part. »

De peur d'avoir l'air pathétique, Connie débita le petit couplet qu'elle avait préparé et qu'elle connaissait par cœur.

« D'abord, mon père disait toujours qu'il ne pouvait pas quitter son travail. Il avait une grosse affaire de meubles. C'était un "accro" du travail, vous savez comment c'est... Puis il est tombé malade et naturellement... » Elle fit un geste de ses jolies mains. « Après, c'est maman qui est tombée malade et il était impossible de la laisser seule. On n'aurait d'ailleurs jamais voulu. »

Elle n'alla pas plus loin.

« Cela a dû être terrible pour vous, dit-il gentiment. Mais je suis certain que vous finirez par voir le monde. Si vous en avez envie, ça arrivera, vous savez.

— Je voudrais surtout aller en Angleterre. Ma famille n'a jamais oublié ses racines et ils viennent tous d'Angleterre à part un tout petit apport hollandais. Nous sommes des cousins éloignés des Vanderbilt, peut-être pas tellement éloignés, je ne sais pas trop. Et il y a aussi une branche catholique, ajouta-t-elle en se remémorant l'histoire américaine. Nous avons un ancêtre qui est venu au Maryland avec Lord Baltimore.

— Mon Dieu, je ne suis qu'un plébéien à côté de vous. La plupart de mes ancêtres sont venus d'Irlande durant la famine des pommes de terre. J'ai aussi un grand-père polonais qui travaillait dans une mine. »

Connie répondit avec légèreté :

« Quelle différence cela peut-il bien faire ? Les gens sont les gens, un point c'est tout.

— Vous avez raison. Quand vous reverrai-je ? Samedi ? dimanche ?

— Dimanche, ce serait sympathique.

— Parfait. Donnez-moi votre adresse et j'irai vous chercher. N'oubliez pas votre maillot de bain. On fera quelques brasses avant de déjeuner. »

Elle ne put s'empêcher d'en parler à Celia Mapes.

« Vous imaginez ? Richard Tory m'a invitée. Et chez lui. Pas moins ! »

Celia la regarda avec scepticisme.

« Je vous crois, si c'est vous qui le dites.

— Bien sûr que c'est vrai. Il est vraiment adorable. Le seul ennui, c'est que je n'ai aucune envie de me retrouver avec sa famille. Ils m'ont l'air de gens qui ne vont pas hurler de joie à l'idée de ma visite !

— Je n'ai pas de mal à le croire, mon chou. Je les connais depuis vingt ans et je ne peux pas dire qu'ils aillent en s'améliorant. Bah, vous vous débrouillerez très bien. Vous avez dû lui taper dans l'œil, à ce garçon.

— Certainement pas. Je n'ai rien fait de particulier. »

Celia examina Connie de la tête aux pieds avec une sorte de respect, presque comique.

« Vous vous débrouillerez très bien, je vous dis », répéta-t-elle avec une expression sagace.

Derrière une maison de brique blanche tout en longueur flanquée de deux ailes symétriques encadrant une façade classique, se trouvaient une pelouse impeccable, un court de tennis et une piscine comme il en va généralement dans cette sorte de demeure.

« Nous aurons tout l'espace à nous aujourd'hui, dit Richard. Mes parents ne rentreront pas avant ce soir. »

La signification de ces paroles semblait parfaitement claire. Une pensée traversa l'esprit de Connie comme l'éclair, si nette qu'on l'aurait crue imprimée et sortant d'un ordinateur. Comme je suis excitée... C'est la première fois et c'est déjà tard... J'ai vingt ans... Mais dois-je... S'attend-il à ce que je... La journée passerait et se terminerait soit dans un lit au premier étage soit dans la cabane de la piscine.

Pour le moment, il l'emmenait sur le court de tennis. Elle s'était acheté une tenue neuve, une jupette courte à la mode de Wimbledon. C'était traditionnel, contrairement aux shorts, et son instinct lui avait soufflé qu'elle ferait mieux aujourd'hui d'avoir un air conservateur. Mais puisque les parents de Richard étaient absents, elle regretta de ne pas avoir acheté de short. Heureusement, les petits volants de sa jupette l'avantageaient quand ils voletaient autour de ses longues jambes bronzées. Elle joua bien, remerciant mentalement Eddy pour tous ces matins où il l'avait tirée du lit aux aurores pour l'emmener jouer sur des courts en dehors de la ville, avant que ceux-ci ne soient pris.

« Mais dites-moi, vous jouez très bien. Vous ne m'aviez pas dit cela », lança Richard par-dessus le filet.

Il gagna le set, mais difficilement. Eût-elle été capable de gagner qu'elle ne l'aurait pas fait. Au diable les histoires de libération de la femme. Certes, elle était pleinement d'accord sur les revendications, mais il n'en subsistait pas moins des vérités fondamentales indéniables et l'une d'elles était que les hommes détestent perdre.

Ensuite, ils allèrent à la piscine. Elle plongea et fit la course sans fatigue. Une fois de plus, elle remercia mentalement Eddy pour son insistance à la perfectionner en natation. « Plus tu as de cordes à ton arc, plus loin tu pourras viser. » Il lui avait répété cela comme un leitmotiv et elle se rendait compte maintenant à quel point il avait eu raison. Richard était un excellent sportif et il manifesta une totale admiration pour ses talents.

« Vous êtes formidable, vraiment formidable. »

Il avait une façon très enthousiaste de s'exprimer, utilisant nombre de superlatifs et d'exclamations, ce qui l'amena à se demander quel âge il

pouvait bien avoir. Son comportement était tellement juvénile !

Elle finit par le lui demander.

« J'ai vingt-quatre ans. Pourquoi ?

— Comme ça ! sans raison particulière.

— Vous vous êtes demandé pourquoi j'habitais
toujours chez mes parents ? »

Il était plus perspicace qu'elle ne l'avait cru.
Avant qu'elle ait répondu, il expliqua :

« En réalité, j'ai l'intention de déménager. J'ai
demandé à être envoyé au bureau de New York. Il
faut que je leur annonce la nouvelle avec ménagements. Ça va créer un grand vide dans leur vie, car
je suis leur seul enfant. Il va de soi qu'ils déteste-
ront me voir partir. »

Il ajouta avec un sourire : « Non que je me
plaigne de la vie que je mène chez eux !

— Je m'en doute », fit Connie, en jetant un
regard circulaire sur la terrasse avec ses meubles de
jardin en fer forgé laqué blanc, son auvent bleu
cobalt et les potiches en grès débordant de pétu-
nias. On devait y regarder à deux fois avant de
quitter cet îlot de béatitude, ce monde si plein de
merveilles.

« Venez, je vais vous montrer la maison. Les
femmes adorent voir les maisons, n'est-ce pas ?

— J'ai certainement très envie de visiter
celle-ci. »

Une grande pièce remplie de fraîcheur grâce aux
rideaux qu'on avait tirés pour empêcher la chaleur
torride d'entrer conduisait à une autre. Ils venaient
d'entrer en plein XVIIIe siècle ! Pas difficile de deviner que c'était l'œuvre de Mme Tory. Les sièges

étaient naturellement des Sheraton, à côté de fauteuils Chippendale, et l'on pouvait prévoir que la salle à manger serait tapissée de papier japonais représentant des pivoines.

Au milieu de la table trônait un cygne en cristal. Connie eut un petit sourire de satisfaction intérieure, contente d'avoir reconnu un Lalique.

« C'est ravissant, fit-elle. Quelle jolie maison ! »

Dans le hall, Richard s'était arrêté. Une pensée lui traversa l'esprit. C'est maintenant qu'il va me proposer de monter dans sa chambre.

Mais non. Il dit : « La cuisinière nous a laissé de quoi déjeuner dans le frigidaire. J'ai pensé que nous pourrions peut-être manger dehors. »

Tout en se demandant si elle était soulagée ou non, Connie lui donna un coup de main pour transporter leur déjeuner : une salade de fruits de mer, des tartes aux fraises et une bouteille de vin blanc, frais à point.

Le parasol et les bouquets d'arbustes apportaient une ombre salutaire. A part le couple de ramiers qui roucoulaient perchés au bord d'une mangeoire, le jardin était plongé dans le silence et Connie poussa un profond soupir de contentement.

Conscient de ce soupir, Richard dit : « Je crois que je comprends ce que vous ressentez. Il m'arrive de penser que c'est complètement fou d'abandonner tout cela pour aller m'enfermer dans un deux-pièces à un trente-troisième étage sur rue. Pourtant, j'ai envie d'en partir. »

Les yeux rêveurs, il poursuivit : « New York est à l'origine de tout, c'est une concentration de choses formidables. Non que l'on soit privé de quoi que ce soit ici, musique, art... mais j'imagine que vous avez déjà découvert tout cela.

— Non... j'ai honte de l'avouer.

— Vraiment ? Parfait, nous allons remédier à cela, vous voulez bien ? »

Ainsi, aujourd'hui ne serait qu'un début ! Connie sentit son cœur battre de joie. Mais elle se força à répondre calmement.

« J'en serais très heureuse.

— En ce moment même, il y a une exposition de peintres de l'Ouest américain. J'y suis déjà allé la semaine dernière mais cela ne m'ennuierait pas d'y retourner. Il y a des choses vraiment belles. Les rochers rouges et les canyons, des visages d'Indiens... certaines personnes trouvent qu'on en a trop vu, mais pour ma part, je ne m'en lasse jamais.

— Etes-vous collectionneur d'œuvres d'art ? »

Il secoua la tête. « Non, je ne collectionne rien, si ce n'est les livres. A mon avis, l'art appartient aux musées où des milliers de gens peuvent le contempler. En outre, même si j'en avais envie, je n'ai pas les moyens d'acheter de grandes œuvres d'art.

— Je suis d'accord avec vous, enfin quand vous dites que l'art appartient aux musées. »

Il demanda avec vivacité :

« Vraiment ? Vous m'en voyez ravi. La grande majorité des gens utilisent l'art pour prouver leur statut social. Plus vous payez cher, plus votre statut social est élevé. Et la majorité des œuvres que ces gens achètent sont de mauvaises peintures, tout au plus des œuvres à la mode... Rien que la semaine dernière, je me suis trouvé chez quelqu'un et c'était très comique... mais je vous ennuie.

— Non... je vous en prie.

— Mais vous ne connaissez pas la personne dont je parle. Pour que l'histoire garde tout son sel, il faut connaître sa mentalité, sinon, ça n'a aucun intérêt.

— Ne citez pas de nom, mais racontez-moi tout de même. Est-ce que ce sont des membres du club ?

— Oui. La plupart des gens que je connais en font partie.

— Alors, je crois que je vois à qui vous faites allusion. »

Leurs regards se croisèrent et, à la même seconde, ils éclatèrent de rire. Oh ! comme il me plaît ! pensait-elle. Il est intelligent et drôle, et honnête aussi. Il me plaît terriblement. L'après-midi passa rapidement.

« J'ai passé une excellente journée, dit-il quand il l'eut raccompagnée devant sa porte. J'espère que vous aussi ?

— C'était merveilleux. »

Il lui dit au revoir et lui donna un léger baiser, un baiser chaste.

Ils se revirent tous les jours. Quand elle devait travailler tôt, il allait la chercher et revenait ensuite pour la ramener chez elle. Quand elle travaillait tard, il l'attendait dehors. C'est incroyable comme on s'habitue vite et facilement aux attentions... comme s'il allait de soi de retrouver le visage au bon sourire derrière la porte quand on l'ouvrait !

Il l'emmena à l'exposition des peintres de l'Ouest américain, ainsi qu'à plusieurs concerts et à un ballet. Tout n'était qu'enchantement pour Connie. Bien sûr, elle savait que tout cela existait mais c'est presque avec incrédulité qu'elle assistait à la matérialisation de tous ces plaisirs, comme si tout se produisait par magie.

Elle n'arrêtait pas de penser à Richard, pendant son travail, quand elle s'endormait, quand elle avait des insomnies ou qu'elle se réveillait trop tôt le matin. Qui aurait pu dire ce qui arriverait après ces jours enchanteurs ?

Rien n'était sûr, pensait-elle, en se remémorant le malencontreux optimisme de sa mère.

Il ne lui avait pas demandé de coucher avec lui. Il ne l'avait pas réinvitée chez lui depuis cette première fois, ce qui signifiait que ses parents avaient déjà manifesté leur désaccord, ou bien que Richard prévoyait leur hostilité. Des indices imperceptibles, des choses dites et non dites suggéraient que Richard craignait leur désapprobation.

D'en être consciente ne diminuait en rien le respect qu'elle éprouvait pour lui. Etait-elle en train de tomber amoureuse ? Une image lui revint : celle de Lara à son mariage, le visage levé vers celui de Davey ; on y lisait une confiance, une ferveur et un amour indicibles. Davey qui n'avait rien à offrir à Lara, sinon lui-même...

Et pourtant, je ne suis pas comme Lara. Pendant un instant, elle se sentit coupable. Et si Richard avait été employé dans un garage, qu'il ait habité un minable deux-pièces, est-ce qu'il lui aurait semblé aussi désirable ? Non, bien sûr que non.

Mais c'était une supposition injuste. On aurait aussi bien pu se demander quelle aurait été la réaction de Richard si Connie avait eu le visage constellé de boutons et cinquante kilos de plus ; l'aurait-il désirée ! Evidemment pas, bien qu'au fond elle ait été la même personne. La réalité était très simple : on ne peut pas séparer une personne de son apparence. Chaque individu est un tout.

Les jours passaient. Ils allaient faire des pique-niques. Ils passèrent une journée à San Antonio. Ils dansèrent autour de barbecues à la campagne et dînèrent dans de luxueux restaurants à Houston. A la fin de la troisième semaine, ils restaient ce qu'ils étaient la première semaine, c'est-à-dire un couple qui s'entendait bien et qui s'amusait énormément et dont les soirées se terminaient sur un baiser plutôt tendre. Il arrivait que Richard lui caresse la poitrine et Connie ressentait une immense excitation pleine d'expectative mais il n'alla jamais plus loin.

Ce soir-là, les choses se déroulèrent difficilement. Alors qu'ils étaient attablés devant des coquilles Saint-Jacques et une bonne bouteille, Richard devint subitement très silencieux. Par-dessus les bougies clignotantes et la bavaroise au chocolat, ses yeux dépourvus de leur humour habituel se fixèrent sur Connie avec une expression presque pétrifiée. Ne sachant quoi dire elle garda le silence.

« Vous êtes la plus jolie femme que j'aie jamais vue », fit-il.

Elle répondit avec un sourire.

« La beauté se trouve dans les yeux de celui qui regarde.

— Connie, ne soyez pas aussi désinvolte. Et puis, sortons d'ici. Il est impossible de discuter dans cet endroit. Maintenant, voulez-vous m'écouter. »

Une fois dans la voiture, il lui prit les mains.

« Ecoutez-moi. On vient enfin de m'annoncer mon transfert au bureau de New York. Je dois partir la semaine prochaine. Mais je ne veux pas. Je ne veux pas partir sans vous, Connie. Je ne peux pas... Je t'aime. Je n'ai jamais pensé... dans les livres, on lit des histoires d'amour mais pour moi, ce n'étaient que des histoires qui n'avaient pas beaucoup de sens. Penser qu'une personne ressent ce que je ressens à l'heure actuelle, être certain de vouloir passer le reste de sa vie avec elle ! Et pourtant, jamais je n'ai été plus certain d'une chose. Et toi Connie, peux-tu m'aimer ? Est-ce que tu veux m'épouser ? »

Comment ne pas aimer un homme qui la regardait, qui la touchait comme si elle avait été l'objet le plus précieux du monde ? C'était une minute exceptionnelle, exquise en même temps que terrifiante. Elle avait l'impression que le bruit de ses battements de cœur remplissait l'univers.

« Oh, oui ! fit-elle. Oh, oui ! »

Au bout de quelques minutes, il desserra son étreinte et mit le moteur en marche.

« Il faut rentrer maintenant parce que j'irai te chercher tôt demain matin. Je veux te présenter à mes parents.

— Tu ne leur as jamais parlé ?

— Non. Il n'y avait rien à dire tant que je ne connaissais pas ta réponse. »

Elle eut un frisson d'appréhension.

« Et si d'aventure je ne leur plais pas ? demanda-t-elle avec précaution.

— Oh ! tu leur plairas. Quand ils te verront...

— Peut-être ne suis-je pas ce qu'ils espéraient pour toi ?

— Mais si, tu l'es. Connie chérie, tu es une femme merveilleuse. Si raffinée... dans tout ce que tu fais.

— Mais s'ils ne veulent pas de moi quand même ?

— Alors tant pis. Moi, je te veux. »

Arrivés devant chez Connie, ils s'embrassèrent de nouveau. La nuit était claire et paisible. Quand elle ouvrit les yeux, elle vit par-dessus son épaule scintiller les étoiles. Il lui sembla qu'elle n'en avait jamais vu autant. Sûrement, c'était bon signe.

« Je déteste te quitter ainsi, murmura Richard. Comme je voudrais passer cette porte et entrer avec toi. »

Elle s'esclaffa.

« Les Raymond tomberaient raides morts s'ils te trouvaient dans ma chambre demain matin !

— Ce n'est pas la seule raison qui me retient. On aurait pu disposer de ma maison n'importe quand et faire tout ce que nous aurions voulu. Mais je ne pouvais pas faire cela. Je crois que dès le début j'ai su que tu ne serais pas la rencontre d'un soir ou une passade. J'imagine que je suis plutôt vieux jeu, Connie. »

Elle éclata de rire.

« Tu viens d'un autre siècle, mon chéri.

— Pour autant que je te plaise ainsi...

— Tu me plais ainsi.

— Bon, je viendrai tôt. Neuf heures et demie ? Comme cela, j'aurai le temps de parler à mes parents avant. »

Elle était trop excitée pour dormir. Consuelo Tory... Elle s'assit sur le tabouret devant le miroir et se regarda. De grands yeux noirs pleins d'étonnement la fixaient. Pourquoi moi ? se demandait-elle. Comment est-ce possible d'obtenir aussi facilement ce que l'on désire ? On dit toujours que la vie n'est pas comme cela.

Au dos d'une enveloppe, elle écrivit Consuelo Osborne Tory, imaginant ce nom gravé en italique, bleu foncé sur un papier bleu pâle. Puis après avoir déchiré en mille morceaux minuscules son papier pour que Mme Raymond ne puisse le déchiffrer, elle le jeta dans la corbeille à papiers et se prépara pour aller se coucher.

Des fragments d'images sans suite flottaient dans sa tête. La tenue qu'elle porterait demain : un chemisier de soie blanche et une jupe plissée avec des chaussures noir et blanc... Elle nouerait ses cheveux avec un nœud de taffetas noir tombant sur sa nuque, ce qui lui donnerait un air raffiné tout en restant modeste. L'alliance ? Lui demanderait-elle un anneau de diamants ? Non... il ne fallait rien demander, se contenter de ce qu'on lui offrirait. Elle se souvint des assiettes à dessert sur la table le jour où il l'avait invitée chez lui. Avec leur motif bleu foncé sur fond jaune pâle, elles étaient ravissantes. Je crois que je sais où je pourrai m'en procurer. Eddy ne va pas en croire ses oreilles quand il apprendra la nouvelle. Nous pourrons nous voir à

New York... Eddy aimera sûrement Richard... il sera si heureux pour moi.

Le ronronnement du climatiseur berçait son sommeil. Pourtant, les images continuaient à flotter dans ses rêves, des rêves semblables à ceux des enfants pendant la longue attente le soir de Noël.

Quand huit heures sonnèrent le lendemain matin, elle était déjà en grande conversation avec Lara depuis une demi-heure.

« Mais tu ne vas pas faire cela ! gémissait Lara. Tu le connais à peine.

— Peg ne connaissait papa que depuis six semaines quand elle l'a épousé et ils seraient toujours ensemble s'ils avaient vécu. Tu le sais parfaitement. »

Lara ne répondit mot. Connie reprit :

« Je sais à quoi tu penses. Mais Richard n'est pas plus alcoolique que Davey. »

Au bout d'un moment, Lara demanda où il travaillait.

« Il est dans la publicité et nous allons déménager à New York. » Elle se dépêcha d'ajouter : « Mais ce n'est pas du tout le genre d'homme auquel on pense quand on parle de Madison avenue, le type avide et ambitieux, tu vois ce que je veux dire. Richard a quelque chose d'innocent et c'est très plaisant. Il a sûrement beaucoup de talent sinon ils ne lui donneraient pas de l'avancement. Lara, il est merveilleux, c'est exactement le genre d'homme que tu souhaiterais pour moi et je l'aime.

— Ecoute, si tu en es certaine...

— Ma chérie, je le suis. Et toi, n'es-tu pas certaine d'aimer Davey ?

— Quand vais-je pouvoir le rencontrer ?

— Il veut qu'on se marie la semaine prochaine. Est-ce que vous pourrez venir ?

— Mais mon chou, c'est impossible de nous arranger en si peu de temps. Davey a de gros soucis avec son père. Il vient d'avoir une autre crise cardiaque... Vous ne pouvez pas attendre un peu ?

— Richard ne veut pas. Mais ce n'est pas grave. De toute évidence, ce ne sera pas un grand mariage. Alors, nous viendrons vous rendre visite. »

Subitement, une vision s'imposa à l'esprit de Connie : celle de la peinture écaillée de la maison, les broussailles et les buissons de ronces dans la cour... Elle voyait Richard en train de gravir l'escalier... non qu'il s'en soucierait beaucoup. Il était bien au-dessus d'un tel snobisme, intelligent et discret comme il était ! Mais les histoires qu'elle avait inventées, qu'en penserait-il ?

Bah, on avait le temps d'aviser. Elle verrait plus tard.

« Alors, est-ce que tu peux en parler à Eddy ? J'ai essayé de l'avoir au téléphone mais personne ne répond.

— Il est probablement parti passer le week-end à son club. Notre cher Eddy semble avoir fait des connaissances dans la haute société. »

Pas aussi haute que ma future famille, je parie, eut envie de dire Connie, mais elle eut le bon sens de s'abstenir.

Un peu plus tard, dans la voiture, Richard lui dit :

« Ça y est, je leur ai parlé et ils t'attendent.

— Et alors ?

— Eh bien, il va de soi qu'ils ont été surpris. Après tout, c'est assez soudain.

— Seulement surpris ? Ils n'ont pas fait d'objections ?

— Ce qui les tracassait, c'était de savoir si j'étais sûr de mes sentiments et je les ai assurés que toi et moi étions tout à fait sûrs. Alors, tu vois, tu n'as aucune raison d'être nerveuse. Sois naturelle, ça ira. »

Les Tory les attendaient debout sur le perron devant lequel Richard arrêta la voiture. L'espace d'un éclair, avant les présentations, Connie se souvint d'un roman américain de Grant Wood, où l'on voyait le couple de fermiers en salopette et robe d'intérieur, debout sur le pas de leur porte, le visage fermé et solennel. L'illusion se dissipa devant le blazer à boutons dorés et la robe en soie. Ils se serrèrent la main.

« Richard, je suis désolée mais il faut que tu remontes en voiture pour aller chercher ta tante May, dit Mme Tory. Elle vient d'avoir une autre crise. Mlle Osborne restera avec moi en t'attendant.

— Mais cela va me prendre toute la matinée ! fit Richard.

— Je sais, mais on n'y peut rien. J'y serais volontiers allée moi-même mais j'attends un appel téléphonique important.

— Je suis vraiment navrée, mademoiselle Osborne, dit Mme Tory. Je vous en prie, mettez-vous à l'aise. Vous déjeunerez avec mon mari et Richard sera rentré vers deux heures, je suis sûre. »

Connie voulant exprimer sa sympathie, dit :

« J'espère que votre tante...

— Ma sœur.

— Que votre sœur va se rétablir. Et je vous en prie, appelez-moi Connie. »

Richard parut chagrin.

« Je ne sais pas si je vous ai dit que son nom en fait est Consuelo.

— Consuelo ? Comme Consuelo Vanderbilt ? »

Connie sourit. Elle savait qu'elle avait un sourire merveilleusement modeste.

« En fait, nous sommes parents. Cousins, mais d'assez loin.

— Vraiment ? C'est très intéressant.

— Bon, je crois qu'il faut que tu y ailles, Richard, dit M. Tory.

— Connie, je suis vraiment désolé », s'excusa Richard.

Elle fit un geste de la main.

« Mais voyons ! ta tante est malade. La famille d'abord. C'est normal. Je ne m'ennuierai pas. Je vais lire. »

La bibliothèque où la conduisit Mme Tory et où elle la laissa était une belle grande pièce, plutôt masculine, meublée avec des fauteuils de cuir. Les murs étaient rouge sombre. Elle s'était attendue à trouver des rayonnages d'aspect uniforme contenant de belles éditions des grands classiques, choisis visiblement par un décorateur, non pour être lus mais pour s'harmoniser avec le mobilier. Au contraire, les livres étaient faits pour qu'on s'y plonge avec délices. Elle se souvint que Richard lui avait dit que la seule chose qu'il collectionnait, c'étaient des livres. Elle tomba sur un exemplaire de *Les Aventures de M. Pickwick* et l'ouvrit.

Elle n'était pas dupe de la manœuvre. Richard avait été envoyé au loin pour que son père puisse lui parler seul à seule. Après un laps de temps soigneusement calculé, M. Tory entrerait pour lui annoncer le déjeuner et l'interrogatoire commencerait avec toute la diplomatie voulue.

Ce fut exactement ce qui se produisit de sorte qu'à midi et demi Connie se retrouva assise dans la salle à manger, en face du père de Richard et séparée de lui par le cygne en cristal.

« On dit beaucoup de bien de vous, au club. Vous êtes beaucoup plus efficace que toutes celles qui vous ont précédée à ce poste. J'ai pensé que cela vous ferait plaisir de l'apprendre.

— J'en suis très heureuse, répondit-elle avec simplicité. Je vous remercie de me le dire.

— Vous avez occupé d'autres postes de ce type auparavant ?

— Non, jamais. Je n'ai aucune expérience, je dois l'avouer.

— Vraiment ? Richard m'a dit que vous n'étiez pas au Texas depuis longtemps.

— En effet. J'ai toujours eu très envie de le connaître. C'est un endroit tellement fascinant, surtout quand on est né dans une petite ville. »

Les yeux profondément enfoncés de Tory étaient perçants et Connie trouva méchante la lueur qui filtrait par la fente horizontale des paupières.

« Votre famille n'a-t-elle fait aucune objection à votre départ toute seule pour un Etat aussi lointain ? »

Vous restez bien courtois dans vos investigations, pensa Connie, mais vous savez où vous voulez en venir.

81

D'une voix douce, elle répondit :

« Mes parents sont morts. Et je suis certaine qu'ils n'auraient pas été d'accord. J'ai été élevée de façon très stricte. Les parents de mon père étaient d'origine anglaise et il avait conservé leur façon de voir. »

Elle soupira. Tout lui venait facilement, les soupirs comme les explications.

« Mais ils ont été malades si longtemps, tous les deux. Il fallait que je parte loin de toute cette tristesse.

— Etes-vous fille unique ?

— Non, ma sœur est mariée là-bas et j'ai aussi un frère à Wall Street.

— Je vois. Alors, le travail que vous faites, comment l'appelleriez-vous ? Un passe-temps ? »

Connie eut un petit rire.

« Oui, c'est une assez bonne définition. Une sorte de passe-temps, en effet.

— Richard nous a dit ce matin qu'il avait l'intention de vous épouser. Nous lui avons dit que c'était un peu précipité. »

La domestique entra et Tory s'arrêta de parler. Durant un bref silence inconfortable Connie, en proie à une certaine appréhension devant les questions de M. Tory, dirigea son attention sur le décor pour se détendre. On avait placé les fourchettes et les cuillères à l'envers, sans doute pour que l'on puisse déchiffrer le monogramme. L'uniforme vert pomme de la domestique était assorti au papier mural. Elle doit se douter qu'il se passe quelque chose, se dit Connie. Dès qu'elle serait rentrée dans sa cuisine, elle se dépêcherait de papoter avec la cuisinière.

« Les temps ont changé. Je me souviens encore de l'époque où, reprit M. Tory, en tout cas dans notre milieu, les gens se mariaient entre gens du groupe. Ils épousaient des personnes qu'ils connaissaient ou du moins que leur famille connaissait depuis longtemps. De nos jours; il semble que des personnes qui ne se connaissaient pas du tout s'épousent après seulement quelques rencontres. »

Connie, voulant paraître mutine, dit : « Comme Roméo et Juliette. »

Tory répondit sèchement.

« Pour ce qui est d'eux, ils ont connu une très triste fin, si vous vous en souvenez. »

Ils gardèrent le silence quelques instants. Il reprit :

« Comme eux d'ailleurs, vous êtes tous deux très jeunes.

— Richard a vingt-quatre ans.

— Vingt-quatre ans qui n'en font guère que dix-huit. Certes, il a fait de bonnes études, il a voyagé, il a du talent... Tout cela est évident, mais nous qui le connaissons bien, nous savons qu'il ignore tout de la vie. Il n'a aucune expérience. »

Elle comprit ce qu'il insinuait : cette fille cherche un bon parti et Richard ne s'en rend pas compte.

Elle se demandait comment se concilier cet homme. Fallait-il adopter une attitude vertueuse, presque humble ou montrer sa force en le contrant ? Au cas où elle se tromperait de manœuvre, il était capable de tout gâcher sans se soucier de ce qu'avait dit Richard... Elle aussi risquait de tout gâcher... Etre aussi près du but... Elle n'allait certainement pas le laisser faire.

« Richard est un idéaliste », dit son père, prononçant le mot comme s'il avait dit « un escroc » !

Bien qu'elle n'eût toujours pas décidé de la tactique à adopter, la timide ou la téméraire, Connie exprima une vérité sans risques.

« Richard est l'une des personnes les plus gentilles, les plus honnêtes et les plus confiantes que j'aie jamais rencontrées. »

Tory jeta un regard sévère à Connie mais elle ne sourcilla pas.

« En ce qui vous concerne, j'ai l'impression que vous possédez beaucoup plus d'expérience. »

L'implication était d'une brutale clarté. Elle suivait la pensée de Tory : ils ont couché ensemble, la fille a annoncé qu'elle est enceinte et Richard tout naturellement veut assumer ses responsabilités.

D'un seul coup, elle se sentit prête au combat.

« Vous insinuez, me semble-t-il, que j'ai l'expérience des hommes, monsieur Tory. Que je sais comment m'y prendre. Sans intention de double sens. »

Elle eut un petit rire amer et Tory rougit.

« Vous serez content d'apprendre, croyez-le ou pas, qu'à presque vingt et un ans je suis toujours vierge. »

Elle avait réussi à se mettre dans un tel état de vertueuse indignation que ses yeux se remplirent de larmes, obscurcissant sa vision.

« Je viens d'une très bonne famille... »

Tory était très embarrassé.

« Mais je n'ai rien contre vous personnellement. Il est tout à fait évident que vous êtes une jeune fille très bien et...

— Je comprends que vous ayez à cœur le bonheur de votre fils, c'est normal de la part d'un père. Si le mien vivait, il se serait préoccupé de mon avenir. Il l'a toujours fait. Il voulait nous protéger du monde, mais il est mort trop tôt... »

Elle s'était mise à pleurer à chaudes larmes.

Tory se leva et lui posa la main sur l'épaule. Et elle comprit que, sous cette apparence marmoréenne, c'était un homme sentimental. Il croyait qu'elle pleurait sur son pauvre père mort. Etait-ce grâce à ces larmes qu'elle l'avait emporté ? Peu importe. Le vent avait tourné en sa faveur.

« Allons, ne pleurez plus. Parlons de la situation avec calme. Il n'y a aucune raison de pleurer. »

Elle prit le mouchoir qu'il lui tendait et se leva.

« Je serai une bonne épouse pour Richard, monsieur Tory. Vous n'avez pas à vous faire de soucis. Je connais la valeur de l'argent. J'ai un bon contact avec les gens et je peux l'aider. Et je l'aime de tout mon cœur. »

On entendit des pneus crisser sur le gravier.

« Richard vient de rentrer, fit son père. Allons, venez, il ne doit pas voir que vous avez pleuré. »

Le pasteur des Tory les maria au domicile de ceux-ci. M. et Mme Tory furent les témoins. Richard avait proposé à Connie d'inviter quelqu'un mais elle avait refusé. Les seules personnes qui la connaissaient suffisamment pour se réjouir de son mariage étaient Celia Mapes, la serveuse chef, et Mme Raymond, sa propriétaire qui, en maintes occasions, avait manifesté de l'affection pour sa locataire. Ces deux femmes modestes étaient éblouies par le conte de fées que vivait Connie et manifestèrent une joie sincère. Elle aurait aimé pouvoir les inviter et, en même temps, elle savait que leur présence remuerait le fer dans la plaie de ses beaux-parents. Il était évident qu'ils souhaitaient que ce mariage attire aussi peu que possible l'attention sur eux.

Les cinq participants se tenaient debout devant une petite table placée à l'intérieur du demi-cercle du bow-window. Connie pensait : je suis en train de vivre le moment le plus important de ma vie et ce sera terminé dans cinq minutes... Il faut que je me souvienne du moindre détail, la voix sonore du pasteur rasé de près, avec son col dur, les parents de Richard.

Ces gens ne sont sans doute pas aussi épouvantables qu'ils le paraissent, puisque Richard les aime. La lumière qui entrait à flots par la fenêtre colorait son visage. Il me sourit... Je ne le connais pas du tout et je suis paniquée. Voyons, bien sûr que je le connais... Il n'est que gentillesse ! Ma bague... un anneau de diamants comme je l'avais tant espéré. Est-ce que tout cela m'arrive à moi ? à moi ? Je l'aime. Je ne suis pas du tout paniquée. Je l'aime...

« Richard, je t'aime », dit-elle après la cérémonie.

Trente-trois étages plus bas, au pied de l'immeuble où ils habitaient, des voitures filaient en direction de l'East River Drive. Et dans toutes les directions, les lumières de la grande cité scintillaient et resplendissaient, aveuglant les yeux ébahis de Connie. Demain, Richard allait commencer son éducation : les musées, Broadway, Lincoln Center, la Cinquième avenue... Tant de choses à voir. Il n'y avait pas de mots pour décrire son émerveillement. Pendant de longs moments, elle resta là à tout regarder.

Minuit n'avait pas encore sonné et Richard dormait déjà. Pour sa part, elle n'avait pas sommeil et elle s'assit devant la petite table et se servit une tasse de lait bien chaud. Elle se remémorait les heures qui s'étaient écoulées depuis la veille, revivant chacun des moments de cette nouvelle vie qui s'annonçait.

C'est elle qui avait eu l'idée de passer leur première nuit à l'hôtel de Houston où elle avait appris l'existence du poste au country club. Elle avait l'impression qu'en agissant ainsi, la boucle était bouclée. Tout s'était déroulé comme prévu : leur adieu aux parents Tory qui semblaient tellement dépassés par les événements qu'on avait presque envie de les consoler. Puis leur entrée à l'hôtel, elle portant l'inévitable tenue de voyage de la nouvelle épouse, les bagages flambant neufs, la suite luxueuse avec le champagne rafraîchissant dans le seau en argent, les roses sur la table, la lampe à l'éclairage tamisé dans le coin de la pièce, la chemise de nuit en dentelle blanche.

Puis le nouvel époux lui avait enlevé cette chemise de nuit. Les corps s'étaient étroitement mêlés sur le vaste lit moelleux.

Elle avait cru... ses connaissances provenaient des livres, des revues et des films... que la nuit serait longue, une sorte de lente répétition d'un rêve merveilleux. Ce n'avait été ni long ni lent. A vrai dire, Richard avait manifesté son désir mais tout s'était terminé en cinq minutes à peine, pas plus qu'il n'en avait fallu pour la cérémonie de mariage. Il s'était endormi immédiatement après. Et elle restait là, solitaire et parfaitement éveillée.

Elle était renseignée sur les variations possibles de l'acte sexuel. Il suffisait de prendre n'importe quelle revue sur la table d'une salle d'attente de dentiste ou de coiffeur pour apprendre ce qu'était l'impuissance masculine, les femmes à orgasme unique, les lesbiennes, l'incompatibilité des époux, enfin tout ce que l'on désirait savoir sur la sexualité. A la télévision, au cinéma et dans la majorité des romans, la sexualité restait le thème dominant. Il lui semblait donc, remplie d'excitation à la suite de ses désirs réprimés, qu'elle savait exactement à quoi s'attendre. Et ce qu'elle avait espéré et qu'on l'avait conduite à attendre s'apparentait à quelque cataclysme décrit par Hemingway. Cela ne s'était pas produit.

Bah ! c'était leur première nuit, se dit-elle. Elle avait lu aussi que l'acte sexuel n'induit pas l'ivresse automatique. Souvent, il faut une longue adaptation. Et Richard était vraiment un amour. Ils avaient pris ensemble leur petit déjeuner dans leur chambre avant de prendre l'avion pour New York et c'est à ce moment-là que, dans le repli de sa serviette, elle avait trouvé des boucles d'oreilles en diamants.

« Un jour je t'ai vue admirer une femme qui en portait », avait-il dit.

Dans l'avion, sa conscience lui avait joué un sacré tour. Il y avait certaines choses qu'elle devait avouer à cet homme si bon. Elle s'était torturé l'esprit pour savoir comment commencer.

« Richard, je ne crois pas que tes parents m'ont crue quand j'ai dit que mon travail était un passe-temps et... »

Il avait eu une lueur amusée dans l'œil.

« Non, ils ne l'ont probablement pas cru.

— Pourquoi le penses-tu ?

— Parce que je ne l'ai pas cru non plus ! »

Elle s'était sentie humiliée et ridicule. Mais puisqu'elle avait commencé, il fallait aller jusqu'au bout.

« Richard, j'ai menti. Je t'ai menti.

— Je le sais.

— Mais alors... pourquoi ne m'as-tu pas méprisée ?

— J'étais seulement désolé que tu aies cru nécessaire de le faire. »

Bizarrement, elle se sentit sale.

« Je vais te dire la vérité. Mon père était un alcoolique. Nous avons grandi dans une misère terrible et nous étions très malheureux.

— Ce n'est pas nécessaire que tu me racontes tout cela, fit Richard d'une voix douce. Tu es toi et je me fiche complètement du reste.

— Mais tes parents ? Tu ne vas pas leur dire ?

— Non. Il vaut mieux pas. Ce sont de braves gens, Connie, mais ils ont leurs limites. »

En disant cela, il mettait fin à la discussion et elle se sentit grandement soulagée. Dans l'avenir, elle pourrait sans risque emmener Richard chez Lara.

Après tout, il n'y avait rien dont elle dût avoir honte.

Elle étendit sa main pour voir les diamants jeter leurs feux. Puis elle se leva et alla dans le living qui, meublé en style moderne, avec des chromes, de l'acier et du verre, étincelait aussi. Dans le miroir au-dessus de la console, elle se regarda dans sa courte robe rose, avec ses boucles d'oreilles en diamants. Elle aima ce qu'elle regardait. Elle était jeune et aimée. L'avenir était arrivé et il était merveilleux.

3

On avait poussé la petite table ronde de la salle à manger devant la fenêtre, de sorte que Lara et Davey puissent contempler Manhattan le soir. Connie à sa grande surprise avait découvert qu'elle aimait faire la cuisine et elle avait confectionné un excellent dîner de fête : gigot d'agneau, légumes coupés en forme de corolles de fleurs et dessert, le tout sorti tout droit d'un livre de cuisine française.

Richard leva son verre et trinqua avec chacun de leurs invités.

« A notre première rencontre... », dit-il. Puis jetant un coup d'œil ravi autour de lui, il ajouta : « A la vie ! »

Tous les cinq eurent une expression sérieuse et les lèvres rouges de Connie se mirent à trembler. Quel extraordinaire moment ! Avec tous ces êtres chers réunis dans ce magnifique appartement, où tout se trouvait à sa place et lui appartenait...

Quelques modifications avaient atténué le côté un peu réfrigérant du style ultra-moderne de l'appartement. Dans les boutiques d'antiquités de la Troisième avenue, ils avaient trouvé un paravent laqué rouge pour cacher leur minuscule cuisine. Un miroir vénitien fumé placé entre les

deux fenêtres reflétait maintenant le groupe atta-
blé ainsi que le paravent.

« Quelle jolie table, fit remarquer Lara. Tu vas
devenir une excellente femme d'intérieur. » Il y
avait une sorte de tendresse dans sa voix.

« Elle l'est déjà, fit Richard. D'autant plus que
Connie est une perfectionniste.

— Elle l'a toujours été. Quand elle était à
l'école, c'était la plus soignée de toutes les petites
filles. Quand elle rentrait déjeuner le midi, je
devais refaire ses nattes. Tous les jours ! »

Richard sembla amusé.

« Elle avait des nattes ? Racontez-moi cela.

— Mais oui. Connie a porté des nattes jusqu'en
neuvième. Ensuite, elle est devenue plus
sophistiquée.

— Et maintenant, c'est une épouse radieuse,
vraiment radieuse ! dit Eddy.

— Tu trouves ? Je suis si heureuse. Qui ne le
serait dans cette ville étonnante, toute neuve pour
moi.

— Avec ton merveilleux mari, ton mari tout
neuf », fit Lara.

Richard éclata de rire.

« Son enthousiasme me ravit. Tous les week-
ends, j'use une paire de chaussures à la suivre partout. En outre, elle est allée toute seule dans des tas
d'endroits, à commencer par le zoo du Bronx et les
jardins botaniques, jusqu'à la statue de la Liberté.

— Et j'ai aussi fait l'excursion en bateau... tout
autour de l'île de Manhattan, ajouta Connie.

— Quand je pense que j'habite New York
depuis deux ans, dit Eddy, et que je ne connais
rien de tout cela si ce n'est la statue de la Liberté.

— Mais tu travailles », argua Connie.

Eddy soupira de satisfaction.

« Je travaille dur mais cela en vaut la peine. »

Davey eut l'air intéressé.

« Raconte-nous...

— Si tu veux. J'ai lancé ma propre affaire et j'adore cela. J'ai du travail par-dessus la tête. Du coup, j'ai engagé un brillant jeune juriste et je songe à en prendre un autre. Quand j'aurai doublé mon chiffre d'affaires, que j'ai déjà doublé d'ailleurs, alors disons redoublé, ce qui devrait me prendre encore deux ans, il faudra que je songe à m'agrandir sérieusement. Ce sera en quelque sorte le stade final. »

Richard, le coude sur la table, l'air intensément intéressé, attendait la suite.

Connie était heureuse de voir que Richard appréciait son frère. Se souvenant des visages fermés et de la maison silencieuse de River Oaks, elle supposait qu'il était content de faire partie d'une nouvelle famille d'êtres jeunes et dynamiques.

Eddy était en train de faire une description dithyrambique de Wall Street. Il parlait en faisant des gestes et son bras levé révéla de jolis boutons de manchettes en or.

« On a l'impression de voir des fusées partir dans tous les sens. Un type comme Kramden de la Compagnie Jessup vaut à lui tout seul trois cents millions de dollars! Alors, cela vous donne une idée de ce que vaut la société elle-même! Les commissions sur certaines transactions peuvent atteindre cinquante pour cent. Vous savez, c'est fantastique. Mais je n'en suis pas encore là. Pas encore. Peut-être un jour j'arriverai à nager dans ces eaux-là, mais pour le moment je reste dans mes cordes.

— Pour moi, c'est un autre monde, dit Richard. Moi, je travaille avec les mots et les images, la persuasion. La publicité, c'est cela.

— Mais vous savez, j'ai souvent besoin d'user de persuasion aussi. Mais au lieu de mots, j'utilise les chiffres. »

Eddy eut un sourire qui lui était familier.

« Connie pourrait vous le dire, j'ai toujours aimé les chiffres. Je les sens dans mes doigts. Je sens le marché. J'en rêve, d'ailleurs ! »

Il fit une pause et reprit.

« Ma foi, nous sommes en famille, alors je peux vous le dire. Je vaux pratiquement neuf cent mille dollars. »

Il se tourna vers Davey et vers ses sœurs.

« Vous savez d'où je suis parti quand j'ai quitté la maison. Eh bien, je puis vous jurer qu'en six mois j'avais doublé cette somme. »

Richard était très impressionné. « Nous sommes toi et moi à des années-lumière l'un de l'autre. Oh ! j'ai un bon salaire mais je suis conservateur. Je place toutes mes économies en bons du Trésor et en emprunts non imposables et je les regarde grandir tout doucement.

— C'est pas mal si cette solution te convient.

— Pour le moment, c'est le cas. Et j'ai encore des traites à payer pour notre appartement.

— Tu as fait un bon investissement. Près de l'immeuble des Nations unies, c'est très bien situé. Je pense d'ailleurs à acheter quelque chose, moi aussi. J'en ai assez de payer un loyer. Et je voudrais habiter quelque part où j'aurais une belle vue, près de l'East River et mieux encore, sur la Cinquième avenue, pour voir le parc.

— Ça doit valoir une fortune, fit Richard.

— Je sais. Bah ! je peux attendre.

— Au rythme où tu vas, tu n'attendras pas longtemps, dit Richard en se levant. Voulez-vous m'excuser ? Il faut que je téléphone à un client à Houston. »

« C'est un garçon extrêmement aimable, dit Eddy quand Richard eut fermé la porte de la chambre à coucher. Il a l'air très modeste.

— Richard est très bien élevé, dit Connie.

— Il doit gagner une fortune, même à son âge.

— Je le suppose mais nous ne parlons jamais d'argent.

— Tu sais, McQueen est une société internationale.

— Non, je l'ignore. Je n'y ai jamais pensé.

— C'est vraiment un mariage d'amour ! Comme Lara et Davey. Tout de même, c'est bien agréable de pouvoir se permettre certaines fantaisies, comme cette montre que tu portes.

— Rien ne t'échappe, Eddy.

— Nous sommes passés devant Bulgari, sur la Cinquième avenue, la semaine passée et Richard l'a remarquée dans la vitrine. Il a dit que j'avais besoin d'une montre convenable.

— Convenable ? » Eddy éclata de rire. « Plutôt ! Montre-nous. Magnifique ! Tu sais quoi ? Tu vas avoir une vie de rêve à partir de maintenant. »

Pendant quelques minutes, Connie se sentit mal à l'aise. On aurait cru qu'Eddy faisait l'article devant Lara et Davey comme si elle avait été un petit animal. Regardez, la jolie montre qu'elle a... Peut-être avait-elle eu tort de la porter aujourd'hui. Mais pourquoi cacher la réalité ? Pourtant, c'était vulgaire d'attirer l'attention d'autrui sur cette sorte de chose. Les posséder suffisait largement.

« A propos de mariage d'amour, demanda Lara, où en es-tu, Eddy ? As-tu quelque chose sous roche ? »

Eddy éclata de rire.

« Je ne suis pas pressé. C'est trop tôt pour un mariage d'amour.

— Il n'est jamais trop tôt quand on est amoureux. »

Eddy haussa les épaules.

« L'avenir le dira. Pour le moment, je n'ai aucune difficulté à rencontrer des filles, surtout dans le club très chic dont je suis membre, le country club de Long Island. »

Intriguée, Connie lui demanda comment il avait réussi à s'inscrire.

« C'est l'un de mes clients qui m'a parrainé. Je suppose qu'il a dû se démener parce que c'est très difficile de s'introduire dans ce genre de club très fermé. Mais comme je lui ai procuré des investisseurs qui ont mis plus d'un million de dollars dans son affaire immobilière, il a voulu me faire une fleur ou s'assurer que je continuerais à l'aider à trouver des fonds... enfin, peut-être les deux. »

Une fois de plus, Connie se sentit embarrassée, surtout devant Richard qui venait de revenir. Elle aurait voulu faire comprendre à Eddy, avec tous les égards possibles pour qu'il ne soit pas vexé, qu'il ne devrait pas se montrer aussi fanfaron et se vanter de ses succès. Mais devant l'expression de bonheur triomphant des yeux bleu marine de son frère, elle ne put se résoudre à lui faire de la peine, si légère fût-elle.

Au bout d'un moment, Eddy lui-même dut se rendre compte qu'il monopolisait la conversation au-delà de la bienséance car il se tourna vers Lara et Davey pour demander :

« Alors, et vous deux, racontez-moi ce que vous avez fait depuis notre dernière rencontre.

— Oh ! plus ou moins la même chose », répondit tranquillement Davey.

Lara intervint.

« Ce n'est pas vrai. Davey travaille sur un nouveau projet qui s'annonce très important. Non que je connaisse quoi que ce soit à la mécanique, mais il a montré son projet à un médecin en ville qui a pensé que c'était...

— Non, non, interrompit Davey. N'en fais pas une montagne.

— Tu ne veux jamais parler de ce que tu fais ! reprit Lara. Le Dr Lewis a été extrêmement impressionné. Tu le sais bien ! Et si tu ne veux pas en parler, moi je le ferai. »

Davey s'inclina.

« D'accord ! C'est tellement curieux, la façon dont les idées vous viennent. Pendant plus de six mois, j'avais travaillé sur une tout autre idée, un truc à propos des cartes de crédit mais ça ne donnait rien. Un jour, je me trouvais dans une station-service et il y avait là un môme qui regonflait ses pneus avec une bonne vieille pompe et sans raison aucune ce truc m'a traversé la tête. »

Il se tut et c'est Lara qui compléta.

« Dès l'instant où il en a parlé, j'ai eu ce sentiment... oh ! je sais que c'est ridicule de parler de sentiments alors que je ne comprends rien aux faits, mais j'ai su, vraiment su, que Davey venait de tomber sur quelque chose de capital. »

Le visage de Lara reflétait un enthousiasme débordant.

Davey dit, sans déplaisir apparent : « Ma femme pense toujours que je suis un génie. Mais tout cela ne consiste qu'en une amélioration mineure, une sorte de petit truc pour aider le cœur à pomper... Des sortes de ballons qui pousseraient le sang dans les artères, vous savez ce que je veux dire. Attendez, je vais vous expliquer. »

Les cinq têtes se penchèrent en avant, attentives et se touchant presque. Davey esquissa un schéma rudimentaire sur un bout de papier.

« Ce que j'ai fait, c'est de prévoir un mécanisme de régulation. Un peu comme un ordinateur. On le règle et il... »

Il roula le papier en boule.

« Je ne peux pas l'expliquer de cette façon mais c'est vraiment une idée simple.

— Pour les gens qui s'y connaissent en mécanique ou en ordinateurs, peut-être, fit Richard. Mais pour des gens comme moi, sûrement pas. »

Eddy intervint sur un ton brusque.

« Alors tu l'as montré à un médecin et il a trouvé ton projet cohérent ?

— Oui, mais il n'est pas cardiologue. J'ai pensé à fabriquer un prototype et je suis arrivé à en faire un qui devrait pouvoir être expérimenté. Il faudrait que je le soumette aux chercheurs d'une grande université et c'est eux qui verront ce que l'on peut en faire.

— Minute, minute ! cria Eddy. Tu ne veux pas me dire que tu te bornerais à l'apporter à quelqu'un et que ce serait ce quelqu'un qui en tirerait les bénéfices ?

— Les bénéfices ? répéta Davey d'une voix pleine d'incrédulité. Si mon idée marche vraiment, ce sont les cardiaques, les malades qui en tireront bénéfice, me semble-t-il.

— Evidemment, acquiesça Eddy impatiemment. Ma question, c'est : as-tu l'intention de donner ton invention pour rien et de laisser d'autres personnes en tirer du profit ?

— Oh ! je serais heureux si elle portait mon nom. C'est bien évident !

— Et l'argent ? Tu ne comprends donc pas que les gens prendront ton idée et gagneront une fortune avec ? L'argent, on en revient toujours à l'argent. A ton âge, tu devrais savoir cela.

— Tes paroles me surprennent, Eddy, toi qui as toujours été si généreux, fit Lara.

— Encore faut-il avoir quelque chose à donner. Mais d'abord, il faut posséder, ensuite on donne tout son soûl. »

Eddy se tut quelques moments, un pli lui barrant le front.

« Mais d'abord, il faut veiller à ses propres intérêts. Tu n'aurais jamais dû montrer ton prototype à ce médecin, même pendant trois secondes. Tu n'as pas pris de brevet. Zut, moi je ne comprends rien à tes gribouillis mais s'il existe la moindre chance pour que ça marche, il faut te protéger, Davey.

— Je ne raisonne pas de cette façon. »

Davey d'ordinaire parlait bas, mais à cette seconde, il s'exprima encore plus bas.

« Je ne cherche pas à faire de l'argent. Tout ce que je désire, c'est accomplir quelque chose de valable si cela est possible. »

Feignant un désespoir sans bornes, Eddy leva les yeux au ciel.

« Davey, Davey ! Honnêtement, dis-moi si tu crois vraiment que la personne qui fait quelque chose d'utile ne mérite pas d'être récompensée ? Et Thomas Edison, est-ce qu'il avait fait vœu d'austérité ?

— Il a raison, intervint Richard avec douceur. J'admire votre idéalisme, mais Eddy a raison. Puisque vous pouvez faire des découvertes utiles pour l'humanité, c'est normal que vous en tiriez profit. »

Quels innocents, pensait Connie. Ah ! Lara est bien la fille de Peg et Davey est fait du même bois. On aurait pu laisser un tas d'or sur leur table qu'ils n'y auraient jamais touché, dussent-ils mourir de faim à côté !

« Ecoutez-moi, reprit Eddy. Je vais m'occuper de cette affaire. Vous avez bien compris ? L'important, c'est de n'en pas toucher un traître mot à quiconque. D'accord ? Je vais vous trouver le meilleur avocat spécialiste des brevets d'invention de tout l'Ohio. »

Connie ne put s'empêcher de sourire. C'était bien son frère, toujours prêt à prendre les rênes comme il le faisait quand papa avait trop bu ou quand Peg était tombée malade. Tel un ouragan, il prenait la situation à bras-le-corps et, en quelques secondes, il organisait et attribuait à chacun un rôle.

« Une fois que tu auras le brevet, il te faudra un financement pour installer une petite entreprise de production. Il existe un grand nombre de bâtiments à l'abandon en ville si je me souviens bien mais tu auras besoin d'argent pour la modernisation. Donc de crédits bancaires. Et de nantissements. »

Eddy s'était mis à marcher de long en large.

« De tout cela, je peux m'occuper. Je peux te prêter ce dont tu as besoin. Un simple prêt, bien entendu. Je ne veux pas m'immiscer dans ton travail, Davey. Je veux simplement que vous alliez de l'avant, c'est tout. »

Il s'arrêta devant Lara.

« Et si cette affaire marche, je pense que tu devrais quitter l'enseignement et donner un coup de main à Davey. Lui, c'est un rêveur. Il invente, mais toi, tu as une bonne tête pour les chiffres. Tu as toujours été aussi forte que moi dans ce domaine. Alors, c'est le moment ou jamais pour toi d'aider Davey à accoucher de son invention. »

Eddy ensuite se tourna vers Richard.

« Vous travaillez dans l'une des plus grandes agences de publicité de ce monde. On aura besoin de vous aussi quand le moment sera venu.

— Je me sens complètement abruti, dit Davey. Comme si j'étais passé sous un rouleau compresseur. Je ne sais pas pourquoi je ne dis pas non à toute cette affaire.

— Mais tu n'as rien à craindre, répondit Connie. Reste assise, dit-elle à Lara qui s'était levée pour débarrasser la table. Tu es l'invitée !

— Non, et de toute façon, je n'ai pas eu l'occasion de parler seule à seule avec toi. »

Il y avait à peine la place pour deux dans la minuscule cuisine. Lara se percha sur un tabouret pendant que Connie empilait la vaisselle sale dans la machine. Il revint à l'esprit de Connie que la plupart de leurs conversations se déroulaient dans la cuisine après le repas.

« Oh, comme j'aime Richard !, s'exclama Lara. Je sais maintenant ce que je voulais dire tout à l'heure. Quel homme agréable. Et plus important que tout, on *sent* qu'il est bon. C'est un homme bon !

— Alors ! Tu ne me croyais pas... »

Lara se mit à rire.

« Oh ! tu es très intelligente mais même les gens les plus malins commettent des erreurs terribles.

— Eh bien, Richard n'est pas une erreur, comme tu peux le voir. Où que nous allions, tout le monde l'adore.

— Raconte-moi ce que tu fais toute la journée, demanda Lara en regardant autour d'elle.

— Je sais à quoi tu penses. Il n'y a pas suffisamment de travail pour s'occuper dans ce petit appartement mais pour le moment, je prends du bon temps, c'est bien agréable. Les amis de Richard sont mariés et je sors souvent avec la femme de l'un ou de l'autre pour visiter des galeries de peinture et des musées. Et tu sais, pour la première fois de ma vie, je dépense de l'argent !

Pas pour acheter des bêtises. J'ai acheté des vêtements et des tonnes de livres. Tu te souviens comme papa achetait des livres, même quand il n'avait pas un sou ? Maintenant, je peux me le permettre et c'est une sensation formidable, je t'assure.

— J'imagine.

— Lara, j'espère que tu vas persuader Davey. Il faut qu'il écoute Eddy. Si Davey a vraiment trouvé une chose exceptionnelle, ça risque de vous mettre sérieusement en selle pour longtemps.

— Tu sais, nous avons de quoi vivre. Mais pour Davey, ce serait bien et j'espère que ça marchera. Il a tellement travaillé sur des projets qui n'ont pas abouti que ce serait terrible qu'il soit déçu une fois de plus.

— Lara, tu es un ange.

— Bien sûr que non et les gens ne sont pas censés être des anges.

— Disons que qui que tu sois, tu n'es pas comme moi. »

Connie percevait un léger changement dans le lien qui l'unissait à sa sœur. Pour sa part, elle avait désormais sa propre maison pleine de jolis objets, un jeune mari qui réussissait dans sa profession, au contraire du mari de Lara... C'était comme si les rôles avaient été inversés, comme si elle, qui avait toujours reçu les conseils, devenait celle qui en donnait. Mais le comportement de Lara n'avait pas changé.

« Je suis tellement heureuse à l'idée que tu es aimée, dit-elle avec tendresse. Au fond, il n'existe rien de plus important.

— Je suppose que tu as raison. »

Connie trouvait ce cliché énervant. En même temps, elle s'en voulut d'être agacée par si peu de chose.

Un silence étrange tomba sur les deux sœurs de sorte que Connie fut soulagée quand les hommes vinrent leur rappeler qu'il était l'heure de rentrer.

« La prochaine fois, venez chez nous, dit Davey. Et n'attendez pas trop longtemps. Connie, tu dois montrer à Richard les lieux où tu as grandi.

— Ce ne sera pas possible dans l'immédiat, dit Richard. Connie et moi, nous partons passer deux mois en Europe.

— Vraiment ? s'écria Connie. Nous partons ?

— Oui. Je voulais garder la surprise encore quelque temps mais je ne résiste pas au plaisir de te l'annoncer. D'ailleurs, nous n'avons pas fait de voyage de noces. Et puis, je vais avoir vingt-cinq ans. »

Les yeux de Richard se plissaient de joie. L'étonnement de Connie, la satisfaction de Richard et le plaisir des autres devant leur bonheur étaient tels que l'atmosphère du petit appartement s'en trouva comme réchauffée. Cette chaleur sembla persister une fois que tous les invités furent partis.

« Mais peux-tu vraiment te permettre de prendre deux mois de vacances ? demanda Connie, pendant qu'ils se déshabillaient.

— J'ai fait beaucoup d'heures supplémentaires et, de toute façon, j'ai droit comme tout le monde à une lune de miel.

— Je parlais de la dépense. Tout cela va coûter très cher, non ?

— Ma grand-mère m'a légué un peu d'argent et je dois le toucher le mois prochain. Je vais l'écorner pour faire ce voyage avec toi.

— C'est ce que tu as voulu dire quand tu as mentionné que tu allais avoir vingt-cinq ans ?

— Exactement. Et j'ai bien l'intention de faire cela en grande pompe. Nous prendrons l'avion pour traverser l'océan, nous passerons quelque temps en France et en Italie, peut-être en Belgique et nous terminerons par l'Angleterre. Nous rentrerons par bateau, sur le *Queen Elizabeth*. Alors, qu'en dis-tu ?

— Le paradis... » fit-elle d'une voix rêveuse.

Il est certain qu'elle avait espéré vivre des événements de cette sorte, mais plus tard. C'était une sorte de vague espoir mais jamais elle n'aurait pensé qu'il se matérialise si vite. Quelle merveille ! « Je vais l'écorner... » avait-il dit. Ce qui signifiait que le legs devait être considérable.

Richard était allongé sur le lit. Elle allait se démaquiller et se brosser les cheveux. Il la regardait se préparer pour la nuit et ils parlaient de la journée, c'était devenu une habitude. Il y avait quelque chose de confortable dans cette routine, comme s'ils l'avaient suivie depuis des années déjà.

« Ce sont des gens agréables. J'aime beaucoup ta famille.

— J'en suis bien heureuse. »

Elle était contente d'avoir une raison d'être fière à ses yeux. Sa famille lui en avait donné l'occasion pendant toute la soirée. Bien sûr, Eddy en avait un peu rajouté, mais après tout personne n'est parfait et l'on ne pouvait qu'éprouver du respect pour Davey et Lara et leur dignité tranquille.

Elle pensa à haute voix : « Lara est une âme simple et adorable.

— Pas aussi simple que tu le crois. Elle est intelligente et forte. Ce sont ses manières qui te trompent.

— Tu crois ? Tu as sans doute raison. »

Connie prit conscience du fait que Richard était extraordinairement perceptif et que ses manières à lui abusaient les autres. Les êtres sont faits de couches superposées et si l'on en enlève une, on est stupéfait de ce qu'on trouve. Elle se demanda si Richard la percevait avec la même acuité. Il se pouvait bien qu'il en sache plus sur elle qu'elle n'en apprendrait jamais. Cette possibilité lui donnait le frisson ! Elle se mit à se brosser les cheveux avec rage...

« Tu viens de penser à quelque chose, fit Richard.

— Qu'est-ce qui te fait dire cela ?

— Une ombre est passée sur ton visage.

— Vraiment ? Je pensais seulement à la beauté de Lara.

— Tu es plus belle.

— Non, non. Regarde mieux la structure du visage. La sienne est parfaite.

— J'ai regardé. Structure ou pas, tu possèdes une énorme énergie vitale. Mets-toi debout que je te voie mieux. Enlève ta robe. »

La robe de soie rose glissa par terre, la laissant toute nue devant lui. En tournant la tête vers le miroir sur la porte de l'armoire, elle se vit, très

blanche, potelée, les épaules légèrement tombantes des femmes du *Ladies Book*, avec des petits
seins haut perchés, comme ceux des statues anti-
ques, et les hanches rondes des modèles de Renoir.

« Personne ne devinerait tout ce qu'il y a sous
tes vêtements, dit Richard.

— Si ça te plaît... »

Le spectacle de sa propre nudité, en même
temps que celle de Richard langoureusement
étendu sur le lit, fit naître en elle un frisson d'excitation et de désir.

« Magnifique, murmura-t-il. Magnifique... »

Dans le faisceau de la lampe de chevet, la peau
de Richard ressortait comme du vieil or par
contraste avec la soie blanche de son pyjama. Pendant un moment qui lui sembla une éternité, elle
attendit qu'il se débarrasse de son pyjama ou qu'il
fasse un mouvement. Lorsqu'il bougea, ce fut pour
croiser les bras sur son visage, soupirant, bâillant et
révélant ses dents parfaites.

« La journée a été longue, ma chérie et je dois
partir tôt demain matin. Je sais que je vais avoir
du travail par-dessus la tête les semaines qui
viennent. C'est toujours comme cela quand on
part en vacances. »

Le message était on ne peut plus clair. Elle revê-
tit une chemise de nuit et se mit au lit. Richard
s'était endormi comme une souche.

L'esprit agité, elle revécut la soirée, s'attardant
sur Eddy qui s'évertuait à se faire une place dans
cette ville déroutante avec une telle maestria
qu'on aurait pu croire qu'il y était né... elle pensa à
Davey et à Lara qui avaient trouvé leur place,

celle-ci bien différente... Ils l'intriguaient. Ils ne semblaient jamais changer. Elle revoyait des gestes, des attitudes, Lara la prenant dans ses bras dans la cuisine, Davey posant un baiser sur la nuque de Lara quand elle lisait... Au lit, ils devaient être très unis... Evidemment, il n'était pas question d'y faire jamais allusion avec Lara, qu'importe le tact et la délicatesse qu'elle y eût mis. Pour Lara, ces choses-là étaient sacrées.

Dans la quiétude de la nuit, à peine troublée par le bruit des draps froissés quand Richard se tournait de l'autre côté, Connie étendue dans l'obscurité réfléchissait. Quelle ironie de penser que lorsqu'enfin elle éprouvait du désir pour un homme, il ne semblait pas le partager. C'était tellement compliqué !

Elle se gourmanda. Voyons, Connie, réfléchis un peu. Il est évident qu'il t'adore. Il ferait n'importe quoi pour toi. Il n'y a que deux mois que vous êtes mariés. Ces choses-là prennent du temps. Et d'ailleurs qui sait combien de fois les autres gens font l'amour et comment ? Que sais-tu vraiment de Davey et de Lara ? Richard t'adore. Souviens-t'en.

Et nous allons en Europe.

4

Ils restèrent sur le pont avant tout l'après-midi tandis que le *Queen Elizabeth* glissait lentement sur la Manche en direction de la haute mer. Richard avait apporté une chaise longue, une couverture pour se protéger du vent glacé et un livre, mais Connie resta penchée sur le bastingage jusqu'à ce que la côte ait disparu, escamotée par un rideau de nuages plombés.

Elle avait laissé derrière elle tous les endroits aussi pittoresques que vieux, les châteaux, les lacs et les parcs, les rues pavées et les palaces de marbre de la vieille Europe, tout cela était aussi loin de leur appartement du trente-troisième étage à Manhattan que le bout du monde. Non, c'était plus loin, encore plus loin. Comme elle aurait aimé faire rebrousser chemin au paquebot et revenir sur les lieux qu'elle avait visités. Elle était déjà pleine de nostalgie en même temps que saisie d'une étrange excitation. Elle avait ressenti la même chose lorsqu'elle avait vu son premier ballet à Houston et compris que le monde était une énorme caverne d'Ali Baba remplie de merveilles. Un sentiment d'urgence l'envahit.

Voyager avec Richard avait été très gratifiant en même temps que frustrant car son vaste savoir mettait en évidence l'ignorance de Connie. Après un après-midi passé au Jeu de Paume et au musée Rodin, elle l'avait jalousé. Il faut que j'apprenne ce qu'est l'art, se dit-elle. Et l'histoire de l'Europe, dont je ne connais pratiquement rien !

Ils avaient fait peu d'achats, leur temps étant trop limité, avait dit Richard, pour le gâcher à se promener dans les magasins. Il avait toutefois acheté un tailleur et deux robes pour Connie car, avait-il affirmé, pas question qu'une femme revienne de Paris sans vêtements !

Fort compétent dans ce domaine, il l'avait – aisément – persuadée qu'une robe de velours rouge foncé accompagnée d'une étole en satin émeraude serait parfaite pour dîner à bord.

En Angleterre, Connie était tombée amoureuse des vieux meubles paysans et des tableaux anciens. Après avoir vu les vieilles auberges de Londres qui fleuraient bon la cire, elle se mit à rêver de mobilier en acajou et de peintures anciennes. Elle aurait aimé une bibliothèque avec des fauteuils de cuir et des aquarelles animalières. Elle avait pris conscience que les pièces qui donnaient sur l'East River n'étaient pas tellement réussies et qu'en fait elles étaient très ordinaires.

Sur le chemin du retour, elle était reprise d'un sentiment de précipitation irrépressible.

Richard aurait aimé avoir une table pour deux dans la grande salle à manger du bord.

« On risque de se trouver placés à côté de personnes qu'on n'aime pas et c'est désagréable. J'en ai déjà fait l'expérience sur les bateaux. »

Mais Connie insista pour qu'ils essaient et c'est pourquoi ils se retrouvèrent à une grande table, à côté de Mme Dennison Maxwell. C'était une femme au visage émacié, à la soixantaine avancée. Son maintien très collet monté rendait d'autant plus surprenante sa conversation incisive. A la fin du voyage, elle était devenue l'amie intime des jeunes Tory.

« C'est un plaisir de voir une jolie jeune femme avec un beau jeune homme. De nos jours, à New York, toutes les jolies filles semblent avoir épousé d'horribles vieux raclons. Vous ne l'avez pas dit, mais je suppose que vous êtes en voyage de noces, n'est-ce pas ? »

Après affirmation des intéressés, elle continua : « J'ai passé le mien sur le *Queen Mary*. Aucune comparaison. J'avoue que le *Queen Elizabeth* est très confortable mais il est horriblement vulgaire. Tous ces chromes et ce clinquant ! Evidemment, vous êtes trop jeunes pour vous souvenir de la vieille *Queen*, mais vos parents ont dû vous en parler, je suis sûre. Ah ! c'était un paquebot qui possédait de l'élégance. »

Connie se souvenant d'avoir lu quelque chose à ce sujet, répondit du tac au tac : « Oh, oui ! les portraits en pied de la reine Mary et de la reine Elizabeth, la fille du roi George, je veux dire. Oh, comme ce devait être beau ! Tellement "vieux monde".

— J'adore votre accent texan, dit Mme Maxwell.

— Vraiment ? Je croyais l'avoir perdu.

— Mais Connie, ne... », commença Richard, mais il s'arrêta net quand Connie lui effleura le pied pour le mettre en garde.

« Il faut que je vous fasse rencontrer ma petite-fille. C'est une jeune mariée de l'an dernier. Vous vous plairiez. Je possède un sixième sens quand il s'agit des êtres et je suis certaine de ce que j'avance.

— C'est très aimable à vous, madame Maxwell.

— Elle est très occupée, ma petite Bitsy. Elle récolte des fonds pour les bonnes œuvres et à elle seule en ramène plus que trois autres femmes à la fois. Je me demande où elle prend son énergie ! et comment elle arrive à rester aussi élégante. Elle n'a jamais l'air éreinté ! Deux fois par an, elle va à Paris en avion, achète tout ce qu'il lui faut pour la saison et retourne à ses occupations. »

Mme Maxwell tira un petit carnet et un stylo en argent de son sac et les tendit à Connie.

« Ecrivez donc votre nom et votre numéro de téléphone, ma chère enfant. Je demanderai à Bitsy de vous contacter et de vous présenter des amis. Vous verrez, vous n'aurez aucun mal à faire des rencontres. Tout le monde adore les Texans. »

« Pourquoi voulais-tu qu'elle croie que tu viens du Texas ? demanda Richard quand ils se retrouvèrent seuls.

— Parce que. Tu as entendu ce qu'elle a dit : tout le monde adore les Texans. »

Il éclata de rire. « Maxwell ? Je me demande s'il s'agit de Maxwell Knox International... C'est nous qui organisons leur publicité. Elle doit faire partie de la famille. Tu as vu son émeraude ? Cinq carats au moins… Même sans cette émeraude, elle a leurs maniérismes. Tu ne l'as pas senti ?

— J'ai surtout senti ses excellents parfums !

— Allons ! tu n'as même pas reniflé cet affreux relent de snobisme ?

— Pas du tout. Je l'ai trouvée très intéressante. »

C'était en quelque sorte une version outrée de sa propre mère, pensait Connie. Elle se demanda s'il en était conscient.

« Tu n'as pas vraiment l'intention de faire connaissance de sa petite-fille, n'est-ce pas ?

— Et pourquoi pas ? Ce serait une ouverture sur un autre monde. Qu'ai-je à perdre ? »

En effet, c'était un tout autre monde, ainsi que Connie s'y attendait. Un monde qui, à sa grande surprise, l'accepta immédiatement. Il est vrai qu'en règle générale Connie plaisait aux gens. Elle était intelligente, vive, amicale et toujours prête à rendre service. Son appétit pour la vie et la nouveauté plurent à ces jeunes femmes blasées.

Sandra Maxwell, surnommée Bitsy, était connue pour son caractère indépendant. Elle portait un manteau de vison sur une jupe de lainage et un tricot, des sneakers, et avait au poignet un bracelet en or que Connie, qui commençait à s'y connaître, estima valoir dix mille dollars. Ses magnifiques cheveux, pas plus beaux d'ailleurs que ceux de Connie, flottaient librement au vent quand elle marchait. Elle possédait un petit caniche d'une nuance de roux très rare et finit par convaincre Connie d'acheter sa sœur, qu'elle appela Delphine.

Les deux jeunes femmes avec les deux caniches formaient un couple étonnant quand elles déambulaient dans les avenues chic du nord de la ville. Connie avait cessé d'être une étrangère à New York.

Avec le groupe d'amies de Bitsy, elle se mit à faire de la gymnastique, du shopping, à jouer au tennis, elle s'inscrivit à des cours d'histoire de l'art, déjeuna au restaurant Le Cirque et eut le plaisir de voir de temps à autre sa photo dans des magazines. Le jour de l'anniversaire de Bitsy, le groupe déjeuna au Pierre et fut photographié pour la section mondaine ; au bout de la liste des noms des personnalités, venait celui de Connie et sur la photo, derrière une épaule, on voyait son visage. Elle en acheta une demi-douzaine et en envoya un exemplaire à Lara.

Vers la fin de l'hiver, les Tory furent invités chez les Maxwell qui habitaient cinq vastes pièces dans un vieil immeuble luxueux sur Park avenue.

« Je ne suis pas responsable du mobilier, dit Bitsy. Tout vient de ma grand-mère maternelle. La famille nous a refilé tout cela quand elle est morte ! Mais nous n'aurons plus à le supporter longtemps. Nous en avons assez de cet appartement et dès que nous aurons déménagé, nous trouverons d'autres meubles. »

Ce discours ahurit Connie qui était sur le point de dire, et s'en abstint, à quel point elle admirait l'appartement.

La soirée se termina tôt car les hommes devaient tous aller à leur bureau, que ce soit une banque, un tribunal, un bureau à la Bourse ou quelque autre de ces lieux de la forêt de béton qu'était Manhattan.

Connie et Richard s'étaient mis au lit, chacun avec un livre. Elle posa subitement le sien et dit :

« Tu as entendu : ils en ont assez de leur appartement ! C'est incroyable.

— Je penserais peut-être la même chose si je possédais l'argent des Maxwell. Tous les capitaux sont détenus par la famille.

— C'est difficile de croire que tout est arrivé si vite, fit-elle d'un ton rêveur.

— Arrivé ? que veux-tu dire ?

— De devenir leurs amis, surtout moi. Quand je pense d'où je viens... »

Ce fut au tour de Richard de poser son livre.

« Je suis vraiment étonné. Tu te sens inférieure à eux ? Avec ton intelligence et ta personnalité ? De plus, tu étais la plus jolie femme ce soir.

— Vraiment ? »

Il mit sa main sur la sienne.

« Oui, vraiment. Certes, ton amie Bitsy – quel nom ridicule d'ailleurs – est bien, mais ça s'arrête là. Ce sont des gens agréables, très affables, mais ne te laisse pas impressionner par eux, Connie. »

Pendant quelques instants, elle garda le silence, songeant à la soirée.

« J'ai pensé que nous avions besoin de sortir. Cela fait partie de l'ascension sociale, comme tu l'as vu ce soir.

— Ces gens-là n'ont pas besoin de sortir ou de recevoir. Ils sont nés dans la haute société.

— Je sais, mais je pensais... Nous devrions vraiment organiser une réception, ou au moins, un

115

gros brunch, mais on ne peut pas le faire ici. Tu ne crois pas que nous devrions changer d'appartement ? Trouver quelque chose de plus grand. Dans un autre quartier.

— Mais je ne suis pas le président de McQueen, tu sais !

— Evidemment, je le sais. Je ne pense pas à quelque chose d'hyperchic. »

Elle procédait par petites touches.

« De toute façon, cet appartement ne te ressemble pas. Il est aux antipodes de tes goûts.

— C'est certain que ce n'est pas mon goût mais tu sais que je l'ai acheté meublé.

— Il a très bien rempli son office, je m'en rends compte. » Elle poussa un soupir. C'était si difficile, si déplaisant d'avoir à insister.

« Mais c'est gênant de toujours dire non aux amis et d'inventer des excuses. Par exemple, Bitsy m'a proposé de faire partie du comité qui organise le bal de l'hôpital. C'est vraiment un événement prestigieux mais le problème, c'est qu'on est obligé de faire une donation importante, ou mieux encore, de réserver toute une table. Vraiment, je ne peux pas décemment refuser tout le temps. Nous sommes de si bonnes amies, que c'est presque insultant. »

Richard ne répondit rien.

« J'aime vraiment beaucoup Bitsy. Elle est tellement gentille avec moi.

— Ces gens-là vont à ces sortes de bals de charité tous les mois durant la saison, Connie. Je te l'ai déjà dit, nous n'appartenons pas au même monde. Et ça n'a pas de sens d'essayer de nous y introduire. »

Il y eut un long silence pendant lequel Richard semblait attendre qu'elle acquiesce, mais elle réfléchissait à la meilleure façon de le convaincre.

Les Tory n'étaient pas vraiment riches. Ils appartenaient à ce que les sociologues appellent les « classes moyennes supérieures ». Ils étaient tout à fait à l'aise mais pas réellement riches. La maison de River Oaks, elle s'en rendait compte maintenant, était bien meublée mais sans rien de vraiment ancien ; aucun des tableaux n'aurait pu figurer dans un musée. Ils ne possédaient aucune collection de quoi que ce soit ; seulement un peu d'argenterie et des jolies porcelaines qui servaient. Rien que des choses utiles.

Richard lui prit la main et dit avec douceur :
« Tu es très déçue ?
— Un peu...
— Quelle est la somme minimum, as-tu une idée ?
— Quinze cents dollars environ. Ça devrait aller.
— D'accord. Je te ferai un chèque demain matin. Je vais augmenter mon budget bonnes œuvres pour toi.
— Oh, que tu es adorable ! Merci mille fois. Tu es si gentil. »

Il allait éteindre la lampe de chevet mais l'attirant à lui, il lui posa un baiser dans le cou.

« Tu es contente maintenant ?
— Oh, oui, oui ! »

Pour le moment elle avait gagné. Mais la prochaine fois, comment ferait-elle ? La vie aurait été plus facile, bien sûr, si ces gens ne s'étaient pas

117

entichés d'elle. Mais c'était le contraire qui s'était produit et, pour la première fois de sa vie, elle s'amusait.

Richard resserra son étreinte. Il avait envie de faire l'amour. Elle n'avait qu'une envie : dormir. Elle pensa subitement que son désir pour lui, qui avait été déçu tant de fois, s'était lentement dissipé et qu'elle n'éprouvait plus à son endroit que de l'indifférence. Elle sentait que son refus était en passe de devenir un véritable rejet. Les trois minutes du plaisir de Richard, peut-être même seulement une minute et demie, étaient pour elle pires que tout...

Il nous faut un autre appartement, se disait-elle pendant que Richard s'activait. Celui-ci est vraiment devenu impossible. Richard eut un dernier grand frisson, lui effleura l'oreille de ses lèvres et, se retournant, sombra dans le sommeil.

Des coupes en argent, des pots à lait et des plats étincelaient sur les rayonnages derrière le comptoir.

« Alors votre théière vous plaît toujours autant ? demanda le marchand avec amabilité.

— Oh, oui ! Je suis la proie du démon des collectionneurs et c'est pourquoi je suis revenu », dit Eddy. Il ajouta avec assurance : « J'ai décidé de ne rien acheter au-delà de 1900.

— Ce n'est pas une mauvaise décision. »

Le marchand prit l'une des coupes et la lui tendit.

« A cette époque, ils ne rechignaient pas sur la quantité d'argent, c'est évident.

— Je préfère le plat en argent repoussé. Je crois que ce sera mon achat pour aujourd'hui.

— C'est une très belle pièce. Vous ne le regretterez pas, monsieur Osborne. »

Une fois dehors avec son précieux achat sous le bras, Eddy marchait sans hâte, plein de la sensation de bien-être qu'il éprouvait si souvent ces derniers temps. Il se sentait voguer en plein ciel, sur un océan de bleu.

A peine un an plus tôt, Eddy avait prédit qu'il doublerait ses revenus et il avait pensé qu'il lui faudrait plusieurs années pour y arriver. Or ça y était ! Il en était lui-même stupéfait. Il s'était mis à brasser de grosses affaires, de très grosses affaires. Grosses comme une montagne. Un client très satisfait de ses services lui en procurait un autre et ainsi de suite, des empereurs de l'immobilier aux acteurs célèbres. Il avait aussi comme client un boxeur connu, un chanteur de rock and roll, de riches veuves de la Cinquième avenue, à la fois n'importe qui et tout le monde. Il s'occupait de faire fructifier leur argent et le sien par la même occasion.

Marchant dans le soleil de printemps et plein de ces pensées, il entra pratiquement en collision avec Connie sur la Cinquante-septième rue.

« Mais que fais-tu ici en plein après-midi ? interrogea Connie. Tes yeux sont pleins de malice, à croire un chat qui vient de s'offrir un moineau !

— Je faisais des courses. Est-ce que tu crois que seules les femmes se promènent dans les magasins ?

— Tu as acheté quelque chose ?

— De l'argenterie. C'est pour ma collection.

— Je dirais plutôt comme investissement.

119

— Ma foi, c'est un investissement mais c'est aussi pour mon plaisir. Je fais également collection de sculptures en ivoire.

— Et où as-tu l'intention de mettre tout cela ?

— Viens avec moi et je te dirai tout. D'abord, allons prendre le thé au Plaza. J'ai travaillé pendant l'heure du déjeuner et j'ai une faim de loup. »

Après s'être installé dans un petit coin abrité du Palm Court qui semblait à des années-lumière des turbulences de la rue, il expliqua : « Je continue à chercher l'appartement idéal mais en attendant, mon appartement n'est pas si moche que cela.

— Ça, tu peux le dire. »

Il eut l'impression de discerner une sorte d'indignation dans l'exclamation de Connie.

« Cela dit, il me faudra tout de même beaucoup plus d'argent que je ne puis en dépenser maintenant si je veux trouver la petite merveille dont je rêve sur la Cinquième avenue, avec des fenêtres sur Central Park.

— Tu es très raisonnable, comme d'habitude. »

Eddy pressa le rond de citron dans sa tasse et, tout en buvant son thé, regarda sa sœur. Il se rendit compte obscurément qu'elle était en colère. Il reposa posément sa tasse et lui sourit.

« J'ai l'impression que quelque chose ne va pas. Ou bien tu es en colère, ou bien tu es triste. Peut-être les deux à la fois.

— Non, tout va bien.

— Alors, tu es triste.

— Non.

— Si. Depuis quelques semaines, je sens qu'il se passe quelque chose. Tu as perdu ton enthousiasme. Je t'ai toujours connue pleine d'enthousiasme.

— De l'enthousiasme ! dit-elle en ricanant.

— Peut-être devrais-tu t'occuper. Faire quelque chose. Tu es trop intelligente pour te tourner les pouces.

— Tu penses que je devrais reprendre un travail de vendeuse ? Non, merci. Ce que j'aimerais, c'est trouver une activité dans le monde de l'art, dans une galerie, chez un commissaire priseur... Voilà pourquoi je suis des cours d'histoire de l'art. Mais il faut du temps, beaucoup de temps. Et même à ce moment-là, il faut de la chance. »

Le silence retomba, silence d'autant plus mélancolique que l'air vibrait des conversations des convives, de l'animation ambiante coutumière à cette heure. Il ne se rendait pas compte qu'elle regrettait le ton caustique qu'elle avait adopté et l'espèce de jalousie qu'elle ressentait à l'endroit d'un frère qu'elle aimait tant. Il réussissait tout ce qu'il entreprenait. Existait-il quelque part un plaisir, il le lui fallait et il l'obtenait. Il avait invariablement la main heureuse quoi qu'il entreprenne. Pourtant, rien n'aurait pu la décider à lui dire ce qu'elle avait sur le cœur et c'était la première fois de sa vie qu'elle se sentait aussi impuissante à demander quelque chose à Eddy. Il ne pouvait le deviner.

Avec toutes les précautions qui s'imposaient, il la questionna.

« Tout marche bien entre Richard et toi ?

— Mais oui, pourquoi demandes-tu cela ?

— Comme ça... J'aime bien Richard. Il est très intelligent et je le trouve intéressant. J'ai toujours eu l'impression que c'est un garçon gentil.

— Absolument... »

Brusquement, elle éclata.

« Ça coûte tellement cher de vivre ici ! Jamais je n'aurais cru que ce soit si cher.

— C'est vrai. Mais tout dépend de la façon dont tu veux vivre. Il y a aussi la question des gens que l'on fréquente et de leur manière de vivre.

— Disons que j'ai envie d'un bon appartement, un point c'est tout. Je déteste être enfermée dans l'espèce de poulailler où nous habitons. Tu peux comprendre cela. Tu as fini par trouver un appartement qui te plaisait, n'est-ce pas ?

— N'oublie pas que je gagne beaucoup d'argent. Je ne suis pas limité par un salaire fixe. Même un bon salaire comme celui de Richard ne va pas très loin, une fois les impôts payés. Le problème, c'est de savoir quoi faire de son argent, comment le faire fructifier.

— Et comment saurais-je, moi, comment m'y prendre ! »

Elle dissimulait à peine son agacement.

« Tu sais, j'ai réussi des transactions formidables pour des étrangers. Montages fiscaux, arbitrages, placements et tutti quanti. Pourquoi ne m'occuperais-je pas des affaires de Richard ? Je lui en ai parlé mais cela ne l'intéresse pas, ce que je trouve invraisemblable.

— Il a placé l'argent hérité de sa grand-mère dans la même vieille banque où va toute sa famille depuis trois générations, c'est pour ça. A croire qu'ils sont tous mariés à cette banque.

— Certaines personnes sont trop conservatrices. Abandonner son argent de cette façon! Ça ne rapporte pratiquement rien. Voilà qui me dépasse : il faut toujours asticoter le client pour lui faire réaliser des affaires. Prends Davey. Grâce à moi, il a obtenu son brevet et je lui ai fait un prêt de sorte qu'il peut investir dans un local pour poursuivre ses travaux. Il m'a dit qu'il venait de trouver un petit bâtiment en bon état et il s'est mis à chercher des employés. Il devrait être en mesure de produire dès l'automne prochain. Mais si je ne l'avais pas poussé, il en serait là où il stagne depuis des années, incapable de faire fructifier ses idées. Il a fallu que je le pousse, littéralement parlant! Et Lara en serait encore à gâcher ses capacités, elle qui a une fameuse tête sur les épaules. Je le lui dis depuis des années. Elle et Davey croient toujours qu'ils ont assez pour vivre. Et c'est vrai qu'ils se débrouillent. »

Il s'abîma dans la réflexion.

« Quand je pense à la façon dont nous avons vécu à la maison, à la façon dont Peg se démenait, je n'arrive pas à comprendre comment elle y arrivait... C'est curieux cette façon que nous avons tous de nous habituer à posséder de plus en plus et que ce plus ne nous semble jamais suffisant. C'est presque suffisant, mais pas tout à fait. Bizarre, vraiment.

— En effet, répondit Connie d'un ton posé, c'est étrange. » Elle se mit à regarder la jupe de son tailleur de lainage violet et examina les poignets de son corsage de soie vert pomme.

Eddy suivit son regard.

« C'est un joli tailleur.

— Merci. Richard l'a remarqué dans une vitrine et me l'a acheté.

— Il a bon goût. Ecoute-moi. Je vais lui téléphoner. Il n'y a aucune raison pour qu'il laisse son argent dormir dans des placements ridicules alors qu'il pourrait en tirer un maximum.

— Eddy, tu es un chic type. Vraiment, malgré tous tes défauts, tu es un chic type. »

Eddy lui pressa doucement la main et il se rendit compte que la colère de sa sœur s'était dissipée.

« En tout cas, je vais essayer. La semaine prochaine, j'aurai un petit entretien avec Richard. »

« Vous avez un beau bureau, dit Richard en entrant.

— Mais il devient trop petit. Regardez un peu de ce côté-là ! » Eddy de la main indiquait les pièces attenantes à son bureau. « On se marche dessus. »

Ce « côté-là » était une enfilade de quatre pièces pleines de bureaux côte à côte, couverts de papiers et d'une foule de téléphones voisinant avec des ordinateurs reliés à un réseau compliqué de fils électriques. Un certain nombre d'hommes et de femmes s'y affairaient.

« Non que je me plaigne... j'aurais mauvaise grâce, dit Eddy à Richard. Mais il va falloir déménager. De vous à moi, je dois avouer que je m'étonne moi-même d'un développement aussi rapide. J'aimerais comprendre pourquoi. »

Eddy sourit.

« Vous êtes un homme aimable, Eddy. Ouvert et spontané. Les gens vous font confiance.

— Merci, beau-frère.

— Vous êtes du même bois que Connie. Pleins d'énergie, bouillants de vie.

— Mais c'est que la vie est passionnante, non ? Je me dis constamment que la vie est trop courte et que je n'arriverai jamais à voir tout ce que je veux voir et à faire tout ce que je voudrais, surtout dans mon métier. Il y a des moments où je sens littéralement les flots d'adrénaline courir dans mon corps. »

Eddy fouilla parmi les documents empilés devant lui.

« Bien, voyons... avez-vous signé tous ces papiers ? Oui... parfait. Si vous saviez ce que je suis content que vous ayez enfin coupé le cordon ombilical avec cette vieille banque. Des revenus réguliers ! Je rêve... Huit pour cent ! et que reste-t-il une fois les impôts payés ? Attendez un peu de voir votre feuille d'impôts à la fin de cette année. Vous ne vous reconnaîtrez plus, Richard.

— Je me suis demandé si vous seriez prêt à faire la même chose pour certains de mes cousins. Celui de Floride tout particulièrement. Il a cinq enfants et sa vie est très difficile. Je ne pense pas qu'il ait jamais investi dans une société à responsabilité limitée, ce qu'on appelle une SARL. Il est possible que ça lui convienne.

— Mais comment donc ! Téléphonez-lui. Vous voulez le faire d'ici ? Je vous laisse mon bureau.

— Non, non, Eddy. Je le ferai de la maison ce soir. D'ailleurs à bien y réfléchir, je pourrais vous envoyer toute une liste de personnes, d'amis du Texas et même de collègues. Vous leur rendriez service, et réciproquement. J'imagine que c'est ainsi que marchent les choses ?

— Exactement. »

Eddy eut l'air ravi. « Je suis toujours content d'avoir de nouveaux clients. C'est vraiment très gentil de votre part de prendre cette peine.

— Prendre quelle peine ? De toute façon, c'est ce qu'on fait avec les membres de sa propre famille, n'est-ce pas ? Et les gens du Texas et moi sommes parents.

— En Ohio, nous faisons la même chose. »

Richard se leva.

« Eh bien, voilà une journée bien commencée. Je suis sûr que c'est un bon départ. Il faut que j'y aille...

— Et moi, je vais à Long Island, passer le week-end à mon club. Je m'offre une semaine de vacances deux fois par an. J'en ai grand besoin.

— Formidable. Amusez-vous bien. Vous le méritez. »

Les deux hommes se serrèrent la main et Richard partit.

C'est vraiment un type bien, pensait Eddy. Il y a quelque chose d'innocent en lui. Jamais on ne croirait qu'il vient de Houston. On penserait plutôt qu'il vient d'un trou perdu comme moi.

Pour Eddy, le club était rapidement devenu une sorte de second foyer. Quand un homme jeune, pas mal de sa personne, a de l'esprit, joue merveilleusement bien au tennis, est bon danseur, qu'il est de contact facile et qu'il a de l'argent, il est chez lui partout, se disait Eddy tandis qu'il paressait au soleil à côté de la piscine.

A gauche, le terrain de golf, immense plage vert vif, ondulait et se perdait dans les buissons des collines avoisinantes. A droite, plus bas que la terrasse, s'alignaient des tables protégées par des parasols orange vif. On entendait partout le bruit des conversations.

« Dieu que c'est beau ! » s'écria-t-il.

Son ami et partenaire de tennis répondit d'un ton méprisant.

« Vous trouvez cet endroit beau ? Je peux vous montrer un club à côté duquel celui-ci n'est qu'un terrain vague.

— Impossible.

— Mais si. Ici, c'est vulgaire, si vous voulez que je vous dise. C'est "nouveau riche" et ça se voit. »

Eddy posa son verre de bière et écouta attentivement.

« Si c'est si moche ici, pourquoi en faites-vous partie ?

— Franchement, parce qu'ils n'ont pas voulu de moi à Buttonwood ! En fait, je suis un nouveau riche. »

Terry se mit à rire.

« Et d'ailleurs, même pas tellement riche. »

Eddy voulait en savoir plus.

« Quelle est la différence ? Expliquez-moi. Donnez-moi des exemples.

— Oh ! je ne sais pas. Ce sont les gens, d'abord, l'allure qu'ils ont et qui ils sont.

— Comment savez-vous cela ?

— Ma sœur est mariée à un membre de Buttonwood. »

Terry se remit à rire. « Elle s'est "bien" mariée ! Je vais vous dire : je vais lui demander de trouver deux filles pour nous et de nous inviter pour leur bal du samedi. Ça nous changera et on s'amusera. Vous verrez sur place ce que je veux dire. Vous êtes d'accord ?

— Tout à fait. »

Buttonwood était effectivement très différent. L'ancienneté, l'élégance, une élégance plutôt discrète, fascinèrent immédiatement Eddy. Les bâtiments avaient probablement été la résidence d'été d'un magnat des chemins de fer ou du pétrole, ou même d'un gros banquier du boom des années 1890. Aucun décorateur contemporain n'était responsable des sombres lambris sculptés ou des chintz anglais aux couleurs suaves agréablement passées.

Apparemment, aucun dictateur de la mode contemporaine n'avait exercé d'influence sur les femmes. Comme il fendait la foule sur les talons de Terry, il se dit qu'elles avaient à peine l'air d'être habillées. A son club, le samedi soir, les femmes étincelaient de tous leurs bijoux et diamants, portant des robes comme pour aller à l'opéra, ce qui faisait d'elles ces poupées bariolées et scintillantes qu'on voyait dans les colonnes des revues populaires hebdomadaires les présentant comme « la haute société ».

Terry venait de trouver leurs partenaires et faisait les présentations.

« Et voici mon cher ami, Eddy Osborne. »

La sœur de Terry était une copie conforme de son frère, en plus âgé. Cordiale et très féminine, elle présenta son mari dont Eddy comprit mal le nom, quelque chose comme Truscott, un homme mince et chauve à l'air hautain et au regard glacial. Il me déteste, pensa Eddy immédiatement. Qu'il aille au diable.

Les deux jeunes femmes, Marjorie Quelque chose et Pamela Machin, étaient toutes deux grandes ; elles avaient un visage agréable et portaient des cheveux raides, attachés par une barrette. Genre étudiante universitaire, de celles dont on voyait le portrait dans les revues sélectes et luxueuses sur papier glacé, lors de mariages à la campagne, d'expositions félines et de gymkhanas. L'une portait une robe de lin blanc et l'autre était en jaune.

Comme Terry, il va de soi, avait le droit de choisir le premier, il entama immédiatement la conversation avec la jaune. Eddy se tourna donc vers la blanche.

« Je m'appelle Pamela, lui dit celle-ci avec un léger sourire, au cas où vous mélangeriez nos noms, ce dont je ne saurais vous blâmer. »

C'était gentil de sa part d'autant plus qu'il était persuadé que c'était l'autre qui se nommait Pamela.

« Vous n'avez rien à boire », dit-elle.

Truscott – était-ce vraiment son nom ? – entendit.

« Nous n'avons guère le temps de boire un verre. Terry, tu es en retard comme d'habitude.

— Désolé, désolé, mais je viens si rarement ici que je finis par oublier le chemin. »

Et pan! De toute évidence, les sentiments n'étaient pas très affectueux entre les deux hommes. Il croisa par hasard le regard de Pamela qui riait. Ses lèvres formèrent silencieusement les mots : *vieux puritain, glaçon*. Il lui fit un clin d'œil qu'elle lui retourna. Il entra dans la salle à manger plutôt de bonne humeur.

Un couple plus âgé, presque certainement des invités personnels de Truscott, prévus avant que Terry ne s'invite, se trouvaient déjà à table. Ce monsieur que Truscott présenta en marmonnant un nom qui ressemblait à Ripley ou Brearley, était apparemment boursier, car Truscott et lui s'embarquèrent immédiatement dans une conversation qui ne laissait aucun doute à ce sujet. Eddy était déchiré entre les charmes de Pamela et l'envie de participer à la discussion. « Fonds d'Etat », « produit national brut » et « revenu par habitant » émaillaient la conversation des deux hommes.

Enfin, il put exprimer son opinion. Comme les deux interlocuteurs venaient de se taire, il en profita.

« Je ne puis m'empêcher d'entendre, dit-il. Vous avez raison : les investissements dans des hôtels ou dans des sociétés propriétaires d'hôtels sont excellents. On vit à l'ère du voyage. »

Les yeux froids de Truscott fixèrent la cravate rayée d'Eddy. « Je suis content que vous soyez de notre avis.

— Vous vous occupez du marché boursier en ce moment ? » demanda Ripley ou Brearley. Il s'était exprimé d'un ton aimable comme s'il eût voulu atténuer la remarque sarcastique de son voisin.

Terry se mit à hurler de rire.

« Un peu, un tout petit peu seulement ! »

Toujours hilare, il se tourna vers son beau-frère.

« Osborne et Compagnie. Ça ne vous dit rien ? Vous n'en avez jamais entendu parler ?

— Bien sûr que si, répondit Truscott d'un ton guindé. Est-ce qu'il...

— Il est ! C'est Vernon Edward Osborne en personne. »

Truscott devint cramoisi.

« Mais tu ne m'as pas dit...

— Je sais. Je l'ai présenté comme Eddy, qui est son prénom.

— Eh bien, je suis vraiment heureux de faire votre connaissance. Je n'avais aucune idée... », répondit Truscott.

Parle toujours ! pensait Eddy. Si tu ne t'étais pas contenté de penser que je n'étais que l'un des amis insignifiants de Terry, tu m'aurais considéré d'un autre œil. Toutefois, il assura d'un ton fort courtois qu'il était heureux d'être là ce soir et de rencontrer la famille et les amis de Terry.

L'argent, toujours l'argent, pensait-il en se tournant vers Pamela. Sans argent, Eddy Osborne n'est rien. Mais cela, je le sais depuis longtemps... C'est bien pourquoi j'ai quitté l'Ohio.

« Qu'est-ce qu'Osborne et Compagnie ? demanda Pamela. Suis-je idiote de ne pas le savoir ?

— La finance, les investissements. Ça n'a rien d'idiot de ne pas être au courant. Pourquoi le seriez-vous ? Vous connaissez sûrement mille et une choses que ce vieux fossile ignore. »

Elle lui dit à voix basse : « Moi je m'occupe de chevaux, de chiens, d'animaux, d'environnement. Enfin, des trucs comme cela. C'est mon travail. Mais il vous a fait de la peine ? Vous ne devriez pas laisser des gens comme lui vous faire de la peine.

— Merci... vous avez raison. »

Il plongea son regard dans les yeux gris en amande au regard limpide, sous un front bronzé.

« De chiens et de chevaux, dites-vous ? Racontez-moi.

— J'adore les chevaux et je donne des cours d'équitation dans une école...

— Quel âge avez-vous ? Où habitez-vous ? Mes questions ne vous ennuient pas ?

— J'ai vingt et un ans et j'habite chez ma mère pas très loin d'ici. Non, vos questions ne m'ennuient pas.

— Moi, j'ai trente ans, je vis et je travaille à New York. Je vis seul. Je ferais n'importe quoi pour filer loin d'ici, Pamela, pour que nous puissions discuter. Si cela vous fait plaisir évidemment, ajouta-t-il rapidement.

— J'aimerais beaucoup mais je ne vois pas comment. Vous pouvez m'appeler Pam.

— Que diriez-vous de demain ? Puis-je vous inviter à dîner ? »

Comme elle faisait oui de la tête, il lui passa une feuille de papier et un stylo.

« Ecrivez votre téléphone et comment arriver chez vous. Six heures et demie, cela vous va ?

— Parfait. Et maintenant, nous ferions mieux de rejoindre les autres, dit-elle à haute voix. Sinon, nous allons être mal élevés. »

Il savait ce qu'elle voulait dire et admira ses bonnes manières et son éducation. Elle appartenait à ce qu'on appelait ici la vieille société de la côte Est. Elle en avait les caractéristiques ainsi que le cœur. Comme elle avait tout de suite perçu ce vieux snob !

C'est nouveau pour moi, pensait-il en la quittant ce soir-là

La route passait non loin du détroit. Il s'était déjà promené dans le voisinage en voiture et ne se perdit pas. Les maisons étaient très écartées les unes des autres. On voyait de ces grosses bâtisses, couvertes de bardeaux brun sombre, qu'on dénomme habituellement « maisons d'été ». Un long chemin privé y conduisait. Elles avaient été construites par des familles new-yorkaises au début du siècle. Il emprunta l'un de ces chemins, traversa un tunnel d'arbustes au feuillage sombre qu'on n'avait pas taillé depuis des années et vint ranger sa voiture devant une vieille galerie de bois faisant le tour de la maison. La peinture en était écaillée et l'on voyait que la maison avait connu des jours meilleurs.

Pamela, toute souriante, descendit les quelques marches. En la regardant, il se sentit subitement le cœur tout léger.

« J'espère que vous avez faim, dit-il. J'ai réservé une table dans ce qu'on prétend être un excellent restaurant français. C'est à peine à quinze kilomètres.

— J'ai toujours faim.

— Cela ne se voit guère », fit-il après une discrète inspection de sa silhouette. Elle était mince, harmonieuse et musclée.

« C'est grâce à l'exercice physique. Je suis une fana de sport mais par-dessus tout, ce que je préfère, c'est l'équitation. Et vous ?

— Le cheval ? »

Eddy, qui n'avait jamais mis le derrière sur un cheval, hésita. « Voilà des années que je n'ai pas monté mais je pense depuis quelque temps à m'y remettre.

— Il faut le faire ! C'est tellement merveilleux. Quoi de plus formidable que de se lever à l'aurore alors que le monde entier dort encore à part vous, le cheval et les oiseaux. Ce que je préfère à tout, c'est monter en bord de mer. »

Elle avait une agréable façon de s'exprimer, pleine d'enthousiasme, et il l'encouragea à continuer en lui posant des questions. Au restaurant, il avait expressément demandé une table seule près d'une fenêtre en coin, donnant sur le jardin. Ils regardèrent le crépuscule descendre et restèrent bien longtemps après que la nuit fut venue. Sur la fin de la soirée, il avait appris beaucoup de choses, et notamment qu'elle avait perdu son père quand elle était adolescente, que sa mère avait décidé de quitter leur appartement de New York pour faire des économies, et qu'avant leur départ, elle avait fait son entrée dans le monde.

« Maman avait organisé un bal pour moi au Pierre. Elle ne pouvait pas vraiment se le permettre financièrement et pour ma part je m'en serais volontiers passée, mais c'était la coutume et elle y tenait beaucoup. Ma famille aimait les traditions. Autrefois, ils avaient beaucoup d'argent, disons, il y a deux générations mais Dieu sait pour-

quoi, l'argent a fondu jusqu'à disparaître complètement. Je n'ai jamais compris ce qui s'était passé.

— Oh! ça se produit très facilement, fit Eddy.
On n'a pas besoin de faire des efforts! »

Ils se mirent tous deux à rire.

« Moi, ça m'est vraiment égal. J'aime l'existence
que je mène ici. Je gagne décemment ma vie, avec
les leçons d'équitation, et tout compte fait, c'est
formidable de toucher de l'argent pour une chose
qu'on a plaisir à faire.

— Et l'hiver?

— Nous avons un manège couvert lorsqu'il
n'est pas possible de sortir.

— Et que faites-vous quand... »

Il s'interrompit.

« Excusez-moi, je vous en prie. Je me rends subitement compte que je vous pose trop de questions.
C'est l'un de mes défauts. Quand je rencontre une
personne que je trouve sympathique, j'ai toujours
envie de tout savoir d'elle. Excusez-moi!

— Mais de quoi? Vous vouliez savoir ce que je
fais quand...?

— Quand vous ne vous occupez pas des
chevaux.

— Oh! je fais du volontariat. Ma mère me dit
que je suis une bénévole professionnelle! Je travaille au refuge animal, je fais partie d'un comité
pour sauver les marécages, je participe au Sierra
Club, enfin des choses comme cela. Je me sens
vraiment enragée quand je vois comment les pro-
moteurs abîment notre terre. Ils la mettront en
pièces jusqu'à ce qu'il ne reste plus un seul espace
vert. Nous, les gens qui vivons ici toute l'année,

nous adorons notre pays. Pour nous, ce n'est pas seulement un lieu de vacances. »

Eddy avoua que pendant ses trajets entre la tour qui abritait son bureau et la tour où il habitait, il avait fini par oublier de se demander si la terre était verte ou pas. Il cherchait dans sa mémoire s'il avait jamais connu une femme qui se souciât autant des marais et des animaux perdus. Non, jamais. Ce devait être la préoccupation majeure de gens qui possédaient une terre au même endroit depuis des années et qui, de ce fait, y étaient terriblement attachés. Intéressant... C'était un autre monde, qui lui était étranger. Il se demanda ce qu'elle pouvait bien penser de lui...

Tout en conduisant sa voiture d'une main légère en rentrant au club, il revit la soirée. Devait-il essayer de la revoir ? C'était assez loin de son club et il ne manquait pas de femmes plus facilement atteignables ! Elle n'était pas non plus la plus belle qu'il eût connue. Quant à l'éventualité de relations plus intimes, en dépit du fait qu'elle possédait un corps splendide, il la soupçonnait de ne pas avoir un tempérament torride... Et pourtant, quelque chose l'attirait diablement.

Il fit son entrée dans le hall du club plongé dans ces pensées lorsqu'il s'entendit héler.

« Osborne ? »

Un monsieur d'un certain âge, un ami de Hartman, vint à sa rencontre.

« Je suis Julian Jaspers. Au cas où vous ne vous en souviendriez pas, nous nous sommes rencontrés chez Hartman. »

Eddy lui tendit la main. « Mais bien sûr que si, je me souviens de vous, monsieur Jaspers. »

Si quelqu'un était connu dans le milieu de la finance, c'était bien lui. Après avoir fait fortune des années auparavant dans l'étain bolivien, Jaspers, désormais à la retraite, était devenu l'un des principaux philanthropes new-yorkais et il siégeait au conseil d'administration d'un grand nombre de bonnes œuvres.

« Il y a un moment que je désire vous parler. Pouvons-nous aller nous asseoir quelques minutes ? »

Eddy était sûr qu'il allait lui demander un don pour l'une ou l'autre de ses bonnes œuvres mais c'était normal. Ses rentrées d'argent étaient très confortables et il était naturel que ce même argent ressorte de temps à autre. Eddy attendait.

« Vous avez peut-être appris que je vais être le prochain président du conseil d'administration de l'hôpital de Mount Mercy.

— Oui, je l'ai lu dans le *Times*, monsieur Jaspers.

— Osborne, je vais avoir un travail monumental. C'est un vieil hôpital, les besoins sont immenses. Il me faut de l'aide.

— Je comprends. »

Combien, se demandait Eddy. Vingt-cinq mille ? Cinquante mille ?

« Le conseil est trop vieux. Ce que je veux dire, c'est que la plupart des membres y siègent depuis plus de vingt ans. Il n'y a pas eu de sang frais, si j'ose dire, depuis plus de dix ans et j'ai l'intention de secouer la poussière. Nous avons besoin de sang jeune et frais et d'idées nouvelles. Est-ce que cela vous intéresserait ? »

Eddy n'était pas certain d'avoir bien entendu.

« Je ne suis pas sûr de bien saisir.

— Je vous offre de siéger au conseil de Mount Mercy. »

Il était sidéré. Siéger dans ce prestigieux conseil, lui qui n'était rien quand il était arrivé à New York... Evidemment, on s'attendrait à ce qu'il fasse un don important. Au moins cent mille dollars. Mais cela valait dix fois plus en prestige et en honneurs.

« Je me sens comblé, monsieur Jaspers ! Bien sûr, j'accepte. Qui n'accepterait une telle offre ? Oui, vraiment, je suis flatté au-delà de toute expression. Il n'y a pas de meilleur terme. »

Jaspers était content.

« Vous serez un atout précieux, Osborne. Hartman ne dit que du bien de vous et en outre, j'ai entendu les bruits les plus flatteurs à votre sujet à Wall Street. Oui, du sang jeune et frais. Je voudrais vous présenter aux autres membres du conseil aussi rapidement que possible. Que diriez-vous d'un déjeuner au Harvard Club ?

— Formidable. Quand vous voulez. Je suis vraiment heureux, monsieur Jaspers, vraiment flatté. »

Comme d'habitude, il dut se retenir de ne pas siffler à tue-tête en montant dans sa chambre. Alors, Vernon Edward Osborne, l'escalade continue !

D'un seul coup, ses pensées revinrent à Pamela Granger et il comprit. C'était comme si un déclic s'était produit dans sa tête. Il sut pourquoi il hésitait à l'appeler de nouveau. C'était très simple : il avait peur d'un refus. Il avait peur parce qu'elle était trop différente et qu'elle évoluait dans un monde hors de sa portée. Etrange sentiment pour un Eddy Osborne, guère habitué à manquer de confiance en lui. Mais la brève entrevue qu'il venait d'avoir dans le hall du club le regonflait et lui donnait une assurance qui le faisait flotter sur un nuage. Il saisit donc le téléphone.

« Pam ? J'espère que je ne vous réveille pas.

— Non, je lisais dans mon lit. »

Dans son lit. La longue chevelure éparse sur l'oreiller. Une chemise de nuit suffisamment fine pour qu'on devine la carnation nacrée de la peau...

« Je ne sais pas comment c'était pour vous, Pam, mais j'ai passé une excellente soirée. Aimeriez-vous répéter l'expérience ?

— Ma foi, j'en serais ravie, Eddy.

— Demain ?

— Formidable.

— Parfait. Je viens vous chercher à six heures, ça va ? Il me vient une idée. Il va faire très beau demain, alors que diriez-vous de se retrouver à l'écurie et d'aller faire un peu de cheval ? Je suis libre tout l'après-midi. »

Qu'avait-il bien pu lui dire ? Il lui sembla se souvenir d'avoir donné l'impression qu'il savait tout de l'équitation mais qu'il n'avait pas pratiqué depuis un certain temps. Dans quel guê-pier s'était-il fourré ! Il se souvenait vaguement d'avoir lu qu'on monte par la gauche de l'animal et qu'au trot on s'enlève sur les étriers une fois sur deux... C'est tout ce qu'il savait.

« Eddy, vous êtes toujours là ?

— Oui, oui. Pam, j'étais en train de réfléchir. Ma tenue de cheval est restée dans l'Ohio.

— Ah, zut ! »

Il réfléchit rapidement : demain matin à la première heure, j'irai acheter une tenue. Et courage, j'ai toujours été sportif. Monter à cheval n'est sûrement pas sorcier.

« Je vais m'acheter ce qu'il faut demain matin. L'autre tenue est probablement mangée aux mites. Il y a si longtemps que je n'y ai pas touché. Et puis préparez-vous : je suis raide comme un bâton, je suis sûr.

— Ne vous faites pas de soucis. Ça revient plus vite qu'on ne croit. Et puis, n'oubliez pas que je suis monitrice. »

Il était tellement excité qu'il se mit à chanter sous la douche. Il était rare d'avoir deux succès la même journée.

C'est ainsi que commença une mémorable semaine. Comme il s'était juré que sa première tentative pour monter à cheval serait couronnée de succès, elle le fut. Du moins, ce ne fut pas un échec. La silhouette bien prise dans son habit neuf et tout plein de connaissances acquises en une heure dans un livre de poche sur l'équitation, Eddy ne se donna pas en spectacle.

« C'est épouvantable, non ? » demanda-t-il à Pam tandis qu'ils mettaient les chevaux au pas pour passer sous d'épaisses branches basses.

« Pour quelqu'un qui n'a pas monté depuis des années, vous vous débrouillez bien, affirma-t-elle. Il vous faut de la pratique. C'est tout. »

En réalité, il s'amusait beaucoup. Demain, il aurait sûrement mal aux fesses mais cela n'avait pas d'importance. Je comprends qu'on devienne un mordu d'équitation, pensait-il. C'était beaucoup plus agréable que le golf qui lui avait toujours semblé trop lent.

New York, durant les jours qui suivirent aurait aussi bien pu se trouver sur une autre planète. Eddy se délectait du silence et des bouffées rafraîchissantes de vent. Pam et Eddy se promenèrent, nagèrent, firent de la voile, mangèrent des sandwiches de langouste assis sur un quai, jouèrent au tennis et rirent beaucoup. A la surprise de Pam, Eddy voulut faire le tour des maisons historiques de la région. Elle fut encore plus surprise de voir à quel point il connaissait les styles de mobilier et la différence entre les diverses architectures.

« J'aime être entouré de belles choses, expliqua-t-il avec simplicité. Alors, j'ai besoin de m'informer. »

Elle l'emmena voir un antiquaire où ils flânèrent un bon moment et il acheta une paire de figurines du Staffordshire, charmantes et authentiques, pour un prix raisonnable.

Dans la même boutique, il vit deux statuettes de Dresde qui valaient évidemment très cher. Il aurait aimé les acheter mais n'osa le faire de peur de paraître ostentatoire aux yeux de Pam, qu'après tout il connaissait à peine. Un soir, ils allèrent voir un film italien, un autre ils assistèrent à un concert en plein air, et encore un autre ils dînèrent chez Pamela, dans le jardin derrière la maison, puis bavardèrent avec la mère de Pamela, sur la terrasse. Elle les quitta au bout d'un moment pour aller se coucher.

Le quatrième soir, à la lueur de la pleine lune, ils revinrent s'asseoir sur la terrasse. La maison était plongée dans l'obscurité et le silence était total, si ce n'était les battements de queue du vieux chien frappant les marches.

« Je ne l'avais jamais vu, dit Eddy, où sont les caniches ?

— Ils dorment dans la chambre de ma mère. Lui, c'est Buster. Il m'appartient. Je l'ai sauvé de la noyade. Ses anciens maîtres l'avaient abandonné au bout de douze ans. C'est à ne pas croire ! Si vous aviez vu son regard quand je l'ai trouvé, c'était à pleurer. Il n'arrivait pas à comprendre pourquoi ils s'en allaient sans lui. Alors je l'ai pris et je pense qu'il a plus ou moins cessé de les regretter. Pauvre bête. »

Elle me plaît vraiment. Et même plus encore, se disait-il en l'écoutant. Non sans curiosité, il demanda : « Dites-moi, pensez-vous parfois à un avenir plus lointain ? A ce que vous voudriez faire de votre vie ?

— Oh ! plus ou moins ce que je fais maintenant. Et un jour, éventuellement me marier et avoir des enfants, mais pas avant longtemps. »

Cela lui sembla étrange. Evidemment, on ne pouvait la comparer à ces femmes qui travaillent dans les banques ou les bureaux. La plupart de celles-là pensaient automatiquement au mariage au bout de quelques rencontres. C'était presque écrit sur leur front.

Il insista.

« Vous n'avez pas l'impression de rater quelque chose ?

— Non. J'aime mon indépendance. Que voulez-vous que je regrette ? »

Il hésita et se lança. « Disons, le sexe, par exemple. »

Elle éclata de rire.

« Je ne m'en prive pas. Du moins quand je rencontre le partenaire adéquat. »

Il insista.

« Et comment savez-vous s'il est "adéquat" ? »

Elle se remit à rire et répliqua : « Voyons, c'est vous qui me posez une question aussi stupide ! »

Leurs sièges étaient si proches que leurs genoux se touchaient presque. L'air était plein de parfums, tous plus agréables les uns que les autres. Etait-ce son parfum ou la fragrance du chèvrefeuille qui s'enroulait à la balustrade ? Il se leva et lui prit les mains. Le corps consentant, elle le rejoignit.

« Où pouvons-nous aller ? chuchota-t-il.

— Là, dans la balancelle. Ne craignez rien, elle ne grince pas. »

L'explosion de feu venue du plus profond de son être et la course folle de son sang dans ses artères annihilèrent ses pensées.

Il plongea son regard dans le sien qui resplendit soudain sous la clarté lunaire.

« Je vous crois », dit-il.

Par la suite, il sut qu'il ne pourrait l'oublier. Tout le temps que dura son voyage de retour à New York, une fois ses vacances terminées, il pensa à elle. Il aurait voulu lui offrir un cadeau, pas des fleurs ni des chocolats ou des livres mais quelque chose de magnifique, comme une broche ou un bracelet. Seulement comme souvenir d'une merveilleuse semaine. Mais il se souvint de la façon méprisante dont elle avait une fois parlé des femmes qui acceptent des cadeaux de la part des hommes. Elle avait des principes, cette Pamela ! C'est donc dans cet esprit qu'il se borna à choisir des fleurs, les plus belles roses qu'il put trouver.

Il avait découvert autre chose : ce n'était pas une croqueuse de diamants comme tant de femmes qu'on lui avait dernièrement présentées. Il avait appris à identifier et même à guetter cette sorte de regard affamé quand elles passaient devant la vitrine d'un joaillier.

Autre chose encore : elle avait clairement expliqué qu'elle n'était pas prête à se marier, ce qui lui convenait parfaitement, car lui non plus n'était pas prêt.

Mais le jour où je le serai, pensa-t-il, ce sera Pam et si elle ne veut pas de moi, ce qui reste possible, ce sera une femme qui lui ressemblera.

Environ six mois plus tard, Richard Tory annonça non sans raison : « Ton frère est vraiment un champion en matière de finances. Sais-tu qu'avec ces actions qu'il m'a conseillé d'acheter, j'ai déjà gagné dix pour cent d'intérêts ? C'est incroyable. »

Non sans hésitation, il ajouta : « Je crois que nous pouvons maintenant chercher ce nouvel appartement dont tu as tellement envie. »

Une bouffée de chaleur envahit la poitrine de Connie, comme après avoir avalé une gorgée d'alcool. Elle jeta un dernier regard circulaire sur la banale petite boîte pleine de meubles chromés à bon marché, cette petite boîte qu'elle avait autrefois trouvée si délicieuse.

« Jusqu'où pouvons-nous aller ?

— Je dirais... jusqu'à quatre pièces sans doute. »

Elle revit le nouvel appartement de dix pièces de Bitsy. « Et si nous disions cinq ? On serait plus à l'aise. Tu m'as dit que tu aimerais rapporter tous tes livres de Houston.

— Bon, si tu veux. Cela risque d'être cher, surtout dans les quartiers où cherche Eddy et j'imagine que tu voudrais rester près de lui. Mais il est impossible d'envisager un appartement du même standing que celui dont il a envie. »

Richard prit un stylo et un carnet. Elle attendit, regardant par-dessus son épaule, non sans inquiétude.

« Voyons. Vu ce que je gagne, je peux aller jusqu'à cinq ou six cent mille dollars. Je prendrai une hypothèque. Et je la paierai aussi vite qu'Eddy fera fructifier mon argent. D'ailleurs, l'immobilier reste le meilleur investissement. On ne perd jamais sur un appartement qu'on achète.

— Et pour le mobilier ? Les seules choses qui nous appartiennent sont le paravent et le miroir.

— Nous irons en chercher sur la Troisième avenue, là où nous avons trouvé le miroir et le paravent. Nous ferons cela sans nous presser, petit à petit. Il faut prendre tout notre temps. »

Pas trop, pensa Connie. Richard était si lent... si réfléchi et si lent ! Tellement différent d'Eddy qui fonçait et qui n'hésitait pas quand il avait décidé quelque chose.

145

5

Eddy et Connie prirent l'avion pour aller voir la toute nouvelle installation de Davey. C'était un jour de fête.

« Avant d'aller voir l'usine, dit Lara, nous allons faire un bon déjeuner. J'ai mis une dinde au four. On ira après.

— Pas trop tard tout de même. Eddy et moi devons prendre l'avion de six heures.

— J'avais espéré que vous resteriez jusque dimanche, dit Lara d'une voix triste. C'est si rapide...

— Je sais. C'est Eddy qui en a décidé ainsi. Tu sais quel bourreau de travail il est. Et en ce qui me concerne, je me dois à mon mari. Au fait, Richard m'a demandé de vous dire à quel point il regrettait de ne pas être des nôtres. Il est coincé avec des rendez-vous tardifs. Mais nous viendrons à Noël, c'est promis. »

Connie était ce jour-là extraordinairement mignonne, pensait Lara. Elle avait les cheveux plus clairs, presque blond cendré et elle portait une veste de vison. Il n'était pas besoin d'être grand expert en fourrure pour voir que celui-ci n'avait pas été acheté aux soldes d'un grand magasin, tout comme ses élégantes chaussures en cuir blond s'harmonisant avec sa robe de lainage.

« Tu es bien jolie ! et tu as l'air heureuse.

— Vraiment ? répondit Connie. C'est sans doute à cause du nouvel appartement.

— C'est tout ?

— Comment tout ? C'est énorme !

— Raconte-moi comment il est.

— D'abord, il est situé entre Madison et Park. Ça ne te dit rien évidemment, mais c'est l'un des meilleurs quartiers. Ce n'est pas en fait exactement ce que j'aurais voulu, parce que deux des pièces sont sombres, mais elles sont derrière. Tout de même, c'est le rêve après notre vieux taudis. Mais il nous reste à trouver des meubles. »

Elle continua en soupirant.

« La chambre à coucher est terminée et nous avons commandé des tas de choses. Style anglais campagnard, la plupart. En acajou et en chêne, avec du chintz et de la toile de lin. J'ai eu le coup de foudre pour le style anglais quand nous y sommes allés. »

Elle s'exprimait avec une sorte d'autorité et d'assurance. Il y avait en elle un changement subtil dont elle n'était probablement pas consciente, depuis le jour où Lara l'avait vue dans ce qu'elle appelait maintenant « un vieux taudis ». Lara n'arrivait pas à s'habituer à la façon dont l'argent changeait si brutalement les gens. Pourtant, pensait-elle, si l'entreprise de Davey marche bien, il n'en sera pas différent pour autant. Elle en était certaine. Mais elle ne désapprouvait pas Connie, tout en restant étonnée de cette métamorphose.

147

Elle dit timidement : « Je suis plutôt heureuse aujourd'hui, heureuse et pleine d'espoir. Je n'ai pas eu mes règles ce mois-ci. Il n'est pas exclu que je sois enceinte. »

Connie se leva d'un bond et alla l'embrasser.

« Oh ! ma chérie, comme je l'espère pour toi ! Quand on désire tellement une chose, on devrait l'obtenir.

— Et toi ? Ou ne suis-je pas censée te le demander ?

— Quand ce sera le moment. Je ne suis pas pressée.

— J'ai l'impression qu'Eddy non plus n'est pas pressé. Comme j'aimerais qu'il se marie !

— Pourquoi ? Il ne serait pas plus heureux qu'il l'est en ce moment. Mais il y a une fille qu'il voit énormément.

— Vraiment ? Qui est-ce ?

— Tout ce que je sais, c'est qu'elle s'appelle Pam. Et qu'elle aime les chevaux. »

Connie s'était mise à rire.

« Tu sais quoi ? Il s'est mis à faire de l'équitation. Je crois qu'elle est dans le Who's who ou un truc comme cela.

— Notre Eddy a toujours vu grand ! »

Les hommes entrèrent et ils se mirent tous à table. Une fois le repas terminé, ils s'entassèrent dans la nouvelle jeep de Davey pour aller de l'autre côté de la ville où se trouvait l'usine. C'était un long bâtiment, très simple, installé dans un ancien entrepôt, entouré d'une clôture grillagée. Le grand parking était vide.

« Il y a la place pour mettre cinq cents voitures, j'imagine. Qu'en dis-tu, Davey ? » demanda Eddy.

Davey sourit.

« En tout cas, plus qu'il ne m'en faudra jamais. »

Eddy insista.

« Plus que tu n'en as besoin maintenant, mais par la suite, tu seras content de l'avoir. »

Au-dessus de l'entrée blanchie à la chaux, on lisait en lettres très simples : « Société Davis ». La vaste surface de l'entrepôt avait été divisée en espaces de travail où l'on avait installé du matériel et des machines dont certaines n'étaient pas complètement montées. Il y avait aussi d'énormes caisses d'emballage encore fermées.

Davey dit avec fierté : « On est loin de mon bric-à-brac dans la cabane ! »

Au bout du bâtiment, on avait créé des bureaux que séparaient des cloisons de bois.

« Voici le mien et à côté, celui de Lara. Elle me soulage d'un tas de paperasses, c'est formidable.

— J'espère que tu as trouvé un comptable de première classe, fit Eddy. Il est capital de garder l'œil sur les impôts et de voir où va chaque dollar. »

Davey acquiesça. Lara, debout entre les deux hommes, se sentit comme protégée par eux bien qu'elle fût d'une nature indépendante et forte. Ce doit être le résultat de plusieurs siècles d'oppression masculine, se dit-elle avec amusement.

« Oh ! je fais attention, répondit Davey.

— Il faut que tes dollars fassent des petits très vite.

— Que veux-tu dire ?

— Davey, écoute-moi. Tu ne peux pas te permettre de traîner la jambe. Tu as ici une bonne

149

installation en pleine croissance. La croissance, il faut la nourrir, la provoquer.

— Je ne te comprends pas.

— Ce que je veux dire, c'est que cette fois-ci, il faut foncer. Il faut produire. Pour t'agrandir, il te faut des capitaux. Tu saisis? Je sais de quoi je parle.

— Je suis bien pour le moment. Lara et moi... enfin, c'est elle qui s'occupe vraiment du bureau, des salaires, des commandes et pendant ce temps-là, je m'active sur les machines. J'ai aussi trois représentants qui voyagent. J'ai vaguement pensé à en engager un quatrième mais...

— Si tu avais, disons ne serait-ce que douze actionnaires, chacun avec cinquante mille dollars par exemple, il te faudrait faire pour un demi-million d'investissements en matériel et en personnel.

— Je ne veux pas rendre des comptes à des étrangers qui auraient un droit de vote dans la façon dont je mène mes affaires. Tu oublies que je suis un petit provincial, Eddy!

— Ecoute-moi. Il ne s'agit pas de vendre des actions à des étrangers. Il doit y avoir au moins une douzaine de types pleins aux as dans cette ville, peut-être même parmi tes amis. Ils ne seraient que trop heureux de sauter sur une bonne occasion d'investir dans une société en pleine croissance. »

Eddy d'un regard circulaire examina l'endroit.

« Ton installation est très bien, certes, mais elle a encore besoin de travaux. Il te faut de l'argent frais pour acheter de nouvelles machines. Je suis sûr que tu en as besoin.

— Oui, évidemment. J'avais pensé à demander un prêt pour les acheter.

— Il ne faut pas te mettre d'intérêts à payer sur le dos. Davey, s'il te plaît, fais ce que je te conseille. Je peux l'organiser pour toi. Je suis dans les finances, après tout. C'est mon boulot. Ce qu'il te faut, c'est de continuer à faire ce que tu as commencé et moi, je me charge du reste. Est-ce que, jusqu'à maintenant, je t'ai mal conseillé ?

— Non, absolument pas.

— Bon, ça va. Alors commence à réfléchir à ceux qui seraient susceptibles d'être intéressés par une participation dans ton affaire. »

Davey et Lara se regardèrent d'un air hésitant. Puis Lara se mit à parler.

« M. Donnelly ? Il est le médecin de Davey depuis son plus jeune âge. Et Tony ? qu'est-ce que tu en penses, Davey ? Il a hérité de sa tante Alma une grosse somme d'argent. » Elle expliqua : « C'est le meilleur ami de Davey. Ils se connaissent depuis l'université.

— C'est parfait. Voilà exactement le genre de contact dont tu as besoin. »

Davey qui réfléchissait intervint.

« Je pourrais peut-être demander à Ben chez Levy's Dry Goods. Cela devrait l'intéresser. »

L'enthousiasme d'Eddy allait croissant.

« Tu vois ! En voilà déjà trois. Continue à réfléchir et tu en trouveras d'autres. »

Il jeta un coup d'œil sur la pendule.

« Je suis pressé. Il faut que je rentre. Alors tu as bien compris. Pour ma part, je vais étudier la chose, je consulterai mes avocats et je te contacterai vers la fin de la semaine. Je te vois un bel avenir, Davey. Tu es sur une grosse affaire, plus grosse que tu ne le réalises. Mais il faut la faire rouler, et à grande vitesse. Tu vois ce que je veux dire ?

— Oui, sans doute, répondit Davey. Tu es très persuasif, je dois le reconnaître.

— Parfait. Nous restons en contact. »

Ils prirent une route détournée pour aller à l'aéroport. Connie avait dit avoir le sentiment d'être partie depuis des siècles et s'ils avaient le temps, elle désirait revoir les lieux de son enfance. Davey lui expliqua que la ville n'avait pas vraiment changé, si ce n'est qu'on avait construit une promenade et qu'on avait commencé à réaliser un programme de nouveaux logements dans la zone sud. Ce n'était pas difficile de passer par là.

Quand ils arrivèrent sur le site, ils se trouvèrent devant un ensemble de maisons de style colonial, sans grande originalité, disposées à flanc d'un coteau dont les arbres avaient été rasés. Eddy insista pour visiter la maison témoin. Ils s'engouffrèrent tous dans les pièces vides qui sentaient le bois frais, traversèrent des salles de bain et des cuisines magnifiques avec barbecue et vue sur le ciel automnal, le tout sorti tout droit d'une revue de décoration intérieure.

« Voilà ce que vous devriez acheter, annonça Eddy.

— Ce n'est pas le moment, argua Davey. Nous devons d'abord remettre de l'argent dans l'affaire.

— Au contraire, Davey, c'est exactement le bon moment. Je dis toujours que les gens devraient jouir de la vie à chaque occasion possible.

Aujourd'hui ne reviendra jamais. C'est maintenant que vous êtes jeunes. »

Eddy s'approcha de la fenêtre.

« Regardez le paysage dehors. Il faut le fermer,
l'enclore par exemple d'une haie de buissons à
feuilles persistantes. Vous auriez assez de place
pour un jardin et même sans doute pour une piscine. En ce moment, où habitez-vous ? Dans une
cour pleine de débris et dans une vieille baraque
croulante.

— C'est vrai, intervint Connie. Après tout, il ne
s'agit pas d'un palace. C'est seulement une jolie
petite maison toute simple. »

Lara regardait le revêtement jaune citron de la
cuisine, les placards incorporés, l'espace à découper semblable à un étal de boucher et les éclai-
rages en cuivre, elle ne voyait pas comment un
tel ensemble méritait le terme de « simple » et
le dit.

Avec une certaine irritation dans la voix,
Connie la réprimanda. « Tu ne veux jamais
rien ! »

C'était bien la manière de Connie. Lara la
revoyait à l'école primaire, tapant du pied et
fronçant le sourcil. Avec la même patience
qu'elle lui manifestait quand elle était petite,
Lara lui dit :

« Il ne sert à rien de désirer une chose qu'on ne
peut pas s'offrir. »

Eddy donna une claque sur l'épaule de Davey.
« Vas-y ! Tu peux te le permettre. Je répondrai de
toi. Avec tout le liquide que j'ai en ce moment, je
serai ton garant.

— Merci Eddy, mais la réponse est non. Je ne te dois que trop déjà, répondit Davey.

— D'accord, beau-frère. Tu as toujours été un client coriace et tu continues de l'être. Mais je n'ai pas besoin de te dire que je n'abandonne jamais ! »

Il regarda sa montre. « Nous n'avons plus beaucoup de temps, il faut y aller, mes enfants. »

Ils atteignirent l'aéroport et les Davis regardèrent Connie et Eddy monter dans l'avion. Du haut de la passerelle, ils se retournèrent et leur firent adieu de la main puis s'engouffrèrent dans l'avion, les beaux cheveux de Connie flottant au vent. Lara était tiraillée entre une sensation de perte et un bizarre sentiment de soulagement. Ils étaient tous deux si énergiques... Ils se ressemblaient. Des gens pressés, intelligents, adorables, remplissant chaque minute de leur existence, infatigablement. Rien que de penser à ce mode de vie, elle était fatiguée.

« C'était bien sympathique de les voir, fit Davey, et je les aime vraiment beaucoup tous deux, mais je suis content...

— Content de quoi ?

— Disons... que tu sois différente. »

« C'était un petit voyage bien sympathique », fit Eddy comme le taxi arrivait dans la rue où habitait Connie. « Ils ont tous les deux bonne mine et ils ont l'air heureux. Voilà ce qui arrive quand la situation matérielle de quelqu'un s'arrange.

— Ils ont toujours eu cet air, Eddy. Mais leur appartement ! Il est encore plus sinistre que je ne le pensais.

— Oh ! ce n'est pas si moche que cela. Et grâce à elle, c'est propre comme un sou neuf.

— C'est vrai et ce n'est pas facile de garder propre un tel endroit, tu peux me croire. Surtout le jour où elle aura un bébé. Ce matin, elle m'a dit qu'elle pensait être enceinte. Ils devraient vraiment acheter cette maison.

— Ils le feront. Mais Davey a tellement de mal à prendre une décision ! Il faut le pousser, le tirer, le secouer jusqu'à ce qu'il passe à l'acte ! Bon Dieu, j'espère vraiment qu'elle est enceinte ! Et ce sera drôle de la voir avec un bébé. »

Drôle pour elle peut-être, mais moi, je ne trouverais pas ça drôle. Tout ce travail, un enfant pendu à vos basques pratiquement quatorze heures par jour...

Elle était contente d'être de retour chez elle, même après un si court séjour. Le lendemain, elle avait son cours d'histoire de l'art au musée, puis recevait des décorateurs qui établiraient le devis pour la salle à manger. Richard voulait se contenter d'une moquette, mais Bitsy Maxwell venait d'acheter un tapis d'Orient et Connie savait bien qu'il ne pouvait y avoir de comparaison. Le tapis d'Orient qu'elle avait trouvé chatoyait comme un vitrail aux tons chauds. Il faudrait qu'elle arrive à convaincre Richard.

Le taxi s'arrêta devant sa porte et continua avec Eddy. Le vieux portier la salua. Sa position, bien qu'il fût raide comme un soldat dans son uniforme pseudo-militaire, était pathétique. Quand on pense qu'il passe sa vie à ouvrir et fermer les portes, à saluer les gens comme s'il s'intéressait vraiment à leurs entrées et leurs sorties ! Et le soir on l'imaginait rentrant chez lui après sans doute une heure ou deux de métro, pour arriver à un affreux logis dans une rue sinistre. Quelle tristesse !

« Bonsoir, Higgins. Est-ce que M. Tory est rentré ?

— Oui, madame. Il est rentré depuis deux bonnes heures. »

Il n'était que dix heures et demie. La réunion de travail avait dû se terminer tôt. Le vestibule n'était pas éclairé quand elle entra et aucune lumière n'était allumée dans les autres pièces. Il devait dormir. C'était un gros dormeur. Elle soupira et se rendit compte que ces soupirs étaient devenus une habitude chez elle, quand elle se sentait résignée autant qu'exaspérée. Une mauvaise habitude.

Le caniche grognait dans son panier. Elle alluma la lumière et prit le chien dans ses bras en le caressant pour qu'il ne fasse pas de bruit. Pieds nus, elle traversa la chambre pour aller dans la salle de bain. La porte était ouverte. Un faible rai de lumière tomba sur le lit où Richard était couché à plat ventre, complètement nu.

Elle eut comme un coup au cœur. Une horrible pensée l'assaillit. Il est *mort* et elle porta la main à sa gorge.

Elle avait dû faire du bruit. Par la suite, se remémorant inlassablement la scène, elle se souvenait seulement d'avoir appuyé sur l'interrupteur, illuminant la pièce d'une lumière rosée. Il se réveilla brusquement, hagard. Elle vit alors son expression d'effroi et elle réalisa brusquement qu'il n'y avait pas un, mais deux hommes dans leur lit.

Durant la fraction de seconde pendant laquelle elle resta debout, pétrifiée, submergée par la vérité de ce qu'elle avait sous les yeux, elle se souvint de ce que l'on dit à propos des gens qui se noient et comment en quelques dixièmes de seconde, ils voient défiler toute leur vie. Ce devait être vrai, bien que dans son cas ce furent des visions passant comme l'éclair : le visage de sa mère reposant sur l'oreiller de satin de son cercueil, Richard en tenue de tennis immaculée le premier jour de leur rencontre, Lara lui disant qu'elle allait avoir un bébé...

Richard se recroquevilla sous les draps, aussi absurde qu'une vieille femme prude cachant sa nudité. L'autre homme roula à l'autre bout du lit en se cachant le visage, aussi ridicule qu'une autruche enfouissant sa tête dans le sable. Le rire aigu de Connie mourut dans des sanglots. Richard restait obstinément muet.

Elle s'enfuit de la chambre. Elle s'assit devant la table de la cuisine, la seule des pièces qui fût terminée et posa la tête sur la table.

« Oh, mon Dieu !... Oh, mon Dieu !... » gémissait-elle.

Au bout d'un long moment, elle se releva et se mit à se balancer d'avant en arrière, en se frottant les bras. Elle avait la tête complètement vide, l'esprit figé.

Quand ses sanglots se calmèrent, elle se tourna lentement et regarda par la fenêtre. De l'autre côté de la cour, plusieurs fenêtres étaient allumées. Dans la cuisine d'en face, une domestique rangeait la vaisselle. Les gens avaient probablement invité du monde à dîner, ce qui expliquait ces rangements aussi tardifs.

Derrière toutes ces fenêtres se déroulaient des vies, triviales, ordinaires et quotidiennes, mais n'importe quoi pouvait se produire, extraordinaire ou sinistre. Des anniversaires, des maladies mortelles, des querelles, des crimes, des retrouvailles, des morts, des faillites et des mariages. Qui, parmi les locataires qui saluaient dans l'ascenseur les jeunes Tory, aurait imaginé ce qui venait de se produire dans la chambre à coucher?

Quelques instants plus tard, elle entendit des chuchotis du côté de la porte d'entrée puis le bruit d'une porte qu'on fermait avec précaution. Sans se retourner, elle sut que Richard venait d'entrer dans la cuisine. Il devait se demander avec désespoir ce qu'il pourrait bien dire. Le premier choc passé, elle sentait la fureur monter en elle : comment osait-il la tromper, lui mentir, à elle si jeune et si désirable? Pourtant elle ne pouvait se défendre d'un sentiment de pitié à son endroit, dans l'état d'humiliation où elle l'imaginait.

Comme il s'approchait d'elle, elle fut obligée de le regarder. Il avait mis un pyjama et un peignoir de bain mal noué. Sa peau nue la dégoûta. Richard s'exprimait d'une voix à peine audible.

« Je ne sais pas par où commencer...

— Je ne sais pas non plus quoi te dire. » Les larmes lui montèrent aux yeux. « Dire quoi, d'ailleurs? Dix mille mots ou rien du tout, c'est pareil.

— Ecoute, je t'en prie. C'est la première fois, je te le jure. Et je ne puis l'expliquer, sinon que nous avions une réunion d'affaires et qu'ensuite il faisait si beau que nous avons marché. Il allait dans la même direction. Et puis je l'ai invité à prendre un verre. C'était une chose vraiment normale. »

Elle ne sut que répondre. Tout était tellement irréel, pensait-elle. Ce n'est pas possible que ça m'arrive à moi. A moi, Connie Osborne. Osborne. C'est mon nom.

« Ce qui s'est passé, c'est... que nous avons trop bu. Et nous n'avions rien mangé. »

Il était lamentable, debout devant elle avec un air de chien battu.

« Qui est-il ? Est-ce que je le connais ?

— Il travaille au bureau. »

Elle dit avec amertume : « Comme c'est agréable pour toi et bien pratique !

— Connie, je t'ai déjà dit que ce n'est pas dans mes habitudes... Je suis navré. Je le regretterai jusqu'à la fin de mes jours.

— Tes regrets n'arrangeront pas grand-chose. »

Elle éclata brusquement.

« Quand je pense que je n'ai jamais rien deviné. J'aurais dû être un peu plus maligne ! »

Elle se plia en deux et éclata en sanglots.

Il demanda d'une voix douce : « Pourquoi te serais-tu doutée de quelque chose ? Il n'y avait pas de raison. »

C'était vrai. Pour quelle raison aurait-elle soup-çonné ce radieux jeune homme, cet athlète plein de vivacité et d'enthousiasme ? Parce qu'il était trop soumis, trop timide envers ses parents, peut-être ? Pas nécessairement. Parce qu'il avait attendu d'être marié pour faire l'amour avec elle ? Pas obli-gatoirement. Parce qu'il ne s'était guère montré empressé après leur mariage ? Désespérément, elle se demandait : que puis-je savoir ? C'est mon premier amant... Je ne peux que supposer...

Richard avait, sans doute inconsciemment, joint les mains. Le geste était si pitoyable qu'elle dut fermer les yeux.

« Nous étions si heureux ensemble, dit-il à mi-voix. On voyageait, on allait au concert, nous avions un foyer. Nous étions si heureux ensemble. »

Oui, pensa-t-elle, de cette façon, nous l'étions. Il m'a montré tant de choses, appris tant d'autres. Et il m'a tant gâtée, tant donné. Que c'est moche ! que tout est moche.

Il se rapprocha, immense à côté d'elle, toute petite sur son siège. Il était si près d'elle qu'elle percevait l'odeur de son eau de Cologne.

« Connie... tu ne vas pas me quitter, n'est-ce pas ? »

Elle leva les yeux sur lui, le regarda droit dans les yeux, ces yeux qui la suppliaient d'un air si perdu qu'il lui faisait penser à un enfant battu.

« Peux-tu me jurer que tu n'as jamais fait cela auparavant ?

— Connie, je te le jure. Et je ne recommencerai jamais. Jamais. »

Elle soupira. Elle avait l'impression que son cœur versait des larmes, lourd de confusion, de colère, de honte et de pitié. Pauvre homme. Pauvre jeune homme insensé.

« Tu frissonnes. »

Il alla chercher un châle dans l'armoire. « Je me demande toujours comment le vent arrive à passer.

— Je n'en veux pas », fit-elle en secouant les épaules comme il tentait de le lui mettre.

Son geste était une prière et elle le comprit. Pourtant, en imaginant ce que ces mains faisaient il n'y avait qu'une heure, ce que ce corps... Il lui était insupportable d'être près de lui.

Il dut le comprendre, parce qu'il laissa tomber le châle et alla s'asseoir sur une chaise. Ils restèrent ainsi longtemps sans parler. Une heure passa, dans un silence lourd. A un certain moment, Richard ouvrit la bouche, émit un son inarticulé et la referma. Le voyant rouvrir la bouche, Connie lui demanda :

« Tu veux dire quelque chose ? »

Il regarda au loin, perdant son regard dans le ciel nocturne qui, à l'approche de l'aurore, prenait une lueur rose. Il avait le front moite et les yeux pleins de larmes.

« Je voulais te demander... c'est-à-dire... j'espère que tu ne raconteras à personne, pour ce soir.

— Bien sûr que non, Richard.

— Même à Lara et Davey ?

— Personne, Richard.

— Tu vois, je ne voudrais pas perdre leur considération.

— Je sais.

— Et tu ne veux pas me donner une nouvelle chance ? Dis, tu ne veux pas ?

— Si. »

Comment refuser ? Elle ne pouvait pas le jeter comme on jette un vieux vêtement.

« Dieu soit loué, Connie ! Bénie sois-tu ! »

Il se leva et dit doucement : « Tu es à bout. Va te coucher. Je dormirai sur le lit pliant dans l'entrée.

— Non, c'est moi qui prendrai le lit pliant. »

Pensait-il vraiment qu'elle pût s'étendre dans ce lit, après le spectacle qu'elle y avait vu ! C'était incroyable chez un homme aussi sensible, aussi perceptif... Il dut réaliser très vite la gaffe qu'il venait de faire car il ne dit rien et alla immédiatement chercher le lit pliant et le prépara pour Connie.

Une fois couchée, elle aperçut en lisière de la fenêtre une portion de ciel. Un bout de ciel rose chassant ce qui aurait dû être un ciel d'encre où enfouir sa peine. Elle le trouvait laid, ce rose qui inondait l'énorme ville et agressait sa pauvre petite vie à elle.

Au matin, les choses semblèrent différentes. Le jour, disait Peg, les ennuis sont moindres. Peut-être pas fondamentalement différents, mais moins considérables, pensait-elle. Plus maniables en quelque sorte. Elle avait sombré dans un sommeil si lourd qu'elle n'avait même pas entendu Richard partir travailler. Méticuleux comme toujours, il avait rincé sa tasse à café et son verre à jus d'orange qu'il avait mis dans l'égouttoir. Connie buvait son café sans se presser.

Quelque chose, au plus profond de son cœur et de son esprit, cherchait une logique à la situation. Après tout, c'était la première fois. Il l'avait juré et il n'avait pas l'habitude de mentir. Il avait bu, ce qui n'était pas coutumier, et le whisky avait dû lui faire perdre la tête. Il était probable qu'il n'avait même pas su ce qui arrivait. C'est l'autre homme qui avait provoqué cette situation et Richard, dans un brouillard, avait cédé. Plongée dans la réflexion, reconstituant les faits, elle fut de plus en plus persuadée que c'était la seule explication plausible.

Mais bien sûr, ça s'était passé ainsi. Pauvre Richard... Il devait avoir envie de se cacher à dix mille pieds sous terre. Elle l'imaginait maintenant, à son bureau, essayant de se concentrer sur son travail, se raccrochant à sa dignité tandis que lui revenaient les horribles souvenirs de la nuit précédente.

Vers la fin de l'après-midi, elle céda à une impulsion subite. « Je vais lui téléphoner, dit-elle à haute voix. Ça va l'encourager et lui faire chaud au cœur. Ça me fera du bien aussi. Il n'y a pas autre chose à faire. Et si je suggérais que nous partions passer le week-end dans une petite auberge de Nouvelle-Angleterre ? On prendrait des livres, on irait faire de longues marches et l'on dînerait devant un feu de cheminée. Quelques jours au bon air nous revigoreront et nous redonneront des forces. Ce qui s'est produit est affreusement moche mais il faut exorciser la laideur quand on la rencontre. Crever l'abcès une bonne fois pour toutes. Oui, je vais lui téléphoner et faire une réservation. Je devrais trouver quelque chose de sympathique pas trop loin. Il faut repartir de zéro. »

La vieille auberge du petit village tout blanc émergeait d'un épais feuillage rouge et jaune. Sous le souffle d'une brise d'automne, les feuilles tourbillonnaient paresseusement et venaient s'échouer dans l'herbe encore verte. Dans les vergers, un tapis de feuilles dorées recouvrait les pommes tombées qui pourrissaient lentement et l'air embaumait le fruit. L'auberge possédait des courts de tennis ainsi que des canoës. En outre, à peu de distance, ils pouvaient emprunter la route des Appalaches pour faire de longues marches.

Ils avaient tacitement conclu de ne plus mentionner le triste épisode, de sorte que rien ne devait entraver un retour à la vie normale. La troisième nuit de leur séjour, Connie réussit même à ne plus revivre la scène affreuse qui s'était passée dans leur magnifique lit et put réagir agréablement aux avances d'un Richard amoureux. Le lendemain matin, au petit déjeuner, il lui prit subitement la main et la serra dans la sienne. Elle était certaine de la reconnaissance qu'elle lut dans ses yeux.

Un couple de personnes âgées, assis à la table à côté, se regarda de façon significative en souriant, un regard qui disait clairement : « Nous aussi avons été des jeunes mariés en lune de miel. Nous étions tellement amoureux. Comme c'était merveilleux ! »

Connie au fond d'elle-même leur répondit : « Ce n'est pas tout à fait ce que vous croyez, mais ce qui existe entre nous est bon et vaut la peine d'être préservé. »

Ils rentrèrent en ville réconciliés et en paix avec eux-mêmes. Ils reprirent leur agréable routine : Richard allait à son bureau et Connie faisait les magasins à la recherche de meubles et d'objets pour leur nouvel appartement.

Ils avaient pris un nouveau départ.

Le mois qui suivit, par un beau samedi après-midi, elle décida, pour échapper quelques instants à la folle circulation des rues, de rentrer par Central Park, du côté du Mall. Le soleil descendait lentement à l'horizon et les voitures d'enfant, les cyclistes, les riverains sortis promener leur chien prenaient le chemin du retour, sauf quelques couples, juchés sur les branches basses des arbres, qui avaient décidé de rester pour jouir des derniers rayons du soleil.

Connie souriait. Elle sentait ce sourire lui plisser les joues. Quelle ville merveilleuse et quelle diversité ! Comme il était bon d'y être jeune, d'avoir de l'argent dans ses poches et de pouvoir s'acheter des objets aussi divins que les deux lampes chinoises d'un bleu irréel qu'elle venait de découvrir.

On avait l'impression que le temps s'était arrêté. Par la suite, elle associerait invariablement ces lampes avec ce qu'elle vit entre trois heures et demie et quatre heures. Ce qu'elle vit, c'étaient deux hommes assis sur un banc, à peine dissimulés derrière un bosquet de résineux, deux hommes étroitement enlacés et s'embrassant sur la bouche... Quel spectacle dégoûtant, ces hommes indifférents à qui pouvait les voir, à moins qu'ils n'aient été tellement absorbés qu'ils n'avaient même pas conscience qu'on pût les voir... Et l'un de ces hommes était Richard !

Un grand frisson la parcourut de la tête aux pieds. Son cœur se mit à battre si violemment qu'elle eut peur, pendant quelques minutes, qu'il ne s'arrête. Mais ses jambes continuèrent à la porter, à croire qu'une volonté indépendante la propulsait en avant, de plus en plus vite. Comme des jambes qui auraient compris qu'il fallait sans tarder se mettre à l'abri et retrouver la sécurité de la maison. Vite, vite !

Fermer la porte. S'asseoir tout habillée. Rester là, haletante, pétrifiée. Tu as essayé. Tu as fait ce que tu pouvais faire. Comment a-t-il pu mentir à ce point ? Quel ignoble individu !

Au bout d'un moment, elle se leva pour aller préparer une tasse de café. Elle était en train de boire le liquide bouillant, les mains épousant les flancs de la tasse pour se réchauffer, quand la clé tourna dans la serrure et Richard entra, toujours aussi jovial.

« Alors, tu as passé une bonne journée ? J'avais plus de travail que je ne l'avais prévu et c'est pour cela que je suis en retard.

— Du travail au bureau ? fit-elle. Tu devrais l'emmener à Central Park.

— Que veux-tu dire ? »

Il la regardait, les yeux ronds.

« Richard, je t'ai vu, alors ce n'est pas la peine de mentir pour t'en sortir. Tu n'as que trop menti jusqu'à maintenant. »

Il détourna son regard du sien. Une rougeur comme une irritation de la peau envahit son front pour descendre jusqu'au cou.

« Et le fameux soir, ce n'était pas la première fois. » Elle attendit et comme la colère montait en elle, elle hurla comme une furie. « Réponds-moi ! Ce n'était pas la première fois, n'est-ce pas ?

— Eh bien... pas vraiment. Mais ça ne s'est pas produit souvent, vraiment pas souvent. Je veux dire... »

Il bredouillait. Toute son énergie s'était évanouie. On le voyait à ses épaules tombantes et à ses mains dont il ne savait que faire. Connie se sentit anéantie sous le poids insupportable de sa désillusion.

Elle émit d'une voix rauque : « Et je t'avais cru. Comment as-tu pu me faire cela ? Mentir à une femme qui t'a fait confiance ? »

Il répondit d'une voix si basse, si étranglée qu'on l'entendait à peine.

« Je crois... je crois que je ne pouvais pas m'en empêcher. Ça se produit quelquefois.

— C'est la seule explication que tu puisses me donner ? »

Il soupira et se laissa glisser sur une chaise, lui faisant face de l'autre côté de la table.

Quel gâchis, pensait-elle. Il ne pouvait pas se retenir, ce n'était pas sa faute. Mais tous ces mensonges insultants, depuis le début, il aurait pu les éviter.

« Pour commencer, tu n'aurais pas dû m'épouser. Peux-tu m'expliquer pourquoi tu l'as fait ?

— Je voulais aimer une femme, dit-il simplement.

— Alors c'était une sorte d'expérience, non ? Comme une thérapie ?

— Non... je peux... je peux aimer les deux.

— Pourtant, tu préfères les hommes.

— Je ne sais pas. Mais je t'aimais, Connie. Et je continue de t'aimer.

— Je n'arrive pas à comprendre pourquoi !

— Ta beauté, ton intelligence, ta curiosité et l'énergie que je n'ai pas. Je t'aime avec mon esprit et je t'aime aussi avec mon corps. »

Comme elle le regardait avec mépris, il insista.

« Si, c'est vrai. »

Connie secoua la tête. Ses larmes étaient prêtes à couler mais elle ne voulait y céder à aucun prix. Dans les moments de crise, il faut garder son sang-froid. Et c'était une crise. Elle était désormais au bout de la route, cette belle route qu'elle avait suivie depuis le matin où il était entré dans son bureau, tout bronzé et resplendissant dans sa tenue de tennis immaculée.

Richard cria : « Tu n'as pas idée à quel point je suis effondré ! Connie, que puis-je faire ? Est-il impossible que tu me donnes une seconde chance de me racheter ? »

Elle essuya du revers de la main une larme qui lui avait échappé.

« Ça ne servirait à rien. Ça ne peut pas marcher de toute façon, tu le sais bien.

— Mais alors... tu veux divorcer ?

— Je n'ai pas le choix ! »

Divorcer ? Toute cette horreur prendrait fin. Mais leur vie commune, si douce, si fascinante parfois, elle aussi prendrait fin... Jusqu'à cet instant, dans cette tension et cette hostilité, elle n'avait pas réalisé à quel point, malgré toutes les déceptions, la vie avait été harmonieuse avec Richard : sa bonne humeur, leurs promenades vespérales en faisant du lèche-vitrines, leurs sorties au cinéma, au restaurant ou simplement leurs longues soirées paisibles à lire, l'un à côté de l'autre.

Au bout d'un moment, Richard s'éclaircit la voix et commença péniblement à parler.

« Quoi que tu fasses, je voudrais te demander... Est-il possible que mon père ignore la raison de notre divorce ? Je ne pourrais le supporter.

— Tu veux dire qu'à notre époque et à son âge il ne t'accepterait pas tel que tu es ?

— Tout le monde n'est pas sorti du placard, Connie.

— Et ta mère ?

— S'ils avaient toujours été au courant, ils y seraient peut-être habitués maintenant. Je ne sais pas. »

Il eut un petit rire contrit.

« Mais ce serait une surprise complète, c'est le moins qu'on puisse dire. »

Elle revit le couple de Grant Wood, devant leur imposante demeure, leur courtoisie glaciale, tout sourire absent de leur visage.

« Oui, je comprends. Ils te traiteraient en conséquence.

— Je ne sais pas comment ils me traiteraient. Mais Dieu sait combien leur silence peut être pesant et intolérable.

— T'es-tu jamais demandé si quelque chose n'allait pas chez toi ? »

Subitement, il fut sur la défensive, presque naïvement.

« Mais je suis heureux. Et j'aurais continué d'être heureux si tu ne m'avais pas vu aujourd'hui. Je me suis accepté tel que je suis et je ne veux plus aller contre ma nature.

— Ce qui veut dire que tu aurais continué à me mentir si tu avais pu ?

— Connie, je t'ai dit à quel point je le regrettais.

— Bien, je ne dirai rien à tes parents, ni à personne, à l'exception de mon frère. Tu peux compter sur ma parole.

— Je le sais.

— A l'égard de tes parents, dis-leur que c'est moi qui suis responsable de ce divorce. De toute façon, ils ne m'ont jamais aimée. Ils en seront plutôt contents. »

Il ne la détrompa pas mais précisa : « Tu peux garder cet appartement. Il est complètement payé, je ne dois rien à personne. Il a absorbé toutes mes liquidités. Ce qui me reste est investi chez Eddy. »

Ce cadeau inattendu donna à Connie le sentiment qu'elle était mesquine et même coupable, comme s'il avait pu lire en elle et vu à quel point elle aurait du mal à quitter cette maison.

« Je ne demande pas le prix du sang !

— Je ne te ferai aucune difficulté, Connie, je ne me disputerai pas.

— Mais je n'ai aucune envie de me disputer avec toi, Richard. Il faut seulement que je parle à Eddy. Il me dira quoi faire. Et maintenant, je ne veux plus parler. Je suis exténuée. Complètement à bout. »

« Je ne suis pas d'humeur à donner des explications ou à subir la commisération d'amies comme Bitsy Maxwell, dit Connie. Il faudra qu'ils attendent, tous. J'en parlerai moi-même à Lara, alors ne lui dis rien, Eddy. Elle va avoir le cœur brisé. Quant aux autres, je n'ai pas l'intention de satisfaire leur curiosité. »

Ils étaient dans le bureau d'Eddy, attendant Richard. Des papiers soigneusement classés s'étalaient sur le bureau, normalement vide de toute paperasse. C'était le portefeuille d'actions de Richard.

Richard fit son entrée. Il habitait à l'hôtel depuis une semaine et selon toute apparence, il n'y avait passé que des nuits blanches. Il avait de grosses poches grises sous les yeux.

Eddy se leva, lui tendit la main et sourit.

« Entre, Richard. Je suis content de te voir, bien que ce ne soit pas pour une raison agréable. »

Connie tripotait un anneau autour de son doigt sans lever la tête. Richard, la gorge serrée, se hâta d'entamer la conversation.

« Je suppose que Connie t'a mis au courant de tout. Je ne sais pas ce que tu penses de moi maintenant, Eddy. Ce n'est pas vraiment ce que tu espérais pour ta sœur. Je pense...

— Elle m'a dit. Quant à ce que je pense de toi... disons que je ne suis pas sur terre pour juger qui que ce soit ou quoi que ce soit. Tout ce que je puis dire, c'est que tout le monde fait des erreurs. Vous êtes tous deux des individus honorables et il n'y a aucune raison pour que cette affaire ne se règle pas à la satisfaction de chacun. Voilà ce que je pense. »

Il avait hâte d'en finir avec ce dossier, non qu'il manquât de sympathie, car il en éprouvait au contraire énormément, mais il avait une aversion instinctive pour la tristesse. Il fallait donc s'attaquer à la cause de la tristesse et la supprimer, accepter le fait accompli et en venir aux détails pratiques.

« Je n'ai jamais eu l'intention de tromper Connie, dit Richard. Je réalise maintenant que j'aurais dû tout lui avouer. Je n'ai pas été honnête.

— Ce qui est fait est fait. Maintenant, il faut aller de l'avant. J'ai trouvé un avocat pour Connie. J'imagine que tu en as un?

— Je n'en ai pas besoin. J'ai déjà dit à Connie que je n'ai pas l'intention de me battre avec elle. Elle peut garder l'appartement. Elle peut tout garder. »

C'était terrible de voir à quel point Richard était abattu. Eddy comprit à l'expression de Connie qu'elle ressentait la même gêne devant l'accablement de son mari. Elle s'adressa à lui.

« Richard, je t'ai déjà dit que je ne veux pas te voler et je ne veux pas te faire du mal.

— Mais tu ne veux pas de l'appartement? demanda Eddy.

— Que vais-je faire d'un tas de grandes pièces vides? fit Connie d'une voix blanche.

— Elles ne resteront pas vides. Je paierai tout ce que nous avons commandé. »

Eddy eut une impulsion bizarre. Il faillit crier à Richard : Pourquoi, bon Dieu, es-tu si bon? Les gens méprisent la bonté! Voilà ta faiblesse, cette fichue bonté! Ce serait tellement plus facile pour tout le monde si tu consentais à te battre un peu.

Il contempla l'homme assis inconfortablement. Il avait l'air tout petit. Comment un homme comme lui arrivait-il à paraître petit! Richard lui retourna son regard avec un pâle sourire auquel

172

Eddy répondit par compassion. Subitement, il eut devant les yeux l'image de cet homme avec un autre dans un lit et il n'éprouva plus que de la colère. Il n'aurait jamais dû épouser sa sœur, jamais.

Il fallait que ce lamentable mariage prenne fin au plus vite. Quel gâchis ! Et Connie, la pauvre, qui avait eu tant envie de se marier... Du coup, il pensa à Pam qui était si différente, Dieu merci ! C'était le pur produit des années quatre-vingt, parfaitement heureuse de vivre seule des quelques dollars qu'elle gagnait et accueillant sans inquiétude les jours qui venaient tels qu'ils étaient. Elle était son parfait complément, et pas seulement sur le plan sexuel mais parce que c'était le style de vie qu'il aimait. Il voyait peu de femmes en dehors d'elle, il se laissait rarement harponner par celles que lui présentaient parfois ses clients, et s'il acceptait, c'était pour ne pas les vexer. Il n'aimait pas ces rendez-vous féminins qu'on lui ménageait tant il pouvait lire dans les yeux de ces femmes le mot « mariage ».

La liberté. Rien ne valait la liberté. Pas de fil à la patte, ou des fils qui s'usaient tout seuls quand le temps était venu. Il suffisait de regarder ces deux-là, si mal assortis...

« Quant à une pension alimentaire, continuait Richard, s'adressant également à Eddy, tu sais ce que je possède. Je ne contesterai pas le montant que tu estimes justifié. Dis-moi seulement le montant. N'oublie pas que Connie a des goûts de luxe.

— Tu me donnes la nausée quand tu t'exprimes de cette façon, dit Connie le souffle coupé. Nous n'avons pas d'enfants et je n'ai nullement besoin de pension alimentaire. Il suffit de trouver un arrangement convenable. »

Eddy leva la main pour empêcher Richard de répondre.

« Ça suffit. Je vous mettrai d'accord en vous disant qu'il y a suffisamment d'argent pour vous deux. Richard, tu n'oublies pas l'argent que tu dois toucher grâce aux montages fiscaux ? Et ça recommencera l'an prochain. Connie, si tu allais lire une revue dans le salon pendant que je regarde les chiffres avec Richard ? Ce ne sera pas long. »

Incapable de se concentrer, Connie posa la revue et sombra dans la rêverie. Le résultat de ses réflexions fut qu'on ne pouvait se fier à personne ni à rien. Rien n'est jamais certain. Pourquoi Peg, qui n'avait pas encore cinquante ans, était-elle morte d'un cancer ? Pourquoi Richard s'était-il révélé autre que ce qu'elle attendait ? La seule chose sur laquelle on pouvait compter, c'était l'argent. L'argent est tangible. Il ne meurt pas jeune et ne vous trompe pas. Tant qu'on s'en occupe, il dure. Il est là pour vous tenir chaud, pour assurer votre sécurité, vous apporter les honneurs. Cette fille qui travaille ici comme réceptionniste ne sait pas que je la vois regarder avec envie mon manteau de vison et mes chaussures de crocodile. Moi aussi, je faisais cela quand je travaillais au club où j'ai connu Richard. Je remarquais les bagues sur les mains des femmes auxquelles je tendais le menu. Je sais... Et donc, je vais avoir l'appartement meublé où je serai au chaud et en sécurité. Ma foi, ça aurait pu être pire, bien pire. Et Richard n'en sera pas ruiné.

La réceptionniste l'appela.

« M. Osborne vous attend. »

Comme elle ouvrait la porte du bureau elle entendit la voix enjouée de son frère qui parlait trop fort.

« Je ne lui donne pas deux ans avant de se remarier. Dieu soit loué, vous n'avez pas d'enfants. »

Quelque six semaines plus tard, Connie se tenait sur le trottoir dans le soleil glacé de l'hiver, un bout de papier à la main. Ce n'est pas possible, se dit-elle. Considérant la manière avec laquelle je vivais avec Richard, surtout après cette nuit abominable, moi qui ai fait tellement attention... comment cela a-t-il pu se produire ? Pourtant, le fait était indéniable. Ce devait être pendant ce week-end à la campagne...

« Vous n'avez pas l'air heureuse de la nouvelle, avait dit le médecin, observant le visage de Connie.

— Mon mariage vient de se briser. C'est une situation absurde. Je ne peux pas avoir ce bébé. »

Le médecin, une femme posée, d'un certain âge, resta neutre et dit calmement : « Vous voulez dire que vous n'en voulez pas. »

Bien qu'elle eût pris sa décision en un éclair, Connie sentit son cœur battre, prise d'une petite panique.

« Ce n'est pas une perspective bien réjouissante, n'est-ce pas ? fit-elle. Je parle d'un avortement.

175

— C'est vrai, répondit la doctoresse. C'est pour cela que je vous ai conseillé de rentrer chez vous et de réfléchir un jour ou deux. Et même plus.

— Je n'ai pas besoin de réfléchir. Je ne peux pas avoir cet enfant. Je n'en veux pas ! hurla-t-elle en saisissant avec violence son sac à main. Je ne veux absolument pas de cet *enfant-là* ! Il ne serait pas le bienvenu et ce ne serait pas juste pour lui. Vous n'êtes pas d'accord ? Je ne sais même pas quelle direction va prendre ma vie, alors mettre un enfant au monde ! Non, non, je ne peux pas le garder. »

La doctoresse se leva.

« Très bien, prenez un rendez-vous à la réception. Elles vous donneront les instructions. »

Connie plia le papier et se mit en devoir de rentrer. L'après-midi tirait à sa fin et il commençait à faire sombre. Les enfants rentraient du parc. Trois voitures d'enfant passèrent devant elle. Dans quelques mois, elle aurait pu être une de ces mères avec son landau. Non, c'était impensable.

Le cœur un peu serré, elle ouvrit la porte de son appartement. Pendant une minute, elle resta sur le seuil comme désorientée. Puis, toujours vêtue de son manteau, elle prit son petit chien qui l'attendait patiemment et fit le tour de l'appartement.

Elle avait du mal à réaliser qu'une vie s'élaborait à l'intérieur de son corps. La naissance n'était-elle pas aussi banale que la mort ? Pourtant la mort n'était pas aussi incompréhensible. Elle ne se sentait en rien différente, mais la vie était là, un cœur minuscule avait commencé de battre. Pourtant, elle était sur le point de se laisser mutiler ! Un frisson violent s'empara d'elle. Comme elle serrait son caniche contre elle, elle sentit le petit cœur battre...

Que faire ? que faire ? Non, je ne peux pas. Je ne suis pas prête à avoir un enfant, je n'en voulais pas avant de connaître Richard, du moins pas tout de suite, et il va de soi que j'en veux encore moins maintenant. Je n'aimerais pas *son* enfant. Il faudrait faire semblant et l'enfant le percevrait. Nous serions tous les deux malheureux et blessés...

Elle s'assit et se mit à pleurer. Le chien sur ses genoux leva son museau et lécha sa main.

Au bout d'un moment, vide de larmes, elle se leva et regarda autour d'elle. L'appartement s'était beaucoup amélioré ces dernières semaines. Le living-room était presque terminé et la bibliothèque qui devait contenir les livres de Richard avait été montée. Il faudrait simplement la remplir petit à petit avec d'autres livres. La chambre contenait un nouveau lit, ce qui était un peu dommage car l'autre était vraiment une pièce splendide. Mais elle n'aurait jamais pu redormir dedans et le nouveau, recouvert de chintz jaune, était plutôt joli. Le spectacle de ces possessions accumulées la consola quelque peu. Elles lui donnaient un sentiment de confort, de bien-être et la rassuraient. Elle était tout compte fait à l'abri du besoin.

Il n'y avait pas de raison de paniquer. Si l'on garde la tête froide, on passe à travers les gouttes et l'on se sort de la plupart des situations. Demain, à cette heure-ci, l'opération serait terminée. Ensuite, elle pourrait passer à autre chose...

Connie passa donc une soirée tranquille, dormit bien et aborda la matinée avec calme.

Ce même après-midi Lara, elle aussi, était allée consulter un médecin. Elle dit tristement :

« J'étais tellement sûre, cette fois. Je ne peux pas expliquer, mais j'étais persuadée d'être enceinte ce mois-ci. »

Par la fenêtre derrière le médecin, elle apercevait le parking où une jeune femme, portant un bébé dans ses bras et tenant par la main un petit garçon en ciré jaune canari, marchait vite pour éviter la pluie.

« Je ne comprends pas... je ne comprends vraiment pas, répéta-t-elle.

— Et... je ne sais quoi vous dire. Je n'ai pas d'explication non plus. Mais, madame Davis, nous avons vraiment tout essayé. » Le médecin avait un air gentil et il était sincèrement désolé pour elle, mais dans le cas présent, la sympathie ne servait à rien. Et il le lui dit.

« Il arrive que les médecins affrontent des problèmes qu'ils n'arrivent pas à résoudre. Mais cela ne vous est pas d'un grand secours ! »

Lara fit non de la tête et s'essuya les yeux.

« Avez-vous pensé à l'adoption ? questionna le praticien. Ça marche souvent très bien.

— Docteur, il faut des années pour obtenir un bébé. Il n'y en a pas suffisamment pour satisfaire toutes les demandes.

— C'est vrai pour ce qui est des bébés. Mais si vous vouliez prendre un petit enfant qui n'a pas de parents, il en existe des quantités. Ils sont ballottés d'une maison d'enfants à une autre et on a le cœur brisé en y pensant. En prendre un vous rendrait très heureuse. Vous et votre mari feriez de merveilleux parents. »

Je veux un bébé de Davey, un bébé à nous, pensa-t-elle. Pas un enfant qui se souvient de sa propre mère. Elle ne le dit pas au médecin mais reconnut que Davey l'avait déjà suggéré.

« Vous devriez y réfléchir, dit le docteur. Rentrez chez vous et étudiez la question. »

Toute la soirée, ils avaient tourné et retourné le problème dans tous les sens. Assis sur le sofa, Davey avait passé son bras autour des épaules de Lara. Il finit par dire :

« Un jour arrive où, quel que soit le problème, on est obligé de regarder la dure vérité en face. Et je crois que nous y sommes. A ce propos, à la dernière réunion des actionnaires, il se trouve que Don Schultz m'a parlé de son cousin qui venait d'adopter un petit garçon quelque part dans le Minnesota, je crois. Ils l'ont trouvé dans une maison d'enfants dirigée par l'Eglise. On vous donne tout l'historique de l'enfant et de son environnement d'origine. Je crois sincèrement que nous devrions essayer, Lara. Il est temps que l'on s'arrête de tourner en rond. Il faut prendre une décision. »

Il avait évidemment raison. Elle le savait bien. Elle lui dit : « J'y suis prête. Oui, je suis partante. Peux-tu trouver l'adresse ?

— Je vais la demander. Lara chérie, écoute-moi bien. Les choses ne sont pas aussi catastrophiques que cela. Nous trouverons un petit enfant qui a besoin d'être aimé et nous en avons de l'amour à donner, toi et moi ! Pense à cette pauvre Connie qui n'est restée mariée que trois ans. C'est fini pour elle. Voilà un problème qui nous est épargné, non ?

— Je sais. Elle est très bouleversée.

— Pourquoi ne vas-tu pas lui rendre visite ? Tu ne l'as pas vue depuis que c'est arrivé, alors pourquoi ne prendrais-tu pas l'avion demain ? Tu lui ferais la surprise. Tu resterais deux jours et tu lui remonterais le moral. Allez voir des spectacles, dînez dans un restaurant français, amusez-vous. Pendant ce temps-là, j'entrerai en contact avec les gens du Minnesota et, dès ton retour, nous prendrons la voiture pour faire un saut. Nous irons chercher le bébé, notre bébé. »

Eh bien, je ne suis pas toute seule ! pensa Connie en attendant son tour. Elle passa le temps en se livrant à des suppositions sur les femmes qui patientaient aussi dans la salle d'attente. Il y avait une douzaine de femmes et presque autant d'hommes. Deux très jeunes filles, à coup sûr les deux sœurs, se tenaient par la main. Impossible de deviner laquelle des deux devait être avortée tant elles avaient le même air d'appréhension. Une femme d'une cinquantaine d'années, vêtue d'un méchant manteau, semblait exténuée. On avait l'impression qu'elle avait déjà élevé une cohorte d'enfants. Une jeune femme à l'air dur, portant des faux cils, des faux ongles aussi pointus que des aiguilles et habillée d'un pantalon qui ne cachait aucun détail de son anatomie, essayait de remonter le moral des autres femmes.

« Vous savez, ce n'est rien du tout. Je vous le jure. C'est mon quatrième avortement, alors je sais. »

Elle entra enfin dans la salle toute blanche. Des plateaux pleins d'instruments chirurgicaux étincelants... le docteur et l'infirmière tout de blanc vêtus, le projecteur aveuglant, Connie se souvint. « Ce n'est rien du tout. » « Couchez-vous. » Confiance. Tu te souviens de ta dent de sagesse infectée ? C'était pareil, la blancheur immaculée, la nudité du cadre et les voix atténuées. La douleur fulgurante... Serre les poings et tiens bon. Tu n'es pas vraiment là. Tu te trouves sur une plage, sous un arbre. Tu transpires, mais tu n'as pas dit ouf. « Assurez bien vos pieds. C'est presque terminé », dit une voix. Et maintenant, l'énorme soulagement... C'est terminé.

On la conduisit à un lit de repos et on lui dit de se relaxer quelques instants. Puis on lui apporta un grand verre d'une boisson fraîche et elle sombra dans le sommeil. Quand elle se réveilla, le jour d'hiver tirait à sa fin et l'on vint lui annoncer qu'elle pouvait rentrer chez elle.

C'est vrai, ce n'était presque rien.

De retour dans son immeuble, la première personne qu'elle aperçut fut Lara, assise sur une banquette près de l'ascenseur.

« Oh ! fit Lara en se précipitant vers elle, je suis là depuis des heures ! Ils n'ont pas voulu me laisser entrer dans ton appartement.

— Mais pourquoi ne pas m'avoir avertie que tu venais ? Y a-t-il un problème ?

— Non, pas chez nous. Mais toi... oh ! Connie, je ne pouvais pas ne pas venir. J'ai tellement pensé et repensé à toi et à Richard. »

Lara avait élevé sa voix plaintive de sorte qu'un couple qui sortait de l'ascenseur se retourna pour les regarder.

Lara était comme cela parfois, naïve et sans détours. Mais arriver aujourd'hui précisément! Connie aurait été heureuse de la voir n'importe quel autre jour... Elle devinait déjà que leur conversation allait durer toute la nuit!

« Allons viens, montons », dit Connie d'un ton péremptoire.

Elle alluma les lumières, redonnant vie au living-room et à l'alcôve du fond, le tout recouvert d'une moquette épaisse. Les meubles bien cirés resplendissaient et l'air était parfumé au pot-pourri.

« Oh, comme c'est beau! » s'écria Lara, les mains jointes comme un enfant devant un arbre de Noël.

Son geste irrita Connie qui se sentit subitement faible sur ses jambes. Ce n'était peut-être pas si simple, après tout! Elle n'avait qu'une envie, s'étendre. Lara la prit dans ses bras.

« Ma chérie, je serais venue avant si j'avais su que Richard et toi aviez des problèmes. Peut-être même aurais-je réussi à aplanir les choses entre vous. Qui sait? »

Connie émit un petit rire cassé.

« Tu ne sais pas de quoi tu parles. C'était inévitable. Je ne t'ai jamais dit l'entière vérité. J'avais l'intention de le faire un jour ou l'autre, mais pour le moment, je n'en ai pas envie. Eddy est le seul qui soit au courant. Personne d'autre. »

C'était vrai. Même à Bitsy, elle n'avait rien dit, bien qu'elles se soient vues tous les jours.

Lara parut consternée.

« Je suis navrée. Je ne te dirai jamais assez à quel point nous avons été bouleversés, Davey et moi. Nous aimions beaucoup Richard, vraiment beaucoup.

— Ça se comprend. »

Connie, la gorge sèche, ne se sentait pas bien.

Lara lui jeta un coup d'œil rapide. « Je ne te trouve pas bonne mine, ma chérie. Es-tu affreusement malheureuse ?

— A vrai dire, non. Disons pas terriblement. »

Elle eut un frisson dans les jambes. « Pourquoi restons-nous debout ? Assieds-toi. Je me sens vannée. »

C'est alors qu'elle réfléchit que Lara aurait besoin de dîner. Il y avait des légumes et des côtes d'agneau dans le réfrigérateur mais la pensée de devoir faire la cuisine lui coupait les bras.

« En fait, je ne me sens pas bien. Je dois couver quelque chose.

— Non, dit Lara avec fermeté. Ce sont tes nerfs et qui s'en étonnerait ? Tu traverses une crise. Veux-tu que je te prépare du thé ?

— C'est l'heure de dîner. Tu dois être affamée. Donne-moi quelques minutes et je te préparerai quelque chose.

— Tu ne feras rien de tel. Tu restes là. Je suis assez grande pour me débrouiller dans la cuisine. »

On croirait entendre Peg, pensait Connie.

« Quelle formidable cuisine ! » s'écria Lara.

Connie l'entendit claquer la porte du réfrigérateur, puis il y eut le bruit d'un récipient métallique, de verres qui tintaient, bruits familiers qui lui rappelèrent encore Peg. Elle eut honte d'avoir si mal accueilli sa sœur. Je suis vraiment exténuée, se dit-elle et elle ferma les yeux.

Quand elle les rouvrit, Lara était debout à côté d'elle avec un plateau où se trouvait une côte d'agneau, une salade et une tasse de thé.

« Tu me sembles trop fatiguée pour venir à table alors je t'ai apporté un plateau. Mais peut-être ferais-tu mieux de dîner au lit.

— Non, je suis très bien ici. C'est formidable. Tu es vraiment trop gentille avec moi. »

Subitement, Connie eut les yeux pleins de larmes.

« Mais tu as toujours été tellement gentille...

— Allons, allons. Moi, je vais m'asseoir à côté de toi et si tu as envie de parler, on parle. Sinon, reste tranquille.

— C'est toi qui as fait la sauce de la salade, non ? Elle est délicieuse. Moi, je me borne à utiliser de la sauce en bouteille toute prête. »

Lara la gronda gentiment.

« Tu devrais mieux te nourrir et ne pas te négliger. »

Elle s'était installée, un plateau sur les genoux, et elle se mit à manger tout en regardant Connie d'un air soucieux.

« Tu veux que nous parlions, Connie ? Pas forcément de tes problèmes... Si tu as envie de silence, restons tranquilles.

— Non, parlons. Pour ce qui est de mon divorce, on en parlera demain. C'est une longue histoire.

— D'accord. Alors, je vais te donner de nos nouvelles. D'abord, nous avons décidé d'acheter cette maison. Eddy a fini par nous convaincre que nous pouvions nous le permettre.

— Vraiment? Comme je suis contente! C'est une si jolie maison.

— Attends la suite. Il y a des nouvelles plus importantes. J'hésite encore à en parler avant que cela ne se réalise. Tu seras la seule à être au courant. Mais nous avons pensé... Nous pensons avoir un enfant.

— Vraiment? Mon Dieu, que c'est formidable. Toi qui en désirais tant. Mais tu restes mince. Ça ne se voit pas. Quand va-t-il naître? »

Lara secoua la tête.

« Non, ma chérie. Je ne suis pas enceinte et je ne le serai jamais. Alors, nous avons finalement décidé d'en adopter un, c'est tout.

— Ah!... bon... mais c'est quand même formidable. Raconte-moi un peu. Quelqu'un m'a dit qu'il y a des listes d'attente sans fin et que ça prend des années. Est-ce que ce n'est pas vrai?

— Eh bien, j'espère que non. C'est beaucoup plus facile et plus rapide si on décide d'adopter un enfant plus âgé. Alors, nous n'aurons pas de bébé. Mais cela ne fait rien.

— Oh!... »

La brève vision de Lara avec un bébé dans les bras, minuscule réplique d'elle-même, s'évanouit.

« Un garçon ou une fille?

— Le premier que nous trouverons. En attendant, nous avons commencé à aménager la chambre d'amis qui sera sa chambre jusqu'au jour où nous déménagerons. »

Connie eut une double vision : l'aspect réfrigérant de cette salle, ce matin, où l'on avait dû lui enlever une certaine chose et l'image de l'heureux désordre de la chambre d'amis que Lara devait maintenant bourrer de jouets et de fanfreluches...

« J'espère que vous n'aurez pas à attendre trop longtemps pour quitter cet abominable appartement », dit Connie.

Lara sourit.

« Je ne l'ai jamais trouvé tellement abominable. Je sais que ce n'est pas ton avis. »

Connie lui retourna son sourire.

« Tu n'es pas du genre à te plaindre. »

Comme il était agréable d'être là, au calme, avec sa sœur. Tout compte fait, elle se réjouit de l'arrivée de Lara. La nourriture et le thé chaud lui redonnèrent du tonus. Elle se souvint alors qu'elle n'avait rien avalé depuis le matin et le lui dit.

« Et pourquoi veux-tu passer une journée entière sans t'alimenter ? »

Une curieuse pensée, sans doute provoquée par l'expression soucieuse de Lara, la tendresse de son regard et de sa voix, lui traversa l'esprit : Connie, on a toujours veillé sur toi. D'abord, il y a eu mère et papa aussi à sa façon, mais plus que quiconque Peg, ensuite Lara, puis Richard. Elle éprouva un besoin impérieux de tout raconter à Lara, sur-le-champ. Commençant par la fin de l'histoire, elle annonça : « La raison pour laquelle je me sens faible, c'est que je viens juste de rentrer d'un avortement. »

Lara laissa sa fourchette choir sur son assiette.

« Tu... quoi ?

— Je me suis fait avorter.

— Je n'en crois pas mes oreilles ! »

Le corps de Lara sembla s'affaisser. Les lèvres entrouvertes, elle baissa la tête sur sa poitrine, stu-

186

péfaite. Le cœur de Connie se remit à battre la chamade.

« Je ne savais pas que j'étais enceinte quand je me suis séparée de lui, mais de toute façon, ça n'aurait pas fait de différence. »

Elle s'expliqua.

« Tu ne sais rien de Richard. Ce n'était pas un mauvais homme, il était même très gentil avec moi mais je ne pouvais pas rester avec lui parce qu'il était... »

Lara redressa la tête violemment.

« Le problème n'est pas Richard. Je me fiche de ce qu'il était ou de ce qu'il a fait... Je ne vois qu'une chose : tu as tué ton bébé ! »

Evidemment. Comment s'attendre à une autre réaction de la part de Lara ? Connie regretta son aveu. J'aurais mieux fait de fermer mon bec. Les yeux de sa sœur lançaient des éclairs.

« Ne crois pas que ça m'a fait plaisir, dit-elle calmement, aussi posément qu'elle le put. Mais c'était indispensable, Lara. J'y étais obligée. Et de toute façon, ce n'était pas encore un bébé. A peine la taille de mon petit doigt. »

Devant les yeux remplis d'horreur de Lara, elle martela : « Ou même encore plus petit.

— Tu te mens. La taille, la taille ! C'était un être vivant, qui respirait, qui grandissait, et tu l'as assassiné. Connie, je te maudis ! J'aurais donné la moitié de ma vie pour avoir un enfant qui soit le mien, et je suis toujours prête à la donner. Oh, mon Dieu ! comme c'est injuste, tellement injuste ! »

Lara se leva brutalement, faisant tomber le plateau. La belle porcelaine de Wedgwood se brisa en mille morceaux et la sauce éclaboussa la moquette beige toute neuve.

« La moquette ! haleta Connie. Elle est fichue, fichue ! On ne l'a posée que la semaine dernière. »

Elle se rua à la cuisine pour trouver des éponges et des torchons. Lara ramassa les débris de porcelaine. Pendant quelques minutes, personne ne dit mot. Les deux femmes, à genoux, s'efforçaient de réparer les dégâts.

« C'est presque parti », dit Lara en se levant.

Connie, cramoisie, évalua les dommages. « Presque »... Belle affaire, en vérité ! Il restera une tache brun clair au lieu d'une tache brun sombre. Il lui semblait que cet accident, aussi minime et trivial fût-il, était vraiment la goutte qui faisait déborder le vase de ses malheurs.

« Je t'achèterai une autre moquette », fit Lara.

Connie, persuadée d'avoir décelé du mépris dans la voix de sa sœur, rétorqua vivement.

« Toi ? Où trouverais-tu l'argent pour une moquette de ce prix-là ?

— Ecoute, je suis vraiment navrée. Les accidents arrivent. Apparemment, je ne suis pas dans un bon jour.

— Moi non plus ! J'aurais dû passer une soirée calme, à rassembler mes idées... au lieu de cela...

— Il est certain que tu as besoin de réfléchir, après ce que tu as fait aujourd'hui. »

Connie versa des larmes amères.

« Je ne suis pas psychologiquement prête à avoir un enfant maintenant ! Peux-tu essayer de comprendre cela ? Je suis en plein divorce. Quelle sorte de foyer ai-je à offrir ?

— *Moi*, je lui aurais donné un foyer. Ce bébé...
ce bébé était une partie de Peg, une partie d'elle
qui aurait survécu et tu l'as détruite. Dieu seul sait
si Eddy aura jamais des enfants. *Moi*, il n'en est
plus question. Je ne pourrai jamais oublier ce que
tu as fait. Jamais.

— Ça c'est ton problème. Moi, j'ai bien l'intention de l'oublier. Je n'ai pas le choix. »

Lara avait l'air défait. On avait l'impression d'un
effondrement total, comme si elle venait de
prendre cent ans. Elle ressemblait à une très vieille
femme exténuée.

Connie se fit implorante.

« Lara, pourquoi nous disputer ainsi ? Tu es
convaincue que j'ai tort et c'est ton droit le plus
absolu. Mais essayons de comprendre nos motiva-
tions respectives. Je ne peux pas défaire ce qui est
fait, n'est-ce pas ? »

Elle dit enfin avec une infinie douceur : « De
toute façon, c'est vraiment mon affaire, ma décision et ma peine. »

Lara secoua la tête.

« Je n'arrête pas de me demander : qu'aurait dit
Peg ? Peux-tu croire une minute qu'elle aurait osé
faire une chose pareille ? »

Cette dernière allusion fut pour Connie comme
un coup de couteau. C'était trop triste, et de toute
façon, ce genre de réflexions était hors de propos
ici, ce soir précisément. De sorte que Connie
répondit avec plus de mordant qu'elle ne l'aurait
voulu.

« Peg ne s'est jamais trouvée dans ma situation.
D'autre part, Peg faisait des choses que je n'aurais

jamais faites, telles que rester avec son aimable ivrogne, pour ne parler que de cela.

— Oh ! Connie, comment oses-tu parler de cette façon ? gémit Lara.

— Parce que c'est vrai. Ça me fait mal de le dire, mais tu sais bien qu'elle n'a jamais voulu regarder la situation en face. N'en fais pas autant, je t'en prie, Lara.

— Moi, j'ai vu les choses en face durant toutes ces années où je t'ai élevée. C'est moi qui t'ai élevée, au cas où tu ne t'en souviendrais pas.

— Oh, si ! je m'en souviens. »

Elle revit Lara la coiffant de ses mains douces, Lara au gai visage qui venait la chercher à la sortie de l'école à trois heures l'après-midi...

« Mais je ne suis plus la toute petite sœur, buvant tous tes conseils. Parfois, j'aimerais bien revenir à cette époque. La vie était plus facile.

— En tout cas, je ne t'aurais jamais donné le conseil de... Je mourrais plutôt que de...

— Lara, arrêtons-nous avant que ça n'aille trop loin. Et n'essaie plus de régenter ma vie.

— Je n'ai jamais régenté ta vie, Connie !

— C'est pourtant ce que tu es en train de faire en ce moment.

— C'est ce que tu penses de moi ? Eh bien, j'aurai vraiment tout entendu. »

Lara se mit à pleurer.

« Je suis venue ici pour t'être utile, je suis venue par amour pour toi et voilà ma récompense. »

Subitement, Connie eut la sensation d'être en feu. Elle sentit une vague torride monter du plus profond d'elle-même. La terreur l'envahit. C'était peut-être le résultat de l'émotion et de la dispute, mais il fallait envisager une infection... Le spectacle des larmes futiles de Lara la mit en rage. Elle éclata.

« S'il y a une chose que je déteste, c'est de voir quelqu'un s'apitoyer sur son sort.

— Je ne m'apitoie pas sur mon sort. Je suis triste pour toi, Connie.

— Personne ne te demande de l'être. Je m'en sortirai très bien toute seule. Parfaitement, très bien ! fit-elle sans y croire pourtant.

— Voilà ce que tu appelles "t'en sortir" ! Comme tu me déçois, Connie. Terriblement. Je ne puis qu'espérer que tu mettras un peu d'ordre dans ta vie. Je l'espère.

— Si tu te mets à prêcher... Bon Dieu..., marmonna Connie.

— Je t'ai entendue !

— D'accord, tu m'as entendue. Tu ne veux pas me ficher la paix ? Je ne peux plus supporter tes plaintes et tes prêches. Fiche-moi la paix.

— Oh ! très bien. Je vais te laisser tranquille. Et comment ! Je ne t'importunerai plus. »

Lara se précipita vers le placard.

« Où est mon manteau ? Je m'en vais, Connie. Va, continue à mener ta vie comme bon te semble. Et bonne chance à toi ! »

Cette violence, cette rupture étaient insupportables. Une fois de plus, Connie sentit ses jambes se dérober sous elle. Elle dut s'asseoir.

« Une seconde, Lara, que fais-tu ?

— Je vais prendre le premier avion pour rentrer à la maison, dit Lara en boutonnant son manteau.

191

— Tu n'en trouveras pas à cette heure-ci. Attends.

— Alors je dormirai à l'aéroport. »

Elle sortit en claquant la porte.

Pendant un long moment, Connie fixa le rectangle de la porte. Elle finit par se lever, passa à côté de l'affreuse tache qui resterait comme le témoin de cette horrible journée jusqu'à ce que la moquette tombe en loques. Elle s'allongea sur le divan de l'alcôve. Jamais pareil affrontement ne s'était produit entre les deux sœurs, ni d'ailleurs entre aucun membre de leur famille. La colère n'était pas dans leur tempérament. Ce sentiment de violence venait de régions inconnues chez Lara, une région si profondément enfouie qu'elle n'en était même pas consciente. Après un tel éclat, leurs relations risquaient d'être terminées à jamais. Et maintenant la douleur était devenue palpable dans sa poitrine, comme un énorme poing serré.

La pièce était totalement silencieuse, cette jolie pièce qu'elle avait voulue ainsi avec son côté vieille maison anglaise. Les rideaux avaient été tirés pour la nuit, repoussant le monde extérieur, accentuant l'immobilité et le silence. Elle sauta sur ses pieds et ouvrit grand les rideaux sur le monde, sur la rue en bas où la ville allait et venait.

La vie. Ce matin encore, il y avait à peine quelques heures, elle avait contenu une autre vie, maintenant elle avait disparu. Une étrange pensée lui traversa l'esprit : nous nous serions aimés. Je t'aurais aimé même si je ne te désirais pas. Etrange pensée.

Demain, elle raconterait à Eddy ce qui venait de se passer. Ou peut-être pas, enfin, pas tout de suite. Il avait ses affaires, c'était un homme très occupé et il avait déjà tant fait pour elle. Toutefois, elle lui demanderait peut-être certains conseils. Bien du temps s'écoulerait avant que ses cours d'histoire de l'art lui donnent accès à un poste important. Alors en attendant, pourquoi ne pas envisager de retrouver un travail dans un magasin de modes ? Il fallait qu'elle occupe ses journées. Elle avait besoin de conseils.

Le petit chien frétillait à ses pieds et elle se pencha pour le caresser. Cette petite bête l'aimait sans arrière-pensée, tout simplement. Et elle, contrairement aux êtres humains, ne la jugeait pas.

« Sans toi, Delphine, dit-elle à haute voix, je ne sais pas comment j'arriverais au bout de cette nuit. »

6

Dans le petit salon où ils étaient assis, Lara regarda son mari comme pour quêter son approbation. Le grand jour était enfin arrivé, après ces mois d'attente incertaine, après un long voyage dans l'automne finissant à travers la campagne jusqu'à cette simple maison banale dans une ville banale. Ils étaient enfin là. Elle prit subitement conscience que son cœur battait à tout rompre.

Mme Elmer était une femme à cheveux gris, d'aspect ordinaire, du genre qu'on décrit d'habitude comme « maternel ». Depuis une demi-heure, elle leur racontait une histoire banale et triste.

« Suzanne est une petite fille très intelligente mais elle a vécu ce qu'on pourrait appeler une guerre. Son père est mort dans un accident du travail alors que sa femme attendait un autre enfant. La mère, une émigrée d'Europe de l'Est, n'avait plus de famille. Bien qu'attentive à son enfant, accablée par la mort de son mari, elle était incapable de lui offrir un foyer heureux. C'est alors qu'elle est morte de leucémie. Alors vous pouvez imaginer ! »

Les yeux de Lara ne quittaient pas le visage de Mme Elmer.

« Qui s'est occupé de Suzanne ? demanda-t-elle.

— Les voisins. D'abord, une famille et puis une autre. Mais quand la mère est morte, ils ne pouvaient pas continuer à la garder et l'Etat s'en est donc chargé. Elle a été mise dans un foyer d'enfants.

— C'était un bon foyer ? »

Mme Elmer haussa les épaules.

« Disons, pas mauvais. Voilà deux mois que je l'ai prise ici à la suite de votre coup de téléphone, pour la préparer à une éventuelle adoption. Je suis un lieu de transition. Les enfants vont et viennent. »

Davey ouvrit la bouche : « Diriez-vous que c'est une enfant apeurée, craintive ?

— En fait, moi, je la trouve remarquablement courageuse vu les circonstances. Elle n'a jamais connu de situation stable. Elle est au cours préparatoire et a déjà changé trois fois d'école. Ce dont elle a besoin, c'est de stabilité et de beaucoup de patience et d'amour. »

Davey demanda : « N'existe-t-il aucun parent du côté du père ? »

Lara comprit qu'il craignait qu'un jour un étranger se manifeste pour la reprendre.

Mme Elmer comprit parfaitement le sens de la question.

« Non, pas âme qui vive. Si vous adoptez Sue – elle aime ce diminutif – elle sera vraiment à vous. Maintenant, que diriez-vous de la voir ? »

Davey sourit.

« Nous sommes prêts, madame Elmer.

— Bien, je vais la chercher. Les enfants sont en train de jouer dans la cour. »

Il se leva et mit sa main sur l'épaule de Lara. Consciente du léger tremblement de cette main, elle pensa : « Ce serait comme cela si j'accouchais. La seule différence, c'est que cela durerait plus longtemps et qu'il arpenterait le couloir, gênerait le passage, allumerait sa pipe avec les mêmes mains tremblantes... »

A ce moment, la porte s'ouvrit et Mme Elmer entra, poussant devant elle une petite fille toute mince. Elle avait d'extraordinaires yeux bleu foncé dans un visage aux traits délicats. Elle portait une queue de cheval. La réaction immédiate de Lara fut une sorte de choc : elle ne nous ressemble ni à l'un ni à l'autre. Je n'aurais jamais le bonheur de retrouver chez elle les traits de Davey ou les miens. Elle se gourmanda intérieurement. Allons, Lara, il n'existe pas de bonheur parfait.

« Sue, dit Mme Elmer, voilà M. et Mme Davis. Tu veux bien leur donner la main ? »

Craintivement, l'enfant leva les yeux de ses chaussures éculées pour les fixer sur ceux de Lara. Elle tendit une petite main froide et murmura un mot inaudible.

« Il ne faut pas que je pleure », pensa Lara.

Avec douceur, elle s'adressa à la petite.

« Sue... nous avons beaucoup entendu parler de toi, de la gentille petite fille que tu es. Alors, nous avons voulu t'apporter un cadeau, une surprise. C'est dans la boîte. Veux-tu l'ouvrir toute seule, ou veux-tu que je le fasse ? »

Comme si elle craignait de mal répondre, Sue attendit et Lara dit :

« Tiens, on va l'ouvrir ensemble. Toi, tu vas tenir le bout du ruban et moi je vais tirer. »

196

Sous plusieurs couches de papier mousseline, se trouvait la plus fantastique, la plus belle poupée qu'on puisse imaginer, une petite fille parfaite avec des cheveux blonds véritables, un visage expressif et une robe splendide en dentelle blanche agrémentée de rubans roses.

L'enfant regardait les yeux écarquillés, sans toucher.

« Prends-la, sors-la de sa boîte », dit Lara.

L'enfant continuait à regarder sans rien faire.

Mme Elmer dit avec fierté :

« Vous voyez combien notre petite Sue est bien élevée ! »

Lara et Davey se regardèrent avec la même pensée dans le regard : « *Elle est bien élevée parce qu'elle est terrifiée.* »

Sortant la poupée de sa boîte, Lara la lui mit dans les bras.

« Chère petite Sue, c'est à toi. Elle a besoin que tu l'aimes. Quel nom vas-tu lui donner ? »

Cette fois la réponse fut claire et rapide. « Lily.

— J'aime beaucoup ce nom », dit Lara, tandis que par-dessus la tête de l'enfant Mme Elmer articulait à voix basse : « C'était le nom de sa mère. »

C'est insupportable, pensa Lara.

Subitement, passionnément, Sue pressa la poupée contre sa poitrine et courut se nicher dans un fauteuil de l'autre côté de la pièce.

Davey, le front barré d'une profonde ride, haussant les sourcils, posa du regard une question à sa femme, la même que celle-ci se posait : Que devons-nous faire ? Pourrons-nous affronter les problèmes de cette fillette ?

Mais quel enfant, amené à vivre parmi des étrangers, arraché au foyer qu'il avait connu, n'aurait pas eu de problèmes ? Son lot de problèmes était plus lourd que celui des autres enfants, c'est tout. Seul un bébé n'a pas de problèmes.

Mme Elmer rapprocha sa chaise de celles de Davey et de Lara, hors de portée des oreilles de Sue.

« Alors, qu'en pensez-vous ? La voulez-vous ? C'est vraiment une adorable petite fille. »

La question était gênante et Mme Elmer parlait vraiment comme une vendeuse. On aurait cru qu'ils achetaient une voiture. *Vous la voulez ? C'est vraiment un bon achat.*

« Pour une fillette de six ans, elle a de bonnes manières, n'est-ce pas ? Elle n'est pas du tout embêtante. Certains enfants qui n'ont pas connu de malheurs plus grands que les siens n'arrêtent pas de crier, de trépigner, ce qui est par ailleurs compréhensible, Dieu sait ! mais ils donnent un mal fou à ceux qui les prennent en charge. »

Davey ne s'occupait pas de ce que racontait Mme Elmer. Et Lara, suivant son regard, vit Sue qui berçait la poupée dans ses bras en souriant. Ce sourire si féminin, si attachant, allait, Lara s'en rendit compte, droit au cœur de Davey, effaçant toute trace des regrets qu'il éprouvait de ne pas avoir de petit garçon.

Ce sourire inconscient de Sue attendrit Lara aussi. On aurait cru que l'enfant était seule dans la pièce. Lara pensa subitement : je peux faire en sorte que le bonheur revienne pour cette petite fille. Le résultat vaudrait tous les efforts. Presque gaiement, elle faisait des projets un peu sots et frivoles : quand ses cheveux seront plus longs, je lui ferai une grande natte avec un nœud de ruban au bout. Je ferai...

« Evidemment, continuait Mme Elmer à voix basse, vous ne pourrez l'emmener que si elle-même en a envie. Jamais je ne laisserai partir un enfant réticent. Et vous ne le voudriez pas vous-mêmes. »

Elle monta la voix et appela l'enfant.

« Sue, veux-tu venir vers nous ? Nous voulons te poser une question. Est-ce que tu serais d'accord pour aller avec M. et Mme Davis dans leur maison ? »

Lara apporta une légère modification.

« Disons, tante Lara et oncle Davey. Tu nous appellerais comme cela si tu venais habiter chez nous. »

Elle sentit comme un pincement au cœur, un regret en pensant qu'elle ne les appellerait sans doute jamais papa et maman.

Oh ! ces yeux, à la fois si sombres et si chatoyants ! Lara y lut une prière muette comme la fillette la fixait. Que voulait dire ce regard... Emmenez-moi, emmenez-moi ! Ou bien : Je ne veux pas. Laissez-moi tranquille !

« Il y a longtemps que nous avons envie d'avoir une petite fille comme toi », dit Lara, faisant mille efforts pour ne pas sembler lui forcer la main et désirant seulement se montrer amicale. « Nous n'avons pas d'enfant dans notre maison. Tu aurais une chambre à toi. Elle est jaune et blanc et sur les étagères, nous avons mis des tas de jouets, un landau pour Lily, une petite cuisine... »

Elle s'arrêta. N'est-ce pas un pur chantage ? Et d'un autre côté, pourquoi pas ? Comment peut-on tenter un petit enfant de six ans ?

« Et si ça te fait plaisir d'avoir un petit chien..., commença Davey.

— Un vrai petit chien vivant ?

— Un vrai de vrai. »

Toujours très solennelle, elle dit : « J'aimerais beaucoup.

— Et puis tu iras à l'école, reprit Lara. Tu trouveras beaucoup d'amis. Je connais plusieurs petites filles avec lesquelles tu pourras jouer.

— Comment s'appellent-elles ?

— Eh bien, il y a Betty, Jennifer et Lisa. Et des tas d'autres. »

Veillant à ne rien faire de brusque ou d'inquiétant, Lara mit son bras autour de Sue sans trop la toucher.

« Nous t'aimerons beaucoup », ajouta-t-elle.

Sue ne répondit pas. A quelle réponse pouvait-on s'attendre ?

« Veux-tu venir avec nous, Sue ? Ce sera un voyage en voiture assez long, mais nous nous arrêterons plusieurs fois pour acheter des glaces. »

Chantage, chantage... Elle répéta quand même : « Alors, veux-tu venir avec nous ? »

Sue réfléchissait. Sa réflexion dura longtemps, très longtemps. Oh ! comme je veux cette enfant ! implorait Lara intérieurement. Il y a quelque chose chez elle... Je veux cette petite fille.

« Alors, qu'en dis-tu ? redemanda Lara.

— D'accord », fit Sue.

Davey, la gorge nouée, la voix presque blanche, demanda : « Quelle est la façon la plus rapide de régler les premiers détails juridiques avant de pouvoir l'emmener en Ohio ?

— Cela ne prendra pas beaucoup de temps », dit Mme Elmer.

Et c'est ainsi que Suzanne Davis connut son nouveau foyer.

Tout ne marcha pas comme sur des roulettes, mais les Davis ne s'y étaient pas attendus. Les premières heures, il est vrai, se passèrent sans problème. Le voyage du retour fut interrompu par plusieurs repas au restaurant, une promenade en voilier sur le lac Michigan et des courses à Chicago. Ces courses étaient plus qu'indispensables dans la mesure où la pauvre garde-robe de Sue occupait à peine une petite valise.

Comme on lui faisait essayer un manteau d'hiver, elle se mit à se pavaner devant le miroir. On pouvait lire sur son visage un plaisir gourmand devant cette expérience nouvelle. Recevoir tant de cadeaux atténua sa timidité au point qu'à un certain moment, se conduisant tout comme n'importe quelle autre enfant bien dans sa peau, Sue s'insurgea contre le choix de Lara. Cet embryon de rébellion encouragea Lara.

« Mais j'aime mieux le rouge. Je voudrais le manteau rouge.

— Alors, ce sera le rouge, mademoiselle Sue ! »

En disant cela, Lara revint des années en arrière... Elle entendit une voix, la sienne, dire exactement la même chose il y avait longtemps, à

201

une autre petite fille qui avait toujours des idées bien arrêtées sur ce qu'elle voulait.

« Comme vous voulez, mademoiselle Consuelo ! »

Une année entière s'était écoulée depuis cette nuit tragique à New York. Par la suite, au cours des semaines, la blessure qu'avaient causée les paroles de Connie s'était aggravée. « Régenter ma vie... » Comme c'était cruel et injuste ! Comme si elle avait jamais voulu régenter la vie de sa sœur ! Et quant à ce que Connie avait fait ! Supprimer une vie qui aurait pu se développer, produire une petite chose comme celle qui se tenait devant la glace, si menue, si maigrelette mais tout heureuse de se pavaner dans un manteau rouge tout neuf !

Ah, si seulement Connie avait pu assister à la scène ! pensa Lara. Elle aurait pu me téléphoner... Tous ces mois qui passent... Elle aurait dû. Et je sais qu'Eddy lui a dit que nous allions chercher cette enfant. Elle aurait au moins pu téléphoner pour nous souhaiter bonne chance. Pendant quelques minutes, Lara eut la gorge serrée, puis elle se détendit, toute à un sentiment de résignation. Elle revint au présent, pleine de sa petite fille toute neuve.

Quand ils arrivèrent chez eux, ils trouvèrent Eddy qui les attendait dans une voiture de location.

« Grands dieux ! cria Davey, regarde un peu qui est là !

— J'avais calculé que vous arriveriez à peu près maintenant, alors j'ai sauté dans un avion, loué une voiture et me voilà. Je ne voulais pas manquer votre retour. »

Il était venu, l'adorable Eddy, toujours aussi enthousiaste, toujours aussi gai, et sa seule présence suffisait à donner à cette minute un air de fête.

« Mais voyez-moi cette jolie petite fille! Alors, c'est toi Suzanne! Et moi, je suis ton oncle Eddy. Alors, est-ce que j'ai droit à un baiser? »

Lara eut l'air hésitante. Elle aurait voulu le mettre en garde : pas si vite. Ne lui fais pas peur. Mais Eddy avait déjà saisi l'enfant et l'avait soulevée en l'air. Il la pressa contre sa poitrine et lui couvrit les joues de baisers. Et Sue riait aux éclats!

Eddy avait du charme jusqu'au bout des ongles. Personne ne pouvait y résister.

« Je me suis arrêté en ville, dit-il, en reposant Sue par terre. Et j'ai trouvé un petit cadeau pour Sue. »

Le petit cadeau était une bicyclette bleu vif, avec une sonnette et un panier accroché au guidon.

« Je parie que tu ne sais pas encore faire de la bicyclette. Je vais t'apprendre en deux minutes.

— Attends, attends! s'écria Davey. Nous n'avons même pas ouvert la porte de la maison!

— D'accord, d'accord. Je veux simplement m'assurer que la bicyclette est à sa taille. »

Il souleva Sue, l'assit sur la selle et lui montra comment tenir le guidon.

« Ecoute oncle Eddy. Tu mets tes pieds là... Non, bien au milieu. Voilà! Moi, je vais te pousser. Je ne te laisserai pas tomber. Parfait! Tu as tout compris. Tu sauras très vite faire du vélo toute seule. »

Les premières heures s'écoulèrent sans problème. On emmena Sue dans sa chambre, on rangea le contenu de sa valise et Lily fut assise sur une petite chaise à côté du lit. Lara prépara un dîner tout simple mais Eddy, invité à rester pour la nuit, refusa.

« Non, merci, mais j'ai réservé une chambre d'hôtel tout près de l'aéroport, de sorte que je serai à pied d'œuvre pour sauter dans le premier avion du matin. De toute façon, cette première nuit, vous devez rester entre vous.

— Eddy, tu es un véritable prince », fit Davey.

Eddy éclata de rire. « Alors appelle-moi Charles ! Au fait, la prochaine fois que je vous verrai, ce sera dans la nouvelle maison.

— Merci encore au prince... », dit Davey.

Eddy fit tourner l'anneau des clés de la voiture autour de son doigt.

« Bon, il faut que j'y aille. Plein de bonheur à vous trois. » Il les embrassa et partit. On entendit son pas alerte sonner sur le trottoir.

« Je n'avais jamais réalisé à quel point il sait s'y prendre avec les enfants, dit Lara. Il devrait vraiment se marier.

— D'après ce que je sais, il est toujours avec la même fille. Celle de Long Island. La fille aux chevaux, c'est ça, non ?

— Je crois. Mais tel que je le connais, il est tout à fait capable d'en fréquenter une dizaine d'autres. Tu sais qu'il ne parle guère de sa vie privée. »

Après le dîner que Sue dévora allègrement, Lara lui fit prendre un bain et remarqua qu'elle n'était pas très propre et que ses côtes saillaient. Pauvre petite chose, on ne s'était guère occupé d'elle. Lara la lava, la sécha, la poudra, brossa ses cheveux et ses dents et lui mit une chemise de nuit blanche toute neuve, puis elle la mit au lit et tira la couverture sous son menton.

« Sue, veux-tu que je te lise une histoire ? Regarde, c'est un très joli livre. *Peter Pan*, ça s'appelle. Je vais commencer, dit Lara.

— Je ne veux pas d'histoire, madame... j'ai oublié votre nom.

— Davis. Mais pour toi, je suis "tante Lara". Tu as oublié ? »

Une fois de plus, elle entrevit le jour où, peut-être, Sue lui dirait maman. Mais peut-être aussi cela n'arriverait jamais.

« Tu dis "tante Lara" ?

— Tante Lara. »

La petite bâilla.

« Tu as sommeil. »

Le délicat visage était si blanc, si pâle dans la clarté lunaire...

« Nous avons eu une longue journée, dit Lara avec douceur. Et demain nous avons beaucoup de choses à faire. Il faut que nous allions t'inscrire à l'école, que tu montes sur ta belle bicyclette – si tu veux – et des tas d'autres choses. Laisse-moi t'embrasser pour la nuit. »

« Comment cela s'est-il passé ? demanda Davey.

— Très bien. Jusqu'à maintenant, tout va bien. »

Mais au milieu de la nuit de bruyants sanglots réveillèrent Davey et Lara qui dormaient en face de la chambre de Sue. Lara se leva d'un bond. Assise sur son lit, Suzanne était secouée de sanglots. Lara la prit dans ses bras.

205

« Voilà, voilà... » Elle ne trouvait rien d'autre à dire. Ces mots banals en eux-mêmes apportèrent à l'enfant la chaleur dont elle avait besoin.

Sur le pas de la porte, Davey demanda : « Est-ce qu'elle a mal quelque part ?

— Ça vient de plus loin », répondit Lara à voix basse et Davey, hochant la tête, comprit.

Pendant un long moment, Lara resta assise avec la petite dans ses bras pleurant sur son épaule tandis que les yeux de Lara retenaient leurs propres larmes. Elle ne posa aucune question. C'était inutile. L'enfant pleurait parce que le monde était menaçant, qu'elle voulait sa mère disparue. La maison lui était encore étrangère et la nuit était bien noire. La femme pleurait parce qu'elle ne tenait pas le bébé qu'elle avait tant désiré. Mais elle était remplie de compassion et elle sut qu'elle aimerait la petite fille et attendrait impatiemment que l'enfant lui rende cet amour.

Elles restèrent ainsi enlacées jusqu'à ce que les pleurs s'arrêtent et Lara remit doucement Sue dans son lit. Mais Lara resta près d'elle, sommeillant à moitié, toute recroquevillée et frissonnante du froid de la nuit.

De la patience, beaucoup de patience. C'était la seule solution. Elle eut mal quand Sue, un jour qu'elle s'insurgeait contre un ordre, cria : « Tu n'es pas ma mère ! »

Sans s'énerver, Lara répondit : « Je le sais. Mais puisque ta maman n'est plus là, c'est moi qui m'occupe de toi comme ta maman l'aurait fait. »

Elle souffrait encore lorsque la nuit Sue hurlait dans son sommeil, aux prises avec quelque affreux cauchemar. Alors, de la patience, encore de la patience.

Tout de même, petit à petit, jour après jour, on put enregistrer d'imperceptibles changements.

Les amies de Lara amenèrent leurs enfants pour qu'ils jouent avec Sue. La première fois qu'elle fut invitée chez l'un d'eux, elle refusa d'y aller. Lara comprit qu'elle avait peur qu'on ne l'y laisse, qu'on la donne à quelqu'un d'autre. Cela ne veut pas dire qu'elle nous aime, pensait Lara. C'est seulement qu'elle a peur du changement. Quelque chose lui disait qu'il valait mieux évoquer la question de vive voix, parler de cette peur, de tout, de l'école, des maisons d'enfants et de sa mère morte aussi.

« Dis-moi, Sue, c'est pour cela que tu ne veux pas aller chez Jennifer ? Tu as peur qu'on ne te laisse là-bas ? »

Sue garda le silence.

« Iras-tu si je reste avec toi tout le temps ? »

Un petit hochement de tête fut la réponse.

Après plusieurs incidents de la sorte, Lara un jour décida de laisser Sue toute seule pendant qu'elle allait à son bureau, qu'elle et Davey avaient confié temporairement à une secrétaire, le temps que la fillette soit habituée à sa nouvelle situation et qu'ils déménagent dans la maison neuve. A son retour, elle trouva Sue en train de jouer dans le jardin. Lara ne lui avait pas du tout manqué.

« Alors, dit Lara en la prenant dans ses bras, tu vois, que je reviens toujours. Oncle Davey et moi ne t'abandonnerons jamais. Tu sais, même si tu voulais nous quitter, on ne te laisserait pas. On te retrouverait où que tu ailles ! Même sur la lune. Et tu sais pourquoi ? Parce que tu nous appartiens, que nous t'appartenons, pour toujours, toujours. Tu comprends ? »

Ils eurent la chance de trouver dans la maîtresse d'école une précieuse collaboratrice.

« Au début, madame Davis, j'ai remarqué que Sue avait les yeux pleins de larmes, mais elle ne s'est jamais laissée aller à pleurer. C'est une petite fille très fière. Mais depuis son arrivée... Ça fait quoi ? Oui, depuis six mois, le changement est très réel.

— Elle est très intelligente, fit Lara. Le soir, pendant le dîner, nous discutons et nous avons remarqué que Sue écoute très attentivement. Quand nous utilisons un mot nouveau pour elle, elle veut savoir ce qu'il signifie.

— Et elle est jolie, ce qui facilite le contact. C'est étonnant à quel point les jeunes enfants sont attirés par la beauté.

— Dieu soit loué pour la beauté de Sue.

— Tout va très bien se passer, madame Davis. Bien sûr, elle a besoin d'être reconnue socialement et elle a encore du chemin à faire. Mais je ne suis pas du tout inquiète pour elle. Et je suis certaine que vous vous y prenez admirablement bien avec elle. »

Lara se sentit envahie par un sentiment de fierté. A mesure que passaient les mois et qu'elle et Sue étaient plus proches l'une de l'autre, elle éprouvait la même fierté mais elle devait refréner son enthousiasme ; elle craignait de devenir ennuyeuse pour les autres à clamer son bonheur et ses espoirs.

Bozo Clark, la grande vedette du rock, portait un jean et des chaînes d'or qui valaient dix mille dollars. Assis de l'autre côté du bureau d'Eddy, il le regardait avec solennité.

« Osborne, vous êtes un vrai chef. Voilà la première année que je n'ai pas payé d'impôts sur le revenu, pas un centime ! Super ! Je n'arrive pas à y croire ! Ni à comprendre, d'ailleurs. Je sais que vous m'avez expliqué ce truc de déduction des pertes de la SARL et... »

Souriant, Eddy l'interrompit.

« N'essayez pas de comprendre, Bozo. Contentez-vous de faire des disques et moi, je mettrai vos millions à l'abri.

— Ça me va. Bon, on se tient au courant. » Comme il sortait, Clark se retourna : « Autre chose. Mon offre tient toujours. Demandez-moi tous les billets gratuits que vous voulez pour mes concerts. Et pour n'importe quel jour. »

C'était la dernière chose dont Eddy avait envie : se retrouver à moitié étouffé dans la foule de gamins hurlant d'enthousiasme devant les déhanchements et les beuglements de Bozo. Celui-ci aurait sans doute été très étonné d'apprendre qu'Eddy préférait écouter des opéras ou le Philharmonique. Mais la réponse fut enthousiaste.

« J'inviterai deux ou trois amis un de ces jours et je profiterai de votre offre. Merci, Bozo. »

Dès que la porte se fut refermée sur Bozo Clark, Mme Evans apparut avec un plateau d'argent sur lequel était disposée une assiette de sandwiches aux tranches fines et une cafetière, elle aussi en argent.

« Est-ce que vous réalisez, monsieur Osborne, que vous n'avez encore rien mangé et qu'il est quatre heures passées ? »

Eddy sourit, tout en réalisant que son sourire était contrit, comme s'il avait été un petit garçon réprimandé par sa mère. Il aimait avoir à son service cette veuve aux cheveux gris, à l'accent britannique de la haute société et au maintien si distingué. La plupart du temps, les hommes préfèrent avoir une secrétaire aux courbes harmonieuses, sachant mettre sa silhouette en valeur et de préférence au-dessous de trente ans. Mais Eddy avait une autre idée à ce sujet.

« Vous vous occupez merveilleusement de moi, madame Evans.

— Si je n'y veillais pas, vous finiriez par mourir de faim à force de passer votre vie à travailler. Bon, je pose le plateau ici. Mangez et ensuite allez donc vous détendre quelques instants dans le fauteuil à oreillettes.

— Me détendre... je commence à la seconde. Dès que j'aurai fini de grignoter, je pars pour Long Island. Quand on arrive là-bas pour deux belles journées, on ne regrette plus d'avoir passé le vendredi après-midi dans la circulation. Quant à vous, madame Evans, rentrez chez vous. Un peu de repos ne vous fera pas de mal.

— Merci, monsieur Osborne. J'accepte votre suggestion. Je vais donner des ordres pour que vous ne soyez pas dérangé jusqu'à votre départ. »

Eddy s'étira et fit quelques flexions car ses jambes s'étaient ankylosées à rester immobiles sous son bureau depuis le matin. La journée avait été bien remplie, il était fatigué mais heureux de cette fatigue. Le travail agissait sur lui comme un euphorisant. Un alpiniste qui escalade un sommet de trois mille mètres est exténué quand il arrive en haut, mais la joie de l'exploit accompli le remplit d'allégresse.

« J'escalade mon sommet. » Sa voix résonna dans la pièce vide.

Il aurait aussi bien pu dire qu'il était déjà parvenu au faîte. N'avait-il pas enfin trouvé, après ses deux précédents bureaux, l'endroit idéal où installer son troisième ? Il occupait tout un étage, plus la moitié d'un autre. Son équipe comptait quarante employés compétents, plus les secrétaires. Ses affaires marchaient comme sur des roulettes et l'argent rentrait de partout. Chaque minute, chaque seconde lui rapportaient de l'argent... Les téléphones sonnaient à jet continu et les compteurs tournaient. Les ordinateurs ronronnaient tandis que de brillants jeunes gens jonglaient avec des colonnes de chiffres. On était en plein boom des années quatre-vingt, et Eddy Osborne était au centre du tourbillon.

Il ferma la fenêtre et regarda le paysage : son bureau était situé à l'ouest de Trump Tower, au sud de Rockefeller Center et de l'Empire State Building et à l'est de Sutton Place. Au nord s'étendait le Park avec le Museum qui avait l'air d'un jouet d'enfant. Il abandonna son havre de paix, descendit par l'ascenseur et se retrouva sur le trottoir plongé dans la cacophonie des klaxons et des sirènes de pompiers. Il reçut ce vacarme comme un coup de poing. Pourtant, chaque fois il trouvait le même plaisir au changement d'atmosphère.

Son bureau était une pièce merveilleuse. Le décorateur avait fait preuve de génie. Il avait deviné Eddy. Un hôtel particulier avait été démoli et l'on avait préservé les boiseries d'acajou. Le décorateur les avait utilisées pour tapisser les murs du bureau, lui donnant ainsi une chaude atmosphère de bar londonien. On marchait sur un vaste tapis d'Orient, lui aussi trouvé chez un antiquaire. Dans un coin, une haute horloge égrenait son tic-tac et sonnait gaiement les heures...

Eddy l'avait dénichée dans une vente aux enchères d'objets du xviiᵉ siècle. Elle lui avait coûté presque deux cent mille dollars. Il existait des horloges encore plus belles et Eddy avait l'intention de revendre un jour celle-ci pour en acheter une autre.

Il se dit que ses affaires allaient si bien qu'il pouvait acheter presque tout ce qui lui faisait plaisir. Presque tout. Souvent, lorsqu'il se réveillait la nuit ou lorsqu'il passait devant un miroir ou une baie vitrée en se promenant, il était invariablement frappé par un sentiment fugitif d'irréalité. Mais l'air frais de la nuit ou le trottoir sous ses pas le ramenaient sur terre. En voyant son jeune visage rasé de près et bronzé sous ses cheveux blonds, il se sentait plein de bonheur de vivre.

Il avait calculé qu'il valait presque dix-neuf millions de dollars et il avait atteint ce résultat en sept ans seulement. Le portefeuille de titres de sa société se montait à six milliards de dollars. Le vieux dicton avait raison : le succès attire le succès. Comme c'était vrai ! Son instinct du marché ne l'avait jusqu'à maintenant jamais trompé. Pourtant, malgré un marché frénétique, il y avait des traînards qui n'arrivaient à rien; lorsque les affaires sont florissantes, il faut savoir quand agir et sur quels titres. Le gros de ses revenus provenait de la gestion de patrimoines et des montages fiscaux. Pour ses clients, il investissait dans l'immobilier, le pétrole, la viande et tout ce qui était susceptible d'entraîner des pertes déductibles des revenus. C'était là qu'était le véritable argent, dans cette capacité à conserver ce que l'on possède. Et c'est pour cette raison que les clients se bousculaient aux portes d'Osborne et Compagnie.

Il avait eu raison de se lancer tout seul. Pourquoi entrer dans un partenariat qui ne procurait que d'inévitables conflits, d'interminables discussions à deux, des compromis qui ne faisaient que ralentir l'action, alors qu'il s'avérait si facile de réussir tout seul? Ce dont il avait besoin et qu'il possédait maintenant, c'était une souplesse et une rapidité d'assimilation pour discerner les informations dont il avait besoin, de définir ses buts et de suivre la voie qu'il s'était tracée. Il payait des salaires très élevés pour s'assurer la collaboration des plus brillants sujets frais émoulus de Harvard ou de Wharton. Quand ils se débrouillaient bien, il leur versait des primes énormes et s'il les trouvait peu doués, il les licenciait rapidement.

Son exigence lui méritait le respect.

Il était toujours un peu surpris d'être si bien accepté partout. A vrai dire, il ne manquait pas dans le monde de la finance de nouveaux venus qui réussissaient et avec lesquels l'establishment était prêt à faire des affaires. Mais cela ne signifiait pas qu'on fût prêt à les accepter dans les clubs et chez soi alors qu'Eddy était invité partout.

Comme pour démontrer la véracité de cette conviction, le téléphone se mit à sonner.

« Eddy ? Restez-vous en ville ce soir ? J'ai invité deux amis pour dîner et faire une partie de cartes au Yale Club. Pouvons-nous compter sur vous ?

— Désolé, Doug, j'aurais bien aimé vous rejoindre mais je vais passer le week-end à la campagne. Merci tout de même d'avoir pensé à moi.

— Alors que diriez-vous de mardi ?

— Mardi... très bien. Je vous retrouverai vers six heures. Ça ira ? »

Une ou deux fois par semaine, il retrouvait un groupe d'amis au Yale Club.

Comme il tournait dans Vanderbilt Avenue, il se retourna pour regarder le Park. Il lui arrivait souvent de s'arrêter quelques secondes pour contempler ce spectacle, qui le ravissait autant chaque fois.

Comme il avait la main heureuse aux jeux de hasard, il lui arrivait souvent de repartir avec quelques milliers de dollars, mais il avait assez de bon sens pour ne pas toujours gagner. Il valait mieux être connu comme un homme qui perdait avec désinvolture et qui avait facilement la main à la poche. Loin d'être ennuyé d'avoir à participer largement à certaines quêtes et donations diverses, il aimait réellement distribuer son argent et se montrait toujours très généreux. De vieux messieurs importants l'avaient patronné pour qu'il entre au conseil d'administration de plusieurs œuvres philanthropiques, des hôpitaux pour la plupart. Ces nominations impliquaient automatiquement des dons considérables mais Eddy ne les regrettait pas. Il n'était que trop heureux de faire des dons somptueux. Il prêtait volontiers de l'argent à ses amis et ce geste le rendait heureux. Il était fier de lui.

La belle horloge sonna. Il se livra à un calcul rapide : une heure pour passer chez lui, prendre une douche, jeter quelques vêtements dans un sac de voyage et deux heures plus tard, il serait chez Pam. Avant toute chose, il allait donner son coup de fil hebdomadaire à Lara. Il ne manquait jamais de le faire. Il prit le récepteur.

Comme Sue lui répondait de sa voix de soprano, il se livra à son petit jeu habituel.

« Allô. C'est oncle Eddy. C'est toi, Davey ? Non ? Attends que je devine. C'est le petit garçon d'à côté ? »

Un petit rire cristallin éclatait.

« Oncle Eddy, tu sais très bien qui c'est !

— Mais bien sûr ! C'est Sue. J'aurais dû te reconnaître tout de suite à ton corsage rose.

— Pas aujourd'hui. Je porte mon chemisier à fleurs. Tu ne le vois donc pas ?

— Je ne vois pas trop bien. J'ai oublié mes lunettes je ne sais où. »

La voix de Lara les interrompait.

« A mon tour, Sue. Oncle Eddy est sûrement pressé. Allons, passe-moi le téléphone, ma chérie.

— Chaque fois, cette gamine me ravit. Elle a une de ces façons de vous répondre du tac au tac ! C'est une rapide.

— Je sais. Et quelle joie elle nous donne ! Quand je pense qu'au début nous avions peur qu'elle ne sache plus être heureuse !

215

— Où te trouves-tu maintenant ?

— Où je suis ? que veux-tu dire ?

— Dans quelle pièce ?

— Dans la cuisine. Je prépare le dîner. Pourquoi ?

— Parce que. Ça me fait plaisir de t'imaginer dans la maison, dans ta belle cuisine, ou en train d'attendre les amis du samedi soir. »

Il la voyait, debout près de la table à découper au-dessus de laquelle étaient suspendues les casseroles de cuivre. La dernière fois qu'il leur avait rendu visite, il avait vu des jardinières pleines de violettes du Cap sur le rebord de la fenêtre de la cuisine.

« Je suis en train d'utiliser le barbecue. C'est formidable.

— Alors, avoue que tu es heureuse que je vous aie poussés à acheter cette maison !

— Evidemment. Qui ne serait pas heureux ? »

Une fois de plus, il ressentit cette impression de pur plaisir, comme une sorte de vague intérieure qui l'envahissait de la tête aux pieds. Il finit par avoir un petit rire.

Une fois de plus, il avait « pris une responsabilité ». Grâce à lui, Lara et sa petite famille habitaient la maison qu'ils méritaient, toute modeste qu'elle fût. Non qu'il ait payé cette maison. Pas du tout. Il s'était borné à prêter à Davey l'argent du premier acompte, somme que Davey, dont les affaires allaient de mieux en mieux, avait déjà remboursée. Mais c'est lui qui avait donné l'impulsion. La première graine avait été plantée par Eddy Osborne et elle avait germé.

« Est-ce que Davey est rentré ? demanda-t-il.

— Il vient juste d'arriver. Il est dans la salle de bain, pour essayer de laver ses mains de mécano.

— Une nouvelle invention sous roche ?

— Oui, un instrument de chirurgie destiné aux opérations osseuses. Il a rencontré un médecin orthopédiste à Cleveland. Attends, le voilà... Davey ! C'est Eddy.

— Salut !

— Alors Davey, Lara vient de me dire que tu as peut-être un nouveau gadget en vue ?

— Ma foi, à première vue, c'est encourageant. Mais c'est impossible d'en dire plus pour le moment. »

C'était bien Davey, prudence et mesure.

« J'ai jeté un œil sur le bilan de ton comptable hier et ça m'a paru très bon.

— C'est vrai, les affaires marchent bien. Les commandes affluent et j'ai embauché cinq personnes la semaine dernière. Nous avons quand même du mal à satisfaire les demandes.

— Alors, tu refuses toujours de parler investissements avec moi ? Davey, je peux faire ta fortune si tu veux.

— Eddy, je te le répète, nous n'avons pas envie de devenir ce que tu appelles "riches".

— D'accord, d'accord. Une autre fois. Bon, je suis pressé, comme d'habitude. Embrasse Lara et la petite pour moi. Au fait, comment ça se passe avec elle ?

— Tu sais, il y a des hauts et des bas, mais plutôt des hauts. Nous nous sommes bien habitués les uns aux autres.

— Formidable. Embrasse Sue deux fois pour son oncle Eddy. »

Quand il raccrocha, il était bien. Il était toujours bien quand il téléphonait dans l'Ohio, sachant qu'enfin Lara avait tout ce qu'elle désirait, pour la première fois de son existence. Désormais, elle était bien dans sa peau et prenait plaisir à travailler dans la nouvelle affaire. Davey était un typique petit fabricant du XIXe siècle et il pensa une fois de plus : si seulement il voulait bien me laisser m'occuper de lui et investir, j'en ferais un homme riche. C'est certainement le meilleur homme du monde mais il a ce côté têtu et puritain, et Lara est pareille.

Comment ne pas avoir envie, ne pas désirer avoir de l'argent, beaucoup d'argent, avec le pouvoir, la liberté et le plaisir qu'il procure ! Eddy haussa les épaules en souriant à cette pensée.

Une demi-heure plus tard, il était dans sa voiture, mettant le cap sur le tunnel de Queens Midtown. A mi-chemin, il se ravisa et tourna abruptement dans Madison avenue. Il n'avait pas vu Connie depuis au moins quinze jours. Il n'était pas encore cinq heures et il pourrait donc l'attraper avant l'heure de la fermeture.

La petite boutique occupait un espace restreint entre une grande épicerie et une galerie d'art.

L'unique vitrine contenait un mannequin portant un élégant tailleur en laine tricotée noir et blanc et un chapeau rouge. A côté, un dalmatien empaillé grandeur nature tirait sur une laisse en cuir rouge.

« Très joli ! » fit Eddy en entrant.

Connie était seule dans la boutique.

« Que trouves-tu joli ?

— La vitrine. L'as-tu faite toi-même ?

— Bien sûr que non. Je prends un étalagiste.

— Je ne savais pas. Combien te demande-t-il ? Les yeux de la tête, j'imagine ?

— Pas loin. Entre le loyer de la boutique qui va être augmenté le mois prochain et le salaire des deux vendeuses, je m'en tire tout juste. Et pour assumer les frais, il faut vraiment vendre beaucoup d'articles. C'est un gros souci.

— Heureusement que tu ne dépends pas de ton magasin pour vivre. Tu as une mine splendide, cela te va bien de travailler. »

Connie haussa les épaules. Il n'aimait pas la voir ainsi maussade et renfrognée. Et comme lui était de très bonne humeur, il avait envie de la voir plus heureuse.

« Je crois que je ne t'ai pas dit que j'ai pris l'avion le 4 de ce mois pour aller voir Lara. Elle a trouvé une adorable petite fille. Vraiment une chouette petite môme. Je ne t'en avais pas parlé ?

— Non, tu ne m'as rien dit, Eddy », répondit-elle d'un ton plutôt sec, pensa-t-il.

Il expliqua : « Ma foi, si je ne t'en ai pas parlé, c'est que je n'étais pas sûr que ça t'intéresse.

— Et pourquoi ne voudrais-je pas entendre parler de cet enfant ? Comme si j'avais quelque chose contre les enfants.

— Qu'as-tu contre Lara ? depuis si longtemps ?

— Il me semble que c'est plutôt le contraire.

— Je ne vous comprends pas ni l'une ni l'autre. Elle trouve que tu aurais pu lui téléphoner pour la féliciter quand elle a pris la petite Sue. Tu penses...

— Je pense qu'après m'avoir accusée d'assassinat et être partie de chez moi comme une furie, c'est à elle de faire le premier geste. Voilà ce que je pense.

— Oh! j'abandonne. Je n'y comprends rien. »

L'expression de Connie s'adoucit.

« Cher Eddy! Tu es toujours si plein de bonnes intentions. Tu as toujours envie d'aplanir les difficultés, n'est-ce pas? Mais il existe des affaires qu'on ne peut résoudre. Tu ne crois tout de même pas que je suis heureuse de cette situation entre Lara et moi? C'est ma seule sœur... »

Comme la voix de Connie se brisait et que les larmes lui montaient aux yeux, il hocha la tête.

« Je n'aurais pas dû en reparler. Dieu sait que je ne voulais pas te faire de peine. Lara aussi se met en rogne dès que j'aborde le sujet, alors j'ai cessé de l'évoquer. Je suis désolé, Connie. »

Elle l'embrassa sur la joue.

« Ce n'est pas grave, Eddy. Je suis en train de fermer la boutique. Veux-tu dîner avec moi?

— Merci, mais je vais à la campagne pour le week-end. Je te verrai lundi si tu es libre.

— Je suis libre. Passe un bon week-end, Eddy. »

C'était une belle soirée, un peu fraîche, et la brise entrait mollement par les vitres ouvertes de son nouveau coupé Mercedes gris. Il avait un moment eu envie d'acheter une voiture rouge puis avait décidé qu'un beau jouet rouge vif était incompatible avec sa dignité. De toute façon, celle-ci était magnifique. Elle réagissait comme un être humain, comme un cheval bien entraîné. Tout en manœuvrant d'une main habile à travers le flot de voitures, son esprit continuait à s'activer. Il avait la tête aussi bien organisée que le moteur de sa voiture.

Ah, si seulement ses deux sœurs pouvaient se réconcilier ! Il n'était pas dans sa nature de comprendre comment l'on puisse entretenir des griefs aussi longtemps. Toutes deux étaient angoissées et furieuses. Les mots qui s'étaient échangés avaient dû être plus coupants qu'un rasoir. Quel dommage et quelle tristesse.

Au moins, il avait pu aider Connie à se sortir d'une vilaine dépression. Et puis, maintenant que ce triste divorce – pauvre Richard – était terminé, elle avait sa petite boutique pour s'occuper. Il ne comprenait pas qu'elle ne se soit pas déjà remariée. C'était pourtant exactement le type de femme portée sur le mariage. Il se souvint d'avoir parié devant Richard qu'elle serait remariée avant deux ans, mais deux années s'étaient déjà écoulées et il ne semblait y avoir personne à l'horizon.

Connie ne manquait pas de sens critique et chat échaudé... elle risquait d'être encore plus exigeante dans l'avenir. Elle avait d'ailleurs toutes les raisons d'être difficile : c'était une jeune femme superbe et très intelligente. Mais cette dernière qualité ne s'associe pas toujours à la beauté.

Les pensées d'Eddy prirent une autre tournure au fil des heures, s'orientant sur sa vie privée et sa liaison avec Pam. Depuis quelques semaines, il se sentait préoccupé et impatient. Cette affaire durait depuis trop longtemps, elle dérivait, en quelque sorte. Quelle qu'en fût la raison, difficile de dire qui était responsable et, si faute il y avait, qui blâmer. En réalité, ils étaient tous deux responsables de cet état de choses. Ni lui ni elle n'étaient pressés de se marier.

De toute évidence, le discours de Pamela ne manquait pas de logique quand elle expliquait qu'elle désirait garder son indépendance quelques années de plus avant de s'engager. Là, rien à redire. Mais trop d'hommes séduisants tournaient autour d'elle... Tout en le sachant, il ne voulait pas s'y arrêter.

Il était aussi intuitif que rapide. Trop souvent, il remarquait les œillades qu'on lui décochait, bien que l'admirateur détournât prestement les yeux lorsqu'il sentait le regard d'Eddy. Et puis il y avait toutes ces invitations « comme par hasard », celle de dimanche dernier par exemple au moment où ils sortaient du cinéma.

« Salut, Pam! Tu ferais la quatrième au tennis demain? »

L'homme avait une allure hautaine. Il avait une démarche d'homme sûr de lui qui devait plaire aux femmes. Les salauds attirent souvent les femmes, aussi incroyable que ce soit. Eddy connaissait bien ce genre d'homme : sautant de lit en lit et de préférence une nouvelle chaque soir. Pas le genre à se contenter de jouer au tennis... Quand je pense que la première fois que je l'ai rencontrée, je lui trouvais l'air « froid »...

Sous son aspect jeune fille de bonne famille, elle avait une nature bouillante. Comme elle aimait faire l'amour! L'amour physique, ce phénomène imprévisible et inexplicable! Comment savoir ce qu'elle risquait de faire ou de ne pas faire pendant les longs week-ends où il était obligé de rester en ville pour travailler? Subitement, il se sentit furieux.

La vue d'une voiture de police stoppant une motocyclette sur le bas-côté de la route le ramena sur terre et il leva le pied de l'accélérateur. Allons, je suis en train de faire une montagne d'un rien, se dit-il pour se rassurer. Je me fais des idées, j'imagine n'importe quoi ! Pam est amoureuse de moi. De cela je suis certain rien qu'à la façon dont nous nous entendons, et pas seulement au lit...

Il tourna dans la longue allée de gravier, entre des buissons gris de poussière qui frôlèrent ses roues. Il pensa avec un petit sourire que la mère de Pam avait une envie folle de le voir épouser sa fille. Dieu sait si au début la situation se présentait différemment. Il n'était pas dans le Bottin mondain ; il aurait aussi bien pu être n'importe quel jeune loup de la Bourse, dépensant sans compter tout ce qu'il gagnait et susceptible de perdre son poste sur un coup de dés. Depuis, elle avait eu l'occasion de modifier ses impressions.

Il gara sa voiture et sortit après avoir ramassé une revue sur le siège. C'était un hebdomadaire boursier à grand tirage. Ce numéro, arrivé hier, contenait un long article sur lui, article dont on l'avait prévenu et qui portait le titre : « La nouvelle étoile de la finance ». Quelques années plus tôt, il serait rentré en trombe dans la maison en agitant la revue, mais désormais il réfléchissait avant d'agir. Pourtant, il savait que l'article allait avoir un impact important sur ses affaires.

Il gravit les marches du porche après avoir laissé la revue dans la voiture et frappa à la porte.

Il entendit la voix composée de Mme Granger répondre « entrez ». Elle était dans la salle à manger, juchée sur un tabouret pour changer une ampoule au lustre du plafond.

« Ah ! Eddy. Je suis contente de vous voir. Pam prend une douche et me voilà réduite à me bagarrer avec ce lustre ! Si seulement j'avais dix centimètres de plus, j'aurais moins de mal.

— Laissez-moi faire. »

Il enleva sa veste, révélant des bretelles finement rayées et une poche de chemise au discret monogramme.

« C'est fou ce que dix centimètres changent une vie ! fit-il.

— Ne faites pas le modeste. C'est plus de dix centimètres. Peu importe ce que racontent les femmes des mouvements de libération, une femme a besoin d'un homme à la maison. Un mari. »

Sa voix était quelque peu nostalgique.

Pour rester sur le ton de la plaisanterie, il répondit en riant : « Et pour quoi faire ? changer les ampoules ! »

Elle était très fine et elle répliqua sur le même registre : « Oh ! pour un tas de choses : préparer les cocktails, affronter le plombier. Enfin, vous voyez. »

Eddy maniait la vieille dame avec précaution, mais il l'aimait bien. Elle avait parfois l'air de parler pour ne rien dire mais il y avait toujours une intention amusante et intéressante derrière des babillages apparemment futiles.

« Cela doit vous sembler fou que deux femmes vivent seules au milieu d'un aussi vaste espace. Mais mon arrière-grand-père a construit cette maison et il y a vécu la majeure partie de sa vie. A l'époque, la maison était toujours pleine de cousins et d'invités ; tout était occupé. J'aurais le cœur brisé si je devais la quitter. D'ailleurs, Pam y est aussi attachée que moi, avec ses chevaux dans les écuries attenantes. »

Il le savait. Ce n'était pas difficile d'imaginer la maison au temps de sa gloire. Les sièges de rotin sur la terrasse auraient eu de nouveaux coussins tous les ans et la serre, maintenant laissée à l'abandon, aurait abrité assez de fleurs pour remplir tous les vases de la maison. Mais l'endroit restait plein de charme et de dignité.

Ses regards se posèrent sur le buffet. Un Sheraton authentique, il en aurait mis sa main au feu. Sur le dessus se trouvait un service à thé George II. L'argent ancien prenait une patine spéciale, douce à l'œil et avait quand on le prenait en main la texture du velours. Ce service devait se trouver dans la famille depuis au moins cinq générations. Comme ce serait agréable d'entrer dans cette famille, pensait-il... On doit se sentir solide, bien enraciné.

« Salut ! » Pam descendait les escaliers en faisant claquer ses chaussures. Elle agitait une revue.

« Alors, toi et tes secrets... Maman, regarde un peu ce qu'on écrit sur Eddy ! »

Les deux femmes se penchèrent sur le magazine, absorbées dans la lecture de la double page. Les dernières lueurs du jour tombaient de la fenêtre sur la robe d'intérieur rose saumon que portait Pam, soulignant ses longues jambes. On apercevait la naissance des cuisses et Eddy sombra dans les souvenirs. Il resta modestement debout devant elles tandis qu'elles poursuivaient leur lecture et écouta leurs félicitations étonnées.

« Eddy ! Jamais je n'aurais cru que tu brassais des affaires aussi considérables. Tu ne dis jamais rien au sujet de ce que tu fais.

— C'est parce qu'Eddy est bien élevé, dit sa mère.

— Tous ces articles exagèrent toujours, fit-il. Les auteurs se croient obligés de faire du sensationnel. Je sais que c'est leur boulot et qu'il faut bien vivre. On ne peut pas les blâmer. De toute façon, tout le monde possède un talent ou un autre qu'il doit mettre en pratique. Je ne fais rien d'autre. Il ne faut pas chercher plus loin. »

Il sourit avec aisance.

Mme Granger dit : « Si j'avais su, j'aurais préparé quelque chose de spécial pour le dîner. Ce soir, nous n'aurons que des hamburgers et de la salade.

— C'est parfait pour moi, madame Granger.

— Vous allez dîner tout seuls. J'ai été invitée par ma cousine Mona et je ne suis même pas encore prête. Je vais être en retard. »

Au pied de l'escalier, elle se retourna.

« D'ailleurs, je ne rentrerai pas cette nuit. Je dormirai là-bas. C'est trop loin pour revenir seule en voiture. N'oublie pas de mettre la sonnette d'alarme pour la nuit, Pam.

— Je m'en assurerai avant de repartir pour le club », dit Eddy.

Ah ! ne voilà-t-il pas un joli cadeau... Il pensait discrètement à la nuit confortable qui s'annonçait, tellement plus agréable que la balancelle ou les couvertures à l'arrière de la camionnette de Pam, dont ils se contentaient sauf les très rares fois où elle venait en ville et passait la nuit chez lui.

Pam le regarda sans sourciller, pleine de sous-entendus.

« Bon, si nous dînions ? Ensuite, on se changera et on ira faire un tour à cheval. Tu n'as pas oublié tes bottes ? Au fond, tu n'en auras pas besoin. J'ai pensé qu'on monterait à cru, en jean et en baskets.

— Pourquoi ?

— Quelqu'un m'a confié deux chevaux arabes. Ce serait amusant de les monter sur la plage après dîner. Ils ont besoin d'exercice de toute façon. Tu es d'accord ?

— D'accord.

— Il va y avoir de la lune et la nuit sera formidable. »

Monter à cheval de nuit était l'un des plaisirs qu'elle lui avait révélés. La plage était habituellement déserte et le silence à peine troublé par le bruit du ressac et le martèlement des sabots des chevaux dans le sable ou traversant les flaques dans des gerbes d'eau ; ce silence émerveillait ses oreilles de New-Yorkais.

« Parfait. Je suis pour. »

Pourtant, cette fois, ils ne disposeraient pas du rivage tout seuls. Dans le paddock, ils trouvèrent deux jeunes gens en train de seller leur monture.

« 'soir, Pam. Et toi, que fais-tu ?

— On va sortir les arabes. Eddy, voilà mes amis, Alex et Marty. Ils sont aussi dingues de chevaux que moi. C'est Eddy, Eddy Osborne.

— Tu sais mettre une selle arabe ? demanda celui qui s'appelait Alex.

— Je crois..., répondit Pam.

— Je ne crois pas. Laisse-moi te montrer. »

Qu'il aille au diable, celui-là ! Eddy était furieux. Il détestait jusqu'à la façon de marcher de l'homme, le balancement nonchalant de ses épaules.

L'écurie fleurait bon le foin fraîchement répandu et les chevaux bien soignés. Dans deux boxes se tenaient deux juments brun et blanc identiques. Pam leur caressa l'encolure.

« Elles sont belles, non ? Leur propriétaire est en train de monter un ranch dans le nord de l'Etat.

— Prends celle-ci, dit Alex. Elle a les reins plus étroits. »

Debout derrière Pam, il avait posé familièrement la main sur son épaule tandis qu'Eddy regardait. Il vit l'autre homme ajuster la selle sur le dos de la jument de Pam et copia ses gestes. Ils firent sortir les bêtes et se mirent en selle.

« Il y a quelque chose de bizarre avec mes étriers. J'ai l'impression qu'ils sont mal ajustés », dit Pamela.

Eddy allait mettre pied à terre quand il fut devancé par Marty. De nouveau, Eddy regarda l'homme poser la main sur le mollet de Pam pour ajuster les étriers.

Pour qui se prenaient-ils, ces deux-là ? La peste soit de leurs sales mains... Il aurait voulu les frapper.

Il refréna sa colère. La nuit était trop belle pour la gâcher. Il espérait avoir l'occasion de régler le problème un peu plus tard et surtout de découvrir si...

Ils partirent au petit trot. Le vent se leva, emportant leurs paroles loin sur les flots et ils continuèrent sans parler, l'un derrière l'autre. Pam était en tête. Quand elle mit la jument au galop, sa chevelure s'envola. Le tableau qu'offraient la femme et l'animal était saisissant, les silhouettes élancées et agiles étaient aussi gracieuses que le plus beau ballet. La force et la beauté de Pam enflammaient Eddy. Il réfléchissait. Il savait à quel point il aimait les défis. Il savait qu'il réagissait mal aux rivalités, réelles ou imaginaires, venant de n'importe quel autre homme. Il réalisa qu'il ne s'était jamais senti aussi soucieux ni aussi jaloux.

Il ne dit mot jusqu'au moment où ils rentrèrent à la maison. Dans la cuisine, ils burent une tasse de café. Puis, plus brutalement qu'il ne le voulait, il parla.

« Est-ce que tu as jamais couché, sérieusement et régulièrement, avec un autre que moi ? »

Ce qu'il aurait aimé demander mais n'osait pas c'était : *Est-ce que tu couches avec quelqu'un quand je ne suis pas là ?*

« Pourquoi me poses-tu cette question ? »

Il hésita.

« Ne le prends pas mal, mais il m'arrive de trouver que les hommes sont trop familiers avec toi. Comme ce soir, par exemple. La façon dont ces deux types posaient la main sur toi !

— Oh, Eddy ! c'est complètement ridicule.

— Non, pas du tout. N'oublie pas que tu es une femme très, très sexy.

— Poser la main sur quelqu'un ne veut rien dire.

— Tout dépend de la façon dont on le fait. Cela signifie souvent que l'homme désire autre chose de la femme.

— Eh bien, si je suis aussi sexy que tu le dis, il n'y a rien de bizarre à ce que les hommes réagissent de cette façon. Pour l'amour du Ciel, Eddy, tu ne vas pas te mettre à être jaloux ?

— Je n'aime pas voir les hommes se montrer familiers avec toi. Tu appelles cela de la jalousie ? Je n'ai jamais été jaloux de ma vie. Mais je sens qu'il se passe quelque chose avec ces hommes qui te tournent autour, c'est tout. Franchement, j'ai l'impression que cela te fait plaisir !

— Je serai franche avec toi. C'est agréable d'être admirée, Eddy, surtout quand je passe la semaine entière sans toi. »

Quelques minutes s'écoulèrent avant qu'il n'ose poser une autre question.

« Combien d'autres hommes as-tu connus en dehors de moi ? Si tu ne veux pas me le dire, c'est ton droit. Je comprendrai que je n'ai pas d'importance pour toi et la question sera close. »

Pam se leva et vint poser sa joue contre la sienne.

« Tu comptes énormément pour moi, Eddy, et je te dirai tout ce que tu as envie de savoir. J'ai connu deux hommes, et j'ai couché quelquefois avec eux. Mais c'était avant de te connaître. Evidemment j'ai peur du sida comme tout le monde. Mais même si ça n'existait pas, je ne suis pas du genre à coucher à droite et à gauche. Pourquoi abordes-tu cette question aujourd'hui ? »

Il comprit qu'elle avait parlé avec franchise. Il lui prit la main.

« Nous n'avons jamais parlé sérieusement de notre situation. A mon avis, le moment est venu pour nous deux. »

Elle sourit.

« Parlons comme tu l'entends. »

Il lui rendit son sourire.

« Plus tard... je préférerais monter... Tu es d'accord ?

— Donne-moi un moment. Je t'appellerai. »

Il n'avait jamais vu sa chambre ni l'étage supérieur de la maison. Quand il l'entendit appeler, il grimpa l'escalier quatre à quatre et entra dans une chambre à coucher bleu et blanc ; sur les murs on avait peint des nuages blancs passant sur un ciel d'été. Sur un petit divan au pied d'un lit à baldaquin, Pam était assise, nue parmi des coussins de dentelle blanche. Comme elle levait son visage vers lui, il remarqua qu'elle arborait une expression sérieuse qu'il ne lui avait jamais vue, très différente du comportement qu'il lui connaissait. Il fut assailli par mille pensées. Jamais il n'aurait imaginé ainsi sa chambre à coucher. Tout était si doux et si féminin. Cette chambre aurait pu être celle de Lara et de Davey. Elle avait quelque chose de « matrimonial ». *Notre chambre est la pièce la plus importante de la maison*, avait dit Lara quand ils avaient emménagé dans leur nouvelle demeure. Un furieux désir enflamma les veines d'Eddy, le consumant jusqu'aux os. Il n'avait jamais éprouvé pareil désir. Ah ! rentrer chez soi tous les soirs, retrouver une si belle femme et partager son lit avec elle, être l'un à l'autre dans une confiance totale !

Il sentit sa voix s'enrouer, son cœur comme transpercé et il lui ouvrit les bras.

« Crois-tu que... » Il bafouillait. « Tu accepterais que cette situation devienne permanente ? Ce que je veux dire... voudrais-tu m'épouser ?

231

— Oh! oh! oui, je le pourrais. Oui, j'en ai envie. Je suis prête, maintenant. »

Elle rit à travers des larmes de bonheur. Elle était parfaite. Presque aussi grande que lui, elle convenait parfaitement à son étreinte, elle était faite pour ses bras. Elle était la femme qu'il lui fallait.

Le matin, ils avaient retrouvé leurs rires habituels.

« Tu ne crois pas qu'il serait préférable que tu ailles à ton club avant que ma mère ne rentre? demanda Pam.

— Dieu merci, non! elle savait bien que j'allais rester ici. C'est elle qui m'y a pratiquement invité! Et elle a probablement fixé la date de notre mariage. »

Pam regarda par la fenêtre. Sur le gazon, le combiné d'arrosage se répandait en une gerbe de gouttes d'eau azurées.

« Quand j'ai envisagé ce mariage, fit-elle lentement, et comme je n'étais pas pressée, je n'y ai guère songé, mais quand ça arrivait, j'imaginais une énorme réception sur cette pelouse. Une piste de danse dressée sous des parasols. La messe de mariage à St. John de Lattingtown. Une robe magnifique, six demoiselles d'honneur, enfin tout... tu vois ce que je veux dire!

— Ça me va.

— Mais chéri, ma mère n'a pas le premier sou pour une telle folie.

— Moi oui. Qu'est-ce que ça peut faire que ce soit moi qui paye?

— Tu plaisantes. Jamais elle n'accepterait, c'est une question de fierté. Elle est très, très fière, chéri.

— Si tu veux mon avis, je trouve cela ridicule.

— Peut-être mais elle est ainsi faite.

— Alors, comment ferons-nous ?

— Tu pourrais m'enlever ! »

Déçu, Eddy rétorqua : « Comme fête, c'est plutôt raté !

— Je sais ! Laisse-moi réfléchir.

— D'accord, réfléchis. En tout cas, je veux que tu viennes me rejoindre en ville cette semaine. Quelqu'un m'a parlé d'un très bel appartement à vendre. Douze pièces, immeuble d'avant-guerre, plafonds élevés. C'est une merveille, paraît-il. On ira le voir.

— Je n'arrive pas à y croire. Tu parles de cela comme si l'argent n'avait pas d'importance. Es-tu si riche que cela, Eddy ? »

Il grimaça un sourire.

« Bah ! je me débrouille. Et suffisamment pour que tu ne te fasses pas de soucis à ce sujet. Et pour t'offrir tout ce dont tu as envie. »

Pensive, elle dit : « Mais je ne désire pas grand-chose, Eddy. Je n'ai jamais eu envie de grand-chose. Cela peut te paraître étrange. J'ai du mal à m'habituer à beaucoup d'argent. »

Le sourire d'Eddy se mua en éclat de rire.

« Tu verras, tu en prendras vite l'habitude. »

Eddy exposa ses projets avec fougue, voyant l'avenir se dérouler sous ses yeux comme un film.

L'appartement était magnifique, entièrement tapissé de boiseries, avec des cheminées de marbre en état de marche, une vue sur l'East River et de l'autre côté sur des jardins privés.

Regardant cette enclave de verdure, Pam eut du mal à comprendre que quiconque se sépare d'un tel endroit.

« Un divorce », fit Eddy.

Elle eut comme un petit frisson.

« Ce n'est pas de bon augure.

— Ne sois pas idiote ! Le divorce n'est pas contagieux. D'ailleurs, j'ai rencontré la femme. Elle est grosse et sans charme, alors ça se comprend. »

Il étudiait le salon tout en longueur.

« Ils veulent vendre aussi le mobilier, mais nous n'en voulons pas, n'est-ce pas ? C'est de la cochonnerie. De la cochonnerie qui a sûrement coûté cher. Moi, je verrais bien de chaque côté de la cheminée des meubles vitrines pour y mettre mon argenterie. Ma collection s'est tellement enrichie que je suis obligé de ranger les pièces dans des cartons sous mon lit.

— Le piano est beau. Je crois qu'il est en bois de rose.

— Mais tu as raison ! Veux-tu que nous le rachetions ?

— Je ne sais pas jouer.

— Aucune importance. Il est très bien, là où il est. Les grandes pièces exigent un piano. Ce sera un bel objet. Mais le plus bel objet, c'est toi ! »

Quelque temps plus tard, il lui dit pensivement : « Tu sais, ce n'est peut-être pas une mauvaise idée de nous marier dans l'intimité. J'avais pensé à un grand mariage, ensuite à un plus petit mais ce sera un problème pour moi. Je t'ai déjà parlé de mes sœurs et de leur dispute. Je ne vois pas comment je pourrais les persuader de venir... ce serait trop pénible de les avoir toutes les deux. Tout le monde serait mal à l'aise. Cette histoire me fait beaucoup de peine, Pam. Si tu savais comme ce sont de gentilles personnes. Tu t'en rendras compte quand tu les rencontreras. J'ai l'intention de prendre l'avion pour l'Ohio. Tu viendras avec moi et nous verrons Lara. Tu en seras folle. Tout le monde est fou d'elle.

— Tout de même, si j'ai bien compris, elle se montre terriblement entêtée, non ?

— Disons qu'elles le sont toutes les deux. Personne ne veut céder et revenir sur les méchancetés qui ont été échangées. »

Eddy soupira :

« Bon, revenons à toi et moi. Je viens de traverser une période de travail intensif et je suis vanné. Que dirais-tu si nous prenions ensemble la poudre d'escampette ? La dignité de ta mère serait intacte et nous passerions des vacances formidables. Qu'en dis-tu ?

— Je dis oui ! oui tout de suite ! »

Ils se marièrent à l'Eglise américaine avec pour témoin un jeune avocat, client d'Eddy, qui se trouvait justement à Paris à ce moment-là. Après, ils allèrent déjeuner au Grand Véfour puis rentrèrent dans leur suite au Ritz. Le matin, ils allèrent se promener place Vendôme sans se presser, s'arrêtèrent chez Van Cleef et Arpels où Eddy lui acheta une bague de diamants puisque, dans leur hâte de partir, il n'avait pu le faire à New York.

Pam connaissait assez bien Paris pour y être souvent venue avec ses parents, avant la mort de son père, c'est donc elle qui prit la direction des opérations. Elle l'emmena à la tour Eiffel et au Louvre et ils visitèrent tout ce qui devait l'être. L'automne avait commencé et la ville magnifique renaissait après les chaleurs de l'été. Ils se livrèrent à des orgies de concerts, de théâtre, de restaurants, de galeries d'art et de discothèques. Pam et Eddy sortaient pratiquement tous les soirs.

Puis ils se mirent à faire des achats. Elle se souvenait où chercher des antiquités ; ils achetèrent une vitrine Louis XV, une pendule en chrysocale et plusieurs sièges. Eddy savait ce qu'il cherchait, surprenant les antiquaires par ses connaissances, acquises en peu d'années, mais dont l'étendue l'étonna lui-même.

Dans l'île Saint-Louis, dans une petite galerie d'art, ils achetèrent une marine postimpressionniste représentant une plage au soleil couchant sur laquelle s'ébattait un groupe de jeunes femmes. C'est Pam qui la choisit.

« C'est joli, dit Eddy, mais c'est la sorte de chose qu'on met dans une chambre ou dans un petit salon et dont on jouit en privé. A vrai dire, pour le salon et la salle à manger, j'aimerais des œuvres plus importantes, dignes d'un musée. »

Bras dessus, bras dessous, le couple s'amusa follement pendant trois magnifiques semaines. Ils marchaient, dansaient, riaient et pensaient à l'unisson. Et il était si fier lorsque les hommes se retournaient pour regarder cette grande et belle jeune femme, indiscutablement américaine, les cheveux flottant sur les épaules et marchant à longues enjambées en souriant de ses étincelantes dents blanches.

Il lui arrivait de s'interroger : est-ce cela l'amour ? Ce qu'on raconte : *Jusqu'à la mort... je ne peux pas vivre sans toi...* Eh bien, oui, ce doit être ça. En tout cas, c'est merveilleux.

Il était aux anges et superbement heureux.

7

« Pam est partie à un mariage, alors j'ai pensé que je viendrais passer la soirée avec toi », annonça Eddy. Il examinait la bibliothèque de Connie.

« C'est vraiment une très belle pièce. Tiens, tu as acheté une nouvelle lampe ?

— Je me suis fait un cadeau. Je te prépare un verre ?

— Plutôt une bonne tasse de café. J'ai marché dans un vent glacial pour venir chez toi. »

Il suivit sa sœur des yeux tandis qu'elle traversait le hall pour aller dans la cuisine. Elle portait une robe d'intérieur en velours grenat, brodée de fils d'or, ainsi que de splendides boucles d'oreilles grecques. On ne pouvait s'y tromper : de l'or à vingt-deux carats. Très probablement un autre cadeau que s'était offert Connie.

Elle se gâtait beaucoup... Et pourquoi pas ? Grâce à Eddy, les titres du portefeuille de Richard grimpaient tous les jours et leur montant avait été multiplié par dix. Ce n'était pas la fortune mais elle avait largement de quoi entretenir un appartement comme celui-ci et s'habiller chez les grands couturiers.

Pam n'aurait jamais songé à acheter une robe d'intérieur comme celle-ci. Elle se sentait beau-

coup plus à l'aise en pull et en jean. Tous les trésors que possédait Pam, c'est lui qui les lui avait
offerts, comme presque tout ce qui meublait le
nouvel appartement. Ce qui intéressait Pam,
c'étaient les chevaux et l'amour. Ma foi, quoi de
mal à cela !... Lui aussi aimait les chevaux, quant à
l'amour... qu'elle continue en si bonne voie. Tant
qu'elle lui réservait ses faveurs, tout irait bien.
Depuis leur conversation dans la maison de sa
mère, elle ne lui avait jamais donné de motif d'être
jaloux. Certaines jeunes mariées se permettent
parfois de légers flirts même devant leur mari,
mais Pam, jamais. Toute sa séduction, elle la lui
réservait. Au souvenir de certaines caresses, Eddy
sourit.

« Quel air réjoui ! dit Connie, qui revenait avec
un plateau. Qu'est-ce qui te rend aussi satisfait ?

— Je pensais à ma femme. On est tellement
heureux. Quand elle n'est pas là, je suis complètement perdu.

— Mon pauvre Eddy ! Perdu pour un soir ! Moi,
je le suis toutes les nuits. »

Le ton désabusé de Connie tranchait singulière-
ment avec son aspect physique, sa magnifique chevelure, son teint éclatant, ses lèvres écarlates et ses
longs doigts effilés aux ongles laqués. Mais elle
gardait les mains étroitement serrées et deux rides
verticales séparaient son front dans le prolonge-
ment du nez.

« Où sont tous tes amis ? Tu en avais tant.

— Oh ! tu parles de Bitsy et de sa troupe ? On
déjeunerait ensemble si j'avais le temps mais moi,
je suis très prise par la boutique. D'autre part, ils

sont tous mariés et le soir on n'aime guère inviter les femmes seules.

— Sûrement pas quand elles sont aussi jolies que toi ! Evidemment, tu es un véritable danger public !

— Merci mille fois. Oh ! il m'arrive de sortir, tu sais, mais jusqu'ici je n'ai rencontré personne qui en vaille la peine. Ils veulent tous coucher avec moi et moi, pour être franche, ce que je veux, c'est le mariage.

— Pas de chance. » Eddy s'arrêta, sur le point de faire une remarque qui aurait été aussi inutile qu'indélicate.

« Pas de chance... à propos de Richard, c'est ce que tu veux dire ? Oui, c'était agréable de vivre avec lui. Nous avions vraiment tout pour être heureux, sauf une vie amoureuse satisfaisante. »

Avec une franchise qu'elle n'avait jamais manifestée jusqu'alors, elle ajouta : « Si ce n'avait pas été l'autre chose, son penchant pour les hommes, je suppose que j'aurais fini par m'en arranger. En fait, je ne suis pas tellement portée sur les sens. »

Eddy se sentit embarrassé. Quel dommage ! Il se demanda si elle avait la moindre idée de ce que cela pouvait être. Elle ne savait pas ce qu'elle perdait !

« Oui, reprit-elle, il était gentil avec moi et je suis désolée pour lui. Il n'oublie jamais de me souhaiter mon anniversaire, même maintenant. Est-ce que ce n'est pas triste ? Il envoie régulièrement des cartes de Noël et d'anniversaire. Il n'en manque jamais un. Et moi, je fais la même chose.

— C'est sympathique. Et très courtois. D'ailleurs, il n'y a pas de raison pour qu'il en soit autrement. »

Du coup il pensa que ce serait bien si Lara et elle se réconciliaient. Connie lui demanda alors s'il rencontrait parfois Richard.

« Je m'occupe de ses investissements par téléphone. Mais je l'ai rencontré par hasard sur Madison avenue il y a une ou deux semaines. Nous avons été manger un morceau ensemble. Il ne m'a pas semblé avoir changé.

— De quoi avez-vous parlé ?

— Il m'a demandé de tes nouvelles et je lui ai dit que tu te débrouillais très bien. C'est tout. Ensuite, on a parlé affaires. Je lui ai trouvé des valeurs qui rapportent onze pour cent, j'ai amélioré ses montages fiscaux, calculé ses déductions, ses versements échelonnés, enfin tu sais... Evidemment, il était très content. Il a touché un gros paquet cette année et m'a demandé de l'investir.

— Tout cela me semble très compliqué.

— Pas vraiment. Si cela t'intéresse vraiment, je peux t'expliquer un jour. »

Connie éclata de rire.

« Tu sais, moi, la seule chose qui m'intéresse c'est le chiffre en bas de la page.

— Qui l'eût cru ! »

Elle riait d'une manière délicieuse et toute son attitude avait un charme infini. Vraiment, quel dommage qu'une aussi jolie femme soit encore seule. Subitement, sans aucune logique, il eut une idée.

« Pam et moi devrions vraiment pendre la crémaillère. Faire un grand truc. Qu'en penses-tu ?

— C'est à Pam de décider. C'est beaucoup de travail et il y a à peine six mois que vous avez emménagé dans cet appartement. Votre salon, à part votre piano, n'est pas terminé. Il n'y a pas de meubles.

— On aura de la place pour danser. Le jour où il sera meublé, nous ne pourrons plus. »

Eddy avait déjà commencé à faire des projets. Il allait établir la liste de tous ses clients... y compris les potentiels aussi. Mais l'important, c'était d'inviter des candidats pour Connie. A première vue il n'en trouvait pas, mais avec un petit effort il était sûr d'en dénicher et Pam aurait forcément des idées. Elle aimait bien Connie. A vrai dire, Pam aimait la plupart des gens. Connie était une femme plus qu'agréable et elles s'entendaient parfaitement.

« Oui, c'est une bonne idée. Je vais lancer les invitations. Pourras-tu donner un coup de main à Pam pour les enveloppes et autres trucs?

— Bien sûr. Volontiers. Je suis vraiment contente que tout aille si bien pour toi, Eddy. »

Connie posa affectueusement la main sur le bras de son frère.

Dehors, il tombait de la neige fondue et le froid était intense. Par opposition, l'appartement semblait un jardin méditerranéen, plein de senteurs et de chaleur.

Connie arriva tôt, juste pour aider aux derniers arrangements. Dans le hall, presque aussi vaste que son propre appartement, des arbustes en fleur dans des pots de grès étaient posés le long des murs. Dans l'escalier qui conduisait au second étage du duplex, on avait pendu des guirlandes de vigne vierge. Sur les tables et les dessus de cheminée, dans la bibliothèque et la salle à manger, d'innombrables bouquets de roses et de freesias égayaient l'atmosphère. Il y en avait aussi dans le petit salon de Pamela et dans le bureau d'Eddy. Dans l'immense salon, toujours vide de meubles à part les lourds rideaux de soie ivoire voilant les hautes fenêtres, le personnel du traiteur avait disposé des chaises dorées et des tables en cercle, ménageant un grand espace vide pour ceux qui voudraient danser.

Connie contemplait cette magnificence. Elle était comme pétrifiée. Elle n'avait pas de mots pour décrire son étonnement. Richard avait été très généreux avec elle, on ne pouvait le nier, mais leur appartement n'aurait occupé que le cinquième de celui-ci ! Elle revint dans la bibliothèque. Les murs étaient lambrissés de précieuses boiseries françaises. Le tapis était au petit point. Au-dessus de la cheminée siégeait une toile magnifique. Un Sargent ? Connie avait pris très au sérieux ses cours d'histoire de l'art et savait désormais reconnaître la peinture. Les chairs nacrées, les velours aux teintes sombres, la pose du sujet, on ne pouvait s'y tromper. Voilà ce que l'on pouvait faire quand on possédait *beaucoup* d'argent. Comment Eddy était-il arrivé à ce stade ? Une fois de plus, elle fut remplie d'un étonnement respectueux pour tant d'intelligence et d'énergie.

« Alors, tu admires la belle dame ? demanda Eddy qui se tenait sur le pas de la porte.

— Bien sûr. Depuis quand l'as-tu ?

— Elle vient juste d'arriver. Est-ce que ce n'est pas une merveille ?

243

— As-tu un conseiller artistique ? Beaucoup de gens en consultent un.

— Pourquoi ? dans quel but ?

— Pour qu'il garde un œil sur ce qui se vend dans le monde. Tu ne peux pas avoir le temps et les contacts pour cela.

— Je lis, expliqua Eddy. Je lis tout ce qui se rapporte à l'art. En ce moment, j'étudie l'art oriental. Je n'avais aucune idée qu'il y eût tant à savoir au sujet des tapis. Les Konya, les Ispahan... »

Il leva les bras au ciel.

« Le monde est plein de trésors de toute sorte. Les livres par exemple. Je viens d'acheter une série de Dickens en édition originale, illustrée par Phix. Et ma lampe te plaît-elle ? »

Il indiquait une fleur en bronze s'enroulant sur une fine tige de bronze. « Art nouveau.

— Je sais. Elle est très belle. Elle m'a coûté dans les deux cent mille dollars, lui dit-il à l'oreille. Bah, je sais que c'est vulgaire de parler de prix, mais entre nous... Maintenant, viens voir... »

Pam entra.

« Chéri, si tu fichais la paix à ta sœur ! Quand il commence, il ne peut plus s'arrêter. J'imagine le jour où il aura rempli ses douze pièces ! Connie, tu es plus jolie que jamais ! »

Connie portait une robe de soie couleur abricot dont les longs fils évoquaient la Grèce ancienne.

« Et comme c'est élégant de ne porter comme bijoux que ces fabuleuses boucles d'oreilles !

— Merci, tu es gentille. »

J'ai appris, pensait Connie. Les somptueux diamants en forme de goutte d'eau suffisaient largement.

« Tu es adorablement jolie aussi. Comme une jeune épousée », fit Connie pour ne pas être en reste.

Sans en avoir l'air, elle examinait Pam, très aristocratique dans sa lourde robe de satin ivoire. Il fallait être très grande et avoir grandi dans un certain cadre pour avoir un tel air et se permettre de porter une robe si simple. Les cheveux de Pam avaient été ramenés sur la nuque et attachés avec une barrette. Quelle élégance naturelle !

« Une épousée... c'est vrai, je suis en blanc. Je crois que je regretterai toujours de ne pas avoir eu un grand mariage.

— Je sais. Je n'en ai pas eu non plus. Non pas que je fasse des comparaisons. »

En effet, on ne pouvait comparer et Connie se sentit stupide d'avoir fait cette remarque dépourvue de tact.

On sonna à la porte. Eddy annonça rapidement :

« Nous avons invité des gens d'un peu partout. Il devrait s'en trouver d'intéressants pour toi. »

Il était malaisé de dire qui était « intéressant » et qui ne l'était pas, tant il y avait de monde. Les conversations étaient animées et bruyantes. Connie se promenait de groupe en groupe, un verre dans une main et des petits sandwiches sur une serviette en papier dans l'autre. Il y avait les habituels hommes mariés essayant, quand leur épouse avait le dos tourné, d'entamer une conversation, les séducteurs – dont certains très séduisants – qui se bousculaient pour lui faire la cour en espérant la ramener avec eux après la soirée pour la fourrer dans leur lit. Il y avait l'inévitable décorateur, celui de Pam et d'Eddy, un homosexuel intelligent et raffiné. Elle eut une discussion fougueuse, au sujet du dernier film de Woody Allen, avec un jeune homme, qui finit par révéler qu'il s'était marié trois semaines auparavant. « Tenez, la voilà, au fond. C'est la jolie rousse en robe bleue. »

La plupart du temps, Connie resta avec le groupe qui entourait son frère. Elle se rendait compte de l'admiration et du respect qu'il suscitait parmi les invités, parfois de la part d'hommes qui avaient deux fois son âge.

« J'ai appris que vous avez réussi à trouver six millions de dollars pour la nouvelle clinique de cardiologie de Mount Mercy. »

« Nous allons emménager dans notre nouvelle maison de Nassau, Eddy, et j'espère que nous vous y verrons. Ma femme va en parler à Pam. »

« Mon associé voudrait vous rencontrer, Eddy. J'ai pensé que nous pourrions déjeuner ensemble la semaine prochaine au Traverse Guaranty, dans la salle à manger privée. Son cousin en est le président, vous devez vous en souvenir ? »

Les yeux d'Eddy étaient plus bleus que jamais dans son visage bronzé. Il se délectait de tous ces discours, c'était évident, et pourquoi pas ? Il avait réussi. On l'admirait, on le recherchait. C'était mérité. Il ne devait sa réussite qu'à lui-même. Connie était pleine de fierté et de joie pour son frère.

Elle était en compagnie de personnes étrangères lorsqu'on annonça le dîner. Elle finit par trouver la carte indiquant sa place sur l'une des tables dressées dans la bibliothèque et se demanda pourquoi on l'avait mise dans ce coin au demeurant tranquille. Mais comme elle n'était pas d'humeur à danser, c'était sans doute aussi bien. Les autres places étaient déjà occupées par les habituels couples mariés, à l'exception de son voisin qui se leva pour lui avancer son siège.

Il ne lui fallut pas longtemps pour jauger le monsieur et avoir une idée assez précise à son sujet. Il n'était ni jeune ni vieux. Ses cheveux bruns, légèrement ondulés, étaient parsemés de gris. Il avait d'admirables yeux noisette, des yeux attentifs et, même assis, on devinait une haute stature très légèrement empâtée.

« Martin Berg, fit-il en se présentant.

— Connie Osborne, la sœur d'Eddy.

— Ah ! on m'avait dit qu'il avait une sœur ravissante. Je n'avais aucune idée que j'aurais la chance de vous avoir pour voisine. »

C'était le genre de remarque coutumière dans ces dîners. Elles sont généralement de pure convention.

L'homme ne semblait guère bavard. Quand on apporta une bisque de homard, il annonça qu'il avait faim et se mit à manger. Connie supposa qu'il ne s'attendait pas à ce qu'elle lui fasse la conversation et elle se mit également à manger. Elle se demanda encore pourquoi on l'avait placée à cette table.

Apparemment, les autres se connaissaient déjà. Une conversation volubile s'engagea, d'abord à travers leur table, puis de table à table. Les conversations se croisaient, se superposaient, allant bon train.

« Ah ! vous étiez là pour cette histoire de Southampton ? On m'a dit que les fleurs étaient venues d'Europe par avion... On m'a raconté que Charlene dépense dix mille dollars par mois de fleurs... »

« ... Elle parle couramment français. Ils sont tous allés apprendre en Suisse... »

« La Côte d'Azur est finie. Quand je pense à ce qu'elle a été... et cette magnifique maison à Sainte-Maxime... »

« Evidemment, la seule chose, c'est avoir un vieux mas sur une colline isolée en Provence.. Elle avait amené des décorateurs de Paris pour s'en occuper... »

Par-dessus ces bruyantes jacasseries, elle entendit son voisin murmurer : « Vous avez l'air bien loin d'ici.

— Vraiment ? Ce n'était pas mon intention.

— Je crois que vous vous ennuyez. Car à moins que je ne me trompe, vous devez être d'une nature plutôt amicale et gaie.

— Comment voyez-vous cela ?

— Je vous ai vue dans l'autre pièce, avant le dîner.

— Disons que je parle plus volontiers que je ne l'ai fait pendant le repas, mais...

— Mais ces gens sont ennuyeux comme la pluie et même si l'on en avait envie, on ne pourrait pas placer un mot. Alors parlons ensemble, si vous en avez envie, bien sûr. »

La voix de basse avait des accents moelleux, à la fois émouvants et exigeants. Elle acquiesça.

« Volontiers. De quoi voulez-vous que je vous parle ?

— De vous-même. Etes-vous mariée ?

— Divorcée. Et vous ?

— A la veille d'un divorce. Nous sommes séparés depuis longtemps. J'ai deux enfants. Avez-vous des bébés ?

— Grâce au ciel, non.

— Vous avez remarqué que j'ai dit "bébés" et pas "enfants". Il ne doit pas y avoir longtemps que vous avez quitté l'école.

— Merci mais je ne suis pas aussi jeune que cela. J'ai vingt-sept ans.

— J'en ai quarante-sept. Mon fils est étudiant à la Sorbonne, à Paris. J'ai aussi une petite fille, une adorable petite fille qui me manque terriblement. »

Un aveu aussi direct, aussi naïf venant d'un étranger, avait de quoi surprendre. Soit c'est un être timide et solitaire en quête d'un contact sympathique, soit une personne si sûre d'elle-même qu'il pouvait se permettre de dire ce qui lui plaisait, selon l'humeur du moment. Elle examina son visage aux lèvres fines et décidées. Son regard descendit sur la cravate de très bon goût, puis sur les boutons de manchettes et la montre en or, également de bon goût, et en conclut qu'il appartenait incontestablement à la seconde catégorie.

« Où habite votre petite fille ?

— A Paris, avec sa mère. Le divorce est toujours une blessure, quelles que soient les circonstances. »

Connie hocha la tête et se remémora Richard, debout sur le seuil de la cuisine, répétant : Je suis désolé de t'avoir fait de la peine, je suis désolé, Connie.

Berg prit un air enjoué.

« Parlons de choses plus agréables. De votre frère par exemple. Vous savez, bien sûr, qu'on l'appelle "le garçon miracle". Et c'est vrai qu'il est étonnant. Pour ma part, j'ai mis des années à mettre un pied à Wall Street. Et lui, il y est parvenu presque du jour au lendemain !

— Ah ! vous êtes aussi dans la finance ?

— Oui, les valeurs immobilières et les titres. »

Un curieux sourire passa sur son visage. La question l'avait-elle amusé ? Pendant quelques minutes, il picora son dessert, un gâteau au chocolat surmonté de meringue et couvert de sauce au chocolat chaud.

« Je ne devrais pas manger de gâteau, mais j'ai un faible pour les douceurs. Comment faites-vous pour rester aussi mince ? »

Il lorgnait l'assiette de Connie qui avait mangé son dessert jusqu'à la dernière miette.

« De l'exercice, le travail quotidien.

— C'est ce que je devrais faire, mais je déteste l'exercice physique. Le seul qui m'amuse, c'est la danse. Au fait, aimeriez-vous danser maintenant ? »

Ils se levèrent, s'excusèrent et allèrent dans le salon. On avait ménagé un espace semi-circulaire derrière le piano à l'abri des palmiers en pot. Le rythme de la musique avait entraîné presque tout le monde sur la piste et les couples tournoyaient et virevoltaient.

Berg dansait bien. Les gens d'un certain âge ont souvent l'air ridicule quand ils essaient de danser le rock, mais il était doué et, à son sourire, elle comprit qu'il s'amusait beaucoup. Puis quelqu'un demanda d'autres airs, d'un genre tout à fait inattendu. Les musiciens se mirent à jouer des extraits de *My Fair Lady*. Connie se retrouva donc dans les bras de Berg. Ils étaient presque aussi grands l'un que l'autre et leurs joues se touchèrent. Comme elle reculait discrètement son visage, elle croisa son regard. Dans l'iris brun de ses yeux dansaient des particules de couleur verte. C'étaient des yeux amicaux, un peu comme ceux de Richard, pensa-t-elle, moins l'humour. Il n'était pas timide et, dans le bras qui lui enserrait la taille, il n'y avait pas d'hésitation non plus.

On les regardait. Un invité les interpella joyeusement, comme ils passaient à côté de lui.

« Belle performance, Berg ! »

L'admiration était générale et Connie ne put s'empêcher de penser qu'elle était la plus jolie femme de toute la soirée. Quand la musique revint à des rythmes plus syncopés, Martin s'arrêta.

« Je crois que j'en ai assez pour ce soir. Qu'en pensez-vous ? Que diriez-vous d'aller autre part où l'on danse de vraies danses d'autrefois ? La terrasse du St. Regis, par exemple. Une aussi belle robe que la vôtre doit être montrée. Ou préférez-vous simplement aller quelque part boire tranquillement un verre ? »

Il paraissait très intéressé par elle. Mais c'était différent de l'intérêt qu'elle suscitait généralement chez certains messieurs surtout soucieux de partager son lit. Avec Berg, c'était difficile à déterminer. Mais elle répondit qu'elle irait volontiers boire tranquillement un verre.

« Vous m'en voyez ravi, Connie. J'espérais que vous choisiriez cela. Où irons-nous?

— Chez moi. »

« Voilà une pièce agréable, dit Martin Berg en regardant autour de lui.

— Pas de Sargent au-dessus de la cheminée. Et d'ailleurs, pas de cheminée non plus. »

Il haussa les épaules.

« Quelle importance? Votre frère est riche. Il a les moyens de s'offrir un Sargent. Mais je trouve votre appartement très joli. Et de bon goût. »

Ils attaquèrent leur seconde coupe de champagne. Elle avait appris qu'il est toujours utile de garder une bouteille au frais pour les occasions inattendues telles que celle-ci.

Elle commençait à sentir les effet du champagne : son sang coulait plus vite dans ses artères et elle s'exprimait avec moins d'aisance. Il fallait absolument qu'elle évite de s'endormir.

« On pourrait rouler le tapis et mettre un disque, suggéra-t-elle.

— Excellente idée. »

Fermement maintenue dans ses bras, elle suivait à la perfection. Il s'arrêta. Ils se regardèrent de façon plutôt solennelle, puis il posa un léger baiser sur ses lèvres. Sa bouche était agréable, avec un petit goût de vin fruité. Il l'embrassa de nouveau. La tête lui tourna. Ils se pressèrent plus étroitement l'un contre l'autre. Ils restaient là, complètement immobiles, bouche contre bouche, étroitement enlacés. La musique s'était arrêtée. Le silence était si profond qu'elle pouvait entendre leurs battements de cœur. Il n'était pas difficile de deviner ce qui allait suivre.

« Connie ? Où... ? »

Dans la chambre à coucher, ils se déshabillèrent lentement, sans se quitter des yeux. Ils étaient enfin nus. Connie n'avait plus que ses longues boucles d'oreilles en diamants.

« Mon Dieu, que tu es belle ! » murmura-t-il.

Adroitement, il enleva les boucles d'oreilles et les posa sur la table, puis l'attira sur le lit.

Il savait comment satisfaire une femme et comment prolonger le plaisir. En fait, Connie n'avait jamais rien éprouvé de tel avec personne auparavant. Ce n'était pas l'extase, mais c'était infiniment agréable. Elle avait fini par comprendre qu'elle était de ces femmes qui n'atteignent jamais des sommets, un peu comme les gens pour lesquels la bonne cuisine n'est pas un plaisir particulier. Mais Berg était un homme passionné ; il attendait une réaction passionnée de sa part, faute de quoi il risquait de ne jamais revenir. Elle en aurait été désolée car Martin était un homme et Connie en avait assez des jeunes gens.

Des choses qu'elle avait lues ou que d'autres femmes lui avaient racontées, toutes sortes de trucs et de variantes, lui revinrent à l'esprit. L'amour était un art. Parfait, elle s'y mettrait...

« Tu es la femme la plus formidable que j'aie jamais rencontrée », dit Martin le lendemain matin. Il avait des yeux brillants de bonheur et d'admiration. « Tu es merveilleuse, Connie. »

La matinée d'un dimanche gris était déjà bien avancée. Mais la cuisine où ils prirent leur petit déjeuner était gaie et ils se sentaient bien ensemble.

« Ainsi, tu es originaire de l'Ohio ?

— Oui, une vraie petite provinciale.

— Tu n'en as pas l'allure. Tu fais beaucoup plus Cinquième avenue et même Paris. En ce qui me concerne, je viens de Flatbush. J'y suis né. C'est à Brooklyn, au cas où tu ne le saurais pas.

— J'en ai entendu parler, mais je n'y ai jamais mis le pied.

— Tu n'as rien perdu. C'est plutôt moche.

— Alors je dirai que tu n'as pas l'air d'en venir ! »

Martin éclata de rire.

« Si, d'une certaine façon. Mes parents étaient des émigrés polonais. Mon père était chauffeur de taxi. Il est mort maintenant. Ma mère aussi. »

Il s'arrêta, pensif, et reprit.

« Bon, suffit avec moi. Cela n'a aucun intérêt pour toi.

— Mais tu te trompes. »

D'un seul coup, Connie réalisa que, pour la première fois depuis qu'elle avait quitté l'Ohio, elle rencontrait quelqu'un qui s'était hissé à la force du poignet à la position qu'il occupait aujourd'hui et qu'il venait comme elle d'un milieu qu'on appelle « les masses laborieuses ».

« Continue. Parle-moi du reste de ta famille.

— Je suis le plus jeune de sept enfants, l'un des deux seuls qui soient nés ici et qui parlent anglais sans accent. L'autre, mon frère Ben, enseigne l'économie dans une université. Mon frère aîné a été tué pendant la guerre de Corée, une de mes sœurs est morte, mes deux autres frères sont dans la chapellerie en gros à Chicago et mon autre sœur a épousé un médecin de Houston. »

Il lui fit un petit sourire timide, plutôt touchant, et conclut : « Alors, tu vois, les enfants du chauffeur de taxi ne se sont pas si mal débrouillés, tout bien considéré.

— Tu n'as pas parlé de toi.

— Rien d'exceptionnel à raconter. J'ai travaillé dur, j'ai été garçon de café, coursier dans le quartier des fabricants de prêt-à-porter. Mais j'ai eu de la chance, j'en suis conscient. J'ai eu une bourse pour faire des études à l'université de Yale, et ensuite à la Wharton School.

— Je ne vois pas où est la chance. »

Il haussa les épaules. Elle comprit que ce haussement d'épaules était l'un de ses gestes familiers.

« Ben est le plus remarquable de nous tous. On aurait pu croire qu'il serait libre penseur, tant il est libéré de mille façons, heureux de vivre de rien, tellement antibourgeois... Pourtant, il est devenu un homme très religieux, pratiquement orthodoxe. Evidemment, nous sommes juifs. »

Il n'essayait pas de dissimuler ses origines et, en réalité, il en était fier, alors que le souvenir des siennes lui donnait tellement la nausée qu'elle les cachait à tout le monde et s'efforçait de n'y point penser elle-même. Elle en prit conscience pour la première fois et s'entendit dire à cet étranger :

« Je raconte toujours des mensonges sur ma famille. Je laisse entendre aux gens que j'appartiens à une famille du Texas proche des pétroliers ! Si je te disais qui est vraiment ma famille... »

Martin leva la main pour l'interrompre.

« Tu n'as pas besoin de me raconter quoi que ce soit. Mais je suis curieux de savoir pourquoi tu ne me mens pas, à *moi*.

— Je n'en sais rien. »

Elle chipota son œuf au bacon dans son assiette. Pourquoi? Peut-être parce qu'il lui donnait confiance en elle, parce qu'il était calme et plein d'assurance, même dans ce ridicule peignoir de bain en éponge qu'elle lui avait prêté.

Elle atténua sa réponse.

« J'ai comme l'impression que tu ne te soucies pas des origines sociales et de tous ces trucs, comme le font la plupart des gens. Et j'ai confiance en toi.

— Ne te fais pas de soucis. Je ne raconterai jamais tes petits secrets puisque c'est tellement important pour toi.

— Tu penses que c'est une réaction stupide, non? »

De nouveau, il haussa les épaules.

« Probablement. De toute façon, ce n'est pas important. Ce qui l'est par contre, c'est que tu aies confiance en moi. J'espère que tu n'accordes jamais ta confiance aussi vite! Ça peut être dangereux.

— Je sais. Mais je suis un assez bon juge des individus. A l'exception, fit-elle d'un air piteux, de celui que j'ai épousé. Le jour où j'aurais vraiment dû exercer mon jugement... je me suis trompée.

— Tu n'es pas la seule, si cela peut te consoler. Et comme tu l'as dit hier, tu as de la chance de ne pas avoir d'enfant. »

Le silence dura si longtemps que Connie, mal à l'aise, suggéra subitement d'aller s'installer dans la bibliothèque qui était plus confortable que la cuisine.

Une petite pile de livres sur la table voisinait avec un vase de tulipes précoces. Martin les examina.

« Tu lis de l'histoire ? fit-il avec une certaine surprise. Napoléon ? La Révolution française ?

— J'essaie. Un peu à la fois. En fait ce sont des livres qui appartenaient à Richard. Il lisait tout ce qu'il trouvait sur la France. Il a une intelligence remarquable, il est curieux de tout, l'histoire, l'art, la musique, tout...

— C'est sympathique de voir que tu n'es pas amère.

— Ma foi, la vérité est la vérité. »

Il hocha la tête.

« Ma femme est folle de Paris. Elle a choisi de s'y installer de manière permanente. Pendant l'hiver, elle loue un appartement à Cannes. Je ne comprends pas. Cannes peut être très froid en hiver et la plage est épouvantable. »

Connie était curieuse.

« Est-elle originaire de Brooklyn aussi ?

— Non. Les parents de Doris étaient quelques échelons plus haut sur l'échelle sociale. Ils habitaient l'Upper West Side. Quand je l'ai rencontrée, elle était assistante sociale. C'est une femme très bien, sensée, curieuse, avec de grandes qualités. Je continue de la respecter. Alors j'imagine que la question qui te vient aux lèvres, c'est : pourquoi avez-vous divorcé ? »

Deux profonds sillons barraient le front de Martin et ses yeux étaient las de sorte que, subitement, il ressembla à l'homme qu'il serait un jour.

« C'est insidieux, ce processus de lente séparation. C'est difficile à analyser parce que chacun est responsable de mille et une manières. Mais depuis que je vis seul – car j'ai quitté l'appartement bien que j'en reste propriétaire, et j'ai emménagé dans deux pièces à l'hôtel, ce qui est beaucoup plus gai –, je suis arrivé à une conclusion : elle était trop sérieuse. Toutes ces discussions intellectuelles, tous ces amis politiques qu'elle avait... Ils ne parlaient jamais de choses gaies ou légères. J'entends assez de choses sérieuses du matin au soir dans mes affaires. Après, j'ai envie de m'amuser, de me distraire. J'adore danser, ce qu'elle détestait. Enfin, des choses comme cela... »

Il se leva et alla chercher son portefeuille.

« Ma petite fille me manque. Je vais te montrer sa photo. Regarde, la voilà, Melissa. »

Une petite fille plutôt ordinaire avec les yeux bruns de Martin regardait Connie comme pour lui demander son avis.

« Elle est mignonne. Elle ne te ressemble pas vraiment à moins que je ne me trompe ? sauf les yeux.

— Elle ressemble à Doris. Mais elle est comme moi. Son esprit, ses manières... en cela, elle me ressemble. Elle est venue cette année pour les vacances de Noël et nous avons passé des moments formidables. J'avais le cœur brisé en la reconduisant à l'aéroport. »

Connie perçut la peine de Martin Berg.

« Je suis désolée pour toi, Martin. J'aimerais dire quelque chose de consolant. »

Il lui prit la main et l'enferma dans les siennes.

« Tu as fait d'autres choses pour me faire du bien, Connie. Je ne m'attendais pas du tout... vraiment, je ne m'attendais pas à ce qui est arrivé la nuit dernière. Tu es une femme magnifique, vibrante de vie, passionnée. Alors, c'est arrivé, voilà tout.

— Il n'est pas dans mes habitudes d'agir de cette façon, je te le jure.

— Moi non plus. Je n'ai jamais été ce type d'homme qui papillonne de-ci, de-là. Je veux que nous ayons une relation, que nous soyons francs l'un avec l'autre, sans rien nous cacher. J'ai vécu trop longtemps dans la pudeur. C'est curieux que je te raconte tant de choses personnelles ! Je pense que c'est aussi bien que je te dise cela maintenant, parce que nous allons nous voir beaucoup, je crois. »

Lorsqu'Eddy lui téléphona ce soir-là, Connie lui dit :

« Tu m'as devancée. J'étais sur le point de vous appeler pour vous dire quelle magnifique soirée c'était.

— Tu es partie tôt.

— Je n'en avais pas vraiment l'intention, mais Martin Berg...

— J'ai vu. Tu as vraiment dû lui taper dans l'œil.

— Il est très gentil. Il me fait penser à toi d'une certaine façon. Il est parti de rien, comme toi.

— Comme moi ? Tu parles !

— Que veux-tu dire ? Est-ce qu'il réussit mieux que toi ?

— Tu ne vas tout de même pas me dire que tu ne sais pas qui il est ?

— Dans la finance... les investissements ? Ce n'est pas cela ?

— Oh, mon Dieu ! C'est Frazier, DeWitt, Berg ! Ils emploient cinq mille personnes et possèdent des succursales dans le monde entier. C'est-à-dire l'une des sociétés les plus anciennes à Wall Street.

— Ah, bon !... je ne savais pas.

— C'est la vieille aristocratie américaine, qui remonte à plusieurs générations. En réalité, Frazier n'existe plus mais ils ont gardé le nom. DeWitt a pris Berg comme associé il y a une vingtaine d'années malgré ses origines – il vient de Brooklyn – parce qu'il se trouve être l'un des plus brillants financiers sur la place. Ils brassent des milliards et des milliards. Ils sont spécialistes des grandes OPA. Ils sont payés des millions quoi qu'ils fassent. Où êtes-vous allés ?

— Chez moi. On a bu un verre et discuté un moment puis il est rentré chez lui. C'est agréable de parler avec lui, il n'est pas pédant du tout. Personne ne pourrait deviner qu'il est ce que tu dis.

— Le bonhomme vaut environ cinq cents millions de dollars. Et il donne des millions tous les ans aux œuvres de charité. »

Cinq cents millions ! Incroyable. Voilà pourquoi les gens les regardaient quand ils dansaient.

« Tu penses que tu le reverras ?

— Peut-être. Sait-on jamais avec les hommes ? »

Eddy rit aux éclats.

« Tu le reverras. Tu étais extraordinaire hier soir. Pam m'a dit de te féliciter, ta robe était divine.

— Remercie-la. Elle était très belle aussi.

— Elle est toujours magnifique, la femme de ma vie. A mon avis, tu dois plaire à Berg.

— Que veux-tu dire ?

— J'ai dans l'idée que tu vas le revoir avant que tu aies dit ouf. Tu sais que je suis très intuitif.

— Ma foi, je ne sais pas, dit Connie avec circonspection. En tout cas, c'est un homme délicieux. Vraiment. »

Les mois passaient. C'était un homme extraordinaire. Il avait une énergie incroyable, travaillait facilement dix-huit heures d'affilée. Levé tous les jours à six heures et demie, son chauffeur venait le prendre pour le conduire à un petit déjeuner de travail à sept heures dans un hôtel ou un autre.

« Le petit déjeuner est une heure parfaite pour réunir les gens, disait-il, les hommes de loi, les banquiers, les comptables, les boursiers.

— Je me demande où tu trouves toute cette énergie », disait-elle à Martin, lorsque, encore pleine de sommeil, elle l'entendait aller et venir dans la chambre sur la pointe des pieds pour ne pas l'éveiller.

« L'important, c'est qu'il m'en reste suffisamment pour toi », répondait-il.

Et il en avait. Elle se serait contentée d'une moindre ardeur, mais il n'en savait rien et ne le saurait jamais. Sa gentillesse, son intelligence et sa parfaite éducation rendaient aisée la vie

261

quotidienne et Connie n'avait qu'un seul but : lui faire plaisir.

Parfois, quand c'était elle qui allait chez lui, dans ses deux pièces à l'hôtel, elle examinait, sans intention indiscrète, ses affaires... Les affaires personnelles en disent toujours long sur la personnalité de leur propriétaire : les costumes à deux mille cinq cents dollars, les chemises faites sur mesure à Londres, pendus dans le placard, le nécessaire de toilette et les brosses à monture d'argent, les livres reliés cuir et la photographie de ses maisons, celle de Palm Beach et celle de Vail. Un jour qu'elle prenait un livre, une photo s'en échappa. Elle représentait un groupe familial. La femme devait être sa femme, une personne de haute taille portant une jupe et une blouse. Elle avait un visage austère, comme celui de Melissa. Connie pensait à leur divorce.

« Il y a de grosses sommes en jeu, lui avait-il un jour expliqué. Il s'agit d'une somme élevée, aux alentours d'une centaine de millions de dollars, je crois. Qui sait pourquoi elle réclame tant d'argent ? Par vengeance, peut-être. »

Devant la stupéfaction de Connie à l'énoncé de ce chiffre, il précisa : « Dans l'histoire des divorces, de beaucoup plus grosses sommes ont été en jeu. Ce qui est curieux, c'est que Doris n'a jamais été une femme dépensière. Elle ne voulait jamais rien. Nous avons commencé à habiter dans un appartement à Long Island, puis nous avons eu un petit ranch et j'ai dû beaucoup insister pour y adjoindre plusieurs bâtiments. Ensuite, nous avons décidé d'emménager en ville à cause des réunions de travail qui me retenaient tard le soir, de sorte que c'est moi qui ai choisi l'appartement qu'elle a bien sûr trouvé trop grand et trop cher. La seule chose qu'elle ait jamais aimée était la maison de Paris. Elle est petite mais c'est un vrai bijou. Maintenant, elle lui appartient complètement. »

Il grommela : « Elle est située assez près de la Sorbonne où elle suit des cours. Elle aime bien être considérée comme une intellectuelle. Elle n'a jamais voulu porter de bijoux. Une sorte d'ostentation de petit-bourgeois. »

Martin, fou de joie, n'arrêtait pas d'acheter des cadeaux pour Connie. « Je me sens comme un péquenot », dit-il le samedi après-midi où ils achetèrent le manteau de zibeline. « Il y a si longtemps que je n'ai pas fait d'achats que je suis sidéré de la façon dont les prix ont grimpé. Non que cela m'ennuie, ajouta-t-il immédiatement, ça n'a pas du tout d'importance. »

Le même jour, il l'emmena chez Harry Winston et lui offrit un rubis de Birmanie et chez David Webb un bracelet clouté de diamants.

« Il faut que nous allions à une fête de charité la semaine prochaine et je veux que tu portes ce manteau et ces bijoux. »

Elle comprenait très bien ce que cela voulait dire pour lui d'entrer au bras d'une splendide jeune femme, luxueusement habillée. Ce qu'elle ne comprenait pas, c'étaient ses intentions : resterait-elle la maîtresse adorée ou deviendrait-elle sa femme ?

Il arriva souvent à Connie cette année-là, tandis que Martin assistait à des réunions de petit déjeuner au Regency Hotel, de l'attendre dans le hall aux murs de marbre, aux sièges de velours, en observant la foule qui allait et venait.

C'étaient des gens de tous les âges, de toutes les tailles mais il y avait une majorité de couples constitués par des hommes grisonnants accompagnés de belles jeunes femmes qui les dépassaient au moins d'une tête. Ces luxueuses créatures portaient des tenues fort diverses, allant des tenues de jogging aux manteaux de vison traînant pratiquement par terre, en passant par des anoraks et des caleçons serrés. Elles avaient souvent un visage orgueilleux, à l'expression boudeuse. C'étaient la maîtresse, ou la seconde femme, acquises pour leur jeunesse... Martin et elle devaient apparaître de la même façon aux autres... Elle ne voulait pas y penser.

Puis Martin apparaissait en haut des escaliers et se dirigeait vers elle à grandes enjambées avec un sourire épanoui. Sur les conseils de Connie, il avait perdu cinq kilos et du même coup paraissait plus jeune. C'était vraiment un très bel homme, plein de séduction. Non, ils ne ressemblent pas à ces autres couples... A la pensée qu'elle pouvait le perdre, un frisson de panique lui glaça l'échine.

Restait la question essentielle, celle qu'elle n'osait lui poser.

Les premiers jours du printemps, ils prirent pour aller à Vail le jet privé qui appartenait à la société de Martin. Connie avait un tempérament méridional et Vail était encore couvert de neige. Les montagnes étaient magnifiques, ainsi que la maison, avec des meubles fabriqués localement, des tissus indiens aux teintes vives et de vieilles photographies de l'Ouest américain. Martin était un skieur exceptionnel alors que Connie n'avait jamais chaussé une paire de skis. Le nombre considérable de ses chutes ne l'encourageait guère à persister dans son apprentissage.

« Tu n'as pas peur, j'espère ? » demanda Martin. Se souvenant qu'il avait une fois mentionné que Doris avait refusé d'apprendre, elle affirma le contraire.

Il engagea un moniteur privé et, surmontant sa peur et le froid mordant, elle finit par faire des progrès. Elle parvint même à tant aimer la montagne qu'elle en parlait avec lyrisme quand ils rendaient visite aux nombreux amis de Martin qui possédaient des chalets. Il était très fier d'elle.

Les saisons passaient. Durant l'été, la ville prenait un air très différent. Leurs restaurants favoris étaient relativement déserts, ils allaient écouter des concerts en plein air puis boire un verre à la terrasse d'un café. Parfois, le week-end, ils allaient rendre visite à Eddy et à Pam à Long Island. Mais la plupart du temps, Connie s'occupait de sa boutique qu'elle ouvrit tout l'été. Comme son avenir restait incertain, il lui sembla plus prudent de poursuivre ses activités. En outre, ne rien faire de la journée lui aurait donné l'impression de n'être qu'une courtisane.

A l'automne les invitations recommencèrent : bals de charité et fêtes de toute sorte. Martin achetait des billets et réservait une table pour chacune de ces occasions. A cause de ses expériences passées en compagnie de Bitsy, Connie pouvait calculer combien d'argent il dépensait pour ces bonnes œuvres. Sa générosité était proportionnelle au montant de sa fortune. Elle se demanda si Eddy faisait des dons aussi somptueux, mais elle en doutait. Eddy était très sensible au plaisir de la personne à qui il offrait quelque chose ; sans doute aussi appréciait-il l'espèce de domination voilée exercée sur les destinataires de ses cadeaux.

Leur second Noël approchait. Martin lui annonça que sa fille allait venir passer la semaine des fêtes avec lui. Comme elle adorait la mer, ils iraient directement en Floride.

« Je n'y suis pas allé depuis deux ans. Mais je l'ai prêtée à nombre de mes amis. Cette fois-ci, j'ai également invité mon frère Ben. Il vient d'avoir une vilaine grippe et l'air de l'océan le guérira complètement. »

Martin sourit : « Il n'aime pas cette maison. Il la trouve monstrueuse et de son point de vue, il a probablement raison. Il n'approuve pas non plus mon mode de vie. Mais cela ne trouble pas nos bonnes relations. »

Ces derniers mots réveillèrent une vieille blessure chez Connie. Bien qu'elle ait parlé ouvertement de son frère, elle n'avait rien dit au sujet de Lara, sinon qu'elle avait une sœur dans l'Ohio. Elle n'imaginait pas d'évoquer leur désaccord sans éclater en sanglots. La situation restait trop douloureuse pour qu'elle se lance dans des explications.

A Palm Beach, au bout d'une immense pelouse qui s'étendait jusqu'à l'océan, fermée par des grilles et d'épaisses haies la dissimulant aux yeux des curieux, se dressait une longue maison rose coiffée d'un toit en tuile rouge à la mode espagnole. Les hautes fenêtres étaient abritées par des stores de toile rayée. Des hibiscus et des lauriers-roses s'épanouissaient au soleil. Les vastes pièces communiquaient entre elles par des loggias, des terrasses et une cour intérieure où jaillissait une fontaine. Dans une serre ovale, Martin entretenait une collection d'orchidées.

« J'ai pensé que cela me distrairait. J'ai même acheté des livres sur les orchidées. Tu serais surprise de voir combien il en existe de variétés. Mais je n'ai pas le temps et ce sont les jardiniers qui s'en occupent. »

Par-dessus son épaule, Connie regardait la piscine et l'aile des invités.

« Combien de chambres y a-t-il ?

— Soixante-quatre. Sans compter les logements des jardiniers et du chauffeur qui sont à part. »

Ben Berg et Melissa arrivèrent de New York et de Paris à une heure de différence. Peu de temps après, ils étaient assis à une petite table dans la cour pour dîner. Trois paires d'yeux bruns identiques regardaient Connie. Les trois Berg avaient des cheveux bruns épais et ceux de Melissa étaient encore plus sombres avec des reflets moirés. Les deux frères avaient le même visage ouvert et attentif, mais l'expression de Melissa semblait maussade. Tout au moins songeuse. Elle ressemblait à certains enfants qui dès leur plus jeune âge ont l'air vieux. Elle était mal fagotée dans une robe d'un vert triste avec un grand col blanc froissé d'où sortait un long cou et un menton pointu. Sa mère pourrait tout de même mieux l'habiller, pensa Connie.

L'eau jaillissant de la fontaine rafraîchissait l'air et lorsqu'ils se taisaient on n'entendait que ce seul bruit. Les feuilles étaient immobiles sous la chaleur et la flamme des bougies était comme figée.

« Une nuit parfaite », dit Martin et il prit la main droite de sa fille.

Connie sourit.

« Comment veux-tu qu'elle puisse manger de la main gauche ?

— Je suis gauchère », dit Melissa sans sourire.

Le père et la fille s'adoraient visiblement. L'enfant souffrait et c'était elle en fin de compte la vraie victime de ce mariage qui s'effritait. Comme toujours. Et Connie se sentit pleine de compassion.

Longtemps après qu'on eut débarrassé les assiettes du dessert, les deux hommes continuaient à discuter. Connie qui rêvassait se rendit compte qu'ils n'étaient pas d'accord. Ben, un peu sardonique, dit quelque chose au sujet de l'industrie. *Elle devrait produire du travail et des biens de consommation et non servir à payer des dettes.* Martin répondit avec quelque hauteur. Melissa ne disait rien mais Connie vit qu'elle les regardait attentivement. Elle se demandait peut-être ce que Connie faisait là et ne pouvait savoir que Connie se demandait précisément la même chose.

Une sorte de mélancolie la gagnant, Connie se leva brusquement et dit : « Nous oublions le décalage horaire. Pauvre Melissa ! Il est minuit passé déjà.

268

— Mais bien sûr, dit instantanément Martin. Va te coucher. Et toi aussi Connie. Peut-être voudrez-vous faire des courses demain, mesdames ? Je crois que Melissa a besoin de vêtements d'été. »

Il avait donc, lui aussi, remarqué l'affreuse robe verte. Naturellement. Il voyait tout.

A cause de Melissa, Martin et Connie faisaient chambre à part. Connie resta un long moment éveillée dans la vaste chambre, trop grande pour une seule personne. Elle se mit à ruminer.

« Est-ce qu'il y a quelque chose entre Martin et toi ? » avait demandé Eddy quelque temps aupara-vant, sous-entendant : *Vous commencez une seconde année. Quand va-t-il t'épouser ?*

Ce à quoi elle avait répondu : « Tout va bien », ce qui l'avait laissé sur sa faim.

La procédure de divorce traînait en longueur, il est vrai, mais rien ne garantissait que Martin eût l'intention de modifier leur relation une fois le divorce prononcé. Rien n'était certain dans ce bas monde et rien ne durait éternellement. Elle aurait dû le savoir depuis longtemps. Ne pas croire non plus que durerait cette vie protégée, ce nid volup-tueux, ce cocon de fils d'or. Elle n'aurait jamais dû se laisser aller à aimer cet homme. Allongée, les yeux au plafond, elle sentit sa gorge se nouer et fut à deux doigts d'éclater en sanglots.

Les achats du lendemain furent consacrés à Melissa. On les disposa sur son lit, sur le dossier des chaises et dans la penderie. Il y avait des mail-lots de bain, des robes de plage, des vêtements pour toutes les occasions de la vie d'une fille de onze ans. Se regardant dans le miroir en pied, elle eut un sourire timide et ses yeux se mirent à briller ; la robe de lin couleur pêche lui allait très bien au teint.

Son épaisse chevelure noire était retenue par un bandeau.

Connie, allongée sur une chaise longue, remarqua la transformation et dit : « Il faut se plaire, c'est important.

— Je n'ai jamais eu de vêtements comme ceux-ci avant. Ma mère... » Melissa s'arrêta net.

« Eh bien, maintenant, tu sais que tu dois porter des couleurs vives, n'est-ce pas ?

— Je vais porter cette robe ce soir. Papa sera content.

— J'en suis certaine. »

« Melissa, mon petit cœur », avait une fois dit Martin...

La petite fille s'assit au bord du lit et commença à plier les pulls. Connie la regardait. Elle avait le dos rond et sa nouvelle robe ne dissimulait pas sa gaucherie. Bizarrement, l'enfant la mettait mal à l'aise. Jamais auparavant, où qu'elle aille avec Martin, Connie ne s'était sentie le moins du monde déplacée. Pourtant dans cette maison, en présence de la fillette et de l'ironique Ben qui désapprouvait certainement autant Connie que la maison, elle se sentait déplacée. Elle était une étrangère.

Elle se demandait comment quitter la chambre de Melissa quand celle-ci demanda :

« Est-ce que vous êtes une amie spéciale de papa ?

— Je suis une amie. Je ne sais pas ce que tu veux dire par spéciale.

— Euh... spéciale... c'est une dame qui habite ici. »

Connie rougit. Elle avait l'impression d'entendre des confidences auxquelles elle n'avait pas droit. Néanmoins, elle poursuivit dans cette voie.

« Ah, bon ! Est-ce que les amies spéciales habitent généralement ici ?

— Pas toujours. Mais Daisy, oui. Elle était très jolie. Mais vous êtes plus jolie encore. »

La remarque et le regard clair de l'enfant ne recelaient aucune arrière-pensée. Elle était trop timide, trop naïve pour être malicieuse.

« Alors Daisy était une amie spéciale ?

— Oh, oui ! Quand nous avons quitté papa pour aller vivre à Paris, il était un peu perdu, alors Daisy est venue habiter avec lui. Mais je crois qu'après quelque temps il ne l'aimait plus beaucoup.

— Et pourquoi à ton avis ? demanda Connie d'une voix qui se voulait insouciante.

— Elle ne voulait pas partir mais papa a insisté. J'étais là et j'ai tout entendu.

— Je vois. Alors c'est lui qui l'a renvoyée.

— Oui. Je crois que je vais enlever ma robe et aller me baigner. Vous voulez venir ?

— Pas tout de suite. Peut-être tout à l'heure. »

Pendant de longues minutes, Connie resta à se regarder fixement dans le miroir de la salle de bain. Sa rougeur avait disparu, laissant son visage pâle et marqué. *Il l'a renvoyée*. Baissant les yeux sur ses mains, elle contempla les doigts délicats, écartés en éventail, les ongles bien soignés et le rubis qui étincelait de mille feux. Est-ce que l'autre femme, celle qui s'appelait Daisy, portait aussi un bijou Harry Winston ? S'était-elle aussi regardée dans ce miroir, en s'examinant et en pensant à l'avenir ? Avait-elle aussi aimé Martin Berg avant qu'on ne lui donne congé ?

Dehors, le vent s'était levé, entrechoquant les feuilles des palmiers royaux qui s'élançaient au-dessus de la pelouse. Elle alla s'accouder à la fenêtre pour les voir claquer et se tordre dans le vent. Une averse se préparait.

Pendant de longs moments, elle resta là, toute à l'attente de la tempête qui menaçait, emportée dans le tourbillon de ses propres pensées.

Enfin, elle rentra dans sa chambre, chercha sa trousse de toilette dans l'armoire, y prit la boîte de pilules contraceptives et les jeta dans la cuvette de la salle de bain.

8

Vers le milieu du printemps, le médecin confirma les suppositions de Connie.

« Vous aurez un bébé en décembre », dit-il.

Comme elle avait entendu parler de femmes qu'un avortement avait rendues stériles, elle fut pleinement rassurée. Quelle ironie ! se dit-elle : enceinte pour la deuxième fois, dans des circonstances bien incertaines, elle se retrouvait dans une situation diamétralement opposée à l'autre. Il lui restait néanmoins à mettre Martin au courant et il n'était pas exclu qu'il ne soit pas très heureux de cette paternité imprévue dont lui faisait publiquement cadeau sa maîtresse. D'un autre côté, un homme avoisinant la cinquantaine ne risquait-il pas d'être ravi par une telle confirmation de ses capacités ?

En réalité, Martin ne fut ni mécontent ni ravi mais plutôt abasourdi qu'autre chose.

« Mais ne prenais-tu pas la pilule ? demanda-t-il.

— Tout le monde sait qu'elle n'est pas infaillible. »

Elle fut troublée à la pensée qu'il allait peut-être suggérer un avortement. Il avait l'air pensif tandis que, dans un silence pesant, tout en scrutant son visage, elle attendait qu'il dise quelque chose.

Il demanda alors : « C'est pour quand ?

— Décembre. »

Martin hocha la tête.

« Au moins, c'est un bon moment.

— Comment cela, un bon moment ?

— Dans trente jours mon divorce sera définitif. Je l'ai appris ce matin. C'est pour cela que j'ai réservé une table ici. Pour fêter l'événement. »

Ils se trouvaient à La Grenouille, l'un de leurs restaurants favoris quand ils sortaient dîner. Elle regarda par-dessus son épaule un énorme bouquet de jacinthes jaunes, et plus loin encore, un groupe de jeunes volubiles en compagnie de leurs parents. Une belle famille. Une famille *jeune*.

« Nous pouvons nous marier pendant le week-end du Memorial Day. Nous aurons un bébé prématuré de sept ou huit mois ! »

Elle comprenait très bien qu'il soit obligé de veiller à sa respectabilité. Temps nouveaux ou pas, le monde de la finance n'était pas celui des arts ou du théâtre. Elle était maintenant bien obligée de se demander ce qu'elle aurait fait ou dit si le divorce n'avait pas été résolu, ou encore si Martin n'avait plus été amoureux d'elle, comme cela était déjà arrivé avec une autre – ou d'autres.

Mais ces pensées n'étaient que spéculation puisque tout danger s'était écarté.

« Tu as l'air troublée, dit-il.

— Je suis encore sous le choc de la nouvelle.

— C'est aussi ce que j'ai ressenti il y a quelques instants, fit-il en souriant. Mais une fois ce choc passé, je trouve que c'est une très bonne nouvelle. Nous allons fêter cela au champagne. »

Ils portèrent un toast. Martin était redevenu loquace. Une fois qu'il avait digéré une nouvelle, il se mettait à tout organiser, à faire des projets, sautant d'une idée à une autre.

« Il faudra que nous emménagions dans mon appartement. Attends un peu de le voir ! Il est spectaculaire. Tout un étage sur la Cinquième avenue. Evidemment, il faudra le refaire entièrement. D'ailleurs, je n'ai jamais aimé la façon dont il avait été arrangé par Doris. Elle n'en faisait qu'à sa tête mais elle n'y connaissait rien. Et Melissa aura besoin d'une chambre convenable, peu importe si elle l'utilise souvent ou pas. Il ne faut pas non plus oublier la chambre de mon fils. Il faut la rendre agréable pour un jeune homme. Peut-être ne l'occupera-t-il jamais. Il reste très attaché à sa mère et il me hait probablement. Mais il aura sa chambre. Il nous faut aussi des chambres d'amis. J'imagine que ta sœur sera contente un jour ou l'autre de venir avec sa famille.

— Peut-être pas. Tu sais, c'est une fille de la campagne. Et ils sont très pris par la subite expansion de leur affaire. »

Des images passèrent à toute vitesse devant ses yeux : Lara – qui sait à quoi elle ressemble maintenant – devant le seuil de leur nouvelle maison, debout avec Davey devant la fière façade de la Compagnie Davis, Lara lui apportant son dîner sur un plateau, ce fameux soir...

L'ennui, c'est que plus elle attendait pour faire un geste de bonne volonté, écrire une lettre ou donner un coup de téléphone, plus il serait malaisé de le faire, jusqu'au jour où ce serait tout à fait impossible et elle n'aurait plus qu'à enterrer sa douleur au plus profond d'elle-même.

« Tu sais, je risque d'inviter des gens de passage de temps à autre. C'est agréable, lorsque quelqu'un arrive d'Australie, de ne pas l'envoyer à l'hôtel. »

Les pensées de Connie continuaient à vagabonder. Elle avait une conscience aiguë de la jeune vie qui s'éveillait en elle. Subitement, elle trouvait remarquable qu'une telle chose pût arriver, arriver à *elle*. Elle aurait voulu se lever et l'annoncer à la terre entière. Elle réfléchissait aussi à ce qu'aurait dit Lara si elle avait pu lui en faire part. Elle pensa à Peg. Et bizarrement, à Richard aussi. Pendant quelques instants elle fut envahie par la mélancolie.

« Nous nous marierons à Westchester. En plein air. Il faudra que la maison subisse un petit toilettage mais, *grosso modo*, elle est en bon état.

— Je me demandais pourquoi tu ne m'y avais jamais emmenée ni dans ton appartement.

— Parce que ces endroits ne me rappellent pas de bons souvenirs. Mais tu vas y apporter de la joie et du bonheur. Et de la beauté. Et de la vie ! »

L'appartement avait vingt-sept pièces. Les meubles garnis de housses étaient empilés les uns sur les autres. Martin conduisit Connie dans le gymnase, lui montra la piscine et le salon de musique. Ils entrèrent aussi dans la cuisine aussi vaste qu'un restaurant. Elle avait arrêté de compter les pièces. Le sol de la salle à manger était pavé de marbre et le mur s'ornait d'un gigantesque tableau aux couleurs sombres qui représentait des hommes et des chevaux en pleine bataille au milieu de femmes nues gisant sur le sol, prêtes à être violées. Connie fronça le nez de dégoût.

Martin s'esclaffa.

« Je sais, c'est épouvantable. On va s'en débarrasser au plus vite. J'aimerais que tu trouves le meilleur décorateur de New York, et que tu lui donnes carte blanche. J'affecterai quelques millions à cette opération car je veux que ce soit bien fait. C'est notre maison. Et ce sera la sienne. »

Il posa un doigt sur le ventre de Connie.

« A lui ou à elle !

— La pièce en coin fera une splendide chambre d'enfant. Le soleil y brille tout le temps.

— D'accord. Accordé. »

Connie retrouva tout son enthousiasme en même temps que cette conscience de cette petite vie à l'intérieur d'elle. Elle regardait les pièces immenses. Ce petit être ignorait encore qu'il entrerait dans la vie avec tout cela, la sécurité et le luxe.

Le meilleur décorateur s'avéra être un jeune homme élégant avec des manières assez dédaigneuses. Il évalua rapidement l'ampleur de la tâche et, arpentant l'appartement, annonça les modifications à venir.

Dans l'appartement de Connie, le décorateur choisit de ne garder que le miroir que Richard avait trouvé sur la Troisième avenue.

« Ceux qui ont acheté ce miroir savaient ce qu'ils faisaient », annonça le jeune homme.

Il ne parut nullement impressionné quand on lui dit qu'il avait « carte blanche ». De toute évidence, c'était la condition *sine qua non* de sa collaboration.

« Bien entendu, j'irai moi-même aux ventes aux enchères importantes en votre nom, dit-il à Connie. Mais je garderai les yeux ouverts sur ce qui peut être intéressant pour vous dans d'autres ventes. Vous verrez que les ventes aux enchères sont très distrayantes même lorsqu'on n'achète rien. »

Il lui conseilla de se limiter aux meubles français.

« Les maisons de bon goût ne sont jamais meublées avec du mobilier anglais. »

Il régla donc une fois pour toutes les envies de meubles « anglais campagnards » dont Connie avait été si fière. Une gentille rivalité opposa Connie à Eddy qui avait depuis belle lurette découvert les charmes des galeries d'art.

« Je me demande comment ton frère trouve le temps de tout faire », remarqua Martin avec bonne humeur. Puis il ajouta : « J'espère qu'il sait où il va, Connie ! Il y a des jours où il me fait penser à un feu d'artifice.

— Ne t'inquiète pas pour Eddy. Il sait parfaitement où il va et il a assuré ses arrières. »

Souvent, le frère et la sœur partaient ensemble à la chasse aux trésors. Connie acheta une paire de chevaux époque Tang, du VIIIe siècle. Eddy trouva un bureau de Tiffany. Elle dénicha un vase chinois qu'elle paya douze mille dollars. Il découvrit deux vitrines Empire à quarante mille dollars pièce.

Elle tomba sur des œufs de Fabergé incrustés de diamants et il acheta un tableau de Berthe Morisot qui représentait des enfants jouant dans un jardin.

Elle acquit aussi plusieurs portraits qu'on lui vendit comme étant très anciens. Quand elle découvrit qu'elle avait été escroquée, elle prit le parti d'en rire.

« Eddy, il faut que tu me donnes un coup de main. Je dois avouer qu'à moins qu'un objet ou une toile ne porte un nom célèbre que tout le monde connaît ou sait très cher, je ne suis jamais certaine que ce soit du grand art.

— Le grand art n'est pas forcément ce dont tu as besoin, fit gentiment Eddy. C'est l'une des choses que j'ai apprises. L'important, c'est d'aimer l'œuvre. La semaine passée, j'ai acheté pour quelques dollars une aquarelle à un étudiant des Beaux-Arts. Peut-être sera-t-il célèbre un jour, peut-être pas. Parfois, cela m'est complètement égal. Je peux toujours acheter de "grandes" œuvres et je le fais. Mais cette aquarelle était très jolie : un chat buvant dans une flaque d'eau sous la pluie. On voit que la pluie s'est arrêtée, il y a comme une légère brume au-dessus du sol. L'atmosphère de cette petite chose est extraordinaire. »

Eddy savait d'instinct ce qu'il fallait faire. Quand il envoyait des fleurs, il donnait toujours au fleuriste des ordres précis. Une fois, il y avait longtemps, elle l'avait accompagné pour acheter des fleurs pour l'anniversaire de leur mère. Il avait demandé des pivoines rouges et des iris bleus. La fleuriste avait dit qu'ils n'allaient pas ensemble mais Eddy avait insisté et ils se mariaient magnifiquement.

« Tu dépenses des fortunes, dit-il un jour. Ça n'ennuie pas Berg ?

— C'est lui qui me l'a demandé. »

Le frère et la sœur se regardèrent.

« Est-ce possible que ce soit nous qui fassions tout cela ?... Quand je pense que tu vas devenir Mme Berg ! »

Les choses avaient changé. Après avoir vécu luxueusement certes mais dans l'ombre de Martin Berg, dans un anonymat presque total, Connie se trouvait maintenant propulsée sur le devant de la scène.

Un jour, tôt le matin, elle l'accompagna à son bureau.

« Wall Street, dit Martin. Sais-tu d'où vient le nom ? Autrefois, ce quartier était entouré de murs, ceux-là mêmes qu'avaient édifiés les premiers colons hollandais, autour de la ville. Difficile à imaginer aujourd'hui. »

Ils entrèrent dans l'immense hall menant à un ascenseur privé. Sur les murs étaient accrochés les portraits de messieurs à l'air solennel, rasés ou barbus, mais toujours avec des cols immaculés. Certains portaient le col cassé du xixe siècle. A mesure, les portraits devenaient plus contemporains. On devinait l'arrivée des années quatre-vingt.

« Tous sont les pères fondateurs de la société. Pompeux, tu ne trouves pas ? lui fit remarquer Martin avec amusement. Mais tous ces vieux oiseaux étaient remarquablement doués. Celui-ci est Frazier.

— Où est DeWitt ?

— Tu le rencontreras. Il est encore en vie et en bonne forme. Il a son bureau là-haut. On ne met que les portraits des morts. Viens, je vais te montrer ce que nous appelons la "cage aux fauves". C'est l'étage où se traitent les affaires. »

Des rangées et des rangées de bureaux faisaient face à un écran électronique géant où des lumières et des numéros s'allumaient continuellement. D'autres voyants lumineux clignotaient sur d'innombrables téléphones. Devant les bureaux étaient assis des employés croulant sous des piles de feuillets.

« Ce sont les ventes en gros, dit Martin à voix basse. Ils traitent des sommes colossales. Ils peuvent retirer, placer, vendre et acheter en quelques minutes. Tu ne trouves pas cela ahurissant ? »

Il avait une façon bien à lui de faire une déclaration puis de demander l'avis des autres, un accord plus qu'un avis. Elle se dit qu'elle s'était remarquablement faite à lui. Elle savait qu'il s'attendait à ce qu'elle trouve le traitement des titres une opération extraordinaire et bien qu'elle trouvât que le spectacle de tous ces hommes assis comme des zombis, des écouteurs aux oreilles et les yeux rivés à l'écran, était tout sauf fascinant, elle acquiesça.

« Quoi qu'on dise et qu'on fasse, Connie, c'est ici que tout se joue. Le traitement des titres, les fusions, les acquisitions, les OPA, toutes ces transactions si importantes de nos jours, de Zurich à Tokyo. Je suis au milieu de tout cela. Cela dit, je n'oublie jamais d'où je suis parti. Bon, continuons la visite. »

A l'étage supérieur, ils passèrent devant des enfilades de portes.

« Derrière chacune de ces portes, lui dit-il, il y a un brillant jeune homme sorti des grandes écoles qui s'active sur des opérations qui vaudront à la société soit des millions soit un échec. S'il accumule trop d'échecs, eh bien, il est rapidement remercié. Il faut qu'il produise s'il veut mériter ses six cent mille dollars par an. Ces garçons-là travaillent, et quand je dis travaillent, c'est trimer que je veux dire. Quand il se passe des choses capitales sur le marché, il leur arrive de faire vingt-quatre heures d'affilée! Je les aime, ces gamins! dit-il affectueusement. Pour moi ce sont des gosses, mais ils ont changé la face de notre pays! Il faut penser à la prospérité qu'ils ont amenée, à ses effets annexes, la construction, les avantages de la vie quotidienne comme les places de théâtre, les antiquités, les yachts, les bons restaurants, les voyages... C'est formidable. Voilà, nous sommes dans mon repaire personnel. »

La pièce était moderne d'aspect, sobre et fonctionnelle. Elle était utilitaire avec son propre écran donnant les cotations, sur l'un des murs. Un ficus était la seule décoration. Il n'y avait rien d'autre à faire dans ce bureau sinon travailler! Rien de commun avec le luxueux bureau d'Eddy.

Elle alla jeter un coup d'œil dehors. On apercevait l'étroite bande de gratte-ciel de Manhattan allant d'une rive à l'autre, on voyait le port, les tours jumelles du Trade Center et par contraste la statue de la Liberté paraissait toute petite. Comme elle se retournait vers l'intérieur de la pièce, ses yeux tombèrent sur les lumières qui clignotaient sur l'écran. Elles semblaient battre comme un pouls humain, un pouls qui donnait la vie à cette ville avec toutes ses tours et sa trépidante agitation. Elle le lui dit.

Martin sourit.

« Tu n'as pas tort, sais-tu. Viens, je vais te présenter à mon associé. Son bureau est de l'autre côté du hall. »

En les voyant entrer, Preston DeWitt se leva. Il était très grand et très mince ; ses joues rasées de près étaient roses et son abondante chevelure blanche ondulait légèrement de chaque côté de la raie qui la séparait.

Martin fit les présentations et annonça : « Preston, je joue au hockey à midi. Puis-je te demander d'emmener Connie déjeuner au Vingt-et-un, en l'honneur de nos fiançailles ?

— Ravi de le faire. »

Il avait un accent presque britannique qui rappelait à Connie un enregistrement de la voix de Franklin Roosevelt.

« Et la noce est pour quand ?

— Le week-end du Memorial Day. A la campagne.

— Tu peux compter sur moi ainsi que sur Caroline si la campagne ne lui fait pas peur. Formidable ! »

Durant ce court moment, Connie et Preston s'étaient jaugés. Plongeant dans les yeux noirs brillants d'intelligence de DeWitt, contrastant avec son teint clair, elle en déduisit qu'il appréciait son apparence. Il n'y avait d'ailleurs aucune raison pour qu'il n'aimât pas la jolie jeune femme blonde portant un tailleur de laine beige, aussi élégant que discret. Connie le trouva beau et même étonnant. Il portait un costume qu'on aurait pu croire empesé de la tête aux pieds, sans un pli, comme s'il ne s'asseyait jamais. Très différent de Martin dont le costume était froissé au bout d'une heure. Les deux hommes étaient du même âge bien qu'ils n'en aient pas l'air. Preston en effet semblait avoir quinze ans de moins.

« Il fait jeune, dit-elle quand ils se retrouvèrent dans l'ascenseur.

— Il prend grand soin de sa personne : équitation, tennis, voile, tout quoi. C'est de naissance. Il a appris tout cela quand il était petit. Il a grandi avec. A Brooklyn, où j'ai grandi, je n'avais ni voilier ni cheval !

— Que se passe-t-il avec sa femme ? Est-elle malade ?

— Seulement quand cela lui convient. Elle se porte toujours bien quand il s'agit d'aller à une manifestation mondaine, ce que ne sera pas notre mariage. On verra... c'est une véritable plaie et je ne blâme pas Preston d'avoir un œil qui traîne ! Et pour traîner !...

— Ce qui veut dire que vous ne vous rencontrez pas beaucoup, socialement parlant ?

— Rarement. Mais ne t'y trompe pas, nous nous aimons beaucoup. J'éprouve le plus grand respect pour Preston. Il travaille énormément et il n'y est même pas obligé. Il a hérité de la société mais il possède une fortune indépendante qui lui vient de sa mère. Des mines et des scieries. Depuis au moins trois générations. Peut-être quatre, je ne sais plus.

— C'est remarquable, la façon dont vous vous complétez alors que vous êtes si différents.

— Oh ! mais tu sais, j'ai quadruplé les avoirs de la société depuis que j'y suis entré ! Ce n'était qu'une petite société de courtage. C'est moi qui en ai fait une banque d'investissement puissante, et Preston le sait.

— J'en suis certaine. »

Ils reprirent la voiture. Martin continua ses explications.

« Là-bas, c'est la Bourse. Un jour, je t'y emmènerai. On se croirait dans une maison de fous. Des centaines de courtiers hurlant, agitant les bras jusqu'à l'heure de la fermeture, à trois heures et demie, quand la cloche sonne. Quelle industrie ! Des petits mecs qui jouent, des gros qui prennent des risques dans les marchés à terme. On m'a dit que ton frère s'occupe de ce genre d'affaires. Moi, jamais. Je ne prends aucun risque. »

La voiture roulait dans Wall Street. De chaque côté, s'étendaient des rangées de fenêtres et derrière chaque fenêtre Connie savait qu'il y avait des enfilades de bureaux, de téléphones et de gens pendus à ces téléphones. L'incroyable richesse que tout ce monde produisait ! Bien sûr, il ne suffisait pas de parler au téléphone, Connie le savait. C'eût été trop simple et même naïf. Pendant quelques secondes, une image inattendue passa devant ses yeux : celle de Davey s'affairant dans sa petite usine, les mains couvertes de graisse.

Une froide giboulée d'avril s'était mise à tomber, bref retour de l'hiver. Les gens se hâtaient dans les rues fouettées par le vent, s'entassant dans les bouches de métro, se faufilant dans la foule, agrippant le col du manteau qu'ils avaient remonté et serrant contre eux de méchants cabas. Mais à l'intérieur de la voiture qui traversait la Vingt et unième rue, il faisait chaud et sec. Il y avait même une couverture de voyage en laine avec son monogramme dans le coin, si l'on avait froid. Connie soupira d'aise et étira ses jambes.

« Tu te sens bien ? demanda Martin.

— Merveilleusement bien ! »

Ah ! quelle volupté de n'être pas mêlée à tous ces pauvres gens dans les rues et les métros !

Vingt-deux hectares de terres enserraient la résidence nichée au creux des collines du comté de Westchester. De la fenêtre à laquelle elle était accoudée, Connie apercevait les courts de tennis, la piscine chauffée, les écuries et l'allée cavalière qui s'enfonçait dans les bois. Quand la porte s'ouvrit, elle se retourna. C'était Martin.

Il écarquilla les yeux.

« Mon Dieu, que tu es belle ! tu es l'incarnation de la perfection !

— Même enceinte de trois mois ?

— Personne ne le devinerait.

— Pourtant j'ai pris quatre kilos. Et aux endroits les plus visibles ! Ou disons qu'on les verrait si je ne portais pas cette jupe. »

Elle lissa les plis de sa jupe de soie rose diaphane.

Il la prit par la taille. Ils faisaient face au miroir et elle vit qu'il portait un œillet blanc à la boutonnière. Il respirait le bonheur.

« Tu es certaine d'être en forme ?

— Oui, je me sens dans une forme olympique.

— Le juge est déjà arrivé mais il nous reste une bonne demi-heure. Les invités affluent. Et Eddy vient juste d'arriver avec une surprise pour nous. Veux-tu que je le fasse monter ?

— Oui ! Ça me rend nerveuse de rester ici toute seule. »

On entendait Eddy grimper les escaliers, pourtant moquettés. Il martelait le sol de son pas pressé en agitant ses clés. Il faisait du *bruit*. A croire qu'il était incapable, tout comme Martin, de refréner son énergie débordante. Il déboula dans la pièce en criant :

« Alors, Connie, tu ne te demandes pas pourquoi tu n'as pas encore reçu mon cadeau de mariage ?

— Quelle question ! Que suis-je censée répondre ?

— Ne réponds rien mais va regarder par la fenêtre. »

Les voitures étaient rangées autour de la cour circulaire couverte de gravier et jusque dans la grande allée.

« Où dois-je regarder ?

— En bas, à droite. Derrière la Rolls, là où le chauffeur se tient... que vois-tu ?

— Un break... »

Il corrigea. « Un break Mercedes. Comment le trouves-tu ? Il te plaît ?

— Bien sûr. Il est formidable.

— Parfait. C'est notre cadeau, c'est de Pam et moi.

— Eddy, quel amour tu fais ! Je l'adore, je l'adore !

— Tu sais, c'est une idée de Pam. Nous avons pensé que c'était exactement ce dont tu aurais besoin pour balader tes gamins dans la campagne. Il y a assez de place pour ta chienne Delphine et tous vos chiens à l'arrière.

— Vous êtes vraiment des amours, répéta Connie. Pourquoi Pam ne monte-t-elle pas pour que je la remercie ?

— Tu le feras tout à l'heure. »

Eddy hésita puis, la mine grave, dit d'une voix douce :

« Quel dommage que tu n'aies pas invité Lara. »

Connie poussa un long soupir. Elle eut un léger étourdissement et dut s'asseoir.

« Oh, Eddy ! Comment peux-tu me dire cela un jour pareil ? Je ne peux pas me permettre de pleurer maintenant et d'apparaître avec des yeux rouges. En fait, je l'ai invitée. Je lui ai écrit une très jolie lettre la semaine dernière et l'ai envoyée avec autant d'espoir que d'appréhension. Tu peux me croire ! Je n'avais aucune idée de la façon dont elle le prendrait. Je pensais qu'elle serait sans doute fâchée que je l'invite... Tu vois, j'avais raison, elle n'a pas répondu. Pas un mot ! Je savais qu'elle refuserait de venir. »

Eddy éclata d'un rire joyeux.

« Ah ! mais tu avais tort, complètement tort ! Elle est venue. Ils ont même amené Sue sur son trente et un. On croirait une pièce montée ! Elle ne t'a pas répondu parce qu'elle voulait te faire la surprise. Elle attend dans le hall, en haut des escaliers.

— Mon Dieu ! Eddy... Va la chercher, je t'en prie ! »

Les yeux de Connie, pleins de larmes qui délayaient son mascara, la piquaient si fort que

Lara qui venait d'apparaître à la porte ressemblait à un ectoplasme. Elle a vieilli, pensa Connie quand son regard se fut éclairci. Sa taille a épaissi... Elle a trente-sept ans maintenant.

Elle lui ouvrit les bras. Lara éclata en sanglots et s'y précipita.

« Oh ! je ne dois pas froisser ta belle robe. »

Elle lâcha Connie et se recula. « Comme je suis heureuse ! tellement heureuse !

— Tu ne m'as pas répondu. J'ai cru que tu ne viendrais pas.

— Si tu savais comme j'esperais cette invitation. Davey m'a si souvent dit, sans parler d'Eddy !, de t'écrire... J'en avais très envie mais je craignais que tu ne m'envoies promener. »

Les sourcils froncés et le regard inquiet avaient quelque chose de poignant. Son expression était suppliante. A cette minute, Connie retrouva en Lara l'une des expressions familières de leur mère.

« Comme je regrette que Peg ne soit pas là », dit-elle.

Eddy, tel un père tendre et fier d'elles, les regardait et intervint d'une voix enjouée.

« Si elle était là, elle dirait : "Que la fête commence". »

Il regarda sa montre.

« Bon, je vous laisse toutes les deux mais dans vingt minutes, je reviens chercher la mariée.

— Quand tu remonteras, veux-tu amener ma petite Sue et Davey pour une minute ? Je voudrais que Connie voie ma Sue chérie. »

Les deux sœurs restèrent seules à tenter de raconter deux ans de leur vie réciproque.

« Eddy m'a dit que tu as une adorable petite fille, commença Connie.

— Oh, elle l'est !... Tout se passe très bien et nous n'avons plus de problèmes avec elle.

— Il m'a dit aussi que Davey et toi aviez une affaire florissante.

— Si Eddy le dit, il doit le savoir ! Il s'en est tellement occupé. Mais florissante est peut-être un peu outré.

— Nous savons qu'Eddy a tendance à utiliser des grands mots. Avec lui, tout doit être grand, formidable ! Quand même, je suis impressionnée... quand je repense au petit atelier dans l'arrière-cour, que je me souviens de tout ce que nous avons traversé quand nous étions enfants. Et maintenant tous ces changements !

— Il n'est pas toujours souhaitable de trop se souvenir. Souvent, j'aimerais bien n'avoir aucune mémoire. Peut-être arriverai-je un jour à oublier toutes les méchancetés que j'ai dites. J'ai été beaucoup trop dure avec toi, Connie. Tu comprends, après ces années où j'avais tant espéré avoir un bébé, j'étais folle de rage à la pensée que tu pouvais en avoir un et que tu n'en avais pas voulu.

— N'y pense plus, dit Connie gentiment. C'est passé, c'est fini. Ne gâchons pas ce bonheur.

— Tu as raison, dit Lara qui regarda autour d'elle. Quelle maison ! Je n'ai jamais rien vu de pareil. Ma parole, tu vis comme une princesse, Connie ! »

Sur le sol, près de la porte, une pile de valises aux coins de cuivre attendait d'être enlevée. Les bagages d'une même série étaient en cuir fauve, d'une texture des plus délicates et des plus périssables. Des bagages très luxueux.

« Quelles magnifiques valises ! s'exclama Lara.

— C'est mon cadeau d'anniversaire. C'est Martin qui les a choisies.

— J'espère que les bagagistes de l'aéroport ne les abîmeront pas. Rien que sur le vol d'Ohio à ici, ils ont fait une vilaine rayure sur ma valise toute neuve. Davey pense qu'on pourra la réparer. »

C'était la femme d'intérieur, frugale et économe, qui parlait. Comme elle l'avait toujours fait. User les choses jusqu'au bout, s'en contenter, bien les entretenir... Voilà ce que Peg avait enseigné à Lara et ce qu'elle avait toujours pratiqué. Connie ne voulait même pas imaginer ce que penserait Lara si elle apprenait ce que Martin avait payé... douze mille dollars pour la série de six valises.

« Je suppose que vous allez loin pour votre lune de miel. Ou bien ne doit-on rien demander ?

— Nous allons faire le tour du monde. »

Connie avait hésité, se demandant s'il fallait minimiser ou tout dire. Il valait mieux dire la vérité. Elles ne s'étaient jamais rien caché par le passé et pourquoi commencer aujourd'hui ?

« La société de Martin a acheté un nouveau jet. Il y a tout dedans, même un piano ! N'est-ce pas fantastique ? Nous allons voir des endroits de rêve, comme Bora Bora, le Cachemire et Madagascar. J'ai fait beaucoup d'efforts pour apprendre quelque chose sur ces pays avant de partir. Martin aime que je m'informe... L'as-tu déjà rencontré ?

— Brièvement. Eddy nous a présentés.

— Martin est un homme adorable. C'est un vrai homme, pas un... »

Elle avait failli dire « pas un Richard » mais ne le fit pas, se souvenant de la lettre affectueuse que Richard lui avait écrite la semaine passée pour lui souhaiter beaucoup de bonheur avec Martin. Elle se borna donc à dire :

« Quand tu le connaîtras, tu verras. Il te plaira beaucoup.

— Si tu l'aimes, bien sûr qu'il me plaira. »

La conversation s'arrêta net, comme si chacune avait brusquement pris conscience de la présence de l'autre.

Elles s'examinaient. Elle est robuste et rassurante, se disait Connie. Elle sait faire face, elle restera la même, dût-elle vivre mille ans.

« Que vois-tu en moi pour me regarder si gravement ? demanda Lara.

— Rien, rien. Je regardais ta robe. J'aime beaucoup cette teinte de bleu.

— Je l'ai achetée en vitesse quand j'ai su que nous venions. Tu ne trouves pas qu'elle me grossit ?

— Pas vraiment. Mais il est vrai que tu as pris un peu de poids.

— Huit kilos !

— Tant que cela ! Comment as-tu fait pour en arriver là ?

— Tu ne devineras jamais... »

Les yeux de Lara s'étaient mis à briller comme si elle eût retenu ses larmes malgré son sourire.

« Je suis enceinte. »

Comment était-ce possible ? Non, pas après tant d'années.

« Tu as l'air choquée. Je t'assure, c'est vrai. Je suis dans mon sixième mois. Alors, tu vois, je ne suis pas vraiment grosse. »

Connie se leva et prit Lara dans ses bras. Boule-versée, elle n'arrivait pas à dire quelque chose.

« Connie, pas de larmes, protesta Lara. Tu vas abîmer ton maquillage. Tiens, essuie ton visage. Non, laisse-moi le faire.

— Est-ce qu'Eddy t'a dit que j'étais enceinte aussi ? »

Eddy venait d'apparaître à la porte.

« Quoi, quoi, quoi ? Certainement pas. J'esti-mais que c'était ton secret et que tu avais le droit de le garder. Et maintenant, regardez un peu qui est là.

— Davey ! »

Il se tenait immobile, presque timide, avec un sourire juvénile qu'elle reconnut immédiatement. Elle se demanda brusquement s'il ne lui avait pas manqué au moins autant que Lara.

« Entre que je t'embrasse. Tu as l'air surpris... tu ne m'as pas entendue ?

— C'est seulement qu'il arrive tant de choses à la fois, et je ne sais plus où j'en suis.

— Connie, c'est pour quand ? demanda Lara.

— Pas avant décembre. Tu es choquée, Lara ?

— Bien sûr que non, ma chérie. »

Davey ajouta : « Pourquoi le serions-nous ? Nous sommes tellement heureux pour toi.

— Au fait, je vais être deux fois oncle ! cria Eddy. Ou devrais-je dire "encore une fois" puisque j'ai déjà une nièce. Et où est-elle ? Sue, où te caches-tu ?

— Ici. »

Abandonnant sa cachette derrière Davey, une petite fille aux yeux foncés vêtue d'une jolie robe, s'avança.

293

« Voici tante Connie, fit Lara. Est-ce qu'elle n'est pas jolie dans sa belle robe de mariée ? »

D'immenses yeux foncés sérieux fixèrent Connie.

« Elle n'est pas aussi grosse que toi, tante Lara.

— Parce que son bébé naîtra plus tard que le nôtre, c'est tout. »

Remarquant l'embarras de Connie, Lara expliqua : « Sue est au courant depuis longtemps qu'elle va avoir une petite sœur. C'est le docteur qui nous l'a dit.

— Il fallait qu'on le sache pour choisir la couleur de la chambre du bébé, dit Sue. Ce sera la chambre à côté de la mienne. Elle sera rose et quand elle sera là, je vais lui donner un chat rose. Je l'ai acheté avec mon argent de poche. »

Ils ont accompli un véritable miracle avec cette petite, pensait Connie, se souvenant de ce que lui avait raconté Eddy au début de l'adoption au sujet de la misérable petite orpheline terrifiée et de la longue patience de Lara. Elle se pencha pour embrasser la gamine sur les deux joues.

« Je pense que votre bébé sera le plus heureux de la terre d'avoir une sœur comme toi. »

Les yeux de Connie croisèrent ceux de Lara par-dessus la tête de Sue. L'émotion contenue entre les quatre murs de la pièce était presque palpable, presque insupportable.

« C'est quelque chose de vous voir ainsi réunies ! » fit Eddy. Puis brusquement, parce qu'il sentait que l'atmosphère avait besoin d'être égayée, il annonça avec une feinte sévérité :

« Allons, tout le monde dehors ! Descendez ! C'est moi qui donne le bras à la mariée et nous allons faire notre entrée solennelle dans peu de temps. »

Connie flottait sur des nuages. Dans sa longue robe couleur de ciel au soleil couchant, elle descendit l'escalier en spirale comme dans un rêve. Ils entrèrent dans le salon en traversant la foule des invités se pressant sur leur passage. Martin attendait, assis sur une petite chaise à barreaux dorés.

Connie avait l'étrange impression que son esprit désincarné flottait à côté d'elle, observant attentivement la cérémonie et tous les assistants, y compris elle-même.

Le juge convié pour célébrer le mariage était un personnage tout ratatiné et sa voix était aussi sèche que ses paroles. Il n'avait aucune poésie. Elle se souvint d'une autre cérémonie à Houston, célébrée par un ministre du culte. Il avait commencé par : « Chers amis, nous sommes réunis ici pour... » Connie aimait que les cérémonies soient empreintes de poésie mais c'était sans doute aussi bien ainsi et moins compliqué que si Martin avait demandé un rabbin ou un pasteur. Le principal était qu'ils soient mariés officiellement et que le bébé ait un nom. Le reste importait peu.

En quelques minutes, l'alliance lui fut passée au doigt, c'était fini. Martin se pencha et l'embrassa. Un long baiser sur les lèvres qui l'embarrassa un peu. Elle aperçut Bitsy. Désormais, elle était bien plus riche qu'elle. L'important, c'était cela, même si Bitsy en son for intérieur prenait Martin Berg pour un nouveau riche.

Ils traversent le grand salon à pas lents entre deux haies d'invités souriants. Le frère de Martin, Ben, trouve que Connie est l'épouse rêvée pour Martin. Les belles-sœurs de Chicago, des femmes vieillissantes et sentimentales, couvertes de bijoux, ont une expression d'extrême gentillesse. *Oh, Martin! elle est magnifique!* murmurent-elles sur leur passage. Eddy lui fait un clin d'œil et Pam lui envoie un baiser. Pam est ravie. C'est le genre à s'amuser partout. Tiens, voilà Preston avec sa belle tête patricienne. Ses yeux croisent ceux de Connie et insistent une seconde de trop. Sa femme a l'air d'être sa mère, bien qu'ils se soient connus à l'université. Le fils de Martin est maussade. Il est venu de mauvaise grâce et reprendra l'avion pour Paris dès le lendemain. Voilà Melissa portant une robe magnifique en dentelle véritable, une robe apportée de France mais malheureusement toujours verte. A la voir habillée de cette façon, il semble impossible que sa mère ait la moindre affection pour elle. Connie aidera l'enfant. Connie sera bonne pour les enfants de Martin. Elle se souviendra de leurs plats favoris et fera de son mieux pour les rendre heureux.

Maintenant, le couple se tient à l'extrémité du salon pour recevoir les félicitations et les embrassades. Une fois le rituel accompli, les invités se dispersent dans la maison et s'égaillent dans les jardins. Les musiciens se mettent à jouer des airs joyeux.

Comme la mère de Connie aurait aimé tout cela! Comme Connie aime tout ce faste... Elle resplendit.

Des tables sont disposées sous des parasols de toutes les couleurs sur les terrasses et les pelouses. Des serveurs en gants blancs portant des plateaux d'argent vont de table en table ou suivent les invités qui se promènent entre les hautes bordures de lauriers, offrant un tel choix de hors-d'œuvre que le repas qui va être servi dans la maison semble complètement superflu.

Les invités sont si nombreux que chacun a du mal à retrouver ses amis. Plusieurs maris et plusieurs épouses restent debout, cherchant l'autre, sans personne à qui parler. D'autres personnes, fatiguées d'aller et venir, prennent le premier siège qui s'offre à eux et, un verre à la main, entament une conversation avec le premier venu.

« Vingt-trois ans de mariage qui se terminent par un divorce ! remarque Caroline DeWitt. Il devrait avoir honte, c'est tout ce que je peux dire.

— Ce n'est pas vraiment l'endroit ni le jour pour une telle remarque, réplique son mari. N'oublie pas que tu parles de mon associé.

— Preston, il n'est pas dans mes habitudes de t'embarrasser. Personne n'a pu m'entendre, je murmurais. Et je maintiens que c'est honteux, peu importe ce que tu penses. Doris lui convenait mille fois mieux. Non que je l'aie particulièrement connue, mais il suffisait de la voir pour s'en rendre compte.

— Apparemment, ce n'est pas son avis à lui, répondit sèchement Preston.

— Regarde un peu la robe que porte la femme là-bas. Ces gens en font vraiment trop. Tout est *too much*. Ostentatoire. Trop de nourriture, trop de fleurs. Ah ! voilà une jeune femme bien habillée ! La grande dans la robe imprimée noir et blanc !

— C'est la belle-sœur de la mariée. Mariée au petit génie de la Bourse.

« — Tu veux dire cet Osborne dont tout le monde parle ?

— Oui, Osborne. Je suis dans les affaires depuis longtemps et mon père l'a été encore plus long-temps, mais je ne sais toujours pas comment ce garçon réussit si bien.

— En tout cas, il a eu le bon goût d'épouser une femme de la bonne société. Ça se voit tout de suite, la qualité, ça ne s'invente pas... Même la façon dont elle est assise. Tu vois ce que je veux dire ? »

« Ce doit être l'endroit rêvé pour avoir des chevaux, dit Pam. Eddy, nous devrions acheter un endroit comme celui-ci, tu ne trouves pas ? Je commence à être fatiguée de Long Island. C'est devenu trop couru. Il y a trop de gens même dans les coins reculés.

— Le Kentucky ? Chérie, je ne peux pas vivre ici. C'est trop loin.

— Un été, je suis venue rendre visite à une amie d'école. Elle habitait par ici. J'aime ces paysages et ces grands espaces ! continua Pam non sans mélancolie.

— Eh bien, d'accord... le jour où je prendrai ma retraite. Mais nous en sommes encore loin. Mes affaires marchent tellement bien ! »

Pam regarda Eddy et insista.

« Ce serait un investissement. Tu sais qu'on peut gagner beaucoup d'argent avec les chevaux.

— Ça te plairait tant que cela ?

— J'adorerais !

— Alors je te promets de m'en souvenir. »

Et pourquoi pas ? Pourquoi ne pas lui faire cette joie ? Après tout, c'est pour cela qu'on vit, qu'on gagne de l'argent... Il aimait tellement être généreux. Il s'imaginait déjà dire d'un ton négligent : « Notre propriété dans le Kentucky... » Il se voyait aussi se promenant – non, montant ses chevaux – dans ses dizaines d'hectares de terres. Il irait rendre visite à ses voisins et amis, les grands bourgeois du Sud. Pam cadrerait parfaitement. Elle serait parmi ses pairs. Il avait remarqué que l'épouse de DeWitt, une vraie pimbêche, avait admiré Pam tout à l'heure. Cette sorte de vieille bourgeoisie n'admet que ses pareils. Les vieilles fortunes... Evidemment, dans le cas de Pam, la fortune s'était envolée, mais la classe restait.

« Ta sœur s'est bien débrouillée, remarqua Pam. A chaque mariage, elle grimpe dans la hiérarchie sociale.

— Oh! je pense que ce sera son dernier mariage. Il n'y a pas de raison qu'il en soit autrement.

— Tu le crois vraiment ?

— Absolument. »

Eddy se souvint subitement de Richard qui était venu le voir à son bureau un mois auparavant pour lui confier une grosse somme à investir.

Il répéta : « Absolument.

— C'est tellement étrange la façon dont tes deux sœurs diffèrent l'une de l'autre.

— Diffèrent ? J'ai toujours pensé qu'elles se ressemblaient beaucoup. D'ailleurs, elles sont toutes les deux enceintes en même temps !

— C'est une bonne chose.

— Et pour nous deux, est-ce que ce serait une bonne chose ?

— Un jour, sûrement. Tout le monde a des enfants un jour ou l'autre. Mais il faut choisir son moment. »

Il acquiesça. Leur vie était trop pleine pour le moment. Les jours passaient tous plus pleins les uns que les autres, travail, relations sociales qui lui amenaient de nouveaux clients, soirées avec leurs amis personnels, sport, théâtre, concerts, voyages et petits séjours brefs à l'étranger pour rencontrer un client en Europe, séjours plus longs en Irlande pour voir les expositions chevalines ou en Italie pour assister à l'une des représentations de la Scala, à Paris évidemment, la ville dont il était tombé amoureux pour l'éternité et où l'attendait une suite louée en permanence. Dès qu'il en trouverait le temps, il avait l'intention de visiter la Nouvelle-Zélande et l'Australie. Dans un tel tourbillon, comment trouver de la place pour un bébé ? Alors, plus tard.

Pam continuait à réfléchir.

« C'est étonnant cette différence. Je ne parle pas de ressemblance physique. Je veux dire, le caractère, le tempérament. Lara est une femme tellement forte, beaucoup plus que Connie.

— Je ne dirais pas cela.

— Moi, si. Un jour, tu te rendras compte à quel point j'ai raison. »

Pour le moment, Lara ne se sentait pas particulièrement à l'aise. Ses chaussures achetées pour l'occasion, lui serraient les pieds. Et sous son ample robe le bébé se livrait à de vigoureux exercices. Davey et elle s'étaient donc réfugiés sous une tonnelle où se trouvaient des sièges vacants. Sue avait trouvé un garçon de son âge et tous deux étaient partis à la découverte du domaine.

Les deux autres sièges étaient occupés par deux messieurs. L'un était un homme entre deux âges, d'allure sobre, tandis que l'autre n'avait guère que trente ans. Il avait des cheveux roux et un visage constellé de taches de rousseur. Apparemment étrangers l'un à l'autre quelques minutes auparavant, ils étaient maintenant plongés dans une conversation animée.

« Les choses sont hors de proportion, disait le plus vieux. L'autre jour, j'ai lu un article à propos d'un gros bonnet des affaires qui possède sept maisons. Au Maroc, aux îles Fidji – vous imaginez, aux Fidji ! – et Dieu sait où encore. Vous trouvez que cela a du sens ? »

On sentait un homme de bonne foi mais le ton frôlait la colère.

« Si j'étais un gauchiste, je serais fou de rage. Evidemment, les gens de droite vous diront que, lorsqu'on gagne de l'argent, c'est pour le dépenser selon son bon plaisir. Mais je ne suis ni gauchiste ni réactionnaire... »

Le jeune homme dans l'intention de détendre l'atmosphère se tourna vers Davey.

« Et vous, qu'en pensez-vous ? »

Davey n'avait jamais été un grand parleur, en particulier lorsqu'il s'agissait de sujets abstraits et, plutôt embarrassé, il hésita un moment.

« C'est un problème de proportions, vous ne pensez pas ? Je ne suis pas opposé à l'argent. »

Il émit un léger rire.

« D'ailleurs, j'essaie d'en accumuler un petit peu moi-même. »

L'homme plus âgé saisit la balle au bond.

« Oh ! mais ce n'est pas de cela que je parle. Un peu c'est très bien. Ce que je critique, c'est les centaines de millions ! Puis-je me permettre de vous demander ce que vous faites ?

— Je possède une petite usine. Nous fabriquons des pièces électroniques à usage médical comme la chirurgie veineuse et...

— Parfait ! Alors, vous êtes un producteur. Vous fabriquez des choses utiles aux gens. Vous gagnez honorablement vos dollars. Ce dont je parlais, moi, c'est des spéculateurs, des junk-bonds, de l'évasion fiscale, des montages financiers, des OPA douteuses, toutes opérations qui se terminent par l'endettement. »

Il fronça les sourcils.

« Et ces endettements finiront par miner l'économie.

— Je dois reconnaître que vous avez raison, dit le rouquin qui ajouta comme à regret : malheureusement pour moi, je n'ai pas le choix. Je suis dans le système.

— Pourquoi dites-vous malheureusement ?

— Parce que je travaille dans ce genre d'affaires. Je suis employé chez Frazier, DeWitt et Berg. »

Il y eut un silence embarrassé puis, au bout d'un moment, le monsieur eut un petit rire gêné.

« Il semble qu'une fois de plus j'aie fait une gaffe ! A mon âge, ça devient impardonnable. »

Il indiqua d'un mouvement de tête la foule des invités, les pelouses vert vif, la vaste maison avec ses terrasses et ses parasols.

« Ce n'est pas vraiment l'endroit ni le moment de faire de pareilles remarques...

— Ce n'est pas grave, je vous assure, fit le rouquin d'un ton fort aimable. Au fait, je me présente, McClintock, Allen McClintock.

— Enchanté. Je devrais me cacher à cent pieds sous terre : je m'appelle Berg. Je suis le frère de Martin.

— Pendant que nous y sommes, bouclons la boucle », fit Davey.

Ils se dévisageaient tous avec étonnement. Réprimant un fou rire, Davey reprit :

« Nous sommes les Davis, ma femme Lara, et moi, Davey. Lara est la sœur de Connie. »

Devant l'ahurissement des deux hommes, il se hâta de dire : « Je vous en prie, ne soyez pas embarrassés. Tout cela n'a aucune importance. Nous avons déjà oublié toute cette conversation. »

Ils se levèrent comme pour se séparer, tout en hésitant, ne sachant trop comment faire. C'est Allen McClintock qui prit l'initiative.

« J'ai l'impression qu'ils commencent à servir le déjeuner. J'y cours, je suis affamé. »

L'étrange groupe se sépara donc pour rejoindre le reste des invités.

« Intéressant et amusant, dit Davey.

— C'était plus gênant qu'amusant », rétorqua Lara.

Quand ils eurent atteint la maison et retrouvé Pam et Eddy, les mariés dansaient, seuls sur la piste. La robe claire de Connie voletait autour d'elle et ses cheveux blonds se dénouèrent tandis qu'ils tournoyaient. Pleine d'exubérance et ouvertement triomphante, Connie chantait avec l'orchestre « *J'aurais pu danser toute la nuit* ». Les invités souriaient.

Eddy en les regardant se souvint de la nuit où le couple avait fait connaissance durant la réception qu'il avait donnée dans son nouvel appartement. Il se souvint aussi de sa prémonition... Charmante Connie, jolie Consuelo. Elle avait été l'enfant préférée de leur mère. Eh bien, Martin Berg n'était sans doute pas le duc de Marlborough mais il possédait sûrement une fortune beaucoup plus considérable. Eddy se sentit tout gonflé de fierté.

Lara pour sa part évoquait d'autres souvenirs. Celui d'abord de la petite sœur si exigeante, puis de la jeune femme quittant le foyer parce qu'elle « voulait voir le monde » et parce qu'elle était « différente de toi, Lara ! ».

Elle prit la main de son mari.

« Regarde-la, Davey, comme elle est belle. J'espère tellement qu'elle sera heureuse cette fois.

— Oh ! Connie obtient toujours ce qu'elle veut, répondit-il. Mais heureuse... c'est une autre paire de manches. »

9

Le nouveau-né d'une semaine dormait paisiblement dans un berceau installé à côté du lit de Lara. Un rayon de soleil jouait sur sa petite tête ronde et faisait briller une touffe de cheveux blond-roux.

Eddy remarqua : « Elle aura les mêmes cheveux que Peg. »

Pam demanda : « Vas-tu l'appeler Peggy ou seras-tu plus formelle en la nommant Margaret ? »

Lara éclata de rire.

« Ce qui nous viendra spontanément, je suppose, bien que nous ayons commencé avec Peggy. »

Martin Berg avait prêté son avion privé pour amener Pam et Eddy voir leur nièce et, grâce à cela, ils avaient pu apporter énormément de cadeaux. Pam avait choisi le berceau qu'elle avait fait capitonner d'une jolie percale bordée de dentelle. Berg avait offert un landau anglais du plus beau bleu outremer... dont la capote était ornée d'un monogramme, ainsi qu'une vaisselle en argent et une robe de baptême brodée en dentelle. Il avait eu la délicatesse d'envoyer aussi des cadeaux à Sue.

Eddy dirigea son Polaroïd sur le bébé.

« Connie m'a demandé de faire des photos. Si tu savais comme elle était furieuse mais son médecin lui a interdit de voyager. »

Il regarda sa montre.

« A quelle heure est la réunion des actionnaires ?

— A trois heures et demie. Davey est parti chercher Sue à l'école. Quand il reviendra, vous pourrez partir à l'usine. Tous nos horaires cette semaine sont un peu bouleversés à cause de Mlle Peggy. »

Lara regardait le bébé avec un sourire radieux.

Pam demanda des nouvelles de la fillette.

« Je ne connais pas grand-chose à la psychologie infantile, mais je sais que l'arrivée d'un nouveau bébé peut créer beaucoup de problèmes.

— Nous avons tout fait dès le début pour l'y préparer et jusqu'à maintenant, tout va bien. Mais on ne sait jamais. Tiens, les voilà, j'entends la voiture. »

Quelques minutes plus tard, des pas se firent entendre dans l'escalier. Sue et une petite amie entrèrent en trombe, suivies plus posément par Davey.

« Maman, maman, j'ai amené une amie pour qu'elle voie notre bébé. Elle ne croyait pas que nous en avions un alors, je l'ai amenée ! »

Les deux fillettes se penchèrent sur le berceau.

« On peut lui toucher la main ? demanda Sue.

— Si vous le faites très doucement. Les bébés sont très fragiles. Sue, tu ne m'as pas dit le nom de ton amie. Tu as oublié ce que je t'ai dit au sujet des présentations ?

— Oh, oui !... Voilà Marcy. Et voilà ma maman. Et ma petite sœur s'appelle Peggy. Y a-t-il des esquimaux dans le réfrigérateur ?

— Oui, ma chérie. Demande à papa qui les trouvera dans le haut, à côté des bacs à glace. »

Quand les enfants furent descendues, Lara chercha un mouchoir dans sa poche, et se moucha et essuya ses yeux.

« Excuse-moi...

— Que se passe-t-il ? demanda Pam.

— Tu ne peux pas savoir, mais c'est la première fois qu'elle me dit "maman". »

Lara regarda du côté du berceau.

« Je suis tellement ahurie que j'ai la tête qui tourne. Rien ne semble tout à fait vrai. Est-ce qu'un bonheur pareil peut durer ?

— Lara, tu me sidères, dit Pam. Je croyais que tu étais une grande optimiste comme Eddy.

— Elle l'est, intervint Eddy qui ajouta d'un ton décidé : Ça durera et tout est vrai. Il n'y a aucune raison pour qu'il en soit autrement. »

Sur ces mots, il descendit rejoindre Davey.

« Je vois que tu as des actionnaires agréables, fit Eddy sur le chemin du retour. C'est le genre de chose qu'on rencontre dans les petites communautés. Parfois, cela me manque.

— Voilà qui est plaisant à entendre ! » Davey riait aux éclats. « Quand tu habitais ici, tu n'avais de cesse de partir, tu le sais bien. Mais c'est une affaire de caractère. Il se trouve que je suis heureux dans un univers restreint. Par exemple, prends mes actionnaires. Je te l'ai dit, je connais

307

chacun d'eux pratiquement depuis l'école maternelle. Le docteur Donnelly et Henry Baker, le proviseur de l'école, ils étaient déjà des amis de mon
père. Et mon meilleur ami, Tony... Sais-tu que lui
et sa femme sont arrivés chez nous comme l'éclair
quand j'ai dû emmener Lara à l'hôpital. Ils ont
dormi sur le sofa et se sont occupés de Sue, lui ont
fait son petit déjeuner et l'ont emmenée à l'école.
Le soir, Sue et moi sommes allés dîner chez eux...
Des amis comme cela, on ne les trouve pas à tous
les coins de rue ! »

Lui habituellement si peu loquace, pensait Eddy.
Aujourd'hui, il est presque lyrique. Et pourquoi
pas alors que tout semble bien tourner pour eux ?

« Ils ont une confiance totale en moi. Ils savent
que je suis capable de bien mener mon affaire.
Cette réunion d'actionnaires n'est qu'une simple
formalité, si j'ose dire. Personne ne met jamais en
doute les décisions que je prends. C'est agréable tu
sais, Eddy. Il y a des jours où je me dis que j'ai une
chance formidable !

— Je me demandais, fit Eddy qui venait d'avoir
une idée, c'est très gentil de me laisser assister à la
réunion mais j'ai aussi très envie de me promener
dans ton usine et de regarder toutes les nouvelles
machines...

— Fais comme tu veux, Eddy, mais j'avais
pensé que cela t'intéresserait d'entendre le rapport
financier.

— Mais je suis ravi. Ce à quoi je pensais, c'est la
chose suivante : serais-tu opposé à ce qu'après
la réunion j'expose quelques idées concernant
les finances personnelles ? Certains de tes amis

risquent d'être intéressés. Bien entendu, ça n'a rien à faire avec ta société. Et rien à faire avec toi non plus.

— Mais bien sûr. Pas de problème. Et si ça ne les gêne pas de rester un peu plus tard, je suis d'accord aussi. »

Tout en écoutant les divers actionnaires, Eddy se dit : C'est tellement différent des réunions auxquelles j'ai pu assister. Ce n'était pas les chiffres, mais l'attitude qui faisait une telle différence. Ici, point de défis, de disputes, de questions agressives. Cette poignée d'hommes, aux côtés d'une dame d'âge mûr, coquettement habillée et d'allure très prospère, une veuve bien nantie, supputa Eddy, tout ce groupe était constitué d'amis. Il comprenait mieux ce que Davey lui avait expliqué. Toutes ces personnes brillaient par l'honnêteté, la franchise et l'intelligence. Pour présenter Eddy, Davey fit un petit discours très simple et direct.

« Voici la personne qui est directement responsable de la naissance de la société. Sans lui, je ne me serais jamais lancé dans cette aventure. C'est lui qui m'a poussé à mettre mes idées en pratique. »

Il n'existait pas beaucoup d'individus capables d'attribuer à un autre le mérite de leur propre succès. Pas à New York, pas dans mon domaine, pensait Eddy en évoquant les vantards et les hâbleurs qu'il rencontrait si souvent.

« Et maintenant, monsieur Vernon Osborne, que nous appellerons Eddy, voudrait nous dire quelques mots. »

Il commença évidemment avec les remerciements d'usage et des commentaires louangeurs au sujet de Davey et de la Davis Company. Cela terminé, il en arriva rapidement à ce qu'il voulait leur exposer.

« Je ne puis dire à quel point je suis heureux de voir que des dividendes importants commencent à se dégager. Et je suis également très content de voir que votre argent a si bien travaillé pour vous. Pourtant – et ici, Eddy fit une pause significative –, pourtant, je crois que nous devons examiner attentivement vos feuilles d'impôts personnelles. Et là, ô douleur, il faut bien constater qu'une bonne partie de ces beaux dollars vont se retrouver dans la poche de l'Oncle Sam ! Or j'aimerais vous expliquer de quelle façon, en prenant une participation dans une SARL, vous pouvez conserver la plus grande partie de ces revenus, et même les conserver en totalité. Plus d'impôts du tout ! Mais oui, vous avez bien entendu. »

Eddy regardait avec amusement l'expression de stupéfaction de ses auditeurs.

« C'est tout à fait légal. Il s'agit seulement d'investir dans une SARL. Vous êtes tous des investisseurs avertis, j'en suis sûr, de sorte que vous comprenez bien pourquoi les déficits engendrent des réductions d'impôts. Mais il n'est pas exclu que vous ignoriez la possibilité de déduire dix dollars de perte pour un dollar d'investissement et les reports d'impôts. »

Il allait leur donner des exemples lorsqu'une main se leva, celle de la seule femme de l'assistance.

« Je suis Carol Robinson. J'ai travaillé comme vice-président dans une banque, de sorte que je connais la question des SARL. Et de fait, je suis actionnaire d'une société à responsabilité limitée qui investit dans l'immobilier de luxe. Mais je n'ai jamais entendu parler du "dix pour un".

— Il est certain que cela paraît incroyable. Mais cela se pratique continuellement.

— Vous voulez dire qu'on investit un dollar et qu'on peut déduire dix dollars de déficit ? »

Eddy fit oui de la tête.

« C'est exactement ce que je veux dire. Dans certains investissements, les déductions peuvent être énormes et pas seulement dans le pétrole ou l'immobilier. Les viandes, le cinéma, les lithographies... »

L'attention de l'auditoire était soutenue. Eddy était dans une forme splendide et il n'avait aucun mal à faire cet exposé, connaissant parfaitement son sujet. C'étaient des propos qu'il tenait quotidiennement et sans jamais connaître d'échec.

L'exposé qu'il avait prévu n'aurait dû prendre qu'une demi-heure mais il se poursuivit plus d'une heure. Quand il eut terminé, il avait convaincu la totalité de ses dix auditeurs qui furent d'accord pour investir des sommes allant de quinze mille à soixante-quinze mille dollars. On échangea des noms et des adresses, on se serra la main et cette très fructueuse réunion prit fin.

« Alors, Davey, et toi ? demanda Eddy comme ils rentraient à la maison.

— Je ne crois pas. Je préfère payer mes impôts et dormir tranquille.

— Mais voyons, Davey ! T'ai-je jamais donné de mauvais conseils ? Pourquoi commencerais-je aujourd'hui ?

— Ce n'est pas cela. C'est seulement que... oh! tu sais bien comment je suis. »

Eddy ne répondit pas. Il valait mieux laisser tomber le sujet plutôt que de gâcher son énergie à convaincre cette tête de mule! Davey parfois était vraiment énervant.

Ce soir-là, une fois qu'Eddy et Pam furent repartis, Davey s'assit au bord du lit de Lara.

« J'ai le sentiment qu'Eddy est un peu fâché contre moi, bien qu'il soit trop gentil pour le montrer, mais je ne voudrais pas entrer dans ses combines pour tout l'or du monde. »

Il haussa les épaules avec un certain mépris.

« Tu penses! Investir en fonds propres dans Marlboro! des déductions de dix pour un... enfin, des astuces comme ça, ce n'est même pas moral. Ces déficits dont il parle sont fabriqués de A à Z, ils sont artificiels. Ce sont des planques, des embrouilles! »

Lara dit calmement : « Apparemment, ces astuces sont tout à fait légales, Davey. Je ne comprends pas que tu sois tellement bouleversé.

— Je me moque bien qu'elles soient légales ou pas. Je trouve cela indécent. Je vais conseiller à tous ceux qui ont assisté à la réunion d'aujourd'hui de ne pas envoyer de chèques et de rester en dehors de cette opération.

— Tu ne vas pas faire cela! » s'exclama Lara qui s'était approchée du berceau. Les mains sur les hanches, elle le défiait. « Tu ne peux pas leur dire que tu ne fais pas confiance à Eddy!

— Bien sûr, ce n'est pas cela que je vais expliquer. Je leur dirai que je ne crois pas à ces

combines et que je ne participerai pas. La viande !
les lithographies ! et quoi encore ?

— Je suis abasourdie, Davey. Comment peux-tu
te conduire ainsi avec Eddy ?

— Mais parce que ces gens sont mes amis, Lara.
Ce sont tous mes amis.

— Mais il est mon frère ! Comment oses-tu
comploter derrière son dos ? Comment peux-tu,
surtout après tout ce qu'il a fait pour nous ? Toutes
ces bontés ! Si tu ne veux pas t'impliquer personnellement, c'est une chose, mais empêcher les
autres de le faire, c'est tout à fait dégoûtant, et je
mesure mes mots ! »

La discussion continua tard dans la nuit. Finalement, Davey fut d'accord pour ne pas dissuader les
autres.

« Bon, peut-être est-ce moi qui fais une montagne de rien, finit-il par concéder. Peut-être ? »

Connie elle aussi donna naissance à une petite
fille avant que l'année fût écoulée. Elle vint au
monde sans encombre sinon qu'en cet après-midi
de décembre, les éléments s'étaient déchaînés après
la clôture des opérations de Bourse. Martin arriva
en trombe à l'hôpital, fit irruption dans la chambre
de Connie, puis courut à l'autre bout du hall pour
contempler le bébé à travers les vitres de la nursery.

Quand il revint, ses yeux étaient pleins de
larmes de bonheur.

« Oh ! comme elle est belle ! notre petite Tessie...
elle est magnifique. »

Tessie, pensait Connie avec irritation. Ah, non !
Mais elle dit calmement : « Je sais que je t'ai
promis de lui donner le prénom de ta mère et je le

ferai, mais Tessie n'est que le diminutif de Thérèse et je veux qu'on l'appelle par son nom entier. Et je veux qu'on l'écrive avec ses accents. Voilà ce qui me fait plaisir, Martin.

— D'accord, d'accord. Tessie... Thérèse. Où est la différence ?

— Thérèse. Il faut le prononcer à la française, c'est beaucoup plus beau.

— Ah, toi ! Ma jolie dame de France ! Quand je pense que ta sœur s'est bornée à appeler sa fille Peggy... tout simplement ! » Il rit. « Thérèse. Quelle belle petite fille ! Elle ressemble à Melissa. »

Dieu du ciel, j'espère bien que non ! pensa Connie.

Martin se pencha sur le lit pour arranger l'oreiller brodé qu'il avait apporté de la maison et il embrassa délicatement sa femme, sans la serrer dans ses bras de peur de lui faire mal. Il était ivre de bonheur.

« Si tu savais ! J'ai eu plus de joie depuis que je vis avec toi que pendant tout le reste de mon existence ! »

Deuxième Partie

1983-1988

10

Ce furent des années dorées, non pas celles de la vieillesse triomphante, mais celles de la jeunesse passée dans le confort et la richesse. Les deux sœurs, en dépit de leur éloignement géographique, étaient plus proches que jamais. Si Peg pouvait les voir, disait Connie, comme elle serait heureuse de cette complicité et de l'arrivée d'une nouvelle génération. Même les maris s'entendaient bien. Leurs origines et leurs occupations étaient bien différentes et pourtant, les deux hommes si occupés chacun de son côté, se retrouvaient sur de nombreux terrains. Les bonnes œuvres de Martin s'exerçaient sur une échelle colossale et faisaient souvent la une des journaux. Davey pour sa part pouvait s'enorgueillir d'avoir largement contribué au bien-être de sa ville avec la création d'un petit théâtre, d'une garderie d'enfants pour ses employées, une importante souscription pour agrandir la bibliothèque municipale et bien d'autres choses encore.

Parfois, quand Davey n'avait pas trop de travail pendant le week-end, Martin envoyait l'avion de sa société chercher les Davis et les ramener à Westchester et parfois à New York pour aller au théâtre, où Martin Berg pouvait toujours, même à

317

la dernière minute, trouver des billets. Il était heureux de prêter sa vaste maison de sorte qu'elle était rarement vide.

Un après-midi d'automne, pendant les vacances de Thanksgiving, tandis que Davey et Sue visitaient le zoo de Central Park, les petites filles, maintenant au nombre de quatre, étaient en train de s'amuser dans le salon de l'appartement de la Cinquième avenue. Leurs mères, avec la nurse écossaise de Thérèse, les surveillaient. Martin avait eu raison. Thérèse ressemblait à Melissa : pâle, menue et sérieuse. L'enfant la regardait, elle avait les mêmes yeux brun doré que Martin mais contrairement aux siens, Thérèse avait un regard mélancolique. Connie était en proie à des sentiments contradictoires : l'amertume et l'amour passionné. Elle devait protéger Thérèse, sans trop savoir de quoi, sinon qu'elle se devait de lui apprendre à se défendre dans la vie.

L'enfant de Lara qui étreignait un ballon riait aux éclats dès qu'il lui échappait. Elle avait deux profondes fossettes et les mèches de ses cheveux auburn encadraient un joli petit visage.

Soudain, Connie s'agita. Lara était capable de rester tout un après-midi assise avec les enfants mais Connie avait besoin de bouger.

« Tu n'as pas envie d'aller voir des galeries avec moi ? demanda Connie.

— Pourquoi pas ? Tu cherches quelque chose de précis ?

— J'ai repéré un certain nombre d'objets que je voudrais revoir avant que les enchères ne commencent demain.

— Je me demande bien où tu vas les mettre... Il n'y a plus du tout de place !

— C'est pour la maison de Westchester. Ou même pour Palm Beach. Nous avons fini par liquider la majeure partie des horreurs qu'y avait accumulées Doris et il va falloir les remplacer. Tu sais, l'amusant, c'est de chercher plus que d'acquérir. Maintenant, je suis plutôt désolée que cet appartement-ci soit terminé. »

Avec des aménagements qui avaient coûté quatre millions de dollars, il était magnifique. Elle contempla un moment les tapisseries anciennes vert olive, les moulures dorées et les lourds brocarts qui encadraient les fenêtres.

Dans tout New York, elle n'avait vu aucun salon qui égalât le sien.

« Il y a un Cézanne qui me plaît énormément, dit-elle, mais je ne suis pas certaine de son authenticité. Bien sûr, il coûte une fortune et il faut que Martin le voie d'abord. Qui sait ? Peut-être ne l'aimera-t-il pas du tout. »

Elle se leva.

« On y va ? Mme Dodds va s'occuper des petites et leur faire faire une sieste. »

Les immenses galeries regorgeaient de statues et de toiles. Des meubles et des bibelots, de précieuses antiquités en provenance du monde entier remplissaient de vastes pièces. Lara suivait Connie qui examinait des objets et prenait des notes.

« Mon décorateur m'a dit de chercher une table pour la maison de Westchester. Elle doit aller derrière le sofa du petit salon jaune. Ah ! en voilà une. Chippendale. Il pense qu'elle ne devrait pas dépasser huit cent mille dollars. C'est beaucoup, tu ne trouves pas ? »

Lara ne répondit rien.

« Il faut avouer que c'est une petite merveille. Regarde ces pieds chantournés ! En tout cas, je n'irai pas plus haut que sept cent mille... Ces décorateurs exagèrent toujours. Enfin... Eh bien, si je m'attendais à te voir ici ! cria-t-elle à la vue d'Eddy qui sortait d'une pièce.

— Je fais la même chose que toi, répliqua-t-il. Je cherche quelque chose qui me plaise.

— Tu as trouvé...

— Oui, un Corot. Un vrai bijou. J'en désire un depuis longtemps et celui-ci est une pure merveille. Tu veux le voir ? »

Eddy était devenu un vrai connaisseur et pas seulement dans le domaine de l'art. Il connaissait les vins et les chevaux. Il connaissait les meilleurs chefs, les meilleures caves et savait choisir un diamant. Connie était parfois muette d'admiration devant ce qu'il arrivait à accomplir.

« Lara, dit-elle, savais-tu que notre frère était un homme de la Renaissance ? »

Ils allèrent tous trois voir le tableau choisi par Eddy. On avait rassemblé plusieurs collections pour la vente qui devait avoir lieu de sorte qu'on trouvait un peu de tout. Ils passèrent devant des toiles modernes représentant des personnages inesthétiques, enlacés, et dont nul détail anatomique ne manquait. Eddy fit la grimace.

« Les gens ont le droit de peindre comme ils en ont envie, cela ne m'intéresse pas mais je ne donnerais pas un centime pour ces monstruosités. »

320

Connie examina le nom de l'artiste.

« Tu sais que c'est l'un des peintres qui montent ! Tu pourrais l'acheter comme simple investissement et le conserver dans ton grenier en attendant le bon moment pour le vendre.

— Tu plaisantes, mais je puis te dire, après avoir lu les listes de prix des dernières ventes, qu'il n'y a aucune limite pour cette sorte de peinture, je dirais même, surtout pour cette sorte-là. Sérieusement, j'ai commencé à m'intéresser à quelque chose de nouveau. Nouveau pour moi, cela va sans dire. Les antiquités russes. On peut les exposer avec pratiquement n'importe quoi. En effet, elles rehaussent le reste. Qu'en dis-tu Lara ?

— Je ne connais rien à l'art, dit Lara. Nous n'avons guère l'occasion d'en voir là où nous habitons, n'est-ce pas ? Nous sommes allés à la National Gallery l'an passé, quand nous avons fait un saut pour l'anniversaire de Davey. J'ai trouvé que c'était formidable, toutes ces belles choses dans les musées, et que tout le monde puisse les voir. »

Elle rougit comme si elle avait dit une bêtise. Elle se dépêcha de suggérer d'aller voir le Corot.

« Je viens de changer d'avis. Je ne veux plus m'en approcher tant je crains de faiblir et de l'acheter.

— Mais si tu en avais tellement envie, pourquoi ne l'achètes-tu pas ? » demanda Connie.

Eddy regardait autour de lui, l'air vague.

« Je ne sais pas. En fait, je me limite un peu ces temps-ci. Les affaires ralentissent un peu. »

Connie eut l'air ahuri.

« Quoi ? Toi, tu te limites ?

— Enfin, pas vraiment. Mais ce n'est que momentané, je te dis. Je me passerai du Corot ce mois-ci, c'est tout. »

Son visage s'éclaira et il leur fit un de ses magnifiques sourires.

« Tout ira mieux le mois prochain. » Il regarda sa montre. « Il faut que j'y aille. J'ai un rendez-vous. Mais au fait, pourquoi n'essayons-nous pas de passer ensemble un long week-end aux Bermudes ?

— Pas un long week-end, fit Lara. Un petit éventuellement. Davey a beaucoup de travail, tu sais.

— Il travaille trop. Il devrait s'aérer plus souvent sinon il finira par être crevé.

— Tu as l'air fatigué toi-même », dit Lara.

Il se redressa et arrangea son nœud de cravate. Souriant, il demanda : « Vraiment ? Après une bonne nuit de sommeil, il n'y paraîtra plus. Bien, je file. On se téléphone.

— Il n'a vraiment pas bonne mine », reprit Lara dès qu'Eddy eut tourné les talons.

Connie haussa les épaules. « Oh ! je ne sais pas. L'autre soir, Martin lui a trouvé un air très soucieux. Martin ne le comprend pas, il aime bien Eddy, mais il ne voit toujours pas comment il gagne tout cet argent et si vite. Evidemment, Martin a suivi une route très différente.

— Je suis inquiète pour Eddy. La façon qu'il avait tout à l'heure...

— Il n'a probablement pas dormi de la nuit.

— Ils mènent une vie de fous, si tu veux mon avis. Dans les boîtes la moitié de la nuit, puis aller faire du cheval... ils m'ont dit qu'ils adoraient monter à l'aube sur les plages désertes. Et maintenant, d'après Pam, il a envie d'acheter un voilier pour participer aux courses dans les Bermudes. Il trouve que Martin devrait en acheter un aussi ! »

Connie s'était mise à rire.

« Tu vois un peu Martin border les voiles sur une mer déchaînée ? Dieu sait quelle sera la prochaine marotte d'Eddy. On peut tout imaginer ! »

Lara n'imaginait pas. Tout ce qu'elle pouvait voir de la vie de Connie ou d'Eddy la dépassait complètement. Ils semblaient tellement excessifs... mais à chacun son choix. Il ne lui appartenait pas de les juger.

« Je suis incapable d'imaginer, Connie, dit Lara. Tout cela m'est tellement incompréhensible. »

Eddy remonta Madison Avenue d'un bon pas en direction de son bureau. Il avait perdu trop de temps dans la galerie. Ah ! qu'il regrettait ce Corot ! Il en était tombé amoureux. C'était vraiment un tableau étonnant. Mais il n'était pas d'humeur à l'acheter. Ce n'était pas le moment et il n'en aurait pas retiré le plaisir attendu.

Il s'était toujours bien tiré des problèmes jusqu'à maintenant. Ou presque. Il fallait que ce soient ces gens de l'Ohio qui se soient fait prendre ! Avec le fisc, on ne savait jamais. Dès qu'on avait affaire à eux, c'était pire que de s'asseoir sur un nid de guêpes. On pouvait aussi bien tomber sur un contrôleur sympathique et compréhensif que sur un coupeur de cheveux en quatre. La loi est toujours celle que vous impose celui qui l'interprète.

Mais Abner Saville saurait résoudre le problème. Abner était l'un des comptables les plus intelligents de tout New York. Eddy hâta le pas. Abner devait l'attendre dans son bureau et lui saurait le rassurer.

« Vous aviez l'air très contrarié quand vous m'avez demandé de vous rencontrer, dit Abner à son arrivée. Vous m'avez inquiété.

— Vraiment ? Je devais être un peu ennuyé. Ce n'est pas dans mes habitudes, bien sûr, mais j'ai eu quelques coups de téléphone déplaisants ces derniers jours et je ne suis pas habitué à cela. »

Abner fronça les sourcils, surpris.

« Déplaisants ? A quel sujet ?

— Il y a quelques années, j'ai fourni des investissements défiscalisés à des clients de l'Ohio. Le mari de ma sœur a une affaire là-bas avec dix ou douze actionnaires, des amis à lui. Ils ont tous traité avec moi. Et maintenant, il semble que le fisc refuse les déductions d'impôts. »

Eddy soupira.

« Bon Dieu, c'était pourtant une combine parfaite, du dix pour un. »

Les sourcils noirs d'Abner restaient froncés et il avait un air soucieux. Saville émit un long sifflement.

« Du dix pour un, Eddy ! Vous me la baillez belle ! Ce ne peut pas être des investissements dans des sociétés immobilières !

— Non, des œuvres d'art, des lithographies.

— Dieu du ciel ! Si vous m'en aviez parlé, je vous aurais dit que ça ne pouvait pas passer comme cela !

— Mais ça a déjà marché.

— Vraiment ? et combien de fois ?

— Une fois, en tout cas. Voilà cinq ans maintenant et depuis, pas signe du fisc.

— D'accord, c'est arrivé une fois. C'est un coup
de veine extraordinaire. Vous n'auriez jamais dû
inciter ces gens à acheter de telles cochonneries. Je
suis obligé de vous dire que vous les avez dupés.

— Abner, ce n'est pas gentil de parler de
"cochonneries". »

Eddy semblait attristé. « Et "duper" non plus.

— C'est possible, mais vous êtes terriblement
persuasif, Eddy, quand vous voulez vendre quelque chose. Et vous êtes un investisseur averti,
vous auriez dû savoir que des déductions de cette
sorte ne tiennent pas debout et que les inspecteurs
du fisc allaient s'en apercevoir. »

Ce n'était pas le réconfort auquel Eddy s'était
attendu de la part d'Abner Saville.

Quelques secondes plus tard, celui-ci remarqua :
« Je note que vous n'investissez pas vous-même
dans ce genre de combine !

— Non. Je fais mon bénéfice sur les
commissions. »

Comme Abner ne disait rien, il protesta : « Personne n'a réussi d'aussi bons montages fiscaux que
moi et toute la ville le sait.

— J'ai bien peur que le fisc ne le sache aussi.

— Ce qui veut dire quoi ?

— Eddy, les services du fisc ont entrepris une
vaste enquête sur les fausses déductions. Et l'on
sait que vous êtes un grand artisan des pertes
fictives.

— Allons, elles ne sont pas fictives !

— Eddy, ne faites pas le naïf ! Vous êtes mon client depuis très longtemps et un client très important. Vous êtes aussi un grand ami. Je vous jure qu'il n'est pas du tout agréable pour moi d'être en désaccord avec vous.

— Je vois, grogna Eddy. Tant que tout va bien, vous êtes formidable. Mais qu'il arrive un seul problème et tout est changé !

— Parlez-moi de ces coups de téléphone.

— Oh ! ces gens sont hors d'eux. Une femme m'a traité d'escroc et s'est mise à pleurer, un autre a dit que son comptable avait dit qu'il ne l'aurait jamais laissé traiter avec moi s'il avait été consulté et que c'était une honte, etc. Une bande d'hystériques. Mais comme je vous l'ai dit, l'ennui, c'est que ce sont tous des amis de ma sœur et de mon beau-frère. C'est une toute petite ville. Ils se connaissent depuis toujours, tout le monde connaît votre menu de la veille... vous voyez le genre. »

Il y eut un long silence. Eddy sentait son cœur battre à tout rompre. Puis il éclata :

« Ce que je veux savoir, c'est s'ils peuvent me poursuivre. »

Abner grimaça. « Non, ce n'est pas de la fraude en ce qui vous concerne. Simplement vous leur avez donné de très, très mauvais conseils. Ce genre d'affaires ne va pas servir votre réputation, Eddy.

— Heureusement, ils sont tous dans l'Ohio, loin d'ici. Enfin, ce n'est pas vraiment ce que je voulais dire. Je suis sincèrement désolé pour eux, désolé que les choses aient si mal tourné.

— Pour eux, cela ne fait que commencer. Il y aura enquête, rappels d'impôts, amendes... Ce ne sera pas drôle.

— Mais vous êtes certain qu'ils ne peuvent pas me faire de procès ?

— J'en suis sûr. »

Abner se leva. « Avant de partir, j'aimerais vous donner un conseil, Eddy. »

Momentanément rassuré, Eddy sourit.

« Encore ?

— Oui, encore. Je ne suis pas satisfait de vos propres déductions d'impôts. Certains chiffres m'étonnent. Vous êtes sur le fil du rasoir. Il va falloir que j'examine attentivement vos livres de comptes pendant les mois qui viennent. Je vous conseille d'arrêter de pratiquer certaines stratégies qui vous mènent droit à la catastrophe. Vous savez de quoi je parle. Il faut stopper certains petits jeux. »

Saville vous serrait la main d'un côté et de l'autre vous donnait un coup de bâton ! Enfin, c'était un soulagement de savoir qu'on ne pouvait pas le poursuivre. L'allusion à la « catastrophe » lui laissa néanmoins un mauvais goût dans la bouche, une sensation d'insécurité alliée à l'énervement de se voir rappelé à l'ordre. Quand il entra dans le hall de son appartement, il ne s'annonça pas comme d'habitude par un « hou-hou ».

Pam l'accueillit par un baiser sur la joue.

« Tu sens la paella ? Voilà ce que tu vas manger ce soir. Des crabes, du poulet, du jambon, du poisson et beaucoup d'ail. Je crois que nous avons enfin trouvé la cuisinière modèle. Que se passe-t-il ? Tu as l'air vanné. »

Il aurait bien aimé qu'on cesse toutes ces remarques sur sa mine mais il se borna à répondre : « Je vais bien, mais j'ai eu une longue journée. »

Un homme qui se respecte ne ramène pas ses problèmes à la maison, d'autant plus que sa femme n'y peut rien.

Ils avaient fini de dîner et buvaient leur café lorsque le téléphone sonna. Pam alla répondre.

« C'est Davey. Il voudrait te parler. »

Eddy étouffa un bâillement.

« Je vais le prendre dans le petit salon. Tu peux raccrocher. »

Comme il s'attendait à devoir se justifier et donner des explications sans fin, il s'installa confortablement dans un fauteuil et demanda d'une voix allègre : « Allô, Davey. Comment vas-tu ?

— Mal. Très mal.

— Mal ? que se passe-t-il ?

— Eddy, on ne va pas tourner autour du pot. Tu sais de quoi je veux parler.

— Tu parles des histoires avec le fisc ?

— Tous les gens qui ont traité avec toi ont été convoqués par le service des impôts. Et chacun d'eux a été averti par son comptable qu'il n'avait pas la moindre chance de s'en sortir indemne. Pas la moindre chance.

— Minute ! J'ai l'impression que tu tires des conclusions trop rapidement. Les producteurs sont ici à New York, ceux qui fabriquent les lithos. Je sais qu'ils vont se battre, tu peux en être certain. Ils ont tout à perdre et...

— C'est une arnaque, Eddy. Je suis allé à Cleveland consulter un de mes amis, un type que j'ai connu à l'école et qui travaille pour le fisc. Il m'a dit que c'est de l'arnaque. »

La première pensée d'Eddy fut : il est allé à Cleveland avant même de me parler ; il n'a pas confiance en moi. Et maintenant, que va-t-il me demander...

La voix de Davey se fit grave et accusatrice.

« Mon ami Tony va perdre tout l'héritage qu'il a reçu de sa tante et plus encore, parce qu'il a emprunté... et puis zut, les détails n'ont pas d'importance. Mais Tony est fâché avec moi maintenant !

— Mais c'est ridicule. Pourquoi t'en voudrait-il ?

— C'est moi qui t'ai recommandé, tu te souviens ?

— Mais que veut-il de moi ? Des excuses ? Evidemment, il y a droit, si c'est ce qu'il désire. Davey, je suis terriblement désolé, fit Eddy d'une voix douce. Dieu sait que mes intentions étaient bonnes mais ça n'aidera guère tes amis, je sais. Il faut tout de même que tu admettes que tout investissement comporte une part de risque, que ce soit un cheval de course, une maison ou... Dieu sait quoi. »

Il termina en balbutiant, poussé dans ses derniers retranchements et conscient de l'être.

« J'ai l'impression que c'était moins un investissement qu'un pari. Cette affaire était si mal ficelée que tous ceux qui ont pu regarder les dossiers de près en ont été abasourdis.

— C'est une façon de voir les choses et il se trouve que je ne suis pas d'accord. J'ai bâti ma réputation dans cette ville grâce à des affaires se

329

montant à plusieurs centaines de millions de dollars, des affaires que les gens comme toi et des tas d'autres sont incapables de concevoir et de comprendre.

— Eddy, je ne crois pas que tu devrais le prendre de cette façon et m'en vouloir. Si quelqu'un a le droit d'être fâché, c'est bien moi. Et je le suis. Chacun de mes actionnaires, dont un ami de toujours, est désormais mon ennemi à cause de cela.

— C'est ridicule, répéta Eddy.

— C'est peut-être ce que tu penses, mais c'est ainsi. Lara n'ose même plus entrer chez Levy pour acheter des chaussettes à nos enfants tellement elle a honte devant Ben. »

Jamais, depuis toutes ces années où il connaissait Davey, Eddy ne l'avait vu si agité. Davey qui partait à l'attaque ! Cette affaire prenait de vilaines proportions...

« Je suis navré. Je te l'ai déjà dit. Que veux-tu que je fasse ? Je ne sais pas quoi faire. »

La réponse vint, cinglante.

« Vraiment, tu ne vois pas ?

— Non, vraiment.

— Moi, je saurais, si j'étais à ta place.

— Alors pourquoi ne me l'expliques-tu pas ?

— Si je possédais la fortune qu'on dit que tu as, je ferais en sorte d'indemniser ces gens. »

Eddy sauta sur son siège.

« Quoi ? Tu ne veux pas dire cela !

— Mais si. Très exactement.

— Alors, si c'est ce que tu penses, je puis te dire que je n'ai jamais entendu pareille stupidité. Nom de Dieu, Davey ! Réfléchis un peu. Ces gens-là ont fait un investissement. Ça n'a pas marché et c'est vraiment très dommage. Je n'ai aucune obligation légale envers aucune de ces personnes et si elles ont dans l'idée...

— Ce dont je parlais, c'est une obligation morale. Quand sur ma recommandation, une veuve te fait entièrement confiance...

— Davey, arrête de me faire la morale. J'ai toujours eu beaucoup de respect pour tes principes de vie, mais vient un moment où de telles idées ne sont plus en prise sur le réel. Est-ce que tu crois que je n'ai aucun principe ? C'est naïf de...

— Alors, tu n'as pas l'intention de bouger. Tu les laisses tous tomber. C'est bien cela, non ? Tu les as menés en bateau et maintenant tu les laisses se noyer. »

Mon Dieu, quelle journée ! Cette veuve larmoyante, et Abner, et maintenant Davey et sa complainte !

Eddy avait des nerfs si solides qu'il doutait parfois d'en posséder ; aujourd'hui, pourtant, ses nerfs étaient sur le point de craquer.

« Ecoute, Davey, je ne sais plus quoi penser de toi. Je ne t'ai jamais vu aussi déraisonnable. Franchement, tu es en train de me rendre fou avec cette désolante histoire, que je regrette, je te l'ai dit je ne sais pas combien de fois... alors, s'il te plaît, laisse-moi en paix ce soir, pour l'amour du ciel...

— Oh ! ne t'inquiète pas, je vais te laisser en paix. Tu peux y compter. Je te ficherai tellement la paix que tu ne sauras même plus si j'existe. »

Qui des deux raccrocha le premier, impossible à dire. Pendant un long moment, Eddy resta assis, immobile, essayant de rassembler ses idées. Il se sentait épouvantablement frustré. Il était furieux, humilié et il était triste. Comment tout cela avait-il pu arriver à Eddy Osborne, l'homme conciliant, toujours prompt à éviter les disputes, surtout au sein de sa famille ?

Mais cela s'était produit et comment résoudre cette terrible situation, il n'en avait aucune idée.

Ce fut une sombre période en Ohio, des jours sinistres s'étirant sous le triste ciel d'hiver.

« Cela va-t-il être une autre de ces affreuses disputes comme celle qui nous a si longtemps éloignées l'une de l'autre, Connie et moi, demanda Lara. Chaque fois que je parle à Pam au téléphone, la situation semble de plus en plus désespérée et elle et moi sommes effondrées. Elle n'arrive pas à discuter avec Eddy, ni moi avec toi.

— Je suis fatigué d'en parler, répondit Davey avec lassitude. Et je finis par croire que tu ne comprends pas dans quelle position je me retrouve.

— Eh bien, je ne suis pas la seule. Connie dit que l'attitude de Martin, c'est : "A l'acheteur de se méfier".

— Comme c'est merveilleux ! Je me demande ce que ferait Martin s'il devait affronter les visages de ceux que je vais rencontrer à la prochaine réunion des actionnaires ! Je voudrais qu'il soit à ma place, en bout de table, en proie à une réprobation ouvertement dirigée contre moi ! »

Dès que les affaires courantes eurent été expédiées et que les actionnaires eurent commencé à rassembler leurs papiers pour partir, Davey se leva et leur demanda quelques secondes d'attention. Le cœur battant presque douloureusement, il savait qu'il devait néanmoins dire ce qu'il gardait au plus profond de lui.

« Je voudrais vous dire à tous quelque chose. Cela ne prendra qu'une minute. J'ai du mal à respirer depuis quelque temps. L'atmosphère est devenue très pesante. Vous m'évitez. Vous, mes amis ! »

Il s'arrêta quelques secondes.

« Oh ! je sais que vous avez été lésés dans votre portefeuille, et certains plus que d'autres. Joe, je sais que tu as investi dans le but de payer les études de ton fils. Doc Donnelly, c'était pour assurer tes vieux jours. Dick, tu as été mon entraîneur quand je jouais au football avec la Little League... Croyez-vous que je vous ferais le moindre tort ? »

Davey dut s'interrompre encore. Puis, tendant les mains jointes en direction de ses amis en un geste de supplication :

« Dites-moi, croyez-vous vraiment que je vous ferais délibérément du tort ? »

Un extraordinaire silence s'ensuivit, que Davey trouva de mauvais augure. Ses yeux firent le tour de la table mais ne rencontrèrent aucun regard.

Puis une voix se fit entendre, celle de Henry Baker, le proviseur de l'école, un homme connu pour son franc-parler.

« Tu aurais dû nous mettre en garde contre ces placements. Mais il est ton beau-frère, alors tu n'en as rien fait. Cela résume la situation, n'est-ce pas ?

— Pourquoi aurais-je dû, Henry? Je n'avais aucune raison de penser que ce n'était pas une affaire saine.

— Ce n'est pas vrai, Davey. Tu avais des doutes et tu te retrouves acculé maintenant. Non, Davey. Tu as dû avoir certains soupçons, sinon tu y aurais participé. Je trouve vraiment très étrange que tu n'en aies rien fait. »

Là-dessus, dix paires d'yeux se braquèrent sur Davey.

« Je suis bien conscient de ne pas être très convaincant et pourtant, c'est la stricte vérité. Simplement je... je n'investis nulle part sinon dans notre société.

— Tu as raison, tu n'es pas convaincant, dit Henry Baker.

— De quoi m'accusez-vous? Je ne comprends pas. Ai-je tiré le moindre profit de ce fiasco, dites-le-moi, pour l'amour du Ciel.

— Non, pas toi, mais ton beau-frère en a tiré profit.

— Alors, votre attitude va rester la même jusqu'à la fin des temps? Dois-je être traité comme un pestiféré parce que je suis marié à la sœur de mon beau-frère?

— Tu ne peux pas nous demander d'avoir la même confiance qu'avant dans tes jugements. Je sais que ce n'est pas agréable à entendre, mais tu nous as demandé notre opinion et la voici, toute crue ! »

Doc Donnelly dit calmement : « Le temps... le temps pansera les plaies. Et maintenant, je suggère que nous mettions fin à la séance. »

Je me sens aussi brisé, pensait Davey en rentrant chez lui, que si l'on m'avait roué de coups. « Ils n'ont plus confiance dans mon jugement. » Il se souvint de leurs visages dont l'expression disait qu'ils étaient tous d'accord.

Il faisait encore clair en cette fin d'après-midi de février, quand Peggy, tendant son anorak à Lara, dit qu'elle voulait sortir un peu. Lara, tout en boutonnant le vêtement, continua à discuter d'une voix véhémente par-dessus la tête de l'enfant.

« Ils n'ont pas le droit de te blâmer, ni Eddy d'ailleurs. Ils étaient tous désireux d'économiser le montant de leurs impôts. L'affaire était très tentante, non ? »

Davey se revit à la réunion des actionnaires.

« Tu aurais vu... une ambiance de glace. Dès que je suis entré, tout a gelé ! quelle hostilité !

— On croirait qu'ils sont tous sur le point d'être mis en prison ! D'accord, le fisc a refusé leurs déductions et ils vont devoir payer. Ce n'est pas drôle, mais il y a dans le monde bien des situations plus horribles à vivre. Tu sais, j'ai rencontré la femme de Doc Donnelly à la quincaillerie et elle a fait semblant de ne pas me voir. C'est dégoûtant. »

Il n'avait pas le cœur de discuter et d'expliquer. Ce soir était la répétition de bien d'autres soirs semblables. Pourtant, il dit : « Si j'avais moi-même souscrit à cette affaire, ils m'en voudraient moins. Mais du coup, je leur semble suspect, comme si je n'avais pas cru aux offres d'Eddy. Ou bien si je les avais mis en garde, ou dit que je n'y croyais pas. D'ailleurs, je n'y croyais pas ! Seulement, nom de

Dieu, Lara, c'est toi qui m'as empêché de le leur dire, tu t'en souviens ? Tu as dit qu'il avait tellement fait pour nous que ce serait épouvantable de scier la branche sur laquelle il était assis et...

— Et alors, il n'a rien fait pour nous ?

— Ah ! toi, dès qu'il s'agit de ta famille, pas touche !... Eddy, c'est sacro-saint ! Lui, il a le droit de se tromper !

— Oh ! arrête, tu veux ! C'est vrai, il a bien le droit de se tromper, comme tout le monde.

— Pour se tromper... il a réussi un coup de maître !

— Je n'aurais jamais cru que tu serais aussi ingrat, Davey Davis... Oh, zut ! que se passe-t-il encore ? »

Quelqu'un frappait à tout rompre à la porte de derrière. Lara ne fit qu'un bond.

« Que veux-tu ? » commença-t-elle, mais quand elle vit le visage pétrifié de Sue, elle hurla : « Qu'est-il arrivé ? »

L'enfant était paniquée.

« Peggy ! elle est tombée dans l'escalier des Burke. Je ne sais pas... maman, elle ne bouge pas, elle ne bouge plus ! »

Elles se ruèrent dehors. Dans la cour de devant de la maison voisine, tous les lampadaires avaient été allumés. Un petit groupe s'était déjà agglutiné au pied du long escalier de pierre. On apercevait aux pieds des assistants une petite jambe inerte dans un pantalon de ski. Lara écarta brutalement les gens avant de pouvoir se pencher sur son bébé. Celle-ci avait perdu son bonnet dans sa chute, ses cheveux étaient pleins de neige, elle avait les yeux fermés. Lara tomba à genoux, incapable d'émettre le moindre son.

Une voix dit : « Ne la bougez pas. On n'est pas censé les toucher. Je sais, j'ai un brevet de secouriste. »

Une autre voix demandait : « Qu'est-il arrivé ? qu'est-il arrivé ? »

Brouhaha d'autres voix.

« L'ambulance va arriver d'une minute à l'autre... comme ils mettent longtemps !... il ne faut pas la bouger... »

Sue pleurait sur l'épaule de Lara.

« Maman ! j'étais chez Amy, à côté, et Peggy a dû vouloir venir me chercher chez les Burke. Elle a sûrement glissé sur les marches couvertes de glace... oh, maman ! »

Lara ne disait rien, toujours agenouillée à côté de son enfant.

Davey mit son oreille contre la poitrine de Peggy. Comme si l'on pouvait entendre quoi que ce soit à travers ces épaisseurs de tissu ! Il leva les yeux sur Lara.

« Elle est évanouie. C'est tout. Elle est évanouie. » Puis, d'un geste bizarre, maladroit, il se couvrit le visage de ses mains et quelqu'un l'emmena plus loin.

Les gens aidèrent Lara à monter dans l'ambulance, à côté de Peggy, ainsi que Davey. L'ambulance s'enfonça dans la nuit naissante. La course leur sembla interminable. La journée avait commencé par un léger dégel mais la température ayant baissé, la glace s'était reformée. Lara n'avait jamais eu aussi froid de sa vie, ses dents claquaient mais elle ne s'en rendait pas compte. D'un regard implorant, elle fixa le jeune homme en blanc assis à côté de la civière.

« Elle n'est pas morte, madame », dit le jeune homme en réponse à la question informulée.

Lara hocha la tête. Ses pensées se bousculaient. Elle se répétait en un étrange rituel : si je ne dis rien, si je reste calme, si je fais tout ce qu'on me dit de faire, sans crier, sans faire de manières, sans perdre le contrôle de moi-même, je serai récompensée et elle guérira. Oui, il le faut, il le faut. Je le ferai. Elle joignit ses mains sur ses genoux comme pour prier. Davey alors posa sa large main sur les siennes. Ils restèrent ainsi, sans parler, sans quitter des yeux leur petite Peggy qui n'avait toujours pas bougé.

L'ambulance s'arrêta dans une vaste cour devant le service des urgences brillamment éclairé. Les lumières apportaient comme un réconfort dans cette nuit glaciale. Les gens ici sauraient tout de suite ce qu'il fallait faire.

Ce tout petit corps dans sa salopette et son tee-shirt avait l'air si minuscule à côté des grandes personnes toutes vêtues de blanc qui s'affairaient ! Des médecins, des infirmières, des internes... qui était qui ? Lara ne disait mot. Dans un coin, Davey s'entretenait avec les blouses blanches. Des voix murmuraient, des blouses blanches revenaient regarder la civière, palpaient, écoutaient... La respiration de Peggy semblait laborieuse, un peu comme un ronflement. C'était un son épouvantable mais au moins, il prouvait que l'enfant était vivante. D'ailleurs, l'homme dans l'ambulance ne l'avait-il pas dit ? N'oublie pas, Lara, il a dit qu'elle n'était pas morte.

Ils étaient en train de prendre sa tension. Ils écoutaient son cœur.

« Pas de sang dans les poumons », annonça un jeune homme avec un stéthoscope autour du cou.

Mais... Et le sang qui sortait de ses oreilles ? Toujours sans voix, Lara montra du doigt.

« C'est à cause de la fracture du crâne, dit le jeune homme. Une fracture du crâne n'est pas nécessairement aussi terrible que le mot le fait penser. »

Il voulait être gentil. « N'est pas nécessairement... » Que voulait-il dire ? Que ça pouvait l'être aussi...

Le petit visage de Peggy s'était mis à enfler. On voyait la chair délicate virer au noir et bleu. Une croûte de sang séché maculait sa joue. Comme Lara se penchait pour l'essuyer, on l'en empêcha doucement.

« Ce n'est rien. Juste une écorchure.

— Mais quand va-t-elle se réveiller ? »

C'était la première question qu'elle posait, une question idiote, elle le sut dès qu'elle ouvrit la bouche.

Davey secoua la tête comme pour dire : Ne les distrais pas. Ils savent ce qu'ils font. Il dit à haute voix : « Chérie, il faut le temps.

— Regarde ! fit Lara. Regarde, elle bouge les lèvres. »

En effet, l'enfant faisait avec ses lèvres une étrange grimace qu'ils ne lui avaient jamais vue.

« Elle est inconsciente », répéta Davey.

Il n'y avait pas une heure, l'enfant mangeait du gâteau au chocolat dans la cuisine.

Subitement, le petit corps se raidit, s'arqua, se détendit brusquement, se raidit de nouveau en un arc impossible, la tête rejetée en arrière, les jambes s'agitant frénétiquement et les petits bras battant l'air.

« Mon Dieu ! » hurla Lara, agrippant le bras de Davey.

Ils introduisaient un abaisse-langue dans la bouche de Peg tout en la maintenant fermement.

« C'est une attaque, dit une infirmière à Lara. Ne regardez pas, ce sera fini dans une minute.

— Mais pourquoi ? pourquoi ? gémit Lara.

— Je pense qu'il vaudrait mieux que vous emmeniez Mme Davis », dit un médecin qui semblait diriger les opérations. Un homme plus âgé venait d'arriver, à grands pas.

« Non, supplia Lara. Non. Je ne dirai rien. S'il vous plaît, s'il vous plaît ! »

La crise s'arrêta aussi brusquement qu'elle avait commencé. La fillette reposait inerte et le son étrange reprit. On demanda à Davey de s'écarter. Une fois de plus, il y eut des conciliabules à voix basse à l'autre bout de la pièce. Davey revint vers Lara.

« Ils vont faire des radios de la poitrine et de la boîte crânienne. Ensuite, un encéphalogramme. »

Elle avait compris. Elle en savait assez sur les lésions du cerveau pour comprendre ce qui se passait. Si elle avait eu quelque espoir, et elle l'avait eu, qu'on soignerait rapidement Peggy et qu'elle pourrait la ramener à la maison pansée et guérie, il s'était évanoui.

Les heures dans le service de réanimation passaient. Les spécialistes arrivèrent les uns après les autres, les oto-laryngologues, les ophtalmos et les neurologues observaient, testaient, prescrivaient, et surtout finissaient par conseiller la patience. A mesure que le temps passait, ils se montrèrent plus réservés et s'exprimèrent avec une extrême circonspection. Aucune de leurs intonations, aucun de leurs regards n'échappèrent à Lara et à Davey. Sans pourtant rien s'avouer l'un à l'autre, ils avaient clairement compris que l'enfant était toujours dans le coma.

Toutes les trois heures, on permettait aux parents de venir la voir. Apparemment il n'y avait aucune évolution. Lara continuait à voir Peggy, assise à côté de Sue, de l'autre côté de la table en train de manger du gâteau.

Ils en avaient presque oublié la pauvre Sue. Rentrés à la maison, la première nuit de la catastrophe, chacun demanda à l'autre s'il avait dit ou non à Sue de surveiller sa petite sœur dans la cour et chacun dit que non, ayant cru que l'autre l'avait fait.

Voilà pourquoi elle était partie chez Amy ce soir-là. Peggy était sortie un peu après, elle s'en souvenait maintenant. « Nous étions en train de nous disputer », expliqua Lara. Elle se mit à pleurer. « Nous nous disputions comme deux idiots. »

Le deuxième jour, Connie arriva par avion et retrouva Lara dans la salle d'attente contiguë à la salle de réanimation.

« Sue m'a téléphoné. Pauvre petite, elle arrivait à peine à articuler. Oh! Lara, que puis-je faire ? » demanda Connie à voix basse.

Deux femmes d'âge moyen, sans doute des paysannes, regardaient avec curiosité cette dame en luxueux manteau de fourrure.

« Martin m'a recommandé de vous dire que si vous avez besoin de quoi que ce soit, si vous vous trouvez à court, il faut le lui dire. Tu as compris ? Je vais rester plusieurs jours avec toi. Davey m'a dit que tu n'as pris aucun repos. Il faut rentrer te reposer, Lara. Je vais te relayer ici et je te tiendrai au courant.

— Je ne peux pas dormir. Je n'ai pas dormi. De toute façon, Davey va venir.

— Il a besoin de se reposer lui aussi. Et il doit aller à son usine. Il ne faut pas que ses affaires en pâtissent. Alors j'ai décidé de rester plusieurs jours. Et ne me contredis pas, s'il te plaît.

— Mais je ne peux pas dormir. Je viens de te le dire.

— Il faut que tu essaies. Si Peggy se réveille, je serai ici. Elle me connaît. Je te téléphonerai immédiatement et je lui dirai que tu vas arriver. Et maintenant, rentre à la maison. »

Le lendemain, Eddy arriva avec Pam. Pam pris Lara dans ses bras mais Eddy alla d'abord embrasser Davey.

« Davey, je n'ai pas de mots pour exprimer ce que je ressens. Je retire toutes les idioties que je t'ai dites au téléphone l'autre soir. J'ai été stupide. Que Dieu nous vienne en aide à tous. »

Davey avait les larmes aux yeux.

« Tout cela n'a aucune importance, ça ne vaut même pas la peine d'en parler. Seul notre bébé importe... Merci d'être venu, Eddy. »

De partout vinrent des témoignages de sympathie et des offres d'aide. Les voisins emmenaient Sue à l'école, surveillaient la maison et donnaient à manger aux chiens. Le téléphone n'arrêtait pas de sonner et des tonnes de courrier arrivèrent. Une énorme carte arriva de l'école de Peggy, signée par cinquante noms. Même ceux qui s'étaient montrés si intraitables avec Davey offrirent leur aide.

L'épouse de Doc Donnelly emmena Sue jouer avec sa petite fille. Ben Levy laissa une dinde rôtie devant la porte de la cuisine. Et Henry Baker, croisant Davey à la station-service, vint à lui la main tendue.

Sans animosité, Davey ne put s'empêcher de demander tristement : « Alors, tu continues à ne pas me faire confiance, Henry ? »

Sans acrimonie, il répondit avec fermeté : « C'est une chose qui n'a rien à voir, Davey. Ne mélangeons pas tout. Je prie pour ton enfant. »

Un peu plus tard, pendant la semaine, Lara trouva un message sur le répondeur automatique, en rentrant à la maison. Sue n'était pas allée à l'école ce jour-là.

Les trois adultes, Lara, Davey et Connie se regardèrent avec des yeux ronds. Etait-il possible qu'un autre malheur les frappe ?

« Elle a pris son sac d'école, dit Lara. Je m'en souviens très bien. Je l'ai regardée partir pour l'arrêt du bus scolaire.

— Qui conduisait le bus aujourd'hui ?

— Lee Connor. Je vais lui téléphoner. »

Quand elle revint vers les autres, Lara avait les yeux pleins de terreur. « Lee dit que Sue lui a téléphoné ce matin pour dire qu'elle n'irait pas à l'école. »

Lara s'affaissa sur le divan.

« Je ne crois pas... je ne crois pas que je puisse supporter un autre malheur. » Elle avait une voix tremblante.

Davey s'éclaircit la gorge.

« Il ne faut pas paniquer. Il faut réfléchir. Ne pas nous énerver. Réfléchir calmement. »

Il se croit obligé de jouer son rôle d'homme, pensait Connie avec compassion. Il n'est pas censé montrer qu'il a une peur bleue... Lara a le droit de montrer sa panique mais lui, il n'ose pas.

Elle dit à haute voix : « Donnez-moi la liste de ses amies et je vais m'installer au téléphone. Elle est probablement partie au cinéma avec l'une d'elles.

— Sue ne ferait jamais une chose pareille, dit Lara d'une toute petite voix. C'est une petite fille très responsable, très obéissante.

— Tout de même... il existe toujours une première fois. Elle arrive à l'âge de l'indépendance. Donne-moi la liste, Lara, s'il te plaît.

— Il y en a une épinglée dans la cuisine. Tous les parents ont la même. »

Après avoir donné dix-huit coups de téléphone, Connie n'ayant trouvé aucune piste, commença à se sentir paniquée. Le monde était tellement plein d'horreurs ! Etait-il possible que l'enfant ait été entraînée par un garçon plus âgé et qu'ils soient partis dans un endroit reculé ? S'agissait-il d'un pervers, d'un tueur ? On entendait tellement d'horreurs quand on écoutait les informations...

Revenant dans la cuisine, elle retrouva Lara et Davey où elle les avait laissés, le regard vague comme s'ils avaient perdu toute leur énergie, toutes leurs facultés de penser. Il fallait que quelqu'un se charge de penser à leur place.

« J'ai dans l'idée qu'elle a pu aller au cinéma », dit Connie en essayant d'avoir l'air naturelle.

Davey fronça les sourcils.

« Qu'est-ce qui te fait penser cela ?

— Parce que je me souviens d'une fois – j'avais alors onze ou douze ans – j'étais tellement en colère contre mes parents pour je ne sais quoi, que je suis partie toute seule au cinéma. Je suis restée là en boudant pendant deux séances. »

Aucune réponse, aucun commentaire.

« Ecoutez, dit Connie affichant une énergie qu'elle était loin de posséder en cet instant, je vais prendre la voiture et aller faire un tour jusqu'au cinéma, pour en avoir le cœur net. Je vais prendre le cabriolet. Peut-être devrais-je aussi jeter un œil sur la promenade. Y a-t-il d'autres endroits auxquels tu penses, Lara ?

— Le magasin de disques, je suppose, dit Lara d'une voix si faible que Connie faillit ne pas comprendre ce qu'elle disait. Et puis elle adore les milk-shakes. »

La matinée tirait à sa fin lorsque Connie arriva au cinéma. Elle vit immédiatement qu'il n'y avait aucun enfant dans la queue constituée surtout de personnes âgées. Rien d'étonnant puisque c'était un jour de classe. Ensuite, elle se dirigea vers la promenade qui n'était guère plus qu'une longue bande de terrain étroite et qu'on pouvait voir d'un bout à l'autre. Elle reprit le chemin du retour avec une sorte de nausée et de frisson dans tout le corps.

Décidée toutefois à conserver une attitude positive, elle entra d'un pas décidé dans la cuisine. Lara et Davey étaient assis devant la table, une tasse de café à la main. Il était six heures de l'après-midi passées et rien n'indiquait que quiconque ait pensé à préparer le dîner.

« Que fait-on pour le dîner ? demanda-t-elle. Je ne sais pas si vous avez faim mais il est indispensable de garder nos esprits et il n'est pas possible de raisonner sainement avec un estomac vide.

— Je ne pourrais rien avaler, fit Lara. Mais tu trouveras ce qu'il faut dans le réfrigérateur. Fais comme chez toi. Il y a un gros rôti que les Burke nous ont donné. »

« Je ne vois rien...

— Mais si, il est là.

— Mais non ! »

Lara se leva et regarda.

« Voilà qui est bizarre... il était là ce matin. Je me demande s'il manque autre chose... »

Ahurie, Lara regarda autour d'elle dans la cuisine, puis l'air intrigué dit : « Je suis certaine que ce compotier était plein de pommes et de poires. Et en bas du frigo, il y avait une quiche qu'on nous avait donnée. »

L'esprit de Connie se mit à travailler méthodiquement.

« Comment était-elle ces jours derniers ? »

Lara la regarda avec des yeux fatigués.

« Très inquiète, bien sûr, comme nous. »

Davey intervint alors. « J'ai l'impression qu'elle parlait moins que d'habitude. » Il hésita. « Mais je me trompe peut-être. C'est vrai que nous ne lui avons pas accordé d'attention particulière. »

Connie l'interrompit : « Je veux voir sa chambre.

— Oh ! tu penses qu'elle s'est sauvée ? Mais pourquoi nous quitterait-elle ? » implora Lara.

Connie était déjà dans l'escalier. Les deux autres la suivirent dans la chambre de Sue. Dès l'entrée, on avait un terrible sentiment d'abandon. Toutes ces choses inanimées, les murs tapissés de cretonne, le petit lit sur lequel on avait négligemment jeté des pulls, une veste et des livres de classe, semblaient vouloir communiquer un message. Elle ouvrit le placard et vit une rangée de jolis vêtements soigneusement pendus sur des cintres. Elle en reconnut un certain nombre parce qu'elle les avait offerts à Sue.

« Vois-tu quelque chose qui manque ? demanda-t-elle à Lara.

— La poupée. Celle que nous lui avons donnée le jour où nous l'avons rencontrée. Normalement, elle la met toujours sur son lit. »

Davey montra du doigt la tirelire de porcelaine brisée en mille morceaux.

Connie commençait à se faire une idée précise et réalisa qu'il n'y avait pas de temps à perdre. Elle demanda : « Dites-moi exactement quels sont les vêtements qui manquent et combien d'argent elle avait dans sa tirelire.

— Peut-être soixante-cinq dollars. Sa grosse veste d'hiver n'est pas là... manquent aussi des pulls. Mais c'est difficile de dire avec exactitude. »

Lara s'effondra sur le lit, le visage entre ses mains.

« Chérie, dit Connie, je sais que c'est terrible mais il faut regarder la situation en face. Il semble tout à fait évident que Sue s'est sauvée. Elle n'a pas été kidnappée ni assassinée en rentrant de l'école. Nous le savons. Personne n'a demandé de rançon, Dieu merci. Maintenant, il s'agit de retrouver sa trace. »

Davey marchait de long en large. Au bout de la pièce, une lame de parquet gémissait chaque fois qu'il passait dessus.

Il s'arrêta et grommela comme pour lui-même : « Et comment je vais faire ? La rechercher ? mais où ? Et pendant ce temps-là, Peggy est entre la vie et la mort et le médecin veut me voir tous les matins... »

Le téléphone sonna. Comme si l'appareil avait recelé la réponse au problème, ils se ruèrent en bas de l'escalier. Davey prit le récepteur. En quelques secondes, tout espoir s'était évanoui.

« Tiens, c'est pour toi. C'est Martin, dit-il en tendant le récepteur à sa belle-sœur.

— J'imagine qu'il n'y a pas de changement, demanda Martin, sinon tu m'aurais appelé. Il me semble dans ces conditions qu'il vaudrait mieux que tu rentres.

— Il n'en est pas question. »

Davey et Lara par discrétion s'étaient éclipsés. Connie ne mâcha pas ses mots.

« Martin, c'est vraiment la catastrophe ici. » Et elle lui expliqua la disparition de la petite fille.

Martin émit un sifflement strident qui perça l'oreille de Connie.

« Mon Dieu ! Tout leur tombe dessus ! Avez-vous averti la police ?

— Davey va le faire. Mais il y a des milliers d'enfants qui disparaissent tous les jours et pour ma part, je ne compterais pas trop sur la police. Il est préférable de prendre soi-même les choses en main. Jouer les détectives.

— Ce qui veut dire ?

— Ce qui veut dire que je vais rester ici quelque temps et m'occuper de cette dernière affaire. Ils ne sont pas en état de faire face à d'autres catastrophes.

— Ecoute-moi, dit Martin. C'est parfaitement ridicule. Tu n'es pas détective. Tu ne vas pas commencer à te lancer dans cette aventure, Connie ! »

Elle fut vexée.

« Aventure ! Réalises-tu seulement le sérieux de cette histoire ?

— Oui, c'est très sérieux. Tu ne connais ni les tenants ni les aboutissants du problème. Cette enfant a pu être entraînée Dieu sait où et par qui. Je te rappellerai que tu as toi-même un enfant qui t'attend et tu n'as pas le droit de courir des risques. Je veux que tu rentres demain au plus tard. Je vais envoyer l'avion te chercher.

— Martin, je ne peux pas.

— Voilà une semaine que tu es là et cela suffit amplement. » Il s'était mis à hurler dans le téléphone.

« Ce serait suffisant si cette petite n'avait pas disparu aujourd'hui. Ce serait inhumain de les abandonner dans une situation pareille. Alors, je ne rentrerai pas. Tu as bien entendu, Martin ?

« — Tu es fermement décidée ? demanda Martin qui détestait les longues conversations téléphoniques.

— Tout à fait. »

C'était la première fois qu'elle le bravait. Elle n'avait jamais eu besoin de le faire. Elle entendit qu'il raccrochait furieux et savait à quel point il devait être en colère. Il faudrait que cela lui passe !

Davey téléphonait sur une autre ligne, dans le salon, pour appeler la police.

« Elle n'est pas partie depuis assez longtemps, expliqua-t-il aux deux femmes. Ils ont dit qu'ils ne peuvent pas se mettre à la recherche de tous les gamins qui ont décidé d'aller passer la nuit chez leur grand-mère.

— Avec cette différence, dit Connie, qu'elle n'a pas de grand-mère. Et j'ai appelé tous ses amis.

— Elle a pris sa valise, dit Lara.

— Elle a un peu d'argent, de la nourriture et des vêtements, ce qui veut dire qu'elle a un plan. La question, c'est : où peut-elle aller ? Qui connaît-elle ?

— Mais pourquoi ? cria Lara.

— Cela, nous le saurons quand nous l'aurons retrouvée, Lara.

— Si nous la retrouvons. »

Ou si, pensa Connie avec appréhension, quelque monstre ne la trouve pas avant nous. Derrière les carreaux des fenêtres, l'obscurité était profonde et hostile. Elle réfléchissait. Les seules personnes qu'elle connaît en dehors de nous sont Pam et Eddy. Elle sait où ils habitent. Alors, elle est peut-être allée chez Pam.

Lara se mit à hurler : « Téléphone vite à Pam.

— Tu ne crois pas, dit Connie avec douceur, que si Sue était arrivée, Pam nous aurait téléphoné ? Alors, pourquoi la tracasser maintenant ? Elle est probablement en route. Je vais aller à la gare des autobus. »

Comme ni l'un ni l'autre ne faisaient d'objection, Connie alla chercher son manteau et son sac. Sur le pas de la porte, elle demanda : « De quelle couleur est son manteau ?

— Bleu marine avec un col plus clair », fit Lara.

A la gare des autobus, Connie fit la description de l'enfant et posa des questions. Est-ce que quelqu'un se souvenait d'avoir vu cette petite fille non accompagnée monter dans un autobus en partance ?

Non, personne n'avait rien vu.

« Elle va dans le Kentucky et devrait prendre un bus pour Louisville.

— Le dernier départ aura lieu dans une heure. Vous pourrez rattraper l'autre.

— Non, je vais y aller en voiture. »

Le vieux cabriolet bringuebalait sur la route dans un affreux bruit de ferraille. Sacrée gamine ! pensa Connie dans un moment de colère. Comme si sa famille n'avait pas assez de problèmes en ce moment. Qu'avait-elle bien pu penser dans sa petite tête... Elle a un foyer merveilleux, on l'adore... Et pourtant, Sue était une petite fille très droite, peu encline aux caprices. Elle devait avoir un problème épouvantable pour se conduire ainsi. Elle n'avait pourtant pas l'âge d'être enceinte ? se demanda Connie.

Elle atteignit la gare des bus peu après dix heures. Le guichet était allumé et l'ouverture de la petite guérite jetait une lumière jaune sur le macadam. Quelques pitoyables individus étaient assis sur un banc dans la salle d'attente, devant des ballots et de misérables bagages.

« Le bus pour Louisville ? demanda-t-elle.

— Demain matin. »

Elle se mit à attendre avec les autres, presque aussi pitoyable. Que faire ? Elle eut subitement l'idée de poser une question qui, vu l'ampleur de la circulation de la gare, devait paraître stupide.

« Est-ce que par hasard, vous vous souviendriez d'avoir vendu un billet à une petite fille d'environ onze-douze ans aujourd'hui ? Elle voyageait seule.

— Madame, il me faudrait la mémoire d'un éléphant ! lui répondit-on.

— Peut-être, insista Connie en remarquant deux autres employés derrière le comptoir, peut-être une autre personne s'en souvient-elle. S'il vous plaît, pouvez-vous leur demander ? Ce serait gentil.

— Dites... vous avez vu aujourd'hui une petite fille qui voyageait toute seule ? »

Une femme s'avança.

« Maintenant que j'y repense, oui et je me suis posé des questions. Elle a acheté un billet pour Chicago. Elle a dit qu'elle devait aller dans le Minnesota et je lui ai expliqué qu'elle devait changer à Chicago. Oui, elle m'a intriguée. Il y a beaucoup de mômes qui voyagent seuls, mais rarement aussi loin. J'ai pensé qu'elle allait voir des parents.

— Merci. Merci infiniment. »

Réfléchissons... Dans un tel endroit, il devait bien y avoir une bonne douzaine de petites filles qui achetaient journellement des billets. Mais pas pour un voyage aussi lointain, avait dit la femme. Le Minnesota, c'est précisément l'endroit d'où venait Sue. Etait-il plausible qu'elle ait voulu retourner dans ces épouvantables maisons d'enfants ? Très peu probable.

Connie se dit que c'était pire que de chercher une aiguille dans une meule de foin ! Il ne s'agissait probablement pas du tout de Sue.

Il était tard et il faisait froid. Connie était affamée et très fatiguée. Martin était furieux et Thérèse attendait sa maman avec impatience.

Elle se leva et acheta un billet pour Chicago. La voiture de Lara était au parking. Au diable cette guimbarde. Si quelqu'un la vole, je lui en achèterai une autre, pensa-t-elle comme le bus se mettait en marche.

Le voyage fut épouvantable. Un type ronflait tandis que, de l'autre côté de l'allée centrale, un bébé hurlait sans arrêt. Le bus passa à travers de sinistres petites villes endormies, s'arrêtant de temps à autre. On avait envie de savoir ce qui pouvait bien pousser les gens à voyager de cette façon, si loin dans cette nuit sinistre au lieu d'être bien au chaud sous des couvertures dans leur lit. Elle se demanda si quelqu'un parmi tous ces gens était jamais parti comme elle, à la recherche d'un enfant.

Il pleuvait quand ils arrivèrent à Chicago au petit matin. Affamée comme elle ne l'avait jamais été, les vêtements fripés et les yeux rouges de

353

n'avoir pas fermé l'œil, Connie se précipita à un guichet pour demander comment aller à Minneapolis.

Cette fois-ci, elle eut affaire à une personne charmante au guichet, charmante et très surprise.

« Oui, oui. J'ai vu une petite fille. Elle voulait acheter un billet pour Minneapolis mais elle n'avait pas assez d'argent, je m'en souviens. Elle semblait sur le point de pleurer... je ne savais que faire, alors je lui ai fait un plan sur un papier pour qu'elle trouve la gare du chemin de fer et je lui ai dit de chercher le Bureau d'aide. Normalement, ils devraient s'occuper d'elle. Après, je me suis dit que j'aurais mieux fait d'appeler la police. »

Evidemment, c'est ce que vous auriez dû faire, pensa Connie devant une telle stupidité. Mais elle remercia et se mit en quête du Bureau d'aide aux voyageurs. Elle le trouva mais la dame au comptoir lui dit qu'elle venait juste de prendre son service et ne savait rien de ce qui s'était passé la veille. Il fallait que Connie attende l'après-midi.

Ce fut une longue, longue journée. Elle acheta un sandwich et du café, ses premiers aliments depuis la veille et s'assit avec ce petit déjeuner de fortune près du Bureau d'aide aux voyageurs. Elle alla se rafraîchir dans les lavabos et revint au comptoir. Elle était si tendue, si nerveuse, qu'elle ne se rendait même pas compte qu'elle n'avait pas dormi depuis vingt-quatre heures.

Elle se mit à sommeiller sur l'inconfortable banc de bois et se réveilla lorsqu'une personne la héla.

« Vous êtes la dame qui cherche la petite fille qui voulait aller à Minneapolis ? » demanda une femme.

Connie se mit debout d'un bond.

« Je suis sa tante. Que savez-vous ?

— Je lui ai parlé hier. Elle s'est sauvée de chez elle, j'imagine ?

— Oui, oui. Où est-elle ?

— Je ne sais pas. Elle ne voulait pas me dire son nom et j'ai dû lui poser trop de questions parce qu'elle s'est sauvée subitement et je l'ai perdue dans la foule. Je suis terriblement ennuyée... Une petite fille si bien élevée, si jolie avec ses cheveux blonds... »

Blonde ? Alors, ce n'était pas Sue. Connie poussa un long soupir de désespoir.

« Désolée... Ce n'était pas Sue. Elle a les cheveux très bruns. Pourtant, c'est bizarre parce que tout coïncide, Minneapolis et...

— En fait, elle allait dans une ville des environs. Elle devait retrouver sa grand-mère, Mme Elmer... c'est le nom qu'elle a donné et elle a dit qu'elle avait perdu son argent. »

Elmer. Connie avait une excellente mémoire. C'était bien le nom qu'avait prononcé Lara.

« Oui. Nous avons téléphoné aux renseignements et contrôlé avec la poste de la ville. Soit cette dame a déménagé soit les gens de la poste n'ont pas été mis au courant de son décès. On n'y comprenait rien. Je me suis mise à questionner l'enfant et c'est à ce moment-là qu'elle s'est sauvée. »

Ce ne pouvait être que Sue...

« Vous avez dit qu'elle était blonde ?

— Il est possible que je me sois trompée. Mais je me souviens clairement du nom. »

355

Les gens passaient pressés vers les trains, se bousculant et ignorant les autres, préoccupés de leurs seules affaires.

L'indifférence du monde était frappante et l'on n'aurait pas su vers qui se tourner pour trouver de l'aide.

Connie dit à haute voix : « Je me demande ce que je dois faire.

— Vous savez, moi j'ai comme l'impression qu'elle va revenir ici. Il fait un froid épouvantable dans les rues. Elle ne peut pas continuer à errer à l'aventure dans la ville et ici, c'est abrité. »

Connie regarda l'espace immense et le flot montant et descendant des voyageurs.

« Alors, vous pensez que je ferais mieux d'attendre un peu ?

— Oui, je crois. Si elle ne revient pas, alors je vous conseillerais de rentrer chez vous et de laisser la police s'en occuper. »

La pensée de rentrer vaincue redonna du courage à Connie pendant l'heure qui suivit, puis encore une autre heure, puis une autre jusqu'à ce que, le soir tombant, elle abandonne. Des années après, elle devait se souvenir comment dans sa hâte, elle avait oublié de regarder combien elle avait dans son portefeuille. Elle se trouvait dans une ville étrangère sans cartes de crédit ni suffisamment d'argent pour prendre l'avion et rentrer. Elle était assise là, avec sa montre Cartier, la bague de diamants de huit carats que lui avait offerte Martin et un sac en crocodile qui contenait à peine de quoi payer un billet d'autobus pour rentrer dans l'Ohio.

Vannée, exténuée, elle se dirigea vers la gare des autobus et s'assit une fois de plus en compagnie de pauvres individus croulant sous des ballots mal ficelés. Il fallut attendre une demi-heure encore et elle acheta un journal pour passer le temps mais elle était trop fatiguée pour le lire. Elle sombra dans un demi-sommeil dont elle fut tirée par des voix animées. Ouvrant les yeux, elle vit, tenue par la main par un agent de police, Sue dont le visage portait les traces grises de larmes et d'extrême fatigue.

Jamais elle ne pourrait oublier ce que lui raconta Sue d'une voix entrecoupée de sanglots, tandis que les passants regardaient avec curiosité.

« J'ai pensé qu'ils me détestaient, ils ne me parlaient plus, c'était ma faute ce qui était arrivé à Peggy parce que d'habitude je veillais toujours sur elle quand nous allions dehors et si Peggy meurt, ce sera vraiment à cause de moi, alors j'ai pensé que Mme Elmer me reprendrait puisque personne...

— Mais Sue, ils t'adorent ! Et ce n'était pas ta faute, ce qui est arrivé à Peggy. Ils n'ont jamais pensé cela. Jamais, pas une seconde. C'était un accident. Et si un malheur se produisait – tu sais ce que je veux dire – il faudra que vous soyez tous les trois plus unis que jamais. Ne recommence jamais une chose pareille, Sue. Tu nous brises le cœur ! Tu vas me promettre de ne jamais recommencer.

— Je voulais leur téléphoner et leur dire où j'étais mais j'avais tellement peur qu'ils ne soient fâchés. Je sais que c'était terrible de faire cela, mais je n'ai pas pu m'en empêcher. Et puis je n'avais plus d'argent pour téléphoner. J'ai dû perdre ce que j'avais dans mon porte-monnaie. Sûrement quand je suis allée acheter une tablette de chocolat. J'avais fini mon sandwich au poulet et j'avais tellement faim !

— Oh ! ma pauvre chérie. »

L'agent de police dit : « Nous l'avons trouvée assise sur des marches d'escalier près de la rivière et nous l'avons ramenée au poste de police. Nous avons alors téléphoné chez elle et son papa a dit qu'il irait l'attendre à l'arrivée de l'autobus. »

Il posa la main sur l'épaule de Sue.

« Ecoute, petite fille, j'ai une fillette de ton âge et je sais ce qu'ont dû endurer tes parents. Il y a de quoi avoir une crise cardiaque. Alors, tu promets de ne jamais recommencer ? »

Reniflant, Sue promit.

« J'ai dormi toute la nuit dans la salle d'attente de la gare, tante Connie. Si tu savais comme c'est dégoûtant ! Personne ne te parle, tout le monde s'en fiche. »

Oh ! je sais, pensait Connie. Les gens ne voient rien, même pas une petite fille perdue.

« Tante Connie, comment as-tu su que j'étais ici ?

— Je ne savais pas. Je suis venue pour essayer de te trouver, c'est tout. Et je ne t'ai pas trouvée...

— Je suis heureuse maintenant. »

L'autobus venait d'arriver et l'agent de police dit : « Il va y avoir une grande fête quand tu rentreras.

— J'en suis sûre, répondit Connie, merci encore, monsieur l'agent. »

A bout de forces, Davey dormit toute la nuit qui suivit le retour de Sue. Mais Lara, étendue à côté de lui, ne ferma pas l'œil une minute. Comme les premières lueurs de l'aube pointaient à l'horizon, elle se leva et se mit à errer dans la maison, ne sachant que faire à une heure aussi matinale. Au bout d'un moment, elle s'assit au pied de l'escalier et se mit à pleurer en silence, tout en faisant silencieusement cette prière que tant d'autres avant elle avaient faite : « Si Peggy guérit, je promets, je jure de ne jamais rien demander de plus. Si nous pouvions nous retrouver tous les quatre ensemble, je ne désirerai plus jamais rien. Je ne me plaindrai plus jamais. Oh, Dieu ! je vous en prie, je vous en supplie ! »

Dans le haut des escaliers, au-dessus d'elle, Sue, qui avait dû être réveillée par le bruit des pas de Lara bien qu'elle ait fait attention, se tenait muette et remplie de crainte. Puis mue par une extraordinaire compassion, digne d'un adulte, elle descendit et vint s'asseoir à côté de sa mère. Elle posa sa tête sur l'épaule de Lara, l'habillant de sa chevelure noire, toujours sans dire un mot.

A la fin de la troisième semaine, Peggy put quitter le service de réanimation et aller dans un autre service, toujours sous haute surveillance. La menace d'infection s'était dissipée, l'enflure du visage avait disparu et ses traits avaient repris leur apparence habituelle. Elle avait le visage d'un enfant qui dort.

D'une certaine façon, c'est pire, dit Lara à Davey. Quand elle était tellement défigurée, on pouvait toujours s'accrocher à cela et penser qu'elle redeviendrait elle-même quand elle aurait retrouvé une apparence normale. Et maintenant, que peut-on espérer... » Elle s'arrêta la voix brisée.

« Je sais », dit Davey. Sans doute pour apporter des encouragements à sa femme auxquels il ne croyait pas lui-même, il lui rappela : « Tous les médecins disent que cela prendra du temps. Il faut prendre patience, ma chérie. »

Des manifestations de compassion continuaient d'arriver de partout.

« C'est normal, car vous avez toujours été bonne pour tout le monde, dit l'un des voisins à qui elle exprimait son étonnement. Vous et Davey recevez ce que vous avez donné, c'est tout. »

Connie venait une ou deux fois toutes les semaines et son apparition à l'hôpital faisait invariablement, sans qu'elle l'eût voulu, un certain effet.

Une infirmière dit à Lara : « Votre sœur est magnifique. » Puis presque en s'excusant, elle ajouta : « Vous... vous ressemblez. Ce que je veux dire, c'est... ce sont ses vêtements. Ils sont... enfin, vous savez ce que je veux dire. On voit tout de suite qu'elle vient de New York. »

Une autre rapporta : « C'est mon copain qui l'amène en taxi de l'aéroport. Il a dit qu'elle venait en avion privé. C'est vrai ? »

Oui, c'est vrai.

« Quelle sœur formidable vous avez. Si dévouée ! »

C'était vrai aussi.

« Martin pense que vous devriez consulter quelqu'un d'autre pour avoir une autre opinion, dit un jour Connie.

— Nous en avons vu une demi-douzaine et ils disent tous la même chose. Il faut attendre.

— Attendre quoi ? Avez-vous remarqué un changement ? »

Il n'y avait aucun changement. Les semaines passèrent, la neige fondit, le printemps arriva, les lilas et les forsythias s'ouvrirent et Peggy continuait de dormir, sa jolie tête tranquillement sur l'oreiller.

Au début du troisième mois, ils furent convoqués à l'hôpital. Le médecin, apparemment embarrassé par ce qu'il devait leur dire, s'exprima sans nuance.

« Il faut se rendre à l'évidence. Nous ne pouvons plus rien faire pour Peggy ici. Si vous voulez mon avis, vous feriez bien de chercher une clinique qui admette les cas chroniques. »

Son regard se perdit dans le lointain, par-dessus leur tête.

« Et voilà », dit-il simplement pour conclure.

Davey accusa le coup quelques secondes, puis demanda d'une voix blanche : « Chronique ? Vous voulez dire qu'elle risque de passer sa vie dans cet état ? C'est vraiment ce que vous voulez dire ?

— Ce n'est pas impossible. » La voix était à peine audible.

Davey et Lara cessèrent donc d'aller à l'hôpital, soit séparément, soit ensemble. Il fallait s'occuper de la maison et de l'usine. Une petite fille inquiète avait, elle aussi, besoin qu'on s'occupe d'elle et qu'on lui fasse à manger. Il fallait faire marcher la Davis Company si l'on voulait pouvoir acheter de quoi nourrir cet enfant. Lara et Davey en étaient très conscients, tout autant que de l'affreuse réalité qui dormait au quatrième étage de l'hôpital. Comme deux fantômes, ils s'attelaient aux tâches quotidiennes, jour après jour et ils attendaient, sans bien savoir quoi.

De sa fenêtre au bureau de la Compagnie, une fin d'après-midi, Lara regardait dans le parking où un épais tapis de genévriers dissimulait la laideur des grillages. Des saules pleureurs qui n'étaient pas plus haut que des pissenlits quand l'usine s'était ouverte, jaillissaient maintenant comme des fontaines de verdure.

Paresseusement, parce qu'il lui était difficile de se concentrer, elle se demandait qui était le jeune homme si bien habillé qui était sorti d'une belle voiture et se trouvait maintenant dans le bureau de Davey. La porte s'ouvrit et Davey fit entrer le jeune homme dans le bureau.

« Voici M. Harrison. Il représente la Compagnie Longwood, dit-il. Dans la mesure où tu es l'une des deux instances directrices de la Davis Company, j'ai pensé qu'il fallait que tu entendes ce qu'il avait à dire.

— Enchanté de faire votre connaissance, dit M. Harrison.

— M. Harrison m'a fait une proposition. Je lui ai dit que cela ne m'intéressait pas mais...

— Si tu n'es pas intéressé, dit Lara, je ne le serai sans doute pas plus que toi.

— Je ne vais pas vous prendre beaucoup de temps, dit le jeune homme. Je vous demande seulement cinq minutes. »

Lara sentit l'impatience monter en elle.

« Je suis désolée mais nous avons une enfant très malade, mon frère vient d'arriver pour la voir et je dois l'accompagner.

— M. Davis m'a dit cela, je comprends votre impatience et je vais être bref. Voilà : ma compagnie – je suis certain que vous savez que c'est l'une des premières du pays – s'intéresse aux brevets que vous possédez concernant des instruments chirurgicaux, notamment en matière de chirurgie cardiaque et orthopédique... Vous savez de quoi je parle, madame Davis ?

— Je sais. C'est mon mari qui les a inventés. »

Harrison sourit. « Parfaitement. J'en arriverai donc au fait. Nous avons beaucoup de produits. Nous sommes un conglomérat, comme vous le savez. Nous fabriquons des semelles de caoutchouc – et vos enfants ou vous-même en portez peut-être –, des fournitures pour les hôpitaux, des manuels médicaux, des pièces électroniques et bien sûr des boissons gazeuses. C'est pour vous donner une idée de l'éventail de nos activités. Notre section de fournitures aux hôpitaux est naturellement reliée à la section des pièces électroniques. C'est là qu'interviennent vos brevets. Pas seulement les brevets d'ailleurs, mais toutes les opérations qui en découlent. Ce dont je parle, c'est d'une fusion, d'un mariage entre nos deux compagnies. »

Davey se mit à sourire.

« Monsieur Harrison, ce ne pourrait pas être un mariage. Parlons plutôt d'annexion. Notre entreprise est très petite, comme vous pouvez le constater.

— Beaucoup de petites entreprises constituent un grand tout, surtout quand il s'agit de produits aussi sérieux que les vôtres. Vous avez votre place chez nous, monsieur Davis, une place de choix, et une fois que vous ferez partie de Longwood, vous cesserez d'être une petite entreprise. Me comprenez-vous ? »

Lara n'aimait pas cette flatterie courtoise, pas du tout. Ce M. Harrison, elle le comprit, avait une main de fer dans un gant de velours.

« Mais peut-être aimons-nous rester petits », dit-elle.

Il acquiesça immédiatement.

« Je comprends très bien que cela a ses avantages. Ainsi que ses désavantages ! En étant plus importants, vous pouvez vous permettre de prendre des risques et ce sont les preneurs de risques qui ont fait la grandeur de ce pays.

— Oh ! les risques, je les connais, fit Davey. Toute cette affaire n'a été qu'un grand risque. Elle a commencé dans une petite cabane de bois dans une arrière-cour !

— J'imagine quel combat vous avez dû mener. Personne mieux que nous ne peut comprendre cette sorte de combat. Notre président, Franklin Bennett, est lui-même parti de très bas. Il a commencé sans un sou. Il s'est hissé là où il est aujourd'hui à la force du poignet. Cela dit, ne niez pas que si vous aviez eu un soutien financier quand vous avez commencé, vous seriez arrivés plus vite. Avec moins de maux de tête et de nuits sans sommeil ! Pensez alors à tout ce que vous pourriez faire maintenant si vous jouissiez de fonds illimités – ou presque – et d'une gestion efficace.

— Nous sommes très efficaces, fit Davey. Nous n'avons pas besoin de gestion.

— Je n'étais pas critique, monsieur Davis. Bien au contraire. Vous avez une affaire qui marche très bien et vous proposez des produits excellents. Je ne serais pas ici à vous faire cette offre si c'était le contraire, n'est-ce pas ?

— Je vous crois volontiers. »

Lara pensait qu'elle n'aurait pas laissé Harrison leur faire perdre tout ce temps. Je ne serais pas aussi polie... Mais tel était Davey.

« J'admire votre petite usine mais j'aimerais que vous veniez voir nos installations dans le Michigan où nous vous installerions. Vous devriez vraiment faire un saut pour vous rendre compte par vous-mêmes. Vous comprendriez mieux de quoi je veux parler.

— Même si j'étais intéressé, dit Davey, ce que je ne suis pas, monsieur Harrison, j'ai des obligations envers mes employés et la communauté où je vis. Ils ne veulent pas déménager et nous non plus. Nous avons des racines ici.

— Vous pensez que nous ne pouvons pas nous entendre ?

— J'en ai peur. »

Davey esquissa un geste comme pour se lever.

Harrison se mit debout.

« Tout cela a été très rapide, je m'en rends compte mais vous ne vous feriez pas justice en écartant notre proposition d'un simple revers de main. J'espère que vous y réfléchirez. J'aimerais beaucoup en rentrant pouvoir dire à M. Bennett que vous y penserez. »

« Que de belles paroles ! fit Davey lorsque Harrison fut parti.

— Je n'avais aucune idée que nous étions aussi connus. Et toi ?

— Je pourrais me passer de cette renommée », répondit Davey, le front soucieux.

Une fois à la maison, avec Pam et Eddy, il leur raconta ce qui s'était passé à l'usine.

« Mais pourquoi as-tu écarté son offre si rapidement ? demanda Eddy. Les prises de contrôle sont devenues une chose courante. Tu ferais fortune.

— Je ne veux pas de fortune.

— Tu ne voulais pas non plus cette maison et maintenant tu l'adores.

— D'accord, j'avais tort pour la maison et tu avais raison.

— Davey, j'ai encore raison pour cette histoire ! »

Davey grommela : « Ah ! les banquiers, les boursiers ! Ils font des affaires comme si c'était un jeu de cartes. Ils ne comprennent que les chiffres, pas les gens. Ils ne savent rien des espoirs et de la sueur des gens qui travaillent. Ils parlent de nous déménager... où était-ce, Lara ?

— Dans le Michigan.

— Allez, fermez votre usine et faites votre valise. C'est tellement simple. Et qui sait ce qu'ils feraient de nous après nous avoir achetés ? Ils disent que c'est une association. C'est un achat, ni plus ni moins. Et qui dit qu'ils ne vont pas nous revendre un jour et nous expédier autre part ? Je pourrais faire le tour du pays comme cela ! »

Davey était indigné.

« Mais te rends-tu compte qui est Bennett ? En as-tu la moindre idée ?

— Je sais, Eddy, je sais qui c'est et je ne veux pas avoir affaire à lui, à aucun prix. »

Eddy prit une bouchée de nourriture et mâcha avec application pendant quelques secondes.

« Je voudrais te dire quelque chose. Ce n'est pas facile d'échapper à ces gens-là quand ils ont jeté leur dévolu sur vous. S'ils te veulent, ils t'auront. Soit ils achèteront tous tes stocks, soit ils feront des offres telles à tes actionnaires qu'ils accepteront, quelle que soit ta répugnance.

— Je ne crois pas qu'ils feraient cela, malgré... ce qui s'est passé récemment.

— Je n'en serais pas aussi certain que toi. A cause de moi... » Eddy s'interrompit d'un air lugubre et pendant quelques instants, tout le monde se tut. Eddy reprit :

« Ne t'amuse pas avec un type comme Bennett. Il a une tête comme un rouleau compresseur. Il te broierait comme un fétu de paille. Si j'étais toi, je réfléchirais très sérieusement à cela avant de dire non. »

Davey ne répondit rien. Lara savait qu'il cherchait à bannir la question de son esprit et qu'en fait il était troublé et un peu inquiet. Il semblait bien qu'ils n'en avaient pas terminé avec l'émissaire de ce M. Bennett...

Eddy résuma ses avertissements.

« Je persiste à croire que vous n'avez pas réalisé qui est Bennett. C'est une légende. C'est l'un des plus puissants industriels d'Amérique. »

367

Sa voix était pleine d'appréhension.

« J'ai lu des articles sur lui, dit Lara. Pour autant que j'aie compris, c'est un homme sans cœur, un individu avide qui ne se soucie nullement de ceux qu'il piétine pour autant qu'il atteigne son but.

— Qu'est-ce que cela peut bien vous faire si vous pouvez améliorer votre niveau de vie ? L'argent, il n'y a que cela, quoi que tu fasses.

— Oui et non, dit Lara. Plutôt non.

— Plutôt oui, Lara. Penses-y. L'argent ne va pas résoudre ton problème mais il peut vous faciliter la vie considérablement si l'état de Peggy ne s'améliore pas.

— Oh ! Eddy, je t'en prie ! lui reprocha Pam.

— Je sais, Pam. Mais parfois, il faut regarder les choses en face. »

D'en bas, où Sue et ses camarades étaient en train de jouer, montaient des rires et des cris joyeux, d'autant plus poignants dans le silence qui régnait.

Eddy reprit la parole.

« Je viens de faire allusion au mauvais conseil que je t'ai donné une fois. Mais puis-je te rappeler que je t'en ai aussi donné de bons... et les meilleurs que tu aies jamais eus, Davey. Je me trompe ?

— C'est vrai.

— Alors, tout ce que je dis, c'est : ne te mets pas Bennett à dos. Penses-y très sérieusement. »

Pam alors intervint d'une voix douce.

« Chéri, laisse-les tranquilles ce soir. Ils savent ce qu'ils veulent. Et ils ont assez de problèmes sans avoir à se préoccuper d'autre chose en ce moment. »

Un samedi, Martin Berg vint leur rendre visite. Davey était parti à l'usine et Lara venait de s'étendre pour prendre quelques minutes de repos sur le sofa quand la sonnette de la porte d'entrée retentit.

« Oh ! je t'ai fait peur ! Tu dormais ?

— Non, j'allais me faire une tasse de thé. » Elle dit le premier mensonge qui lui venait à l'esprit comme si elle avait honte de prendre du repos en plein milieu de l'après-midi.

Martin l'examinait avec attention.

« Tu as l'air vannée. Qui s'en étonnerait d'ailleurs ! Va t'étendre et laisse-moi préparer le thé. »

Elle sourit : « Certes non ! tu ne saurais pas !

— N'oublie pas que je suis né pauvre. Crois-moi, je sais me servir d'une cuisinière. »

Il y avait toujours quelque chose d'impératif dans les propos de Martin Berg et il n'était pas question de le contrarier. Lorsqu'il revint avec deux tasses de thé fumant, il alla droit au but.

« Ces médecins... je ne veux pas dire du mal d'eux, ils ont fait de leur mieux, mais Connie m'a dit quel était leur verdict et c'est tout simplement inacceptable, Lara. Alors voilà : il y a près de New York une célèbre clinique spécialisée dans les lésions crâniennes. C'est petit mais toujours plein, malheureusement. Ce matin, j'ai eu certains contacts et nous allons pouvoir y amener la petite. Je pense que cela en vaut la peine, Lara. »

Elle tourna la petite cuillère dans sa tasse de thé en regardant le lait se mélanger au thé. Ses pensées se bousculaient. Sans vouloir l'avouer à quiconque, même à Davey et à peine à elle-même, elle avait peu d'espoir. Depuis le jour où l'on avait parlé de service des chroniques, elle avait su qu'ils étaient arrivés au bout de la route. Un peu comme si son enfant était mort. Non, c'était pire que cela.

« Je suppose que nous n'avons rien à perdre ? répondit-elle à Martin.

— Rien, si ce n'est de l'argent. Et Lara, je te l'ai déjà dit, je suis prêt à...

— Non, non, répliqua-t-elle vivement, merci, mais nous avons des économies et nous sommes déterminés à les dépenser jusqu'au dernier sou si cela peut... »

Elle ne put continuer.

« C'est un très bel endroit. Je suis passé tout près sur la route. C'est vraiment très beau, et surtout, il a une réputation extraordinaire. »

Il attendit quelques instants.

« Veux-tu que j'en parle à Davey ?

— Ce n'est pas la peine. Si moi je suis d'accord pour essayer, il le sera aussi. Nous avons tous deux été choqués... nous ne pouvions pas supporter cette idée d'un service des chroniques. Ce serait comme un... entrepôt, a dit Davey. »

Berg opina du chef.

« De toute façon, je lui téléphonerai ce soir, quand je serai rentré. Je ne veux pas l'ennuyer en plein travail.

— Tu pars maintenant ? dit-elle car Martin venait de se lever.

— Oui. L'avion m'attend. Evidemment, j'aurais pu t'en parler au téléphone mais je ne pensais pas que ce serait aussi facile. Je craignais que tu hésites. Et tu me connais, j'aime les décisions rapides, l'action...

— Je sais. » Elle sourit. « Martin, tu es un homme bon. »

Un homme bon et tellement compétent. Quel soulagement d'une certaine façon de le laisser prendre les rênes, décider à leur place.

« Au fait, dit Martin comme elle l'accompagnait à la porte, est-ce que vous avez décidé quelque chose au sujet de Bennett ? Je sais que ce n'est pas le moment de parler affaires, mais je me demandais.

— Pas vraiment », répondit-elle et curieuse, elle demanda : « C'est Eddy qui t'en a parlé ? »

Il sourit.

« Non, ce n'est pas lui. Mais tu sais, je vais, je viens, j'entends parler. Et les bruits courent plus vite que le vent dans le monde que je fréquente.

— Alors, on a dû te dire que cela ne nous intéressait pas. Pas du tout !

— Même pas assez pour y réfléchir un peu ?

— Nous n'avons pas du tout retenu cette proposition.

— Mais eux ne vont pas oublier si vite, tu peux en être certaine. Dès qu'ils se seront mis d'accord sur un mode de financement, ils reviendront à la charge. Je sais comment ces choses-là se passent. Et...

— Martin, dit-elle en l'interrompant, nous ne pouvons penser à tout. Je peux te le dire. C'est trop pour nous... d'abord notre enfant, et maintenant cette épouvantable proposition. Davey n'a que trop souffert jusqu'à maintenant.

— Vous serez peut-être heureux d'avoir cet argent, surtout si... »

Alors lui aussi pensait que Peggy ne guérirait pas.

« Je vous conseille d'y réfléchir. »

Là-dessus Martin l'embrassa et partit.

Elle était tellement convaincue que Davey accepterait qu'elle ne fut nullement surprise qu'il soit d'accord pour envoyer Peggy dans l'endroit que Martin leur avait recommandé. Ce qui la stupéfia fut sa réaction à l'autre suggestion de Martin.

« Lara, je m'en fiche, veux-tu savoir. S'ils veulent vraiment mon usine, qu'ils la prennent. Ils nous donneront de l'argent et adieu...

— Je n'arrive pas à en croire mes oreilles! cria-t-elle.

— Pourquoi? Quelle importance? Si Peggy allait bien, fais-moi confiance, ce serait une autre paire de manches. Mais dans l'état actuel des choses, je m'en contrefiche. »

Mais tu te trompes, tu ne t'en fiches pas, pensait Lara. Elle ne fit aucun commentaire. Pauvre homme. Je ne veux pas ajouter à sa peine.

Elle sortit et alla s'asseoir sur un banc devant la maison. Il se mit à pleuvoir, bien que le soleil continuât à briller. De grosses gouttes de pluie paresseuses éclaboussèrent les pavés de l'allée. Bientôt les marches de l'escalier de la maison d'à côté, là où était tombée Peggy, furent trempées. Lara avait l'impression que des années s'étaient écoulées depuis cette vilaine nuit.

Tous ses sens étaient à vif, comme si elle avait été blessée et qu'elle se rétractait au moindre geste d'autrui. Les pierres mouillées exhalaient une odeur de moisi. Une voiture passa, dont la radio beuglait une affreuse musique rock. Dans la maison, Sue et sa meilleure amie, Amy, se disputaient bruyamment, comme souvent. Chère petite Sue. Tous ces derniers mois avaient été épouvantables pour elle aussi. La vie de famille avait perdu toute sa gaieté.

Le silence bienfaisant revint brusquement et elle ferma les yeux, laissant la douce pluie tomber lentement sur son visage, sans se soucier d'être mouillée.

Pourquoi nous ? se demandait-elle. Pourquoi moi ? Et la réponse se fit aussi limpide que le son de la pluie ou du vent dans les arbres aux feuilles naissantes : Pourquoi pas toi ?

11

Ils emmenèrent donc Peggy dans cette autre maison. Située au milieu d'un bosquet d'arbres aux essences rares et chères, elle était plus petite que l'hôpital où elle avait séjourné jusqu'à présent. Autrement, rien n'était différent car à la fin du premier jour, quand ils la quittèrent, Peggy était une fois de plus dans un lit, reliée à toutes sortes de tuyaux et de machines compliquées.

Lara avait cessé de poser des questions ainsi que Davey qui était de plus en plus silencieux. On avait l'impression qu'ils avaient compris qu'il n'existait pas de réponse. Passivement, ils se tenaient au pied du lit, regardant leur enfant pendant que Connie faisait les démarches qui s'imposaient, allait voir les médecins, discutait avec les infirmières et l'administration.

« Si elle mourait », murmura Davey. Lara comprit qu'il ne s'était pas rendu compte qu'il parlait à haute voix. Elle lui prit la main et la garda dans la sienne tandis qu'ils se dirigeaient vers la voiture de Connie.

« Tu vas rester avec nous ici, bien sûr, dit Connie. Davey viendra te rejoindre le week-end. Martin lui enverra l'avion.

— Oh! mais je ne peux pas. Et Sue?

— Amène-la ici, dit rapidement Connie.

— Mais l'école n'est pas terminée. Et puis on ne peut pas continuer à bouleverser sa vie. Elle est inquiète, elle n'en a que trop vu jusqu'à maintenant. J'accepte ton offre pour l'avion, de grand cœur. C'est formidable, Connie. Martin et toi vous êtes les envoyés de Dieu. »

La routine s'installa. Quand l'avion descendait sur l'aéroport de Westchester, Connie était là, petite tache rouge ou bleue ou blanche en train d'agiter le bras. Puis elles s'embrassaient, Lara questionnait, Connie répondait.

« J'y suis allée hier. C'est toujours pareil. »

Ensuite, elles allaient à la clinique. Le processus était invariablement le même. Ensuite, elles déjeunaient à Cresthill, rapidement, pour que Lara rentre tôt.

Un jour, pendant le déjeuner, elle s'avisa subitement qu'elle n'avait pas vu Thérèse depuis plusieurs semaines et demanda pourquoi.

Connie hésita.

« Je pensais... à dire vrai, j'avais peur que ce soit trop pénible pour toi. »

Les yeux de Lara s'emplirent de larmes.

« Oh ! le monde ne doit pas s'arrêter de tourner à cause de Peggy ! Appelle-la, s'il te plaît. J'ai très envie de la voir. »

Quand Thérèse entra, Lara la prit sur ses genoux. La petite, se tortillant, leva sa tête :

« Où est Peggy ?

— Peggy est malade, ma chérie.

— Quand est-ce qu'elle sera guérie ?

— On ne sait pas bien pour le moment.

— Oh !... Je peux prendre ça ? »

Elle désignait le contenu de l'assiette à dessert de Lara qui n'avait pas assez d'appétit pour y goûter.

« Bien sûr. »

Connie se sentait très mal à l'aise. Combien de fois n'avait-elle pas envié la beauté de l'enfant de sa sœur quand elle la comparait à Thérèse. Mais l'enfant, elle, était là, bien-portante, rieuse et gaie, sur les genoux de Lara. Quelle douleur que celle de sa sœur ! Si elle faisait la comparaison...

Elles devaient ce jour-là aller à l'aéroport de La Guardia d'où Lara prendrait l'avion du retour.

« Il faut que Thérèse voie le pédiatre pour son check-up et d'autre part, je dois aller chercher des vêtements que j'ai commandés à Madison avenue. Tu sais, ça te fera du bien de changer un peu de rythme et de faire du lèche-vitrines. »

Une fois ces tâches accomplies, elles s'arrêtèrent pour acheter une glace à Thérèse et remontèrent lentement à pied la Cinquième avenue. Subitement, près du musée, elles s'arrêtèrent net.

« L'homme sur le banc, dit Connie. Mon Dieu, c'est Richard ! »

Sa première impulsion fut de traverser. C'était une chose de recevoir ses cartes de vœux pour ses anniversaires ou pour Noël, une autre de le voir en chair et en os.

Elles hésitèrent un moment mais il était trop tard pour tourner bride car il les avait reconnues et il se leva pour venir à leur rencontre.

« Quelle surprise, Connie !

— Comment vas-tu, Richard ? Tu te souviens de ma sœur Lara, bien sûr ? Tu n'as jamais vu

376

Thérèse. Ma chérie, dis bonjour à Richard. C'est un ami de maman. »

Comme elle s'en sortait bien ! mais elle restait consciente d'une certaine maladresse chez elle. Comme elle ne pouvait guère partir maintenant et le planter là, il fallait entretenir la conversation. Elle dit la première chose qui lui traversait la tête.

« Lara est venue me voir. »

Comme il se tournait vers Lara et prononçait quelques politesses, Connie l'observait, sidérée de ce qu'elle voyait. Il portait une veste de coton sur une chemise ouverte, sale, et pas de cravate ; la veste était pleine de taches et il n'était pas rasé. Une barbe blonde d'au moins trois jours lui mangeait les joues.

Emue et en même temps curieuse, elle demanda ce qu'il faisait. Travaillait-il toujours dans la publicité ?

« Non, j'en ai eu assez de cette boîte. D'ailleurs, en ce moment, j'attends un autre travail. Ça me fait des vacances.

— Mais pourquoi pas ? » répondit-elle joyeusement. Elle fut fâchée d'avoir répondu aussi sottement. Mais n'importe qui aurait été gauche et empruntée en retrouvant un ex-mari. Elle sourit et son sourire aussi fut un peu forcé.

« Tu n'as pas changé, Connie.

— Toutes ces cinq années ?

— Je sais, tu as cette ravissante petite fille. Thérèse... dit-il d'un ton rêveur. Tu as toujours aimé tout ce qui est français. D'ailleurs, elle pourrait être française, avec ses mèches brunes et cette robe-là. »

Il est vrai que la robe venait de Paris. Il remarquait tout. Il avait toujours tout remarqué. Que lui arrivait-il ?

Lara elle aussi eut la sensation qu'il se passait quelque chose d'étrange chez Richard. Elle regarda sa montre et rappela à Connie que le temps leur était compté.

« Oh ! Lara, ton avion ! bien sûr. Il faut que nous nous dépêchions. Désolée, Richard... »

Il hocha la tête. « Je t'en prie. Ne vous mettez pas en retard. »

Il les salua du bras puis se rassit sur le banc.

Elles traversèrent l'avenue. Connie se retourna et vit qu'il était toujours sur son banc, à regarder sans voir.

Sa tête tombait sur sa poitrine et apparemment, il regardait par terre.

« Je me demande ce qui arrive à Richard, dit Connie. Tu as vu les yeux qu'il a ? Il a l'air malade. Il est comme un clochard malade et triste ! »

Connie frissonna.

« C'est peut-être la boisson ? Il en donne l'impression.

— Il ne buvait jamais. Mais je suppose que... »

Elle n'avait en fait aucune idée de ce qui avait pu se passer. Elles continuèrent sans dire grand-chose. Lara avait jeté un bref coup d'œil à Connie puis avait rapidement détourné les yeux. Connie l'avait remarqué. Elle se demande ce que je pense, ce que je ressens. D'ailleurs, je ressens quoi au juste ? Des souvenirs décousus passaient rapidement dans sa tête : les premiers jours au Texas... l'euphorie... cet enfant que j'ai supprimé aurait

378

certainement été très différent de celle que je tiens par la main en ce moment... Comme c'était curieux, cette évolution chez Richard... Pauvre garçon, si doux et si gentil... Que lui est-il arrivé ?

La voiture les attendait déjà devant la maison. Quand le chauffeur ouvrit la portière, Connie posa sa main sur le bras de Lara.

« Lara... prends soin de toi. Qui aurait cru que la vie puisse parfois être si dure ?

— Je crois que c'est aussi bien que nous n'y ayons jamais pensé ! »

Connie soupira. Tristes souvenirs... Richard... Peggy sur son lit d'hôpital... le silence anormal de sa chambre...

Elle soupira derechef, embrassa Lara et se borna à dire : « Bon voyage, ma chérie. »

Elle resta sur le bord du trottoir à regarder la voiture disparaître dans la circulation.

« Si par miracle Peggy guérissait un jour... » Trop souvent, Lara s'était surprise à dire ou à penser ces mots et elle s'en voulait. Toute personne douée d'un peu de bon sens sait qu'on ne doit pas compter sur les miracles. Le siècle n'était pas à l'obscurantisme.

Et pourtant, c'est précisément ce qui arriva.

C'est Connie qui en fut témoin. Un après-midi de la troisième semaine, alors qu'elle faisait sa visite habituelle à l'hôpital, Connie vit subitement l'enfant ouvrir les yeux, juste assez longtemps pour que leurs regards se croisent avec la même stupéfaction complète ; puis Peggy referma les yeux. En racontant la scène, plus tard, elle ajouterait :

« Je me demande comment j'ai trouvé la force de courir à l'autre bout du couloir, mes jambes se dérobaient sous moi. A la première infirmière que j'ai aperçue, je me suis mise à hurler. Les médecins sont arrivés et des tas d'infirmières. Vous pouvez imaginer la scène ! l'excitation ! Quel ramdam ! Et c'est alors que je t'ai téléphoné, Lara. Vous connaissez la suite. »

Dans l'heure qui suivit, Martin arriva en Ohio avec son avion. Davey partit comme une flèche, abandonnant son usine alors qu'il était en pleine discussion pour une grosse commande pour un hôpital du Sud, Sue quitta l'école et Lara, tremblante et pleurant de joie, les rejoignit à l'aéroport.

Avant qu'ils n'arrivent à la clinique au début de la soirée, Peggy avait rouvert les yeux une seconde fois.

« Maman », murmura-t-elle. Elle balaya la pièce d'un regard effrayé et ne voyant que des visages inconnus, à l'exception de tante Connie et d'oncle Martin, elle s'était mise à pleurer.

Connie lui caressa les cheveux.

« Maman va arriver bientôt. Elle est en route. »

Et maman arriva. On avait assis Peggy, soutenue par plusieurs oreillers. Il y avait bien longtemps qu'elle n'avait pas été assise. Lara entra comme un boulet de canon. Elle ne vit personne, ne salua personne ; les assistants s'écartèrent pour la laisser et elle tomba à genoux devant le lit de sa fille. Davey, derrière elle, s'avança et mit le bras de sa fille autour du cou de Lara.

Les infirmières qui attendaient à la porte ne purent retenir leurs larmes et un jeune interne dont c'était la première semaine à la clinique se détourna, les yeux embués.

« Comment expliquez-vous cela ? demanda Martin au Dr Bayer. C'est incroyable... un véritable miracle.

— Il faut dire que c'est si rare qu'on pourrait presque appeler cela un miracle, répondit le médecin. Les lésions crâniennes mettent rarement si peu de temps à disparaître. C'est extraordinaire.

— Quand pourrons-nous l'emmener ? » demanda Davey.

Le médecin hocha la tête.

« Elle ne sera pas prête avant un bon bout de temps. Il faut d'abord que nous estimions si toutes ses facultés mentales sont redevenues normales, voir où en sont sa cognition et sa mémoire. Nous ne savons même pas si elle peut marcher. Il va falloir que nous la mettions en thérapie intensive. »

Voyant l'expression d'intense déception des parents, il ajouta : « Cela dit, vu son jeune âge, tous les espoirs sont permis. Nous ne voulons pas du tout paraître pessimistes, mais certains contrôles doivent être faits et vous devez être un peu patients. »

On entra donc dans la seconde phase.

Il fut décidé que Peggy passerait entre trois et huit semaines dans la section des soins intensifs ; si tout se passait bien, elle rentrerait chez elle et reviendrait pour des séances de thérapie fonctionnelle qui dureraient environ deux ou trois mois.

« Mais nous vivons en Ohio ! s'écria Lara désespérée. Comment pouvons-nous... »

Davey commença à suggérer : « Peut-être y a-t-il un endroit... », ce à quoi Martin s'opposa immédiatement.

« Davey, il n'existe aucun endroit comparable à celui-ci dans la région que tu habites. Tu le sais très bien. Nous la prendrons à la maison et Connie l'amènera en voiture ici pour son traitement. »

Lara et Davey se regardèrent. Lara lut dans son regard : « Je déteste demander des services... »

« Je sais que tu trouves que c'est beaucoup leur demander, lui dit-elle devant tout le monde, mais tu le ferais pour eux si besoin était, Davey. »

En elle-même, elle pensa qu'il était absurde de penser que Martin Berg eût jamais besoin d'un service.

« Bien sûr, fit Davey.

— C'est parfait, répondit immédiatement Martin. Et inutile de dire que ma proposition de vous envoyer l'avion tous les week-ends tient toujours. »

La routine s'installa donc de cette façon. Lara avait l'impression que si cette petite personne nommée Peggy Davis revenait à la vie et retrouvait ses forces, ce serait grâce aux efforts conjugués de tout le groupe qui s'occupait d'elle avec tant d'enthousiasme. Lara avait retrouvé l'espoir et était la proie de brusques accès de larmes de bonheur ou de fous rires sans fin. Jour après jour, les progrès devinrent plus évidents. Peggy commença à marcher à petits pas entre deux infirmières, puis toute seule jusqu'au bout du corridor. Sa mémoire revint et elle demanda des nouvelles de Sue et de ses camarades d'école. Avec application, elle écrivait son nom en lettres capitales sur une carte qu'elle envoya à son institutrice, une des dizaines de personnes qui lui avait régulièrement écrit. A mesure que les jours passaient, elle se mit à exiger une attention soutenue et eut même un mouvement de colère un jour que Connie lui refusait un morceau de chocolat avant le dîner.

Un jour où elle faisait un caprice, le Dr Bayer passa par là et dit, amusé : « C'est un très bon signe. Un retour à la normale. »

Il la souleva de son lit et la fit sauter en l'air.

« Ma petite amie ! tu es ma petite amie, non ? Allez, viens, je vais te montrer quelque chose. Vous aussi, venez, dit-il à Connie. Ça en vaut la peine... »

Dans un solarium complètement vitré au bout du corridor, il leur montra l'horizon.

« Regardez. Ce n'est pas souvent qu'on en voit un aussi beau. »

A travers une légère bruine, l'immense faisceau d'un arc-en-ciel traversait l'horizon pour aller se perdre dans un bouquet d'arbres au loin.

« Que c'est beau..., murmura Connie.

— Si l'on marche jusqu'au bout de l'arc-en-ciel, dit le médecin, on trouve un trésor.

— Je n'ai pas besoin d'aller aussi loin, fit Connie. Nous avons déjà *trouvé* notre trésor. » Elle caressa le bras de Peggy qui reposait sur l'épaule du médecin.

« Vous avez raison... »

Quelque chose dans sa voix, une richesse ou une compassion inhabituelle, incita Connie à regarder le docteur. Pendant toutes ces semaines, elle l'avait vu dans la chambre de l'enfant et n'avait remarqué que le ton un peu autoritaire qu'il employait avec la petite tout en restant amical, de sorte que l'enfant s'était mise à l'adorer. Elle le vit comme pour la première fois : il était à peu près du même âge qu'elle, avec un long visage étroit, des yeux en amande et un menton à fossette qui adoucissait l'ossature un peu marquée des traits.

Avec spontanéité, elle dit : « J'espère que vous savez à quel point nous vous sommes reconnaissants. Et pas seulement pour cette réussite. Mais vous êtes si gentil, si doux avec Peggy ! Il y a longtemps que je voulais vous le dire.

— Vous aussi, vous êtes très tendre avec elle.

— C'est ma nièce et j'y suis aussi attachée qu'à ma propre fille. Nous sommes une famille très unie.

— Quelle chance vous avez.

— Vous n'avez pas d'enfant ?

— Je ne suis pas marié. Je n'ai pas de famille, de frères ni de sœurs. Pas de liens. »

Il sourit. « Mais j'ai des compensations. Quand j'en ai envie, je peux du jour au lendemain boucler mes valises et aller à l'autre bout du monde.

— J'espère beaucoup que vous n'avez pas l'intention de nous quitter avant que Peggy ne soit totalement rétablie.

— Non, je n'ai pas de projets pour l'instant. Je suis allé partout, du Vietnam à l'Egypte pour étudier les blessures et les lésions crâniennes et, pour le moment, je reste tranquille. Allons, Peggy, on rentre dans ta chambre. Tu vas bientôt dîner. Après, tu pourras grignoter ton chocolat. »

Tout en les suivant, Connie eut une pensée fugitive : c'est quelqu'un que j'aimerais connaître. Mais leurs routes, leurs modes de vie n'avaient pas grand-chose de commun et elle se mit à penser à autre chose.

Vint enfin le jour où Peggy put quitter la clinique. On avait préparé pour elle une chambre à Cresthill, un joli petit coin tapissé de papier à fleurs, rempli de jouets qui se tenaient debout, marchaient et s'entassaient partout : une maison de poupées en forme de chalet suisse ; un ours en peluche, un caniche avec ses petits dans un panier et un panda plus haut que Peggy ; et puis, des poupées, encore des poupées, une Cendrillon, un lutin ; un véritable aquarium avec des poissons tropicaux ; une étagère pleine de jeux et un tableau noir avec des craies de toutes les couleurs. C'était plus ou moins la réplique de la chambre de Thérèse qui se trouvait de l'autre côté du couloir.

Lara ouvrit la bouche toute grande.

« Mais c'est complètement fou ! Je n'en crois pas mes yeux.

— Crois-le ou pas, c'est Martin qui est allé acheter tout cela, dit Connie. Quand il entre dans une boutique de jouets, il devient complètement fou. »

Elle ouvrit un placard où étaient suspendus des vêtements d'enfant.

« Peggy a sûrement grandi depuis cet hiver, alors j'ai pensé que ce serait ridicule d'apporter ses habits de l'an dernier qui sont forcément trop petits. »

Lara hocha la tête, émue.

« Pour ce qui est des vêtements, je sais que c'est toi qui perds la tête dans les boutiques ! Oh, Connie, ils sont magnifiques. »

Connie semblait heureuse. « Tu es contente ? »

Que de boîtes, que de vêtements... une robe en velours bleu roi, des pyjamas brodés à la main avec des petits personnages et des ballons de toutes les couleurs, un ensemble anorak et pantalon d'hiver, et pour Sue deux pulls norvégiens tricotés main et un splendide manteau en poil de chameau avec des boutons recouverts de cuir.

« Si tu savais comme j'étais heureuse dans les boutiques. J'adore faire des achats. Penses-tu que ça aille ?

— Tu es un amour et tout est très, très beau », répondit Lara en se demandant si Peggy aurait l'occasion de porter une robe de velours bleu roi quand elle serait rentrée en Ohio.

« Mais je ne sais comment exprimer...

— Le mieux, c'est de ne rien dire », fit Martin comme il entrait dans la pièce. Il arborait un large sourire satisfait : « Elle devrait se sentir chez elle ici. Le temps qu'elle y restera. J'espère que tu ne te fais aucun souci pour elle. Elle sera très bien ici et d'ailleurs, elle est habituée à nous. »

De la fenêtre, on apercevait les deux petites filles assises sur une balançoire tandis que la nurse les surveillait.

Connie lisait dans les pensées de Lara.

« Nous avons demandé à la nurse de faire particulièrement attention à elle, de ne pas la laisser se fatiguer, bien que tout considéré, ma chérie, il faut avouer que cette enfant est en acier ! Elle est pratiquement redevenue elle-même, si j'en juge par tout ce que je vois. »

Effectivement, comparée à Thérèse, Peggy était de loin la plus costaude et la plus vigoureuse des deux. Subitement, Lara se dit que si la situation avait été inversée, Peggy n'aurait pas montré la même douceur que sa cousine. Elle avait le dynamisme et l'énergie de Connie, ce qui expliquait peut-être l'extraordinaire attachement que Connie lui manifestait. Telles étaient les pensées de Lara en regardant les enfants s'ébattre sur les imposantes pelouses du domaine de Martin Berg.

« Je crains qu'ils ne la gâtent trop », disait-elle fréquemment à Davey quand ils repartaient chez eux le dimanche soir.

Il sourit : « Cela ne lui fera pas de mal. Elle retrouvera son rythme normal bien assez tôt quand elle reviendra à la maison et qu'elle devra débarrasser la table après dîner. »

Le jour de la fête nationale, le 4 juillet, les Berg donnèrent une réception en l'honneur de Peggy qui désormais, à part une très légère hésitation dans la marche, avait pratiquement retrouvé tout son allant. Eddy et Pam vinrent ainsi que Sue, accompagnée d'une amie comme le lui avait suggéré Connie. A la surprise de tout le monde, Connie insista pour que l'on invite aussi le Dr Bayer.

« Je veux que Jonathan vienne à ma réception.

— Jonathan ? C'est le docteur Bayer ?

— Je l'appelle par son prénom puisqu'il en a un !

— Mais ma parole ! elle est amoureuse de lui ! dit Lara. Qu'en penses-tu, Martin ? Ça ne te dérange pas ?

— Bien sûr que non. C'est un homme charmant et nous lui devons beaucoup. »

Connie remarqua : « Il n'acceptera sans doute pas. Il doit recevoir des dizaines d'invitations semblables. »

Mais il vint, à la grande joie de Peggy, et s'avéra un invité délicieux et facile. Il était heureux d'être avec les enfants, joua au tennis et plongea dans la piscine olympique de la propriété.

Au crépuscule, ils se retrouvèrent tous assis sur la terrasse pour le dîner. Des bougies plantées dans les candélabres d'argent à cinq branches clignotaient dans l'obscurité naissante et deux domestiques faisaient le service. Sue et son amie Kathy qui, de toute évidence, s'attendaient au pique-nique traditionnel de poulet froid et de chips, étaient très impressionnées par cette splendeur inattendue. Elles n'apprécièrent que modérément le canard à l'orange et le soufflé au Grand Marnier.

Le feu d'artifice fut parfait. Quand l'obscurité fut totale, on apporta des couvertures pour que les invités s'assoient. Tout le monde s'était rassemblé au sommet de la colline pour mieux voir les fusées semer leurs gerbes d'étincelles de toutes les couleurs à travers le ciel.

Quand la dernière étoile artificielle se fut éteinte, toute la compagnie redescendit la colline et les invités rentrèrent chez eux. Thérèse et Peggy, à moitié endormies, furent portées jusqu'à leur chambre par les domestiques.

« C'est tellement beau », dit Lara qui se retrouvait à côté du Dr Bayer.

Connie, à quelques pas de là, entendit sa réponse.

« Nous sommes dans un vrai palais. Mais je n'aimerais pas y vivre. »

Surprise, Lara lui demanda pourquoi.

« Oh ! je ne sais trop... Je crois que je ne serais pas à l'aise. » Il s'esclaffa. « C'est un problème toutefois que je ne redoute pas véritablement.

— Moi non plus », dit Lara.

Il y eut un petit silence et Connie entendit le médecin dire à Lara : « Votre sœur est une personne très gentille et très généreuse. Je l'ai vue avec les enfants du même étage que Peggy à la clinique. Je parle de l'aile réservée aux petits. Personne ne se douterait jamais qu'elle vit de cette manière. Comme une princesse.

— Oh ! Connie reste très naturelle. Elle adore tout cela mais ne changerait sa manière d'être pour rien au monde. Tout le monde l'aime.

— Oui, je m'en rends compte. Elle a beaucoup de charme.

— C'est tellement vrai... Quelle bonne journée nous avons passée, n'est-ce pas ? »

C'est bien dans la façon de Lara, pensa Connie, de mettre fin à une conversation dont elle redoutait qu'elle devienne trop personnelle. Pourtant, elle aurait aimé en entendre plus. Elle se gourmanda : c'est absurde... je réagis comme une adolescente qui a besoin d'être rassurée et admirée. Tout à fait ridicule.

Une fois dans la chambre d'amis qui leur avait été réservée, Lara laissa libre cours à ses réflexions tout en les jugeant farfelues.

Bayer était très attiré par Connie, le fait était patent... Je l'ai vu la regarder presque toute la soirée. Ils faisaient bel effet quand ils étaient côte à côte... Oh ! je suis en train de battre la campagne comme une adolescente !

Davey, étendu à côté d'elle, se mit à parler dans le noir, mettant fin à ces réflexions ridicules.

« Eddy m'a fait part d'une chose intéressante. Il m'a dit qu'il avait appris indirectement que la société de Martin participait au financement de Longwood. »

Elle fut immédiatement attentive.

« Mais c'est incroyable !

— Pourquoi incroyable ? Au contraire, c'est tout à fait plausible.

— Je ne sais pourquoi mais je pensais que cette histoire était tombée à l'eau. Martin n'a rien dit à ce sujet depuis longtemps de sorte que je pensais que Bennett avait abandonné.

— C'est peut-être pour cette raison que Martin n'a rien dit de ses engagements exacts.

— Oh ! Davey, tu imagines les complications ! Après toutes les bontés de Martin... que sommes-nous censés faire ?

— Le mieux est de n'y point penser à moins d'y être forcés. Eddy n'est même pas certain que ce soit vrai. Je n'aurais pas dû t'en parler. »

Il prit la main de Lara et la serra.

« Le principal et la seule chose qui compte, c'est que Peggy aille bien maintenant.

— Je sais, chéri. »

Pourtant Lara, angoissée, eut du mal à s'endormir.

L'été pâlissait lorsqu'enfin Peggy rentra à la maison.

Connie était très émue à la pensée de se séparer d'elle. « Nous allons tellement la regretter. Thérèse va se retrouver enfant unique, une fois de plus. »

Ils n'avaient jamais été aussi proches les uns des autres que ces derniers mois si douloureux et la séparation fut pénible. Chargés d'une cargaison de peluches, de poupées et de cadeaux variés, les Davis montèrent à bord de l'appareil de Martin. Comme ils s'envolaient, ils virent se rapetisser très vite les silhouettes de Martin, de Connie et de Thérèse qui bientôt ne furent que des petits points comme l'avion virait sur l'aile et prenait de la hauteur.

« Quels merveilleux amis », dit Lara.

Chez eux, d'autres amis proches et merveilleux attendaient la famille rentrée au complet. Les voisins avaient préparé le repas. Les ouvriers de l'usine étaient présents avec leur fanfare et défilèrent autour du jardin en jouant avec entrain, à la grande joie de Peggy. Le journal local avait publié en première page un long article relatant la magnifique convalescence de Peggy Davis.

Et cette nuit-là, les parents Davis firent l'amour pour la première fois depuis le terrible accident arrivé plusieurs mois auparavant.

La maison était calme et silencieuse quand Lara traversa le hall sur la pointe des pieds, pour ne pas réveiller les fillettes. Davey était déjà couché. Une légère brise agita le rideau, apportant une agréable fraîcheur dans la chambre. Elle se déshabilla rapidement et s'assit au bord du lit. Davey avait une lueur malicieuse dans les yeux.

« Tu sais quoi ? tu as retrouvé ta jeunesse. Ces rides que tu avais autour des yeux et de chaque côté de la bouche ont complètement disparu ! » Elle lui caressa les joues.

« Tu vas attraper froid ! dit-il en souriant.

— En été, cela s'impose !...

— Eh bien, rentre vite dans le lit. Tu attends quoi ?

— Rien.

— Eteins, veux-tu. »

Il souleva les couvertures comme pour faire une petite caverne, juste assez grande pour eux deux. Une joie immense et indescriptible les envahit.

12

Le taxi klaxonna bruyamment et le conducteur agonit Eddy de sottises. Le taxi avait raison car il avait failli emboutir le côté de son véhicule. Il fut secoué par un frisson qui n'avait rien à voir avec l'accident qu'il venait de frôler. Ce rendez-vous avec Abner Saville allait consister une fois de plus en un interminable conciliabule, devant les pyramides de papiers et de dossiers ouverts sous son nez alors que sa tête était traversée par des vagues de migraine. En outre, c'était humiliant d'être contrôlé par un homme dont il payait les services, et qui, au cours de leurs longues années de collaboration, était devenu un ami.

Il eut envie de rentrer chez lui et de faire dire qu'il devait garder le lit avec un début de grippe. Toutefois, il se hâta vers le bureau de Saville.

« M. Hendricks est là depuis une heure déjà, dit Mme Evans avec un ton de reproche.

— Hendricks ? c'est qui ? où est Abner ?

— C'est l'un des associés de M. Saville, monsieur Osborne. »

Bien que l'intonation fût respectueuse, il y discerna une certaine critique, comme s'il était impensable qu'Eddy ne sût pas qui était Hendricks. D'ailleurs, Eddy le savait parfaitement. Ainsi,

Abner avait envoyé quelqu'un à sa place. Qu'est-ce que cela signifiait ? Peut-être Abner avait-il dû s'absenter ou était-il malade.

Il entra dans le bureau. Hendricks était déjà assis à la table de conférence couverte de papiers et une serviette bourrée de dossiers se trouvait à ses pieds. Il se leva et les deux hommes se serrèrent la main.

« Désolé d'être en retard, Hendricks. Mon taxi s'est trouvé coincé dans un bouchon du côté de Wall Street. Ah ! que j'aimerais qu'on déménage Wall Street et qu'on l'installe au nord de la ville. Ce serait bien plus pratique. »

Cette pauvre tentative de détendre l'atmosphère ne suscita aucune réaction. Hendricks se rassit et se baissa pour prendre sa serviette.

Eddy s'approcha de son bureau, disposé de façon à apercevoir les tours de Manhattan. Avant de s'asseoir, Eddy regarda avec fierté ce vaste espace qu'il avait prévu dans ses moindres détails. C'était la tour de contrôle de son empire, le quartier général de son armée !

« Qu'est-il arrivé à Abner ? demanda-t-il aimablement. Non que je sois chagriné de vous voir, mais je suis tellement habitué à lui. Et nous sommes amis depuis si longtemps.

— Je sais. Abner a pensé qu'il valait mieux que vous entendiez une autre opinion que la sienne. Il arrive que l'amitié crée la confusion. »

Ces mots, bien que prononcés sans emphase, pratiquement sans intonation, étaient révélateurs. Hendricks portait des lunettes à verres épais et à monture presque noire, qui le faisaient ressembler à un raton laveur. Mais le raton laveur est un doux petit animal... Il doit en exister de méchants, pensait Eddy. Brusquement, il se dit qu'il était en train de divaguer. Il fallait reprendre le dessus. Il se redressa dans son fauteuil, un fauteuil qui lui donnait souvent la sensation d'être un trône lorsqu'en tant que président il voyait tous les visages des participants tournés vers lui. Oh! encore une pensée ridicule!

« J'aimerais que nous regardions ces papiers ensemble », fit Hendricks.

Eddy se réveilla complètement. « Mais certainement.

— J'ai ici, commença Hendricks, ces bordereaux, ainsi que les formulaires de vos déclarations d'impôts. »

Les lunettes du raton laveur étaient braquées sur Eddy.

« Je suis gêné de vous dire cela, monsieur Osborne, mais franchement, certains de ces formulaires sont affligeants. »

Affligeants! Quel discours ridicule! A côté de cette pièce se trouve un immense hall où deux douzaines de types vissés à leurs ordinateurs travaillent pour moi et ils produisent des combinaisons que vous seriez bien incapable de comprendre même si vous viviez mille ans!

Eddy leva la tête et fixa les yeux de Hendricks.

« Et alors? Expliquez-vous.

— Vous savez, je crois, que nous avons le sentiment que vos chiffres ne correspondent pas tout à fait à la réalité.

— Vous avez le sentiment? Ce que vous impliquez, monsieur Hendricks, ne me plaît pas du tout.

« — J'en suis désolé. Peut-être préférez-vous que je dise que nous avons des doutes ?

— OK. Voyons cela de près. Donnez-moi des détails. »

La migraine l'avait repris. Des éclairs douloureux lui traversaient la tête et descendaient jusque dans son bras.

« Les détails, les voici : Osborne et Compagnie est lourdement endetté. Vous ne possédez pas suffisamment de liquidités pour couvrir vos investissements. En un mot, votre passif dépasse votre actif.

— D'accord, d'accord, je le sais déjà, s'exclama Eddy. Deux ou trois gros investisseurs ont retiré leurs fonds il y a quelque temps, ce qui a nécessairement perturbé notre trésorerie. C'est tout. Est-ce que vous imaginez que j'ignore où j'en suis, chaque minute, chaque jour de ma vie ? C'est une situation provisoire et il n'y a pas de quoi en faire un plat.

— Ce n'est pas mon avis. Si d'autres clients s'avisaient de se retirer, vous seriez au bord du gouffre.

— Ecoutez, si tous les dépositaires dans ce pays décidaient de retirer leurs fonds des banques le même jour, à la même minute, tout le système bancaire s'écroulerait. »

L'autre insista.

« Nous sommes dans une situation différente. Si ces gens veulent leurs fonds, vous ne pouvez les restituer. Alors ?

— Je me débrouillerai. Vous ne savez pas de quoi vous parlez. Et pourquoi voudraient-ils retirer leurs fonds ? Ils n'ont aucune raison de le faire. » Dans la tête d'Eddy défila une liste de noms, les noms les plus célèbres du show-business, du théâtre, du cinéma et de l'immobilier. Des noms célèbres dans tout le pays et pour certains dans le monde entier. « Non, il n'y a aucune raison pour que cela se produise. »

Hendricks poussa un profond soupir. « Les choses s'accumulent. Il existe en outre un mélange de fonds. »

Les douleurs de tête d'Eddy s'accentuèrent. Il aurait dû suivre son idée, se faire porter malade, remettre le rendez-vous afin de prendre quelques jours pour mettre un peu d'ordre avant de rencontrer ce bouledogue.

« De quoi parlez-vous ? cria-t-il exaspéré.

— De votre carnet de chèques personnel. »

Hendricks détourna la tête.

« Il y a des libellés qui ne correspondent pas... à la réalité. Disons qu'ils correspondent à des retraits sur les fonds de la Compagnie. Par exemple, le 17 juin... tenez, regardez...

— Je n'ai pas besoin de regarder. Dites-moi.

— Eh bien, vous avez fait un chèque de six cent onze mille dollars à la galerie Winterheim, alors que vous n'aviez pas cette somme à cette date sur votre compte personnel. Puis je vois que le 18 vous avez déposé cette somme pour couvrir le chèque, somme que vous avez prélevée sur le compte de M. Sidney... »

Le cœur d'Eddy se mit à battre violemment. Il se leva d'un bond. « Parfait. C'est stupide, je l'admets. J'ai dépensé plus que je ne m'y attendais.

Parfois je m'emballe, surtout quand il s'agit d'œuvres d'art. Mais tout ce que j'achète, titres, immobilier, tout, est invariablement ce qui existe de mieux en matière d'investissements. Je ne prends jamais de cochonneries. Vous le savez. C'est de cette façon que j'ai pu acquérir ce que je possède. Ecoutez, je sais que j'ai eu tort, je me suis laissé emporter... Cela ne va pas plus loin.

« C'est déjà arrivé aux meilleurs dans ce pays. Et puis, bon Dieu, ce n'est pas de la trésorerie ! En deux mois, je régulariserai la situation, et à l'avenir je ferai en sorte de ne plus céder à de semblables... enthousiasmes.

— J'ai bien peur qu'il vous faille beaucoup plus de deux mois pour résoudre le problème. »

La voix monotone d'Hendricks était pleine de mépris. Il faisait penser à un croque-mort offrant ses condoléances à un inconnu.

« Il reste des questions sans réponse. Comment expliquez-vous que vous ayez ouvert un compte personnel chez un autre agent de change, sur lequel vous avez déposé de l'argent que vous avez pris... "emprunté" à vos clients ? »

Le plancher sembla se soulever et les murs s'affaisser. Eddy agrippa les accoudoirs de son fauteuil.

« Mais, nom de Dieu ! dit-il, vous me parlez comme si vous étiez inspecteur des impôts ou contrôleur de la répression des fraudes ! »

Hendricks dit calmement, presque gentiment : « Mais c'est la façon dont ils vous parleront quand le moment sera venu, monsieur Osborne. »

Il ramassa les papiers et commença à remplir sa serviette.

« C'est tout ce que vous avez à me dire ? demanda Eddy. Je croyais que vous deviez faire ma déclaration d'impôts sur le revenu ? N'est-ce pas la raison de ce rendez-vous ?

— Comprenez-moi. Nous tenions à ce que vous regardiez ces relevés afin que vous compreniez que nous ne pouvons pas nous charger de votre déclaration d'impôts cette fois-ci.

— Comment cela ? Vous ne pouvez pas ? Qui va le faire alors ?

— S'il vous plaît... réfléchissez. Vous ne pouvez pas nous demander d'apposer notre nom sur de fausses déclarations, n'est-ce pas ? »

Eddy entendit très clairement... il avait l'impression de se trouver à la barre d'un tribunal.

« Mais alors, que dois-je faire ?

— Je pense que vous devriez prendre un avocat. Le meilleur. Et ne plus tarder. Je suis désolé, monsieur Osborne, sincèrement désolé. »

Comme Hendricks se dirigeait vers la porte, Eddy le rappela.

« Pourquoi Abner n'est-il pas venu en personne me dire tout cela ? »

Sur le pas de la porte, la voix lugubre répondit.

« Il y a longtemps qu'il essaie de vous faire comprendre, mais vous persistez à ne pas entendre. »

Il n'avait connu pareille humiliation qu'une seule fois dans sa vie, le jour où, à l'école primaire, après avoir fait pipi dans sa culotte, on l'avait fait venir au tableau de sorte que toute la classe avait vu le fond de son pantalon. Il n'avait jamais oublié la houle de rires et de moqueries, les quolibets et la honte qu'il avait ressentie. Il était mouillé jusqu'à la ceinture. L'affront lui bloquait la gorge et lui brûlait les yeux. Aujourd'hui, debout devant la forêt de tours de béton, il ressentait exactement la même chose.

Il entendit derrière lui la voix pleine de sollicitude de Mme Evans.

« Puis-je faire quelque chose pour vous, monsieur Osborne ?

— Non, rien. Merci. Il faut que je donne quelques coups de fil et je rentrerai à la maison.

— Vous ne vous sentez pas bien, monsieur Osborne ? »

Pour la première fois, Eddy détesta Mme Evans alors qu'il l'avait toujours admirée. Il se dit que cette sollicitude n'était peut-être pas aussi sincère qu'il l'avait cru jusque-là, que ce n'était que curiosité perverse et que le personnel du bureau complotait déjà derrière son dos.

« Un petit rhume, c'est tout. Il faut que je l'enraie au plus vite », répondit-il avec un sourire conventionnel.

A nouveau seul, il se laissa tomber dans le fauteuil près de la cheminée et essaya de réfléchir. Il devait y avoir une solution. Il existait des solutions à tout, pour autant qu'on ne cède pas à la panique.

Si cela se trouve, ce petit raton laveur ne sait pas de quoi il parle... Il se leva et alla décrocher son téléphone.

« Allô, Abner ? que se passe-t-il ? tu m'envoies des sous-fifres maintenant ? Tu me laisses choir !

— Je ne dirais pas cela, fit Abner.

— Moi, si. Ce Hendricks, je ne l'aime pas.

— Tu ne l'aimes pas, ou bien tu n'aimes pas ce qu'il t'a dit ?

— Disons, ce qu'il m'a dit. J'ai dans l'idée qu'il a dramatisé, qu'il a exagéré la situation. D'accord, j'ai fait quelques bêtises mais...

— Eddy, il n'a pas exagéré. Ce n'est pas d'hier que je te mets en garde contre des choses qui me déplaisent, mais tu en es arrivé au seuil critique. Tu es dans une très mauvaise situation, tu peux me croire.

— Si tu es tellement inquiet pour moi, pourquoi...

— Pourquoi je ne suis pas venu en personne ? D'abord, parce que j'ai pensé qu'un étranger risquait en s'exprimant crûment de te faire admettre la réalité et secundo, parce que je suis un lâche. Je n'ai pas eu le cœur de le faire moi-même.

— Espèce de salaud ! Toutes ces années, tous ces honoraires que tu as gagnés grâce à moi ! Et moi qui croyais que tu étais mon ami ! Et voilà, quand les choses se gâtent, on découvre qui sont ses vrais amis. Ça oui, alors !

— Eddy, ne sois pas aussi amer. Je comprends que tu sois inquiet et paniqué.

— Paniqué ? Tu ne me connais vraiment pas. Il en faudrait beaucoup plus que cela pour me paniquer, Abner. Bien plus, je te le garantis.

— Eh bien, tant mieux. Alors, essaie de te calmer et de m'écouter. Est-ce que je peux te donner un conseil ? Rentre chez toi et vois ce que tu peux liquider. Tu possèdes une fortune dans cet appartement. Puis déniche-toi le meilleur avocat qui soit et travaille avec lui, en prévision du jour où le fisc

401

ou le contrôle des fraudes, ou les deux à la fois, vont te tomber sur le dos.

— Liquider ? Vendre mes œuvres d'art ? Tout ce que j'ai acquis à force de travail ? Tu dois être fou, Abner !

— Je ne le crois pas. Ecoute, Eddy. Je suis toujours ton ami, tu es un type très intelligent et qui plus est, tu es généreux. Mais tu es aussi, hélas, un joueur. Arrête de jouer. Fais place nette. Voilà pourquoi je te recommande de prendre un avocat.

— Et en attendant, mes impôts ? Qui va les faire ? Ton Hendricks a refusé. Veux-tu venir demain pour que nous nous en occupions ?

— Eddy, je ne peux pas. Je ne peux pas risquer mon nom. Tu peux comprendre cela, non ? »

La voix mesurée d'Abner énervait Eddy au plus haut point.

Eddy répondit sèchement : « Bien, si tel est le cas, je trouverai un autre comptable. C'est vraiment ennuyeux mais pas insurmontable. »

La voix, toujours calme et patiente, répondit : « Tu n'en trouveras pas qui veuille prendre ce risque.

— Alors, qu'ils aillent tous au diable. Je vais m'y mettre tout seul et m'en tirerai bien.

— Tu vas signer un faux », dit gravement Abner.

Eddy se mit à hurler dans le téléphone.

« Ne te tracasse pas pour moi. Je trouverai bien une solution.

— Je l'espère pour toi, Eddy, et je te souhaite bonne chance. »

Ils devaient dîner en compagnie d'un autre couple dans un bistrot des environs. Ils étaient amis intimes et habitués à parler franchement.

« Eddy, tu as l'air crevé, dit la femme.

— Pire que vanné, je dirais, fit le mari. Tu aurais dû nous le dire, on aurait remis le rendez-vous. »

C'était le deuxième jour qu'il s'entendait dire qu'il avait l'air exténué. Il devait avoir une mine effroyable. Il chercha discrètement à se regarder dans un miroir pendu au mur mais il n'y parvint pas.

« Tu as été très silencieux ce soir, lui dit Pam comme ils rentraient à pied.

— Ils ont jacassé pour quatre ! fit-il.

— Pourquoi es-tu si énervé ?

— Pam, je ne suis pas énervé. Tu entends ? je ne le suis pas ! »

Une fois dans leur chambre, elle se déshabilla lentement, prit son temps pour se promener dans sa jolie combinaison de mousseline. Puis, elle ouvrit un tiroir et en tira une chemise de nuit en dentelle noire qu'ils avaient une fois achetée à Mexico, à cause précisément de cette vulgarité qui les faisait rire. Quand ils étaient rentrés à l'hôtel, Pam l'avait mise et avait dansé la danse du ventre tandis qu'ils hurlaient de rire.

Elle enleva sa combinaison et, devant le double miroir de la coiffeuse, offrit le spectacle de son dos magnifique, tout en longueur. Languissamment, elle s'étira, faisant ainsi saillir ses jolis petits seins, puis s'ébroua comme un chiot qui se réveille. Ensuite, elle prit la chemise en dentelle noire et la passa. A peine dissimulée par la fine dentelle, sa nudité était encore plus provocante. Il comprit qu'elle cherchait à le distraire de son humeur sombre, plus sans doute qu'à exprimer son désir. Mais faire l'amour était la dernière chose au monde dont il eût envie.

Il se laissa tomber sur le lit avec un grognement.

« Dieu que je suis fatigué ! »

Elle s'assit à côté de lui et lui toucha le bras.

« Tu es sûr de ne pas être malade ?

— J'ai dit "fatigué".

— Cela ne te ressemble pas. Je me suis demandé si tu étais allé consulter un médecin et s'il avait découvert quelque affreuse maladie.

— Je ne suis pas malade, répéta-t-il.

— Vrai de vrai, Eddy ?

— Vrai de vrai. Et maintenant, laisse-moi dormir, je t'en prie. »

Mais il était malade, malade de peur. Il avait l'impression que des jets d'eau glacée parcouraient ses veines et ses os. Pendant ce dîner anodin au restaurant, il avait revécu la scène dans son bureau.

Vous avez fait des retraits sur le compte de untel et de untel... En fait, il s'était borné à jongler, enlevant des dollars, là où il pouvait aisément les remplacer, dans les actifs de la Compagnie. Des miettes, rien de plus ! Du cash-flow, un point c'est tout. Il arrivait que cette trésorerie diminue un peu, mais ce n'était que temporaire. Ses méninges s'activaient, mais quand on s'occupe d'un tel nombre de portefeuilles, d'investissements et de clients, il n'est pas toujours aisé de se souvenir de chaque transaction, en elle-même relativement insignifiante par rapport à la masse. Il se souvenait du jour où il avait remarqué la Maserati dans le salon d'exposition ; il avait toujours désiré une voiture rouge depuis qu'il avait acheté sa première Mercedes, mais toutes ses voitures avaient été d'une teinte conventionnelle, grises, bleues ou noires. Puis Pam avait dit un jour : « Oh ! au diable les conventions ! La rouge est formidable. » Alors, ils l'avaient achetée et avaient promené leur joli jouet du Vineyard à Palm Beach, suscitant partout une franche admiration. Et il se souvenait aussi du Fragonard, de l'excitation des enchères et du moment où il l'avait rapporté chez lui, un magnifique Fragonard, digne du plus beau musée. Et de Noël sur la Cinquième avenue, quand les rubis étincelants sur un velours noir l'avaient attiré comme un aimant. Ainsi filaient les millions, million après million, on n'avait pas le temps de les voir passer. *Votre autre compte personnel. C'est une situation dangereuse, très dangereuse... le fisc... la répression des fraudes... un avocat de haut niveau...*

Il entendait les battements de son cœur qui, avec les crissements du drap quand Pam se retournait, étaient les seuls bruits dans la chambre. Il était conscient comme il ne l'avait jamais été de l'immensité du monde, ou plutôt de la petitesse d'Eddy Osborne dans la vastitude de l'univers prêt à le submerger.

Quand on a peur, quand on est pris de panique, on est toujours tout seul. Au mieux, le monde est indifférent, au pire, il est hostile. Le fisc et la répression des fraudes allaient le mettre à nu, le déchirer en mille morceaux, sans savoir, ou se fichant de savoir, qu'Eddy Osborne n'avait jamais eu l'intention de causer le moindre tort à quiconque. Il était le meilleur et le plus généreux des hommes. On le savait et lui-même le savait. Il n'était pas comme les autres, en tout cas comme la majorité des autres.

La première chose à faire demain matin consistait à trouver un nouvel avocat. Il ne se voyait guère entrant dans l'austère bureau du cabinet auquel il avait habituellement affaire. Ce serait épouvantablement humiliant de révéler à ces messieurs compassés que Vernon Eddy Osborne s'était laissé aller à des irrégularités.

Ce dont il avait maintenant besoin, c'était d'un avocat qui comprenne immédiatement l'étendue du désastre, qui apaise ses craintes. Car après tout, il n'avait rien volé, non? Un avocat compétent saurait quoi faire. Il suffisait de lire les journaux pour voir comment les petits malins se frayaient une porte de sortie dans la jungle des lois. Mais à qui demander?

Se renseigner auprès du mari de Connie? Martin Berg était un pilier de New York et il devait connaître tout le monde. Mais cela signifiait que sa famille allait être au courant alors que la situation se résoudrait sans doute plus vite qu'il ne croyait... Peut-être valait-il mieux, après tout, demander à Abner puisqu'il était déjà au courant. Il pourrait sûrement lui recommander quelqu'un.

C'est une affaire très très sérieuse, avait dit Abner.

Une horloge sonna quelque part dans la maison. La maison était bourrée de pendules et d'horloges. Eddy les collectionnait : de vieilles horloges anglaises, une comtoise du XVIIIᵉ siècle très rare,

406

très ancienne, qui miraculeusement marchait toujours... Il avait reconnu le son cristallin de la petite pendule française en marbre qui se trouvait dans le petit salon de Pam. Dans quelques heures, ce serait le matin. Ah ! s'il avait pu rester là, dans cette chambre sombre et silencieuse, ne pas devoir se lever, sortir, penser, rien que rester là, étendu tranquillement, en sécurité ! S'il avait pu en parler à Pam !... C'était sa femme et elle se faisait du souci pour lui. Mais il répugnait à lui faire partager son angoisse. Après tout, il avait sa fierté, son orgueil. L'homme a besoin d'être un héros aux yeux de sa femme. Et Pam était si fière de lui !

Saisi par une brusque impulsion, il chercha la main de Pam et murmura : « Tu dors ? » bien qu'il sût pertinemment que non.

« Bien sûr que je ne dors pas. Que se passe-t-il, Eddy ? Tu ne veux pas m'en parler ? »

Il soupira.

« Je vis dans un monde dur et sans pitié. Je te l'ai dit, j'en suis las. Ça me bouffe. »

Elle attendit.

« J'ai pensé... » Les pensées prenaient forme à mesure qu'il s'exprimait, des pensées toutes neuves. « Tu as toujours eu envie d'acheter une maison dans le Kentucky et je t'ai toujours répondu "plus tard". Tu sais, j'ai réfléchi que "plus tard" était venu. C'est le moment. En fait, je serais plutôt content d'habiter là-bas complètement. Ce serait notre foyer. »

Elle était stupéfaite.

« Tu abandonnerais tout ici, ton bureau, tes affaires ? Tu mettrais la clé sous la porte et tu partirais ?

— Pourquoi pas ? Des gens le font tous les jours.

— Mais pourquoi te décides-tu maintenant ? Je ne comprends pas.

— Oh ! je ne sais pas. C'est sans doute une envie que j'ai depuis longtemps dans la tête sans la formuler. Et l'autre soir, avec ces gens du Kentucky à notre table qui parlaient de ce ranch et des chevaux à vendre près de chez eux, le projet a pris forme.

— Eh bien, je suis sidérée... C'est la première fois que je t'entends te plaindre de ton milieu professionnel. Je croyais que tu adorais ce monde de fous.

— Avant, oui. Mais il y a un temps pour tout. Un temps pour commencer et un autre pour finir. Alors, que dirais-tu d'aller jeter un coup d'œil à ce ranch ? Si c'est aussi beau qu'ils le prétendent, nous l'achèterons. Ou plutôt, tu l'achèteras. »

Tout mettre à son nom. Tous les trésors de l'appartement et l'appartement aussi. Lui vendre pour quelques dollars, cinq ou dix mille, faire une vente *bona fide*. Au cas où... juste au cas où... Ce serait le plus intelligent...

Subitement, Pam questionna d'une voix inquiète :

« Mais pourquoi, Eddy ? Tout cela me semble tellement subit. Il doit se passer quelque chose et tu ne veux pas m'effrayer. As-tu découvert que tu as une maladie de cœur ou quelque chose d'autre ? Tu as l'air tellement soucieux...

— Tu soupçonnes toujours quelque chose quand j'ai l'air fatigué.

— Mais alors, si tu n'es pas malade, il doit y avoir une autre raison. »

408

Non, pensait-il, je ne lui dirai rien. Il ne faut pas la paniquer alors que je suis presque certain, avec un bon avocat, de résoudre ces satanés problèmes. Abner a beau être intelligent, il est toujours trop prudent.

L'assurance d'Eddy montait et descendait comme un ludion. Les choses vont s'arranger. Il s'était remis à faire travailler ses méninges à plein régime. Qui est le meilleur avocat ? Marvin et Blake ? Le cabinet Andrews ? Henry Rathbone ? Abner pourra certainement lui dire...

« Il doit y avoir une autre raison, insista Pam.

— Chérie, je t'expliquerai un de ces jours mais je suis vraiment fatigué. Il n'y a pas de quoi se faire du souci de toute façon. Ce sera formidable. Nous allons aller là-bas, nous élèverons des chevaux... Nous vivrons plus longtemps et plus sainement. Tu peux me croire. »

Il fallut bien que Pam se contente de cela.

L'achat du ranch se fit très rapidement. C'était une belle maison ancienne, avec six cents hectares de bois et de prairies et ils en tombèrent amoureux dès le premier regard. Elle se dressait au bout d'une longue allée cavalière bordée de cornouillers et de tilleuls, une vraie maison de livre d'images, avec des colonnes, une véranda et un auvent au-dessus de la porte. Le pouls d'Eddy s'était mis à battre, il était enchanté. Pendant une merveilleuse minute, il contempla la maison, oubliant où il se trouvait et pourquoi, oubliant même que cette demeure serait un refuge, une cachette, un terrier.

« Alors qu'en penses-tu ?

— J'ai l'impression que ce n'est même pas la peine de visiter l'intérieur ! Je peux te le décrire et nous verrons si je me trompe. Evidemment, il y a un grand hall central, puis une salle à manger à gauche à cause des cuisines. Ensuite, voyons... six chambres à coucher et probablement pas suffisamment de salles de bain.

— Mais on peut en installer, dit Eddy.

— Et je parierais qu'il y a une cheminée dans chaque pièce. Viens, entrons. »

Presque dans un état second, ils suivirent le gardien des lieux. Pam murmurait : « C'est trop beau pour être vrai ! Comme j'aimerais mettre tes gravures de Rowlandson dans la petite pièce du haut... La chambre à coucher de coin sera la nôtre. Je la tapisserai en bleu très pâle, très frais car je suis sûre que le soleil rentre à flots la majeure partie de la journée. »

Eddy réalisa que Pam était aux anges. Elle est dans le cadre qui lui convient vraiment, elle y est beaucoup plus chez elle que dans l'appartement ou dans la suite de l'hôtel de Paris. Elle est dans son élément. Je la vois déjà avec une douzaine de chiens courant partout.

Le gardien fit quelques commentaires quand ils eurent terminé la visite.

« Derrière la maison, il y a un étang et plus loin, les bois. Le verger, les champs de maïs et le potager sont de ce côté-là. Ils ont été un peu négligés l'an passé mais sans subir trop de dommages. Certains visiteurs ont trouvé que les écuries étaient trop près de la maison mais pour ma part, j'aurais le cœur brisé de les voir détruites.

— Détruites ! s'exclama Pam. Il n'en est pas question. »

Deux bâtiments en longueur se faisaient face à peu de distance dans la cour. L'un avait une horloge au-dessus de la porte et l'autre était surplombé d'une girouette en métal doré.

« Il y a assez de place pour trente chevaux », dit le gardien.

Le visage de Pam rayonnait.

« Alors, cela te plaît, ma chérie ?

— Oh !... », fit-elle. Une sorte d'inquiétude passa sur son front. « Mais es-tu sûr de ce que tu t'apprêtes à faire ?

— Absolument, fit-il avec détermination. Ne perdons plus de temps et allons régler cette affaire. Ensuite, je vais trouver un entrepreneur qui enverra ses ouvriers faire les modifications nécessaires. »

Le temps pressait, en effet. En l'occurrence, le temps était vraiment de l'argent !

On en revenait toujours à l'argent...

13

Enfermée dans l'une des toilettes du Metropolitan Museum, Connie entendit une curieuse conversation.

« C'est le troisième – non, le quatrième – remariage auquel j'ai assisté cette année. »

La voix n'était pas jeune et le ton reflétait une profonde indignation.

« D'abord, ils empilent une coquette fortune puis ils balancent leur épouse. C'est honteux.

— Je sais, répondit une autre voix. Et tous ces articles sirupeux à propos de ces nouveaux pères de cinquante ans et plus qui sont si merveilleux, si sensibles, si attentifs... Oh ! ce mot "attentif" ! Il me fait voir rouge. Ces vieux pères si "attentifs" à leur nouveau bébé ! C'est tellement ridicule.

— Et pendant ce temps-là, personne ne parle de l'autre famille, de la première... Je pense souvent aux enfants de Martin Berg. On raconte que le fils est interné et, la dernière fois que j'ai aperçu la fille, elle avait un air épouvantablement malheureux. Cette histoire est pathétique. »

Connie sortit des toilettes et fixa délibérément la personne qui venait de parler, Mme Preston DeWitt, qui se trouva fort embarrassée.

Connie lui tourna le dos, alla se laver les mains et sortit en faisant claquer la porte avec un rire de mépris.

Ces imbéciles, ces médisants ! On pouvait supposer que Preston ne restait avec Caroline que parce qu'elle était malade et que c'était un homme bien élevé.

Il n'y avait aucun photographe au pied des marches du musée pour attendre cette vieille pie, comme ça avait été le cas pour les Berg. Et demain, dans les colonnes mondaines des journaux, il n'y aurait aucun article concernant Caroline DeWitt alors que ce serait le cas pour Connie. On décrirait la robe qu'elle portait ainsi que les nouveaux saphirs qui mettaient son cou en valeur. C'étaient des pierres sublimes, le dernier cadeau de Martin sans autre raison que « parce que je t'aime ».

Les talons argentés de Connie martelèrent le sol de pierre en suivant les longues galeries jusqu'à la sortie du musée.

Elle rejoignit Martin au restaurant. Les tables étaient couvertes de nappes brodées. Des consoles disparaissaient sous les arrangements floraux et des candélabres d'argent portaient de longues bougies qui ajoutaient à la magie du lieu. La langouste et le haut-brion étaient exquis. C'était une fête donnée à l'occasion du mariage de l'un des plus grands financiers américains. Comme c'était merveilleux de faire partie de ce milieu, d'assister à tous les événements mondains et de voir son nom et sa photo dans la presse. Toutes les personnes présentes ici faisaient la pluie et le beau temps à New York. Comme Martin !

Souvent quand elle donnait son nom dans une boutique, Mme Martin Berg, elle entendait dans son dos des chuchotements d'admiration respectueuse de la part des vendeuses. Elle repensait alors au temps où elle travaillait dans la petite boutique de Houston et elle jubilait.

Bitsy Maxwell se trouvait à la table des Berg.

« J'ai entendu dire, fit-elle, que vous aviez acheté une adorable maison à Londres. Où se trouve-t-elle ?

— A Belgrave Square. C'est une maison du XIXe siècle mais elle a besoin d'être réparée et aménagée.

— Je n'envie pas une telle responsabilité. C'est exténuant d'installer une nouvelle maison. »

Bitsy ne pouvait s'offrir qu'une maison à New York et une maison de campagne à Southampton.

« Oh ! cela m'est égal. Je voulais trouver une maison pour Martin. Il doit constamment aller à Londres et j'ai pensé qu'il valait mieux que nous achetions une maison pour qu'il puisse se relaxer vraiment. Le Savoy est parfait mais un hôtel ne peut pas faire office de foyer. »

Bitsy haussa les épaules.

« Moi, j'aime assez les hôtels. Nous allons toujours au Connaught.

— Désormais, tu auras notre maison quand tu iras à Londres. Il faut bien qu'elle serve ! »

Connie croisa le regard de Martin qui venait de se lever et y lut son approbation. Il se pencha vers elle.

« J'aperçois Simmonds là-bas, murmura-t-il. Il m'a promis de faire de la publicité pour cet hôpital

414

que je patronne. J'aimerais bien qu'on sache ce que je fais de mon argent en dehors du fait d'en gagner toujours plus.

— Mais chéri, tout le monde sait combien tu es généreux. Reste assis et repose-toi. Tu travailles trop de toute façon.

— Je suis bien obligé si je veux faire face à tes dépenses ! » Il sourit. « Mais cela me fait plaisir. J'aime que tu sois heureuse. Sais-tu que tu es la plus belle femme dans cette assistance, mariée comprise ? »

Elle le regarda s'éloigner, tirer un cigare de sa poche et le remettre dans son étui en se souvenant qu'il était dans un restaurant. Il lui en coûtait de passer une heure sans fumer le cigare. Il avait vraiment bonne mine et belle allure, grâce à elle d'ailleurs, car elle veillait soigneusement sur son régime. Elle lui était bénéfique et même les sœurs de Martin le lui avaient dit. Quant à Ben, le frère si critique de leur mode de vie, on ne le voyait guère, heureusement. Pour ce qui était des enfants de Martin, Connie faisait très attention à manifester autant d'affection à Melissa qu'à Thérèse, et Martin en était conscient.

Il lui arrivait encore de temps à autre de se demander ce que signifiait « être amoureuse », ce sentiment d'exaltation qui fait dire que l'on est prêt à mourir l'un pour l'autre, dont on parle tant dans les livres. Une ou deux fois Lara, avec sa timidité habituelle, avait fait allusion à cette béatitude... Bah, tout cela n'avait vraiment qu'une importance relative. Elle était là, ce soir, au cœur de la splendeur et de la richesse. Tout à l'heure, ils rentreraient chez eux et, dans le lit sculpté, elle s'emploierait à rendre son mari heureux et amoureux.

Il se tenait maintenant au milieu d'un groupe d'hommes. Sa première pensée fut qu'il était terriblement petit et qu'il fallait modifier les talons de ses chaussures. Elle remarqua ensuite que le groupe s'agrandissait. Quelque chose était en train de se passer. Plusieurs messieurs s'étaient levés précipitamment, jetant leur serviette sur la table.

« Que se passe-t-il ? demanda Bitsy.

— Les cours grimpent ou descendent », fit Connie.

Quelques minutes plus tard, Martin la rejoignit et lui dit à l'oreille : « Viens dans le hall quelques minutes. »

Surprise, elle se leva et le suivit.

« Qu'as-tu ? Quelque chose ne va pas ? »

Martin avait l'air sinistre.

« En effet... je ne voulais pas t'en parler devant les autres et j'avais peur que quelqu'un dise... Les gens ont si peu de tact et il s'en trouve sûrement qui ignorent que ton nom de jeune fille est Osborne. Il s'agit de ton frère, vois-tu. Non, non, il ne lui est rien arrivé, Dieu merci. Mais il se peut qu'il y ait des fuites dans les journaux de demain. Il va être poursuivi en justice. A Wall Street, tout le monde est au courant et je le saurais moi-même déjà si je n'avais pas passé la journée à Boston. »

Ce fut comme un coup de poing à l'estomac.

« Poursuivi ? Mais pourquoi ?

— Je ne connais pas tous les détails. Des opérations contestables, des problèmes avec le fisc. Je ne suis pas certain. »

Eddy! Lui, si intelligent, si gentil! Ce devait être une erreur monumentale, une fausse accusation, une injustice. Pauvre Eddy!

Puis son cœur se serra.

« Tu n'es pas en affaire avec lui? »

Martin rétorqua avec indignation.

« Quelle question idiote! Tu me surprends beaucoup. Moi! Comment ma société vieille de plus de soixante-dix ans serait-elle en affaire avec un gamin comme lui?

— D'accord, c'était une question stupide. Excuse-moi. Je suis troublée. Et horrifiée.

— Chérie, ne te mets pas à pleurer ici. Surtout, ne montre rien! »

Elle prit une profonde inspiration. Puis très calmement, elle demanda : « Martin, si ces accusations sont vraies, que va-t-il lui arriver?

— Si c'est vrai, dit Martin d'un ton sévère, il ira en prison. »

14

Henry Rathbone était l'un des plus célèbres avocats de la ville, l'un des plus chers aussi et il avait conseillé à Eddy de rester calme et de continuer à aller travailler comme si de rien n'était pendant qu'il négocierait. Naturellement, il n'avait fait aucune promesse mais tout son comportement suggérait un optimisme modéré. Fort de cet espoir, Eddy ce matin-là s'habilla avec un soin particulier, prit son petit déjeuner et se trouvait maintenant devant son bureau chargé des piles de papiers habituelles. Mais son regard n'arrêtait pas de vagabonder, d'abord du côté du morne Hudson aux cheveux grisonnants, puis au fond de la pièce qu'éclairait une lampe de chevet posée sur le coffre Sheraton.

Brusquement, la porte s'ouvrit sur Mme Evans affolée.

« Monsieur Osborne ! Il y a deux hommes dans l'entrée. Ils disent qu'ils sont des inspecteurs de police et ils m'ont montré leur insigne. Ils ont insisté pour entrer et je n'ai pas pu les en empêcher, je ne sais pas ce qu'ils veulent. »

Eddy se leva.

« Faites-les entrer », dit-il. Une terrible sensation de danger lui fit battre le cœur. Il avait l'impression que son pouls résonnait dans tout son corps et il comprit que le moment était venu d'affronter la situation.

Les deux hommes entrèrent, des individus si ordinaires qu'ils étaient indescriptibles. Ils auraient aussi bien pu être des courtiers en assurances ou des représentants de commerce. Les pensées d'Eddy se bousculaient dans sa tête.

« Monsieur Osborne, dit l'un d'eux, nous avons un mandat d'arrêt vous concernant. »

Un mandat d'arrêt. Les idées d'Eddy s'éclaircirent d'un seul coup. Mais Rathbone n'avait-il pas dit... beaucoup de paperasserie... des démarches nombreuses... Les choses devaient se régler entre avocats, dans des bureaux, à coups de téléphone, de lettres recommandées...

Or il s'agissait maintenant de son intégrité physique. Une arrestation ! On prenait son corps !

Il balbutia : « Mais pourquoi ? Je veux dire... enfin, je ne comprends pas. Ce doit être une erreur. Mon avocat s'occupe de cette affaire. En ce moment même.

— Vous aurez tout loisir d'appeler votre avocat, mais vous devez d'abord nous suivre. »

L'homme lui tendit une feuille de papier.

« Lisez. »

Eddy la prit. Des lettres d'imprimerie et des lignes tapées à la machine puis une signature en bas de la feuille.

Il la leur rendit sans lire. Un silence épouvantable lui perçait les oreilles.

« Je dois vous passer ceci », dit le deuxième homme.

Mme Evans regardait les menottes avec une stupeur terrifiée. Elle avait la bouche grande ouverte et ses cheveux gris normalement si bien peignés étaient ébouriffés.

« Je vais vous suivre, fit Eddy. Mais vous n'avez pas besoin de me les passer. Vous ne comprenez pas mais je ne suis pas le genre de personne à résister. Vous ne comprenez pas du tout.

— Allons, monsieur, ne rendez pas les choses plus difficiles. Tendez vos poignets. »

Mon Dieu ! pas par la grande porte, pensait Eddy affolé. Passer devant tous ces bureaux, tous ces regards !

« Est-ce que l'on peut passer par la porte de derrière ? » Sa voix était à peine audible. Il en était furieux.

Allons, tiens-toi bien, reprends-toi, tu es Vernon Edward Osborne et tu vas te sortir de cette affreuse affaire.

« Il existe une entrée privée, dit Mme Evans qui s'était mise à sangloter. Ce n'est pas par là que vous êtes entrés. S'il vous plaît... De toute façon, c'est plus rapide. » Sa voix était lamentable.

Les mains d'Eddy pendaient devant lui. Il ne savait où les mettre. Comme je dois être ridicule... Mme Evans se précipita sur l'imperméable Burberry qui se trouvait dans le placard et le drapa adroitement de façon à ce qu'il cache les mains d'Eddy. Elle se haussa sur ses talons et l'embrassa, son nez mouillé effleurant le menton de son patron.

« Que Dieu vous garde, monsieur Osborne. » Elle se tourna vers les intrus. « Soyez gentils avec lui. C'est un homme si bon !

420

— Ne vous tracassez pas, madame. »

C'est ainsi qu'Eddy quitta les bureaux Osborne et Cie, avec un homme devant et un autre derrière. Une voiture noire très ordinaire était arrêtée devant l'immeuble. Personne dans la foule qui se pressait sur le trottoir ne remarqua les trois hommes.

Au bout de quelques minutes, Eddy se décida à leur demander où on l'emmenait.

« Au tribunal de Foley Street. »

Ce n'était donc pas en prison. Ou bien y avait-il une prison adjacente au tribunal ? Il ne connaissait rien à la marche de la justice. Pourquoi serais-je au courant ? se demanda-t-il. Je n'ai jamais eu d'ennuis, je n'ai presque jamais récolté de contravention. Quelle sale affaire ! quelle malchance ! Un homme comme moi avec des menottes.

Ses mains immobilisées par les bracelets de métal le rendaient maladroit. Il fallut l'aider à sortir de la voiture. D'un pas mécanique, il franchit de larges passages et plusieurs portes. Sa rétine enregistrait des visions fugitives comme celles qu'on reçoit de l'intérieur d'une voiture qui roule, des groupes de gens attroupés dans un corridor attendant quelque chose, des hommes à l'air misérable, des messieurs bien habillés avec des porte-documents bourrés de papiers. Son odorat fut agressé par des odeurs de lainages mouillés, de fumée de cigarette froide, de détergent quand ils dépassèrent un employé qui lavait le carrelage.

Quand on lui enleva les menottes, dans une pièce brutalement éclairée et dont les murs portaient de longues éraflures, il se frotta les poignets, non pour soulager la douleur car il n'avait pas mal, mais plutôt pour se débarrasser d'une sensation de saleté. On prit ses empreintes digitales, en pressant ses doigts écartés sur un tampon encreur ; ils le firent mettre contre un mur nu, avec une pancarte portant un numéro sur la poitrine, et prirent plusieurs photos comme s'il s'agissait d'un violeur ou d'un bandit, comme s'il s'était attaqué à des petits garçons ou avait assassiné sa femme. Comme s'il n'était pas Vernon Edward Osborne. Pendant tout ce temps, il ne dit mot mais fit ce qu'on lui demandait tandis que son cœur battait à tout rompre, au point qu'il eut peur qu'il ne s'arrête brusquement ou qu'il éclate dans sa poitrine. Il n'aurait plus à subir toutes ces infamies... Quand il eut besoin d'aller aux toilettes, quelqu'un l'accompagna et resta derrière la porte. Pendant quelques instants il crut qu'il allait vomir mais heureusement cette sensation cessa brusquement. On le conduisit enfin dans une pièce d'où il put téléphoner à Rathbone. Rathbone était déjà en route pour le rejoindre. Quelqu'un lui demanda s'il avait besoin de téléphoner à d'autres personnes et avec cette proposition que dans son inexpérience il interpréta comme de la gentillesse, il sentit les larmes lui monter aux yeux. Il refusa. D'ailleurs, il n'était pas encore en état de téléphoner à Pam. Il fallait qu'il réfléchisse à ce qu'il allait lui dire... avouer que ce qu'il avait craint tout ce temps était enfin arrivé.

De cette pièce d'où les gens n'arrêtaient pas d'aller et venir, il pouvait voir l'intérieur d'autres pièces. Quel horrible endroit, quelle misère partout. Comment pouvait-on jamais avoir envie de devenir juge et de travailler dans un pareil lieu ? Enfin, Henry Rathbone arriva et Eddy réussit à montrer le visage que tout le monde connaissait, celui du jovial Eddy Osborne que rien ne défrisait.

« Alors, vous voilà, Henry. Et maintenant, que va-t-il se passer ? La chaise électrique ?

— Non, non, Eddy. Ne vous tracassez pas, en moins de temps qu'il n'en faut pour le dire, je vous sortirai d'ici sous caution. Vous rentrerez chez vous et ce soir vous dormirez dans votre propre lit. Suivez-moi.

— Où cela ?

— Nous devons nous présenter devant un magistrat. C'est lui qui va fixer le montant de la caution. Le procureur sera également présent. »

Rathbone était petit et venait à peine à hauteur de l'épaule d'Eddy. Pourtant, ce dernier se sentait comme un enfant à côté de l'avocat. Rathbone avait de l'autorité et sa démarche le montrait clairement. Moi aussi, je marche avec cette assurance quand j'entre dans les bureaux d'Osborne et Cie. Enfin, quand j'entrais...

Le magistrat vêtu de la robe noire était assis derrière un bureau, sur une estrade. Même dans cette pièce misérable dépourvue de toute solennité, il était impressionnant. C'était son rôle, après tout. Peut-être était-ce la robe noire. Le procureur était un bel homme, dont le profil aurait fait sensation sur une pièce de monnaie. Il avait le genre de tête pour qui les gens votent et il devait très bien passer à la télévision. Tandis que les trois hommes discutaient, Eddy resta debout. Il s'était mis à pleuvoir et des rigoles de crasse zébraient les vitres.

Malgré l'éclairage au néon, l'endroit s'était assombri et Eddy s'en réjouit. Un soleil triomphant lui aurait été une insulte.

« L'accusation, commença le beau procureur, exige une caution élevée. Cet homme est accusé de cinq infractions qui impliquent trois cents millions de dollars. Pour le moment, Votre Honneur.

— Votre Honneur, intervint Rathbone, mon client n'est pas un criminel endurci. C'est un premier délit. Si c'est d'ailleurs un délit, ce que pour le moment je me refuse à reconnaître.

— Votre Honneur, reprit le procureur, je conseille que la caution soit fixée à cinq millions de dollars. »

Le magistrat haussa les sourcils, des sourcils très épais sur un front têtu. Il m'a l'air d'un homme qui aime bien le whisky, pensa Eddy. Ou bien il a de la tension. Son esprit se mit à vagabonder. La pluie tombait plus dru et formait des dessins variés sur les vitres sales.

« C'est très excessif, Votre Honneur, dit Rathbone. M. Osborne a un foyer et une épouse. Il a des parents. Sa sœur est mariée à l'un des plus grands financiers de la City. Ce n'est pas le genre de personne à s'enfuir.

— Ce n'est nullement une certitude, Votre Honneur, reprit le procureur.

— Si, Votre Honneur. J'apprécierais que la caution soit d'un montant raisonnable. Cent mille dollars serait raisonnable.

— Votre Honneur, au vu des accusations qui pèsent sur M. Osborne, cela n'a aucun sens. C'est très sous-estimé, complètement sous-estimé ! »

Rathbone persista. « Il ne va pas s'enfuir, Votre Honneur. N'est-il pas possible de trouver un compromis ?

— Votre Honneur, je me permets d'insister. »

Le magistrat avait l'air fatigué. Eddy pensa une fois de plus : Jamais je n'accepterais de faire un pareil travail, quel que soit le salaire. D'ailleurs, il ne doit pas gagner beaucoup. Un long silence s'ensuivit pendant lequel le magistrat réfléchit.

Il prit enfin une décision.

« La caution est fixée à deux millions de dollars.

— Puis-je m'entretenir avec mon client quelques instants », demanda Rathbone. Il entraîna Eddy au fond de la pièce.

« Les avez-vous ? Pouvez-vous vous les procurer ?

— Grands dieux, non ! Vous savez l'état de mes finances. Je suis pieds et poings liés et mes comptes sont au nom de Pam. »

Comme il avait été malin de faire cela...

« Et vos parents ? vos proches ? Berg ? Il existe d'autres recours mais ils prendraient beaucoup de temps. Et de la paperasserie. »

Eddy réfléchissait. Il détestait l'idée d'avoir à demander à Martin. Tout le restant de sa vie, il se sentirait diminué et humilié en sa présence. Ce serait abominable. Comment envisager d'avoir recours à un parent, même si celui-ci était un homme sympathique ?

« Cette somme n'est rien pour votre beau-frère. »

Eddy ne dit rien.

« Vous le savez... », répéta Rathbone à mi-voix.

Eddy regarda par la fenêtre. La pluie continuait à tomber et le jour baissait.

« J'ai très peur de lui demander », dit-il et il détesta le son de sa propre voix.

« Je comprends. Voulez-vous que je m'en charge ? Ce serait plus facile.

— Cela vaudrait mieux, répondit Eddy avec soulagement. Mais, fit-il avec inquiétude, et si on ne le trouve pas ?

— Ne vous tracassez pas. Je le trouverai. Martin Berg me connaît. En tout cas, nous nous sommes rencontrés plusieurs fois.

— Merci, Henry. Merci mille fois. »

Une seconde pensée horrible lui traversa la tête.

« Pensez-vous pouvoir joindre ma femme ? Elle est à la campagne, chez sa mère. Attendez une minute. Voici son numéro. Il faudrait lui apprendre très doucement la nouvelle. Vous voyez ce que je veux dire... Je ne lui ai parlé de rien. Je sais, j'aurais dû. Elle s'y serait préparée. Un peu comme l'on se prépare à la mort de quelqu'un lorsqu'il a été malade pendant longtemps. Dans le cas présent, c'est comme une crise cardiaque... mais je ne voulais pas qu'elle perde confiance en moi. Qui pouvait prévoir qu'on en arriverait là ? C'est le pire de tout. Cela me tue de penser à Pam quand elle va apprendre... »

Rathbone hocha la tête avec sympathie.

« Je vais m'en occuper. J'ai l'habitude. Et vous, Eddy, relaxez-vous. »

Une fois Rathbone parti, Eddy resta où il était, le regard perdu au loin, à peine conscient de la présence des deux hommes dans la pièce, le magistrat toujours sur son estrade et l'autre près de la porte, comme pour prévenir toute fuite de la part d'Eddy.

Il ne s'écoula qu'une vingtaine de minutes qui lui semblèrent interminables, avant le retour de Rathbone qui alla droit au magistrat. La caution serait versée dans l'heure qui suivait.

Il revint vers Eddy.

« Berg a été parfait. Je n'ai pas eu besoin de parler cent sept ans. Il a dit oui immédiatement.

— Il a dû recevoir un choc, non ?

— Sans doute, mais il ne l'a pas montré. Il semblait surtout soucieux de vous et plein de compassion. J'ai essayé de trouver votre femme mais elle est déjà partie. Sa mère m'a dit qu'elle allait faire quelques courses avant le dîner et qu'elle ne serait pas rentrée très tôt. Cela vous laisse le temps de prendre un bon bain et de vous reposer avant son retour. »

Rathbone suggéra ensuite : « Prenez un verre, asseyez-vous, expliquez-vous aussi calmement que possible et allez dîner.

— Vous pensez me tirer de ce pétrin, Henry ? demanda Eddy à voix basse. Dites-moi la vérité. Je peux l'entendre. Je vous en prie.

— Eddy... je vais faire de mon mieux. Je vous le promets. Je ne peux pas en dire plus. »

Les domestiques philippins se trouvaient dans la cuisine. Ramon portait un tablier par-dessus sa veste blanche et il nettoyait l'argenterie. Maria Luz tournait une cuillère dans une casserole sur la cuisinière.

« Est-ce que cela vous ferait plaisir de prendre votre soirée ? demanda Eddy de son air jovial.

427

Mme Osborne et moi avons été invités, alors nous n'aurons pas besoin de vous.

— Mais le dîner? demanda Maria Luz qui n'osait pas encore se réjouir.

— Gardez le dîner pour demain. »

Il leur fit un signe amical de la main et quitta la cuisine. « Allez, sortez et amusez-vous. »

Dîner était bien la dernière chose dont il avait envie bien qu'il en aimât ordinairement l'aspect rituel. Mais ce soir, il y aurait peut-être des larmes et des reproches. Qui savait ce que la soirée lui réservait.

Dans la bibliothèque, il se lova dans un fauteuil et sombra dans une rêverie jusqu'à ce qu'il entende la porte d'entrée claquer sur les domestiques. Comme s'il obéissait à un ordre, il sauta sur ses pieds. Dans un placard, il trouva des boîtes de carton et les apporta dans la bibliothèque. Il téléphona au concierge et lui demanda de lui apporter d'autres cartons, le plus grand nombre possible.

« Tant que cela? Nous n'en avons que deux douzaines, monsieur Osborne.

— C'est très bien, apportez-les. »

Il retourna fouiner dans le placard et trouva du papier de soie et du papier d'emballage, ainsi que des pelotes de ficelle. La maison était toujours bien fournie en emballages car Pam était une bonne femme d'intérieur et la gardienne efficace du foyer, ce foyer qui allait être détruit.

Quoi qu'ait dit Rathbone – d'ailleurs qu'avait-il dit?... quelque chose comme *je ferai de mon mieux* –, Eddy sentait que la catastrophe était imminente. En même temps, il se souvint que, plusieurs fois aujourd'hui, il avait eu la conviction que la situation finirait par s'arranger. Mais maintenant, il savait que c'était désastreux.

Une fois que le concierge eut couvert la moitié du plancher de la bibliothèque de cartons, Eddy sentit qu'il avait envie de poser des questions, mais devant l'expression revêche d'Eddy, il s'en abstint. Dès qu'il fut parti, Eddy se mit au travail et décrocha les tableaux des murs : la dame en robe de velours peinte par Sargent, les palmiers secoués par le vent de Winslow Homer, les rues encombrées de Paris sous la pluie de Pissarro... C'étaient ses trésors. Il y avait même un tableau qu'il n'avait pas eu le temps de mettre au mur, le portrait d'un cheval qu'il avait demandé à Pam d'acheter à Londres.

Pendant trois heures il s'activa, allant de pièce en pièce. Il était dans tous ses états. La panique montait en lui, une panique glacée qui lui donnait des crispations dans le cou. Il déplaçait, emballait, s'arrachait les ongles sur la ficelle. Il fit des paquets des petits objets, des porcelaines, des ivoires, il vida les tiroirs du meuble laqué du salon et se mit à enlever ses premières éditions des rayonnages, le Dickens relié cuir, le Walt Whitman, le...

« Mon Dieu, quel chantier ! tu peux me dire ce que tu es en train de faire ? cria Pam. Es-tu devenu fou ? »

Il se redressa et, les pieds couverts de papiers, il contempla sa femme, sa femme adorée dans son manteau en poil de chameau et ses bottes de serpent. Pendant quelques minutes, il resta coi, comme un idiot.

Stupidement, il dit alors : « Nous allons déménager dans le Kentucky, tu te souviens. Alors, j'ai pensé, comme j'avais un peu de temps, que je rentrerais tôt. Et j'en ai profité pour emballer des petites choses. »

Elle l'attrapa par le col de sa chemise.

« Eddy, écoute-moi. Je sais que tu me caches quelque chose mais je n'ai jamais réussi à te faire parler. Tu me prends pour une imbécile ? J'ai eu si peur... Maintenant, assieds-toi et dis-moi ce qui ne va pas. Je veux savoir. Maintenant, tu m'entends, maintenant. »

Il eut l'impression que sa pomme d'Adam avait pris les proportions d'une citrouille et qu'il allait étouffer. Il fallait parler...

« J'ai des ennuis avec les services du fisc. Si tu savais combien j'ai espéré que tout cela s'arrangerait ! Je voulais t'épargner mais ce n'est plus possible. Ce matin, on est venu m'arrêter.

— T'arrêter ?

— Oui. J'ai été... c'est une sacrée expérience. »

Il réussit à sourire d'une sorte de grimace d'enfant honteux.

« On a pris mes empreintes et tout et tout.

— Mais vas-tu me dire ce que tu as fait ? hurla-t-elle.

— Des bêtises, je dois l'admettre, mais rien de criminel. Je n'ai fait de mal à personne. C'est une vilaine histoire d'impôts, trop compliquée à expliquer. Il faudrait que je te montre des tonnes de papiers. Mon avocat m'a dit qu'il m'en tirerait.

— Mais alors, si on t'a arrêté, tu dois être sous caution.

430

— Oui. C'est Martin qui a avancé l'argent. »

Elle se tenait au-dessus de lui. Il regarda le beau front serein sous le bandeau de velours. La plupart des femmes, en entendant de pareilles nouvelles, auraient perdu la tête.

« Pourquoi ne te fâches-tu pas ? demanda-t-il. Je me sentirais mieux si tu le faisais. Et je le mérite. N'aie pas peur de te mettre en colère. Crie, insulte-moi !

— A quoi bon ? Où cela nous mènerait-il ? » répondit-elle d'un air accablé.

L'éducation, la qualité comme toujours. Ça transparaît forcément.

En bas, dans la rue, une voiture de pompiers passa dans un vacarme de sirène qui s'éloigna aussi vite qu'il était venu. Pam attendait.

« Je me suis enferré, dit-il. Je ne sais pas comment cela s'est produit. Je me prenais pour un magicien. J'ai toujours eu la main heureuse et je me débrouillais formidablement bien sur le marché. »

Il plongea sa tête entre ses mains.

« Peut-être ai-je perdu la main. Les choses ont commencé à dégringoler. Après, c'était l'hémorragie. »

Il émit un bruit comme un sanglot.

Elle lui caressa les cheveux.

« Allons, Eddy. N'est-ce pas toi qui dis toujours que tant qu'on garde la tête sur les épaules, rien n'est perdu ? »

Il releva la tête.

« Tu sais, il n'est pas impossible qu'on me mette en prison.

— Qui est ton avocat ? que dit-il ?

— Henry Rathbone. C'est l'un des meilleurs de la ville. Il dit que ça s'arrangera. »

L'avait-il vraiment dit ? Il avait seulement promis de faire de son mieux.

« C'est lui qui t'a dit d'emballer toutes ces choses ? de déménager ?

— Il ne sait pas ce que je suis en train de faire. C'est mon idée à moi de sortir tout cela d'ici avant que quelqu'un ne s'avise de mettre la main sur mes tableaux et mes antiquités. Toutes ces choses t'appartiennent, de toute façon.

— Le Louis XVI ne cadre guère avec un ranch.

— Vends ce que tu ne veux pas et garde l'argent. Oh ! que je me félicite d'avoir mis cet appartement à ton nom. Maintenant, il vaut largement quatre à cinq millions de dollars. »

La sonnette retentit, faisant sursauter Eddy.

« N'ouvre pas !

— Ce doit être quelqu'un que le concierge connaît sinon il ne l'aurait pas laissé monter », dit Pam.

Il se dit qu'après ce qu'il avait vécu ce matin, il ne se sentirait plus jamais en sécurité et se demanderait toujours qui se trouvait derrière la porte. C'est alors qu'il entendit les voix de Martin et de Connie et il eut le même sentiment qui l'avait envahi en présence de Rathbone : il était un enfant qui attendait d'être réprimandé.

Connie regarda autour d'elle.

« Mon Dieu, en voilà un champ de bataille ! Qu'est-ce qui t'a pris, Eddy ? »

Martin lui fit signe de se taire.

« Comment vas-tu, Eddy ? Tu as eu une sale journée.

— Je veux te remercier, Martin. Si c'est possible de remercier pour un tel geste. Comment pourrai-je jamais te rendre la pareille ?

— Il faut d'abord que tu te sortes de ce guêpier. Ce sera la meilleure façon de me remercier. Tes sœurs sont tellement affolées qu'elles ne savent plus où donner de la tête. Lara vient juste de me téléphoner. Elle voulait prendre le prochain avion.

— Non, surtout pas », fit Eddy. Il savait que jamais Lara ne lui adresserait un mot de reproche mais il n'avait pas le courage de l'affronter. C'était un tel échec... Surtout pas Lara qui, depuis le début de sa vie, n'avait cessé de l'encourager.

« Non, empêche Lara de venir.

— Nous le lui avons dit. Avec deux enfants et le travail à l'usine... »

Martin repoussa un amas de papiers froissés et s'assit sur le sofa.

« Je n'ai parlé que dix minutes avec Rathbone. Alors, dis-moi à combien se montent...

— Je ne sais pas exactement. Beaucoup. C'est difficile à calculer et je ne sais pas compter de tête. »

Martin fronça légèrement les sourcils.

« Mais tu dois bien avoir une idée. Rathbone a dit que ce qu'on te reproche le plus, c'est d'avoir joué sur le marché avec les fonds de tes clients. N'as-tu aucune idée à combien se monte ton propre portefeuille ?

— Je ne sais pas. Peut-être treize millions. Ça varie, fluctue. Et le marché est mauvais depuis deux mois. Tu le sais.

433

— Je le sais », dit Martin assez sèchement. Il indiqua d'un geste de la tête un Cézanne adossé à une chaise.

« Combien t'a-t-il coûté ? »

Eddy suivit le regard de Martin sur les collines provençales bleu-vert.

« Environ six millions, murmura-t-il en s'épongeant le front. Bon Dieu, quand je pense que j'ai gagné des fortunes pour mes clients ! On se battait pour venir chez moi. Ah ! on les a appréciés, mes montages fiscaux. Et maintenant les mêmes gens ne se souviennent que de mes erreurs et ne me donneront pas le temps de les corriger. Tout ce dont j'ai besoin, c'est de temps ! Nom de Dieu, je n'ai tout de même assassiné personne ! fit-il aux trois personnes qui l'écoutaient.

— Mais tu as ruiné des gens, c'est presque la même chose, fit Connie d'un ton un peu amer. Dont certains de mes très bons amis que je t'avais adressés. »

Martin l'arrêta net.

« Il n'y a aucune raison de rappeler cela. »

Pam était assise très droite et regardait par la fenêtre les lumières qui scintillaient dehors. Retenant ses larmes, elle cligna les yeux. Eddy comprit qu'elle venait de saisir toute l'horreur de la situation.

« Je ne comprends pas, reprit-il, ce qui a donné le coup d'envoi de cette offensive du gouvernement. Que s'est-il brusquement passé ?

— Quelqu'un a envoyé une lettre anonyme, répliqua Martin. Elle a été postée de Vancouver aux services fiscaux. Une personne qui semble

434

avoir perdu de l'argent à cause de ces combines. Je l'ai appris par quelqu'un dont le frère occupe un poste dans les services fiscaux. Ce n'est pas toi qu'on a dénoncé mais cette lettre anonyme a sonné le début d'enquêtes approfondies dans les milieux boursiers.

— Penses-tu que je doive être très inquiet ? » demanda Eddy.

Martin se leva.

« Je suis content de savoir que tu as l'un des meilleurs avocats. En attendant, fais attention à ta santé et fais travailler tes méninges. La tête d'abord, le cœur ensuite ; tu connais cette maxime. »

D'un ton lugubre, Eddy répondit : « C'est ce que ma mère disait toujours, mais sans le pratiquer.

— Eh bien, fais-en ton profit. Bois un bon scotch et va dormir. »

Martin serra la main d'Eddy avec une vigueur rassurante.

« Appelle-moi quand tu veux. Allez, Connie, on y va. »

Quand ils furent partis, Pam versa quelques larmes sur l'épaule d'Eddy.

« Comme la vie était belle, n'est-ce pas ? On s'est amusés. Nous étions jeunes et en bonne santé. Nous n'avions pas l'ombre d'un souci il n'y a encore que quelques heures... Et maintenant, j'ai l'impression d'avoir cent ans !

— Il ne faut pas se laisser abattre, répondit Eddy.

— Tu as raison. » Pam s'essuya les yeux. « Ne m'en veux pas. Il fallait que je craque un peu...

— Je comprends. »

Il se doutait bien de ce qui devait se passer en elle, du tourbillon de sentiments contradictoires, de pitié, de crainte et de colère. Il était en proie aux mêmes sentiments.

« La vie redeviendra une fête, dit-il.

— Et maintenant, que va-t-il arriver ? T'arriver à toi, je veux dire.

— Un procès. Rathbone pense qu'il aura lieu dans trois mois.

— Et il pense vraiment que tu gagneras ?

— Quand on est avocat, on se doit de penser ainsi ! »

Souriez, disait toujours Peg à ses enfants. Souriez même quand vous n'en avez pas envie. Les choses finissent toujours par s'arranger.

« La vie n'est pas terminée, reprit-il. Je n'ai que trente-quatre ans et nous avons toute la vie devant nous. Montre-moi donc la photo du ranch dans le Kentucky. Elle est sur mon bureau. On se croirait dans *Autant en emporte le vent*, n'est-ce pas ? Regarde les colonnades... et ce hêtre pourpre sur la pelouse, il doit avoir au moins cinquante ans. »

Il serra Pam dans ses bras.

« Ecoute, je vais trouver le moyen de me sortir de cette situation. Si je n'y arrive pas tout de suite, si... si n'importe quoi arrive, il faut que tu ailles là-bas très vite. Tu seras au bon air, au soleil, et tu m'attendras. »

« Il a escroqué des gens, non ? Tu ne vas pas dire le contraire ? » dit Connie dans la voiture qui les ramenait chez eux. « Je suis furieuse ! Comment a-t-il pu se conduire aussi bêtement ?

— Un mot résume le problème : l'avidité. L'argent lui est venu trop facilement dès le début et il est devenu trop gourmand.

— Comment cela va-t-il se terminer ? »

Martin haussa les épaules.

« Je ne suis pas avocat, mais j'ai dans l'idée que ça ne peut que mal se terminer. D'après ce que j'ai appris, il a tout de même commis au moins cinq délits.

— Je suis furieuse mais je suis également navrée. Pauvre Eddy ! Il doit être complètement paniqué. Et je suis tellement triste pour Pam ! Que va-t-elle devenir ?

— Il m'a dit une fois qu'il avait tout mis à son nom. Six de toutes ces peintures qu'ils possèdent valent déjà plus de vingt millions de dollars. Si j'étais toi, je ne me ferais pas tant de souci.

— Tout de même, je suis triste pour elle. Socialement, ils sont fichus ! Complètement fichus. »

Le tribunal fédéral du comté était beaucoup plus impressionnant que le tribunal où il était passé au tout début. Tout semblait plus grand, le plafond était plus haut, les fenêtres plus larges, les drapeaux plus visibles et le banc des accusés sur une estrade plus élevée. Le juge avait l'expression préoccupée du chirurgien sur le point d'opérer un cancéreux. Les douze sièges des jurés disposés sur deux rangs étaient imposants, même quand ils n'étaient pas occupés. Dans un tel endroit, il semblait évident que les peines ne pouvaient être que très lourdes.

Les plaisanteries d'Eddy au sujet de la chaise électrique ne semblaient même pas absurdes en ce

lieu. Il se demandait si son cœur, qui avait tellement battu la chamade au début, mais qui mysté-
rieusement depuis trois mois l'avait laissé en paix,
tiendrait le coup et battrait normalement dans
l'avenir ?

Tous les sièges derrière lui étaient occupés, rang
après rang. Il se demandait pourquoi et qui étaient
les occupants. Juste derrière lui, au deuxième
rang, étaient assises sa femme et ses sœurs ; Lara,
pendant les cinq semaines que dura le procès, fit
des aller et retour sans manquer une séance.
Sachant quel effort cela supposait, il aurait préféré
qu'elle s'abstienne. Connie était venue, vêtue d'un
manteau de zibeline sable qui valait au moins cinquante mille dollars. Eddy espérait que ni le juge
ni le jury ne penserait que c'était elle, sa femme.
Pam, avec bon sens, s'était contentée de mettre
son manteau en poil de chameau. Se souvenant
qu'il avait une fois dit qu'il se sentait mal à l'aise
quand des gens étaient assis directement derrière
lui parce qu'il sentait leur regard sur sa nuque,
Pam avait pris soin d'occuper cette place. Pam était
une princesse, c'était évident, tant elle affichait
calme et dignité. Pam était une reine.

Par-ci, par-là, apparurent des visages familiers,
des amis, des clients qui autrefois avaient été
des amis mais qui aujourd'hui s'étaient mués en
ennemis. Une fois, il aperçut la triste figure de
Mme Evans qui probablement se demandait que
penser de cet homme qu'elle avait servi, protégé
des intrus et auquel elle avait toujours évité le
moindre déplaisir. Dans un bref entretien qu'il eut
avec elle durant une suspension d'audience, il

comprit que les inspecteurs du fisc avaient envahi Osborne et Cie et qu'ils occupaient pratiquement tous les bureaux. Il espéra, sans toutefois le formuler, que personne ne mettrait ses pieds sur son propre bureau, une table ancienne, véritable trésor, trouvée dans une vieille maison du Yorkshire. En même temps, il savait très bien qu'une telle pensée était totalement ridicule.

Il ne pouvait s'empêcher de s'évader par la pensée et son attention se focalisait sur la contemplation du ciel changeant, parfois chargé de nuages menaçants et parfois virant au bleu profond.

Bien qu'il fût assis entre Rathbone et ses jeunes assistants, presque cachés par les montagnes de dossiers accumulés devant eux, il avait l'impression d'être autre part, loin d'eux, en fait absent de la salle du tribunal. Puis subitement, une intonation, un changement de rythme dans une voix le ramenaient à la réalité. Il laissait ses regards errer sur les rangs du jury, sur ces douze personnes qui avaient été choisies, rejetées, rechoisies avec tant de soin par le tribunal et ses avocats. Il se demandait pourquoi Rathbone ou le procureur avait récusé tel ou tel. Leurs visages ne lui disaient rien et il cherchait à deviner ce qu'ils pouvaient bien penser de lui. Il y avait une femme très ordinaire qui aurait pu être une assistante sociale, une femme dans la soixantaine avec une allure juvénile, probablement très riche, un homme de couleur vêtu d'un costume acheté soit chez Brooks soit chez J. Press, un homme d'aspect minable avec des cheveux gris et rares qui lui fit penser à son père. Il portait une fleur à la boutonnière de son costume bon marché. Papa aimait ce genre de costume, Dieu seul sait pourquoi ! Sans doute voulait-il avoir l'air insouciant, désinvolte, mais il ne réussissait qu'à paraître pathétique. Ce genre d'homme était sans nuance. Soit il le comprendrait, soit il le mépriserait. Eddy détourna son regard.

Les heures passaient, les voix bourdonnaient. Le juge expliqua très longuement au jury ce qu'étaient les titres, les crédits et les garanties, faisant un cours élémentaire de finance et d'économie. Ils ne comprendront jamais, se disait Eddy. Les seules choses qui resteront dans leur mémoire sont les notions les plus simples : fausses déclarations, dates falsifiées, évasion fiscale. *Si vous décidez que c'est vrai... Si vous décidez que ce n'est pas vrai, l'accusé sera déclaré non coupable.* Ils ne retiendront que l'évasion fiscale en pensant à tous les petits dollars qu'on retenait sur leurs salaires. Voilà des arguments convaincants !

Pour sa part, le procureur se mit en frais : « Le mode de vie de l'accusé, mesdames et messieurs, ressemble à ce qu'on lit dans certains romans et que les citoyens ordinaires auraient du mal à imaginer. Cet homme loue à l'année des suites somptueuses dans les plus grands hôtels de la planète. Il y séjourne quand l'envie lui prend, il peut partir d'une minute à l'autre en Floride, en Arizona, à Cannes, en France, à Gstaad, une station de ski en Suisse, et puis, j'allais oublier, au Maroc également ! Bien que je me demande ce que l'on peut faire dans ce genre de pays. Peut-être y va-t-on pour changer d'atmosphère quand on s'ennuie... »

Il y eut des sourires dans l'assistance et parmi les membres du jury.

« Cet homme... – et le procureur braqua son doigt sur Eddy de sorte que les douze visages du jury se tournèrent vers lui et le fixèrent avec des yeux vides –, cet homme possède l'une des plus belles collections d'œuvres d'art de la ville, et peut-être des Etats-Unis tout entiers. Une seule de ses voitures automobiles coûte plus de cent mille dollars. Vous pourriez probablement caser votre appartement plus le mien dans son appartement de l'East Side et il resterait encore de la place. Et avec quel argent toutes ces merveilles ont-elles été achetées ? Je vous le dis : pas le sien ! Non, mais avec la majorité des fonds que lui avaient remis des investisseurs qui lui faisaient confiance et qu'il a bernés depuis le début, faisant de fausses déclarations, tellement fausses et si considérables que ses propres comptables ont fini par refuser de travailler pour lui. Je vous dirai encore avec quel autre argent... »

Il pointa son immense doigt sur les jurés eux-mêmes.

« Avec votre argent ! Vous, les contribuables de ce pays, qui réglez vos impôts fidèlement tous les ans. Et lui, à ce moment-là, que faisait-il ? Je vais vous le dire. Au moment même où vous remplissiez votre feuille d'impôts, cet homme fabriquait des faux, jonglait avec les chiffres, inventait des déficits, des pertes imaginaires, de sorte qu'au bout du compte il ne devait rien à l'Oncle Sam cette année-là. Tout était renvoyé à l'année suivante. Et il recommençait. Année après année. Vous comprenez ? Il ne payait rien, jamais un centime, ou bien si peu que c'en était une plaisanterie, une sinistre plaisanterie, considérant les sommes énormes qu'il empochait. Oh, oui ! vous pouvez soupirer, car on vous a escroqués. Moi aussi, je l'ai été. Tout le monde a été volé. »

Eddy entendit un siège craquer derrière son dos et devina que sa femme ou l'une de ses sœurs s'agitait. Se demandant ce qu'elles pouvaient bien penser, il savait qu'elles ne le lui diraient jamais parce qu'elles l'aimaient.

Ce fut au tour de Rathbone.

« Je veux faire confiance à votre bon sens », commença-t-il, à l'intention du jury. Il s'exprimait respectueusement et de manière persuasive. « Ces transactions financières sont très compliquées, mais vous êtes tous des gens intelligents et il ne faut pas vous laisser égarer par des formules oratoires. La pratique des impôts différés est parfaitement légale. Elle est courante et fréquente lorsqu'il y a eu déficit ; ni mon client ni sa compagnie ne sont des exceptions. Et il ne s'agit nullement d'évasion fiscale. »

Il demanda à l'un de ses assistants de montrer un schéma en grands caractères sur un carton fait pour la circonstance.

« Je vais vous expliquer. Il sera parfaitement clair... »

Mais non, ce ne sera pas clair, pensait Eddy, subitement déprimé. Ses fragiles espoirs s'amenuisaient de seconde en seconde. Ou plutôt, il va prouver le contraire de ce qu'il espère démontrer. Rathbone mène un combat perdu. Même s'il a

442

raison au sujet des montages fiscaux, que peut-il faire au sujet des autres chefs d'accusation ? Non, tout cela est inutile. La vieille dame aux allures juvéniles avait du mal à rester éveillée. Le Noir en costume de confection avait un sourire sardonique pour montrer qu'il ne comprenait que trop bien. C'est fichu, pensait Eddy. Rathbone va se casser la figure avec cette tactique.

Et le procès continua ainsi, jour après jour. Eddy, qui avait soigneusement appris et répété son rôle, vint à la barre et fut adroitement manœuvré par Rathbone. Il joua bien. Pendant le contre-interrogatoire, il conserva tout son calme mais il eut conscience de patauger. Il ne put éviter de répondre à des questions qui le condamnaient.

« Est-ce que ce jour-là vous avez enlevé deux cent soixante mille dollars du compte de M. Marple pour les placer sur votre propre compte ?

— Oui, mais je les ai remis une semaine plus tard.

— Je vous ai demandé si vous les aviez enlevés. Répondez par oui ou par non.

— Oui. »

Pourquoi ces interrogatoires prenaient-ils autant de temps ? Qu'on en finisse ! pensait Eddy. Ces heures interminables sont pires que la torture, face à ces douze paires d'yeux. Sentir aussi le regard fugitif du juge, ce sphinx en robe noire. Mais quand ce fut terminé le pire arriva : quand il descendit l'escalier du tribunal, les journalistes et les photographes l'attendaient, les photographes sautant par-dessus la foule pour mitrailler son visage avec leurs vilaines lentilles noires. Certains étaient tellement près qu'il aurait pu leur arracher leurs appareils et les écraser à coups de talon.

« Pourquoi ne vous cherchez-vous pas un boulot honnête ? avait-il envie de hurler. Rapaces, charognards ! toujours à renifler, à fouiner autour de l'animal blessé. Vous avez hâte de le dépecer, non ? »

Quand arriva la fin de la cinquième semaine, le verdict tomba : coupable. Eddy, debout, très droit, ne regarda pas le juré qui lisait la décision, mais regarda les yeux larmoyants et fatigués du petit homme qui lui faisait penser à son père. Il crut y lire de la pitié. C'était sans doute un homme qui savait ce qu'étaient l'humiliation, les vexations, qui savait ce que c'était que de perdre. Ses épaules s'affaissèrent et, brisé, il prit la main de Pam qui était posée sur son épaule.

Rathbone s'était approché de la barre.

« J'aimerais, Votre Honneur, demander que soit pris en considération le fait que mon client a toujours été un citoyen exemplaire. Il est connu pour ses bonnes œuvres et ses multiples contributions aux causes philanthropiques. Si Votre Honneur le permet, j'aimerais souligner qu'il ne servira à rien de l'emprisonner. Puis-je suggérer qu'il lui soit demandé de consacrer son temps et son intelligence à servir une cause utile, comme de participer à un programme de rééducation des drogués ou à un volontariat dans un hôpital, ou un bénévolat quelconque au service de la communauté. J'espère vraiment, Votre Honneur, que vous voudrez bien envisager une alternative de cette sorte. »

444

L'austère visage du juge ne reflétait rien.

« Je vous entends, monsieur Rathbone. La caution sera maintenue et la peine sera – il tourna les pages d'un calendrier – prononcée dans six semaines. »

Même sans la présence des jurés, la salle du tribunal restait aussi impressionnante que six semaines auparavant. On demanda à Eddy de se lever et il se tint debout à côté de Rathbone pendant que la sentence tombait dans le silence.

« Vous avez été jugé coupable de huit chefs d'accusation séparés. Vous avez escroqué les services du fisc... votre avidité démesurée... votre absence de conscience et de sens moral... Toutefois, j'ai décidé de prendre en considération un certain nombre de lettres que j'ai reçues de témoins de moralité qui témoignent tous de vos actions charitables... J'ai également reçu des lettres de simples citoyens mentionnant votre générosité personnelle... »

Le juge s'exprimait sans émotion, presque mécaniquement. Il ne veut sans doute rien montrer, mais ce n'est pas possible qu'il n'éprouve rien, pensait Eddy en considérant l'homme en noir.

Le portier. Eddy réfléchit. Il avait payé la note de l'hôpital quand sa femme avait été malade. Et Arthur Pyle. Il avait payé pour qu'on ne saisisse pas sa maison.

« J'ai donc suivi la recommandation de votre avocat de vous astreindre à rendre des services à la communauté plutôt que de vous envoyer en prison. Mais une punition s'impose pour des délits tels que les vôtres, qui se produisent beaucoup trop fréquemment dans le monde financier. En conséquence, je vous condamne à quatre ans d'emprisonnement pour les huit délits que vous avez commis. A l'expiration de cette peine d'emprisonnement, vous donnerez douze heures chaque semaine au service de la communauté pendant une année. Ensuite, vous aurez une mise à l'épreuve de cinq ans. En outre, vous paierez une amende d'un million de dollars en plus des impôts impayés. Il vous est interdit d'avoir la moindre activité boursière jusqu'à la fin de votre vie. Désirez-vous dire quelque chose, monsieur Osborne ?

— Rien, Votre Honneur. »

Dire quoi ?

« La séance est terminée. »

Il y eut des bruits de chaises et de pas. Pam l'embrassa. Lara et Connie étaient pétrifiées, comme si elles venaient d'assister à un accident mortel sur l'autoroute.

Rathbone demanda doucement : « Vous allez bien ? »

Eddy fit oui de la tête.

« Nous ferons appel, naturellement.

— Et si nous perdons ?

— Je ne crois pas qu'il faille penser en ces termes, vous me connaissez suffisamment.

— Mais si nous perdons ? insista Eddy.

— Dans deux ans, vous serez dehors. Vous savez que cela aurait pu être bien pire ?

— Vous voulez dire que je m'en tire à bon compte ? »

Rathbone haussa les épaules.

« Eddy, je n'ai pas dit cela. Je veux simplement vous faire comprendre que cela aurait pu être bien pire. »

Les deux hommes, suivis des trois femmes, descendirent les escaliers et se retrouvèrent dehors.

« Si je vais en prison, demanda Eddy à voix basse, où irai-je ?

— J'ai demandé la prison d'Allenwood, en Pennsylvanie. Régime ordinaire. Je pense l'obtenir. C'est la moins dure de toutes. En fait, elle est relativement vivable, ajouta Rathbone rapidement.

— Combien de temps prendra l'appel ?

— Difficile à dire, peut-être un an. »

Eddy éclata.

« Bon Dieu, que vais-je faire pendant un an, sans avoir la moindre idée de ce qui arrivera ? »

Rathbone répondit sèchement.

« Ce ne sont pas les activités qui manqueront : il faudra vous occuper des impôts impayés et de l'amende, des plaintes déposées contre vous par les personnes qui veulent récupérer leurs fonds et de votre propre faillite. Le tribunal va nommer un expert pour évaluer vos biens et j'ai déjà promis que vous ne ferez pas disparaître vos biens personnels de l'appartement. Vous me comprenez ?

— Compris.

— Parfait. »

Rathbone lui donna une petite tape dans le dos.

« Eddy, vous vous sortirez de ce pétrin un jour. Vous êtes un homme brave et rien n'abat jamais les gens de votre sorte. »

Platitudes, lieux communs, pensa Eddy qui le remercia tout de même.

447

Ils repartirent dans la limousine de Connie. Eddy formula la question que tout le monde se posait.

« Où allons-nous nous installer pendant un an?

— Au Kentucky? proposa Pam. La maison est presque terminée. Elle est parfaitement vivable.

— Non. Pas maintenant. Un jour, nous nous y installerons pour de bon quand tout sera terminé. Peut-être est-ce bête de ma part, mais je préfère ne pas y aller maintenant. Je veux y prendre un nouveau départ.

— Vous pouvez toujours venir chez nous, dit Connie. En ville ou à la campagne.

— Merci, Connie. Je viendrai sûrement pour de petits séjours mais, pour être franc, votre maison est toujours pleine et je n'ai aucune envie de me trouver nez à nez avec des types de Wall Street.

— Il n'y aura aucune réception, aucun invité tant que vous serez là, promit-elle.

— Et chez ma mère? fit Pam. Dieu sait qu'il y a assez de place, dans la maison ou dans les dépendances.

— Non. Ta mère doit être tellement embarrassée par cette histoire. Elle est trop bien élevée pour le dire, mais elle ne peut que l'être et je ne veux pas lui faire plus de peine.

— Mais vous pouvez toujours venir chez nous en Ohio, dit Lara, si une bruyante famille ne vous fait pas peur.

— Ce que j'aimerais vraiment, c'est partir loin. Aller en Europe, par exemple.

— Et pourquoi pas? demanda Lara.

— Parce que je suis sous caution. Je n'ai pas le droit de quitter le pays.

— Oh !... fit Lara en rougissant. Je ne savais pas. »

Personne ne dit mot pendant un instant, puis Eddy reprit : « Bah, nous irons où le cœur nous pousse. » Comme un fugitif, pensa-t-il, qui roule sa bosse...

Les mois passèrent. Eddy et Pam occupèrent quelques semaines la maison des Berg à Palm Beach, qui était vide, puis quelques semaines hors saison dans une auberge à demi déserte à Nantucket. Ils empruntaient souvent l'avion de Martin pour aller voir Lara et Davey et se trouvèrent très à l'aise dans cette atmosphère heureuse et détendue. Ils évitèrent New York le plus possible ; que ce soit dans les rues, au théâtre, au restaurant, ils étaient pratiquement assurés de faire des rencontres qu'Eddy redoutait. Ils avaient néanmoins besoin de venir parfois en ville à la demande de Rathbone. Ils séjournaient alors à l'hôtel Pierre car leur appartement avait été vidé de fond en comble et son contenu expédié dans le Kentucky dans deux énormes camions.

Un matin, Rathbone téléphona très alarmé.

« Eddy ! qu'avez-vous fait ? Vous saviez que vous n'aviez pas le droit de déménager le moindre de vos biens... Les inspecteurs sont venus et se sont aperçus que l'appartement était complètement vide.

— Je n'étais pas censé emporter *mes* propres biens et je ne l'ai pas fait. Tout ce qui se trouvait dans l'appartement était la propriété de Pam. Cela ne m'a jamais appartenu. Je peux vous montrer toutes les factures. Au fait, Pam a trouvé un acheteur éventuel pour l'appartement. »

Eddy ne put s'empêcher de glousser. « Comme je regrette de n'avoir pu contempler la figure des inspecteurs quand le concierge leur a ouvert la porte et qu'ils ont trouvé douze pièces complètement vides ! »

Ce fut la seule note drôle d'une longue et sinistre année.

Vernon Edward Osborne, ayant perdu en appel, devait se présenter dans les trois jours au pénitencier fédéral d'Allenwood.

Rathbone, à l'énoncé de la sentence, demanda la permission d'accompagner lui-même son client à la prison.

« Sinon, expliqua-t-il à Eddy qui affirmait à Rathbone qu'il ne voulait pas prendre son temps, il vous faudra vous rendre chez le capitaine de gendarmerie qui vous mettra les menottes, vous retiendra peut-être un jour ou deux en détention provisoire dans une prison new-yorkaise avant de vous emmener menotté à Allenwood. Ce n'est pas une perspective très réjouissante. »

Eddy ferma les yeux comme s'il se voyait déjà menottes aux mains.

« Nous partirons à l'aube pour arriver tôt. De cette façon, vous risquez de trouver un meilleur job et une cellule plus confortable.

— On va me faire travailler ?

— Il existe toutes sortes d'occupations : aux cuisines, dans les jardins à tondre l'herbe, dans les bureaux ou à la bibliothèque. Il y a du pire et du meilleur. »

Eddy se tourna vers Pam.

« Je ne veux pas que tu m'accompagnes.

— Pas moi ? cria-t-elle.

— Non. Je ne veux pas que tu me voies dans cet endroit.

— Les familles ont un droit de visite, fit calmement Rathbone.

— Non, Pam, je te l'interdis. Je ne veux pas que tu aies ce genre de souvenir de moi. Je vais également avertir mes sœurs de ne pas venir. Ecrivez-moi seulement. Henry dit qu'on peut également téléphoner. Mais ne venez pas, aucun de vous, je vous en supplie.

— Eddy, je me fiche de ce que tu dis, je viendrai te voir. »

Ils passèrent la dernière nuit à l'hôtel Pierre. Pam commanda des fleurs comme pour une nuit de noces et un véritable festin au champagne dans leur suite. Après, ils restèrent assis devant la télévision à regarder un fantaisiste qui n'était pas drôle. Eddy avait mis sa tête sur les genoux de Pam qui lui caressait les cheveux.

Au bout d'un moment, elle demanda doucement : « Dis-moi, as-tu vraiment fait quelque chose de si terrible ?

— Bon Dieu... non... je veux dire... en tout cas, je n'ai tué personne !

— Comme tu vas me manquer.

— Le temps passera. » Il voulait la rassurer autant que se rassurer lui-même. « Ça ira plus vite que nous ne le pensons et alors, nous aurons tout le reste de la vie ensemble. »

Elle prit la main d'Eddy et la mit sur son sein.

« Cela va nous manquer... »

451

Ses seins étaient chauds et fermes sous le négligé de dentelle. Il sentit son corps s'éveiller. Il hésitait. Que faire ? Se lever et aller au lit avec elle ? Il en avait envie. Il était toujours à l'unisson avec elle, mais la perspective de tout ce temps loin d'elle... Il avait la sensation de perdre ses moyens en y pensant.

« Nous avons besoin de ce souvenir, dit-elle à son oreille. Quelque chose qui restera.

— Chérie, je ne crois pas...

— Si, si. Tu peux. Moi, je sais que tu en as envie aussi. »

Alors, il la suivit dans leur lit.

« Ne nous pressons pas. Détends-toi. Nous avons toute la nuit devant nous. »

Les mains douces et habiles de Pam se promenèrent sur lui.

« Ne t'inquiète pas, même si tu t'endors. »

Mais il ne s'endormit pas. Doucement, doucement... Eddy petit à petit perdit le sens des réalités. Il voyageait dans un autre monde, celui de tous les fantasmes. Existait-il une femme plus aimante, plus habile que celle-ci ? Elle était insatiable... son désir n'avait pas de fin. Ah ! sa voix...

Il fut finalement emporté par une tornade de désir démesuré. Un désir qui peu de temps après s'être apaisé revint avec autant de fougue... Il perdit complètement la notion du temps.

Les Latins disent souvent que l'homme est triste après l'amour. Eddy n'avait jamais ressenti ce sentiment. Mais cette nuit était différente... Une fois Pam endormie, il se leva pour aller dans l'autre pièce. C'était en effet une nuit très particulière.

Il n'était pas encore minuit et la ville s'étendait, scintillant de tous ses feux au-delà des fenêtres. Des limousines descendaient l'avenue, transportant des gens se rendant à de tardives réceptions. Eddy restait là à regarder le flot des voitures, le Park et le ciel noir traversé par les avions dont les feux de position clignotaient, des avions qui amenaient d'autres personnes dans cette ville immense.

Il revit le jour où, nouvel arrivant, il avait mis le pied à New York, avec pratiquement rien dans ses poches. Au matin, il allait quitter la ville dans le même dénuement, puisqu'il avait tout donné à Pam.

Subitement, il eut l'étrange sensation de ne pas connaître cette vaste ville aux mille attraits, et comme la certitude qu'il ne la connaîtrait jamais plus.

Il se secoua. C'était un sentiment trop étrange, trop sinistre pour une telle nuit.

« Je suis en train de me faire peur tout seul ! fit-il à haute voix. J'en ai la chair de poule. Allons, Eddy Osborne, ressaisis-toi ! Tu es peut-être à terre mais tu n'es pas encore mort ! Courage. »

15

Par une sombre journée de Thanksgiving, une neige précoce recouvrait les pelouses de Cresthill. C'est elle qui avait placé les sculptures de bronze et le Cupidon du XVIIIe siècle au pied du parterre. C'est elle qui avait inauguré cette tradition d'inviter les voisins et tous les amis disponibles à déjeuner le dimanche qui suivait les vacances. Il y avait quelque chose de pittoresque, de charmant, à voir les familles arriver avec tous leurs enfants, les petites filles et les tout petits garçons portant des costumes de velours à col de dentelle, telle une publicité dans *Country Life* ou dans *Vogue*. L'an passé, Thérèse avait porté une robe de velours grenat avec des nœuds de même couleur dans les cheveux.

Ce dimanche-ci, il devait y avoir une tout autre réunion dans la maison. Peu après le déjeuner, les hommes avaient commencé à arriver. Jusqu'à maintenant, Connie en comptait quinze assis autour de la table de conférence dans la bibliothèque tapissée de cuir rouge. De toute évidence, une affaire monumentale avait réuni ici tous ces banquiers, ces avocats, ces comptables et ces directeurs. A en juger d'après les expériences passées, elle savait qu'ils risquaient de rester là toute la journée, ce qui signifiait qu'ils dîneraient. Et peut-être encore plus tard, et donc il faudrait leur servir des en-cas. Ces réunions se faisaient invariablement chez Martin, bien que la maison de DeWitt ne fût qu'à une demi-heure en voiture. Apparemment, Caroline détestait la fumée de cigare dans ses salons, pensa Connie.

L'odeur des cigares passait sous les portes maintenant et s'infiltrait jusque dans le petit salon où Connie avait élu domicile parce qu'il possédait la seule ligne de téléphone qui ne fût pas réquisitionnée par les participants. Martin lui avait laissé une liste d'éventuels correspondants à qui il parlerait s'ils téléphonaient. Sinon, il ne fallait le déranger sous aucun prétexte. Oh oui! ce devait être une affaire extraordinaire, car Martin était inhabituellement tendu et préoccupé depuis quelques semaines. Sa paupière gauche n'arrêtait pas de trembloter.

Un peu énervée, elle se leva et alla regarder par la fenêtre. Loin en bas de la pente neigeuse, une petite tache orange vif glissait sur la neige : c'était la nurse en train de tirer Thérèse assise sur sa luge. Connie eut la vision fugitive d'elle-même, petite, nichée dans un grand carton, en train de dévaler la pente, poussée sans doute par Lara ou leur mère. Si seulement Peg avait pu voir sa petite-fille dans toute cette splendeur, dans cette maison magnifique au milieu de ses somptueux jardins! Comme toujours, Connie était la proie d'émotions contradictoires : tendresse, envie de surprotéger son enfant, déception parce que la fille de Lara était plus jolie que Thérèse, honte d'éprouver pareils sentiments, orgueil parce que Thérèse était si avancée pour son âge et qu'elle avait une personnalité tellement séduisante. Peut-être ressemblerait-elle à sa demi-sœur, mais jamais elle ne serait la triste créature à l'air abandonné qu'était Melissa !

La neige s'était remise à tomber à flocons serrés et lents qui petit à petit recouvraient totalement les autos. D'autres voitures arrivaient... Le vieux cabriolet de Preston avec son pare-chocs tordu fit son apparition. Peu de personnes auraient osé se montrer avec ce vieux tacot, mais cela ne dérangeait nullement Preston. Il était très soigné de sa personne, et aujourd'hui, le visage rougi par la bise glaciale et les cheveux flottant au vent, il aurait avantageusement figuré, pensa Connie, dans une revue du type *Country Life*. Pourquoi est-ce que je pense invariablement aux gens en termes de publicité ? se demandait Connie. Quoi qu'il en soit, Preston faisait partie pour l'éternité de l'aristocratie américaine. Comme Pam, la femme d'Eddy. On naissait aristocrate, un point c'est tout.

Pauvre Eddy, dans cet abominable endroit ! En compagnie de Lara, elle était allée lui rendre visite mais leur présence l'avait bouleversé et son orgueil en avait pris un rude coup. Au téléphone pourtant, il affichait invariablement cette bravade si caractéristique chez lui, comme si la raison de son emprisonnement n'était pas très sérieuse et qu'on ait fait beaucoup de bruit pour rien.

Deux ans auparavant il se trouvait parmi eux, rayonnant, juvénile, et comme toujours les bras chargés de cadeaux. Il avait garé sa voiture juste là, devant la grande porte d'entrée et avait demandé au majordome de l'aider à porter la maison de poupées qu'il destinait à Thérèse. Pauvre Eddy. Elle se souvenait du jour de leur mariage quand il lui avait offert la voiture. Elle le revit à une vente aux enchères mémorable, quand il avait poussé un tableau de Matisse, ou encore à un dîner mondain où il avait pris la parole avec brio.

Au bout du compte, où cela menait-il ? Une sensation bizarre de perte lui étreignit la gorge, comme si après tout rien n'avait de sens... Connie secoua vigoureusement la tête, comme pour se débarrasser physiquement de cette sinistre impression.

Une Rolls Royce blanche venait de faire son apparition. Quand le chauffeur ouvrit la portière, elle vit l'intérieur de la voiture tapissé de cuir blanc. Elle fronça les sourcils. Quelle ostentation, quel manque de goût. Ce ne pouvait être que Franklin Bennett, le célèbre Franklin Bennett. La description que lui en avait faite Martin cadrait parfaitement avec la silhouette épaisse, trapue, de l'homme enveloppé de la tête aux pieds dans un manteau de vison, qui émergea du véhicule. Epouvantable ! Elle fronça de nouveau les sourcils.

La journée traînait. Elle revint s'asseoir avec un journal sur le sofa. Delphine pleurnicha pour que Connie la prenne sur ses genoux. Elle prit la petite chienne et une fois de plus pensa à la photo qu'elle ferait sur le sofa de chintz, avec le caniche roux contre son tailleur vert émeraude. On voyait souvent des photos de femme avec leur chien dans leur salon ou leur bibliothèque. Elle se souvint subitement du jour où elle avait acheté Delphine. Richard s'était écrié : « Tu te rends compte, je peux pratiquement la mettre dans ma poche ! » Elle pouvait à cette minute même entendre les intonations de sa voix bien que dix ans se fussent écoulés depuis. Elle se demanda quel genre de vie il menait maintenant. Comme c'était étrange de se dire qu'autrefois leurs deux vies étaient mêlées. *Le jeune homme timide serrant sa raquette de tennis contre lui avait demandé : Etes-vous mademoiselle Osborne ?* Et aujourd'hui, elle était là, dans la maison de Martin, avec le chien de Richard sur ses genoux.

J'ai dû sommeiller, pensa-t-elle, quand elle fut réveillée en sursaut. La sourde rumeur des voix masculines, qui jusqu'ici était à peine audible, venait de prendre des proportions énormes. C'était un bruit de dispute violente.

« Bon Dieu ! Etes-vous en train de nous traiter d'escrocs ? C'est bien ce que vous venez de dire, non ? »

C'était incontestablement la voix de Martin.

La voix qui répondit – une voix jeune – était aussi sonore mais plus maîtrisée. « Je n'ai pas dit cela, monsieur. Je n'ai rien dit de tel.

— Vous avez employé le terme "truqué" et cela ne me plaît pas. Pas du tout !

— Ce que j'ai dit, si vous vous en souvenez, c'est que ce n'est pas du véritable argent, mais seulement des bons qui s'appuient sur des promesses elles-mêmes fondées sur d'autres promesses qui risquent de n'être jamais honorées ! Et donc à mon avis, cet argent équivaut à des billets de banque de Monopoly.

— Oh ! dit Martin d'un ton glacial, pour vous, ce que nous vous avons payé, c'est de l'argent de Monopoly ?

458

— Non, monsieur, j'ai été convenablement payé et je le sais. Ce que je dis, c'est que dans ce pays nombre de personnes finiront par n'être pas payées du tout. »

D'autres voix intervinrent au milieu du brouhaha général. Connie était assez inquiète. Elle avait l'impression qu'un seul intervenant, celui à la voix juvénile, était en désaccord avec tous les autres. Jamais elle n'aurait cru que des personnages aussi éminents puissent faire autant de bruit.

« Cette accumulation de dettes provoquera un jour l'effondrement du pays !

— Merde alors ! Fermez-la !

— Si on vous pressait le nez, il en sortirait du lait !

— ... des millions pour le moment, mais le jour viendra où...

— ... Cette société a été fondée par mes ancêtres quand votre grand-père était encore au berceau. »

C'était la voix de Preston.

« ... Vous n'êtes que des dégueulasses ! Vous êtes incapables de supporter qu'on ait des idées neuves... »

Connie pensa que, même lorsqu'il était ivre mort, jamais son père n'aurait utilisé un tel langage.

« ... des rapaces, d'ignobles rapaces et... »

On entendit un grand bruit comme si quelque chose s'était brisé, ou qu'un poing avait écrasé une table.

« Mais enfin, fermez votre gueule !

— Allons, calmez-vous et rentrez chez vous.

— C'est ce qu'il y a de plus raisonnable. »

C'était la voix de Martin, plus calme.

« Nous n'aboutirons à rien de cette façon. » Preston ajouta : « Rentrez chez vous, McClintock. Réfléchissez quelque temps. Nous reparlerons de tout cela au bureau. »

Curieuse, Connie alla se poster à la fenêtre et vit un jeune homme aux cheveux roux foncé descendre les escaliers à toutes jambes, s'engouffrer dans une voiture et partir si rapidement que le gravier jaillit de dessous les roues. Elle avait une excellente mémoire visuelle et elle était à peu près certaine d'avoir déjà vu ce jeune homme.

Le calme revint et, au bout d'une heure ou deux, la réunion se termina. Martin accompagné de Preston vint présenter l'homme au manteau de vison à Connie. C'est Martin qui fit les présentations.

« Enchanté de faire votre connaissance », dit Bennett. Du regard, il la parcourut des pieds à la tête.

« Eh, Berg, on peut dire que vous savez les choisir ! Rien de mieux qu'une jolie jeune femme pour vous redonner du cœur au ventre. Quel âge avez-vous Connie ? »

Stupéfaite et écœurée, elle répondit : « Trente-trois ans.

— Ma femme – ma dernière femme – est plus jeune. Elle a vingt-sept ans. Vous me faites penser à elle. Dites donc, Berg, vous avez un joli bout de terrain ici. Combien d'hectares ?

— Quarante-trois.

— Bon Dieu ! ça vaut un sacré paquet, si près de New York !

— C'est ma maison, dit Martin avec modestie. Nous nous y plaisons.

— Et pourquoi ne vous y plairiez-vous pas ? Bon, il faut que j'y aille. »

Bennett se tourna vers Connie.

« Vous avez dû entendre ce bordel ! Ce petit con a perdu la tête.

— Je regrette, dit Preston, que ce problème ait été provoqué par un membre de notre personnel. »

Martin intervint.

« Ce McClintock est un type intéressant mais apparemment imprévisible. Il a commencé très bas, il a été chômeur puis il a complètement changé et s'est mis à travailler. Il a réussi quelques très beaux coups. C'était le genre à faire des étincelles un jour. »

Bennett se montra magnanime.

« Ah ! ce n'est pas votre faute. J'ai dû en mon temps virer plus d'un de ces brillants sujets, je vous l'assure. Le principal, c'est que nous aboutissions. »

Il se dirigea vers la porte.

« Faut vraiment que je parte. Impossible de faire attendre ma petite dame. »

Une fois la porte refermée sur Bennett, Preston soupira avec une moue de dégoût.

« Ce type, c'est vraiment une horreur. »

Martin fit remarquer que sa biographie ne devait pas manquer d'intérêt, ce à quoi Preston répondit qu'elle le serait certainement pourvu que quelqu'un ait le courage d'écrire la vérité.

« Il a été élevé par son grand-père dans une ferme du Kansas après la mort de ses parents, expliqua Preston. Mais il n'avait pas l'intention d'y faire sa vie. Il a pris un premier travail dans une fabrique d'aliments pour bétail, au bureau des expéditions mais là non plus il n'est pas resté long-temps. Il ne lui a fallu que onze ans pour devenir le président de la Compagnie. Il a grimpé, il s'est accroché comme une pieuvre et il a vraiment des yeux derrière la tête. Au fait, Martin, j'espère bien que vous allez virer vite et bien le jeune McClintock demain. Il s'est conduit de façon inexcusable.

— Je sais, répondit Martin. Tout de même, ce ne sera guère plaisant. »

Il expliqua à Connie que McClintock avait perdu sa femme dans un accident d'autobus l'été précédent.

« Certes, mais il a outrepassé les limites, fit Preston.

— Je sais, répéta Martin. Quel salaud ! s'écria-t-il quand Preston fut parti.

— Qui ? Preston ?

— Exactement. Oh ! j'exagère mais je suis furieux. C'est toujours moi qui suis chargé des sales besognes. C'est moi qui ai dû renvoyer trois cents jeunes boursiers après le fameux Lundi noir, pendant que lui jouait les gentlemen. »

Virer, renvoyer... Dans leur famille, ils savaient toujours quand papa avait été viré, rien qu'à la façon dont il traînait la jambe dans l'escalier. Elle le revoyait, debout dans l'encadrement de la porte, les regardant les uns après les autres. Il se mettait toujours à tousser avant de le leur dire. Un frisson de commisération parcourut Connie.

« Mais alors, pourquoi le fais-tu ? Tu es associé au même titre que lui !

— Je vais te le dire. Parce que je le fais avec plus de sollicitude et de gentillesse que lui. Je vais emmener McClintock déjeuner et je le lui annoncerai avec tous les ménagements nécessaires. Non qu'il mérite tant d'égards, ce petit idiot. Il a failli faire rater l'affaire et nous aurions perdu six millions de dollars en trois minutes. Tu sais quoi, Connie ? Un type comme lui me fait penser à mon frère Ben. La seule différence, c'est qu'on a l'impression que McClintock s'est mis à dérailler d'un seul coup, alors que Ben a toujours eu la tête dans les nuages. »

Martin s'épongea le front.

« Je suis vanné. J'ai besoin d'une tasse de café. »

Quand Connie revint apporter le plateau et les tasses de café dans la bibliothèque, Martin annonça en faisant de la place sur la tablette couverte de papiers : « Au fait, j'ai oublié de te dire que Bennett a l'intention d'inclure l'usine de ton beau-frère dans l'affaire.

— Quoi ? L'usine de Davey ? Pourquoi le ferait-il ?

— Il semble qu'il possède plusieurs brevets qui pourraient être mis à profit par les sections de commercialisation de matériel médical de Bennett. Il les veut à tout prix. Il a déjà envoyé quelqu'un parler à Davey. »

Elle réfléchit un moment.

« Bizarre que tu ne m'en aies pas parlé avant.

— Pourquoi ? Tu sais bien que je ne parle jamais d'affaires à la maison.

— Mais cela concerne Davey et Lara.

— Il y a donc encore plus de raisons de ne pas s'en mêler.

— Davey sera furieux si l'on essaie de mettre la main sur son usine. Tu sais bien, pour lui, c'est comme son enfant. »

Elle ajouta après quelques secondes : « Je me demande pourquoi Lara n'en a jamais parlé.

— J'imagine qu'elle pensait que c'était inutile puisqu'ils avaient refusé l'offre de Bennett.

— Eh bien, tant mieux. Comme je les comprends. Ce Bennett est épouvantable. J'aimerais bien qu'il se fasse moucher un de ces jours. »

Martin éclata de rire.

« Ce n'est pas là le problème. Il a de toute façon l'intention de leur faire une offre énorme.

— Davey refusera tout pareil.

— Il changera d'avis une fois qu'on lui aura bien expliqué de quoi il s'agit. Bennett a même dit qu'il risquait d'y faire un saut en avion pour voir l'installation et c'est une démarche très inhabituelle chez lui, crois-moi.

— Cela signifie qu'il en a une sacrée envie ! C'est drôle. Une si petite usine !

— Non, ce n'est pas drôle. C'est ainsi que se constituent les empires. »

Connie hocha la tête.

« Je connais Davey, il refusera. Et Lara, pareil. Ma sœur est très têtue.

— Ce doit être de famille ! dit Martin en riant. J'ai pu constater que tu n'abandonnais jamais... comme pour cette maison à Londres que tu voulais que j'achète. »

Il se pencha et l'embrassa. « Zut! il n'est que cinq heures. Si je ne craignais pas que le bébé nous cherche, je t'emmènerais immédiatement au lit!

— Nous irons nous coucher tôt, chéri. »

Elle fit semblant de partager son impatience. Mais son esprit restait ailleurs.

« Mais que peut apporter cette sorte d'accord à Davey et à Lara? demanda-t-elle.

— Un grand et profitable changement. Voilà ce que cela signifie. »

16

A Allenwood, en Pennsylvanie, l'automne s'était subitement réchauffé et les gens vêtus de simples pulls en profitaient pour pique-niquer sur une petite bande de terrain herbu. Pam avait apporté un panier rempli des nourritures préférées d'Eddy, du fromage français, du poulet froid, des salades, du vin rouge et des tartelettes aux fraises.

Le regardant avec inquiétude, elle demanda s'il aimerait qu'elle lui expédie quelque chose.

« Quelques livres. La bibliothèque de la prison n'est pas particulièrement bien fournie. »

Un homme et sa femme accompagnée de deux petits garçons s'étaient levés et secouaient la couverture qui leur avait servi de siège et de nappe. La mère et ses enfants étaient venus voir papa en prison, pensait Eddy avec amertume. Il n'arrivait pas à comprendre comment on laissait des enfants pénétrer dans une prison et comment le père supportait d'être vu dans ce cadre. C'était déjà assez pénible de penser aux épouses rentrant chez elles.

A vrai dire, l'endroit était différent de ce qu'il avait pensé. Malgré ce que Rathbone avait dit au sujet d'Allenwood, il avait été surpris par l'endroit. Le régime de la prison n'avait rien de rigoureux : les prisonniers pouvaient se faire des petits plats, ils avaient le droit d'utiliser le téléphone et d'ailleurs un grand nombre de pensionnaires continuaient à traiter leurs affaires par téléphone. Le travail à la bibliothèque était plutôt agréable, tout comme celui du jardin aux beaux jours. Il avait même appris à faire la cuisine et à nettoyer les lieux après. Il sourit en y pensant. Quelle image incongrue il devait donner !

« Qu'y a-t-il de si drôle ? demanda Pam.

— Je pensais que tu serais bien surprise de me voir en train de préparer le dîner et de faire la vaisselle. »

Elle sourit.

« Tu n'auras plus à le faire quand tu reviendras à la maison. J'ai trouvé un couple absolument fantastique, encore mieux que Maria et Ramon.

— J'ai l'impression qu'il y a cent ans de cela.

— Je sais. » Elle posa la main sur son bras. « Eddy, tout passe. Tu as été si courageux jusqu'à maintenant. »

Il baissa les yeux sur sa main aux jolis ongles courts, une main à la fois pratique et élégante. L'alliance en diamants qu'ils avaient achetée à Paris place Vendôme, il y avait au moins un siècle, scintillait à son doigt. Cet anneau dont l'aspect n'avait pas changé lui donnait la certitude que Pam lui appartenait vraiment. Il lui prit la main et en embrassa chaque doigt, tour à tour.

« Tu es si belle, fit-il. Et tu t'es souvenue de porter du gris. Je suis sûr que tu pensais que je ne m'en apercevrais pas !

— Non, je savais que tu le remarquerais. »

Ce gris d'une nuance argentée lui conférait une certaine pureté. C'était la couleur de la pluie qu'il adorait; c'était le cristal, l'océan la nuit. C'était encore le reflet des yeux de Pam.

« C'est affreux d'être ici, assis à côté de toi. Dire que je ne peux qu'embrasser tes doigts.

— Je sais, fit-elle à voix basse.

— Parfois, la nuit, je deviens fou. Il faudrait que le travail soit beaucoup plus prenant pour que la nuit je sois mort de fatigue. Je ne ressentirais rien... Un jour, j'ai transporté des pierres dans le jardin, les plus lourdes possibles. Je voulais me tuer au travail. C'est la seule nuit où je n'ai pas pensé à toi.

— Que puis-je te répondre?

— Et toi... c'est pareil?

— Eddy... tu me connais. Tu devrais connaître aussi la réponse.

— Je voudrais que tous ces gens s'évanouissent en fumée! Je voudrais qu'il y ait une colline ou une forêt où nous puissions aller.

— S'il te plaît. Tu te tortures et tu me tortures. Essayons de penser à autre chose.

— Tu as raison. Excuse-moi. Raconte-moi quelque chose. N'importe quoi. Dis-moi ce que tu as fait hier.

— Plus ou moins la même chose qu'avant-hier. Le ranch m'occupe énormément. Les écuries se remplissent petit à petit. La semaine dernière, j'ai trouvé une belle jument de bonne race. Son propriétaire déménage en ville et voulait la laisser à quelqu'un qui s'en occuperait bien. Elle s'appelle Lassie.

— De quelle couleur?

— Elle ressemble à un caramel avec des socquettes blanches.

— Quand il sera sept heures du matin, je penserai : Pam est en train de monter Lassie, elle suit le sentier le long du verger, elle se dirige vers la forêt. C'est bien par là que tu vas ?

— A sept heures pile, à moins que je ne me réveille pas. Je ne m'endors jamais très tôt. La maison est tellement vide. C'est tellement grand quand on est seule. Je n'entends même pas les domestiques. Leur appartement est beaucoup plus loin. »

Quelque sujet qu'ils abordassent, ils revenaient toujours à leur séparation. Et Pam, consciente du fait, s'évertuait à orienter la conversation dans une autre direction.

« Les gens sont étonnés que je réussisse si bien sans élever de chevaux de course ou de chasse à courre. Un cheval, c'est un compagnon de promenade, je leur dis, et il n'est pas fait pour user son pauvre cœur sur les pistes des champs de courses. C'est de l'exploitation, de la cruauté... Quant à la chasse à courre, tu sais ce que j'en pense.

— Je t'adore quand je te vois partir en croisade. J'imagine que les chasseurs et le milieu des courses te prennent pour une douce originale.

— Cela m'est parfaitement égal. D'ailleurs, beaucoup de voisins et de connaissances sont d'accord avec moi. Je me suis fait des amis très gentils, Eddy, tu verras. »

Les minutes passaient rapidement. Eddy tira subrepticement sa manche sur sa montre pour ne pas voir la fuite du temps. Ils restèrent assis, parlant de tout et de rien, en parfaite harmonie.

« La cuisine est vraiment très réussie. Et les vitrines font très bon effet dans ton bureau. Ce décorateur connaît bien son travail.

— Lara et Davey sont venus avec les filles. Pour eux, c'est un saut de puce de venir ici, enfin, disons quatre heures en voiture. Peggy est un amour et Sue est étonnante. Je pense qu'elle fera de brillantes études, elle est vraiment intelligente. Connie a envoyé un superbe chemin de table en argent pour la salle à manger.

— A quelle occasion ?

— Cadeau, tout simplement ! Quelle gentillesse. Elle a dû dépenser une fortune, mais tu connais ta sœur. Elle est incapable de résister aux belles choses. Comme toi, d'ailleurs.

— Eh bien, un jour, je serai content de l'avoir... »

Il s'était exprimé d'une voix lamentable.

Ils étaient les derniers. Il était temps de partir. Il se hâta de combler le silence.

« Je n'ai pas posé la seule question qui importe. Dis-moi : comment vas-tu ? Est-ce que cette situation a modifié tes sentiments à mon égard ? Es-tu semblable à celle que j'ai connue ? Pam, dis-moi la vérité. »

Elle attendit quelques instants avant de répondre. Puis, lentement, avec un grand sérieux, elle expliqua : « Au début, quand tu es parti, la réalité m'a frappée de plein fouet. J'ai eu l'impression d'être entrée à toute vitesse dans un mur de béton. J'en ai vu trente-six chandelles. Et puis la colère m'a prise. Tu peux comprendre cela, Eddy, non ? »

Il fit signe que oui.

« Je me sentais... comment dire... j'avais l'impression d'avoir été flouée. Que ce n'était pas juste d'avoir eu une si belle vie, si heureuse... Et on me reprenait tout de façon tellement... idiote. Tu es sûr que tu comprends ?

— Bien sûr. C'est normal. »

Pam lui prit les deux mains dans les siennes.

« Regarde-moi. Regarde mes yeux. Tu m'as interrogée et je t'ai répondu. Mais j'ajouterai que c'est terminé. Cet état n'a duré que deux jours et je suis redevenue moi-même. Je t'aime, Eddy Osborne, et nous allons avoir une longue et belle vie ensemble très bientôt. Et... je t'aime, je t'aime. Et maintenant, il faut que je parte. »

Avant qu'ils ne se séparent, elle dit : « Je reviendrai le premier du mois prochain.

— C'est un trop long voyage pour toi.

— C'est moi qui suis juge, si tu permets. Tu n'as pas le pouvoir de m'empêcher de venir. »

Il la regarda partir. Il n'avait rien dit de ce qu'il ressentait. C'était terrible de la voir si brièvement, d'être obligé de la laisser repartir.

Je ne pense qu'à moi-même, se disait Eddy. Pourquoi faudrait-il qu'une femme telle que Pam souffre de mes erreurs, des erreurs que je regrette, certes. Au moins, je suis heureux de la savoir enfin dans le Kentucky. Et tous ces merveilleux amis que nous avions... Ils se conduisent comme si nous étions porteurs de je ne sais quel affreux virus. Oui, certains ont écrit des lettres gentilles au tribunal, je le reconnais, mais quelle humiliation tout de même. Et je ne peux rien faire pour elle.

Les visiteurs étaient partis. Deux prisonniers étaient restés dehors pour se dérouiller les jambes. Il reconnut le petit Bosch qui dormait dans la même cellule que lui. Bosch purgeait une peine d'un an et demi. Chargé de faire les achats de matériel pour la banque où il travaillait, il avait fait des fausses factures et avait empoché plus d'un demi-million de dollars avant d'être pris. Du vol pur et simple. En le voyant, on avait du mal à le croire tant il ressemblait à un brave petit instituteur. Eddy se dit que ça ne lui ferait pas de mal de se joindre à lui pour faire un peu d'exercice. Mais si sa raison lui dictait de se secouer, son esprit s'y refusait. Il était en prison...

Les gardes avaient beau porter des vestes bleu marine et des pantalons gris clair, ils n'en restaient pas moins des gardiens malgré leur élégant uniforme. Ils haïssaient les prisonniers parce qu'un jour ils sortiraient et retrouveraient pour la plupart une vie confortable, alors qu'eux resteraient là. Quand ils insultaient les prisonniers, se moquaient d'eux, il valait mieux se taire car si on leur répondait, ils vous consignaient dans un rapport qui risquait de compromettre une éventuelle mise à l'épreuve ou une libération sur parole.

Oui, malgré un relatif confort, c'était une prison et l'on était enfermé. Les limites de ce qui était permis étaient très vite atteintes.

A quelques kilomètres de là coulait la rivière Susquehanna. Elle allait jusqu'à Chesapeake Bay, l'un des clients d'Eddy y possédait un magnifique domaine où il était invité pendant la saison de la chasse au canard. Au nord, un peu plus haut, près de Bald Eagle Mountain, se trouvait Williamstown où, alors qu'il était allé voir un client, il s'était trouvé bloqué par le brouillard tout un après-midi. Il était arrivé dans un avion à deux places trop

472

petit et mal équipé pour repartir par un temps aussi peu sûr. Il s'était juré de ne jamais reprendre cette sorte de joujou. « Jamais »... Aujourd'hui, il aurait accepté n'importe quoi pour se retrouver dans les mêmes conditions. Et même un ballon dirigeable ! N'importe quoi, à condition de sortir d'ici !

17

« Qui cela peut-il être ? » se demanda Lara assise à son bureau devant les relevés mensuels de la Compagnie Davis. Il était rare qu'une limousine de cette taille s'arrête devant les portes de l'usine. Sûrement un client important venu de l'aéroport.

Un homme trapu, vêtu d'un incroyable manteau de vison, sortit de la voiture et se dirigea vers le bâtiment en trébuchant dans la neige grise. Deux minutes plus tard, on appela Lara du bureau de Davey, de l'autre côté du couloir.

Elle y trouva le visiteur.

« Franklin Bennett, dit-il, mais appelez-moi Frank. Je n'aime pas les chichis. »

Il s'assit et étendit ses jambes.

« Si j'avais pensé me retrouver un jour dans les collines de l'Ohio !... Je n'avais pas remis le pied dans ce genre de trou depuis que j'ai quitté celui où je suis né. Au moins, le temps n'est pas trop mauvais aujourd'hui. »

Ni Lara ni Davey n'avaient de commentaires à faire.

Bennett alluma un cigare et en offrit un à Davey.

« Non, merci, je ne fume pas.

— Ce n'est pas dans mes habitudes de visiter les petites installations, commença Bennett en s'étirant si fort sur son siège que le dossier fit entendre des craquements. Mais vous avez mené la vie dure à mon représentant.

— Je ne dirais pas cela, fit calmement Davey. Ce n'est pas particulièrement mon genre.

— Mais vous l'avez envoyé se faire cuire un œuf !

— C'est mon droit.

— Vous auriez pu l'écouter, non ?

— Ce que j'ai entendu m'a amplement suffi, monsieur Bennett. C'est mon usine et j'ai l'intention de la conserver telle quelle. »

Bennett s'était mis à sourire. Il a l'air faux, pensait Lara.

« Je vous comprends. Votre beau-frère, Martin, dit-il en se tournant vers Lara, m'a dit tout le travail que vous aviez accompli pour en arriver là. »

Martin ! Lara jeta un regard rapide du côté de Davey. Ainsi, cette rumeur colportée par Eddy s'avérait fondée. Et pendant tous ces mois, Martin ne leur avait rien dit, Martin, leur bienfaiteur, Martin le roc !

Elle eut l'impression d'avoir reçu un coup de poing dans l'estomac, ou un coup d'épée en plein cœur.

« Vous avez fait un sacré boulot ici. Très, très chouette. Mais vous n'avez pas l'intention de vous arrêter en si bon chemin, je suppose ?

— Vous savez, nous sommes à la taille de la ville, nous en faisons partie. Nous ne sommes ni trop petits ni trop grands. Il y a une garderie d'enfants pour les bébés du personnel, c'est la Davis Ball Park... »

Bennett se fit impatient.

« Je sais tout cela. Martin m'a briefé. Mais puisque vous êtes tellement portés sur le social, vous devriez penser à tout ce que vous pourriez faire en vous agrandissant. »

Cette fois, c'est Davey qui l'interrompit.

« Ce ne serait pas un agrandissement, ce serait un éclatement. Et je n'en ai pas envie, monsieur Bennett.

— Martin m'avait dit que vous étiez têtu.

— Vraiment ?

— Ne vous y trompez pas ! Il n'y a pas mis d'intention spéciale. En fait, il n'arrête pas de chanter vos louanges à tous les deux. Il pense aussi que vous seriez complètement fous de refuser ce que je vous offre. »

Davey haussa les épaules.

« Alors nous serons fous.

— Vous risquez de valoir des millions d'ici un ou deux ans.

— Monsieur Bennett, vous ne me comprendrez sans doute pas et il semble que mon beau-frère ne comprend pas non plus, mais ni ma femme ni moi n'avons le moindre désir de valoir des millions.

— Bon Dieu ! » fit Bennett. Il se pencha en avant de sorte que la fumée de son cigare monta dans les yeux de Lara. « Peut-être l'argent ne vous intéresse-t-il pas, mais je suis à peu près certain qu'il intéresse beaucoup vos actionnaires. Je puis vous assurer que lorsque j'aurai fait mon offre à vos actionnaires, à la prochaine réunion, ils seront unanimes pour voter la vente.

— Moi, je vous garantis qu'ils ne le feront pas. Vous ne les connaissez pas.

— Je connais la nature humaine », dit Bennett avec suffisance.

Davey gardait le silence. Bennett reprit : « Mais j'attendrai quelque temps. Bien que je ne sois pas patient de nature. Ce n'est pas en étant patient que je suis arrivé là où j'en suis !

— Je vous crois volontiers », fit Davey.

De nouveau, le regard de Lara croisa celui de Davey. Elle lui disait : n'aie pas peur. Nous avons déjà rencontré ce genre de méchant bonhomme.

« Je vais vous laisser des délais raisonnables pour que vous preniez vos décisions, Davis. Pour ma part, je préférerais éviter tout désagrément, à cause de Berg surtout. Il a financé bon nombre d'affaires pour moi et je l'apprécie beaucoup. Vous découvrirez avec le temps la façon dont j'exprime ma satisfaction quand les gens coopèrent avec moi. »

Un large sourire éclaira son visage de renard.

« Bon, j'ai un avion qui m'attend. A très bientôt. » Il se leva.

« Nous ne sommes pas près de nous revoir s'il ne dépend que de moi ! » fit Davey dès qu'il eut refermé la porte sur lui. Il resta un moment immobile et pensif.

« Lara, c'est pratiquement une déclaration de guerre !

— Quand je pense à Martin... Je n'en reviens pas. Qui l'aurait cru ? C'est un peu comme découvrir brutalement que son père est un espion à la solde des Soviétiques ! Oh ! je ne sais plus ce que je dis. » Elle éclata en sanglots.

« Calme-toi. Il faut réfléchir. Il faut prendre le temps, et réfléchir sans s'énerver.

— Mais je suis paniquée, complètement paniquée. Cet homme, ce Bennett... C'est une brute, Davey. »

La situation n'aurait pas été pire si un inconnu avait fait son apparition à la porte de la maison en les menaçant puis s'était éclipsé en sous-entendant qu'il reviendrait. On se met alors à vivre dans la peur, on ferme toutes les portes et l'on attend.

« Qu'allons-nous faire ? demanda-t-elle.

— Pour le moment, rentrer à la maison. »

Remettant la discussion à plus tard, elle fit de son mieux pour que le dîner se déroule aussi normalement que possible. A table, Sue leur soumit un problème de maths qui les plongea dans une discussion de dix minutes. Sue était première de sa classe et elle savait déjà ce qu'elle voulait faire plus tard : devenir un grand savant. Lara la regardait dessiner un schéma sur une serviette en papier, les sourcils froncés et tirant un petit bout de langue rose. Comme elle était sérieuse ! Son enfance était presque déjà derrière elle. Mais grâce au ciel, elle savait rire comme une petite fille quand l'occasion s'en présentait.

Nous avons vraiment de la chance, pensait Lara. C'est vrai que nous avons fait beaucoup d'efforts et que nous n'avons jamais cessé de la rassurer par l'amour que nous lui manifestons, mais son intelligence était déjà là. Nous n'avons fait que lui permettre de s'épanouir.

Sue découpait le morceau de poulet de Peggy. C'était touchant de voir les attentions qu'elle avait pour sa petite sœur. Peggy était un jouet pour elle, un jouet merveilleux qui bougeait. Parfois Sue a plus de patience que je n'en ai, surtout quand Peggy fait ses horribles caprices.

Après le dîner, Sue et Peggy allèrent jouer chez les voisins et les parents prirent le café dans l'alcôve. Lara regardait la pièce. Comme elle était confortable. Ils étaient chez eux. Les rideaux avaient été baissés car le soir tombait. Le chien de berger grognait en dormant. Les photos des enfants décoraient les étagères. Cette maison, ils l'avaient arrangée pièce par pièce, exactement comme ils l'entendaient. Et maintenant des étrangers tentaient de les envahir et de briser cette harmonie parfaite ! Des étrangers... quelle honte ! Comment cela était-il possible ?

Le téléphone se mit à sonner et Davey alla répondre.

« Ah !... bonjour, Martin. Oui, il est venu cet après-midi. Quoi ? » Il fit signe à Lara. « Va prendre le téléphone dans la cuisine. Martin voudrait que tu écoutes.

— Alors, comment ça s'est passé ? Qu'en pensez-vous ?

— Ma première réaction, Martin, a été de la stupéfaction. Je n'avais aucune idée que tu étais dans cette affaire. Tu ne nous en avais pas parlé. »

La voix de Davey tremblait mais si faiblement que seule Lara pouvait s'en apercevoir. Elle était la seule qui pût comprendre le sentiment de déception qu'il ressentait.

« Oh ! c'est une affaire très récente pour nous. Nous ne l'avons pas financée à ses débuts. C'est l'un de nos clients qui lui a parlé de vous.

— Eh bien, quoi qu'il en soit, reprit Davey, nous sommes tombés de haut.

— Je suis désolé que vous ayez eu cette réaction. C'est une pure coïncidence. D'un autre côté, ce n'est pas très étonnant. Nous sommes des banquiers fort connus depuis longtemps et c'est naturel que Longwood cherche à s'assurer le concours des meilleurs financiers. »

Martin s'exprimait comme si tout cela n'avait eu aucune importance.

Quel dommage, pensait Lara, que nous ne puissions pas lui dire exactement ce que nous ressentons. Mais il y avait tous ces services rendus, ces bontés acceptées. Et les liens de famille. Et Connie. Comment envisager de rompre une fois de plus avec Connie ?

« Alors, dis-moi, qu'en as-tu pensé ?

— J'ai pensé que c'était un affreux bonhomme. »

Martin se mit à rire.

« Je ne peux pas dire le contraire. Mais s'il fallait aimer les gens, dans ce milieu, on n'aurait pas beaucoup de clients.

— D'accord. Mais pour ma part, je n'ai aucune envie de faire des affaires de cette sorte avec quiconque.

— Si ce qu'il vous offre ne vous convient pas, je pourrais sans doute lui en toucher un mot pour qu'il augmente sa proposition, tu le sais. Laisse-moi m'en occuper. Qu'est-ce qui t'a déplu en particulier ?

— Nous ne sommes pas entrés dans les détails. Cela ne m'intéressait pas. »

Il y eut un petit silence puis Martin demanda d'une voix incrédule : « Comment est-ce possible ?

— C'est possible, Martin.

— Davey, écoute-moi. Je comprends très bien qu'il t'ait brossé dans le mauvais sens du poil. Personne n'aime ce type, mais tout le monde reconnaît que c'est un phénomène. Dans le monde des affaires, on n'a jamais vu personne arriver si vite au stade où il en est.

— Je te crois, mais nous voulons garder ce que nous avons, le garder tel quel. »

Il y eut un autre long silence, puis Martin dit : « Ecoute, je vais prendre l'avion samedi prochain et je viendrai vous voir à la maison. Nous sommes de la même famille et il sera plus pratique de discuter de tout cela hors du bureau. Peux-tu venir me chercher à l'aéroport ? Je te téléphonerai dès mon arrivée.

— Martin, nous... »

Mais Berg avait déjà raccroché. Lara revint dans la pièce.

« Il est vraiment têtu ! Je ne veux pas qu'il vienne ici samedi.

— Ah ! comme je serais heureux qu'il ne soit pas le mari de ta sœur ! C'est vraiment dommage qu'il nous ait rendu tant de services. Je l'aurais volontiers envoyé au diable. »

La voiture était à peine arrêtée dans l'allée que Lara ouvrit la porte. Elle regarda les deux hommes monter les marches du perron, scrutant le visage de Davey pour deviner ce qui s'était dit. Mais elle ne vit que des sourires aimables sur les deux

481

visages, d'autant plus que Peggy venait d'apparaître à la porte en poussant des cris de joie.

« Oncle Martin ! Tu m'as apporté quelque chose ? »

Martin avait deux belles boîtes blanches sous le bras. Pendant son séjour chez les Berg, Peggy avait rapidement compris la situation. Elle savait que lorsque Martin entrait dans une pièce où se trouvaient des enfants, il avait toujours un cadeau ou un autre, même si ce n'étaient que des tablettes de chocolat.

« Peggy ! gronda Lara, ce n'est pas poli ! »

Martin s'esclaffa, monta l'escalier et embrassa l'enfant. « Voilà pour vous, pour vous tous. Et il ne faut pas l'ouvrir avant la fin du repas. »

Il tendit l'autre boîte à Lara.

« Et ça, ce sont des choses que Connie a achetées pour toi à Paris, et aussi pour Peggy et pour Sue. Elle y a fait un saut avec Bitsy Maxwell la semaine dernière. »

Lara dit ce qui s'imposait : « Oh ! elle n'aurait pas dû. »

Chère et généreuse Connie, comme toujours. Les vêtements somptueux seraient comme d'habitude importables dans une petite ville américaine mais Lara n'en était pas moins touchée par l'attention de sa sœur.

Tout le monde participa à la préparation du déjeuner. Sue avait mis la table et disposé très joliment leurs plus belles assiettes et elle aida Lara à faire la salade et la crème à la vanille. Il avait abondamment plu toute la semaine mais le soleil venait de faire sa réapparition. De la large fenêtre de la salle à manger, on apercevait la pelouse vert vif. La pièce baignait dans une éclatante luminosité.

« Comme tout cela est joli ! » dit Martin en prenant place.

C'est vrai que ma maison est belle, pensa Lara. Dommage que j'aie le cœur si lourd.

« Je sais lire, annonça Peggy à propos de rien. Oncle Martin, tu le savais ?

— Non, répondit-il très surpris. Voilà qui est formidable.

— Je vais te montrer, dit Peggy en descendant de sa chaise.

— Non, non, fit Lara. Après le déjeuner. N'ennuie personne maintenant. »

L'enfant parut surprise de cet interdit inhabituel et se rassit. Martin lui promit de l'écouter plus tard et, fort diplomatiquement, demanda à Sue comment se passait l'école.

« Pas mal. Je préfère les sciences et les mathématiques à toutes les autres matières.

— Sue a de très bonnes notes. Nous n'avons jamais besoin de lui rappeler de faire ses devoirs », expliqua Davey.

Martin hocha la tête en signe d'approbation. « C'est formidable que les filles se mettent à aimer les sciences, c'est nouveau bien qu'on se demande pourquoi. »

La conversation entre les adultes reprit, une conversation aimable, courtoise, comme c'est la coutume dans les familles unies et qu'on prétend qu'il n'existe aucun différend.

Après le déjeuner, les adultes se retirèrent dans le salon. Lara mit le café sur la table basse et Martin alluma un cigare.

« Oui, vous avez vraiment une maison agréable. C'est tellement plus chaleureux et plus intime qu'un appartement sur la Cinquième avenue.

— Et c'est l'endroit rêvé pour élever des enfants », ajouta Davey.

Il y eut un silence. Maintenant que les amabilités avaient été échangées, il fallait bien aborder le problème qui motivait la visite impromptue de Martin.

« Bon, allons-y. Vous savez pourquoi je suis venu. »

Les deux autres levèrent le nez de leur tasse de café sans répondre. Martin s'éclaircit la voix, se moucha et remit son mouchoir dans sa poche. Lara réalisa que c'était la première fois qu'elle voyait Martin embarrassé. A sa grande surprise, il s'adressa à elle en particulier.

« Lara, je ne t'ai jamais dit ceci. Je sais que Davey a en tête la proposition de Longwood. Nous en avons parlé dans la voiture. Mais je me demande si toi, tu as une vision claire de cette offre. Comme je sais qu'il ne fera rien sans que tu sois d'accord, j'en suis arrivé à la conclusion que c'est à cause de toi qu'il n'arrive pas à se décider. C'est pour cela que je suis venu, pour t'expliquer cette affaire en détail.

— Mais nous avons pris notre décision, dit Lara. Je croyais que tu le savais. »

Martin se tourna vers Davey qui ne disait toujours rien, se bornant à tourner sa petite cuillère dans sa tasse avec un air méditatif. Pourquoi ne disait-il rien ?

Martin reprit : « Davey, je sais comment tu as bâti cette affaire et ce qu'elle représente pour toi... »

Davey l'interrompit.

« L'idée de l'usine est venue de Lara. Moi, je ne suis qu'un inventeur... Ensuite, c'est Eddy qui a fait les plans et m'a aidé à mettre le projet sur pied.

— Oh ! Eddy... », dit Martin en haussant imperceptiblement les sourcils.

Ce geste, bien qu'inintentionnel, irrita Lara. Elle fut immédiatement sur la défensive.

« Oui, Eddy. Il n'a jamais su que donner, et de tout son cœur. »

Martin opina du chef.

« C'est vrai. Mais il s'est laissé gagner par la cupidité et ça l'a tué. Très triste tout cela.

— C'est bien pourquoi nous ne devons pas en faire autant, dit Lara aussi calmement qu'elle put.

— Nous voilà en pleine digression. » Martin posa son cigare dans un cendrier à côté de sa tasse. « Revenons à nos moutons. Je dois vous dire que je ne pourrai pas dissuader Franklin Bennett. Il n'est pas un homme facile. Les banquiers et les hommes de loi non plus. Un projet tel que celui-ci implique beaucoup plus de gens que vous ne l'imaginez, sans doute. »

Lara cherchait le regard de Davey mais en vain. Il l'évitait délibérément. Que c'était énervant de le voir si impassible, ne formulant ni réponse ni opinion. C'était un homme peu communicatif, parlant peu, mais quand besoin était, il savait s'exprimer avec fermeté.

Martin attendait que l'un des deux lui réponde.

Ce fut elle : « Martin, je déteste avoir l'air négative. Après tout ce que tu as fait pour nous ! Tu dois penser que je n'ai aucune reconnaissance et que je n'ai même pas l'élégance de réfléchir à ce que tu nous as proposé. Mais j'ai réfléchi. Nous avons tous deux réfléchi. Crois-moi quand je dis que j'y ai énormément pensé...

— Tu as dit quelque chose de très clair, il y a un moment à propos de la cupidité. Mais pour dire une chose pareille, Lara, c'est que tu n'as pas vraiment réfléchi.

— Mais voyons, insista Lara, ce ne serait pas cupide de fermer l'usine qui donne du travail à beaucoup de citoyens, qui a tant amélioré la ville ? Ce ne serait pas cupide de ramasser notre argent et de tourner le dos ? Et Bennett et tous ces requins de Wall Street, ce ne sont pas des rapaces ? »

Davey intervint.

« Lara, tout le monde n'est pas... elle ne veut pas dire... »

Il avait l'air d'excuser sa femme. Lara sentait l'énervement la gagner. Comme si elle n'était pas assez grande pour s'expliquer toute seule !

Personne n'allait la faire taire.

« Martin, ce n'est pas toi que j'attaque. Je décrivais seulement ce que je constate dans ce pays. Nous n'avons aucune envie de faire partie de ces gens-là. C'est tout ce que je voulais dire. »

Martin avait rougi et elle comprit qu'il s'était senti insulté. Elle n'en continua pas moins.

« Peut-être ne comprends-tu pas une ville comme celle-ci. Les gens d'ici sont indignés quand ils lisent dans la presse des histoires de gens qui après s'être bien rempli les poches se retirent sans risques. Des gens qui s'attribuent des millions tandis que leur firme disparaît.

— C'est de la jalousie, pure et simple, répondit Martin. C'est exagéré et ridicule. »

Lara secoua la tête. « Non, Martin, pas de la jalousie. Pour quelques-uns, c'est peut-être vrai. Mais je pensais à l'une de mes amies d'enfance dont le mari travaille avec nous. Si nous fermons et qu'il perd son travail, ils perdront leur maison. C'est précisément ce qui est arrivé à la famille de sa sœur dans le New Jersey et elle a très peur. Si nous mettons la clé sous la porte, nous allons ruiner beaucoup de personnes ici. Nous sommes les plus gros employeurs de la ville.

— On peut les réemployer autre part, dit Martin. Longwood possède beaucoup d'entreprises dans le Michigan et dans le Tennessee.

— Mais ils ne veulent pas déménager ! Et tu sais parfaitement que Longwood ne les embauchera pas tous. Tu le sais et moi aussi. J'ai lu assez d'articles à ce sujet. »

Martin soupira et se tourna vers Davey.

« Ça n'a pas de sens de se battre contre eux. Davey, tu ne gagneras pas. Tu peux me faire confiance. Je connais ces gens-là. Il vaut mieux accepter le marché qu'ils vous offrent. Prenez l'argent qu'ils proposent. Ce sera un sacré paquet ! Pensez à votre portefeuille. Un portefeuille, c'est l'ami auquel on recourt dans les mauvais moments, n'oubliez jamais cela !

— Nous sommes associés, fit Davey en se tournant vers Lara. Nous devons être d'accord pour toute démarche entreprise.

— Bien... Vous auriez avantage à trouver rapidement un terrain d'entente. C'est tout ce que je puis vous dire. »

Martin regarda sa montre et se leva.

« Mon avion m'attend. DeWitt, mon associé, vient de perdre sa femme et je dois aller à l'enterrement demain. »

Ils le raccompagnèrent à la porte.

« Lara, si c'est toi qui retardes la décision, tu fais une grosse erreur. Il faut marcher avec Bennett et Davey aura un poste important dans la compagnie. Si vous vous en faites un ennemi, vous le regretterez. Je vous avertis et je vous l'ai déjà dit, le jour où Bennett circonviendra les actionnaires, ils voteront contre vous. Bon, il faut que je me dépêche. Davey, tu peux m'accompagner à l'aéroport ? »

Lara vit clairement que Martin était dans une rage froide.

Tandis qu'elle attendait Davey, sa colère monta. A son retour, elle laissa libre cours à ses sentiments.

« Comment as-tu pu me laisser faire les frais de cette histoire ! dit-elle en frottant furieusement de l'argenterie qui n'avait pas besoin d'être nettoyée. Tu n'as pratiquement pas ouvert la bouche ! Tu as fait comme si tu étais d'accord avec lui.

— Peut-être suis-je totalement découragé, Lara. J'ai pensé que j'étais battu d'avance. »

Elle le regarda les yeux ronds.

« Comment cela, battu d'avance ?

— Tu connais cette prière : "Dieu, donnez-moi le courage d'accepter ce que je ne puis changer" ?

— Moi, je ne suis pas prête à accepter cela. Nous pouvons nous opposer si nous le décidons.

— Tu as entendu ce qu'a dit Martin. Tu as entendu ce qu'a dit ton frère quand cette proposition a été faite pour la première fois. Les actionnaires seront trop contents d'accepter l'argent de Bennett. Tu sais que les actions peuvent tripler du jour au lendemain ?

— On peut gagner si l'on se bat. Tu as dit que les actionnaires étaient tous tes amis. »

Davey secoua lentement la tête : « *C'étaient* mes amis. »

Pendant quelques moments, elle resta sans voix.

« Quel défaitiste tu fais ! Avoue que tu as envie de tout laisser tomber. A t'écouter, on a l'impression que tu as déjà baissé les bras et que tu es prêt à abandonner la Davis Company. Mais alors vas-y, donne tout à cet ignoble Bennett ! Je vais te dire quelque chose, Davey Davis. Si ces gens-là gagnent, je ne veux pas prendre un seul de leurs sales dollars. Je jure que je n'en veux pas !

— Je ne comprends pas ton attitude. Sans doute préfères-tu que nous allions tous vivre sous la tente !

— Evidemment pas.

— Alors, arrête de parler comme une gamine.

— Ce n'est pas parler comme une gamine que de dire que je ne vivrai pas ici les poches bourrées d'argent parmi des gens avec lesquels j'ai grandi et qui auront perdu leur travail à cause de nous. Je veux d'abord me battre.

— Te battre ! En voilà des grands mots. »

Davey la regardait avec des yeux furieux.

« Quand on possède quelques millions de dollars, on peut contrer les offres de Bennett et acheter toutes les parts ! Mais ces millions tu ne les as pas, alors arrête tous ces discours. Il est bien préférable de laisser Longwood racheter l'usine, de toucher l'argent afin que tes enfants ne meurent pas de faim. Imagine que je disparaisse.

— Je ne mourrai jamais de faim. Je peux travailler.

— Mon Dieu, Lara, je n'aurais jamais cru que tu puisses être si têtue. »

Elle n'était pas certaine que ces paroles fussent sérieuses mais elle répondit : « Eh bien, tu viens de découvrir ma véritable nature.

— Martin aussi.

— Ne crois pas que cela me fasse plaisir d'être presque brouillée avec le mari de ma sœur. Je trouve cela épouvantable. »

Cette fois-ci, Davey répondit de façon indiscutablement ironique.

« D'autant qu'il nous a rendu un certain nombre de services !

— Cela n'a rien à voir.

— Tu te trompes. Penses-y. Si Peggy était...

— Je t'arrête tout de suite ! Ecoute-moi. A l'époque où nous avons cru qu'elle ne se rétablirait pas, je comprends que tu aies dit que tu te fichais de ce qui pouvait arriver à l'usine. Je n'étais pas d'accord mais je comprenais. Maintenant qu'elle va bien, tu n'as plus d'excuse. On a l'impression que tu as subi un lavage de cerveau. C'est cela, c'est Martin qui en est responsable, je le vois ! »

Davey tourna les talons. « Ça suffit. Je vais aller me reposer un peu. J'aimerais que les enfants ne viennent pas me déranger... J'ai un mal de tête épouvantable. »

A la porte, il hésita.

« Lara, il faut tout de même que nous prenions une décision.

— Tu as raison. Mais nous sommes dans une impasse. Dans cette affaire, nous sommes associés à parts égales. C'est l'impasse.

— Il faut que l'un de nous cède.

— Davey, ce ne sera pas moi. Je ne signerai rien. Et pas seulement pour une question de conscience. Oh, non ! C'est à cause de toi... cette usine, c'est toi, c'est ton œuvre. *Moi*, je ne céderai pas, même si tu le veux. »

Davey sortit en claquant la porte.

Lara rangea l'argenterie et sortit. L'après-midi tirait à sa fin. Un écureuil, sans doute abusé par la douceur de la température alors que le printemps était encore loin, apparut sur une branche d'arbre. Il ne bougeait pas plus qu'une statue. Ils se regardèrent, immobiles. Il a dû sortir pour chiper les graines que je donne aux oiseaux.

Que se passe-t-il entre Davey et moi, se demanda-t-elle subitement, le cœur serré.

Par un trou de la haie, elle aperçut Peggy et son amie en train de jouer dans la cour. La petite veste jaune sautait, courait. L'enfant riait aux éclats. Quand je pense à tous ces mois... jamais nous n'aurions cru qu'elle redeviendrait une petite fille normale. Davey avait perdu tout espoir. Et moi... pas tout à fait mais presque. Mais j'entendais toujours une petite voix me dire : patience, patience, tout peut arriver.

Elle sourit d'une moue contrainte. Peut-être dois-je cette confiance à Peg qui jamais, de toute sa vie, n'a cessé de croire que papa redeviendrait sobre. A papa aussi, car lui a cru jusqu'à sa dernière minute à sa prospérité future !

Elle finit par rentrer dans la maison. Davey, toujours allongé sur le sofa, ouvrit les yeux en entendant les pas de Lara.

« Tu es fâché ? demanda-t-elle.

— Oh ! probablement pas. Je suis seulement très inquiet. »

Davey était incapable de rester fâché longtemps.

« Moi aussi. On a l'impression que dès qu'un problème est résolu, un autre se présente. »

Elle s'assit à côté de lui et lui caressa le front.

« Oh ! les vilaines rides.

— Je ne peux pas m'en empêcher. Je pense, je pense... Crois-tu vraiment que j'abandonne trop facilement ?

— C'est drôle, pendant quelques instants, j'ai pensé que c'était peut-être toi qui avais raison.

— Seulement pendant quelques instants ?

— Oui. Et puis, j'ai pensé : rien n'est jamais fini tant que l'on se bat. »

Ils restèrent silencieux, puis Lara demanda : « Si nous attendions de voir ? Ne rien faire tant que c'est possible ?

— Je suis d'accord. A vrai dire, je n'ai guère la force de faire autre chose. »

Les nouvelles se répandirent en ville. Longwood avait fait paraître un article dans un journal local qui suscita beaucoup d'attention les jours qui suivirent. Les informations furent répétées et déformées. On vint interviewer Davey qui fit front en confirmant certains détails et en démentant les autres, tout en évitant soigneusement de formuler des conclusions. Les actionnaires et les employés écrivirent des lettres à l'éditeur. La majorité des lettres étaient indignées, vertueuses, raisonnables ou pathétiques mais tous les auteurs s'insurgeaient contre un éventuel changement. Un éditorial parut qui déplorait la déformation des faits et donnait des détails peu ragoûtants sur Bennett, sur son style de vie, son salaire et sur les « gratifications » révoltantes que le bonhomme touchait aux dépens du public.

La grande presse se saisit alors de l'affaire et publia une série d'articles sur les dessous des rachats qui se faisaient de plus en plus fréquents dans le pays. On en déduisit que la Davis Company allait fermer et que cinq cents personnes allaient se retrouver au chômage. De semaine en semaine, les rumeurs allèrent bon train et aboutirent à une manifestation considérable à la tête de laquelle marchaient les enfants des écoles qui portaient des drapeaux, suivis par une foule encore plus nombreuse que pour le grand jour du match annuel de football de Thanksgiving.

Lara s'alarma.

« Trois femmes m'ont arrêtée dans la rue ce matin. Des nouvelles circulent selon lesquelles les Japonais vont racheter l'usine et la transférer en Californie du Nord. Millie Corning était hystérique en me racontant comment le mari de sa sœur avait perdu son emploi à la suite d'une restructuration, qu'il s'était mis à boire, à battre ses enfants et à tenter de se suicider. "Pourquoi Davey ne nous dit-il pas ce qui se passe vraiment ?" a-t-elle

493

demandé plusieurs fois. Tu n'as pas idée, c'était épouvantable.

— Et alors, que lui as-tu répondu ?

— J'ai dit qu'évidemment tu leur parlerais s'il y avait des nouvelles mais que tu n'avais pas du tout l'intention de vendre. Les gens devraient avoir enfin compris. »

Davey organisa une réunion des employés avec leur famille. Les poings serrés et des larmes dans la voix, il promit de se battre contre Bennett et d'avoir raison de lui. Mais dans la voiture qui les ramenait chez eux, il dit à Lara : « Nous ne gagnerons pas. C'est impossible. J'ai littéralement fait du porte-à-porte et certains de mes amis en ont fait autant auprès des actionnaires. Rien qu'à cause des rumeurs, les actions ont déjà monté. Alors tu imagines ce qui va se passer quand Bennett aura fait ses propositions noir sur blanc ? Ils se jetteront dessus, je n'ai aucune illusion à ce sujet. Les dégâts sont faits. Ils ne me font plus confiance.

— Davey, je n'y crois pas une minute. L'histoire avec Eddy est loin derrière nous. Tout le monde a compris ce qui s'est réellement passé et les gens ne sont pas aussi rancuniers. »

Elle attendit qu'il fasse un commentaire mais rien ne vint. Elle reprit : « Tu ne trouves pas très bizarre que nous n'ayons aucune nouvelle de Martin depuis le jour où il est venu ?

— Pas du tout. C'est lui qui attend que nous donnions de nos nouvelles. Je suis sûr qu'il est fâché. Comme les autres sont en train de mettre le paquet, il ne veut pas s'en mêler et revivre des discussions aussi orageuses que l'autre fois. »

Davey posa sa main sur celle de Lara.

« Et entre Connie et toi, tout va bien ? Tu n'en parles pas et je n'ai pas osé te le demander.

— Nous nous sommes parlé trois fois au téléphone la semaine dernière mais nous n'avons pas évoqué cette affaire. Toi et moi étions d'accord pour n'en pas parler, n'est-ce pas ? De toute façon, j'ai eu l'impression qu'elle n'était au courant de rien.

— Martin n'a sans doute rien dit. Ce n'est pas le genre de sujet qu'il aborde en famille. C'est d'ailleurs bien compréhensible.

— Ils vont aller passer quelque temps à Londres pour Noël. »

Lara hésita. « Crois-tu que nous en saurons plus avant cette date ?

— C'est probable. J'ai dans l'idée que nous recevrons leur dernière offre à la réunion des actionnaires la semaine prochaine. »

Si nous perdons, ce sera un curieux Noël à l'usine, pensait Lara. Certains toucheront un gros paquet de dollars et les autres auront tout perdu...

Les pontes de Longwood envoyèrent leurs représentants à la réunion. Une armada de voitures de location arriva de l'aéroport et dégorgea une douzaine de jeunes messieurs à l'air prospère, portant de grosses serviettes de cuir bourrées de papiers. C'étaient les avocats, les banquiers et les cadres de Longwood. Pas de Bennett, pas de Berg, pas de grand patron. Cela dit, leurs envoyés firent du bon travail ; ils produisirent des documents bourrés de statistiques complexes et firent une présentation orale claire et facile à comprendre qui se résumait simplement à ceci : voulez-vous toucher maintenant une grosse pile de bons et beaux dollars ou bien voulez-vous continuer à n'encaisser que de très modestes bénéfices, sans espoir d'amélioration dans l'avenir ?

En vain, Davey essaya-t-il, quand son tour fut venu de prendre la parole, d'expliquer que ces dollars miraculeux et tout l'édifice de Longwood ne reposaient que sur une montagne colossale de dettes et d'opérations douteuses.

« Tirez l'une des pierres du bas de l'édifice et tout s'écroule, dit-il. Les pierres, les unes après les autres, se descelleront, et l'on arrivera aux banques qui prêtent l'argent qui finance Longwood avec des actions de bas étage. Ici, vous avez des murs solides et sains à l'intérieur desquels les hommes travaillent et font des choses tangibles. Ici, rien n'est caché et tout... »

Il fut interrompu par une houle de ricanements. Lara aurait voulu les étrangler tous, ces jeunes messieurs glacés, sûrs d'eux, méprisants, étrangler aussi les gros naïfs qui buvaient leurs paroles.

« Jusqu'à maintenant, vous avez touché des intérêts très honnêtes. Nous nous développons et nous fabriquons des produits qui sont de plus en plus demandés. Nous avons beaucoup de projets nouveaux, vous le savez tous. Pourquoi croyez-vous que cette méga-entreprise a tellement envie de nous dévorer ? »

Mais les assistants restèrent de glace bien que Davey n'eût jamais été aussi éloquent. Lara était pétrifiée d'horreur. C'étaient les mêmes gens qui avaient été si confiants dans les talents de Davey, qui n'avaient pas hésité une minute à investir tant l'affaire était prometteuse. Des gens intelligents, du moins on aurait pu le penser, une veuve de banquier, un directeur d'école, un médecin, un architecte.

« Avez-vous perdu confiance en moi ? demanda Davey. J'en ai vraiment l'impression. Et pourtant, vous n'avez aucune raison pour cela. Nous sommes prospères. Jusqu'à maintenant, vous étiez contents de la manière dont je dirigeais... »

Il les regarda les uns après les autres, comme s'il avait espéré une réponse. Mais les visages restaient fermés et la plupart détournaient leur regard. Ils étaient impatients. La soirée était bien entamée, ils avaient hâte de voter pour obtenir de l'argent facile et rentrer chez eux.

Aux environs de minuit, on passa au vote. Il était presque inutile de compter les voix car le résultat était prévisible depuis le début de la soirée.

En sortant, Ben Levy et Doc Dormelly furent les seuls à regarder Davey en face.

« Davey, je me rends compte que c'est un sale coup pour toi. Je veux te dire que je suis désolé d'avoir été obligé de voter de cette façon.

— Tu dois comprendre, personne parmi nous ne doute de ton *honnêteté*, expliqua Doc Donnelly. Je me sens moi-même un peu coupable d'avoir déserté le bateau mais franchement la majorité d'entre nous pensent que si tu as pu te faire rouler par un type comme Osborne, alors tu... enfin, tu comprends. Cette offre qu'on nous a faite nous sécurise et il faut admettre que c'est une occasion en or. »

Ben ajouta : « Tu sais qu'on a tous perdu un bon paquet à cause d'Osborne et voilà l'occasion de tout récupérer, et bien au-delà. Je ne veux pas te rendre responsable, Davey, mais...

— Osborne nous a laissé un mauvais goût dans la bouche », fit Donnelly avec dureté.

Lara remarqua que Davey était livide et, d'un ton cinglant, elle dit aux deux hommes : « Ça suffit, non ! Bonne nuit. Viens dans le bureau, Davey. »

Une fois seule avec lui, elle demanda : « Et maintenant, que va-t-il se passer ?

— Berg et ses agents vont se retrouver à New York avec Bennett et toute sa clique pour conclure l'accord final. Cela ne devrait pas prendre plus d'un mois. Puis ils m'enverront un chèque pour le montant de ma part d'actions. Ensuite, il faudra que je me mette en quête d'un nouveau travail. »

Et c'est ma propre famille qui est responsable de tout cela, pensa-t-elle avec amertume. Il ne veut pas me blesser mais c'est certainement ce qu'il pense. Eddy et Martin, mais Eddy plus que l'autre... Ce sont eux qui l'ont mis à genoux.

Elle n'osait pas le regarder. Plus tard, quand ils seraient chez eux, elle le prendrait dans ses bras, mais pas ici, tant que l'ennemi serait sous leur toit, à savourer son triomphe.

« Attendons ici qu'ils soient partis. Je ne veux pas en voir un seul », dit Davey.

Ils mirent leur manteau et restèrent derrière la porte du bureau jusqu'à ce que toutes les voix se soient tues et que la dernière voiture ait pétaradé dehors.

Il ne restait plus que leur propre voiture dans le parking quand ils sortirent enfin. La nuit était glaciale, il n'y avait aucun bruit et les étoiles brillaient dans le ciel clair. Leurs phares balayèrent les murs blancs de l'usine, les arbres courbés par le vent et la haie de houx qui portait déjà de grosses boules rouges et se portait beaucoup mieux que dans leur ancienne maison, d'où Lara l'avait transplantée.

Quand ils franchirent les portes de l'usine, ils se retournèrent tous deux sans s'être consultés. Sur les grandes portes d'entrée, décorées de la couronne de gui traditionnelle, on lisait l'inscription « Davis Company ». Pour combien de temps encore ?

Ils la fixèrent quelques secondes.

« Et voilà... c'est bien fichu ! » dit Davey.

Lara eut la gorge tellement serrée qu'elle ne put répondre un seul mot. De toute façon, il n'y avait rien à dire.

Davey appuya sur l'accélérateur et engagea le véhicule sur la route pour rentrer.

18

Eddy se reposait sur sa couchette, seul dans la cellule. Il n'était pas allé dîner. Il avait travaillé tout l'après-midi à la cuisine et il n'avait pas faim. L'odeur de la sauce à l'ail préparée par le cuisinier lui avait donné la nausée et il continuait à sentir l'ail sur ses vêtements. Il n'avait aucune envie non plus de se mêler aux conversations d'après dîner portant généralement sur les bonnes affaires ratées, les occasions de ceci ou de cela, les avocats et leurs honoraires, les appels, les demandes de libération anticipée et tout ce qui constituait la vie des hommes en prison.

Les prisonniers n'aimaient guère parler de leur famille. Quant à Eddy, chaque fois qu'il recevait des nouvelles, c'étaient des choses désagréables et douloureuses. Il avait l'impression d'assister à un incendie de l'autre côté de la rue, tandis qu'attaché à un arbre, il ne pouvait même pas atteindre une cabine téléphonique pour appeler les pompiers. Non, vraiment, cette situation était insupportable. En fait ni ses sœurs ni Pam ne voulaient jamais lui dire ce qui n'allait pas dans la famille ; il fallait toujours qu'il insiste pour apprendre les nouvelles. Il se tuait à leur expliquer, qu'en lui cachant les ennuis, elles l'inquiétaient beaucoup plus car il imaginait nécessairement le pire. Il avait donc fini par apprendre le rachat de l'usine et s'imaginait le visage tourmenté de Davey penché sur des colonnes de chiffres et des piles de documents juridiques complexes qu'il ne pouvait comprendre. Il aimait Davey et souffrait pour lui. Cette usine, c'était son enfant; il l'avait créée de toutes pièces. Bien que les conditions aient été totalement différentes, il soupirait encore après la perte de sa propre affaire... Osborne and Company. Il se souvenait du jour où sa plaque de cuivre avait été enlevée du mur, ne laissant que quatre petits trous dans le ciment.

La différence, pensait-il, c'est que lui, Eddy Osborne, ne pouvait que se blâmer lui-même, tandis que Davey... Davey avait toutes les raisons de blâmer Eddy Osborne!

S'il est devenu vulnérable, c'est ma faute. Avec ces sales combines et ces montages fiscaux... J'ai transformé ses amis en ennemis. Comment ses actionnaires auraient-ils pu continuer à lui faire confiance? Lara avait beau croire qu'ils avaient oublié... Pauvre Lara, elle ne savait rien du monde. Moi, je sais que les gens n'oublient jamais cette sorte de chose. En outre, avoir un beau-frère en prison fait mauvais effet. Que ce soit juste ou pas, c'est une honte qui s'étend à toute la famille.

Pam était la seule à pouvoir lui remonter le moral. Quoi de plus naturel, car si une épouse n'est pas capable de venir en aide à son mari, qui d'autre le pourrait? Elle lui écrivait de longues lettres où elle décrivait la maison et les chevaux. Elle lui parlait des nouveaux amis qu'elle se faisait

501

et surtout, de la vie qu'ils auraient quand il serait sorti.

Les lettres de Pam lui réchauffaient le cœur. Quand elle lui téléphonait, sa voix s'éteignait quand elle raccrochait mais les lettres duraient, il pouvait les relire des dizaines de fois. Il en avait reçu une bonne centaine depuis le début de son incarcération et quand il les relisait, il avait l'illusion d'être près d'elle. Il respirait le papier comme s'il avait pu humer le parfum de son corps.

Mais ce soir, la magie était inopérante. Il ne savait pas pourquoi. Les dernières fois où elle était venue le voir, il avait eu l'impression qu'elle était différente, qu'un je ne sais quoi avait changé en elle. Elle paraissait nerveuse. Peut-être valait-il mieux utiliser le terme « préoccupée » ? Il essayait de déterminer par quels détails, quelles nuances il avait perçu cette modification. Elle avait été aussi affectueuse que d'habitude dans la mesure où l'on pouvait l'être sous l'œil vigilant des gardes. Elle n'était pas malade, elle était physiquement la même, alors quoi ?

Sans doute rien. Le temps était déprimant et il en ressentait les effets. Il avait plu des trombes d'eau depuis trois jours, ce qui lui donnait l'impression d'être en prison pour l'éternité, enfermé à vie dans une sorte de goulag. Stupide certes, mais c'était ce qu'il ressentait.

Pourtant, c'était tellement contraire à sa nature et à ses principes de se laisser ainsi aller. Brusquement, il s'assit sur son lit et ramassa le journal tombé au pied du lit.

Toujours la même chose ! Ne pouvait-on écrire sur d'autres sujets ? Les disputes des parlemen-

502

taires à propos du budget ; la guerre des gangs de la drogue à Brooklyn ; un gamin tué par balle dans la cage d'escalier où il jouait ; enquêtes dans les milieux financiers à Wall Street... Toujours les mêmes trucs... Oh ! mais... voyons, voyons.

« Un homme se jette d'un dix-huitième étage... Entre minuit et huit heures du matin, heure où son corps fut découvert, Richard Tory s'est jeté de la fenêtre de son appartement dans la rue déserte... La police a trouvé une lettre précisant les intentions de suicide... Tory, qui avait travaillé dans la publicité, se trouvait au chômage depuis quelque temps... les voisins ont dit qu'il avait des problèmes financiers. »

Le cœur d'Eddy se mit à battre à tout rompre et il laissa tomber le journal. Grands dieux ! Est-ce qu'il était responsable, lui, Eddy Osborne ? Des problèmes financiers... Oui, Richard en avait. Il avait perdu... combien ? des milliers, des centaines de milliers de dollars. Tous ces investissements pourris ! Le sang lui battait aux tempes. Il eut un frisson glacé et se mit à trembler.

Il se demanda soudain si Connie avait été mise au courant. Il fallait qu'elle le soit. Il se dirigea vers le téléphone.

« J'avais espéré que tu ne le remarquerais pas dans les journaux », répondit Connie.

Bizarrement, il se sentit vexé.

« Arrête de me chouchouter ! hurla-t-il. Dis-moi plutôt ce que tu sais.

— Mais il n'y a rien...

— Ce garçon avec lequel il vivait, il doit savoir. Comment se fait-il qu'il n'eût plus de travail ? Ça n'a aucun sens. Il avait un poste important.

— Eddy, tu es bouleversé et tu n'as pas besoin de cela en ce moment. J'avais espéré que tu ne l'apprendrais pas, répéta-t-elle.

— Cesse de me traiter comme un bébé », cria-t-il plus fort que la première fois.

Il attendit quelques secondes qu'elle lui réponde.

« Bon, je vais te dire. J'ai en effet appelé son ami et il m'a raconté. Je ne t'ai jamais beaucoup parlé de la famille de Richard mais... ils n'étaient pas au courant de son homosexualité et ce sont des gens... en tout cas, son père... qui seraient horrifiés et ne lui auraient jamais pardonné. C'est une longue histoire. Enfin, ce qui est arrivé, c'est que Richard avait touché la totalité de l'héritage que lui avait légué sa grand-mère et qu'il l'avait investi et...

— Je sais. Il avait investi chez moi.

— Eh bien... Oui. » Elle se tut quelques secondes. « Et donc quand l'argent a été perdu, son père l'a appris. Je ne sais pas comment. Peut-être par la banque d'où il l'avait sorti. Oui, c'est ça. Il est alors venu à New York dans une rage noire et s'est aperçu que Richard vivait avec son ami. Il a compris, tu vois ce que je veux dire. Il croyait que Richard vivait avec une fille. Mais la plus grande humiliation a été d'avouer qu'il avait perdu tout son argent. Il a fait une scène épouvantable. Richard a sombré dans une profonde dépression. Il ne se sentait bon à rien. Il a quitté son travail. Il était brisé. »

Nouveau silence.

« J'ai été bouleversée. J'en ai pleuré pendant des jours et des jours. C'est tout ce que je sais.

« — C'est largement suffisant, répondit Eddy.

— Eddy ?

— Oui ?

— Ce n'était pas ta faute.

— Non ?

— Son père a été affreux.

— Oui.

— Dans une famille, on est censé faire corps, pardonner.

— Oui.

— Je sais que je n'aurais pas dû te raconter tout cela. Je t'ai rendu malheureux.

— Si, tu as bien fait. Ça va. Simplement, c'est si triste. Mon Dieu, que c'est triste. »

Eddy se tut quelques minutes tant il avait la gorge serrée, puis il reprit : « Ça va, Connie. Vraiment. Bon, c'est l'heure d'aller dîner. Il faut que j'y aille. »

Il raccrocha le récepteur et retourna dans sa cellule. Il s'étendit à plat ventre sur son lit.

Comment avait-il trouvé le courage de sauter de si haut ? Il en avait le cœur retourné rien que d'y penser. Combien de secondes s'écoulent avant que l'on s'écrase ? As-tu hurlé d'horreur, as-tu voulu revenir en arrière alors qu'il était trop tard ? Bon Dieu... Comment peut-on en arriver là, ne plus vouloir vivre ? Même durant ses pires épreuves, quand il avait comparu devant le tribunal, qu'on l'avait humilié devant des étrangers et tous ces journalistes haineux, même le jour où Rathbone l'avait amené dans cet endroit et que les grilles s'étaient refermées derrière lui, jamais il n'avait eu envie de mourir.

« Je l'ai tué, fit-il à haute voix. Ce pauvre innocent, ce garçon si confiant, je l'ai tué. »

Il était toujours étendu sur sa couchette quand deux hommes entrèrent.

« Hé ! Eddy, tu es malade ?

— Non, ça va, répondit-il dans son oreiller.

— La sauce était formidable. Tu veux qu'on t'apporte un plat de spaghettis ? »

C'était Louie, le Gros Louie, l'homme de main des syndicats. Il avait été condamné pour extorsion de fonds. Incroyable qu'un type comme ça soit si attentif aux autres.

Il essaya de retourner Eddy et ce faisant, il remarqua des larmes sur ses joues.

« Hé ! que s'est-il passé ?

— Louie, tu veux me faire plaisir ? Alors fous-moi la paix, s'il te plaît.

— Il a des frissons. Regarde, il tremble. »

C'était la voix nasale de Bosch.

« Mets-lui une couverture sur le corps. Et laissons-le seul. »

Quelqu'un étala une couverture sur le dos d'Eddy. Il entendit leurs pas décroître dans le corridor. Ces gros durs, de vraies petites mères !

Ils m'aiment bien. Les gens m'aiment toujours ou plutôt, m'aimaient. C'est pour cela qu'ils me faisaient confiance. De gentils garçons comme Richard. Et je l'ai tué. Je me demande souvent pourquoi je suis ici. Je n'ai jamais violé, cambriolé, ni frappé personne, n'est-ce pas ? Et pourtant, j'ai tué Richard aussi vrai que si je l'avais frappé par une nuit pluvieuse sur le pas de sa porte. Richard et combien d'autres ? Combien ? Ma foi, je devrais

506

savoir dans combien de comptes je me suis servi. Ici, j'ai eu tout le temps de les recenser. Chaque fois, j'ai tué quelqu'un, même si les noms n'ont jamais paru dans les journaux, même s'ils ne sont pas vraiment morts. Je suis sûr que j'ai tué quelque chose en eux. J'ai assassiné la confiance. Richard m'a remis pratiquement tout l'argent dont il disposait. Oui, j'aurais dû les rembourser, tous. Je n'arrête pas de dire cela... J'aurais dû le faire. Malheureusement, je n'en ai pas eu le temps. C'est un peu comme si je disais, après avoir écrasé quelqu'un avec ma voiture, que j'avais vraiment eu l'intention de m'arrêter...

Dieu! si seulement tout était à refaire... Si je pouvais sortir et faire quelque chose, pas seulement rester vautré ici à penser et ruminer et regretter pendant que dehors la vie court à toutes jambes.

Et il vit Richard Tory aussi clairement que s'il avait été présent ici, dans cette cellule abandonnée de Dieu! Il vit le garçon aux allures d'athlète, avec ses cheveux dorés, son costume élégant et son visage amical, ouvert et naïf. Pauvre garçon, regardant la grande rue vide, en plein milieu de la nuit noire. Regardant en bas et se décidant...

Pendant longtemps Eddy resta ainsi à plat ventre. Enfin, il se leva, fit sa toilette pour la nuit puis se recoucha, priant de toute son âme que le sommeil le prenne, un sommeil sans rêves pour le délivrer, ne fût-ce que jusqu'au matin, de la douleur qui l'étreignait.

19

« Tu ne veux pas que nous changions de sujet ? » demanda Ben.

Depuis le début du repas, les deux frères n'avaient pas cessé de se chamailler. C'était Martin qui avait décidé d'inviter Ben dans leur nouvelle maison de Belgravia. Connie avait tout fait pour l'en dissuader, non qu'elle voulût éviter son beau-frère qui venait d'arriver à Londres pour assurer un semestre de cours à la London School of Economics. Mais elle appréhendait de l'inviter chez eux, dans cette salle à manger véritablement grandiose où le service était assuré par un maître d'hôtel imbu de ses fonctions, qui arborait perpé-tuellement un air dédaigneux.

« Nous serions tellement mieux dans un restau-rant ! » avait-elle insisté auprès de Martin.

Quoi qu'il en soit, Ben était là, identique à lui-même, et sans doute mal à l'aise devant l'étalage complexe d'argenterie qui recouvrait la table.

« Le courtage en a pris un coup à Wall Street après le krach, dit Martin. Les investisseurs ont eu peur. Les seules affaires qui marchent sont les OPA. »

Ben haussa les sourcils.

« En voilà une excuse... surtout venant d'un homme qui possède plus qu'assez des biens de ce monde. »

Martin gloussa.

« Que signifie assez ? A-t-on jamais assez de quoi que ce soit, même parmi les universitaires ?

— Oui, rétorqua Ben, changeons de sujet. »

Mais Martin n'avait jamais envie de changer de sujet, une fois qu'il avait mordu dedans. Il était comme un bouledogue incapable de lâcher sa proie. Il veut avoir le dernier mot comme d'habitude, pensait Connie. Elle s'ennuyait et reprit un peu de sorbet à la framboise, laissant la saveur sucrée fondre doucement sur sa langue et jouissant du décor qu'elle aimait tant.

Toute la maison avait été restaurée et on lui avait rendu sa splendeur du xixᵉ siècle. Tout était parfait, les fenêtres palladiennes, les moulures classiques, les chandeliers festonnés de larmes de cristal aussi gracieuses que les volants d'une robe de bal. Par les vastes doubles portes de la salle à manger, elle apercevait dans le hall les statues de marbre dans leur niche et le splendide dallage beige et blanc. La maison était pleine de marbre, ce que Connie adorait : sur les tables, sur les murs des salles de bain. Séparant les pièces les unes des autres, des colonnes intérieures s'inspiraient des colonnes des temples grecs. Où, ailleurs qu'en Angleterre, aurait-on pu trouver une aussi belle maison ? Il n'y a rien de tel chez nous, pensait-elle avec orgueil. Quand elle se trouvait à l'étranger, elle aimait se référer à son pays d'origine à la façon des Européens et disait : « En Amérique... »

« Pour le moment, on se débarrasse des branches pourries. Et quand nous achetons, nous limitons la production, continuait Martin.

— Voilà pourquoi nous régnons en maîtres sur les marchés mondiaux, interrompit Ben d'un ton sarcastique. Alors que bon Dieu, toutes nos matières premières ou presque fichent le camp à l'étranger ! »

Ce disant, il fit un geste large qui balaya le verre d'eau qui se trouvait devant lui.

« Oh, zut ! Je suis désolé ! Je suis vraiment trop maladroit. Mille excuses. »

Le maître d'hôtel était déjà là, épongeant la table avec une serviette.

« Ce n'est rien », dit Connie.

Bien qu'ils n'aient, elle et Ben, entretenu aucune relation personnelle, elle ne put, bizarrement, s'empêcher d'éprouver pour lui de la compassion. Ce n'était pas grave et d'ailleurs, il ne s'agissait que d'eau et pas de vin rouge, Dieu merci.

« Nous prendrons le café dans le salon rose », dit-elle en se levant.

Cette pièce était ainsi nommée à cause du tapis et de la nature morte du XVIIᵉ siècle au-dessus de la cheminée ; un radiateur habilement dissimulé par les éléments décoratifs de la cheminée réchauffait l'atmosphère tandis que dehors sévissait un vilain brouillard jaunâtre et glacial qui pénétrait partout.

Martin frissonna et tendit les mains vers le radiateur.

« Ah ! comme j'aimerais n'avoir pas à rentrer à la maison.

— Moi non plus, je n'aime pas te voir partir. Pourquoi y es-tu obligé ? demanda Connie. C'est vraiment une idée saugrenue alors que Melissa va arriver de Paris pour être un peu avec toi. Sans parler de la réception de Lady Bartley où j'ai une envie folle d'aller.

— Je te l'ai dit, j'ai trop de choses à faire. Je dois être présent pour une signature. C'est une affaire qui nous a pris un an et demi et tout le monde veut boucler le dossier avant la fin de l'année. Je ne vais sûrement pas risquer de la voir capoter. Il n'y a eu que trop de délais... De toute façon, je reviendrai dans quelques jours. »

Connie dressa subitement l'oreille.

« Tu parles de cette affaire avec Bennett ? C'est cela ? »

Martin fit oui de la tête.

« Et Davey et Lara ? Sont-ils toujours là-bas ? Est-ce qu'ils continuent à se battre ?

— En effet et ils se battront sans doute jusqu'à leur dernière cartouche.

— Mais je croyais que l'affaire avait été abandonnée.

— Pourquoi ?

— Tu n'en parles jamais.

— Est-ce mon habitude de t'entretenir de mes affaires ?

— Tes affaires impliquent-elles généralement ma sœur et mon beau-frère ? »

Martin alluma un cigare. Il tira quelques bouffées, retira le cigare de sa bouche, en examina l'extrémité, le remit entre ses lèvres et reprit :

« Connie, je ne t'en ai pas parlé à dessein. Tu dois bien t'en douter. J'avais prévu les embûches, mais j'espérais que la situation se résoudrait plus vite. Ce que je tenais à éviter à tout prix, c'étaient les querelles de famille. Il ne nous manquerait plus que cela.

— Alors, tu as préféré mijoter ton sale coup par en dessous.

— En voilà une expression ! C'est déplaisant au possible.

— D'accord, disons "dissimuler" si tu préfères », rétorqua-t-elle méchamment.

Une sinistre image passa devant ses yeux : Bennett dans son manteau de vison, tous ces brillants financiers dans leurs costumes sombres assis autour de la table dans la maison de Westchester... image superposée à celle de Lara et Davey debout à côté du petit lit de Peggy.

« Comment as-tu pu faire cela ? cria-t-elle. Forcer la main des gens... C'est comme si tu leur mettais un pistolet sur la tempe. »

Elle entendait la voix de Lara, presque suppliante : « Connie, il ne faut pas que cela nous sépare. »

C'était aussi pour cette raison que Lara ne lui avait rien dit.

« Un pistolet ! Foutaises ! Tu ferais bien de te renseigner avant de parler, Connie. Tu te ridiculises. Les actionnaires de Davey ont voté en faveur de notre proposition et c'est tout. Ce n'est pas ma faute si Davey ne voit pas plus loin que le bout de son nez.

— Ce n'est pas cela qui importe. Davey a travaillé quinze ans pour bâtir cette affaire et je ne vois qu'une chose, c'est que vous la lui avez prise.

— Ne sois pas idiote. On lui a offert plus d'argent qu'il n'en gagnerait s'il travaillait dans son usine encore cinquante ans !

— Mais il s'en fiche, Martin! Pourquoi n'arrives-tu pas à comprendre une chose aussi simple? Davey et Lara sont très différents de nous. Ils ne veulent pas d'argent.

— Ils sont encore plus idiots alors. »

Martin se tourna vers son frère qui s'était plongé dans une revue qu'il avait trouvée sur une tablette.

« C'est tout à fait à propos, n'est-ce pas? C'est ce que nous disions tout à l'heure. Tu devrais approuver le beau-frère de Connie, Ben. Il possède une petite usine minable et ça le tue de devoir l'abandonner alors que c'est à son avantage. »

Ben posa la revue.

« C'est l'inventeur d'instruments chirurgicaux?

— Oui. Comment le sais-tu?

— Je les ai rencontrés au mariage. Nous avons échangé quelques propos.

— Ce sont les meilleures personnes de la terre, cria Connie. Tous les deux.

— Connie, fit Martin agacé, je n'ai jamais dit le contraire.

— Alors, pourquoi ne leur fiches-tu pas la paix? »

Avec un soupir, Martin fit un geste de résignation. « Elle ne comprend rien aux affaires, dit-il à l'intention de Ben.

— Aux affaires ou aux gens d'affaires? répliqua Ben. Il y a une grande différence.

— Quoi? Je ne comprends pas ce que tu veux dire.

— J'ai beau être professeur d'économie, je persiste à ne pas comprendre pourquoi les hommes d'affaires veulent démolir l'industrie en Amérique. Sans parler du facteur humain, de la cruauté. »

Connie intervint.

« Alors, vous êtes de leur côté ? celui de Davey et de Lara ?

— Vu ce que je professe, dit paisiblement Ben, je ne vois pas comment il pourrait en être autrement. »

Personne ne disait mot quand le maître d'hôtel vint apporter le café. Il posa le plateau d'argent entre les divans jumeaux devant la cheminée. Une sorte de mélancolie régnait dans la pièce.

Une fois l'homme parti, Connie s'adressa à Ben.

« Vous êtes surpris. Vous n'aviez jamais pensé que je puisse être de votre côté. » Quand elle le vit embarrassé et hésitant à lui répondre, elle reprit : « Allons, soyez franc. Vous ne m'aimiez pas beaucoup. Je n'en serai pas fâchée si vous l'avouez. »

Il trouva enfin ses mots.

« Il est possible que je ne vous aie pas comprise.

— Je ne dis pas que je sois toujours de votre avis. Peut-être, dans le cas présent, est-ce parce que cela me touche. Après tout, il s'agit de ma sœur. Et je veux qu'on leur rende justice.

— Alors, Martin, qu'en dis-tu ? demanda Ben.

— Connie dramatise. Nous ne sommes pas au pays des merveilles. Nous vivons dans le monde réel. Ce sont les actionnaires de Davey qui ont eu sa peau en votant contre lui, un point c'est tout. »

Connie avait un mauvais goût dans la bouche.

« Tu t'en moques. Tu prends ce qu'il a bâti et tu lui brises le cœur. Tu t'en fiches complètement. »

Martin jeta son cigare dans un cendrier.

« Si vous voulez savoir exactement ce que je pense, je vais vous le dire : vous êtes deux idiots. Et vous faites bien du bruit pour rien. »

Ben se leva et resta debout, les mains dans les poches ; on aurait cru un gamin qui va réciter une poésie. Il est vrai qu'il avait l'âme claire d'un enfant malgré sa petite bedaine et son front ridé. Il se mit à déclamer :

Et ils bâtiront des maisons et ils les habiteront ;
Et ils planteront de la vigne et en mangeront les fruits.
Ce qu'ils ont bâti, personne d'autre n'y habitera,
Et ce qu'ils ont planté, personne d'autre ne le mangera.

« Tu te souviens, Martin ? Le vendredi soir quand papa nous faisait la lecture après le dîner du sabbat ?

— Je t'en prie, fit Martin d'un air las, je t'en prie, épargne-moi cela.

— Isaïe. C'était le prophète favori de notre père, Connie. Papa devait connaître le livre d'Isaïe par cœur. Enfin, je dirais une bonne moitié au moins.

— Et toi, tu connais l'autre moitié, fit Martin. Dieu, comment deux frères peuvent-ils être aussi dissemblables ? »

Ben se dirigea vers la porte. Martin l'attrapa par le bras.

« Pour l'amour du ciel, Ben, où vas-tu ? Pourquoi faut-il que nos discussions deviennent aussi personnelles ?

— Non, non. J'ai des cours très tôt demain matin, c'est tout. De toute façon, c'est une histoire entre Connie et toi. Connie, merci pour ce bon dîner. Merci à tous deux. »

Après avoir reconduit Ben à la porte, ils montèrent au premier.

« Ah ! les vertueux..., fit Martin.

— Je ne pense pas qu'il le soit. En tout cas, j'ai apprécié ce qu'il a dit. Je ne pensais pas être un jour d'accord avec lui.

— Evidemment, puisqu'il était de ton avis ! » Martin était agacé. Il se mit à se déshabiller tout en marmonnant, marchant à grands pas de la chambre à la salle de bain et retour.

« Je me demande à quelle heure ouvrent les bureaux des compagnies d'aviation. Et comment je vais trouver une place. Il doit y avoir au moins deux mille étudiants qui rentrent chez eux pour Noël. Si seulement j'avais l'avion ici. C'est bien ma chance qu'il soit en révision. Au moment où j'en ai besoin !

— Et où est-il ?

— A Vail. Preston le ramènera dès qu'il sera en état de marche. Il doit revenir pour la signature.

— Tu ne trouves pas que nous devrions avoir notre propre avion, Martin ? Nous devons aller à Mykonos à la réception des Byrd le mois prochain... Si l'avion n'était pas disponible, j'aurais bonne mine ! J'ai proposé à Bitsy Maxwell et à son groupe...

— D'accord, d'accord ! Je vais commander un avion, nom d'une pipe. J'en trouverai un... »

Martin s'arrêta devant le miroir de la coiffeuse devant lequel Connie était en train de se démaquiller.

« Regarde-moi. J'ai une mine épouvantable. »

Deux rides profondes s'étaient creusées de chaque côté de sa bouche. Elle ne l'avait pas remarqué jusqu'à ce moment.

« Alors, tu ne trouves pas que j'ai l'air d'un déterré ? demanda-t-il.

— Tu as l'air fatigué, c'est tout.

— Tout ce travail me tue. Je vieillis à vue d'œil.

— Je n'arrête pas de te dire de ne pas travailler autant, mais tu n'écoutes jamais rien.

— Cesse, veux-tu ! Je suis obligé de travailler. Tu dépenses tellement que, quoi que je gagne, ce n'est jamais assez. Enfin, à peine suffisant... Dix millions de dollars pour l'appartement de la Cinquième avenue. Et maintenant, cette maison. Il n'y a jamais de fin. Je n'ai jamais autant travaillé de ma vie. Alors, tu es bien la dernière à pouvoir me reprocher de travailler trop ! »

Elle se leva d'un bond. Stupéfiée et blessée par ce qu'elle prit pour un reproche, elle se mit à hurler. Depuis qu'ils étaient mariés, c'était la première fois qu'ils se disputaient vraiment. Elle était furieuse.

« Ce n'est pas parce que ta première femme était une avare mal fagotée et un rabat-joie qui ne voulait jamais dépenser un sou et qui ne sait même pas comment élever sa fille...

— Je te prie de la laisser en dehors de cette discussion !

— C'est bien à elle que tu pensais en disant ce que tu viens de dire ?

— Ah ! je ne sais même plus ce que je voulais dire. Si, ça me revient... Cette soirée m'a fait l'effet d'une bombe. D'abord, Ben avec sa bonne conscience qui veut me donner le sentiment que je suis un... voleur ou je ne sais quoi ! Et puis toi qui lui emboîtes le pas. Je n'aurais jamais cru cela de toi !

— Je ne lui ai pas emboîté le pas et j'ai le droit d'être d'accord avec n'importe qui quand je le décide. Et ce qu'il a dit m'a convaincue. Cette histoire de celui qui plante mais c'est un autre qui en profite... Il avait raison.

— Et nous voilà revenus à Davey et Lara ! Il fallait s'y attendre. Toute la soirée, Davey et Lara. C'est peut-être pour cela que je suis vanné.

— J'en doute fort.

— Moi pas. Je suis fatigué d'être harcelé à cause d'eux.

— Je ne te harcèle jamais et tu le sais. Je suis trop maligne pour cela, dit-elle d'un ton glacial.

— Alors parfait. Je suis très heureux de l'entendre. Maintenant, je suis fatigué et j'ai envie de dormir. »

Le lendemain matin, ils n'auraient pas le temps de parler. Après il partirait et le lendemain, à New York, l'affaire serait signée. En Ohio, Lara et Davey devaient attendre le coup de téléphone qui leur confirmerait la nouvelle. Ils devaient se trouver dans la petite alcôve et attendre ; la photo de Peg serait comme toujours à côté du téléphone. Dehors, le sol couvert de neige blanchissait l'atmosphère.

« Martin, Martin, écoute-moi. Je ne veux pas que l'on se dispute mais écoute-moi. Ce n'est qu'une petite compagnie de rien du tout. Il n'y a aucune raison pour qu'un homme comme Bennett mette la main dessus, quel que soit le montant qu'il la paie.

— Ce n'est pas une compagnie de rien du tout. Je t'ai dit cent fois qu'elle cadre parfaitement avec ses autres exploitations. Il la veut et je ne vais pas saboter une affaire de dizaines de millions de dollars et avoir l'air d'une cloche, simplement parce que cet idiot têtu et borné se trouve être mon beau-frère.

— Il est têtu, d'accord et Lara aussi. En ce qui me concerne, si j'étais à leur place, j'accepterais sans doute l'offre avec plaisir. Mais ce n'est pas la question. »

Connie se sentait maladroite. Pourquoi ne comprenait-il pas ce qu'elle voulait dire ?

« Tu as dit toi-même que Bennett était un type épouvantable. Preston aussi l'a dit.

— On n'est pas obligé d'admirer tous les gens avec lesquels on fait des affaires. »

Un sentiment d'inutilité envahit Connie à ce moment-là. Comme Martin lui tournait le dos en cherchant des cravates sur un porte-cravates, elle s'écria : « Je ne te laisserai pas leur faire du mal, Martin. Je ne te laisserai pas ! Comment peux-tu être aussi dur ! »

Il se retourna furieux.

« Moi, dur ? Comment oses-tu dire cela après ce que j'ai fait pour eux, pour la petite ?

— Oui, tu as été merveilleux, mais ça n'a rien à faire avec l'affaire présente.

— Tu as raison, ça n'a rien à faire. C'est une question d'argent et rien d'autre. »

Elle le regarda, bouche bée. Cet homme qui n'avait jamais rejeté un appel à sa générosité et les tonnes de requêtes reçues tous les jours...

« L'argent, dit-elle. Je me souviens de ce que tu as dit à propos de ce pauvre Eddy, comment la rapacité l'avait saisi... Et maintenant, toi, que fais-tu ?

— Tu me compares à Eddy ? Alors qu'il a escroqué les gens ? qu'il a fait de fausses déclarations ? Que le diable t'emporte, Connie ! Si j'avais pu prévoir que tu me dirais jamais ce genre de chose !

— Je ne t'accuse de rien de tel, voyons. Mais quand tu fais le malheur de quelqu'un, quand tu le détruis dans son cœur, il n'est pas très important que ce soit légal ou pas. »

Ces derniers mots le mirent en rage. Ce qui n'était pas son but. Ce qu'elle voulait, c'était le toucher, l'émouvoir mais elle s'y était mal prise et avait échoué.

« Toi et ta famille de malchanceux ! Ton frère et ta sœur... Ils n'ont que des ennuis.

— C'est faux. Et en tout cas, nous nous aimons. Nous nous parlons, pas comme toi et ton frère Ben...

— Bon, maintenant fiche-moi la paix. J'en ai plus qu'assez, dit Martin. J'ai besoin de repos. Je vais dormir dans l'autre chambre. »

La porte claqua derrière lui.

Elle avait envie, besoin, de se jeter sur son lit et de pleurer. Mais elle aurait une mine atroce demain, avec des yeux gonflés et rouges, des poches sous les yeux. Quelle horreur. Elle qui avait promis à Thérèse de l'emmener voir le père

Noël. Et ensuite, elle devait aller déjeuner au Savoy avec de délicieuses vieilles dames anglaises dont elle venait de faire la connaissance. Non, Connie. Va te démaquiller, mettre tes crèmes de nuit comme d'habitude. Bois un peu de lait chaud, va te coucher et ravale tes larmes. Ressaisis-toi !

L'avion s'éleva en vrombissant de l'aéroport d'Heathrow et se dirigea vers l'Ecosse et l'Atlantique. Martin avait eu de la chance de trouver la dernière place disponible en classe économique. Le Concorde était bondé comme probablement toutes les places de première classe sur tous les avions en partance pour les USA. Il avait passé des heures sur liste d'attente.

Il y avait des années qu'il n'avait pas voyagé en classe économique. Il ne se souvenait même pas de la dernière fois où c'était arrivé. Il se sentait exténué. Il avait à peine dormi dans ce lit qui n'était pas le sien et il était très contrarié par sa discussion avec Connie. Il était également inquiet à propos de la signature de l'affaire Bennett. Une fois que tout serait terminé et les ultimes parafes apposés, ce serait le triomphe et la détente mais jusque-là il y avait tant à faire, tant de palabres de dernière minute pour des détails, tant d'apartés dans les couloirs et dans les toilettes, tant de chuchotis entre avocats et comptables... une armée d'avocats et de comptables. Il ne connaissait que trop bien le déroulement de ces transactions.

Il appuya sa tête sur le dossier mais il était trop à l'étroit pour dormir, et trop soucieux pour se détendre vraiment. Il commanda un verre mais n'en tira aucun plaisir.

Il n'avait pas dit au revoir à Connie ce matin. Elle dormait lorsqu'il était entré dans la chambre pour prendre ses vêtements. Il n'avait eu que le temps d'embrasser Thérèse avant de courir au bureau de la compagnie aérienne. En l'embrassant, il avait attrapé une tache de confiture sur sa cravate quand elle l'avait pris par le cou en le suppliant de ne pas partir. Il était mal à l'aise de les avoir laissées ainsi. Et le soir précédent, il avait dit des méchancetés à Connie, sa Connie au grand cœur. Elle aussi lui avait dit des choses très déplaisantes, surtout quand il avait été question de sa prodigalité. Dieu sait que Connie pouvait dépenser à son gré. Au fond, cela lui était égal. Quand on aime une femme, on a envie de la couvrir de cadeaux, non ? Et d'ailleurs ils étaient aussi dépensiers l'un que l'autre. « Plus on gagne, plus on dépense », disait-il souvent.

Quant à la famille de Connie, c'est vrai qu'il l'admirait pour sa chaleur. Il fallait avouer qu'ils savaient se serrer les coudes dans ce monde dur et glacial. Mais à entendre Connie, on aurait cru qu'il les avait attaqués ! Et cette discussion avec Ben, comme c'était bizarre. Il peut être sévère parfois, tellement sûr de lui et d'un autre côté, il sait être doux. Quand il parle de papa, qu'il le cite avec tant d'exactitude... Il se souvient de mille choses que j'ai oubliées ou qui sont enfouies si profond... Je suis trop occupé pour conserver tous les souvenirs : ce que nous mangions ces vendredis soir quand papa nous faisait la lecture ; toutes ces paroles si belles sur la charité, l'amour du prochain, la bonté... Et pourtant, personne n'aurait l'audace de prétendre que Martin Berg n'est pas généreux. Mais comme le dit Ben, ce n'est pas seulement le fait de donner, car avant cela, il a fallu accumuler pour pouvoir donner. Et si c'est mal d'accumuler...

Brutalement, Martin prit conscience qu'il pianotait nerveusement sur ses accoudoirs. Il déplaça ses mains et les mit sur ses genoux.

Mais cela t'amuse, dit Ben. C'est un combat et tout le temps, tu n'attends qu'une occasion de te jeter dans ce combat. Accumuler et encore accumuler...

Il repensa subitement à McClintock. En fait, il avait utilisé exactement les mêmes termes quand il avait déclenché la colère générale. *Vous vous amusez avec l'argent, vous jouez à la guerre de l'argent et la majorité de cet argent ne vous appartient même pas.* Martin se demanda ce qu'il était advenu de ce garçon après son renvoi, il y avait juste un an. *Cette sorte de financement ne tient pas debout et le jour viendra...*

Il avait pris un vilain risque en disant cela, McClintock.

Martin avait été aussi furieux que les autres. Peut-être même avait-il été plus furieux encore parce que le bon sens lui dictait que McClintock avait à sa façon pleinement raison. Au fond, tout le monde le savait mais personne n'aurait voulu l'admettre.

Il n'était pas impossible que le souvenir de ces paroles le taraudât depuis, sans qu'il s'en rende compte. Un peu comme un ulcère. Pas un ulcère d'estomac, mais une vilaine tumeur dans la tête. Il faut mettre fin à cet engrenage sinon l'ulcère va gagner. Terminer cette grosse affaire en cours, fêter la victoire et partir. Partir au faîte de la gloire, du pouvoir. C'était le moment rêvé. Partir chargé d'honneurs... Je parie que la moitié des passagers de cet avion, s'ils entendaient mon nom, sauraient qui je suis.

A travers le brouhaha général, il entendit des bribes de conversation et prêta l'oreille. Deux garçons assis de l'autre côté du passage central parlaient assez fort.

« En fin de compte, mon père n'a pas perdu son travail. Tu penses à quel point on était contents !

— Je l'imagine volontiers.

— J'ai hâte d'arriver à la maison. »

Martin repensa à Davey, la dernière fois qu'ils s'étaient rencontrés en Ohio. Davey était tellement préoccupé par le sort de ses employés. Il les voyait déjà perdre leur emploi, ce qui le chagrinait plus que ses propres malheurs. Ce Davey était un innocent, on ne pouvait le nier.

Martin regarda discrètement du côté du garçon. Il avait une bonne tête et arborait un grand sourire. Martin ne voyait que son buste vêtu d'un blouson imitation cuir. Il imaginait l'angoisse de ce jeune homme si son père avait perdu son emploi. Quand on se trouve devant des êtres de chair et d'os, on réagit différemment. Il ne s'agit plus de statistiques. Un homme qui perd son emploi... ça fait quelque chose. Ça serre le cœur.

Martin avait en quelque sorte oublié la réalité de la vie quotidienne. Comment avait-il pu, lui, un enfant des taudis ? S'il avait fait l'impasse sur cette époque de sa vie, c'est parce qu'il l'avait voulu, c'est tout. Ainsi allait le monde, depuis l'Empire romain et même avant...

Une vague tristesse, une compassion inhabituelle le submergeaient. Il avait du mal à les analyser. Des pensées fragmentaires passaient dans son esprit, comme des écharpes de nuages.

Thérèse, mon enfant chérie. Et Melissa, mon petit cœur. Et son fils qui le haïssait parce qu'il avait divorcé...

Connie, sa joyeuse Connie. Comme il aurait aimé que l'avion rebrousse chemin et revienne à son port d'attache. Ah! revenir à Londres et lui dire à quel point il l'aimait!

Il lui aurait dit, « malgré ta pénible famille! ». Mais il aurait ri en le disant.

Il avait vraiment été furieux contre Lara, ahuri par sa résistance entêtée. Et pourtant, il était bien obligé d'admettre avoir été rempli d'admiration tout le temps que la discussion avait duré. On ne peut qu'admirer ceux qui tombent après s'être battus bec et ongles parce qu'ils sont convaincus d'avoir raison.

C'était drôle de penser à Lara Davis, cette petite provinciale qui n'était jamais allée plus loin que New York, ce petit bout de femme bravant la Société Frazier, DeWitt et Berg! Et pire encore, résistant au grand Franklin Bennett et à ses milliards! Il devait être en train de rentrer d'Acapulco en ce moment, se léchant les babines à l'idée de mettre la main sur la Davis Company, son armée de courtisans l'attendant à l'aéroport. Des courtisans dont Martin Berg faisait partie, pourvu que les honoraires soient suffisamment élevés. Bah, ce devait être la même chose au temps de l'Empire romain.

Tout de même, quel plaisir ce serait en cette belle journée ensoleillée de lui dire d'aller au diable ! Martin imaginait l'ahurissement général, les mines effarées... Et la tête de Bennett lui-même, avec ses gros yeux incrédules et sa bouche lippue !

Il se voyait déjà en train de dire à Connie : « Tu sais quoi ? tu avais raison. Je ne veux pas détruire l'œuvre commencée par Davey et tuer ses rêves. Non, pas question. Pour quel profit ? celui de Bennett et de ses pareils ? Non, ni pour Frazier, DeWitt et Berg non plus. »

Martin laissait libre cours à son imagination. Supposons qu'il arrive à la réunion demain matin et qu'il annonce qu'après mûre réflexion il est arrivé à la conclusion qu'il n'était pas d'accord ? Personne ne voudrait le croire ! Il les imaginait tous, assis autour de la table, le visage tourné vers lui, bouche bée, pensant qu'ils n'avaient pas bien entendu, ce qui l'obligerait à répéter. Preston en resterait muet. Ils commenceraient par supposer qu'il avait une sorte de dépression nerveuse, mais quand ils auraient enfin compris qu'il avait toute sa tête, ils seraient verts de rage... Il y aurait une dispute comme jamais cette vénérable société n'en avait connu. Ils chercheraient désespérément des raisons, ils le soupçonneraient de les doubler. Ils en perdraient la tête !

Ce serait une nouvelle sorte de bataille et il risquait fort d'y prendre plaisir. Cette fois, il se battrait non pour le profit, mais pour des êtres humains.

Pour Peggy, revenue à la vie. Et bizarrement, pour Thérèse, sa propre fille ; il espérait qu'elle deviendrait la sorte de personne qui comprendrait.

Jamais ses associés n'imagineraient qu'un homme puisse changer diamétralement du jour au lendemain. Il était donc maintenant au pied du mur. Il fallait prendre une décision. Il sentit un rire faramineux monter de sa gorge.

Subitement, il sut exactement ce qu'il allait faire à la minute où il poserait le pied sur le sol de New York.

Je téléphonerai d'abord à Connie, se dit-il. Puis, j'appellerai Davey et je lui dirai que je vais racheter sa société au nez et à la barbe des autres et que je la lui rendrai. « Tu me paieras quand tu pourras. Quand, ça m'est égal. » Il imaginait la tête de Davey, celle de Ben et de Connie...

Le vol 103 de la Pan Am s'écrasa en Ecosse, par temps clair, exactement à sept heures trois minutes du soir.

20

Au moment même où l'avion explosait en vol, un autre atterrissait en douceur sur la piste de l'aéroport de Louisville, au Kentucky.

Ceux qui n'avaient pas vu Eddy Osborne depuis plusieurs années auraient immédiatement remarqué, lorsqu'il sortit de l'avion, qu'il avait beaucoup changé. Ses traits évidemment étaient les mêmes et ses yeux vifs étaient toujours aussi beaux. Ses cheveux étaient restés blond clair et épais. Mais il y avait quelque chose de remarquablement différent dans son expression, une sorte de réserve, de calme qui n'avaient jamais été les siens. Il se tenait autrement ; il avait perdu sa démarche chaloupée de marin. Il traversa l'aéroport et se dirigea vers le comptoir de location de voitures d'un pas mesuré et décidé à la fois.

Personne n'était venu l'attendre. Comme il avait été libéré quelques jours plus tôt que prévu, il avait décidé de faire la surprise à sa femme. Il sonnerait à la porte et elle lui ouvrirait. Ou bien, il entrerait et l'attendrait assis sur le sofa.

Le ciel était clair et malgré l'hiver, la journée s'annonçait splendide. Il pensa en conduisant d'une main experte que n'importe quel temps, n'importe quel ciel lui aurait paru merveilleux

528

parce qu'il était libre d'aller et venir. Personne ne peut imaginer réellement le sens de l'expression « libre d'aller et venir » s'il n'a pas été privé de liberté.

Oui, c'est un cliché, mais tellement vrai ! On l'avait déjà dit des millions de fois, cela restait vrai. Rempli de gratitude, il se mit à rire tout haut en se claquant les cuisses.

Il commença à siffler puis s'arrêta pour mettre la radio. Il ferma le bouton car il préférait entendre le vent siffler par les vitres baissées. L'air était limpide et la température presque douce pour cette période de l'année. Il dépassa les faubourgs pour rouler en pleine campagne. Que d'espace ! Seules des barrières en bois entre les champs divisaient l'immensité. On voyait çà et là des bouquets d'arbres et parfois des maisons à toit rouge ou à tuiles brunes. C'étaient de belles demeures et une campagne opulente. Sa propre maison était blanche. Il se souvenait de leur longue discussion sur la couleur dont ils peindraient les volets et se demanda ce que Pam avait fini par décider. Son cœur se mit à battre plus vite à la pensée de retrouver sa femme et sa maison.

En apercevant les colonnes de pierre et l'allée de gravier, il eut du mal à contenir son enthousiasme. Il eut brusquement peur de se mettre à pleurer et d'avoir l'air stupide. Il arrêta la voiture et regarda les volets peints en vert vif. Au second étage, il chercha la fenêtre de la chambre où il dormirait ce soir. Il clignait les yeux et une autre crainte l'assaillit : et si c'était un rêve et qu'en se réveillant il se retrouve à Allenwood ?

Il compta les cinq marches du perron, les monta et saisit le marteau de cuivre. C'était une tête de lion.

« Oh, mon Dieu ! » fit Pam en ouvrant.

Il resta immobile quelques secondes, tout embarrassé de sa personne. Puis il vit les longs cheveux de Pam qui flottaient sur ses épaules. Elle portait une chemise blanche et une culotte de cheval du même blanc. Ses yeux s'embuèrent et il la saisit dans ses bras.

« Oh, tu m'as fait un choc, murmura-t-elle contre sa joue. Je ne t'attendais pas avant la semaine prochaine. Si tu savais comme je comptais les jours !

— Rathbone a demandé au juge de me libérer avant Noël et comme je me suis bien conduit, fit-il en souriant, il m'a laissé partir. »

Serrés l'un contre l'autre, ils s'embrassèrent en tremblant.

« Oh, Eddy, je suis si heureuse. »

Tout en se tenant par les mains, ils reculèrent pour mieux se voir.

« Tu n'as pas changé, lui dit-il. Et moi, comment me trouves-tu ?

— C'est trop tôt pour dire. Viens t'asseoir. As-tu faim ? As-tu soif ? Laisse-moi te préparer quelque chose.

— Non, j'ai eu un en-cas dans l'avion. »

Il s'adossa aux coussins du sofa, dans son coin favori. Il avait tant et tant à faire, à dire... à raconter ces deux années pendant lesquelles ils avaient été séparés, que la tâche semblait démesurée. Il se souvint des centaines de fois où il avait imaginé cette minute, quand il entrerait dans leur maison, qu'il la saisirait dans ses bras pour l'emporter sur leur lit pour étancher une soif dévorante et presque insupportable.

« En fait, tu as quelque chose de différent, dit-elle, je ne l'avais pas remarqué quand tu étais là-bas.

— Il s'en produit des choses, pendant deux ans. »

Elle dit d'une voix à peine audible : « Je sais.

— Alors en quoi suis-je différent ? Je n'ai ni grossi ni maigri. »

Elle l'examina attentivement.

« Il y a quelque chose. C'est difficile à dire exactement, mais il y a quelque chose de changé... Dis-moi maintenant : était-ce vraiment terrible ? Jusqu'ici, je n'ai jamais osé te le demander. Mais puisque c'est terminé...

— Ce n'est pas la façon dont j'ai été traité. Tu as pu le constater. C'est plutôt ce qui se passe dans la tête. C'est... »

Il s'arrêta brusquement et le voyant si mal à l'aise, elle dit rapidement : « C'est passé. N'en parlons plus. Plus jamais à moins que tu ne le désires. A partir de maintenant, il vaut mieux regarder l'avenir. »

Elle lui fit un sourire plein d'encouragement, comme ceux qu'on fait à un infirme ou à un enfant inquiet, consciente de la difficulté de ce moment, pour lui, mais aussi pour elle.

« Tu sais qu'on m'a demandé de consacrer deux ans au service de la communauté. Tu te souviens de cela ? J'y ai réfléchi et je crois que ce serait bien

531

de travailler dans un hôpital comme garçon de salle ou autre chose. Cela dépendra de leurs besoins. Il me semble que c'est une solution honnête, mais je ne leur en ai pas encore parlé. »

Elle lui prit la main et la pressa dans les siennes.

« Quelle que soit l'occupation que tu choisiras, mon chéri, ce sera bien. A partir de maintenant, tout ira bien. »

Il lui sourit, d'un pâle petit sourire.

« Tu me le garantis ?

— Mais absolument ! Nous allons nous amuser et faire beaucoup de choses ensemble, Eddy. Si tu savais comme j'ai été bouleversée par tout cela, si triste pour toi... mais tout va redevenir bon comme avant. Je te le promets. »

Elle avait des yeux inquiets, presque suppliants. S'en rendant compte, elle prit un air plus gai.

« Je te crois. Maintenant, raconte. N'importe quoi. Parle-moi des chevaux.

— Oh ! nous avons quelques bêtes magnifiques ! Hier, deux poulains sont nés, de petites merveilles. Et j'ai enfin trouvé le garçon d'écurie parfait après avoir essayé trois individus absolument catastrophiques. Le premier n'était jamais levé le matin, l'autre était ivre la plupart du temps... »

Il n'écoutait qu'à moitié. L'exubérance qui l'avait fait chanter au volant était subitement totalement retombée, comme les bulles d'une bouteille de champagne ouverte depuis longtemps. Il aurait aimé analyser ce qu'il ressentait. Etait-ce un reste d'appréhension, de peur...

Comme il regardait autour de lui, il aperçut la vaste salle à manger et vit que la table avait été dressée avec des candélabres et des bougies ainsi que des corbeilles de fleurs. D'où il était, il n'était pas possible de compter les couverts mais, de toute évidence, elle attendait des invités.

Pam suivit son regard et expliqua : « J'avais pensé rendre quelques invitations ce soir, pour une sorte d'avant Noël. Je préférais le faire avant ton retour. Tu n'as certainement aucune envie d'avoir des invités tout de suite.

— Non, tu as raison.

— Alors je vais leur téléphoner que c'est partie remise. Je reviens tout de suite et je vais t'apporter un plateau avec des bonnes choses. Bien que tu dises que tu n'as pas faim, je ne te crois pas. Tu n'as pas dû faire un repas convenable depuis...

— Depuis que je suis entré en prison, tu veux dire. Tu sais, il ne faut pas avoir peur des mots.

— Nous n'allons plus y penser, Eddy Osborne. » Elle l'embrassa.

« Reste assis, je reviens dans trois minutes. »

Quand elle eut quitté la pièce, il ferma les yeux. L'air embaumait les branches de pin, décorées pour Noël, pendues au-dessus de la cheminée. Il y avait aussi un léger parfum de *Shalimar* sur le haut de sa veste. A Noël, il en mettait toujours un flacon dans ses chaussures. Il la revit, assise par terre, au milieu d'un amas de rubans et de papier cadeau tandis qu'elle ouvrait les boîtes. A cette époque bénie, ils n'avaient jamais aucun souci. Reviendrait-elle jamais ?

A cette pensée, il eut un mouvement de colère envers lui-même. La vie n'était pas terminée, pour l'amour du ciel ! Pam avait raison de lui conseiller de ne plus penser qu'à l'avenir. Jamais auparavant il n'avait été maussade et il ne voulait pas sombrer dans la mélancolie. Il s'obligea à se lever. Il se sentait bien dans son corps et retrouva l'allégresse qui l'avait saisi depuis son arrivée à l'aéroport.

Il se mit à faire le tour de la pièce. Curieux comme un objet change d'apparence et de sens une fois transplanté ! Il dut y regarder à deux fois avant de reconnaître certaines choses. Même la maison lui semblait étrange. En fait, il y avait très peu séjourné, pendant les travaux de peinture et de plomberie. Il sortit dans le hall qui était assez clair et assez long pour qu'on puisse y courir un cent mètres. L'escalier montait en tournant jusqu'à un vaste palier où se trouvait la plus belle horloge de sa collection. Le lustre de Waterford qui autrefois pendait au plafond du petit salon de Pam avait été installé dans la cage d'escalier.

Il entra ensuite dans la salle à manger où, sur la table, une énorme brassée de poinsettias avait été disposée sur le chemin de table en argent offert par Connie. Il compta les couverts. Il y en avait douze. On avait mis le beau service de porcelaine de Royal Crown Derby qu'on gardait généralement pour des occasions spéciales, tout comme les plats en lourd vermeil. Le mobilier était de style anglais, du xviiie siècle, et il se demanda ce qu'étaient devenues les consoles françaises à dessus de marbre qu'ils utilisaient à New York. Si elle les avait vendues, elles avaient dû rapporter un bon demi-million de dollars, pensa-t-il. Son tableau de Berthe Morisot se trouvait au-dessus de la cheminée et les deux Mary Cassatt avaient été placés entre les fenêtres.

A mesure qu'il parcourait les pièces, il eut le plaisir de voir qu'elle avait conservé les objets auxquels il était le plus attaché. Ils étaient tous ici, bien gardés comme des enfants dans cette solide maison.

De l'office de la cuisine, il entendait la voix de Pam en train de téléphoner à ses invités. Elle avait bien fait, pensa-t-il, de prendre du bon temps pendant qu'il était absent. Sur une table de la bibliothèque, un livre était ouvert sur une double page de photographies. Il y vit la reproduction de la façade symétrique de leur maison avec Pam en culotte de cheval qui se tenait debout sur le perron. Une autre montrait Pam dans les écuries, sous une horloge et une girouette décorant le mur. Encore Pam, effectuant un saut dans un concours hippique. Enfin, Pam en robe de soirée, la robe aux lourds plis à la grecque qu'elle affectionnait tant, au milieu d'un groupe. Eddy s'approcha pour lire ce qui était écrit dessous. « Fête de charité au bénéfice de l'hôpital, apogée de la saison mondaine. » Il allait continuer à lire lorsque Pam entra.

« Je suis désolée d'avoir mis si longtemps mais la liste était longue. Le café sera prêt dans deux minutes. Ah, tu lis cet article idiot ! Tu dois avoir l'impression que je me suis amusée comme une folle depuis que tu es parti !

— Il n'y a pas de raison pour que tu ne prennes pas du bon temps. En quoi cela m'aurait aidé si tu avais fermé ta porte et tiré les rideaux. »

Il se demanda soudain si son retour n'allait pas bouleverser la vie qu'elle s'était fabriquée pendant son absence. Ce ne serait facile ni pour l'un ni pour l'autre.

« Pourquoi ne vas-tu pas lire les journaux pendant que je termine avec le téléphone ?

— Pourquoi pas... »

Pourtant, il avait du mal à s'asseoir, à rester tranquillement à lire le journal et il remonta à l'étage. Il fut content de voir ses gravures de Rowlandson dans le hall et ses jades roses sur la commode de Pam. Il reconnut à la découpe des rideaux la main de leur décorateur new-yorkais qui s'était décidé, moyennant de substantiels honoraires, à venir dans le Kentucky. Mais c'était un véritable artiste et Eddy ne regrettait pas cette dépense.

C'est alors qu'il remarqua un objet insolite : une pipe dans un cendrier à côté d'une lampe de chevet dans l'une des chambres au bout du corridor.

Il n'était pas sûr de ce qui avait attiré son attention, la vue de cette pipe ou l'odeur âcre du tabac. Pendant quelques minutes, il resta là, à regarder sans comprendre. Puis, se haïssant pour la pensée qui traversait son esprit, pour ce soupçon qui lui pinçait le cœur, il tourna brusquement les talons. Mais il se trouva que la porte du placard qui lui faisait face était à demi ouverte et que cet horrible et vil soupçon le poussa à l'ouvrir tout grand. Il n'hésita qu'une seconde.

Sur une tringle, soigneusement rangés, se trouvaient des vêtements de cavalier, une douzaine de costumes, un imperméable, un manteau, des vestes de tweed et une robe de chambre en soie, des pyjamas, c'est-à-dire une garde-robe complète. Pour une raison incompréhensible, il s'en souvint plus tard, il ne voulait pas admettre ce qu'il voyait. Un cousin peut-être, un parent venu habiter avec elle ? Mais elle n'avait plus de parents... D'un seul coup, il vit rouge. Il se précipita sur la commode et ouvrit les tiroirs. Il y avait des sous-vêtements, des pulls, des chaussettes et des chemises avec des étiquettes anglaises. Dans le réduit contigu, il y avait une robe de bain en éponge, un nécessaire pour se raser, une brosse à cheveux et un peigne.

Il comprit. Pour la première fois de sa vie, il eut l'impression qu'il allait devenir fou. Il comprit aussi qu'il existait en chaque homme, à un moment ou à un autre, une furieuse envie de tuer. Ce n'étaient pas de vains mots. Il lui était très facile de tuer. Si le propriétaire du pyjama s'était trouvé là, il l'aurait fait. Il savait qu'il l'aurait fait. Plus tard, il réfléchit au fait que c'était l'homme qu'il aurait tué et non Pam. Etait-ce parce qu'il la connaissait, elle, et que l'autre était un étranger ? Existait-il des statistiques à ce sujet ?

Il arracha le pyjama de son crochet. C'était un pyjama de soie, un pyjama cher que l'homme n'avait vraisemblablement jamais porté. Et Pam dormait nue... Ses chemises de nuit n'existaient que pour la parade, jamais portées plus de cinq minutes. Eddy était ivre de rage. Avec une rare violence, il déchira en deux le pyjama, puis il s'attaqua à la veste, ne laissant que des lambeaux de soie sur le sol. Puis, il s'écroula sur une chaise et enfouit sa tête dans ses mains.

Ses pensées se chevauchaient. Il imagina Connie rentrant chez elle et trouvant Richard. C'était un curieux parallèle...

Il se souvint des hommes au tennis et aux cours d'équitation autrefois, il y avait si longtemps. Quelle était la vérité alors ?

Il était toujours assis sur la chaise quand il entendit Pam l'appeler.

« Où es-tu ? J'ai préparé du potage et un sandwich au saumon fumé. »

Du saumon fumé. Un mets délicat prévu pour le dîner de ce soir que son arrivée intempestive avait bouleversé. Nul doute que le propriétaire du pyjama aurait été présent à ce dîner. Peut-être même le dîner était-il donné en son honneur.

« Eddy ? Où es-tu ? »

Il ne répondit pas. Il l'entendit monter les escaliers pour venir le chercher. Il ne bougea pas. Qu'allait-il lui dire ? Que lui répondrait-elle ? Allait-elle mentir ? Bien sûr que oui, tout le monde mentirait dans un tel cas.

Du regard, elle embrassa le placard, les tiroirs de la commode et les morceaux déchirés par terre. Puis elle tourna ses regards vers Eddy qui la fixa en silence.

Comme elle était jolie ! Adorable dans ses vêtements blancs. Ses jambes fuselées et ses cheveux longs, ce visage aux traits si purs... Sa noble dame qui ne lui appartenait plus qu'à moitié. La bague de diamants étincelait à son doigt. Il imagina cette main sur le corps de l'homme, se prêtant à des caresses intimes, à des attouchements... Une sorte de nausée le fit frissonner de la tête aux pieds. Il se sentit des jambes en coton.

« Oh ! dit-elle avec douceur. Tu t'es complètement mépris. Il m'arrive de temps à autre d'avoir un invité qui reste dormir à la maison, mais c'est tout. Il aime monter sur les chemins forestiers. Il y en a de très beaux par ici. Je te montrerai... Il habite en ville et il laisse ses vêtements d'équitation ici.

— Et ses costumes et ses sous-vêtements et sa pile de chemises ? Il y en a suffisamment pour une année entière. »

Elle ne répondit rien.

« Je vois que tu as au moins la décence de rougir. »

Elle se mit à pleurer.

« Tu ne me crois pas. Je sais que cela peut conduire à penser... pour quelqu'un qui ne me connaît pas...

— Mais justement, Pam. Je te connais.

— Que veux-tu dire par là ? »

Les larmes de Pam continuaient à couler.

« Ah ! Pam, Pam, sois honnête avec moi. Tu peux au moins être honnête. Tu me dois bien cela. »

Il cherchait son regard mais elle se détourna.

Après un moment, dans un murmure haché, elle dit : « Il ne m'est rien. Je veux dire, *rien*. Il n'est rien. Il a été gentil avec moi quand je suis arrivée ici et que je ne connaissais pas âme qui vive. J'étais si seule. Tu ne peux pas imaginer à quel point. C'est une chose que d'arriver en couple dans un nouvel endroit et de s'installer. Mais une femme seule arrivant sans son mari...

— Surtout un mari en prison. »

Elle ne répondit pas.

« Dis-moi, Pam. Au lit, comment est-il ? Mieux ou pareil que moi ? »

Elle tourna le dos et alla se jeter sur le lit avec tant de force que toute la structure en frémit. Elle s'enfouit le visage dans l'oreiller.

Il alla à la fenêtre. L'herbe en cet après-midi d'hiver était encore verte, mais il ne la voyait qu'à moitié, à peine conscient de toute cette odeur pastorale. Il était assailli de pensées étranges, de réminiscences d'autrefois. Pam et lui à cheval sur la plage pendant la nuit claire. Pam et lui en train de danser. Puis ces retours à l'aube. Ces sommets amoureux vécus dans la vieille balancelle...

Il se détourna...

« Il a vécu ici avec toi ?

— Il vient de temps à autre passer quelques jours. Il n'a jamais *vécu* ici.

— Où est la différence ?

— Nous n'avons aucun engagement. C'est ta maison. Il a toujours su que tu allais revenir. »

Engourdi, Eddy revint à la contemplation de l'herbe. Une volée de corneilles croassantes s'étaient posées, cherchant de la nourriture. Au bout d'un moment, il entendit le lit craquer. Pam s'était retournée sur le dos, la tête posée sur son bras. Elle se mit à parler en direction du mur.

« Je ne l'avais pas prévu. C'est arrivé, c'est tout. Et pas aussi souvent que tu sembles le croire. En fait, chaque fois, je l'ai regretté. Mais comme je te l'ai dit, j'étais terriblement seule. Et il a été très gentil avec moi.

— Oui, je peux me l'imaginer.

— Eddy, je ne l'aime pas. Je ne l'ai jamais aimé, pas une seconde. Ce n'était pas de l'amour.

— Si cela avait été le cas, tu aurais presque des excuses. De cette façon, c'est encore pire.

— Pourquoi pire ? Ne peux-tu comprendre que c'était seulement pour... »

540

Il jeta d'un ton méprisant :

« Seulement pour quoi ? pour t'amuser ? te distraire ?

— Eh bien oui. J'aurais dû m'attendre à ce que tu dises cela, Eddy. Pour s'amuser. Le sexe, quoi ! Tu sais, deux ans, c'est long, très long...

— J'en suis en effet très conscient.

— Je suis navrée. Comme je suis stupide, cruelle, de te dire cela ! Je t'en prie, Eddy, je ne pensais à rien en le disant. Et j'ai honte, terriblement honte. »

Elle le regarda avec des yeux pitoyables.

« C'est tellement moche. Je ne sais que dire. Moi qui ai tellement pensé pendant des semaines, des mois, comment serait ce moment... quand tu reviendrais... Nous fermerions la porte à clé... nous... Maintenant, tout est fichu. Dieu, quel gâchis ! »

Comment tout cela a-t-il pu arriver ? se demandait Eddy. « Tout va mal... »

Pam s'assit sur le lit et lui ouvrit les bras.

« Je ne veux pas de ce gâchis. Non ! Eddy, viens ici. Je t'en prie. Viens. S'il te plaît ! »

Il se sentit faiblir.

« Je ne peux pas », fit-il à voix basse. Il faisait un effort pour parler. Même sa voix était exténuée.

« Ce que je pense, c'est que si je n'avais rien découvert, tu m'aurais laissé dans l'ignorance tout le reste de ma vie. Je n'aurais jamais su qu'il y avait eu un autre homme avec toi, dans cette maison. Un homme que, sans aucun doute, j'aurais un jour rencontré. Peut-être me serais-je retrouvé assis à côté de lui chez des amis. Tout le monde aurait su, sauf moi. Voilà ce que tu m'as fait, non ? »

Elle se rejeta dans l'oreiller.

« Pourquoi es-tu ainsi, Eddy ? C'est insupportable. Pire qu'insupportable. Tu me hais ! Je le vois dans tes yeux. »

Il secoua la tête.

« Non. Il y a deux minutes, oui. Mais c'est fini. »

D'un seul coup, toute sa rage, toute sa haine l'avaient quitté.

« Je suis tellement triste pour nous... c'est tout. Tu te souviens quand nous étions dans la cuisine chez ta mère et que je t'ai posé des questions à propos des autres hommes et que tu as dit...

— Tu ne vas pas déterrer ces vieilles histoires ?

— Tu as dit que les semaines étaient longues et que tu étais si seule quand j'étais en ville et qu'on ne se voyait que le week-end. Tu avais besoin d'être "admirée". Je crois que c'est le terme que tu as employé. Au fond, il ne s'agissait pas d'admiration. Seulement de sexe. »

Maintenant, c'était au tour de Pam d'être en rage. Elle se leva d'un bond et se posta devant lui, tremblant de colère, les poings serrés, les yeux furieux.

« Et qui es-tu pour me chanter cette rengaine ? Toi et tes vieux soupçons ! Et ton passé à toi, est-il aussi immaculé que cela ? dis-le donc. Mon Dieu, assez de tout cela. »

Pendant quelques instants, il la regarda, puis se leva en tremblant. Il n'arrivait pas à trouver quelque chose à répondre. Alors, lentement, il traversa la pièce, ferma doucement la porte derrière lui et

542

descendit. Il n'avait aucune idée de ce qu'il allait faire.

Une domestique était en train de débarrasser la table de la salle à manger. La femme leva les yeux ; il la salua d'un signe de tête et continua son chemin. Il n'avait aucune envie de faire sa connaissance. Il passa dans d'autres pièces. La maison était immense, pleine de pièces et de corridors. Partout sur les murs, il vit ses chères peintures, ses sculptures, mises en valeur dans des niches éclairées par une lumière indirecte. Comme elles sont belles. Toutes des merveilles ! Aucune n'avait perdu le pouvoir de l'émouvoir et pourtant, il se demanda pourquoi il avait tellement désiré les posséder. Il restait devant, les yeux éblouis mais le cœur vide. Le plaisir de la possession s'était évanoui. Il aurait autant aimé les voir dans un musée.

Au bout d'un moment, il sortit dans la véranda. Le soleil avait tourné, mais il restait à l'ouest un coin encore brillamment éclairé. Il alla s'y asseoir. Son esprit était engourdi. Tout au long de cette journée capitale, son humeur avait oscillé dans tous les sens, comme s'il avait été un voilier ballotté par la tornade. Il restait assis, immobile, sans trop savoir ce qu'il attendait.

Une ou deux heures avaient passé. Il entendit la porte s'ouvrir. Pam sortit et vint s'asseoir à côté de lui. Ses yeux étaient rouges et gonflés, sa voix couverte.

« Et maintenant, Eddy ? »

Calmement, il répondit : « Je suppose que tu veux divorcer.

— Pourquoi ? Tu crois vraiment que j'en ai envie, *moi* ?

— Je ne sais pas. Je sais que je ne peux pas rester ici alors tu voudras divorcer.

— Tu me hais vraiment, Eddy ! Dis-moi la vérité.

— Non... Non, je ne hais personne. Je te l'ai déjà dit. »

Il avait l'impression d'avoir un poids de cent kilos sur la poitrine, au point qu'il respirait avec difficulté.

Elle était assise dans un fauteuil à bascule et sans doute inconsciemment, elle se mit à se balancer.

« Oh ! s'écria-t-elle, qui aurait cru que cela finirait de cette façon ? Nous étions si gais au début. Est-ce que nous n'avons pas été heureux ?

— Oui, c'est vrai. »

Le fauteuil se balançait de plus en plus vite. Eddy posa la main sur l'accoudoir pour l'arrêter.

« Tu vas finir par basculer en bas des marches, dit-il gentiment.

— Que vas-tu faire, puisque tu dis que tu ne peux pas rester ici ?

— Je pense que j'irai en Ohio. Il y avait un type dans... dans l'endroit où j'étais... dont le beau-frère a un gros cabinet de comptabilité à Columbus. Ils m'ont offert de travailler pour eux. J'ai refusé mais je peux toujours accepter. Leur offre reste valable.

— Ça te plairait ? »

Il haussa les épaules.

« J'ai toujours aimé les chiffres. Je n'étais pas si mauvais que cela, tout considéré. »

Il eut un sourire désabusé.

Elle s'essuya les yeux du revers de la main à la façon des enfants. Son geste était bizarrement touchant.

« J'aurai un salaire régulier, dit-il comme s'il pensait à haute voix. Je prendrai un appartement, j'aurai un budget et je me limiterai à mon salaire. Plus de soucis. Ce sera un sacré changement. »

Un silence s'ensuivit, lourd et douloureux. Au bout d'un moment, Pam intervint.

« Tu auras besoin de choses pour ton appartement.

— Pas beaucoup.

— Il y a tellement de choses ici. Le grenier en est plein. Bien que j'aie déjà vendu des meubles et des objets pour cinq millions de dollars, il en reste assez pour une énorme vente aux enchères.

— Vends-les alors. Et prends l'argent.

— Je n'ai vraiment pas besoin d'argent avec ce que j'ai déjà.

— C'est vrai. »

Subitement, une idée traversa l'esprit d'Eddy. C'était comme une illumination.

« Je pense à quelque chose. Avec tout cet argent qui dort et qui ne fait rien, si nous organisions une vente, je pourrais alors rembourser les gens grâce auxquels je l'ai gagné.

— Tu n'es pas obligé de faire cela. Tu as été déclaré en faillite. Tu en as fini avec tout cela.

— Ce n'est pas ainsi que je vois la situation.

— Mais pourquoi ? »

Il n'était pas nécessaire qu'il lui explique ce qu'il pensait ni comment Richard et d'autres encore continuaient de le hanter. Il se borna à dire qu'il avait eu tout le temps d'y réfléchir et que c'était la meilleure solution.

« Peut-être quand on est un saint ou un ange. Combien de personnes le feraient ?

— Pas des masses, je te l'accorde. Je pensais pourtant que tu m'approuverais. Tu as toujours été détachée des biens matériels.

— C'est vrai, mais pas au point de les donner. »

Il était trop fatigué pour discuter plus avant. De toute façon, il n'avait aucun pouvoir sur ce qu'elle possédait maintenant en propre.

« Ce que je viens de dire ne s'applique pas à toi, Eddy. Je veux que tu passes la maison en revue et que tu prennes tout ce dont tu as envie. »

Elle avait des larmes pleins les yeux et il dut détourner ses regards.

« Je peux te le dire tout de suite. Je voudrais mon bureau. Le plus petit. C'est tout.

— C'est tout ? C'est ridicule, fit-elle avec douceur.

— Non, c'est tout ce que je désire, insista-t-il. J'ai besoin d'être libre, de me sentir propre. Il faut que j'évite tout ce qui me rappelle des souvenirs.

— Mais... et tes peintures ? Tu pourrais en vendre quelques-unes et tu aurais du liquide.

— Je n'ai aucune envie de trésors de cette sorte, surtout dans le peu de place dont je disposerai et je ne veux pas non plus de liquidités.

— Tu trouveras toujours où mettre certaines de ces toiles. Prends-les ! »

Elle le suppliait presque. Il réalisait à quel point elle était désolée pour lui, pour tout...

« Elles sont à toi. Tu me les as achetées. Tu te souviens ? »

Il lui sourit d'un air infiniment triste.

« Eddy, c'est toi qui as gagné l'argent avec lequel tu les as achetées.

— Disons que je l'ai acquis. Ce sera plus exact, dit-il avec amertume.

— C'est pareil. J'insiste. Fais une sélection. Tu les aimais tellement. »

Si quelqu'un pouvait savoir à quel point il les avait aimées, c'était bien Pam. Elle savait tout de lui... Il réfléchit quelques instants.

« Bon d'accord, j'en prendrai une. Le petit Renoir avec la femme qui ressemble à ma mère. »

Peg, celle qui voyait toujours le bon côté des choses... Qu'aurait-elle dit de tout cela ?

« Je n'arrive pas à comprendre pourquoi tu refuses de prendre autre chose.

— Je ne sais comment t'expliquer, Pam. Crois-moi simplement. S'il te plaît.

— N'y a-t-il rien que je puisse te donner ? Rien que je puisse faire ? » demanda-t-elle d'une voix tremblante.

Il réfléchit de nouveau et hésita devant le fardeau qu'il allait lui proposer.

« Si. Il y a quelque chose. Je pensais à Davey et Lara. Tu es restée en contact avec eux, alors tu es au courant de ce qui se passe. Accepterais-tu de leur prêter de quoi racheter toutes les actions ? Ou bien pourrais-tu les racheter, toi, et les donner à Davey, pour qu'il reprenne ses activités ? Je ne sais pas au juste de combien il a besoin. C'est sans doute une grosse somme mais j'imagine que tu peux te le permettre. Tu connais Davey. Il te remboursera avant les délais. Tu penses que tu pourrais faire cela ?

— Je vais réfléchir. J'ai toujours adoré Lara. Tu le sais.

— Ce serait vraiment formidable. Ils se sont tellement battus et ils avaient si bien réussi. Ça me brise le cœur de voir qu'on a eu leur peau.

547

— Je pense que Martin Berg s'est conduit de façon dégoûtante. Il n'y a pas de mots pour le décrire.

— Oh! je ne sais pas. Je me refuse à juger quiconque désormais. »

Eddy fut conscient du ton sinistre sur lequel il s'était exprimé.

« Je sais maintenant à quel point c'est facile de se laisser piéger dans cette foire d'empoigne. Comme on dit, les affaires sont les affaires.

— Lara a tenu bon jusqu'à la dernière minute. J'ai toujours dit qu'elle était la plus solide des deux, la plus tenace. Qui le croirait à la voir? J'avais raison.

— Davey a dû subir les pressions des actionnaires, ne l'oublie pas. Et puis, il y a eu tous ces problèmes avec Peggy. Trop de tensions pour lui.

— Mais Lara a vécu la même chose. Comme j'aurais aimé avoir son courage. Du courage pur et simple. Mais je ne sais pas... J'ai sans doute mal supporté tous les ennuis, Eddy. C'est humiliant d'avoir à le reconnaître. Je n'étais bonne pour toi que dans certaines situations, sans doute.

— Peut-être. »

Il pensa qu'il valait sans doute mieux s'en apercevoir maintenant que dans quarante ans.

Le court après-midi d'hiver tirait à sa fin. Des nuages roux bordés d'une bande argentée passaient à toute vitesse dans le ciel. Un vent humide se mit à souffler et Pam se leva.

« Il commence à faire froid. Viens, rentrons et dînons.

— Je n'ai pas faim et il faut que je voie comment partir.

« — Il faut que tu manges, Eddy. Tu peux très bien partir demain matin.

— D'accord. Je vais d'abord faire un petit tour à pied. Il y a si longtemps que je ne me suis pas promené. »

Comme il tournait dans l'allée, il pensa : voilà ce qu'on appelle une séparation entre gens de bonne compagnie. Mais alors, que devait être la douleur d'une séparation dans la violence et le ressentiment ! Avec son habitude de ne pas se laisser dominer par ses sentiments, il se dit qu'en tout cas Pam survivrait très bien. Elle était jeune, belle et riche. Oui, elle survivrait, moitié dans le désespoir et moitié dans la gratitude. Dieu sait qu'il avait toujours désiré qu'elle soit à l'abri de tout besoin. Quant à lui-même, il trouverait toujours à se débrouiller. D'une façon ou d'une autre...

Marcher lui fit du bien. Il allait à grandes enjambées et avait l'impression qu'il pourrait, s'il en avait envie, aller ainsi jusqu'au bout du monde, là où n'existent ni barrières, ni murailles, ni portes de prison. Personne ne le guettait. Il écrasait le gravier sous ses pas, puis coupant à travers champs, il trouva un sentier qui menait jusqu'à l'étang. Là, tout était silence. Le vent avait cessé de souffler. Il entendit un flic-flac. Une grenouille ou un poisson et le calme revint. Il resta au bord de l'eau, écoutant le silence.

« Je l'ai tant aimée », dit-il à haute voix. Il se souvint que les gens disent que les membres amputés font encore mal après l'opération.

Au bout d'un long moment, l'obscurité s'épaissit et il repartit en direction des écuries et de la maison. Dans la pâture, un cheval avait passé la tête par-dessus la barrière. Eddy distinguait à peine l'éclat de ses grands yeux tranquilles. Le cheval hennit doucement et Eddy s'approcha et posa la main sur la tête de l'animal. Impulsivement, il posa sa tête contre la joue du cheval et resta là. Il avait une impression de totale confiance, comme si l'animal sentait qu'Eddy s'abandonnait complètement et il ne bougea ni ne recula. Que d'innocence, pensait Eddy.

« Que fais-tu là ? demanda Pam. Il me semblait bien que j'avais entendu des pas sur le gravier. »

Il tressaillit.

« Rien... je parlais au cheval.

— Il s'appelle Baron. Je l'ai en pension pour quelque temps. Il a gagné plusieurs grandes courses et il vaut une fortune.

— Je me demande s'il serait plus heureux de le savoir. »

Pam lui jeta un regard curieux.

« Je suis venue te dire quelque chose. Je paierai. Pas seulement Davey et Lara, mais tous les gens qui ont perdu quelque chose à cause de toi. Dis-moi seulement à combien cela se monte et je paierai. » Il était trop stupéfait pour dire quoi que ce soit. « Mais ça signifie évidemment que je devrai vendre cette maison.

— Tu veux vraiment faire cela, Pam ?

— Oui, si tu veux bien essayer d'oublier ce qui s'est passé et nous donner une nouvelle chance. Eddy, je t'en prie, écoute-moi, dit-elle comme il faisait mine de parler. J'ai beaucoup pensé à nous deux. J'étais assise là-haut, dans la chambre, un peu comme après un terrible accident de voiture dont on ressort vivant, on s'en remémore le déroulement. Nous n'étions pas vraiment adultes, n'est-ce pas ? Pas suffisamment adultes par exemple pour assumer d'avoir une famille, pour prendre la responsabilité d'élever des enfants. Pas moi, en tout cas. Je t'ai épousé parce que je te trouvais beau, et que j'adorais faire l'amour avec toi... Je n'ai jamais vraiment réfléchi à ce que tu étais, à ce que tu voulais dans la vie. Si je l'avais fait, je suis sûre que j'aurais pu t'aider et je ne t'aurais pas laissé faire tant de bêtises. »

Il fut très touché.

« Ne dis pas cela. Je suis le seul à blâmer dans toute cette histoire. »

Et moi, pensait-il, je t'ai épousée parce que tu étais si belle et que tu appartenais à la bonne société, ce qui n'était pas mon cas. Je t'enviais ta famille si respectable. Tout cela était tellement fou !

« Je suis le seul responsable de mes malheurs, je te l'assure, répéta-t-il.

— Nous nous sommes bien amusés, n'est-ce pas ? »

La voix de Pam tremblait. « Prendre du bon temps, c'est bien mais nous n'avons fait que cela toute notre vie. »

Il en aurait pleuré. Il déglutit pour avaler la boule dans sa gorge.

« Eddy ? Crois-tu que nous puissions redevenir ce que nous étions ?

— Je ne sais pas. A vrai dire, je ne sais plus grand-chose !

— Moi, je suis prête à jouer le jeu si toi aussi tu es partant. »

Redevenir ce qu'ils étaient ? La prendre dans ses bras, l'emmener dans leur chambre ? Un frémissement indescriptible le traversa de la tête aux pieds. Non, impossible.

« Si tu acceptais de rester ici. Juste pour quelque temps. Nous allons vendre la maison et il va y avoir le déménagement et...

— Je sais que tu auras besoin d'aide. »

Elle ne répondit pas.

Elle abandonne tout parce que je le lui ai demandé, se disait-il. Il lui devait bien quelque chose en retour... Pourquoi ne pas rester là puisque cela lui faisait plaisir ? qu'elle avait besoin de lui. Après tout, nous sommes des gens de bonne compagnie. Je peux vivre en bonne intelligence avec elle, dans la petite chambre au bout du corridor. Je peux trouver du travail ici aussi bien qu'ailleurs. Je partirai quand elle sera installée dans une nouvelle maison.

« Je vais rester quelque temps, dit-il. Il suffira d'installer une chambre pour moi.

— Je comprends.

— Et Pam... s'il te plaît, pas de reproches, pas d'éclats de colère. Je ne sais pas comment tu te sens mais moi, je suis trop fatigué pour me mettre en colère. Je ne veux plus rien sentir. Rien.

— Je te comprends. »

Une rafale de vent du nord s'engouffra sous les arbres. Eddy se mit à frissonner.

« Puisque je reste ici, je vais accepter la boisson chaude que tu m'avais proposée, dit-il courtoisement.

— Bien sûr. Rentrons. »

21

La première personne qu'elle aperçut parmi le petit groupe qui l'attendait à sa descente d'avion à Kennedy Airport fut Preston dont la tête aux cheveux argentés dépassait toutes les autres. Il s'écarta pour laisser Melissa, qui venait juste d'arriver de Paris, accueillir Connie.

« Connie ! Oh, mon papa !... », cria Melissa en se jetant dans ses bras.

Le visage disgracieux de la jeune fille était gonflé d'avoir pleuré. Connie réalisa brusquement qu'elle avait été la seule personne à vraiment adorer Martin. A cette pensée, une compassion infinie, ajoutée à sa douleur et au choc de la nouvelle, lui fit monter les larmes aux yeux de sorte que les photographes qui venaient de se précipiter vers le groupe purent saisir le douloureux visage de la jeune veuve en pleurs, tenant sa petite fille par la main. La photo paraîtrait dans tous les journaux du lendemain.

Preston lui saisit l'autre main et l'embrassa sur la joue.

« Vous devez être à bout de forces. Je me suis arrangé pour que vous passiez la première à la douane.

— Comme vous êtes prévoyant... Je n'ai pas de bagages à part nos petits fourre-tout. »

Quand on possède plusieurs maisons et qu'on voyage incessamment de l'une à l'autre, on finit par y conserver une garde-robe complète.

« J'ai pensé que vous voudriez rester ensemble dans la même voiture alors j'ai loué une grande limousine. On tiendra largement à six. »

Preston énuméra : Connie, les deux enfants, la nurse, la secrétaire de Connie et lui-même. « Oui, c'est bon. Venez. Nous allons expédier les formalités. »

Dans la voiture qui les emmenait de l'aéroport, ils gardèrent le silence, à l'exception de Thérèse qui babillait avec sa nurse. Quand Preston, assis en face de Connie, croisa son regard, il détourna les yeux. C'était un sinistre jour de décembre. Par les vitres, on voyait des joggers courir le long des quais, les eaux grises de la baie, de hauts immeubles résidentiels, des alignements de maisons toutes semblables avec des bonshommes de neige en plastique devant la porte et leurs décorations traditionnelles sur les buissons des jardinets.

« Mon frère va venir pour la messe commémorative la semaine prochaine, mais j'ai voulu venir tout de suite », dit Melissa dans un murmure.

Connie acquiesça de la tête. Elle pensait que, lorsqu'une personne meurt subitement, les gens disent bêtement : « Mais je l'ai eue au téléphone il n'y a pas vingt-quatre heures » ou « Nous devions déjeuner ensemble la semaine prochaine. » Comme si la banalité de ces remarques pouvait atténuer l'horreur de la mort. Pourtant, depuis quatre ou cinq jours, c'est précisément ce qu'elle avait fait : « J'étais en train de lire une histoire à Thérèse à la minute même où l'avion a explosé en vol et je me demandais dans combien d'heures je pourrais lui téléphoner à New York et lui dire combien j'étais navrée de cette querelle avant son départ. »

Mon Dieu ! O combien navrée ! Retenant un sanglot, elle ferma les yeux. Quel vol horrible ! Et cette explosion affreuse. Personne ne saurait jamais ce que les passagers avaient ressenti, s'ils avaient vécu encore plusieurs minutes avant de s'écraser de vingt mille pieds... Avaient-ils eu le temps de comprendre avant de mourir ou...

« Papa m'a promis de m'acheter une poupée garçon pour tenir compagnie à mon Annie. » La voix enfantine continua à gazouiller. « Il m'a promis. Tu te souviens ?

— Oui, oui. Nous en reparlerons plus tard, répondit la nurse rapidement. Pourquoi ne fais-tu pas un petit somme ? Tiens, mets ta tête sur mon épaule. »

Il faudrait consulter un psychiatre pour enfants et lui demander que dire à Thérèse. Et comment. Oh ! l'horreur, la sombre horreur.

Un homme si bon, si doux ! Personne n'aurait pu espérer un mari plus dévoué... Le plus triste de tout, c'est qu'elle ne l'avait jamais aimé que « bien », qu'elle ne lui avait jamais rendu son amour. Dieu merci, il ne pouvait pas le savoir. Si elle l'avait aimé passionnément, désespérément, avec cette sorte d'amour qu'on trouve dans les livres, elle aurait maintenant voulu mourir... Si seulement il n'y avait pas eu cette dispute ! S'il n'était pas parti si vite, elle se serait expliquée le lendemain matin, lui aurait demandé de lui pardonner. Elle pensait lui téléphoner dès son arrivée à New York.

Mais elle avait fait de son mieux pour être une bonne épouse, c'était indéniable. Impulsivement, elle chercha la main molle de Melissa sur ses genoux et la pressa, se jurant de toujours veiller sur la fille de Martin. Elle aura tellement besoin de moi. Je peux au moins faire cela pour lui.

Dans le hall d'entrée de l'appartement, tous les domestiques étaient rangés en rang d'oignon, sorte de phalange de lainage et de soie noirs, de tabliers blancs et de visages de circonstance. Derrière eux, on apercevait des masses de fleurs blanches à l'entrée de toutes les pièces. Ils ressemblent à des diplomates assistant à l'enterrement d'un haut dignitaire, se dit Connie en les voyant.

Le majordome s'avança d'un pas.

« Madame, je veux vous exprimer au nom de tous notre grande peine et vous dire combien nous partageons votre douleur. M. Berg était... il va nous manquer.

— Merci, Marston.

— Voulez-vous prendre le thé, madame ? Que pouvons-nous faire pour vous ?

— Du thé, merci, Marston. Dans la bibliothèque rouge. Preston, vous restez un moment ?

— Mais bien sûr. A moins que vous ne désiriez vous reposer.

— Non, non, restez. »

Felice, la domestique de Connie, prit le manteau de poil de chameau pour le pendre. Preston entra dans la bibliothèque avec Connie.

« Je suis horrible, fit Connie en passant devant le miroir vénitien.

— Rien ne pourrait vous rendre horrible, ma chère Connie. »

Sur une petite table à côté du sofa, se trouvait l'humidificateur à cigares de Martin, en noisetier, orné d'une plaque de cuivre monogrammée. Preston suivit son regard.

« Vous ne devez pas vous faire de soucis pour ses affaires, dit-il d'une voix douce. Il a tout laissé parfaitement en ordre. Mais vous le savez sûrement. »

Il faudrait enlever cet humidificateur. Peut-être Melissa aimerait-elle l'avoir. L'objet, son odeur même, évoquait trop de souvenirs : Martin à l'hôpital quand Thérèse était née, Martin au tribunal quand Eddy avait été condamné, Martin en train d'attacher le collier de saphirs à son cou, Martin discutant avec le médecin au sujet du pauvre bébé de Lara... Elle couvrit son visage de ses mains.

« Voulez-vous que je vous laisse ? » demanda Preston au bout d'un moment.

Elle releva la tête.

« Non. Je suis désolée. Parlez-moi, je vous en prie. »

Il parut réfléchir quelques secondes.

« C'est curieux... Quelle ironie qu'il soit mort en rentrant d'urgence pour cosigner une affaire qui ne devait en fin de compte pas se faire.

— Quoi ? Le rachat par Longwood ? »

Preston croisa ses belles longues mains sur ses genoux.

557

« Eh, oui ! après deux ans de travail et d'efforts. Evidemment, quand nous avons appris l'horrible nouvelle, nous nous sommes arrangés pour reporter la signature à la semaine prochaine, mais il y a deux jours, nous avons appris que votre beau-frère avait tout racheté pour une somme à peine supérieure à celle que nous devions payer. Si nous avions été au courant, nous aurions surenchéri.

— C'est à peine croyable ! fit Connie. Mais comment a-t-il réussi à faire cela ?

— Je n'en sais absolument rien, mais il l'a fait et Bennett est fou de rage. Il a refusé de continuer à traiter avec nous. Et voilà comment toute cette affaire s'est envolée en fumée. Sans compter ce que nous avons perdu en frais de comptabilité, de dossiers et d'experts. »

Connie se retint de sourire. Mais d'où Davey avait-il bien pu tirer tant d'argent ? Elle se hâta de dire : « En effet, ce doit être une perte énorme. Et quelle terrible déception pour vous.

— C'est le moins qu'on puisse dire, fit Preston. Que voulez-vous, on ne peut pas toujours gagner sur toute la ligne. »

Il y eut un silence poignant.

« Je veux néanmoins vous assurer, Connie, dit-il comme Marston apportait le thé, que vous n'êtes pas seule. Je vous aiderai de toutes mes forces. Ne l'oubliez pas. »

Connie Berg faisait une veuve étonnante, mince dans ses habits hoirs avec un seul rang de perles autour du cou. Ses longs cheveux blonds contrastaient joliment avec le noir. Ses vêtements de deuil avaient quelque chose de démodé mais, justement pour cette raison, ils possédaient une sorte d'élégance qui évoquait le veuvage de Jacqueline Kennedy.

Quand la température se radoucit, vers le début de l'année, elle changea le noir pour des nuances de blanc crème, lin ou soie légère. Les gens se retournaient sur elle lorsque, le jour de sortie de la nurse, elle descendait la Cinquième avenue avec Thérèse et leurs trois caniches nains.

Vers le milieu du printemps, son téléphone recommença à sonner. Elle reçut de discrètes invitations pour des dîners intimes.

« Vous verrez, il n'y aura que quelques amis proches, nous n'oublions pas que vous êtes toujours en deuil. »

Après ces calmes soirées, elle reçut d'autres invitations qu'elle refusa, provenant en majorité d'hommes seuls rencontrés à ces dîners intimes : certains trop jeunes, d'autres trop vieux et le reste constitué surtout de chasseurs de dot. Et Connie connaissait l'espèce.

De toute façon, elle n'était pas intéressée. Encore sous le coup de cette mort imprévue, sensibilisée à l'inéluctabilité de la fin des êtres humains qu'elle avait oubliée depuis la mort maintenant lointaine de sa mère, elle n'avait désormais envie que du confort protecteur de ce qui lui était familier. Lara et Eddy étaient évidemment venus immédiatement à New York pour la réconforter. C'est à ce moment-là qu'elle avait appris que Pam, par l'intermédiaire d'Eddy, avait sauvé la Davis Company. Quand elle apprit ce qui s'était passé, elle éprouva une infinie

tendresse pour son frère. Dieu, qu'il avait changé !
Bien que toujours optimiste, il avait perdu cet air
agaçant de contentement de soi. C'était une tendresse mêlée confusément de honte, comme si
Eddy avait été directement responsable des problèmes de Davey.

« Ce qui me chagrine, dit Lara, c'est le souvenir
que j'ai gardé de la dernière visite que nous a ren-
due Martin à la maison. Nous ne nous sommes pas
séparés sur un au revoir très affectueux. J'en suis
vraiment désolée. »

Connie ne pouvait rien répondre, d'autant plus
que le dernier souvenir qu'elle avait de Martin
n'était pas non plus des meilleurs. Pendant quelques instants, ils restèrent tous trois silencieux
dans la bibliothèque rouge, sous le regard de
Martin, dont une photo trônait dans un cadre
baroque en argent.

Quelle année ils avaient tous passée, chacun à sa
façon ! Une année d'épreuves et de soucis de
toutes sortes. Pour Connie, ils vivaient une sorte
de trêve, ils se reposaient comme le monde peut se
reposer après un hiver terrible, mais une autre
tempête se préparait peut-être quelque part dans
le ciel.

Assoiffée d'atmosphère familiale, elle fit plusieurs petits voyages avec l'avion de Martin, en
Ohio et dans le Kentucky. La Davis Company marchait à merveille, ce qui n'empêchait pas Lara de
se tracasser.

« Nous avons des dettes colossales, Connie.
Quand je pense que Davey s'est vu obligé
d'emprunter des sommes pareilles pour sauver sa

propre usine ! Nous gagnons juste assez pour honorer les remboursements que nous avons promis à Pam. Avec ce qui reste, nous pouvons à peine vivre. Tout cela ne semble guère avoir de sens.

— Mais voyons, je suis bien certaine que Pam ne lui met pas le couteau sur la gorge ! Pas avec tout ce qu'elle possède. »

Lara secoua la tête.

« Non, non. Mais je n'y comprends rien. Les neuf dixièmes de leur splendeur passée semblent évanouis ! C'est extrêmement bizarre. Tu verras quand tu iras chez eux, tu comprendras ce que je te dis. A croire qu'elle s'est totalement dépouillée pour nous proposer son aide.

— C'est bien trop vertueux pour être vrai. Personne ne fait cela. Et sûrement pas pour un beau-frère ou une belle-sœur.

— Attends un peu de les voir. »

Ce que Connie vit en premier, ce fut une petite maison blanche bien propre, de dimensions réduites, sans allée cimentée pour la voiture, ni colonnes, ni terrasses, ni dix hectares de prairies, ni écuries, ni manège pour entraîner les chevaux. Située sur une route de campagne, la maison était flanquée d'une pancarte annonçant : « Ranch Osborne, équitation, pension et cours. » Pam, portant comme à l'accoutumée une culotte de cheval, sortit et fit faire à Connie le tour du propriétaire en lui expliquant comment les choses marchaient.

« Nous n'élevons plus de chevaux de course, seulement quelques bêtes pour des concours hippiques. Eddy s'est mis à détester les courses parce que c'est une forme de jeu de hasard et qu'en outre on fait souffrir les bêtes. Monter doit rester un plaisir, pas plus. »

Connie, en tenue de ville, se sentait mal à l'aise et courait derrière Pam qui faisait de grandes enjambées.

« Comment Eddy trouve-t-il son nouveau travail ?

— Très bien. C'est une toute petite compagnie. Ils ne sont que trois. Aucun problème pour lui. »

Pam s'exprimait de façon impersonnelle et Connie eut l'impression qu'elle n'avait pas envie de s'étendre sur le travail d'Eddy. Ce qui se comprenait. Osborne et Cie, les ordinateurs, les écrans, les fax, les rangées de jeunes et brillants financiers, avides, intenses et nerveux, collés à leurs machines... Pam se souvenait forcément de tout cela.

« Quel changement, dit Connie avec sympathie.

— Oui. Viens voir la maison. Là aussi, tu vas trouver du changement. »

En effet, pas de dépendances, pas d'aile droite ou gauche ; seulement les pièces indispensables en plus d'un bureau décoré avec des sous-verre représentant des chevaux. Connie reconnut la plupart du mobilier, bien que certains meubles aient été beaucoup trop simples pour avoir jamais orné l'appartement de New York. On avait dû les acheter pour remplacer les marbres et les dorures. Pourtant, tout était de très bon goût et Connie fut heureuse de retrouver quelques objets familiers, certains achetés par Eddy lors de ventes aux enchères, quelques pièces d'argenterie qu'il chérissait particulièrement et quelques peintures.

« Oh ! voilà le Winslow Homer, s'écria-t-elle en entrant dans le salon. Je l'ai toujours adoré !

— Oui, fit Pam presque sèchement. Tu veux voir le reste ? On monte si tu en as envie.

— Bien sûr. Tu sais comme j'aime voir les maisons. »

Au second étage, un couloir étroit conduisait à l'arrière de la maison. Il y avait une belle pièce spacieuse au bout, trois chambres à coucher et un petit bureau.

« Le bureau d'Eddy. La chambre d'Eddy est au bout. »

Leurs regards se croisèrent. Connie se détourna. Etait-ce possible que Pam voulût lui faire comprendre quelque chose ? Si oui, pourquoi n'en pas parler ouvertement ?

Mais Pam ne fit aucun commentaire. Elles redescendirent, prirent le thé en bavardant de tout et de rien et attendirent le retour d'Eddy pour se mettre à table.

Après le dîner, comme Pam devait s'entretenir avec un client dans l'écurie, le frère et la sœur restèrent en tête-à-tête pour quelques instants. Assez rapidement et avec beaucoup de circonlocutions, Connie aborda le sujet.

« Toutes ces économies... je ne veux pas dire que vous ne vivez pas agréablement, mais... c'est un changement dramatique, non ? Quelle en est la raison ? Dis-moi. »

Eddy fit un sourire quelque peu désabusé.

« La raison ? As-tu la moindre idée de ce que cela a coûté à Pam de faire une offre supérieure à celle de Longwood pour racheter la Compagnie de Davey ? »

Comme Connie devenait cramoisie, il ajouta rapidement : « C'est un sujet pénible, je sais, mais tu ne dois pas te sentir concernée. C'est passé et bien passé et les affaires sont les affaires. Ça a toujours été comme cela. Je ne critique personne et Martin moins que quiconque. D'ailleurs, qui suis-je pour jeter la première pierre ?

— Mais je ne comprends pas, continua Connie d'une voix basse et altérée, pourquoi elle a fait un tel sacrifice. J'en ai le vertige. Peut-être pourrais-je comprendre que toi tu le fasses, et encore, mais pourquoi abandonnerait-elle pratiquement tout... Est-ce parce que tu le lui as demandé ?

— Je le lui ai demandé, dit-il les sourcils froncés.

— C'est extraordinaire. »

Elle regarda autour d'elle comme pour chercher une explication dans les plis des rideaux.

« Eh bien, te revoilà à la case départ en quelque sorte. A vivre sur ce que tu gagnes, au jour le jour.

— C'est ce que font la majorité des gens. Bien qu'en fait ce ne soit pas tout à fait ainsi pour nous. Nous avons les remboursements de Davey. Il a commencé à les verser dès le premier mois.

— J'imagine que c'est très difficile pour eux.

— Pam ne leur mettrait jamais le couteau sur la gorge. Ce sont eux qui insistent.

— Oh ! je sais. Je les connais. »

A ce moment-là, Pam vint les rejoindre et ils changèrent de sujet.

« Tu vas rester quelques jours avec nous, Connie, j'espère ? demanda Pam.

— J'aimerais beaucoup mais j'ai trop de choses à faire à la maison. J'essaie de passer un maximum de temps avec Thérèse pour que son père ne lui manque pas trop. Et puis il faut que je trouve une école pour Melissa parce qu'elle veut revenir habiter avec moi. Elle dit qu'elle est plus heureuse avec nous. »

Tout le voyage de retour, Connie pensait et repensait à ce qu'elle avait vu et entendu. Il lui semblait qu'elle avait en quelque sorte hérité de l'obligation de réparer les dégâts causés par la société de Martin. C'est ce qu'elle expliqua très clairement à Preston dès qu'elle le rencontra. Il l'invitait de temps à autre à dîner à l'hôtel Carlyle, proche de chez elle. Il écouta avec patience et courtoisie comme il le faisait toujours et réfléchit avant de répondre.

« Franchement, je vois mal pourquoi quiconque se sentirait responsable. Votre beau-frère a choisi la voie difficile. Il aurait très bien pu donner son accord à cette transaction et il s'en serait sorti avec une petite fortune, plus le salaire que lui aurait alloué Longwood s'il l'avait désiré. Etre riche n'est pas si répréhensible et je considère pour ma part qu'il s'est conduit sottement.

— C'est ce que disait Martin.

— Et Martin avait raison. Alors maintenant, votre beau-frère doit avoir bien des problèmes.

— Oui et ça me fait mal.

— A quoi pensez-vous ? Avez-vous dans l'idée de racheter le prêt vous-même ? »

Elle regarda Preston dont le regard amusé semblait interrogateur. Comme il doit être difficile de cacher quelque chose à cet homme.

« Vous lisez dans mes pensées, Preston. En effet, j'y ai pensé. Après tout, je suis la sœur de Lara. Pam n'est que notre belle-sœur.

— C'est un geste remarquable de la part d'une belle-sœur, d'autant que, si je vous ai bien comprise, cette démarche a été un terrible sacrifice.

— C'est évidemment Eddy qui a voulu qu'elle le fasse. »

Pourtant ils faisaient chambre à part, pensa-t-elle. L'atmosphère de leur maison était devenue si formelle, si réservée. Ce n'était pas naturel.

« Personne ne s'appauvrit volontairement à ce point, simplement parce qu'un mari demande à sa femme de le faire. A en juger par ce que je sais de la nature humaine, il doit y avoir une raison bien particulière.

— Ce qui veut dire exactement quoi ? demanda-t-elle.

— Qu'elle lui doit quelque chose. Vous avez l'air très intriguée.

— Ma foi oui. En tout cas, je désire vraiment racheter ce prêt à Pam.

— Pourquoi pas ? Vous pouvez vous le permettre. Surtout si vous avez l'intention de vendre toutes ces propriétés.

— En effet. Que ferais-je d'une énorme maison à Londres ? C'est une lourde responsabilité. Et un homme d'affaires arabe m'a proposé une somme énorme.

— Prenez-la. Le marché de l'immobilier est sur le point de s'écrouler dans le monde entier. Et Palm Beach et votre chalet en montagne, que pensez-vous en faire ?

— Je vais les vendre aussi. C'est tellement plus pratique de louer une suite dans un hôtel quand on voyage. Je ne veux garder que l'appartement et Cresthill.

— Connie, vous avez bien réussi dans cette vie.

— Sans doute.

— Sans doute! C'est le moins qu'on puisse dire. Et vous le méritez. La beauté mérite d'être récompensée.

— Merci.

— Et vous avez beaucoup plus que de la beauté. Vous donnez aux gens un sentiment de bonheur quand ils sont avec vous. Vous avez du cœur.

— Du cœur? Voilà qui est bizarre car je pense vraiment n'en avoir pas assez.

— Quoi? Berg était fou de vous. Il n'arrêtait pas de parler de vous. »

Elle pensait : Vous ne comprenez pas. Malgré toute sa finesse, il ne se rendait pas compte qu'elle n'avait pas « aimé » Berg.

« Et regardez ce que vous êtes prête à faire pour votre sœur!

— C'est différent. Ce sont les liens du sang, comme Thérèse.

— Cela a dû être délicat pour Martin, de traiter avec la famille de sa femme. Nous en étions très conscients au bureau.

— J'en suis sûre... Preston, j'étais en train de me dire que je pourrais reprendre les remboursements de Davey, après avoir racheté le prêt, et j'en placerais une partie pour les enfants de Lara. Il faudrait que cela reste secret sinon jamais Lara et lui n'accepteront. Est-ce possible?

— Très facile. Nous établirons un fidéicommis. Quand voulez-vous que cela soit fait ? »

Elle sourit.

« C'est formidable de vous avoir pour ami. Je déteste avoir à discuter avec des hommes de loi. Ils arrivent invariablement par groupe de trois ou quatre et ils sont tellement prétentieux qu'il leur faut dix mots pour dire ce qui s'exprime en un seul ! »

Elle exprimait vraiment ce qu'elle pensait. C'était facile de parler à Preston. Auparavant, il lui paraissait un peu rébarbatif, une sorte de patricien guindé, trop distant et même réfrigérant pour une femme habituée à l'exubérance de Martin. Il y avait quelque chose de changé en lui.

« Alors soyons amis. Cela me ferait très plaisir, Connie. J'attendais un peu que vous émergiez de votre deuil. »

C'était un couple plein de distinction. Au restaurant, au foyer des théâtres, chaque fois qu'ils passaient devant un miroir, Connie jetait un œil en passant. Il était si élégant avec ses cheveux blancs et sa haute stature. Les femmes le regardaient. Elles n'avaient jamais regardé Martin.

Une fois, Connie entendit l'une d'elles murmurer : « Regarde ce couple étonnant, avec la femme en blanc. » Elle en avait eu un frisson de plaisir tout le long de la moelle épinière. Le pouvoir. Preston avait du pouvoir et, contrairement à d'autres hommes qui en possédaient aussi, cela lui allait comme un gant.

Un soir vers la fin mai, comme il faisait encore clair après dîner, il dit brusquement : « Et si nous prenions la voiture pour aller chez moi à la campagne boire un verre ? Il ne nous faut qu'une heure et demie pour arriver.

— J'aimerais bien. Je n'y suis jamais allée.

— Oh, vous savez... comment dire ? ma femme avait ses manies. »

La Buick de Preston était loin d'être neuve. On avait jeté une vieille couverture sur la banquette arrière.

« C'est pour le chien. J'ai dû l'emmener chez le vétérinaire hier. Il perd tous ses poils », commenta Preston.

C'était une nuit agréable, la température était douce. Preston mit une cassette. La musique était aussi douce que l'air, la voiture se dirigea sans hâte vers le nord. Personne ne dit mot jusqu'à l'arrivée à un carrefour familier qu'ils dépassèrent et il dit : « C'est la route qui conduit chez vous.

— Je sais. J'ai l'intention d'y aller passer l'été dès que Thérèse aura terminé son année scolaire.

— Nous ne sommes qu'à vingt minutes l'un de l'autre.

— C'est tout ? Vraiment ? »

Invisible de la route, Stonycroft se trouvait derrière une épaisse haie d'arbustes sauvages qui parut à Connie en mauvais état.

« Regardez la haie, dit Preston. Elle est très différente de celles que vous avez pu voir en Angleterre ou en France qui ont mis des siècles à pousser. Mais je trouve que celle-ci n'est pas mal du tout pour une haie de soixante-quinze ans ! C'est mon grand-père qui l'a plantée. »

Il semblait curieux que ce fouillis de ronces et d'arbrisseaux soit préférable aux plantations élaborées d'arbustes soigneusement sélectionnés, mais Connie ne fit pas de commentaire. Pas plus qu'elle ne fit de remarque sur les moutons qui dévoraient l'herbe jusqu'au pied de la balustrade qui entourait la maison ou sur la vaste entrée dallée encombrée de porte-chaussures, de litières de chien et de vêtements boueux accrochés aux patères.

Dans le grand salon, deux terre-neuve et un vieux colley tout dépoilé se levèrent d'un bond pour accueillir leur maître. Le chintz des sièges était fané et à côté d'une chaise longue, un tapis oriental exhibait un large trou. Connie, très déconcertée, suivit Preston à travers des corridors remplis de portraits d'ancêtres, traversa une bibliothèque croulant de livres en désordre jusqu'à une salle à manger où s'empilait une riche argenterie bien entretenue et enfin, dans une énorme cuisine qui selon toute apparence n'avait pas été modifiée depuis les années vingt.

Preston prépara deux verres, les rapporta dans la pièce principale, chassa un chien du sofa pour que Connie et lui s'assoient. Quelque part une musique très douce jouait en sourdine.

« Confortable, non ? dit-il.

— Très. »

Elle leva les yeux sur le tableau qui lui faisait face : deux femmes, l'une aux cheveux gris avec un visage doux, l'autre à peine sortie de l'enfance, étaient assises sur un banc de jardin à l'ombre d'un grand mur de pierres sèches.

« C'est très beau. xviiie, non ? Le peintre est connu ?

— Non. C'est un artiste itinérant qui l'a fait dans le Yorkshire, juste avant que la jeune femme n'émigre en Amérique.

— Oh ! vous en connaissez la provenance, alors ? Comme c'est intéressant.

— Je devrais. Ce sont mes arrière-grand-mères. Arrière, arrière, en fait. »

Connie se sentit un peu intimidée.

« Et tous les autres ? L'homme au-dessus de la cheminée ?

— Ce n'est que mon grand-père. Ah ! les autres... Ceux du côté DeWitt étaient des huguenots, mais nous ne les avons pas tous car certains étaient beaucoup trop pauvres pour faire exécuter leur portrait. Et je n'aime pas mettre au mur de faux ancêtres, ajouta Preston.

— Vous permettez que je les regarde de plus près ?

— Allez-y. »

Au bas de chaque tableau, une petite plaque de cuivre donnait le nom et la date : Amelia Ann Cornwallis, 1767 ; James Todd Cornwallis, 1880 ; Marie Laure DeWitt, 1814. Tous étaient d'authentiques ancêtres. Authentiques aussi les meubles. Aucun décorateur n'aurait osé juxtaposer ce coffre élisabéthain à ces deux chaises gothiques victoriennes ! Pourtant, outre le côté « confortable » qu'avait souligné Preston, l'ensemble était loin d'être dépourvu d'élégance. Comme c'était étrange ! Et ces deux énormes chiens avec leurs pattes sales sur les sièges ! Martin aurait eu une crise d'apoplexie en voyant cela. Moi aussi, pensa-t-elle, si cela se produisait chez moi.

« C'est une merveilleuse maison, dit-elle à Preston. Comment dire... elle est... *vraie*. Je n'arrive pas à trouver un autre terme.

— On l'a beaucoup habitée. Elle est faite pour cela, non pour impressionner les visiteurs. »

La remarque était-elle une allusion délibérée ? Elle lui jeta un rapide coup d'œil mais ne décela rien dans sa physionomie qui indiquât autre chose qu'une remarque banale.

« Je me demande, fit-il subitement, si vous me rendriez un service ?

— Mais bien sûr que oui. Qu'est-ce que c'est ?

— Voilà : l'une de mes petites-nièces va faire son entrée dans le monde à Charleston, lors du bal de la Sainte-Cécile et j'aimerais lui envoyer le cadeau qui s'impose. Pouvez-vous l'acheter pour moi ? J'ai pensé à un rang de perles. Enfin, de celles qu'on peut offrir à une fille de dix-huit ans. Mais si vous avez d'autres suggestions...

— Les perles sont toujours un bon cadeau. Et si elle en possède déjà, elles peuvent être portées ensemble. On combine les deux colliers. Il faudra que vous me disiez combien vous voulez dépenser. Si vous désirez un fermoir en diamants...

— Non. Arabella est trop jeune pour porter des diamants. Ses parents n'aimeraient pas cela. Ce sont des gens tranquilles et très conservateurs. Ma nièce a épousé un garçon d'une vieille famille de Caroline du Sud.

— Oh !..., fit Connie qui venait juste d'acheter des perles avec un énorme fermoir en diamants pour l'anniversaire de Melissa. J'imagine que le bal de la Sainte-Cécile est très fermé ? un bal de charité sans doute ?

— Très fermé. Uniquement sur invitation. C'est une tradition locale. Il est impossible d'acheter des billets pour y aller. Rien de commun avec les trala-las tapageurs de New York. »

Connie avait le sentiment d'avoir mis les pieds dans un autre monde. Un monde au-delà des mondes, fait de nuances et de détails subtils et qui n'avait rien de commun avec celui qu'elle connaissait. Elle n'avait jamais eu l'idée que pour certaines personnes un fermoir en diamants pût être ostentatoire ou vulgaire.

Une fois rentrée chez elle, ce soir-là, elle pensa à ces gens qui vivent satisfaits dans leur grandeur élimée, des gens qui se déplacent dans de vieilles Buick tandis que leurs millions s'empilent silencieusement dans des coffres de banque.

« De plus en plus curieux ! » disait Alice dans l'une des histoires favorites de Thérèse, en explorant le terrier du lapin.

Les choses allèrent par stades successifs. Le plein été arriva, Connie s'installa à Cresthill, Preston resta à Stonycroft et les voitures firent l'aller et retour entre les deux propriétés. Ils avaient tous deux des piscines et des courts de tennis. Ils possédaient tous deux des sièges et des tables où s'écrouler après des compétitions soutenues par les chauds après-midi et s'abriter du soleil. Ils parlaient. Connie raconta volontiers son enfance et sa famille. Elle était ravie de l'intérêt de Preston DeWitt et acceptait volontiers qu'il la trouve charmante, exotique et inhabituelle. Pour sa part, elle était fascinée par ses allusions à des endroits où elle n'aurait jamais eu accès avec Martin, et où même des gens comme Bitsy Maxwell, qui pouvaient se targuer au moins d'une première génération de grands bourgeois, n'avaient pas leurs entrées. Chez tous les DeWitt de la planète, on n'allait pas à Southampton, mais à Mount Desert ; l'hiver on fréquentait Hobe Sound et non Palm Beach.

« Bien sûr, dit-il en se moquant un peu de lui-même, tout a commencé en Amérique avec l'Age d'or qui a suivi la guerre civile. L'incommensurable vulgarité des prétendus "cottages" de Newport ! Il faut bien deux ou trois générations pour savoir comment ne pas être ostentatoire. »

La peste soit des décorateurs, pensait Connie. Me raconter que les belles maisons doivent être dans le style français !

Elle se demandait ce que Preston pensait au juste de Cresthill.

Un soir de la fin juillet, il donna une réception à Stonycroft. Pour avoir déjà été invitée à ses dîners, elle savait cette fois à quoi s'attendre : des hommes de haute taille en smokings impeccables et de grandes femmes en robes très simples et très chères, vieilles de trois ou quatre ans. De sorte qu'elle s'habilla en conséquence avec le genre de robe de soie blanche que Pam portait dans ces occasions avec deux simples barrettes d'écaille dans les cheveux. Elle en fut récompensée par les compliments de Preston.

« Très élégant. Très bien choisi. Vous avez beaucoup mûri, Connie. »

Elle comprit ce qu'il voulait dire et qu'il était trop fin pour exprimer tout de go : elle avait appris à paraître une femme qui aurait pu être née dans une propriété telle que celle des DeWitt.

Après le dîner, une fois les autres invités partis, il lui demanda de rester.

« Asseyez-vous un moment. Je reviens dans une minute. »

Curieusement, tout en se demandant ce que cette requête cachait, elle devina qu'il s'agissait d'une démarche d'importance.

Il revint quelques minutes plus tard, portant un coffret de cuir à la main et s'excusant de l'avoir fait attendre.

« Il a fallu que je décroche un tableau pour accéder au coffre-fort mural. Enfin, voilà. »

Sur la table basse, il posa le coffret et en sortit un collier de rubis au dessin très élaboré. Les pierres étaient splendides et se trouvaient enchâssées dans le platine à côté de diamants. Il y avait aussi de longues boucles d'oreilles assorties.

« Caroline les porte sur son portrait, mais elles étaient à ma grand-mère », expliqua-t-il.

Rien de ce que possédait Connie, quel qu'en fût le prix, n'était comparable à ces bijoux. C'étaient de véritables pièces de musée. Seule une reine aurait pu les porter et peut-être avait-ce été le cas. Elle ne put que béer d'admiration.

« Il me serait agréable que vous les acceptiez, Connie. »

Incrédule, elle le regardait.

« Je ne comprends pas. Ça n'a pas de sens.

— Mais si. Je n'ai ni fille ni petite-fille à qui les offrir. Je n'ai pas besoin d'argent et je n'ai pas l'intention de les vendre. Ils sont dans un coffre loin de la vie. Pourquoi ne verraient-ils pas la lumière du jour ? Ou plutôt de la nuit ? Mais ne les portez pas à la campagne. Vous me comprenez, n'est-ce pas ? Ils sont faits pour être vus dans une loge d'orchestre à l'opéra, le jour de la première. »

Comme elle ne répondait toujours pas, il continua : « Laissez-moi au moins voir comment ils vous vont. Essayez-les. »

Devant le miroir, elle le regarda attacher le fermoir, une grande concentration se lisant sur son visage. Puis elle mit elle-même les boucles d'oreilles. Elle se tourna vers lui et, consciente de la tension qui régnait, dit d'une voix altérée la première chose qui lui vint à l'esprit.

« Le décolleté de cette robe est trop haut. Ça ne va pas, le collier n'est pas mis en valeur.

— Essayez de baisser votre décolleté pour que le collier soit sur la peau. »

Ce qu'elle fit. Il sourit.

« Voilà qui est mieux. En fait, vous savez comment on devrait les porter ? Je crois que c'était sous le régime d'un quelconque Louis de France que les femmes montraient leurs seins. Un roi Louis ou un autre, je ne sais plus. De toute façon, ce serait sensationnel. »

Connie éclata de rire.

« C'est contraire à la loi. »

Il se mit aussi à rire.

« Pas ici, dans cette pièce. »

En disant cela, posant les mains sur ses épaules, il fit glisser le haut de la robe de soie blanche jusque sous les seins de Connie, exposant le soutien gorge en dentelle qu'il défit. Le magnifique collier descendait au creux de la poitrine, mettant en valeur le rubis du milieu, plus rouge que le sang ou les roses et étincelant de mille feux. Pendant quelques instants, elle se regarda puis lentement tourna les yeux vers Preston qui l'examinait avec une intense curiosité. Depuis longtemps, elle avait perfectionné un regard serein dans lequel un homme pouvait lire le degré de l'intérêt qu'il suscitait. Ou croyait susciter.

« Venez, montons », dit-il.

Elle le suivit. Elle avait l'impression de regarder une autre femme en train de monter la longue envolée des marches de l'escalier à côté de lui, comme si elle eût analysé cliniquement les émotions de la femme, son triomphe d'avoir enfin conquis un homme si désirable et en même temps... son absence totale de tout désir.

A dire vrai, la soirée avait été longue et cette femme qui montait majestueusement l'escalier aurait mille fois préféré dormir... Mais elle savait aussi ce qu'on attendait d'elle et elle avait l'intention de bien jouer son rôle. Dans la chambre où il la conduisit trônait un lit ancien, très haut, en acajou sculpté et recouvert d'un damas vert foncé. Sir Walter Raleigh aurait pu y border la reine Elizabeth. Non, pas Raleigh ! Essex.

Comme venant de loin, elle entendit Preston dire en riant : « Voici la chambre d'amis numéro un, celle réservée aux plus hautes personnalités. »

Elle entendit le crissement de la soie lorsqu'il enleva le couvre-lit. Elle sentit venant de la fenêtre ouverte une brise sur sa peau comme il terminait de la déshabiller et qu'il la portait, nue à l'exception du collier de rubis, sur le lit.

« En y repensant, je crois me souvenir que c'était Napoléon qui aimait que les femmes montrent leurs seins, dit Preston alors qu'ils se reposaient côte à côte.

— Je ne m'en souviens pas.

— Aucune importance. Mais si c'est à Joséphine que je pense plus particulièrement, je puis t'avouer que Napoléon ne l'aurait jamais répudiée si elle avait fait l'amour aussi bien que toi ! »

Le regard pétillant – Preston DeWitt avait les yeux pétillants, qui l'eût cru ! –, il contemplait Connie. Elle eut la vision fugitive de Preston au lit avec sa femme, maintenant décédée, Caroline, cette espèce de laideron et elle eut un léger sourire aux lèvres.

« Pourquoi souris-tu ?

— Je pensais à quelque chose. La toute première fois que je t'ai vu, avant d'épouser Martin, j'ai pensé que tu étais le plus bel homme que j'aie jamais rencontré.

— Je m'en souviens. Tu portais un ensemble beige et tes yeux scintillaient. Connie, si tu savais depuis combien de temps je te désire !

— Mais alors, pourquoi...

— Dieu du ciel, je n'aurais jamais marché sur les plates-bandes de mon associé ! »

Faisant la coquette, elle dit : « Je ne t'aurais pas laissé faire, de toute façon.

— Si tu crois que je ne m'en doutais pas. Mais maintenant, c'est différent, non ?

— Oui, maintenant, c'est différent. »

Le matin suivant, mue par quelque absurde raison, après avoir beaucoup réfléchi, elle finit par téléphoner à Lara tant elle avait besoin de parler.

« Lara ? Lara, ne sois pas choquée mais je veux te dire une chose : je crois que Preston DeWitt va me demander en mariage. Je voulais absolument t'en parler... Allô, allô ? »

Il n'y eut pas de réponse.

« Allô, Lara, tu es là ?

— Oui, je suis là.

— Tu es choquée. Je le sens.

— Je ne sais vraiment pas quoi dire. Il me semble seulement... ça ne fait même pas un an.

— Je sais. Je n'ai pas dit que ça se passerait tout de suite. Mais simplement que ça risque de se faire. Rien de plus.

— Cela vaut mieux. »

Il y eut encore un long silence.

« Je ne me souviens que très vaguement de lui. Il a des cheveux blancs et il est grand ?

— Oui. Très distingué aussi. Et tout à fait adorable. Tu l'aimeras beaucoup, Lara. Vraiment.

— Il ne s'agit pas de moi. L'important dans cette histoire, c'est toi. Mais tu n'es pas vraiment amoureuse de lui ? si tôt après...

— Ma foi, comme tu dis, c'est encore très tôt. Mais on ne peut prévoir... Tu sais ce que c'est.

— Peut-être que je ne sais pas. »

Cette conversation ne l'avait pas vraiment satisfaite.

Après avoir raccroché, Connie réfléchit. Sans doute était-ce imprudent d'en parler si vite. Et d'ailleurs, comment être sûre des intentions de Preston ? Pourtant, après la nuit dernière, il semblait que...

Elle se mit à imaginer le déroulement du scénario. Quand l'année serait terminée, peut-être vers le printemps prochain, ils pourraient envisager une petite cérémonie privée à Cresthill; après quoi elle vendrait la propriété car elle n'imaginait pas Preston prêt à vendre Stonycroft avec tous les arbres plantés par son grand-père.

Ses prévisions s'avérèrent justes. Un mois après la nuit des rubis, Preston lui exposa ses projets.

« Bien sûr, il faut que nous attendions le printemps, dit-il avec regret. Mais ce sera dur. Impossible de dormir ensemble excepté quand la domestique est de sortie, et nous ne pouvons pas aller chez toi à cause de la petite. Enfin, ça passera. Patience, patience. Mais je suis ennuyé, tu sais, je risque de devoir aller à Tokyo pendant un mois. Nous allons ouvrir un bureau là-bas. En réalité, c'est une certitude et une obligation. Depuis que nous avons perdu Berg, il n'y a personne pour le remplacer et c'est lui qui faisait tous les voyages. J'aimerais tellement que tu viennes avec moi.

— Je ne peux pas laisser Thérèse, Preston. Elle va entrer à l'école primaire à la fin du mois et je dois rester avec elle. »

Il hocha la tête. « Je comprends, bien sûr. Mais tu vas me manquer.

— Tu me manqueras aussi. »

Et pourtant, une fois qu'il eut disparu dans le hall des départs de Japan Airlines, elle tourna les talons sans le moindre serrement de cœur. Elle ne ressentait que l'agréable attente d'une soirée tranquille chez elle, après avoir décroché le téléphone. Elle prendrait un long bain et irait se coucher avec un livre. Bien que sans raison apparente, elle s'était sentie déprimée depuis une semaine ou deux. Je suis fatiguée, pensa-t-elle brusquement, de toutes ces émotions. Que d'énergie on dépense à paraître passionnée et pleine de gaieté quand on ne ressent rien de tout cela. Car maintenant qu'elle avait « piégé » Preston et que c'était pratiquement un fait accompli, elle ne ressentait plus l'excitation du chasseur traquant sa proie. Elle n'en tirait aucune satisfaction. Pourquoi ? peut-être vieillissait-elle ?

Puis elle pensa : Mais non, je n'ai que trente-neuf ans. Ce doit être une sorte de choc en retour du drame de décembre dernier. Ce ne peut être autre chose.

Un jour, Connie passa par hasard devant l'hôpital où l'on avait soigné Peggy. Tout naturellement le film des événements défila devant ses yeux : l'arrivée de l'avion, l'enfant inconsciente sur le brancard, la chambre au second étage, le visage douloureux de Lara, le jour miraculeux où l'enfant avait ouvert les yeux et, dans les corridors, les infirmières et les médecins qui accouraient.

Quel homme gentil, ce Jonathan Bayer. Je me souviens d'avoir pensé que j'aimerais le connaître. Je ne sais plus très exactement quand. Mais il m'avait paru intéressant. Et quand il est venu à notre pique-nique du 4 juillet, j'ai eu l'impression qu'il me trouvait sympathique.

Assise au volant de sa voiture dont elle avait baissé la capote, les cheveux flottant au vent, elle sentit une sorte de chaleur dans la poitrine. Allons, Connie, quelle absurdité. Où te crois-tu ? au lycée ?

Pour aller au village de Cresthill, il y avait trois routes dont la moins directe passait devant l'hôpital.

Un jour qu'elle promenait Thérèse, elle emprunta précisément cette route.

« Regarde, maman, c'est là que Peggy a été quand elle était malade.

— Oui, je m'en souviens.

— On lui apportait des jouets et des bonbons.

— C'est vrai.

— On apportait toujours des jouets et des paquets pour les autres enfants, maman. Tu disais qu'ils avaient besoin d'être gâtés.

— Tu as une bonne mémoire. Voudrais-tu que nous allions acheter des jouets pour les apporter ici ?

— Oui ! quelle bonne idée. »

Quelle que fût la raison de l'enthousiasme de Thérèse, générosité ou seulement envie d'entrer dans un magasin de jouets, c'était un bon projet qu'il fallait mettre à exécution. En outre...

Quelle folie... Il n'était probablement plus là. Et s'il y était encore ?

« On ira demain », dit-elle à Thérèse.

Elles achetèrent une douzaine de cartons remplis de poupées, de jeux et autres jouets appropriés pour des enfants en rééducation et elles prirent le chemin de l'hôpital. Il leur fallut faire plusieurs voyages pour déménager tous les cartons. Alors qu'elles transportaient le dernier, Connie fut hélée par Jonathan Bayer qui traversait la cour.

« Que se passe-t-il ? Ce n'est pas encore Noël ! »

Connie expliqua : « Nous gardons un souvenir très spécial de cet hôpital à cause de Peggy. C'était l'enfant de ma sœur, si vous vous en souvenez.

— Si je m'en souviens ! Pas qu'un peu ! » Il eut l'air surpris.

J'ai l'art de dire des idioties. Evidemment qu'il se souvient ! Mécontente de s'être montrée aussi maladroite, elle essaya de se racheter.

« Quand elle est arrivée, elle était comme morte et quand elle est sortie, elle avait retrouvé tous ses moyens. Un vrai miracle.

— Mais les miracles, ça arrive. Pas très souvent, malheureusement. »

Ils déposèrent les colis dans le hall et restèrent là quelques moments un peu embarrassés.

« Voulez-vous que je les distribue moi-même ou préférez-vous... », fit le médecin.

Connie l'interrompit : « Oh, non ! Je me ferais l'effet d'une dame de charité ! Non, surtout. »

Il éclata de rire.

« Très bien. Alors je vais m'en occuper. Nous avons toujours besoin de jouets et nous vous remercions beaucoup. Surtout toi, Thérèse. »

Il s'engagea dans le hall d'un pas rapide, presque en courant. Connie l'avait toujours vu pressé.

Dehors, sur les pelouses, les malades, en groupe ou individuellement, avec des infirmières ou des parents, étaient assis dans des fauteuils roulants ou faisaient de grands efforts pour marcher. Un petit garçon à peu près de l'âge de Thérèse était assis sur l'herbe avec une dame. Il essayait d'assembler un puzzle.

Thérèse s'arrêta.

« Regarde, j'ai un jeu... », et avant d'y avoir été invitée, elle s'assit à côté de lui.

« Je vais te montrer. »

Connie dit rapidement : « Allons, n'ennuie pas le petit garçon. »

La dame leva la tête en souriant.

« Elle a envie de faire ami-ami. C'est gentil. Si vous n'y voyez pas d'inconvénient... »

Les deux mères assises regardèrent Thérèse qui, avec une patience étonnante, montrait au petit infirme comment secouer la boîte pour que la bille argentée parcoure le labyrinthe et entre dans le trou. Connie écoutait la dame lui raconter la triste histoire d'un accident de voiture, la longue et incertaine récupération. Intérieurement, elle remercia le ciel d'avoir une petite fille en si bonne santé.

Bientôt, le Dr Bayer apparut et vint regarder les enfants. Lorsqu'enfin la bille d'aluminium tomba dans le trou, le petit garçon cria de joie, Thérèse fit bravo et se leva.

« Il est temps d'y aller », fit Connie.

Le Dr Bayer allait aussi en direction du parking. Il dit en regardant Thérèse gambader devant eux : « Vous avez une fillette peu commune.

— C'est vrai. Elle a toujours été gentille avec les autres enfants. Elle a bon cœur.

— Comme vous.

— Merci, elle est plutôt comme son père.

— Quel âge a-t-elle, maintenant ? Pas loin de six ans, j'imagine ?

— Presque. J'ai beaucoup de chance de l'avoir, je sais. »

Elle ajouta : « Nous vivons toutes les deux maintenant. Son père était dans l'avion qui a explosé l'an passé au-dessus de l'Ecosse.

— Oh ! s'écria-t-il. Votre mari ! Cet homme si plein de vie ! Je me souviens de lui. »

Il y avait tant de vraie sympathie dans ce « oh ! » qu'elle se tourna pour le regarder. Elle lut une extraordinaire compassion sur son visage.

Connie était arrivée à sa voiture. Une fois qu'elles furent installées, le Dr Bayer resta près de la vitre. Elle n'avait pas encore mis le contact. De nouveau, elle eut ce curieux sentiment d'incertitude comme si elle ne savait pas comment terminer cette brève rencontre.

« C'est important ce que vous faites ici... Quand je pense à ma petite nièce, je vous suis si reconnaissante. Je ne sais comment... quoi faire pour vous remercier. Autre chose que d'apporter ici des jouets...

— Vous pourriez faire du volontariat.

— Comment cela ?

— Mais faire plus ou moins ce que Thérèse vient de faire. Les infirmières manquent de temps pour s'occuper de tout le monde, surtout pendant le week-end.

— Vraiment ? J'aimerais beaucoup.

— Eh bien, si cela vous intéresse, venez me voir un de ces jours. Nous en reparlerons. Je suis devenu médecin-chef depuis qu'on s'est vus. Mon bureau est au rez-de-chaussée.

— Toutes mes félicitations !

— Merci.

— On y va, maman ! cria impatiemment Thérèse.

— On y va. A bientôt. »

Pour une fois, Connie fut contente de l'impatience de l'enfant qui la sauvait d'un au revoir embarrassant.

585

Elle demanda à s'occuper des enfants, de sorte que, le samedi suivant, on lui donna une fillette de dix ans pour qu'elle l'aide à marcher dans le jardin. C'était tellement facile pour elle que ce n'était pas du travail, mais elle en savait toute l'utilité. D'un autre côté, on aurait pu s'étonner que Connie passe l'après-midi avec un enfant qui ne lui était rien alors que sa propre fille restait à la maison avec sa nurse. Elle savait parfaitement que sa seule raison d'être là se nommait Jonathan Bayer.

Il vint la retrouver juste comme elle venait de ramener la fillette dans sa chambre.

« Où est Thérèse ? demanda-t-il.

— Elle est partie jouer avec ses petites amies.

— Alors, est-ce que ce travail vous plaît ?

— On peut à peine appeler cela du travail, mais je sais que cela en vaut la peine.

— C'est vrai. » Il la regarda d'un air perplexe. « J'ai terminé mon service. Je suis libre jusqu'à demain. Voulez-vous que nous allions prendre un verre ?

— Bonne idée.

— Il y a une auberge pas loin d'ici. On peut s'asseoir dehors sous un parasol, si ça vous fait plaisir.

— Bonne idée. »

Où était son célèbre sens de la repartie ? Elle était aussi godiche qu'une fille à son premier rendez-vous. Ils montèrent dans la voiture du médecin et roulèrent quelque temps, dans le silence qui s'épaississait entre eux.

« Pourquoi ne quittez-vous pas vos pieds des yeux ? » demanda-t-il brusquement.

586

Elle ne s'en était pas rendu compte et dit ce qui lui passait par la tête.

« Je crois que j'ai une maille filée. »

Il rit. « Et alors ?

— Oh ! rien sans doute.

— Le problème, c'est que nous ne savons pas quoi nous dire. »

Le cœur de Connie se mit à battre.

« Il n'y a pas de mal à rester silencieux.

— Non, vous avez raison. »

Il mena la voiture près d'une pelouse, traversée par un chemin caillouteux sur lequel des pigeons cherchaient des graines.

En catimini, elle le regardait et pensa subitement qu'elle avait l'impression de l'avoir toujours connu. Il n'avait rien du classicisme de Preston dans le visage, ni l'enthousiasme communicatif de Martin et encore moins du charme juvénile de ce pauvre Richard. Alors quoi ? Difficile à dire. Elle ne comprenait pas, sachant seulement qu'une chose capitale était en train de lui arriver, qu'elle se sentait de plus en plus à l'aise tout en étant physiquement attirée par lui. Toutefois, elle appréhendait la suite, une suite affreusement familière.

« Habitez-vous toujours la même maison ?

— Oui, pendant l'été.

— Elle est très belle. Très impressionnante.

— Oui. »

Et le silence retomba. La façon dont il avait dit « impressionnante » la troublait. Subitement elle eut la maison devant les yeux, et la vit comme il l'avait sans doute considérée. Il lui sembla qu'elle savait désormais voir les choses avec les mêmes yeux que les siens.

Après avoir bu leur verre sans se presser, il la ramena au parking de l'hôpital. Au moment de se séparer, il lui prit la main.

« Ce n'était qu'un début. Nous ferons mieux la prochaine fois. »

Il y eut trois autres fois, un thé, un déjeuner et un dîner. Il s'était mis à s'exprimer beaucoup plus librement et elle aussi. Ils parlèrent des films qu'ils aimaient, de politique, de livres et d'endroits que Connie n'avait jamais vus, comme l'intérieur d'un hôpital pour les réfugiés cambodgiens en Thaïlande. Elle apprit qu'il avait voulu être médecin depuis sa neuvième année. Elle apprit encore qu'il n'avait jamais été marié. Et Dieu sait pourquoi, elle en fut tout heureuse. Mais elle dut à son tour lui raconter sa vie, décrire sa famille et parler de ses mariages.

Elle ne dit rien de Preston DeWitt qui devait rentrer dans une semaine.

Après ce dernier dîner, dans l'obscurité du parking de l'hôpital où elle avait laissé sa voiture, il l'embrassa. Ce ne fut qu'un léger baiser sur les lèvres, en quelque sorte le baiser obligatoire, et ce fut tout. Il ne pouvait pas le savoir mais s'il le lui avait demandé et qu'ils aient disposé d'un petit coin tranquille, elle se serait étendue sur l'herbe avec lui, aurait crié de joie en s'émerveillant qu'il ait fallu tout ce temps pour qu'elle *ressente*, enfin... Elle ne se reconnaissait plus. Et seule dans sa voiture dans la nuit silencieuse, elle pleura.

Bien qu'il fût fatigué de sa traversée depuis Tokyo, Preston vint directement de l'aéroport à l'appartement de Connie. Ils s'assirent dans la bibliothèque rouge.

« Ah ! tu sais, Berg m'a vraiment beaucoup manqué. Il avait un talent spécial pour négocier. Quel cerveau ! Peut-être parfois un peu agressif pour mon goût, à dire vrai, mais ce qu'il a fait de notre société est étonnant. Grâce à lui, nous avons gagné quelque deux milliards de dollars. Ce n'est pas négligeable.

— Ce n'est pas nécessairement bon non plus, n'est-ce pas ? »

Comme il la regardait avec ahurissement, elle répondit :

« Quand on voit ce qui est en train d'arriver à ce pays, toutes les faillites et le chômage, on est en droit de se poser certaines questions. »

Preston haussa les épaules. « C'est une phase. Tout marche par phases. Quand on est malin, on prépare le lendemain. Et nous sommes fin prêts. Nous sommes aussi bousculés que pendant les années quatre-vingt, avec cette différence que nous sommes plus avancés. Nous procédons à des sauvetages financiers. Tu comprends que je ne suis nullement inquiet. »

Quand j'étais en Inde, avait dit Jonathan, j'ai vu des choses innommables, des négligences criminelles, et j'ai éprouvé des colères dont je ne me croyais pas capable.

Preston faisait rouler son cognac dans le verre en admirant le beau liquide ambré.

« Oui, les années quatre-vingt sont bien loin. Mais la rapacité reste et n'est pas près de finir, alors c'est aussi bien d'être là et d'en profiter.

— Tu n'es pas un peu cynique ? demanda-t-elle calmement.

— Pas du tout. C'est comme cela que ça se passe.

— Ce n'est pas le cas de tout le monde. Pas pour Davey et Lara, par exemple.

— Tu penses toujours à eux? Ce sont deux naïfs. D'ailleurs Berg le pensait aussi.

— Depuis quelque temps, dit-elle lentement, j'ai l'impression qu'au dernier moment Martin aurait pris le parti de Davey et qu'il ne serait pas allé au bout de l'affaire.

— Connie, c'est tout à fait ridicule.

— Peut-être. Mais c'est un sentiment que j'ai, connaissant Martin. »

Preston secoua la tête.

« Jamais il n'aurait fait cela. Surtout quand on songe aux sommes colossales qui étaient en jeu. »

Nous sommes aux antipodes l'un de l'autre, pensait Connie. Il tournait et tournait son verre, le réchauffant entre ses longues mains. Comment ai-je pu penser différemment? Tout me semble si clair maintenant, les folles extravagances de Bitsy Maxwell, celles de Martin et... oui, d'Eddy, et le snobisme des amis de Preston dans leurs somptueux vêtements démodés. Tout est faux, complètement faux. Tout.

Qu'a-t-il bien pu m'arriver?

« Au fait, comment vont les Davis? »

— Ils se bagarrent de toutes leurs forces et me remboursent le premier de chaque mois. Mais ils sont heureux, très heureux.

— Comment peuvent-ils être heureux quand ils vivent avec le fardeau de dettes aussi considérables?

— Parce qu'ils sont unis. Tu comprends ? Unis dans tous les sens du mot. »

Je ne me suis jamais marié, avait dit Jonathan. J'ai toujours dit que je ne le ferai que le jour où je trouverai une femme sans laquelle il me paraîtra impossible de vivre.

« Il y a quelque chose de changé en toi, dit Preston. Tu as quelque chose d'insatisfait. »

Elle ne répondit pas.

« Dis-moi. »

Elle se leva. « Il faut d'abord que je te donne quelque chose. »

Dans le coffre-fort mural de sa chambre, elle prit le coffret contenant les rubis de Preston et revint dans la pièce.

Il avait beaucoup de sang-froid et survivrait au refus qu'elle allait lui opposer. Mais il n'en était pas moins un homme très courtois et elle ne voulait pas le blesser. Elle s'agenouilla près de l'ottomane.

« S'il te plaît, reprends-les. Tu as été très généreux mais je ne peux pas les garder. »

Il haussa les sourcils.

« Pourquoi ? Tu as trouvé quelqu'un d'autre ? »

Avec sincérité, elle répondit : « Je dirais que ce n'est pas impossible, bien que je ne pense pas qu'il y ait un quelconque aboutissement. »

Comment expliquer qu'au réveil sa première pensée était pour Jonathan et sa dernière avant de fermer les yeux, expliquer qu'elle était prise de panique à l'idée qu'il puisse partir très loin, expliquer qu'elle le suivrait la joie au cœur jusqu'à Bornéo, sans un sou en poche... Si Preston avait pu comprendre tout cela, alors elle aurait pu lui dire qu'elle avait trouvé quelqu'un.

« C'est plutôt subit, non ?

— Oui, assez subit. »

Froid ou pas, l'homme était fier, très fier. Aucun être humain n'aime se voir repoussé. Il pinça les lèvres et se mit à pianoter nerveusement sur l'accoudoir de son fauteuil.

« Je suis vraiment navrée, Preston. Je te respecte et je t'admire mais... mais il m'est arrivé quelque chose, c'est tout... Je n'y peux rien. Je suis vraiment désolée.

— Est-ce... si je peux demander... quelqu'un que je connais ?

— Je ne crois pas. »

Comment imaginer Jonathan assistant à l'une des soirées de Preston !

« Tu le connais depuis longtemps ?

— Deux ans environ. Je veux dire que je l'ai rencontré il y a deux ans... » Elle se mit à bafouiller. « Mais je ne l'ai... connu que le mois dernier. »

Preston fronça les sourcils.

« Toute cette affaire me semble plutôt bizarre, c'est le moins qu'on puisse dire. Non que... cela me regarde, mais penses-tu l'épouser ou bien seulement...

— J'aimerais qu'on se marie, dit-elle avec simplicité. Mais je ne sais pas du tout s'il en a envie. A vrai dire, j'en doute plutôt. »

Un lourd silence, plein de gêne, tomba et les doigts de Preston continuèrent de pianoter sur le bois de l'accoudoir. Enfin il se leva et s'apprêta à partir.

« Tu comprendras que je sois plutôt déçu. J'étais convaincu que tu adhérais à mes projets. Enfin, j'imagine que je dois te souhaiter bonne chance. Je te conserve toute mon affection, Connie et j'espère que tu ne feras rien de déraisonnable. »

Ainsi donc, cela s'était terminé sans trop de souffrances. Mais, Connie, Consuelo-Connie, se dit-elle, alors toi, la fille de Peg, te voilà sur le tard dans la peau d'une romantique ! Quelle petite folle tu fais !

Deux longues semaines passèrent sans la moindre nouvelle de Jonathan Bayer. Elle était certaine de lui avoir donné son adresse à New York et de toute façon, il n'était pas difficile de la trouver dans l'annuaire.

Elle chercha une explication pendant des heures et des heures. Elle avait beaucoup de temps libre dans la journée car depuis qu'elle avait quitté Preston, elle n'avait qu'une envie, rester au calme. Elle emmenait Thérèse se promener au Park et tandis qu'elle s'amusait, elle restait assise à lire un livre ou à réfléchir. Il avait dit qu'elle était « douce » et « comique » et « gentille ». Il avait dit aussi « quand nous nous connaîtrons mieux ».

Elle éprouvait un grand sentiment de perte. Cet homme l'avait émue comme aucun homme avant lui, ce qui ne signifiait pas nécessairement qu'elle l'eût ému, n'est-ce pas ?

Une nuit, alors qu'elle n'arrivait pas à trouver le sommeil, elle se leva et se mit à marcher dans l'appartement, allumant et éteignant les commutateurs à mesure. Ses pas s'enfonçaient dans les épais tapis et elle entra dans toutes les pièces les unes après les autres. L'appartement était vide et triste. Il était désert depuis des mois et les vastes pièces étaient remplies de meubles dont la plupart se trouvaient encore sous des housses. Elle se remémora d'autres temps, la pièce résonnant du bruit des conversations animées. Elle revoyait tous ces gens, ceux qui étaient « arrivés », ceux qui en voulaient encore plus et qui tenaient à ce que le monde sache combien ils étaient importants. L'endroit était un véritable musée, les murs couverts de peintures, les vitrines et les étagères pleines d'objets rares, chers, étincelants et superflus, qui témoignaient de la réussite sociale de leur propriétaire.

Cet appartement était vide de sens, inutile. Un endroit mort, comme les pyramides.

Comme c'était étrange de constater qu'ayant vécu ici elle n'avait jamais réalisé à quel point c'était mort.

« Je lui téléphonerai demain matin, dit-elle à haute voix dans le silence de la nuit. Même si je dois perdre la face, je lui téléphonerai. Je n'ai plus rien à perdre ! »

S'il était d'accord, elle viendrait dîner avec lui, demain, à Cresthill.

Il faisait encore clair lorsque Jonathan arriva. Les feuilles mortes tombaient lentement en tourbillonnant sur le gazon, le recouvrant d'un tapis doré.

De l'embrasure de la fenêtre de la bibliothèque où Connie avait fait dresser une petite table ronde, il porta ses regards sur la vaste étendue des pelouses où l'on avait planté des arbustes ornementaux. Ici et là se dressaient des belvédères, des statues sur leurs socles, parfois penchées au-dessus d'un bassin. Depuis quelques minutes, après un début de repas animé, il se taisait.

Elle avait projeté d'être très franche. Pour la première fois de sa vie, elle voulait éviter toute coquetterie, toute ruse qui pût influencer cet homme. Elle lui demanda brusquement :

« A quoi penses-tu ? Que regardes-tu dehors ? »

Il se tourna vers elle et avec la même franchise, dit :

« Tu veux vraiment le savoir ?

— Oui.

— Cet endroit me fait penser à Versailles.

— Et cela ne te plaît pas.

— Versailles, c'était très bien au temps de Louis XIV. D'ailleurs non, ce n'est pas vrai. Même à cette époque-là, ce n'était pas bien.

— J'ai décidé de vendre la propriété, dit-elle.

— Je croyais que tu l'adorais.

— Autrefois, oui. » Elle hésita. « C'était une folie, un peu comme une drogue ! »

Il l'écoutait parler et exprimer des pensées qu'elle n'aurait jamais eues il n'y avait pas si longtemps.

Tout cet argent, toutes ces dépenses folles...

« Finalement, fit-elle calmement, ça n'a plus de sens. Cette accumulation de trésors, ces dépenses somptuaires n'ont aucun sens. »

Sans répondre, il continua à regarder par la fenêtre l'horizon qui s'assombrissait de seconde en seconde. Tous les sens en éveil, elle était consciente de sa présence physique, de ses longs cils noirs, de son menton fendu qui donnait une expression juvénile au visage aux traits décidés, de sa longue main appuyée sur la table, de ses manchettes blanches, de...

Il se leva brusquement. Dans les tasses, le café avait refroidi.

« Tu viens ? Je voudrais te parler. »

Cinquante personnes auraient pu confortablement prendre place dans la bibliothèque. Dans l'immense cheminée brûlait une flambée qui adoucissait l'atmosphère frileuse de ce jour d'automne. Elle lui offrit un siège à proximité du feu.

« Connie, commença-t-il, je sais que tu t'es demandé pourquoi je ne te téléphonais pas. Tu savais, comme moi je savais, ce qui était en train de nous arriver...

— Alors, c'était cruel de ta part ! interrompit-elle. J'ai tellement attendu...

— Pardonne-moi. Mais... j'avais tellement peur, dit-il, vaguement suppliant.

— Peur de quoi ? »

Il agita la main, englobant l'énorme pièce.

« De tout cela. Je ne fais pas partie de cet univers. Moi avec une femme qui en fait partie, voilà quelque chose d'incongru ! J'ai connu Martin Berg. C'était un homme sûrement très bien, mais des mondes nous séparent. Je n'ai rien de commun avec lui et je pensais qu'une femme qui a eu envie de ce milieu ne pouvait pas être heureuse avec moi et la façon dont je vis. » Il s'arrêta.

Le cœur de Connie battait très fort.

« Continue, dit-elle sans le quitter des yeux.

— Tu n'imagines pas à quel point j'ai lutté avec moi-même. Je pensais à toi, me souvenant combien

596

tu es chaleureuse, et toute cette joie de vivre qui est en toi. Mais je continuais à me demander si je te connaissais bien.

— Et maintenant, qu'en penses-tu ?

— Je crois que je te connais mieux. Beaucoup mieux. Ce que tu as appelé ces "accumulations de trésors, ces dépenses somptuaires", je crois que c'étaient tes expressions... Tout cela m'a aidé à mieux te comprendre. »

Elle se leva et resta devant lui en tremblant.

« Comment me vois-tu ? Dis-moi...

— Je vois une femme. Une vraie femme. Mais tu sais, jamais je n'aurais abandonné ! Je me disais tout le temps qu'il ne fallait pas que je te perde. Puis j'imaginais que nous nous mettions à vivre ensemble et que je te perdais subitement ! Ça aurait été tellement pire...

— Tu ne me perdras pas, Jonathan.

— Oh !... »

Il se leva et la prit dans ses bras.

Pendant de longues minutes, ils restèrent enlacés. Il embrassait ses yeux, ses joues et ses lèvres tandis que ses mains caressaient doucement toutes les courbes de son corps. Ils ne pouvaient ni se séparer ni s'arrêter.

Ainsi c'était cela, ce dont tout le monde parle tout le temps et qu'elle n'avait jamais connu !

Quand enfin il relâcha son étreinte, elle pensa : tout ce temps qu'il me faut rattraper... A cette pensée, elle émit un petit rire étouffé. Elle avait les yeux pleins de larmes de joie.

« Chérie... j'ai tellement envie de toi. Maintenant !

— Oui... J'ai laissé Thérèse en ville et il n'y a personne ici. »

Pas de coquetterie, pas de mensonges. Elle prit son courage à deux mains et dit : « Tu sais, j'avais tellement envie que cela se passe ainsi. Je le voulais, je le voulais. De tout mon cœur. »

Un an plus tard, à la fête de Thanksgiving.

Lara regarda la longue table avec une satisfaction immense. Tout au bout, se trouvait Davey avec de part et d'autre Eddy et Pam, Connie, Thérèse et Jonathan, puis Melissa Berg et les deux enfants de Lara. Au centre trônait la corbeille traditionnelle de chrysanthèmes, de petites citrouilles et d'épis de maïs turc.

« J'ai toujours rêvé d'avoir plein d'invités autour de la table et cette année, je les ai enfin, dit-elle.

— L'année prochaine, si tu nous invites, fit Eddy en jetant un coup d'œil significatif au ventre arrondi de Pam, il y en aura encore plus !

— Non, l'an prochain, vous viendrez tous chez nous, dit Pam. Il faut commencer à fêter Thanksgiving chez chacun à tour de rôle. »

Comme il restait une part de tarte sur le plat devant Lara, elle demanda : « Quelqu'un veut-il encore de la tarte ? Sinon, je suggère que nous allions nous détendre un peu à côté. »

Connie, à la fenêtre du salon, regardait dehors. Les chênes rouvres avaient gardé leurs feuilles qui avaient jauni. Ils les garderaient jusqu'au printemps et les perdraient à ce moment-là. Au bout du jardin s'élevait le nouvel atelier de Davey, assez semblable par sa forme et ses dimensions à l'ancien mais alors que celui-là était très délabré, le nouveau avait été peint en blanc ; des jardinières vertes étaient accrochées aux fenêtres et Lara y cultivait des géraniums. Connie sourit.

« Il trouve ses meilleures idées quand il peut travailler chez lui, au calme, dit Lara qui l'avait rejointe. L'usine est trop bruyante. »

Davey entendit.

« Dieu merci, elle est bruyante et travaille au maximum. La semaine dernière, j'ai embauché dix nouveaux ouvriers. As-tu entendu quelque chose au sujet de Longwood, Connie ?

— Non. Je n'ai plus l'occasion d'avoir des échos de ce monde-là.

— Je t'en parle parce que j'ai vu un article dans la presse. Bennett va vendre aux Japonais.

— Ça lui fera quelques milliards supplémentaires dans ses coffres ! dit Connie avec mépris.

— Connie, tu es devenue une idéaliste, dit tranquillement Lara.

— Tu n'as pas tort. Je trouve dégoûtant que des gens empilent des millions et des millions qu'ils ne pourront jamais dépenser.

— Quand les gens en prennent l'habitude, dit Davey, ils ne peuvent plus s'arrêter.

— En tout cas, personne parmi nous n'est vraiment dans le besoin, intervint Eddy.

— Nous avons enfin vendu Cresthill, dit subitement Connie. Ainsi que l'appartement. Et cette semaine, nous allons signer l'achat de notre nouvelle maison. »

Elle fut ravie que tout le monde demande comment elle serait.

Jonathan répondit en souriant : « C'est une belle maison de style colonial, à mi-chemin de l'hôpital et de l'école de Thérèse. Elle est un peu plus grande que je ne l'aurais voulue et un peu plus petite que ce que désirait Connie. Alors, nous avons coupé la poire en deux puisque nous en payons chacun la moitié.

— Elle est juste assez grande pour nous tous, y compris Melissa quand elle revient pour les vacances. Il y a même une chambre d'enfant pour le bébé de Pam, dit Connie. Au fait, Pam chérie, tu es certaine que tu ne vas pas avoir de jumeaux ? A te voir, c'est une hypothèse plausible !

— Moi, j'en serais très content, fit Eddy en prenant la main de sa femme.

— Quelle belle journée nous avons passée, dit Lara avec l'air serein qu'elle avait depuis quelque temps.

— J'ai beaucoup pensé à Peg, dit Connie dans un murmure. Si elle nous voit tous ici ensemble, elle doit être très, très heureuse. »

Eddy ne put s'empêcher de faire un commentaire.

« Oui, nous ne nous sommes pas mal débrouillés. Nous avons tous eu des hauts et des bas et aucun de nous n'a gagné de prix Nobel, mais vraiment, nous nous en tirons très bien. »

Du regard, Connie interrogea silencieusement son mari : « Alors, tu aimes ma famille ? »

La réponse fut également silencieuse : « Je vous aime tous. »

Connie sentait qu'ils vivaient tous un moment privilégié. Elle s'en souviendrait toujours : les visages familiers, les voix aimées, et même la façon dont le soleil déclinait en cette fin d'après-midi, baignant d'une lumière dorée tous les trésors de la vie.

Achevé d'imprimer par GGP Media GmbH, Pößneck
en avril 2006
pour le compte de France Loisirs,
Paris

N° d'éditeur: 45301
Dépôt légal: mai 2006

Imprimé en Allemagne